MILLENNIUM 3

FSC
www.fsc.org
MISTO
Papel produzido
a partir de
fontes responsáveis
FSC® C019498

A marca FSC® é a garantia de que a madeira utilizada na fabricação do papel deste livro provém de florestas que foram gerenciadas de maneira ambientalmente correta, socialmente justa e economicamente viável, além de outras fontes de origem controlada.

A RAINHA DO CASTELO DE AR

STIEG LARSSON

Tradução
Dorothée de Bruchard

5ª edição

COMPANHIA DAS LETRAS

Grafia atualizada segundo o Acordo Ortográfico da Língua Portuguesa de 1990, que entrou em vigor no Brasil em 2009.

Título original
Luftslottett som sprängdes

Traduzido da edição francesa (La reine dans le palais des courants d'ar)

Capa
Retina_78

Preparação
Maria Cecília Caropreso

Revisão
Ana Maria Barbosa
Carmen S. da Costa

Dados Internacionais de Catalogação na Publicação (CIP)
(Câmara Brasileira do Livro, SP, Brasil)

Larsson, Stieg, 1954-2004.
A rainha do castelo de ar / Stieg Larsson ; tradução Dorothée de Bruchard. — São Paulo : Companhia das Letras, 2015. — (Millennium; 3)

Título original : Luftslottett som sprängdes.
ISBN 978-85-359-2618-7

1. Ficção policial e de mistério (Literatura sueca) 2. Romance sueco I. Título.

09-07759 CDD-839.737

Índice para catálogo sistemático:
1. Romance : Literatura sueca 839.737

[2015]

EDITORA SCHWARCZ S.A.
Rua Bandeira Paulista, 702, cj. 32
04532-002 — São Paulo — SP
Telefone: (11) 3707-3500
Fax: (11) 3707-3501
www.companhiadasletras.com.br
www.blogdacompanhia.com.br

SUMÁRIO

I. ENCONTRO NUM CORREDOR 8 A 12 DE ABRIL

Calcula-se em seiscentos o número de mulheres soldados que combateram na Guerra de Secessão. Alistaram-se travestidas de homem. Hollywood deixou passar batido todo um aspecto da história cultural — ou será que esse aspecto incomoda muito do ponto de vista ideológico? Os livros de história sempre tiveram dificuldade em falar de mulheres que não respeitam os padrões de gênero, e em nenhuma área essa limitação é tão evidente como na guerra e no que se refere ao manejo de armas.

No entanto, da Antiguidade aos tempos modernos a história é fértil em relatos protagonizados por guerreiras — as amazonas. Os exemplos mais conhecidos constam nos livros de história em que essas mulheres têm o estatuto de "rainhas", ou seja, de representantes da classe no poder. Com efeito, a sucessão política regularmente coloca uma mulher no trono, por mais desagradável que essa verdade soe. Sendo as guerras insensíveis ao gênero e ocorrendo até mesmo quando uma mulher dirige o país, o resultado é que os livros de história são obrigados a registrar certo número de rainhas guerreiras levadas, consequentemente, a se comportar como qualquer Churchill, Stálin ou Roosevelt. Semíramis de Nínive, fundadora do Império Assírio, e Boadiceia, que liderou uma das mais sangrentas revoltas contra os romanos, são dois exemplos. Esta última, aliás, tem uma estátua à margem do Tâmisa, em frente ao Big Ben. Não deixemos de cumprimentá-la caso estejamos passando por ali.

Em compensação, os livros de história são, em geral, bastante discretos sobre as guerreiras que atuaram como simples soldados, exercitando-se no manejo das armas, integrando os regimentos e participando das batalhas contra exércitos inimigos em condições idênticas às dos homens. Essas mulheres, contudo, sempre existiram. Praticamente nenhuma guerra foi travada sem alguma participação feminina.

1. SEXTA-FEIRA 8 DE ABRIL

Pouco antes da uma e meia da manhã, o dr. Anders Jonasson foi acordado pela enfermeira Hanna Nicander.

— O que foi? — perguntou, meio atordoado.

— Helicóptero chegando. Dois pacientes. Um homem de idade e uma mulher jovem. Ela levou um tiro.

— Estou indo, estou indo — disse Anders Jonasson, cansado.

Ainda não se sentia muito desperto, embora na verdade nem tivesse chegado a dormir; só dera um cochilo de meia hora. Estava de plantão no pronto-socorro do Hospital Sahlgrenska, em Göteborg. O início da noite tinha sido particularmente exaustivo. Às seis horas, quando o plantão começara, o hospital havia recebido quatro vítimas de uma colisão frontal nas proximidades de Lindome. Uma delas estava gravemente ferida e outra fora declarada morta pouco depois de chegar. Ele também tinha tratado da garçonete de um restaurante da Avenyn cujas pernas tinham sido escaldadas na cozinha, e salvara a vida de um menino de quatro anos que dera entrada no hospital com parada respiratória depois de engolir a rodinha de um carrinho de brinquedo. Além disso, tivera tempo de remendar uma adolescente que caíra de bicicleta num buraco. A Secretaria de Obras Públicas, muito esperta, escolhera a saída de uma ciclovia para abrir o buraco e, evidentemente, alguém ainda tinha jogado as barreiras de proteção dentro dele. A garota levara catorze pontos no rosto e ia precisar de dois dentes incisivos novos. Jonasson também costurara a ponta de um polegar que um entusiasmado marceneiro de fim de semana aplainara por inadvertência.

Por volta das onze horas, o número de pacientes da emergência diminuíra. Ele tinha feito sua ronda e conferido o estado dos internados, e então se recolhera a uma sala de descanso para tentar relaxar um pouco. Seu turno ia até as seis da manhã. Ele raramente dormia quando estava de plantão, mesmo que não houvesse novas entradas, mas justo nessa noite adormecera quase de imediato.

Hanna Nicander ofereceu-lhe uma caneca de chá. Ainda não tinha maiores detalhes sobre os novos pacientes.

Anders Jonasson deu uma olhada pela janela e viu relâmpagos enormes riscando o céu acima do mar. Ia ser difícil para o helicóptero. De repente, desabou uma chuva violenta. A tempestade se abateu sobre Göteborg.

Ele ainda estava diante da janela quando ouviu o barulho do motor e avistou o helicóptero que, sacudido pelas rajadas, se aproximava da área de pouso. Prendeu a respiração ao ver que o piloto parecia ter dificuldade para controlar a aproximação. Então o aparelho sumiu de seu campo de visão e ele ouviu a turbina reduzindo a marcha. Tomou um gole e largou a caneca.

Anders Jonasson recebeu os paramédicos na entrada do pronto-socorro. Sua colega de plantão, Katarina Holm, assumiu o primeiro paciente que chegava deitado numa maca, um homem de idade com um ferimento grande no rosto. Coube ao dr. Jonasson cuidar da mulher que levara um tiro. Uma rápida avaliação mostrou que se tratava de uma adolescente, gravemente ferida e toda suja de terra e sangue. Ele ergueu o cobertor no qual os paramédicos a tinham envolvido e notou que alguém fechara as lesões do quadril e do ombro com uma larga fita adesiva prateada, o que lhe pareceu uma iniciativa particularmente perspicaz. A fita adesiva bloqueava a entrada das bactérias e a saída do sangue. Uma bala a atingira na parte externa do quadril e atravessara o tecido muscular de lado a lado. Ele ergueu o ombro dela e identificou, nas costas, o orifício de entrada da bala. Não havia orifício de saída, o que significava que a bala estava cravada em algum ponto do ombro. Só restava esperar que não tivesse perfurado o pulmão. Como ele não viu sangue na boca da jovem, concluiu que esse devia ser o caso.

— Radiografia — disse à enfermeira que o assistia. Bastava como instrução.

Por fim, cortou o curativo que os paramédicos tinham usado na cabeça da jovem. Estremeceu ao apalpar o orifício de entrada com a ponta dos dedos. Ela tinha sido alvejada na cabeça. Ali também não havia orifício de saída.

Anders Jonasson deteve-se por um segundo e contemplou a jovem. De repente, sentiu-se invadido pelo pessimismo. Por várias vezes já tinha comparado seu trabalho com o de um goleiro. Todos os dias chegavam a seu local de trabalho pessoas nas mais diversas condições, e todas com uma única intenção — conseguir ajuda. Entre elas, aquela senhora de setenta e quatro anos que tivera uma parada cardíaca e desabara na galeria comercial de Nordstan, o menino de catorze anos com o pulmão perfurado por uma chave de fenda e a menina de dezesseis que consumira ecstasy e dançara dezoito horas seguidas para então desabar, com o rosto todo azul. Elas eram vítimas de acidentes de trabalho ou de maus-tratos. Eram crianças pequenas atacadas por pitbulls na praça Vasa e homens de mãos habilidosas cuja intenção fora apenas cortar umas tábuas com uma serra tico-tico e que acabaram talhando o pulso até o osso.

Anders Jonasson era o goleiro posicionado entre os pacientes e a agência funerária. Seu trabalho consistia em decidir quais eram as providências adequadas. Se tomasse a decisão errada, o paciente morria ou, talvez, acordava com uma invalidez permanente. No mais das vezes, tomava a decisão certa, e isso porque a maioria dos feridos tinha um problema específico e compreensível. Uma facada no pulmão ou uma lesão decorrente de um acidente de carro eram ferimentos inteligíveis e claros. A sobrevida do paciente dependia da natureza do ferimento e da habilidade de Jonasson.

Havia dois tipos de ferimento que Anders Jonasson detestava. De um lado, certas queimaduras, que na maioria dos casos, quaisquer que fossem os recursos utilizados, resultavam numa vida de sofrimentos. De outro, os ferimentos na cabeça.

Aquela jovem diante dele poderia viver com uma bala no quadril e outra no ombro. Mas uma bala num ponto qualquer do cérebro já era um problema de outra dimensão. De repente, percebeu que a enfermeira dizia alguma coisa.

— Como?

— É ela.

— Ela quem?

— Lisbeth Salander. A garota que vem sendo procurada há várias semanas por triplo assassinato em Estocolmo.

Anders Jonasson fitou o rosto da paciente. Hanna estava certa. Era a foto daquela jovem que ele e quase todos os suecos estavam vendo estampada nas bancas de jornais desde a Páscoa. E ali estava a assassina, ferida, o que decerto acabava sendo uma forma impressionante de justiça.

Mas isso não lhe dizia respeito. Seu trabalho era salvar a vida de sua paciente, fosse ela uma tríplice assassina ou uma ganhadora do prêmio Nobel. Ou ambas as coisas.

Em seguida, houve aquela confusão controlada que caracteriza todo serviço de emergência. A equipe que trabalhava com Jonasson era tarimbada e sabia o que fazer. As roupas que Lisbeth Salander ainda vestia foram recortadas. Uma enfermeira informou sua pressão arterial — dez por sete — enquanto ele punha o estetoscópio no peito da paciente e escutava os batimentos cardíacos, que pareciam relativamente regulares; a respiração, nem tanto.

O dr. Jonasson não hesitou, de saída, em classificar o estado de Lisbeth Salander como crítico. Os ferimentos do ombro e do quadril podiam esperar, aplicando-se compressas ou até deixando ali os pedaços de fita adesiva já colocados por uma alma inspirada. O mais urgente era a cabeça. Jonasson ordenou que a passassem pelo tomógrafo no qual o hospital investira dinheiro do contribuinte.

Anders Jonasson era um homem loiro de olhos azuis, originário do norte da Suécia, mais precisamente de Umea. Fazia vinte anos que trabalhava nos hospitais Sahlgrenska e Östra, revezando-se nas funções de pesquisador, patologista e médico do pronto-socorro. Havia nele uma particularidade que perturbava seus colegas e deixava os funcionários orgulhosos de trabalhar com ele: por princípio nenhum paciente deveria morrer nos seus plantões e, de algum modo milagroso, ele conseguira manter seu escore em zero. Alguns pacientes seus tinham falecido, é claro, mas durante cuidados posteriores ou por motivos não relacionados com a sua intervenção.

Algumas vezes Jonasson também tinha uma visão pouco ortodoxa da medicina. Segundo ele, os médicos tendiam a tirar conclusões que depois eram incapazes de justificar, e por isso desistiam com muita facilidade, ou então dedicavam tempo demais tentando definir exatamente o problema para só então prescrever o tratamento adequado. De fato, esse era o método preconizado pelo manual, mas o detalhe é que o paciente corria o risco de morrer enquanto o corpo médico se perdia em ponderações. Na pior das hipóteses, o médico concluía que o caso era desesperador e interrompia o tratamento.

Contudo, era a primeira vez que Anders Jonasson recebia um paciente com uma bala no crânio. Provavelmente um neurocirurgião seria indispensável. Essa não era sua especialidade, mas de repente lhe ocorreu que talvez estivesse com mais sorte do que merecia. Antes de lavar as mãos e vestir a roupa esterilizada, gritou para Hanna Nicander:

— Tem um professor americano, chamado Frank Ellis, que trabalha no Karolinska de Estocolmo mas está em Göteborg no momento. É um neurologista famoso e, além do mais, um bom amigo meu. Está hospedado no Hotel Radisson, na Avenyn. Tente descobrir o telefone.

Enquanto Anders Jonasson esperava o resultado das tomografias, Hanna Nicander voltou com o número do Hotel Radisson. Anders Jonasson deu uma olhada no relógio — 1h42 — e tirou o fone do gancho. O recepcionista da noite do Radisson mostrou-se bastante avesso à ideia de transferir uma chamada àquela hora, e o médico precisou falar com bastante veemência para explicar a gravidade da situação e ter a ligação completada.

— Oi, Frank — disse Anders Jonasson quando ele finalmente atendeu. — É o Anders. Soube que você estava em Göteborg. Você não daria um pulo aqui no Sahlgrenska para me assistir numa cirurgia de cérebro?

— *Are you bullshitting me?* — inquiriu uma voz cética do outro lado da linha. Embora morasse na Suécia havia vários anos e falasse fluentemente sueco — com sotaque americano, claro —, ele preferia o inglês. Anders Jonasson falou em sueco e Ellis respondeu em inglês.

— Frank, lamento ter perdido sua conferência, mas achei que você pudesse me dar umas aulas particulares. Estou aqui com uma mulher com uma bala na cabeça. O orifício de entrada é bem acima da orelha esquerda. Eu não te ligaria se não precisasse de uma segunda opinião. E não conheço ninguém mais competente nesse tipo de assunto.

— Não é brincadeira? — perguntou Frank Ellis.

— A moça tem uns vinte e cinco anos.

— E qual o aspecto do ferimento?

— Orifício de entrada, nenhum orifício de saída.

— Mas ela está viva?

— Pulso fraco, porém regular, respiração nem tão regular, pressão dez por sete. Ela também está com uma bala no ombro e um ferimento de bala no quadril. Disso eu posso cuidar.

— Parece bem promissor — disse o professor Ellis.

— Promissor?

— Quando alguém está com uma bala na cabeça e continua vivo, a situação deve ser considerada muito auspiciosa.

— Você poderia me assistir?

— Confesso que passei a noite na companhia de uns amigos. Fui dormir à uma da manhã e muito provavelmente estou com um nível impressionante de álcool no sangue...

— Eu tomo as decisões e faço a cirurgia. Mas preciso de alguém que me acompanhe e me avise se eu estiver cometendo alguma aberração. E, verdade seja dita, mesmo um professor Ellis completamente bêbado sem dúvida tem mais condições que eu de avaliar danos cerebrais.

— Está bem. Estou indo. Mas você me deve um favor.

— Tem um táxi esperando você na frente do hotel.

O professor Frank Ellis ergueu os óculos sobre a testa e coçou a nuca. Concentrou o olhar na tela do monitor que mostrava todos os pontos e meandros do cérebro de Lisbeth Salander. Ellis tinha cinquenta e três anos, cabelos negros com um fio branco aqui e ali, uma barba escura incipiente, e lembrava um ator secundário do seriado *E. R.* Seu corpo dava a entender que ele passava algumas horas por semana na academia.

Frank Ellis gostava de morar na Suécia. Chegara ao país como jovem pesquisador de um intercâmbio no final da década de 1970 e ficara por dois anos. Retornara depois várias vezes, até que lhe ofereceram um cargo de professor no Instituto Karolinska. Seu nome já era respeitado no mundo inteiro.

Anders Jonasson conhecia Frank Ellis havia catorze anos. Tinham se visto pela primeira vez durante um seminário em Estocolmo, quando descobriram um entusiasmo em comum pela pesca com isca artificial. Anders o convidara para pescar na Noruega. Mantiveram contato ao longo dos anos e participaram de muitas outras pescarias. Em compensação, nunca haviam trabalhado juntos.

— O cérebro é um mistério — disse o professor Ellis. — Faz vinte anos que pesquiso sobre ele. Até mais.

— Eu sei. Desculpe ter te incomodado, mas...

— Deixa disso. — Frank Ellis fez um gesto com a mão para que o amigo não dramatizasse. — Vai lhe custar uma garrafa de Cragganmore na próxima vez que a gente for pescar.

— Combinado. Você não cobra caro.

— Esse caso me lembra de um outro, alguns anos atrás, quando eu trabalhava em Boston — e que descrevi no *New England Journal of Medicine*. Era uma garota da mesma idade da sua paciente. Estava indo para a universidade, quando atiraram nela com uma besta. A flecha entrou pela borda da sobrancelha esquerda, atravessou a cabeça e saiu quase no meio da nuca.

— E ela sobreviveu? — perguntou Jonasson, pasmo.

— Quando ela chegou ao pronto-socorro foi aquela confusão. Cortaram a flecha e passaram a cabeça dela pelo tomógrafo. A flecha atravessava o cérebro de lado a lado. Pela lógica e pelo bom senso, ela deveria estar morta, ou pelo menos em coma, dada a extensão do traumatismo.

— E em que condição ela estava?

— Ficou consciente o tempo todo. E não só: é claro que estava apavorada, mas se manteve absolutamente coerente. Seu único problema era aquela flecha atravessada no cérebro.

— O que você fez?

— Bem, peguei uma pinça e extraí a flecha, depois fiz um curativo. Mais ou menos isso.

— E ela se safou?

— Ficou em estado crítico por um bom tempo, até receber alta. Mas, para ser franco, poderia ter ido para casa no mesmo dia em que deu entrada no hospital. Nunca tinha visto um paciente com uma saúde tão boa.

Anders Jonasson se perguntou se o professor Ellis não estava zombando da cara dele.

— Por outro lado — Ellis prosseguiu —, alguns anos atrás tive um paciente de quarenta e dois anos, em Estocolmo, que tinha batido a cabeça na beirada de uma janela, uma pancadinha no cérebro. Ele estava com náuseas e seu estado piorou tão depressa que foi levado de ambulância para o pronto-socorro. Estava desacordado quando o recebi. Apresentava um inchaço pequeno e uma hemorragia mínima. Mas não voltou a acordar e morreu depois de nove dias de cuidados intensivos. Até hoje não sei do que ele morreu. No relatório da autópsia, colocamos "hemorragia cerebral em razão de acidente", mas nenhum de nós ficou satisfeito com essa conclusão. A hemorragia era minúscula, situada num lugar onde não poderia causar dano nenhum. Mesmo assim, o fígado, os rins, o coração e os pulmões foram parando de funcionar, um depois do outro. Quanto mais velho fico, mais chego à conclusão de que isso tudo parece uma loteria. Na minha opinião, nunca vamos descobrir como, exatamente, o cérebro funciona. O que você pretende fazer?

Ele tamborilou no monitor com uma caneta.

— Eu estava esperando que você me dissesse.

— Primeiro, me diga como você vê a situação.

— Bem, para começar, parece ser uma bala de calibre pequeno. Entrou pela têmpora e se alojou uns quatro centímetros dentro do cérebro. Ainda está junto ao ventrículo lateral, e há uma hemorragia.

— Providências necessárias?

— Para usar a sua terminologia: pegar uma pinça e extrair a bala por onde ela entrou.

— Excelente sugestão. Mas meu conselho é que você use a pinça mais fina que tiver.

— Simples assim?

— Num caso desses, o que mais se pode fazer? Podemos deixar a bala onde está, e a garota talvez viva até os cem anos, mas é só uma aposta. Ela pode vir a sofrer de epilepsia, de enxaquecas terríveis, todo tipo de complicação. E não dá muita vontade de deixar para abrir a cabeça dela só daqui a um ano, quando o ferimento em si já vai estar curado. A bala está um pouco afastada das grandes veias. Meu conselho é extraí-la, mas...

— Mas o quê?

— A bala não é o que mais me preocupa. Isso é o fascinante nos traumatismos cerebrais — se ela sobreviveu à entrada da bala no crânio, é sinal de que também vai sobreviver à saída. O maior problema se situa neste ponto. — Frank Ellis pôs o dedo na tela. — Em volta do orifício de entrada há um monte de estilhaços de osso. Estou vendo pelo menos uma dúzia de fragmentos de uns poucos milímetros de comprimento. Alguns se cravaram no tecido cerebral. É isso que pode matá-la, se você não tomar cuidado.

— Essa parte do cérebro é associada à fala e à aptidão com números.

Ellis deu de ombros.

— Isso é besteira. Não faço a menor ideia de que função têm essas células cinzentas. Quanto a você, tudo o que precisa fazer é dar o melhor de si. Você é quem vai operar. Vou estar logo atrás de você. Posso vestir um jaleco? E onde é que eu lavo as mãos?

Mikael Blomkvist olhou para o relógio e constatou que eram três e pouco da manhã. Estava com algemas nos pulsos. Fechou os olhos por um instante. Sentia-se extenuado, mas a adrenalina ajudava a aguentar o tranco. Tornou a abrir os olhos e encarou agressivamente o delegado Thomas Paulsson, que retribuiu com um olhar constrangido. Estavam sentados ao redor de uma mesa de cozinha, numa granja de um lugarejo chamado Gosseberga, em algum lugar perto de Nossebro, do qual Mikael ouvira falar pela primeira vez não fazia nem doze horas.

A catástrofe acabava de ser confirmada.

— Idiota — disse Mikael.

— Escute...

— Idiota — repetiu Mikael. — Puta merda, eu falei que ele era um perigo mortal ambulante. Avisei que precisava ser tratado como uma granada sem pino. Ele matou pelo menos três pessoas, tem o físico de um tanque de guerra e mata com as próprias mãos. E o senhor manda dois guardinhas irem buscá-lo, como se ele fosse um bêbado de festa de aldeia.

Mikael voltou a fechar os olhos. Perguntou-se o que mais poderia dar errado naquela noite.

Tinha encontrado Lisbeth Salander pouco depois da meia-noite, gravemente ferida. Ligara para a polícia e conseguira convencer o SOS-Brigada a mandar um helicóptero a fim de transportar Lisbeth ao Hospital Sahlgrenska. Descrevera em detalhes os ferimentos dela e o buraco que a bala deixara em sua cabeça, e recebera o apoio de uma pessoa inteligente e sensata, que havia se dado conta de que Lisbeth precisava de cuidados imediatos.

Ainda assim, o helicóptero demorara meia hora para chegar. Mikael tinha tirado os dois carros do galpão que fazia as vezes de garagem e acendera os faróis para indicar uma zona de pouso, iluminando o pasto em frente à casa.

O piloto do helicóptero e os dois paramédicos mostraram-se profissionais experientes. Um dos paramédicos efetuara os procedimentos de emergência em Lisbeth Salander, enquanto o outro cuidava de Karl Axel Bodin, cujo verdadeiro nome era Zalachenko, pai de Lisbeth Salander e seu pior inimigo. Ele havia tentado matá-la, mas fracassara. Mikael encontrara o sujeito, gravemente ferido, num galpão de lenha anexo àquela granja isolada, com o rosto dilacerado por uma machadada nada gentil e um ferimento na perna.

Enquanto esperava o helicóptero, Mikael fizera todo o possível por Lisbeth. Pegara um lençol limpo num armário, que retalhara e usara como uma bandagem improvisada. Observara que o sangue havia coagulado, formando um tampão no orifício de entrada da cabeça, e não sabia se devia se atrever a aplicar um curativo. Por fim, tinha amarrado frouxamente o lençol em volta da cabeça, mais para evitar que o ferimento ficasse exposto a bactérias e sujeira. Em compensação, detivera a hemorragia causada pelas balas no quadril e no ombro da maneira mais simples. Encontrara dentro de um armário um rolo grande de fita adesiva prateada e com ela simplesmente colara os ferimentos. Também enxugara o rosto de Lisbeth com uma toalha úmida, fazendo o possível para limpar a sujeira.

Não fora até o galpão de lenha para cuidar de Zalachenko. No íntimo, reconhecia que, para ser sincero, não estava nem aí para aquele homem.

Enquanto esperava o SOS-Brigada, telefonara ainda para Erika Berger, a fim de lhe explicar a situação.

— Você está ferido? — perguntou Erika.

— Eu estou bem — respondeu Mikael. — Lisbeth é que está ferida.

— Pobre menina — disse Erika Berger. — Li o relatório do Björck para a Säpo no final da tarde. Como você vai administrar tudo isso?

— Estou sem energia para pensar nisso agora — disse Mikael.

Enquanto conversava com Erika, sentado no chão ao lado da banqueta, mantinha um olhar atento em Lisbeth. Tinha tirado os sapatos e a calça dela para fazer o curativo no quadril e, em dado momento, sua mão encostou na roupa que jogara no chão, junto à banqueta. Sentiu um objeto num dos bolsos; era um Palm Tungsten T3.

Franziu a testa e contemplou, pensativo, o computador de mão. Ao ouvir o barulho do helicóptero, enfiou o Palm no bolso interno do seu casaco. Depois — enquanto ainda estava sozinho — inclinou-se e deu uma olhada em todos os bolsos de Lisbeth. Encontrou outro molho de chaves do apartamento de Mosebacke e um passaporte em nome de Irene Nesser. Sem perder tempo, guardou tudo no compartimento externo da mochila de seu computador.

Minutos depois de o helicóptero da Brigada aterrissar, chegou a primeira viatura, trazendo Fredrik Torstensson e Gunnar Andersson, da polícia de Trollhättan. Eles vinham acompanhados do delegado responsável, Thomas Paulsson, que imediatamente assumiu o comando das operações. Mikael se apresentou e se pôs a explicar o que tinha acontecido. O delegado passou-lhe a impressão de um sujeito obtuso e cheio de si. Assim que Paulsson chegou, as coisas começaram a dar errado.

Paulsson obviamente não entendia nada do que Mikael estava explicando. Parecia estranhamente assustado, e a única informação que conseguiu captar foi que a jovem em estado deplorável, deitada no chão diante da banqueta da cozinha, era Lisbeth Salander, a tríplice assassina procurada pela polícia, e que aquela era uma captura de peso. Em três ocasiões, Paulsson perguntou ao paramédico se a jovem estava em condições de ser presa de imediato. Por fim, o paramédico se levantou e berrou para Paulsson que se afastasse.

Depois disso, Paulsson concentrou sua atenção em Alexander Zalachenko, bastante machucado no galpão de lenha, e Mikael ouviu Paulsson anunciar pelo rádio que Salander, de acordo com todas as evidências, havia tentado matar mais uma pessoa.

A essa altura, Mikael estava tão irritado com Paulsson, o qual obviamente não escutava uma palavra sequer do que ele tentava dizer, que ergueu a voz e o aconselhou a ligar imediatamente para o inspetor Jan Bublanski em Estocolmo. Pegou o celular e se ofereceu para discar o número. Paulsson não estava interessado.

Então Mikael cometeu dois erros.

Declarou taxativamente que o tríplice assassino era, na verdade, um homem chamado Ronald Niedermann, que tinha o porte de um robô antitanque, sofria de analgesia congênita e naquele momento estava amarrado num barranco da estrada de Nossebro. Mikael indicou onde Niedermann se encontrava e recomendou à polícia que mobilizasse um batalhão de infantaria com armamento pesado para prendê-lo. Paulsson perguntou como Niedermann fora parar no barranco, e Mikael admitiu que ele próprio, sob a ameaça de uma arma, o deixara naquela situação.

— Ameaça com arma... — enfatizou o delegado Paulsson.

Naquele momento, Mikael deveria ter percebido que Paulsson era um cretino. Deveria ter pegado o celular e ligado ele mesmo para Jan Bublanski, pedindo-lhe que interviesse e dissipasse a névoa em que Paulsson parecia mergulhado. Em vez disso, Mikael cometera seu segundo erro, tentando lhe entregar a arma que tinha no bolso — uma Colt 1911 Government que ele encontrara mais cedo, naquele dia, no apartamento de Lisbeth Salander em Estocolmo e usara para dominar Ronald Niedermann.

Gesto infeliz, que levara Paulsson a dar voz de prisão a Mikael Blomkvist no ato, por porte ilegal de arma. Nisso, Paulsson ordenou que os agentes Torstensson e Andersson fossem até o local indicado por Mikael, na estrada de Nossebro, para verificar se havia um mínimo de veracidade na história daquele indivíduo, que afirmava ter deixado lá um homem amarrado a uma placa de estrada sinalizadora de travessia de alces. Se fosse o caso, os policiais deveriam algemar a pessoa em questão e trazê-la até a granja de Gosseberga.

Mikael protestara com veemência, explicando que Ronald Niedermann não era um homem que se pudesse apenas prender com algemas, e sim um assassino perigoso. Como Paulsson optasse por ignorar os protestos de Mikael, o cansaço levou a melhor. Mikael chamou Paulsson de babaca incompetente e berrou para Torstensson e Andersson que em hipótese alguma soltassem Ronald Niedermann antes de pedirem reforços.

O resultado de sua bronca foi que o algemaram e enfiaram no banco traseiro do carro do delegado Paulsson, de onde ele assistiu, furioso, à partida de Torstensson e Andersson no carro deles. A única luz naquela escuridão completa era que Lisbeth Salander fora levada para o helicóptero que já desaparecia acima das árvores em direção ao Sahlgrenska. Mikael sentiu-se absolutamente impotente e excluído do fluxo de informações. Só lhe restava esperar que Lisbeth fosse entregue em mãos competentes.

O dr. Anders Jonasson efetuou duas incisões profundas, até o osso do crânio, e dobrou a pele em volta do orifício de entrada. Manteve a abertura com pinças. Uma enfermeira inseriu um aspirador para tirar o sangue. Em seguida veio um momento desagradável, quando o dr. Jonasson usou uma furadeira para ampliar o buraco do osso. A manobra progredia com uma lentidão desesperadora.

Depois de obter, afinal, um buraco suficientemente amplo para conseguir ter acesso ao cérebro de Lisbeth Salander, introduziu uma sonda bem devagar, alargando em alguns milímetros a abertura do ferimento. Em seguida, introduziu uma sonda mais fina e localizou a bala. Graças à radiografia do crânio, viu que a bala tinha desviado e se alojado a um ângulo de quarenta e cinco graus em relação à lesão. Utilizou a sonda para tocar suavemente na borda da bala e, após uma série de tentativas frustradas, conseguiu erguê-la o suficiente para recolocá-la em seu lugar inicial.

Por fim, introduzindo uma pinça comprida e muito fina, conseguiu apanhar a base da bala e a apertou com firmeza. Puxou a pinça em sua direção. A bala veio junto sem praticamente nenhuma resistência. Ele a segurou diante da luz por um segundo, constatou que parecia intacta e então a jogou numa vasilha.

— Esponja — pediu, e foi imediatamente atendido.

Deu uma olhada no eletrocardiograma, o qual indicava que sua paciente ainda gozava de uma atividade cardíaca regular.

— Pinça.

Puxou para si a fortíssima lente suspensa e focalizou a região desnudada.

— Devagar — disse o professor Frank Ellis.

Nos quarenta e cinco minutos seguintes, Anders Jonasson extraiu nada menos que trinta e dois estilhaços de osso encravados em volta do orifício de entrada. O menor deles era invisível a olho nu.

Enquanto Mikael, frustrado, tentava puxar o celular do bolso interno do casaco — tarefa que se revelou impossível com as mãos algemadas —, várias viaturas chegaram a Gosseberga trazendo policiais e técnicos. Informados pelo delegado Paulsson, receberam ordens de colher provas técnicas irrefutáveis no galpão de lenha e proceder a um exame profundo da casa, na qual várias armas tinham sido apreendidas. Resignado, Mikael acompanhou os movimentos deles do seu ponto de observação, a traseira do carro de Paulsson.

Já se passara uma boa hora quando Paulsson pareceu se dar conta de que os agentes Torstensson e Andersson ainda não tinham voltado da missão de prender Ronald Niedermann. De súbito, mostrou um ar preocupado e mandou trazer Mikael Blomkvist à cozinha, pedindo mais uma vez que ele descrevesse a estrada.

Mikael fechou os olhos.

Ainda estava na cozinha com Paulsson quando voltaram os reforços enviados para socorrer os dois policiais. O policial Gunnar Andersson fora encontrado morto, com a nuca quebrada. Seu colega Fredrik Torstensson ainda estava vivo, mas gravemente ferido. Ambos haviam sido encontrados à beira da estrada, ao lado da placa sinalizadora de travessia de alces. Suas armas de serviço e a viatura policial tinham sido levadas.

Se de início o delegado Thomas Paulsson tivera de administrar uma situação relativamente clara, agora se deparava com o homicídio de um policial e com um bandido em fuga.

— Idiota — repetiu Mikael Blomkvist.

— Ofender a polícia não vai adiantar nada.

— Nisso nós concordamos. Mas ainda vou denunciá-lo por erro profissional, e a coisa vai feder. Antes de eu terminar, todas as manchetes do país já terão lhe apontado como o policial mais estúpido da Suécia.

Aparentemente, a ameaça de ser exposto na mídia era a única coisa capaz de impressionar Thomas Paulsson. Pareceu preocupado.

— O que você sugere?

— Exijo que você ligue para o inspetor Jan Bublanski em Estocolmo. Agora.

A inspetora Sonja Modig acordou sobressaltada com o toque de seu celular, que ela deixara carregando do outro lado do quarto. Deu uma olhada no despertador em cima do criado-mudo e constatou desesperada que passava um pouco das quatro da manhã. Olhou para o marido que continuava roncando tranquilamente. Ele continuaria dormindo mesmo que sofressem um ataque da artilharia. Ela cambaleou para fora da cama e achou o botão do celular para atender.

Jan Bublanski — ela pensou —, *quem mais poderia ser?*

— Desastre absoluto nos lados de Trollhättan — declarou seu chefe, sem outro tipo de cumprimento. — O X2000 para Göteborg sai às 5h10.

— O que aconteceu?

— O Blomkvist encontrou a Salander, o Niedermann e o Zalachenko. Está detido por desacato à autoridade, resistência e porte ilegal de arma. A Salander foi levada para o hospital Sahlgrenska com uma bala na cabeça. O Zalachenko está no Sahlgrenska com um machado na cara. O Niedermann está à solta por aí. Matou um policial esta noite.

Sonja Modig piscou duas vezes e sentiu o cansaço. Antes de mais nada, sua vontade era voltar para a cama e tirar um mês de férias.

— X2000 às 5h10. Está certo. O que eu devo fazer?

— Você pega um táxi até a estação. O Jerker Holmberg vai com você. Vocês vão entrar em contato com um tal de Thomas Paulsson, delegado de Trollhättan, que, aparentemente, é o responsável pela confusão desta noite e que, de acordo com o Blomkvist, é um, abre aspas, babaca de marca maior, fecha aspas.

— Você falou com o Blomkvist?

— Ele está algemado. Consegui convencer o Paulsson a me deixar falar rapidamente com ele. Estou a caminho de Kungsholmen, e do centro das operações vou tentar descobrir o que está acontecendo. Ficamos em contato pelo celular.

Sonja Modig conferiu mais uma vez a hora. Depois chamou um táxi e tomou uma chuveirada de um minuto. Escovou os dentes, passou um pente no cabelo, vestiu uma calça preta, uma camiseta preta e uma jaqueta cinza. Guardou a arma de serviço na sacola e escolheu um sobretudo três-quartos de couro vermelho escuro. Então sacudiu o marido, explicou aonde estava indo e pediu que ele tomasse conta das crianças de manhã. Atravessou a porta do prédio no exato instante em que o táxi estacionava junto ao meio-fio.

Não precisou procurar seu colega Jerker Holmberg. Sabia que ele provavelmente estaria no vagão-restaurante, e não se enganou. Ele já havia comprado um sanduíche e um café para ela. Permaneceram calados por uns cinco minutos, tomando o café da manhã. Por fim, Holmberg empurrou sua xícara.

— A gente talvez devesse mudar de profissão — disse ele.

Às quatro da manhã, o inspetor Marcus Ackerman, da Brigada Criminal de Göteborg, chegou finalmente a Gosseberga e assumiu a investigação do assoberbado Thomas Paulsson. Ackerman era um cinquentão grisalho e rechonchudo. Uma de suas primeiras medidas foi livrar Mikael Blomkvist das algemas e lhe oferecer pãezinhos e café de uma garrafa térmica. Acomodaram-se na sala para uma conversa em particular.

— Falei com o Bublanski, de Estocolmo — disse Ackerman. — A gente se conhece há muitos anos. Nós dois lamentamos muito o comportamento do Paulsson.

— Ele conseguiu que um policial fosse morto esta noite — disse Mikael.

Ackerman assentiu com a cabeça.

— Eu conhecia pessoalmente o agente Gunnar Andersson. Ele serviu em Göteborg antes de se mudar para Trollhättan. Tinha uma menina de três anos.

— Sinto muito. Eu tentei alertar...

— Eu sei. E falou alto demais para o gosto dele, por isso mandou algemá-lo. Foi você quem pegou o Wennerström. O Bublanski disse que você é um jornalista bastante metido e um investigador particular totalmente maluco, mas que decerto sabe do que está falando. Poderia me fornecer um quadro compreensível?

— Estamos perto da solução dos assassinatos dos meus amigos Dag Svensson e Mia Bergman, cometidos em Enskede, e de uma pessoa que não era minha amiga... o advogado Nils Bjurman, tutor de Lisbeth Salander.

Ackerman fez que sim com a cabeça.

— Como você sabe, desde a Páscoa a polícia está atrás de Lisbeth Salander, por suspeita de triplo homicídio. Antes de mais nada, você precisa aceitar que Lisbeth Salander não é culpada desses assassinatos. Se ela tem algum papel neste caso, é o de vítima.

— Não me envolvi no caso Salander, mas depois de tudo o que saiu na mídia acho difícil engolir que ela é totalmente inocente.

— Mas essa é a verdade. Ela é inocente. Ponto-final. O verdadeiro assassino é Ronald Niedermann, esse que matou o seu colega Gunnar Andersson esta noite. Ele trabalha para Karl Axel Bodin.

— O tal Bodin que está no Sahlgrenska com um machado na cara.

— De um ponto de vista puramente técnico, o machado não está mais na cara dele. Suponho que foi a Lisbeth quem o agrediu. O verdadeiro nome dele é Alexander Zalachenko. Ele é pai da Lisbeth e ex-agente dos serviços secretos militares russos. Ele desertou nos anos 1970 e depois disso trabalhou para a Säpo até a queda da União Soviética. De lá para cá, atua como gângster *freelancer*.

Ackerman contemplou, pensativo, o homem sentado à sua frente na banqueta. Mikael Blomkvist estava brilhando de suor e parecia enregelado e exausto. Até o momento, argumentara de modo racional e coerente, mas o delegado Thomas Paulsson — no qual Ackerman não confiava muito — o alertara sobre os delírios de Blomkvist acerca de agentes russos e assassinos alemães, coisas que não faziam parte da rotina da polícia sueca. Blomkvist parecia estar chegando ao ponto da história que Paulsson tinha preferido rejeitar. Mas um policial fora morto e outro fora gravemente ferido no acostamento da estrada de Nossebro, e Ackerman estava pronto para ouvir. Não conseguiu disfarçar, contudo, uma pitada de incredulidade na voz.

— Certo. Um agente russo.

Blomkvist exibiu um sorriso pálido, consciente de que sua história parecia meio fantasiosa.

— Um ex-agente russo. Posso provar tudo o que estou afirmando.

— Continue.

— Nos anos 1970, Zalachenko estava no auge de sua carreira de espião. Abandonou o navio, e a Säpo lhe ofereceu asilo. Até onde entendi, não se trata de um caso único na esteira do desmantelamento da União Soviética.

— Certo.

— Não sei exatamente o que aconteceu aqui esta noite, mas ao que parece a Lisbeth veio atrás do pai, que fazia quinze anos ela não via. Ele maltratava a tal ponto a mãe dela que a infeliz acabou morrendo. Ele tentou matar a Lisbeth e é ele, por intermédio do Ronald Niedermann, quem está por trás dos assassinatos do Dag Svensson e da Mia Bergman. Além disso, é o responsável pelo sequestro da Miriam Wu, a amiga da Lisbeth — a famosa luta decisiva que o Paolo Roberto encarou em Nykvarn.

— Se Lisbeth Salander cravou um machado na cabeça do pai, não dá para dizer que ela seja inocente.

— Só que a Lisbeth Salander está com três balas no corpo. Acho que podemos alegar certo grau de legítima defesa. Eu me pergunto...

— Sim?

— A Lisbeth estava tão coberta de terra e lama que seu cabelo era uma crosta de argila endurecida. Estava com a roupa cheia de areia. Parecia ter sido enterrada. E o Niedermann tem, visivelmente, certa tendência a enterrar as pessoas. A polícia de Södertälje descobriu dois túmulos num armazém próximo de Nykvarn, de propriedade do MC Svavelsjö.

— Três túmulos, na verdade. Descobriram mais um ontem, tarde da noite. Mas se eles atiraram em Lisbeth Salander e depois a enterraram, como se explica ela andando por aí de machado na mão?

— Já disse, não sei o que aconteceu, mas a Lisbeth é uma garota de muitos recursos. Tentei convencer o Paulsson a mandar para cá uma patrulha de cães...

— Eles estão chegando.

— Ótimo.

— O Paulsson o prendeu por desacato à autoridade.

— Contesto isso. Eu o chamei de idiota, babaca incompetente e cretino. Na atual circunstância, nenhum desses adjetivos é insultuoso a ele.

— Mas você também está preso por porte ilegal de arma.

— Cometi o erro de querer entregar uma arma para ele. De resto, não tenho nada a declarar antes de falar com o meu advogado.

— Certo. Vamos deixar isso pra lá por enquanto. Temos coisas mais sérias para tratar. O que você sabe sobre esse Niedermann?

— É um assassino. E há algo errado com ele: mede mais de dois metros de altura e tem o físico de um tanque de guerra. Pergunte ao Paolo Roberto, que andou se enfrentando com ele. Ele sofre de analgesia congênita. É uma doença, as chamadas fibras C não funcionam, e ele é incapaz de sentir dor. É alemão, nasceu em Hamburgo e foi *skinhead* quando jovem. É extremamente perigoso e está solto por aí.

— Tem alguma ideia de onde ele poderia se esconder?

— Não. Só sei que eu tinha amarrado ele direitinho. Só faltava prendê-lo, quando esse cretino de Trollhättan assumiu as rédeas da situação.

Pouco antes das cinco da manhã, Anders Jonasson tirou suas luvas de látex sujas e jogou-as na lixeira. Uma enfermeira aplicou compressas no ferimento do quadril. A operação tinha durado três horas. Ele olhou para a cabeça raspada e maltratada de Lisbeth Salander, já envolta nas bandagens.

Sentiu uma súbita ternura, a mesma que costumava sentir pelos pacientes que operava. De acordo com os jornais, Lisbeth Salander era uma assassina em série psicopata, mas a seus olhos ela lembrava, antes de mais nada, um passarinho machucado. Balançou a cabeça e então virou-se para Frank Ellis, que o fitou com um olhar divertido.

— Você é um cirurgião excelente — disse Ellis.

— Posso te convidar para um café da manhã?

— Aqui dá para pedir panqueca com geleia?

— Dá para pedir filhós — disse Anders Jonasson. — Na minha casa. Vou avisar minha mulher e a gente pega um táxi. — Ele parou e consultou o relógio. — Pensando bem, acho melhor não ligar.

A dra. Annika Giannini, advogada, acordou sobressaltada. Virou a cabeça para a direita e constatou que eram 5h58. Tinha uma primeira reunião com um cliente às oito horas. Virou a cabeça para a esquerda e contemplou o marido, Enrico Giannini, que dormia serenamente e, na melhor das hipóteses, acordaria por volta das oito. Determinada, piscou várias vezes, saiu da cama e foi ligar a cafeteira antes de ir para o chuveiro. Tomou banho sem pressa e vestiu em seguida uma calça preta, uma blusa de gola rulê branca e um blazer vermelho. Torrou duas fatias de pão, juntou a elas geleia de laranja, queijo e uns pedaços de maçã e levou seu café da manhã para a sala bem a tempo de pegar o noticiário das seis e meia na tevê. Tomou um gole de café e estava abrindo a boca para morder uma torrada quando ouviu a manchete.

Um policial morto e outro gravemente ferido. Uma noite trágica, com a prisão da assassina Lisbeth Salander.

De início, custou a organizar as ideias, pois sua primeira impressão fora que Lisbeth Salander havia matado um policial. As informações eram esparsas, mas ela acabou entendendo que quem estava sendo procurado pelo assassinato do policial era um homem. Fora lançado um alerta nacional de busca para um homem de trinta e sete anos, de identidade ainda desconhecida. Lisbeth Salander, ao que parecia, estava gravemente ferida no Hospital Sahlgrenska de Göteborg.

Annika mudou de canal, mas não conseguiu descobrir mais nada. Pegou o celular e digitou o número de seu irmão, Mikael Blomkvist. Uma gravação respondeu que o número chamado estava indisponível. Sentiu uma pontada de medo. Mikael ligara na noite anterior, a caminho de Göteborg. Estava indo atrás de Lisbeth Salander. E de um assassino chamado Ronald Niedermann.

Ao raiar do dia, um policial observador notou vestígios de sangue no terreno atrás do galpão de lenha. Um cão farejador seguiu o rastro até um buraco aberto numa clareira, a cerca de quatrocentos metros a nordeste da granja de Gosseberga.

Mikael acompanhou o inspetor Ackerman. Examinaram o local, pensativos. Não foi difícil descobrir uma quantidade grande de sangue dentro e ao redor do buraco.

Também acharam uma cigarreira amassada, que claramente tinha sido usada como pá. Ackerman guardou a cigarreira num saco plástico para evidências e lhe pôs uma etiqueta. Juntou também amostras de torrões da terra manchada de sangue. Um policial fardado chamou sua atenção para uma guimba sem filtro da marca Pall Mall a poucos metros do buraco. A guimba também foi guardada num saco plástico etiquetado. Mikael lembrou de ter visto um maço de Pall Mall na bancada da cozinha de Zalachenko.

Ackerman deu uma olhada no céu e avistou nuvens pesadas de chuva. A tempestade que castigara Göteborg durante a noite parecia estar passando pelo sul da região de Nossebro e a chuva ia começar dali a pouco. Virou-se para um policial e pediu-lhe que achasse uma lona para cobrir o buraco.

— Acho que você tem razão — Ackerman disse afinal para Mikael. — O exame de sangue vai provavelmente dizer que Lisbeth Salander foi enterrada aqui, e aposto que vão achar impressões digitais na cigarreira. Ela foi baleada, enterrada, mas de alguma maneira sobreviveu, conseguiu sair do túmulo e...

— ... e voltou até a granja e jogou o machado na cara do Zalachenko — concluiu Mikael. — No quesito obstinação, ela é nota dez.

— Mas como foi que ela se virou com o Niedermann?

Mikael deu de ombros. Nesse ponto, estava tão perplexo quanto Ackerman.

2. SEXTA-FEIRA 8 DE ABRIL

Sonja Modig e Jerker Holmberg chegaram à estação central de Göteborg pouco depois das oito da manhã. Bublanski tinha ligado e passado novas instruções; era para deixarem Gosseberga para lá e pegarem um táxi até a chefatura de polícia, em Nya Ullevi, sede da polícia criminal de Västra Götaland. Aguardaram quase uma hora até o inspetor Ackerman chegar de Gosseberga, acompanhado de Mikael Blomkvist. Mikael cumprimentou Sonja Modig, que ele já conhecia, e apertou a mão de Jerker Holmberg. Em seguida, um colega de Ackerman juntou-se a eles trazendo um relatório atualizado da busca a Ronald Niedermann. O relatório era sucinto.

— Dispomos de um grupo de investigação dirigido pela Criminal. Foi lançado, claro, um aviso de busca em todo o país. Encontraram a viatura da polícia em Alingsås, às seis da manhã. Por enquanto, a pista acaba aí. Desconfiamos que ele trocou de carro, mas não foi registrada nenhuma queixa de roubo de carro.

— E a imprensa? — inquiriu Modig, com um olhar de desculpas para Mikael Blomkvist.

— Trata-se do assassinato de um policial, e a mobilização é geral. Vai haver uma coletiva de imprensa às dez horas.

— Alguém por acaso sabe alguma coisa sobre o estado da Lisbeth Salander? — perguntou Mikael. Estranho, mas não sentia quase nenhum interesse por tudo o que dizia respeito à caçada a Niedermann.

— Ela foi operada durante a madrugada. Extraíram uma bala da cabeça dela. Ainda não acordou.

— Algum prognóstico?

— Pelo que entendi, não há como saber antes de ela acordar. Mas o médico que fez a cirurgia diz que ela tem boas chances de sobreviver se não houver nenhuma complicação.

— E o Zalachenko?

— Quem? — perguntou o colega de Ackerman, que ainda não estava inteirado de todos os meandros complicados da história.

— Karl Axel Bodin.

— Ah, sim, ele também foi operado de madrugada. Levou uma machadada feia no rosto e outra logo abaixo da patela. Está em péssimo estado, mas os ferimentos não apresentam risco de morte.

Mikael assentiu com a cabeça.

— Você parece cansado — disse Sonja Modig.

— Pode-se dizer que sim. Estou começando meu terceiro dia sem dormir praticamente nada.

— Ele dormiu no carro, voltando de Nossebro — disse Ackerman.

— Você teria condições de nos contar a história toda desde o início? — perguntou Holmberg. — Parece que os investigadores particulares estão dando de três a zero na polícia.

Mikael tentou sorrir.

— Essa é uma fala que eu gostaria de ouvir da boca do Bublanski — disse.

Acomodaram-se na cafeteria da chefatura de polícia para tomar o café da manhã. Mikael passou cerca de meia hora explicando, tintim por tintim, de que modo reconstituíra a complexa história de Zalachenko. Quando concluiu, os policiais mantiveram um silêncio pensativo.

— Existem umas lacunas na sua história — disse Jerker Holmberg afinal.

— É bem possível.

— Você não explicou como teve acesso ao relatório secreto da Säpo sobre o Zalachenko.

Mikael assentiu com a cabeça.

— Eu o encontrei ontem na casa da Lisbeth Salander, depois que finalmente descobri o esconderijo dela. Quanto a ela, decerto achou o relatório na casa de campo do doutor Nils Bjurman.

— Quer dizer que você descobriu o esconderijo da Lisbeth Salander — disse Sonja Modig.

Mikael assentiu com a cabeça.

— E?

— Vou deixar para vocês a tarefa de descobrir o endereço por seus próprios meios. A Lisbeth fez um esforço enorme para conseguir aquele endereço secreto, e agora não vou ser eu quem vai deixar vazar.

Modig e Holmberg ficaram meio acabrunhados.

— Mikael... trata-se de uma investigação de homicídio — disse Sonja Modig.

— E vocês ainda não sacaram que a Lisbeth Salander é inocente e que a polícia pisoteou a vida pessoal dela de um jeito que não dá para entender. De onde vocês tiraram aquela história de lésbicas satânicas? Tenho certeza de que a própria Lisbeth, se quiser, vai contar para vocês onde ela mora.

— Tem outra coisa que não consegui entender direito — insistiu Holmberg. — Onde é que o Bjurman entra nessa história? Você disse que foi ele quem desencadeou tudo isso quando contatou o Zalachenko e pediu que ele matasse a Salander... mas por que ele faria uma coisa dessas?

Mikael teve um longo momento de hesitação.

— Tenho a impressão de que ele contratou o Zalachenko para se livrar da Lisbeth Salander. O objetivo era ela ir parar no armazém de Nykvarn.

— Ele era o seu tutor. Que motivo teria para se livrar dela?

— É complicado.

— Explique.

— Ele tinha um puta motivo. Foi uma coisa que ele fez, e a Lisbeth estava sabendo. Ela era uma ameaça para o futuro pessoal e financeiro dele.

— O que foi que ele fez?

— Acho melhor a própria Lisbeth explicar essa parte.

Seu olhar cruzou com o de Holmberg.

— Deixe eu adivinhar — disse Sonja Modig. — O Bjurman se comportou mal com a sua protegida.

Mikael assentiu com a cabeça.

— Posso deduzir que ele a submeteu a algum tipo de violência sexual?

Mikael deu de ombros e se absteve de qualquer comentário.

— Você está sabendo da tatuagem na barriga do Bjurman?

— Tatuagem?

— Uma tatuagem feita por um amador, um texto que ocupa a barriga toda... *Sou um porco sádico, um canalha estuprador*. A gente andou se perguntando sobre o significado disso tudo.

De repente, Mikael caiu na risada.

— O que foi?

— Fiquei pensando no que a Lisbeth teria feito para se vingar. Mas, já disse, não quero discutir isso com vocês, pelo mesmo motivo. Trata-se da vida pessoal dela. A Lisbeth é que foi objeto de um crime. Ela é que é a vítima. Ela é quem deve decidir o que vai querer ou não contar para vocês. Sinto muito.

Ele parecia estar quase se desculpando.

— O certo, em caso de estupro, é dar queixa — disse Sonja Modig.

— Concordo. Mas esse estupro aconteceu há dois anos e a Lisbeth ainda não contou nada à polícia. O que prova que ela não pretende contar. Posso até não concordar, mas ela é quem decide. Além disso...

— Sim?

— Ela não tem motivo algum para confiar na polícia. Da última vez que tentou explicar a que ponto Zalachenko era um canalha, foi trancafiada num hospital psiquiátrico.

Richard Ekström, o responsável pelo inquérito preliminar, estava um tanto ansioso naquela manhã de sexta-feira, quando, pouco antes das nove horas, convidou o chefe das investigações, Jan Bublanski, para se sentar à sua frente. Ekström ajeitou os óculos e esfregou a barba bem cuidada. Para ele, aquela situação era caótica e ameaçadora. Durante um mês, ele fora o responsável pela investigação preliminar, o homem que caçava Lisbeth Salander. Ele a tinha descrito abertamente como uma psicopata, uma doente mental perigosa para a população. Tinha deixado vazar informações que seriam vantajosas para ele num eventual processo. Tudo parecia às mil maravilhas.

Na sua cabeça, não havia dúvida de que Lisbeth Salander era de fato culpada do triplo homicídio e que o processo resultaria numa vitória tranquila, uma mera encenação de marketing com ele próprio no papel principal. E eis que tudo tinha desandado e lá estava ele às voltas com um assassino bem diferente e um caos que parecia não ter fim. *Droga de Salander*.

— Estamos com uma autêntica baderna para resolver — disse ele. — O que você descobriu esta manhã?

— Emitimos um pedido nacional de busca para Ronald Niedermann, mas ele ainda está foragido. Por enquanto, está sendo procurado apenas pelo assassinato do policial Gunnar Andersson, mas imagino que a gente deva incluir os três homicídios aqui de Estocolmo. Talvez você devesse convocar uma coletiva de imprensa.

Bublanski só estava sugerindo a coletiva para sacanear Ekström, a quem detestava.

— Acho melhor esperar um pouco — respondeu Ekström depressa.

Bublanski fez um esforço para não sorrir.

— Os últimos acontecimentos dizem respeito principalmente à polícia de Göteborg — retomou Ekström, para ser mais claro.

— É, mas estamos com a Sonja Modig e o Jerker Holmberg no local, em Göteborg, e iniciamos uma colaboração...

— Vamos esperar mais informações antes de convocar uma coletiva — interrompeu Ekström com voz autoritária. — O que eu queria saber é até que ponto você tem certeza de que o Niedermann está envolvido nos assassinatos aqui de Estocolmo.

— Como policial, estou convencido disso. Mas, de fato, não temos muitas provas. Não existe testemunha dos assassinatos nem nenhuma prova técnica irrefutável. O Magge Lundin e o Benny Nieminen, do MC Svavelsjö, negam-se a prestar uma declaração e afirmam que nunca ouviram falar do Niedermann. Em compensação, é certo que ele vai ser condenado pelo homicídio do Gunnar Andersson.

— Está bem — disse Ekström. — O que nos interessa no momento é o assassinato do policial. Mas me conte... Há algo que indique que a Salander estaria, apesar de tudo, envolvida nos assassinatos? Daria para supor que ela e o Niedermann agiram juntos?

— Duvido. Eu é que não divulgaria uma teoria dessas.

— Mas então qual é o papel dela nisso tudo?

— É uma história supercomplicada. Como o Mikael Blomkvist vem afirmando desde o começo, é esse sujeito, o Zala... Alexander Zalachenko.

Ao ouvir o nome de Mikael Blomkvist, o procurador Ekström estremeceu visivelmente.

— O Zala é um espião russo fora de atividade, obviamente desprovido de qualquer escrúpulo, que atuava na época da guerra fria — prosseguiu Bublanski. — Chegou aqui nos anos 1970, e é o pai de Lisbeth Salander. Foi apoiado por um grupo da Säpo, que o cobria quando ele infringia a lei. Um policial da Säpo também deu um jeito de a Lisbeth Salander ser internada, aos treze anos, numa clínica de psiquiatria infantil, quando ela ameaçou revelar a verdade sobre o Zalachenko.

— Admita que é meio difícil engolir tudo isso. Não dá para tornar pública uma história dessas. Se entendi bem, tudo o que diz respeito ao Zalachenko é considerado segredo de Estado.

— Mas é a pura verdade. Tenho documentos que comprovam isso.

— Posso ver esses documentos?

Bublanski empurrou na direção dele o arquivo contendo o relatório policial datado de 1991. Ekström, pensativo, contemplou o selo que classificava o documento como segredo de Estado, e o número do arquivo, que ele de imediato identificou como proveniente da Säpo. Folheou rapidamente as cerca de cem páginas e leu algumas ao acaso. Por fim, largou o relatório.

— Temos que tentar acalmar as coisas para que a situação não escape das nossas mãos. Com que então a Lisbeth Salander foi internada num hospital de loucos porque tentou matar o pai... o tal Zalachenko. E agora cravou um machado na cabeça dele. Não dá para não entender isso como uma tentativa de homicídio. E ela também tem que ser acusada por ter atirado no Magge Lundin em Stallarholmen.

— Acuse quem você quiser, mas eu, no seu lugar, avançaria pisando em ovos.

— Vai ser um escândalo daqueles se essa história envolvendo a Säpo for divulgada.

Bublanski deu de ombros. Sua missão era elucidar crimes, e não administrar escândalos.

— E esse canalha da Säpo, o Gunnar Björck, o que se sabe sobre o papel dele nisso tudo?

— Ele é um dos protagonistas. Atualmente está de licença médica por causa de uma hérnia de disco e está passando um tempo em Smådalarö.

— Certo... por enquanto não se fala na Säpo. Trata-se de um policial morto, só isso. O nosso papel não é criar confusão.

— Acho que vai ser difícil de abafar.

— Como assim?

— Mandei o Curt Bolinder deter o Björck para um interrogatório. — Bublanski consultou o relógio. — A essa hora ele deve estar em plena ação.

— O quê?

— Na verdade, minha intenção era eu mesmo ter o prazer de ir até Småladarö, mas não pude por causa do assassinato do policial.

— Não emiti nenhuma autorização para a prisão de Björck.

— Correto. Mas não se trata de prisão. Mandei que o trouxessem para interrogá-lo.

— Não estou gostando nada disso.

Bublanski se inclinou para a frente e assumiu um ar confidencial.

— Richard... a questão é a seguinte. A Lisbeth Salander foi vítima de uma série de abusos judiciários, que tiveram início quando ela não passava de uma criança. Não pretendo deixar que isso continue. Você pode escolher me afastar das investigações, mas nesse caso vou ser obrigado a escrever um relatório incisivo a respeito.

Richard Ekström ficou com cara de quem chupou um limão.

Gunnar Björck, em licença médica do seu cargo de chefe-adjunto da Brigada dos Estrangeiros na Säpo, abriu a porta de sua casa de campo em Småladarö e se viu frente a frente com um homem corpulento, de cabelos loiros e curtos e jaqueta de couro preta.

— Gostaria de falar com Gunnar Björck.

— Sou eu.

— Curt Bolinder, de Assuntos Criminais.

O homem mostrou sua identificação.

— Pois não?

— Vou pedir que me acompanhe até a chefatura de polícia de Kungsholmen para auxiliar na investigação sobre Lisbeth Salander.

— Hã... deve haver algum engano.

— Não há nenhum engano — disse Curt Bolinder.

— O senhor não está entendendo. Eu também sou da polícia. Sugiro que verifique com seu chefe.

— É o meu chefe que quer falar com o senhor.

— Preciso dar um telefonema e...

— Vai poder telefonar de Kungsholmen.

De repente, Gunnar Björck entregou os pontos. Droga de Mikael Blomkvist. Droga de Salander.

— Estou sendo detido? — perguntou.

— Por enquanto não. Mas acho que se pode dar um jeito, se o senhor acha indispensável.

— Não... não, vou acompanhá-lo, claro. Faço questão de auxiliar meus colegas da polícia oficial.

— Melhor assim — disse Curt Bolinder, entrando na casa. Manteve um olhar atento em Gunnar Björck enquanto ele ia pegar o casaco e desligar a cafeteira.

Às onze da manhã, Mikael Blomkvist soube que o seu carro alugado continuava estacionado atrás de uma granja na entrada de Gosseberga, mas no estado de exaustão em que se encontrava não tinha energia para ir buscá-lo, e muito menos para dirigir uns tantos quilômetros sem se transformar em um perigo para o trânsito. Pediu conselho ao inspetor Marcus Ackerman, que generosamente propôs que um técnico da Criminal de Göteborg fosse buscar o carro.

— Encare isso como uma compensação pela maneira como você foi tratado na noite passada.

Mikael assentiu com a cabeça e pegou um táxi para o City Hotel, na Lorensbergsgatan, perto da Avenyn. Pediu um quarto simples por uma diária de oitocentas coroas e subiu imediatamente. Despiu-se, sentou-se nu sobre a cama, tirou do bolso interno do casaco o Palm Tungsten T3 de Lisbeth Salander e avaliou seu peso com a mão. Ainda estava surpreso de o computador de mão não ter sido apreendido quando o delegado Thomas Paulsson o revistara, mas Paulsson partira do princípio de que aquele era o computador de Mikael, e ele não fora formalmente acusado de nada nem destituído de seus objetos pessoais. Refletiu um instante e então colocou o Palm no compartimento da mochila de seu computador, onde já estava guardado o DVD *Bjurman*, de Lisbeth, que Paulsson também deixara passar. Estava ciente de que, do ponto de vista legal, era uma retenção de provas, mas aqueles eram objetos que Lisbeth aparentemente não ia querer que fossem parar em mãos erradas.

Pegou seu celular, observou que a bateria estava quase no fim e colocou-o para carregar. Telefonou para sua irmã, a dra. Annika Giannini.

— Oi, mana.

— Você tem alguma coisa a ver com o assassinato do policial da noite passada? — ela foi logo perguntando.

Ele explicou rapidamente o que tinha acontecido.

— Certo. Quer dizer que a Salander está na UTI.

— Isso. Só vão saber da gravidade dos ferimentos depois que ela acordar, mas ela vai precisar de um advogado.

Annika Giannini ponderou alguns instantes.

— Você acha que ela vai me aceitar?

— É provável que não aceite nenhum advogado. Pedir ajuda não é o estilo dela.

— Tudo indica que ela vai precisar de um advogado criminal. Preciso dar uma olhada nos documentos que você tem aí.

— Fale com a Erika Berger e peça uma cópia para ela.

Assim que terminou de falar com a irmã, Mikael ligou para Erika Berger. Como ela não atendesse o celular, discou o número da redação da *Millennium*. Henry Cortez atendeu.

— A Erika saiu — disse Henry.

Mikael deu um resumo da situação e pediu a Henry que repassasse a informação para a diretora da *Millennium*.

— Certo. E o que a gente faz? — perguntou Henry.

— Hoje, nada — disse Mikael. — Preciso dormir. Volto amanhã para Estocolmo, se não houver nenhum imprevisto. A *Millennium* vai dar sua versão do caso no próximo número, isto é, daqui a quase um mês.

Desligou, enfiou-se na cama e em menos de trinta segundos estava dormindo.

A adjunta do chefe de polícia do Departamento, Monica Spångberg, bateu com uma caneta na borda do seu copo de água mineral para pedir silêncio. Dez pessoas — três mulheres e sete homens — estavam em volta da mesa de reuniões de sua sala, na chefatura de polícia. Eram eles o diretor da Brigada Criminal, seu adjunto, três inspetores criminais, entre eles Marcus Ackerman, e o assessor de comunicação da polícia de Göteborg. Também tinham sido convocados para a reunião a responsável pelo inquérito preliminar, Agneta Jervas, do Ministério Público, e os inspetores criminais Sonja Modig e Jerker Holmberg, de Estocolmo. Estes últimos estavam presentes para demonstrar a boa vontade dos colegas de Estocolmo em colaborar e também, quem sabe, para mostrar como se conduz uma investigação de verdade.

Spångberg, em geral a única mulher naquele ambiente masculino, não tinha fama de desperdiçar tempo com formalidades nem amenidades. Explicou que o chefe de polícia do departamento estava em uma viagem de trabalho, uma conferência da Europol em Madri, que interrompera a viagem ao ser avisado do assassinato de um policial, mas que só deveria chegar tarde da noite. Depois, dirigindo-se diretamente ao diretor da Brigada Criminal, Arne Pehrzon, pediu-lhe um resumo da situação.

— Há pouco mais de dez horas nosso colega Gunnar Andersson foi morto na estrada de Nossebro. Sabemos o nome do assassino, Ronald Niedermann, mas não temos nenhuma foto do indivíduo.

— Em Estocolmo temos uma foto dele de vinte anos atrás. Foi o Paolo Roberto quem conseguiu, mas quase não dá para aproveitar — disse Jerker Holmberg.

— Certo. Encontraram a viatura roubada em Alingsås hoje cedo. Estava estacionada numa rua lateral, a cerca de trezentos metros da estação. Não houve nesta manhã nenhuma queixa de carro roubado na área.

— E quanto às investigações?

— Estamos verificando os trens que chegam a Estocolmo e Malmö. Emitimos um pedido nacional de busca e informamos a polícia norueguesa e a dinamarquesa. No momento estamos com cerca de trinta policiais trabalhando diretamente no caso e, é claro, com todos os agentes de olhos bem abertos.

— Nenhuma pista?

— Nada ainda. Mas não deve ser impossível localizar um homem com o físico do Niedermann.

— Alguém tem notícias do Fredrik Torstensson? — perguntou um dos inspetores da Criminal.

— Está no hospital de Sahlgrenska. Ficou bem machucado, mais ou menos como se tivesse sofrido um acidente de carro. É difícil acreditar que um ser humano possa ter causado tantas lesões apenas com as mãos. Além das fraturas e das costelas quebradas, ele está com uma vértebra machucada e corre o risco de ficar parcialmente paralisado.

Todos refletiram sobre a situação do colega durante alguns segundos, até que Spångberg retomou a palavra. Voltou-se para Ackerman.

— O que de fato aconteceu em Gosseberga?

— Em Gosseberga? Aconteceu o Thomas Paulsson.

Um gemido unânime foi ouvido por parte de vários participantes da reunião.

— Por que ninguém aposenta esse cara? Ele é uma puta de uma catástrofe ambulante.

— Conheço bem o Paulsson — disse Monica Spångberg em tom áspero. — Mas ninguém se queixou dele nesses... digamos, últimos dois anos.

— O prefeito de lá é um velho conhecido do Paulsson e deve ter achado melhor mantê-lo por perto. A intenção era boa, claro, não se trata de uma crítica. Mas, na noite passada, o Paulsson se comportou de um modo tão estranho que vários colegas relataram o fato.

— O que ele fez?

Marcus Ackerman olhou de soslaio para Sonja Modig e Jerker Holmberg. Parecia sem graça de revelar as imperfeições de sua organização diante dos colegas de Estocolmo.

— O mais estranho, sem dúvida, foi ele destacar um agente do departamento técnico para fazer um inventário do galpão de lenha onde o Zalachenko foi encontrado.

— Inventário do galpão de lenha? — espantou-se Spångberg.

— É... quer dizer... ele queria saber exatamente quantas toras de lenha tinha ali. Para fazer um relatório bem completo.

Fez-se um silêncio expressivo em volta da mesa de reuniões, até que Ackerman prosseguiu:

— Hoje de manhã, descobrimos que o Paulsson consome pelo menos dois psicotrópicos, o Xanor e o Efexor. Na verdade, era para ele estar de licença médica, mas escondeu seu estado dos colegas.

— Que estado? — perguntou Spångberg, ríspida.

— É claro que não sei exatamente do que se trata — sigilo profissional dos médicos, sabe como é —, mas esses psicotrópicos que ele toma são um ansiolítico fortíssimo e um estimulante. Na noite passada, ele estava simplesmente dopado.

— Meu Deus — disse Spångberg, enfática. Lembrava a tempestade que passara sobre Göteborg naquela manhã. — Quero o Paulsson aqui para uma conversa. Agora.

— Vai ser difícil. Ele desmoronou hoje de manhã e foi internado no hospital por estresse. Foi mesmo um azar para a gente ele estar de plantão.

— Uma pergunta — disse o diretor da Brigada Criminal. — Quer dizer que na noite passada o Paulsson pediu o indiciamento de Mikael Blomkvist?

— Ele deixou um relatório em que registra desacato à autoridade, resistência violenta a um funcionário e porte ilegal de arma.

— O Blomkvist admite alguma dessas coisas?

— Admite o desacato, mas afirma que foi em legítima defesa. Segundo ele, a resistência consistiu numa tentativa verbal um pouco extremada de impedir que Torstensson e Andersson fossem prender o Niedermann sozinhos e sem reforços.

— Alguma testemunha?

— Só os agentes Torstensson e Andersson. Permita-me dizer que não acredito em nada no relatório do Paulsson quando ele fala em resistência violenta. Claramente se trata de uma forma de se proteger de eventuais queixas do Blomkvist.

— Mas ele, o Blomkvist, tinha conseguido dominar o Niedermann sozinho? — perguntou a procuradora Agneta Jervas.

— Ele o ameaçou com uma arma.

— Então o Blomkvist tinha uma arma. Ou seja, o indiciamento de Blomkvist tem fundamento. Onde ele conseguiu a arma?

— O Blomkvist não quer falar sobre isso antes de consultar um advogado. Mas o Paulsson indiciou o Blomkvist quando ele tentava lhe *entregar* a arma.

— Posso fazer uma sugestão informal? — perguntou cautelosamente Sonja Mondig.

Todos olharam para ela.

— Estive com o Mikael Blomkvist várias vezes durante a investigação, e acho que ele é um sujeito legal, apesar de ser jornalista. Suponho que a decisão de indiciá-lo ou não seja sua... — Ela fitou Agneta Jarvas, que assentiu a cabeça. — Neste caso, essa história de desacato e resistência é pura bobagem, e imagino que vai arquivá-la imediatamente.

— É provável. Mas porte ilegal de arma já é coisa mais séria.

— Sugiro que espere um pouco antes de apertar o gatilho. O Blomkvist reconstituiu toda esta história sozinho e está muito à frente da polícia. Seria melhor mantermos boas relações com ele e cooperarmos. É mais vantajoso do que dar margem para ele detonar a polícia toda na mídia.

Ela se calou. Passados alguns segundos, Marcus Ackerman pigarreou. Se Sonja Mondig podia empinar o nariz, ele não iria ficar para trás.

— Concordo. Também acho o Blomkvist um sujeito sensato. Apresentei nossas desculpas pelo modo como foi tratado na noite passada. Ele parece disposto a deixar por isso mesmo. Além do que, é um cara íntegro. Descobriu o endereço da Lisbeth Salander, mas se nega a nos fornecer. Não tem medo de enfrentar uma discussão aberta com a polícia... e está numa posição em que a voz dele vai ter tanto peso na mídia quanto qualquer denúncia do Paulsson.

— Mas e se ele se negar a dar informações sobre a Salander para a polícia?

— Diz ele que é só a gente perguntar para a Lisbeth.

— Que tipo de arma era essa? — perguntou Jervas.

— Uma Colt 1991 Government. Número de série desconhecido. Mandei para o laboratório, e ainda não sabemos se foi usada em algum contexto criminal na Suécia. Se for o caso, vamos ter que reconsiderar.

Monica Spångberg ergueu a caneta.

— Agneta, você decide se quer abrir um inquérito preliminar sobre o Blomkvist. Imagino que esteja esperando os resultados do Laboratório. Continuando... Esse sujeito, o Zalachenko... vocês, de Estocolmo, o que podem nos dizer sobre ele?

— Acontece que até ontem à tarde nós também nunca tínhamos ouvido falar nem em Zalachenko nem em Niedermann — respondeu Sonja Modig.

— Eu achava que em Estocolmo vocês andavam atrás de um grupo de lésbicas satânicas — disse um dos policiais de Göteborg. Alguns homens esboçaram um sorriso. Jerker Holmberg começou a examinar as próprias unhas. Sonja Modig que respondesse àquela pergunta.

— Cá entre nós, na Brigada a gente também tem um "Thomas Paulsson", e é a ele que a gente deve essa história de bando de lésbicas satânicas.

E então Sonja Modig e Jerker Holmberg passaram toda uma meia hora relatando suas investigações.

Quando concluíram, um longo silêncio se fez em volta da mesa.

— Se essa informação sobre o Gunnar Björck estiver certa, quem vai ficar com as orelhas ardendo é a Säpo — disse, por fim, o adjunto do diretor da Brigada Criminal.

Todos assentiram com a cabeça. Agneta Jervas levantou a mão.

— Se eu entendi bem, boa parte das suspeitas de vocês está fundada em suposições e presunções. Como procuradora, fico um pouco preocupada com a falta de provas concretas.

— Temos consciência disso — disse Jerker Holmberg. — Julgamos saber, de forma geral, o que aconteceu, mas ainda existem muitos pontos de interrogação para resolver.

— Pelo que entendi, vocês estão cuidando das escavações em Nykvarn, perto de Södertälje — disse Spångberg. — Este caso envolve quantos homicídios, afinal?

Jerker Holmberg pestanejou, cansado.

— Começamos com três assassinatos em Estocolmo — que são os assassinatos pelos quais a Lisbeth Salander estava sendo procurada, o do doutor Bjurman, o do jornalista Dag Svensson e o da doutoranda Mia Bergman. No armazém de Nykvarn, até agora encontramos três túmulos. Em um deles foi identificado um receptador, bandido notório, cortado em pedaços. No outro, uma mulher não identificada. Ainda não tiveram tempo de abrir completamente o terceiro túmulo. Parece mais antigo. Além disso, o Mikael Blomkvist descobriu uma ligação com o assassinato de uma prostituta em Södertälje uns meses atrás.

— Portanto, com o agente Gunnar Andersson, em Gosseberga, são pelo menos oito homicídios... esse número chega a causar arrepios. O tal Niedermann é suspeito de todos esses assassinatos? Isso significaria que se trata de um doido varrido, um assassino em série.

Sonja Modig e Jerker Holmberg trocaram um olhar. Precisavam definir até onde estavam preparados para avançar em suas declarações. Por fim, Sonja Modig assumiu a palavra.

— Mesmo que nos faltem provas concretas, o meu chefe, o inspetor Bublanski, e eu mesma tendemos a acreditar em Mikael Blomkvist quando ele diz que os três primeiros assassinatos são obra do Niedermann. Isso equivaleria à inocência da Salander. Quanto aos túmulos de Nykvarn, o Niedermann está ligado ao local pelo sequestro da amiga da Salander, a Miriam Wu. Ela seria, evidentemente, a quarta vítima da lista, e um túmulo esperava por ela também. Mas o armazém em questão é propriedade do presidente do MC Svavelsjö, e vamos ter que esperar até a identificação dos despojos para tirar conclusões.

— E esse bandido que vocês identificaram...

— Kenneth Gustafsson, quarenta e quatro anos, conhecido receptador e delinquente desde a adolescência. Assim, sem pensar muito, eu diria que se trata de um acerto de contas. O MC Svavelsjö está ligado a vários tipos de criminalidade, inclusive distribuição de metanfetaminas. Portanto, o local pode ser considerado um cemitério informal para pessoas que se indispunham com o MC Svavelsjö. Mas...

— Sim?

— A prostituta, essa foi morta em Södertälje... Seu nome era Irina Petrova e ela tinha vinte e dois anos.

— Certo.

— A autópsia diz que ela foi vítima de uma agressão particularmente brutal. O mesmo tipo de ferimento que pode ser encontrado numa pessoa morta a golpes de taco de beisebol ou algum instrumento parecido. Os traumatismos foram difíceis de interpretar e o médico-legista não teve condições de afirmar qual foi, exatamente, o instrumento utilizado. O Blomkvist observou bem: os ferimentos de Irina Petrova poderiam perfeitamente ter sido causados por mãos...

— Niedermann?

— É uma suposição plausível. Ainda faltam as provas.

— O que a gente faz agora? — perguntou Spångberg.

— Tenho que ver com o Bublanski, mas pela lógica o próximo passo seria interrogar o Zalachenko. De nossa parte, estamos interessados no que ele tem a dizer sobre os homicídios de Estocolmo, e vocês querem pegar o Niedermann.

Um inspetor de Göteborg levantou o dedo.

— Tenho uma pergunta... o que encontraram na granja de Gosseberga?

— Pouca coisa. Quatro armas pequenas. Uma Sig Sauer desmontada, que estava sendo lubrificada, na mesa da cozinha. Uma Wanad P-83 polonesa no chão, do lado da banqueta. Uma Colt 1911 Government — essa é a pistola que o Blomkvist tentou entregar para o Paulsson. Por fim, uma Browning calibre 22, que no meio das outras mais parece um brinquedinho. A suspeita é que essa foi a arma usada contra a Salander, já que ela continua viva mesmo depois de uma bala no cérebro.

— E fora isso?

— Foi apreendida uma sacola contendo pouco mais de duzentas mil coroas. A sacola estava num quarto do andar de cima, ocupado pelo Niedermann.

— Como é que vocês sabem que era o quarto dele?

— Bem, ele usa roupa GG. O Zalachenko, a rigor, usa M.

— Existe alguma coisa vinculando o Zalachenko a uma atividade criminosa? — perguntou Jerker Holmberg.

Ackerman balançou a cabeça.

— Tudo depende de como vamos interpretar a apreensão das armas. Mas fora as armas e o fato de o Zalachenko dispor de uma vigilância eletrônica bastante sofisticada para a sua residência, não encontramos nada que diferencie a granja de Gosseberga de qualquer outra casa no campo. Tem pouquíssimos móveis.

Pouco antes do meio-dia, um policial fardado bateu à porta e entregou um papel para a adjunta do chefe de polícia, Monica Spångberg. Ela levantou a mão.

— Acabamos de receber um alerta sobre uma pessoa desaparecida em Alingsås. Uma assistente de odontologia de vinte e sete anos, Anita Kaspersson, saiu de sua casa às sete e meia da manhã. Deixou o filho na creche e deveria ter chegado ao trabalho antes das oito. Não chegou. Ela trabalha para um dentista cujo consultório fica a uns cem metros de onde foi encontrada a viatura roubada.

Ackerman e Sonja Modig consultaram simultaneamente o relógio.

— Quer dizer que ele tem quatro horas de vantagem. Qual é o carro dela?

— Um Renault velho azul-escuro. O número da placa está aqui.

— Emitam imediatamente um aviso de busca para o veículo. A essa altura, ele pode estar em qualquer lugar entre Oslo, Malmö e Estocolmo.

Trocaram mais algumas palavras e encerraram a reunião, depois de decidirem que Sonja Modig e Marcus Ackerman iriam, juntos, interrogar Zalachenko.

Henry Cortez franziu o cenho e seguiu Erika Berger com o olhar quando ela saiu de sua sala e foi para a copa. Ela voltou segundos depois com uma caneca de café. Fechou a porta atrás de si.

Henry Cortez não conseguia de fato atinar o que havia de errado. A *Millennium* era um local de trabalho pequeno, onde os funcionários acabavam ficando muito próximos. Fazia quatro anos que ele trabalhava meio período na revista e já tinha vivenciado tempestades tremendas, principalmente na época em que Mikael Blomkvist cumprira três meses de prisão por difamação e a revista por pouco não afundara. Ele também passara pelo assassinato do colaborador Dag Svensson e da companheira de Dag, Mia Bergman.

Durante todas aquelas tempestades, Erika Berger se mostrara uma fortaleza que nada, aparentemente, seria capaz de abalar. Não o surpreendia que ela o tivesse chamado tão cedo de manhã, e também Lottie Karim, pedindo que começassem logo o trabalho. O caso Salander estava implodindo, e Mikael Blomkvist estava envolvido no assassinato de um policial em Göteborg. Até aí, tudo bem. Lottie Karim tinha ficado de plantão na chefatura de polícia tentando obter alguma informação plausível. Henry passara a manhã ao telefone procurando reconstituir os acontecimentos da noite anterior. O celular de Blomkvist não atendia, mas, através de várias outras fontes, Henry já tinha um panorama bastante claro do que havia acontecido.

Em compensação, Erika Berger estivera com a cabeça longe a manhã toda. Era raro ela fechar a porta de sua sala. Isso praticamente só acontecia quando recebia alguma visita ou estava trabalhando de forma intensa em algum problema. Naquela manhã, não houvera nenhuma visita e ela não estava trabalhando. Henry tinha batido na porta da sala duas ou três vezes para lhe passar informações e dera com ela na poltrona em frente à janela, imersa em pensamentos, fitando a multidão lá embaixo na Götgatan com um olhar ausente.

Algo não estava bem.

A campainha da porta interrompeu suas reflexões. Ao abri-la, deparou com Annika Giannini. Henri Cortez já cruzara com a irmã de Mikael Blomkvist várias vezes, mas não a conhecia muito bem.

— Bom dia, Annika — disse ele. — O Mikael hoje não está.

— Eu sei. Eu vim falar com a Erika.

Em sua poltrona diante da janela, Erika Berger ergueu os olhos e se recompôs rapidamente quando Henry introduziu Annika. As duas mulheres ficaram a sós.

— Bom dia — disse Erika. — O Mikael hoje não está.

Annika sorriu. Mas já tinha percebido o mal-estar.

— Sim, eu sei. Estou aqui por causa do relatório do Björck para a Säpo. O Micke pediu que eu desse uma olhada nele, já pensando na possibilidade de eu eventualmente vir a representar a Salander.

Erika assentiu com a cabeça. Levantou-se e apanhou uma pasta em cima da mesa.

Annika pegou a pasta e hesitou um instante, prestes a sair. Então mudou de ideia e sentou-se diante de Erika.

— Bem, fora isso, qual é o problema?

— Estou saindo da *Millennium*. E ainda não consegui contar para o Mikael. Ele andou tão envolvido neste caso da Salander que não achei o momento certo de tocar no assunto, e também não quero contar para os outros antes de contar para ele. Por isso é que estou me sentindo uma merda.

Annika Giannini mordeu o lábio inferior.

— E então, em vez disso, está contando para mim. Qual é o seu projeto?

— Vou assumir a chefia de redação do *Svenska Morgon-Posten*.

— Puxa! Nesse caso, congratulações são mais apropriadas do que choro e lamentações.

— Só que não era assim que eu tinha imaginado a minha saída da *Millennium*. No meio deste turbilhão incrível. A coisa desabou como um raio em cima de mim, não tive como recusar. Quer dizer, é uma oportunidade única. Mas a proposta aconteceu um pouco antes de o Dag e a Mia serem assassinados, depois foi uma confusão tão grande aqui dentro que acabei não falando nada. Agora estou me sentindo tremendamente culpada, você não imagina o quanto.

— Imagino, sim. E você está com medo de falar para o Micke.

— Eu não falei para ninguém. Eu só ia começar no *SMP* depois do verão, e achei que tinha bastante tempo para contar. Mas agora eles estão querendo que eu assuma o quanto antes.

Calou-se e olhou para Annika. Estava a ponto de chorar.

— Concretamente, significa que esta é minha última semana na *Millennium*. Semana que vem vou viajar e depois... Preciso de uma semana de férias para recarregar as baterias. Vou assumir no *SMP* em primeiro de maio.

— E como ia ser se você tivesse sido atropelada? Em menos de um minuto eles iam ficar sem redator-chefe.

Erika ergueu os olhos.

— Só que eu não fui atropelada. Ocultei conscientemente essa história semanas a fio.

— Entendo que seja uma situação difícil, mas tenho a impressão que o Mikael, o Christer e os outros vão saber enfrentá-la. Mesmo assim, acho que você deveria contar logo para eles.

— É, mas hoje o danado do seu irmão está em Göteborg. Está dormindo e não atende o telefone.

— Eu sei. Pouca gente tem o talento do Mikael para não atender telefone. Porém o assunto não é só entre você e o Mikael. Eu sei que faz vinte anos que vocês trabalham juntos, que já andaram transando e tudo mais, mas você tem que pensar no Christer e no pessoal da redação.

— Mas o Mikael vai...

— O Mikael vai ter um treco. Claro. Mas se ele não puder aceitar que, depois de vinte anos, você sinta vontade de conduzir seu próprio barco, então isso significa que ele não merece esse tempo todo que você gastou com ele.

Erika suspirou.

— Vamos lá, coragem. Peça que o Christer e os demais venham até aqui. Agora.

Christer Malm permaneceu abalado por alguns segundos depois que Erika reuniu os colaboradores na salinha de reuniões da *Millennium*. Ela ligara para o ramal de cada um deles bem no momento em que, por ser sexta-feira, ele se preparava para sair mais cedo. Ele trocou olhares com Henry Cortez e Lottie Karim, tão surpresos quanto ele. Nem a assistente de redação, Malu Eriksson, parecia estar entendendo, tampouco a jornalista Monika Nilsson e o responsável pela publicidade, Sonny Magnusson. Só faltava Mikael Blomkvist, que estava em Göteborg.

Meu Deus. O Mikael não está sabendo, pensou Christer Malm. *Como será que ele vai reagir?*

Então ele percebeu que Erika Berger tinha terminado de falar e que um silêncio pesado tomava conta da sala. Balançou a cabeça, levantou-se, deu um abraço em Erika e tascou-lhe um beijo no rosto.

— Parabéns, Ricky — disse ele. — Redatora-chefe do *SMP*. Uma bela ascensão, para quem vem do nosso barquinho.

Henry Cortez acordou e deu início a uma espontânea salva de palmas. Erika ergueu as mãos.

— Alto lá — disse ela. — Hoje eu não estou merecendo nenhum aplauso.

Calou-se por um instante e observou seus colaboradores daquela pequena redação.

— Olha... estou superchateada com o rumo que as coisas foram tomando. Minha intenção era contar para vocês várias semanas atrás, mas a coisa se perdeu no meio da catástrofe que se seguiu aos assassinatos. O Mikael e a Malu trabalharam feito doidos e simplesmente não surgiu uma oportunidade. Por isso é que estamos nesta situação.

Com uma lucidez fantástica, Malu Eriksson percebeu a que ponto a redação carecia de pessoal efetivo e a que ponto a saída de Erika iria deixar um vazio. Em qualquer circunstância, e qualquer que fosse o caos da vez, ela sempre fora o rochedo em que Malu podia se segurar, sempre inabalável em meio à tempestade. Pois é... não era de admirar que o ilustre jornal matutino a tivesse contratado. Mas e agora? Como é que eles iam se virar? Erika sempre fora a pessoa-chave da *Millennium*.

— Temos algumas coisinhas para acertar. Entendo perfeitamente que a minha saída possa desnortear um pouco a redação. Não era essa a minha intenção, mas, enfim, aconteceu. Em primeiro lugar: não estou abandonando de vez a *Millennium*. Vou continuar sendo sócia e participar das reuniões do conselho administrativo. Por outro lado, é claro que não vou mais ter nenhuma influência no trabalho de redação; isso me causaria um conflito de interesses.

Christer Malm assentiu com a cabeça, pensativo.

— Em segundo lugar: oficialmente, paro de trabalhar no dia 30 de abril. Mas, na verdade, hoje é o meu último dia. Como vocês sabem, vou viajar na semana que vem, já estava combinado havia tempo, e não faz sentido eu voltar ao comando só para cumprir uns poucos dias de transição.

Calou-se por alguns instantes.

— O próximo número está pronto no meu computador. Só falta acertar uns detalhezinhos. Vai ser meu último número. Depois, alguém vai ter que assumir o leme. No final da tarde vou limpar a minha mesa.

Houve um silêncio denso.

— O melhor seria o conselho administrativo decidir contratar um redator-chefe. Mas é um assunto que também deve ser discutido entre vocês da redação.

— O Mikael — disse Christer Malm.

— Não. O Mikael não. Ele seria, indiscutivelmente, o pior redator-chefe que vocês poderiam escolher. Ele é perfeito como editor responsável e é sensacional para revisar e dar um jeito em textos problemáticos que precisam ser publicados. Mas ele também trava o fluxo das coisas. Um redator-chefe deve ser alguém que jogue na ofensiva. Além disso, o Mikael tem tendência a mergulhar nas matérias dele e às vezes fica ausente semanas a fio. Ele é ótimo nos períodos de tensão, mas é um zero à esquerda no trabalho de rotina. Vocês sabem disso.

Christer Malm assentiu com a cabeça.

— Se a *Millennium* deu tão certo até agora, é porque você e o Mikael se completavam.

— Não é só isso. Lembrem de quando o Mikael ficou quase um ano enfurnado naquele povoado de Hedestad. A *Millennium* funcionou sem ele, e agora vai ter que funcionar sem mim.

— Certo. E qual é a sua ideia?

— Eu escolheria você para redator-chefe, Christer...

— Nunca, jamais. — Christer Malm fez um gesto com as mãos, como querendo frear aquela ideia.

— ... mas como eu já sabia que você ia recusar, pensei numa outra solução. Malu. Você assume a partir de hoje como redatora-chefe temporária.

— Eu?! — exclamou Malu.

— Isso mesmo, você. Você faz um supertrabalho como assistente de redação.

— Mas eu...

— Faça uma experiência. Vou esvaziar a minha sala à tarde. Você pode se mudar para lá já na segunda de manhã. A edição de maio está praticamente pronta — uma tarefa a menos. Em junho, sai uma edição dupla e depois disso temos um mês de férias. Se não der certo, a empresa vai ter que achar outra pessoa para agosto. Henry, você passa a trabalhar em tempo integral e substitui a Malu como assistente de redação. Mais tarde vocês vão ter que contratar mais um colaborador. Mas a decisão é de vocês e do conselho administrativo.

Ela se calou um instante e contemplou-os pensativamente.

— Mais uma coisa. Eu vou trabalhar numa outra publicação. O *SMP* e a *Millennium* não são propriamente concorrentes, mas de qualquer modo significa que não quero saber mais do que já sei sobre o conteúdo do próximo número. A partir de agora, vocês tratam desse assunto com a Malu.

— E o que a gente faz em relação ao caso Salander? — perguntou Henry Cortez.

— Você vê isso com o Mikael. Eu tenho informações sobre a Salander, mas vou pôr um lacre nessa história. Não vou repassar para o *SMP*.

De repente, Erika sentiu um alívio imenso.

— Bem, era isso — disse, encerrando a reunião. Então se levantou e retornou à sua sala sem mais comentários.

A redação da *Millennium* permaneceu aturdida. Uma hora mais tarde, Malu Eriksson foi bater na porta da sala de Erika.

— Olá.

— Sim? — disse Erika.

— O pessoal tem uma coisa para te dizer.

— O quê?

— Você tem que ir até lá.

Erika se levantou e acompanhou Malu. Na mesa, havia café e uma torta enorme.

— Pensei em dar um tempinho para a verdadeira festa de despedida — disse Christer Malm. — Por enquanto, vamos nos contentar com torta e café.

Pela primeira vez naquele dia, Erika Berger sorriu.

3. SEXTA-FEIRA 8 DE ABRIL — SÁBADO 9 DE ABRIL

Alexander Zalachenko estava acordado desde as oito da manhã quando Sonja Modig e Marcus Ackerman apareceram, por volta das sete da noite. Passara por uma cirurgia relativamente séria, envolvendo o ajuste e fixação do osso malar com parafusos de titânio. Tinha a cabeça tão enfaixada que apenas o olho esquerdo permanecia visível. Um médico explicou-lhes que a machadada tinha quebrado o osso malar e machucado o frontal, rebentado boa parte da carne do lado direito do rosto e deslocado a órbita ocular. Seus ferimentos eram extremamente dolorosos. Zalachenko estava tomando doses fortes de analgésico, mas ainda assim se mantinha mais ou menos coerente e capaz de falar. A polícia, porém, teria de ficar atenta para não cansá-lo.

— Boa noite, senhor Zalachenko — cumprimentou Sonja Modig. Ela se apresentou, e apresentou seu colega Ackerman.

— Meu nome é Karl Axel Bodin — disse Zalachenko com esforço, entre dentes cerrados. Sua voz estava calma.

— Sei muito bem quem é o senhor. Li o seu currículo na Säpo.

O que não era totalmente verdade, já que a Säpo ainda não havia fornecido nenhum documento sobre Zalachenko.

— Isso foi há muito tempo — disse Zalachenko. — Atualmente, eu sou Karl Axel Bodin.

— Como se sente? — prosseguiu Modig. — Está em condições de conversar?

— Eu gostaria de dar queixa contra a minha filha. Ela tentou me matar.

— Estamos sabendo. Vai haver uma investigação sobre isso, no devido tempo — disse Ackerman. — No momento, temos assuntos mais urgentes para discutir.

— O que é mais urgente que uma tentativa de homicídio?

— Queríamos interrogá-lo a respeito de três homicídios em Estocolmo, no mínimo três homicídios em Nykvarn, além de um sequestro.

— Eu não sei de nada. Quem é que morreu?

— Senhor Bodin, temos bons motivos para acreditar que o seu sócio, Ronald Niedermann, trinta e sete anos, é o culpado desses crimes — disse Ackerman. — Além disso, na noite passada, o Niedermann matou um policial de Trollhättan.

Sonja Modig ficou um tanto surpresa que Ackerman se rendesse à vontade de Zalachenko e o chamasse de Bodin. Zalachenko virou um pouco a cabeça, de modo a enxergar Ackerman. Sua voz se suavizou.

— Eu... lamento. Não sei das atividades do Niedermann. Quanto a mim, não matei nenhum policial. Em compensação, tentaram me matar na noite passada.

— O Ronald Niedermann está sendo procurado. Tem uma ideia de onde ele pode estar escondido?

— Não sei que círculos ele frequenta. Eu... — Zalachenko hesitou alguns segundos. Sua voz assumiu um tom confidencial. — Tenho que admitir... cá entre nós... que o Niedermann chegou a me preocupar algumas vezes.

Ackerman inclinou-se um pouco na sua direção.

— Como assim?

— Descobri que ele podia ser violento. É, tenho medo dele.

— Quer dizer que o senhor se sentia ameaçado pelo Niedermann? — perguntou Ackerman.

— Exato. Já sou um homem de idade. Não posso me defender.

— O senhor poderia nos explicar qual a sua relação com o Niedermann?

— Eu sou deficiente físico. — Zalachenko mostrou o pé. — Esta é a segunda vez que a minha filha tenta me matar. Anos atrás, contratei o Niedermann como ajudante. Achei que ele poderia me proteger... mas, na verdade, ele se apossou da minha vida. Ele faz o que quer e a minha opinião não importa.

— E ele o ajuda no quê? — interrompeu Sonja Modig. — A fazer o que o senhor não consegue fazer sozinho?

Zalachenko fitou demoradamente Sonja Modig com seu único olho visível.

— Pelo que entendi, ela jogou uma bomba incendiária dentro do seu carro há mais de dez anos — disse Sonja Modig. — Poderia me explicar o que a levou a cometer esse ato?

— Melhor perguntar para a minha filha. Ela é uma doente mental.

Sua voz estava mais uma vez hostil.

— Quer dizer que o senhor não vê nenhum motivo para Lisbeth Salander tê-lo atacado em 1991?

— Minha filha é uma doente mental. Existem documentos comprovando isso.

Sonja Modig inclinou a cabeça. Observou que Zalachenko respondia de modo muito mais agressivo e negativo quando era ela quem fazia as perguntas. Percebeu que Ackerman também tinha notado. *Certo... o bom tira, o mau tira*. Sonja Modig levantou a voz.

— O senhor não acha que esse gesto dela podia estar relacionado com o fato de o senhor maltratar a mãe dela a ponto de ela ter ficado com lesões cerebrais irreversíveis?

Zalachenko fitou calmamente Sonja Modig.

— Isso é besteira. A mãe dela era uma puta. Vai ver, algum cliente deu uma surra nela. Eu só estava passando por ali.

Sonja Modig ergueu as sobrancelhas.

— Quer dizer que o senhor é totalmente inocente?

— Mas é claro.

— Zalachenko... vamos ver se eu entendi direito. O senhor nega, então, ter maltratado sua namorada daquela época, Agneta Sofia Salander, mãe de Lisbeth Salander, embora o assunto merecesse um extenso relatório secreto do seu mentor na Säpo, Gunnar Björck.

— Eu nunca fui condenado pelo que quer que seja. Não fui sequer indiciado. Não tenho culpa dos delírios de um palhaço da polícia secreta. Se tivessem suspeitado de mim, teriam no mínimo me interrogado.

Sonja Modig estava atônita. Zalachenko parecia sorrir por trás das ataduras.

— Portanto eu queria dar um depoimento sobre a minha filha. Ela tentou me matar.

Sonja Modig suspirou.

— Estou começando a entender por que a Lisbeth Salander achou necessário enfiar um machado na sua cara.

Ackerman pigarreou.

— Desculpe, senhor Bodin... A gente talvez pudesse voltar ao que o senhor sabe sobre as atividades do Ronald Niedermann.

Sonja Modig ligou para o inspetor Jan Bublanski do corredor do hospital, em frente ao quarto de Zalachenko.

— Nada — disse ela.

— Nada? — repetiu Bublanski.

— Ele registrou uma queixa contra a Lisbeth Salander, por golpes e ferimentos agravados e tentativa de assassinato. Declara que não tem nada a ver com os homicídios de Estocolmo.

— E como é que ele explica a Lisbeth Salander ter sido enterrada no terreno dele em Gosseberga?

— Diz ele que estava resfriado e dormiu praticamente o dia inteiro. Que se alguém atirou na Salander em Gosseberga, deve ter sido o Ronald Niedermann.

— Certo. O que é que nós temos?

— Ela foi baleada por uma Browning calibre 22. Por isso ainda está viva. Encontramos a arma. O Zalachenko admite que é dele.

— Ahã. Então ele sabe que vamos descobrir as digitais dele na arma.

— Sabe. Mas ele diz que a última vez que a viu ela estava guardada na gaveta da escrivaninha.

— Portanto, o maravilhoso Ronald Niedermann é quem deve ter apanhado a arma enquanto o Zalachenko dormia e atirado na Salander. Temos como provar o contrário?

Sonja Modig refletiu alguns segundos antes de responder.

— Ele deve conhecer a legislação sueca e os métodos da polícia. Não admite nadica de nada e tem o Niedermann como bode expiatório. Não sei o que a gente vai poder provar. Pedi que o Ackerman mandasse a roupa dele para o laboratório, para descobrir se existem vestígios de pólvora, mas ele com toda a certeza vai alegar que andou treinando tiro justamente com essa arma dois dias antes.

Lisbeth Salander sentiu um cheiro de amêndoas e etanol. Era como se estivesse com álcool na boca. Tentou engolir, mas era como se a língua estivesse entorpecida e paralisada. Tentou abrir os olhos, em vão. Ouviu uma voz ao longe que parecia estar falando com ela, porém não foi capaz de captar as palavras. De repente, a voz se tornou clara e precisa.

— Acho que ela está acordando.

Sentiu alguém tocando em sua testa e tentou afastar a mão importuna. Nisso, uma dor fulgurante transpassou-lhe o ombro esquerdo. Ela relaxou.

— Está me ouvindo?

Cai fora.

— Consegue abrir os olhos?

Quem é esse babaca me perturbando?

Por fim, abriu os olhos. De início só enxergava estranhos pontos luminosos, mas logo uma silhueta desenhou-se em seu campo de visão. Tentou focalizar o olhar, porém a silhueta sumia o tempo todo. Sua impressão era de estar com uma ressaca monumental e de que a cama não parava de jogar para trás.

— Grmlml — fez ela.

— O que você disse?

— Abaca — disse ela.

— Está bem. Dá para abrir os olhos mais uma vez?

Ela exibiu duas frestas estreitas. Avistou um rosto desconhecido e memorizou cada detalhe. Um homem loiro de olhos azuis intensos e um rosto anguloso e oblíquo, a poucas dezenas de centímetros do seu.

— Olá. Meu nome é Anders Jonasson. Eu sou médico. Você está num hospital. Foi gravemente ferida e está acordando depois de uma cirurgia. Você sabe como se chama?

— Pschalandr — disse Lisbeth Salander.

— Certo. Eu queria que você fizesse um favor para mim. Conte até dez.

— Um, dois, quatro... não... três, quatro, cinco, seis...

E então caiu no sono.

O dr. Anders Jonasson, no entanto, estava satisfeito com a reação que observara. Ela dissera o próprio nome e tinha começado a contar. Isso mostrava que seu intelecto estava mais ou menos intacto e que seu estado ao acordar não fora o de um vegetal. Anotou a hora em que ela acordou, 21h06, pouco mais de dezesseis horas depois de ele terminar a cirurgia. Quanto a ele, dormira boa parte do dia e voltara ao Sahlgrenska lá pelas sete da noite. Na verdade, era seu dia de folga, mas estava com uma montanha de papéis para pôr em dia.

E não tinha resistido a dar uma passada na UTI para ver a paciente em cujo cérebro ele remexera de madrugada.

— Ela pode continuar dormindo, mas fiquem de olho no eletroencefalograma. Pode ocorrer algum edema ou hemorragia cerebral. Tive a impressão de que ela estava com muita dor no ombro quando tentou mexer o braço. Se ela acordar, pode dar dois miligramas de morfina de hora em hora.

Sentiu-se estranhamente otimista enquanto saía pela entrada principal do Sahlgrenska.

Pouco antes das duas da manhã, Lisbeth Salander acordou de novo. Abriu os olhos lentamente e avistou um cone luminoso no teto. Passados vários minutos, virou a cabeça e se deu conta de que estava com um colete ortopédico. A cabeça doía e sentiu uma ferroada aguda no ombro quando tentou deslocar o peso do corpo. Fechou os olhos.

Hospital. Como é que eu vim parar aqui?

Sentia-se absolutamente esgotada.

De início, sentiu dificuldade para focalizar os pensamentos. Então, algumas lembranças esparsas foram voltando aos poucos.

Por alguns segundos entrou em pânico quando brotaram uns fragmentos de memória — viu a si mesma cavando para sair de dentro de um túmulo. Então cerrou os dentes com força e se concentrou na respiração.

Constatou que estava viva. Não sabia se isso, na verdade, era uma boa ou uma má notícia.

Lisbeth Salander não se lembrava direito do que havia acontecido, mas tinha na cabeça um mosaico desfocado de imagens do galpão de lenha. Via a si mesma erguendo um machado e acertando no rosto de seu pai. Zalachenko. Não sabia se ele estava vivo ou morto.

Não conseguia se lembrar do que acontecera com Niedermann. Tinha a vaga impressão de haver se espantado ao vê-lo dar no pé a toda velocidade e de não ter entendido por quê.

De repente, se lembrou de ter visto o danado do Super-Blomkvist. Talvez fosse só um sonho, mas se lembrava de uma cozinha — provavelmente a cozinha de Gosseberga — e tinha a impressão de que ele viera em sua direção. *Deve ter sido alucinação.*

Os acontecimentos de Gosseberga pareciam muito distantes ou então não passavam de um sonho demente. Concentrou-se no atual momento.

Estava ferida. Isso ninguém precisava lhe dizer. Ergueu a mão direita e apalpou a cabeça, inteiramente coberta de ataduras. Então se lembrou. Niedermann. Zalachenko. O velho cretino também estava com uma pistola. Uma Browning calibre 22, que, se comparada com outras armas, era tida como relativamente inofensiva. Só por isso ela ainda estava viva.

Fui atingida na cabeça. Eu até consegui enfiar o dedo no orifício que a bala fez ao entrar e toquei no meu cérebro.

Surpreendeu-se de ainda estar viva. Percebeu que se sentia estranhamente alheia, que na verdade para ela tanto fazia. Se a morte era aquele vazio escuro do qual acabava de emergir, então a morte não era nada preocupante. Nunca iria perceber a diferença.

Com essa reflexão esotérica, fechou os olhos e voltou a adormecer.

Cochilara apenas uns minutos quando escutou um movimento e entreabriu as pálpebras. Viu uma enfermeira vestida de branco debruçando-se sobre ela. Fechou os olhos e fingiu que estava dormindo.

— Acho que você está acordada — disse a enfermeira.

— Hmm — fez Lisbeth Salander.

— Olá, meu nome é Marianne. Você entende o que eu falo?

Lisbeth tentou assentir com a cabeça, mas se deu conta de que sua nuca estava imobilizada pelo colete ortopédico.

— Não, não tente se mexer. Não precisa ter medo. Você foi ferida e passou por uma cirurgia.

— Quero água.

Marianne lhe deu água para beber com um canudinho. Enquanto bebia, notou outra pessoa aparecendo à sua esquerda.

— Olá, Lisbeth. Está me ouvindo?

— Mmm — respondeu Lisbeth.

— Sou a doutora Helena Endrin. Você sabe onde está?

— Hospital.

— Você está no Hospital Sahlgrenska, em Göteborg. Acaba de ser operada e se encontra na UTI.

— Mm.

— Não se assuste.

— Fui baleada na cabeça.

A dra. Endrin hesitou por um instante.

— Isso mesmo. Você se lembra do que aconteceu?

— O velho cretino estava com uma pistola.

— Hã... sim, foi isso.

— Calibre 22.

— Ah, é? Eu não sabia.

— Estou muito machucada?

— O prognóstico é bom. Você esteve muito mal, mas achamos que tem boas chances de se recuperar completamente.

Lisbeth ponderou a informação. Então fixou o olhar na dra. Endrin. Notou que via tudo fora de foco.

— O que aconteceu com o Zalachenko?

— Quem?

— O velho cretino. Está vivo?

— Você quer dizer Karl Axel Bodin.

— Não. Quero dizer Alexander Zalachenko. É o verdadeiro nome dele.

— Não estou sabendo. Mas o idoso que deu entrada junto com você está em estado grave, porém fora de perigo.

O coração de Lisbeth bateu com menos força. Ficou pensando nas palavras da médica.

— Onde ele está?

— No quarto ao lado. Mas não se preocupe com ele agora. O que você precisa fazer é se concentrar na sua recuperação.

Lisbeth fechou os olhos. Por um momento, perguntou-se se teria forças para sair da cama, encontrar alguma coisa que pudesse servir de arma e acabar o que tinha começado. Então afastou esses pensamentos. Mal conseguia manter os olhos abertos. Ou seja, havia fracassado em seu propósito de matar Zalachenko. *Ele vai me escapar mais uma vez.*

— Eu queria examiná-la um pouco. Depois você pode dormir de novo — disse a dra. Endrin.

Mikael Blomkvist acordou de repente, sem saber por quê. Levou alguns segundos para se dar conta de onde estava, então se lembrou que tinha se hospedado num quarto do City Hotel. O quarto estava totalmente às escuras. Ele acendeu a luz de cabeceira e olhou as horas. Duas e meia da manhã. Tinha dormido quinze horas direto.

Levantou-se e foi ao banheiro urinar. Depois, refletiu um momento. Sabia que não conseguiria dormir de novo e foi para o chuveiro. Em seguida, enfiou uma calça jeans e um moletom cor de vinho que precisava urgentemente passar por uma máquina de lavar. Estava com uma fome de leão e ligou para a recepção perguntando se era possível conseguir café e sanduíches àquela hora. Era.

Pôs os mocassins e o casaco, desceu até a recepção para comprar café e um sanduíche pronto, e voltou em seguida para o quarto. Enquanto comia o pão com patê de fígado e salada, ligou o iBook e se conectou à rede. Abriu a edição on-line do *Aftonbladet*. Como era de se prever, a principal manchete falava da prisão de Lisbeth Salander. Embora extremamente confusa, a matéria da primeira página agora estava na direção certa. Ronald Niedermann, trinta e sete anos, era procurado pelo assassinato do policial, e a polícia também queria ouvi-lo sobre os homicídios de Estocolmo. A polícia ainda não se pronunciara sobre o estado de Lisbeth Salander nem citava o nome Zalachenko. Este último era descrito como um proprietário rural de sessenta e seis anos, residente em Gosseberga; aparentemente, a mídia ainda o tratava como uma possível vítima.

Quando, ao terminar a leitura, Mikael pegou seu celular, viu que tinha vinte mensagens. Três pedindo que ele ligasse para Erika Berger. Duas eram de Annika Giannini. Catorze tinham sido deixadas por jornalistas de diversos veículos. Uma das mensagens de texto, bastante incisiva, era de Christer Malm: *Seria bom você voltar no primeiro trem.*

Mikael franziu o cenho. Vinda de Christer Malm, era uma mensagem estranha. Fora enviada às sete da noite do dia anterior. Resistiu ao impulso de ligar e acordar alguém às três da manhã. Em vez disso, verificou o horário de trens na internet e viu que o primeiro para Estocolmo saía às 5h20.

Abriu um novo arquivo Word. Então acendeu um cigarro e ficou uns três minutos parado, fitando a tela branca. Por fim, levantou os dedos e se pôs a escrever.

> [Seu nome é Lisbeth Salander e a Suécia aprendeu a conhecê-la através das entrevistas coletivas da polícia e das manchetes dos jornais vespertinos. Tem vinte e sete anos e um metro e cinquenta de altura. Foi descrita como uma psicopata, uma assassina e uma lésbica satânica. Não houve limites para as elucubrações tecidas às suas custas. Neste número, a *Millennium* relata a história de Lisbeth Salander, vítima das maquinações de funcionários do Estado com o intuito de acobertar um assassino patológico.]

Escreveu devagar e pouco corrigiu daquele primeiro jorro. Trabalhou concentrado por cinquenta minutos e nesse espaço de tempo preencheu duas páginas A4 basicamente dedicadas à recapitulação da noite em que encontrara os corpos de Dag Svensson e Mia Bergman e à explicação para o fato de a polícia ter apontado Lisbeth Salander como a possível assassina. Citava as manchetes dos jornais vespertinos que evocaram lésbicas satânicas e esperavam assassinatos tingidos de um saboroso sadomasoquismo.

Por fim, consultou o relógio e fechou rapidamente o iBook. Arrumou sua sacola e desceu até a recepção. Pagou com o cartão de crédito e tomou um táxi para a estação central de Göteborg.

Mikael Blomkvist dirigiu-se imediatamente ao vagão-restaurante e pediu um café da manhã. Em seguida, tornou a ligar o iBook e releu o texto que tivera tempo de escrever naquelas primeiras horas do dia. Estava a tal ponto imerso na concepção da história de Zalachenko que só percebeu a presença da inspetora Sonja Modig quando ela pigarreou e perguntou se podia juntar-se a ele. Mikael ergueu os olhos e fechou o computador.

— Está voltando para casa? — perguntou Modig.

Ele fez que sim com a cabeça.

— Você também, imagino.

Ela fez que sim com a cabeça.

— O meu colega vai ficar mais um dia.

— Alguma notícia sobre o estado da Lisbeth Salander? Eu só fiz dormir desde que nos separamos.

— Ela só acordou ontem à noite. Mas os médicos calculam que ela vai sair dessa e se recuperar. Teve uma sorte incrível.

Mikael assentiu com a cabeça. De repente se deu conta de que não tinha se preocupado com ela. Partira do princípio de que ela iria sobreviver. Qualquer outra hipótese era inimaginável.

— Alguma novidade? — perguntou.

Sonja Modig hesitou enquanto olhava para ele. Perguntava-se até que ponto podia confiar no jornalista, que na verdade sabia mais do que ela sobre aquela história. Por outro lado, ela é que se convidara para sentar à mesa dele, e uma centena de jornalistas decerto já tinha entendido o que estava acontecendo na chefatura de polícia.

— Prefiro que não mencione o meu nome — disse ela.

— Perguntei por interesse puramente pessoal.

Ela assentiu com a cabeça e explicou que a polícia estava procurando Ronald Niedermann em todo o território nacional, mas principalmente na região de Malmö.

— E o Zalachenko? Vocês o interrogaram?

— Interrogamos.

— E?

— Isso eu não posso dizer.

— Deixa disso, Sonja. Eu vou descobrir tudo o que vocês conversaram uma hora depois de chegar à redação em Estocolmo. E não vou escrever nenhuma palavra do que você me disser.

Ela hesitou um bocado antes de cruzar o olhar com o dele.

— Ele registrou uma queixa contra a Lisbeth Salander de que ela teria tentado matá-lo. Ela talvez seja indiciada por golpes e ferimentos agravados mais tentativa de homicídio.

— E ela, muito provavelmente, vai alegar legítima defesa.

— É o que eu espero — disse Sonja Modig.

Mikael lançou-lhe um olhar brusco.

— Essa não é uma observação que se espere de um policial — ele disse, em tom neutro.

— O Bodin... o Zalachenko, ele é escorregadio e tem resposta para todas as perguntas. Estou absolutamente convencida de que tudo que você nos contou ontem, de modo geral, é verdade. Isso significa que a Salander foi vítima de abusos judiciais seguidos desde os doze anos.

Mikael assentiu com a cabeça.

— Essa é a história que eu vou publicar — disse.

— E que não vai ser bem recebida em alguns círculos.

Ela hesitou mais um instante. Mikael esperou.

— Falei com o Bublanski há meia hora. Ele não disse muito, mas o inquérito preliminar sobre a Salander em relação aos seus amigos parece ter sido abandonado. Eles agora estão se concentrando no Niedermann.

— Isso quer dizer...

Ele deixou a pergunta suspensa entre eles. Sonja Modig deu de ombros.

— Quem vai ficar encarregado da investigação sobre a Salander?

— Não sei. O pessoal de Göteborg provavelmente tenha prioridade no caso Gosseberga. Mas eu diria que é para alguém de Estocolmo que vai ficar a tarefa de reunir todo o material para um indiciamento.

— Entendo. Você quer apostar como a investigação vai ser transferida para a Säpo?

Ela balançou a cabeça.

Pouco antes de chegar a Alingsås, Mikael inclinou-se para ela.

— Sonja... imagino que você esteja percebendo o que nos espera. Caso a história do Zalachenko se torne pública, vai ser um enorme escândalo. Membros da Säpo armaram com um psiquiatra para internar a Salander num asilo de doidos. A única saída para eles é fincar pé na versão de que Lisbeth Salander é de fato uma doente mental e que a internação compulsória de 1991 se justificava.

Sonja Modig aquiesceu.

— Vou fazer de tudo para pôr areia num plano desse tipo. Quer dizer, a Lisbeth Salander é tão equilibrada como eu ou você. Tudo bem, ela é esquisita, mas não se pode pôr em dúvida a capacidade intelectual dela.

Sonja Modig assentiu com a cabeça. Mikael fez uma pausa, dando tempo para que suas palavras fossem assimiladas.

— Eu precisaria de alguém de confiança lá dentro — disse ele.

Ela o encarou.

— Não tenho competência para determinar se a Lisbeth Salander é psiquicamente perturbada — ela respondeu.

— Não, mas tem competência para avaliar se ela está sendo, ou não, vítima de abuso judicial.

— O que você sugere?

— Não vou pedir que você denuncie seus colegas, mas que me avise se perceber que estão tramando para expor a Salander a mais um abuso judicial.

Sonja Modig permaneceu calada.

— Não quero que você me revele nenhum detalhe técnico da investigação. Isso você é quem decide. Mas preciso saber em que pé está a ação judicial contra a Salander.

— Parece um ótimo jeito de ser mandada embora.

— Você é uma fonte. Não vou te citar nem te botar numa encrenca.

Pegou um caderninho e anotou um endereço de e-mail.

— Este é um endereço anônimo no hotmail. Você pode usar, caso queira me dizer alguma coisa. De preferência, não use seu endereço habitual, o que todo mundo conhece. Crie um endereço temporário no hotmail.

Ela apanhou o pedaço de papel e o enfiou no bolso interno do casaco. Não prometeu nada.

Às sete da manhã de sábado, o inspetor Marcus Ackerman foi acordado pelo toque do telefone. Ouviu vozes na televisão e sentiu cheiro de café na cozinha, onde sua mulher já estava em atividade. Chegara à sua casa em Mölndal à uma da manhã e dormira cinco horas. Antes disso, atuara a todo vapor por exatamente vinte e duas horas. Estava longe, portanto, de ter preenchido sua cota de sono quando se esticou para atender o telefone.

— Oi, é o Lundqvist, do serviço de investigações, plantão noturno. Está acordado?

— Não — respondeu Ackerman. — Mal tive tempo de pegar no sono. O que foi?

— Novidades. Encontraram Anita Kaspersson.

— Onde?

— Perto de Seglora, ao sul de Borås.

Ackerman visualizou o mapa mentalmente.

— Direção sul — disse. — Ele está passando por estradas secundárias. Deve ter pegado a nacional 180 via Borås, e depois virou para o sul. Malmö já foi avisada?

— Sim, e também Helsingborg, Landskrona e Trelleborg. E Karlskrona. Estou pensando nas balsas do mar Báltico.

Ackerman se levantou e esfregou a nuca.

— Ele está com quase vinte e quatro horas de dianteira. De repente, até já deixou o país. Como é que encontraram a Kaspersson?

— Ela bateu à porta de uma casa na entrada de Seglora.

— O quê?

— Ela bateu...

— Eu escutei. Quer dizer que ela está viva?

— Desculpe. Estou cansado e devo estar me expressando meio mal. Anita Kaspersson conseguiu chegar a Seglora às 3h10. Ela acordou e assustou uma família com crianças pequenas ao bater na porta da casa. Estava descalça, com uma hipotermia avançada e as mãos atadas nas costas. Nesse momento está no hospital de Borås, e o marido já está lá com ela.

— Veja só. Acho que ninguém aqui acreditava que ela ainda estivesse viva.

— Às vezes acontece uma surpresa.

— E das boas, ainda por cima.

— Então já posso te dar as más notícias. A adjunta do chefe de polícia, a senhora Spångberg, está aqui desde as cinco da manhã. Ela pediu que você acordasse imediatamente e fosse até Borås pegar o depoimento da Kaspersson.

Como era sábado de manhã, Mikael imaginou que a redação da *Millennium* estivesse deserta. Ligou para Christer Malm enquanto o X2000 atravessava a ponte de Arsta e perguntou o que havia por trás da sua mensagem de texto.

— Você já tomou café da manhã? — perguntou Christer Malm.

— Tomei, no trem.

— Certo. Venha até a minha casa, vou te oferecer algo mais consistente.

— O que está havendo?

— Eu conto quando você chegar.

Mikael pegou o metrô até a Medborgarplatsen, e de lá foi a pé até a Allhelgonagatan. O companheiro de Christer, Arnold Magnusson, foi quem abriu a porta. Por mais que tentasse evitar, sempre que o via Mikael tinha a sensação de estar diante de uma publicidade. Arnold Magnusson passara pelo Teatro Dramaten e era um dos atores mais requisitados da Suécia. Estar diante dele era sempre perturbador. Em geral, Mikael não se impressionava com celebridades, mas Arnold Magnusson tinha uma aparência de fato singular e estava tão associado a alguns papéis do cinema e da tevê, principalmente o de Gunnar Frisk, delegado mal-humorado de uma série de televisão muito popular, que Mikael sempre esperava que ele se comportasse exatamente como Gunnar Frisk.

— Oi, Micke — disse Arnold.

— Oi — respondeu Mikael.

— Ele está na cozinha — disse Arnold, dando-lhe passagem.

Christer Malm serviu filhós quentes com geleia de amora amarela e café. Mikael já estava com água na boca antes mesmo de se sentar, por isso atacou o prato. Christer Malm quis saber o que tinha acontecido em Gosseberga, e Mikael recapitulou tudo com detalhes. Estava no terceiro filhó quando perguntou o que estava rolando.

— Tivemos um probleminha na *Millennium* quando você estava em Göteborg — disse ele.

Mikael ergueu as sobrancelhas.

— O que foi?

— Nada sério. Só que a Erika Berger virou redatora-chefe do *Svenska Moron-Posten*. Ontem foi o último dia dela na *Millennium*.

Mikael ficou paralisado, com um filhó na mão a vinte centímetros da boca. Levou vários segundos para assimilar o real significado da informação.

— Por que ela não disse nada antes? — perguntou, afinal.

— Porque ela queria primeiro falar com você, e você tem corrido de lá para cá há várias semanas e ninguém conseguia te contatar. Ela deve ter achado que você já tinha problemas suficientes com essa história da Salander. E como queria que você fosse o primeiro a saber, também não contou nada pra gente, e os dias foram se passando... É isso. De repente, ela se viu com um puta sentimento de culpa e estava superdeprimida. E a gente simplesmente nem percebeu.

Mikael fechou os olhos.

— Merda — disse ele.

— Eu sei. No fim, você foi o último da redação a ficar sabendo. Fiz questão de te contar para poder explicar como as coisas aconteceram e para você não pensar que agimos pelas suas costas.

— Nem me ocorreu uma coisa dessas. Mas puxa vida! É muito legal para ela ter conseguido esse emprego, isso se ela estiver mesmo a fim de trabalhar no *SMP*... E nós? Como é que a gente vai descascar esse abacaxi na redação?

— A Malu foi nomeada redatora-chefe temporária, e ela começa na próxima edição.

— A Malu?

— Se você quiser ser o redator-chefe...

— Nem pensar!

— Foi o que eu imaginei. Logo, a Malu assume o cargo.

— E quem vai ser o assistente de redação?

— O Henry Cortez. Faz quatro anos que ele trabalha conosco e já não é exatamente um estagiário balbuciante.

Mikael avaliou todas as sugestões.

— Posso dar uma opinião? — perguntou.

— Não — disse Christer Malm.

— Certo. Vai ser como vocês decidiram. A Malu não é de se assustar, mas é meio insegura. O Henry atira a esmo em tudo que se movimenta um pouco além da conta. Vamos ter que ficar de olho neles.

— Isso.

Mikael se calou. Pensou no vazio que Erika iria deixar; ele não fazia ideia de como seria a revista dali para a frente.

— Preciso ligar para a Erika e...

— Não é uma boa ideia.

— Por quê?

— Ela está dormindo na redação. O melhor seria ir até lá acordá-la.

Mikael encontrou Erika Berger na redação, profundamente adormecida no sofá-cama de sua sala. Tinha passado a noite tirando objetos pessoais das prateleiras e gavetas e separando os papéis que queria levar. Enchera cinco caixas de mudança. Mikael ficou um bom tempo contemplando-a da porta antes de entrar e sentar-se na beira do sofá para acordá-la.

— Você pode me explicar por que, quando quer passar a noite trabalhando, não vai dormir na minha casa, que é aqui pertinho? — perguntou ele.

— Oi, Mikael — disse ela.

— O Christer já me contou.

Ela começou a falar alguma coisa, mas ele se inclinou e deu-lhe um beijo no rosto.

— Você está chateado?

— Superchateado — ele disse, seco.

— Sinto muito. Eu simplesmente não podia recusar essa proposta. Mas não me parece certo, tenho a sensação de estar deixando vocês numa encrenca daquelas aqui na *Millennium*.

— Não acho que eu seja a pessoa certa para criticar você por abandonar o navio. Há dois anos, fui embora e te deixei numa encrenca bem pior do que esta de agora.

— São situações muito diferentes. Você estava dando um tempo. Já eu estou me demitindo pra valer e não contei a vocês. Sinto muito, de verdade.

Mikael ficou um instante em silêncio. Então exibiu um sorriso pálido.

— Quando chega a hora, é porque é a hora. Quando uma mulher recebe uma missão, ela tem que cumpri-la. Às suas ordens, meu coronel!

Erika sorriu. Era mais ou menos o que ela tinha dito a ele quando Mikael fora morar em Hedeby. Ele estendeu a mão e despenteou-lhe carinhosamente o cabelo.

— Entendo que você não queira mais trabalhar nesta empresa de malucos, mas você querer virar chefe no jornal dos velhos babacas mais medíocres da Suécia, isso eu ainda vou levar um tempo para digerir.

— Tem um bocado de mulheres trabalhando lá.

— Que nada! Dê uma olhada no editorial. Velharia, só velharia. Você por acaso é masoquista? Vamos tomar um café?

Erika se sentou.

— Você precisa me contar o que aconteceu em Göteborg na outra noite.

— Estou escrevendo a matéria — disse Mikael. — E vai ser uma guerra depois que a gente publicar.

— A gente, não. Quando *vocês* publicarem.

— Eu sei. Vamos publicar na mesma época do julgamento. Mas imagino que você não vá levar o assunto para o *SMP*. A verdade é que eu queria que você escrevesse alguma coisa sobre o caso Zalachenko antes de sair da *Millennium*.

— Micke, eu...

— O seu último editorial. Você pode escrever quando quiser. Não deve ser publicado antes do julgamento, e só Deus sabe quando isso vai ser.

— Talvez não seja uma boa ideia. Sobre o que seria esse editorial?

— Sobre a moral — disse Mikael Blomkvist. — E sobre o fato de um dos nossos colaboradores ter sido assassinado porque o Estado não cumpriu seu papel há quinze anos.

Nem era preciso explicar mais nada. Erika Berger sabia muito bem que tipo de editorial ele queria. Refletiu rápido. Afinal, ela estava no comando no dia em que Dag Svensson tinha sido assassinado. De repente, sentiu-se muito melhor.

— Está bem — disse. — Meu último editorial.

4. SÁBADO 9 DE ABRIL – DOMINGO 10 DE ABRIL

À uma da tarde de sábado, a procuradora Martina Fransson, de Södertälje, concluíra suas reflexões. O cemitério natural na floresta de Nykvarn era uma encrenca bem feia e a área criminal já somara uma quantidade incrível de horas extras desde a quarta-feira, quando Paolo Roberto travara sua luta de boxe contra Ronald Niedermann no armazém. Estavam diante do homicídio de pelo menos três pessoas, cujos corpos haviam sido enterrados no terreno, um sequestro com uso de violência seguido de golpes e ferimentos agravados contra Miriam Wu, amiga de Lisbeth Salander, e por fim um incêndio criminoso. Também tinham que associar Nykvarn ao incidente de Stallarholmen, que não se situava no mesmo distrito policial, mas do qual Carl-Magnus Lundin, do MC Svavelsjö, era figura-chave. No momento, Lundin estava no hospital de Södertälje com um pé engessado e uma placa de metal no maxilar. De qualquer forma, todos esses crimes estavam sob a autoridade da polícia local, o que significava que Estocolmo é que daria a palavra final.

Na sexta-feira, haviam deliberado acerca da expedição das ordens de prisão. Lundin estava ligado a Nykvarn, isso era certo. Com algum atraso, conseguiram estabelecer que o armazém era propriedade de uma certa Anneli Karlsson, de cinquenta e dois anos, residente em Puerto Banus, na Espanha.

Era prima de Magge Lundin, não tinha ficha na polícia e, nesse contexto, parecia cumprir sobretudo o papel de testa de ferro.

Martina Fransson fechou a pasta do inquérito preliminar. A instrução estava em seu estágio inicial e ainda seria alimentada com várias centenas de páginas antes de resultar num processo. Mas Martina Fransson precisava desde já tomar uma decisão sobre alguns pontos. Olhou para seus colegas policiais.

— Temos material suficiente para abrir uma ação judicial contra Lundin por cumplicidade no sequestro de Miriam Wu. Paolo Roberto o identificou como o motorista do furgão. Também vou detê-lo por provável cumplicidade no incêndio criminoso. Sobre as acusações de cumplicidade no homicídio das três pessoas desenterradas no terreno, vamos esperar pelo menos até todas serem identificadas.

Os policiais assentiram com a cabeça. Não esperavam outra coisa.

— E quanto ao Benny Nieminen, a gente faz o quê?

Martina Fransson folheou os documentos sobre sua mesa até encontrar o do Nieminen.

— Esse senhor tem um currículo impressionante. Roubo a mão armada, posse ilegal de arma, agressões de todo tipo, homicídio e infrações ligadas a drogas. E desse modo ele foi preso em Stallarholmen, junto com Lundin. Estou convencida de que ele está envolvido nisso tudo — o contrário seria surpreendente. O problema é que não temos nada contra ele.

— Ele afirma que nunca esteve no armazém de Nykvarn, que só estava dando uma volta de moto com o Lundin — disse o inspetor criminal de Södertälje encarregado de Stallarholmen. — Diz que desconhecia totalmente o que o Lundin ia fazer em Stallarholmen.

Martina Fransson se perguntou se não haveria um jeito de repassar o caso para o procurador Richard Ekström, de Estocolmo.

— Nieminen se recusa a contar o que aconteceu, mas nega veementemente ser cúmplice de um crime — prosseguiu o inspetor criminal.

— É, daqui a pouco nós vamos achar que ele e o Lundin é que são as vítimas de Stallarholmen — disse Martina Fransson tamborilando com os dedos, irritada. — Lisbeth Salander — acrescentou, deixando transparecer uma dúvida na voz. — Estamos falando de uma jovem que aparenta ter mal e mal passado da puberdade, mede um metro e cinquenta e certamente não possui força física para dominar Nieminen e Lundin.

— A menos que estivesse armada. Com uma pistola, ela pode compensar as desvantagens do físico de passarinho que tem.

— Mas isso não bate totalmente com a reconstituição.

— Não. Ela usou gás lacrimogêneo e deu uns pontapés no meio das pernas e no rosto do Lundin com tamanha fúria que rebentou um testículo dele e quebrou seu maxilar. A bala no pé deve ter sido disparada depois. Mas custo a acreditar que ela é que estivesse armada.

— O laboratório identificou a arma que acertou o Lundin. Trata-se de uma Wanad P-83 polonesa, com munição Makarov. Foi encontrada em Gosseberga, próximo a Göteborg, e traz as impressões digitais da Salander. É bem possível que ela tenha levado a pistola para Gosseberga.

— Sim. Mas o número de série mostra que ela foi roubada há quatro anos durante o assalto ao depósito de armas de Örebro. O ladrão acabou sendo preso, mas já tinha se livrado das armas. Era um talento ali da região, com problemas de drogas e que atuava em círculos próximos ao MC Svavelsjö. Estou tendendo a achar que a pistola era do Lundin ou do Nieminen.

— Pode ser simplesmente que o Lundin estivesse com a pistola, a Salander tentou pegar a arma e ela disparou sozinha, atingindo o pé dele. Seja como for, não houve intenção de matar, já que ele continua vivo.

— Ou então ela atirou no pé por puro sadismo. Sei lá! Mas como é que ela conseguiu dar conta do Nieminen? Ele não tem nenhum machucado aparente.

— Tem, sim, uma coisinha. Duas queimaduras pequenas no peito.

— E?

— Parece marca de cassetete elétrico.

— Quer dizer que a Salander estaria armada com um cassetete elétrico, gás lacrimogêneo e uma pistola. Quanto pesa tudo isso? Não, acho que foi o Lundin ou o Nieminen que trouxe a arma e ela conseguiu desarmá-los. Só vamos saber exatamente como o Lundin levou o tiro quando um dos protagonistas resolver falar.

— Certo.

— A situação é a seguinte: Lundin está cumprindo prisão temporária pelas acusações que já mencionei. Em compensação, não temos absolutamente nada contra o Nieminen. Vou ser obrigada a soltá-lo hoje à tarde.

Benny Nieminen estava com um humor detestável quando saiu da cela da carceragem da chefatura de polícia de Estocolmo. Estava também com sede, a ponto de parar imediatamente numa tabacaria para comprar uma Pepsi, que ele entornou num gole só. Comprou também um maço de Lucky Strike e um pacote de rapé. Pegou o celular, conferiu o estado da bateria e em seguida digitou o número de Hans-Åke Waltari, trinta e três anos e número três na hierarquia do MC Svavelsjö. Ouviu o telefone tocar quatro vezes antes de Waltari atender.

— Nieminen. Estou fora.

— Parabéns.

— Onde você está?

— Em Nyköping.

— Fazendo o que em Nyköping?

— Quando você e o Magge foram presos, a gente achou melhor se encolher um pouco até ter uma ideia melhor da situação.

— Agora você já sabe qual é. Onde está todo mundo?

Hans-Åke Waltari explicou onde estavam os outros cinco membros do MC Svavelsjö. A explicação não bastou para acalmar ou contentar Benny Nieminen.

— E quem está tocando o barco enquanto vocês ficam escondidos que nem mulherzinha?

— Não é justo. Você e o Magge somem para fazer um serviço, a gente nem desconfia do que se trata, e de repente vocês estão envolvidos num tiroteio com essa piranha que está com a polícia sueca toda atrás dela, o Magge leva um tiro e você vai para o xadrez. E, para completar, os tiras estão desenterrando uns presuntos no armazém de Nykvarn.

— Sim, e daí?

— Daí que a gente começou a se perguntar se você e o Magge não estavam escondendo alguma coisa.

— Escondendo o quê? Não é a gente que consegue os negócios para o grupo?

— Mas eu nunca ouvi dizer que o armazém também era um cemitério escondido no meio do mato. Quem são esses presuntos?

Benny Nieminen estava com uma resposta cortante na ponta da língua, mas se conteve. Hans-Åke Waltari era um perfeito idiota, porém a situação não era das mais propícias para começar uma briga. Tinham que agir depressa para consolidar as forças. Depois de passar por cinco interrogatórios em que negara absolutamente tudo, seria pouco esperto de sua parte sair clamando num celular, a duzentos metros da delegacia, que ele estava, afinal, por dentro do caso.

— Sei lá — disse. — Não dá bola para esses presuntos. Mas o Magge está encrencado. Vai ficar um bom tempo preso, e na ausência dele quem manda sou eu.

— Tudo bem. E quais são os próximos passos? — perguntou Waltari.

— Se vocês todos estão escondidos, quem está vigiando o local?

— O Danny Karlsson ficou por lá para controlar as posições. A polícia fez uma blitz no dia que vocês foram presos. Não acharam nada.

— O Danny K.! — exclamou Nieminen. — Mas o Danny K. é um novatozinho de merda, um fedelho ranhento!

— Fica frio. Ele está com o loirinho, sabe, o cara que você e o Magge às vezes levam com vocês.

Benny Nieminen gelou de repente. Deu uma rápida olhada ao redor e se afastou alguns metros da porta da tabacaria.

— O que foi que você disse? — perguntou em voz baixa.

— Sabe aquele loiro idiota que você e o Magge encontram de vez em quando? Ele apareceu pedindo ajuda para achar um esconderijo.

— Puta que pariu, Waltari, ele está sendo procurado no país inteiro pelo assassinato de um tira.

— É... por isso ele precisava de um esconderijo. O que a gente podia fazer? É um *brother* seu e do Magge.

Benny Nieminen fechou os olhos por uns dez segundos. Ronald Niedermann tinha passado muitos serviços e dado lucros enormes ao MC Svavelsjö por vários anos. Mas não era um amigo, de jeito nenhum. Era um canalha perigoso e um psicopata, e ainda por cima um psicopata procurado a ferro e fogo pela polícia. Benny Nieminen não confiaria um segundo sequer em Ronald Niedermann. O melhor seria que ele fosse encontrado com uma bala na cabeça. No mínimo, daria uma acalmada no ânimo dos tiras.

— E o que vocês fizeram com ele?

— O Danny K. está cuidando disso. Levou ele até o Viktor.

Viktor Göransson era o tesoureiro e contador do clube, morava para os lados de Järna. Göransson tinha um diploma profissionalizante em economia e começara a carreira como consultor financeiro de um iugoslavo que reinava em alguns cabarés, até o bando todo ser preso por sonegação fiscal. Conheceu Magge Lundin na prisão de Kumla, no início dos anos 1990. Era o único do MC Svavelsjö que sempre andava de terno e gravata.

— Waltari, você pega o caixa e vem se encontrar comigo em Södertälje. Me procure em frente à estação ferroviária do subúrbio daqui a quarenta e cinco minutos.

— Tá bom, tá bom. Por que tanta pressa?

— Porque eu tenho que assumir o controle da situação o quanto antes.

Hans-Åke Waltari observava disfarçadamente Benny Nieminen, que mantinha um silêncio emburrado enquanto rodavam para Svavelsjö. Ao contrário de Magge Lundin, Nieminen não era uma pessoa simpática. Era bonito e parecia doce, mas na verdade tinha pavio curto e sabia ser um bocado perigoso, principalmente depois de tomar umas e outras. No momento estava sóbrio, mas Waltari estava um pouco preocupado com a ideia de que Nieminen ia assumir o comando. Magge sempre soubera, de um jeito ou de outro, acalmar o jogo de Nieminen. Perguntava-se o que viria pela frente com Nieminen como presidente temporário do clube.

Danny K. não se encontrava no local. Nieminen tentou ligar duas vezes para o celular dele, mas não obteve resposta.

Foram para a casa de Nieminen, a um bom quilômetro do clube. Também lá a polícia realizara uma busca, mas não achara nada que servisse para a investigação sobre Nykvarn. Sem nada do que ser acusado, Nieminen estava livre.

Tomou um banho e trocou de roupa enquanto Waltari esperava pacientemente na cozinha. Depois, caminharam cento e cinquenta metros pelo mato atrás da casa de Nieminen e destaparam um baú superficialmente enterrado ali que continha seis armas, incluindo um AK-5, uma boa quantidade de munição e dois quilos de explosivos. Era o estoquezinho particular de Nieminen. Duas armas do baú eram Wanad P-83 polonesas. Pertenciam ao mesmo lote da pistola que Lisbeth Salander surrupiara de Nieminen em Stallarholmen.

Nieminen afastou Lisbeth Salander da mente. Aquele era um assunto delicado. Na cela da carceragem, em Estocolmo, repassara com frequência a cena em que ele e Magge Lundin chegavam à casa de campo de Nils Bjurman e deparavam com Salander no pátio.

A sequência dos acontecimentos fora absolutamente inesperada. Ele e Magge Lundin tinham ido lá pôr fogo na casa por ordem daquele maldito gigante loiro. E toparam com a piranha da Lisbeth Salander — sozinha, um metro e meio e um palito de magra. Nieminen se perguntava quanto ela pesava. De repente, as coisas tinham desandado numa orgia de violência para a qual nenhum dos dois estava preparado.

De um ponto de vista meramente técnico, ele conseguia entender a sequência. Salander tinha esvaziado um cartucho de gás lacrimogêneo na cara de Magge Lundin. Magge deveria ter esperado por isso, mas não foi o caso. Ela então lhe desfechara dois pontapés, e para quebrar um maxilar não é preciso ter muita força muscular. Ela o pegara de surpresa. Dava para entender.

Mas aí ela atacara a ele, Benny Nieminen, o homem que os caras sarados pensavam duas vezes antes de provocar. Ela se movia com uma rapidez incrível. Ele tivera dificuldades para pegar a arma. Ela o esmagara com a humilhante facilidade de quem está simplesmente enxotando um mosquito com a mão. Tinha um cassetete elétrico. Tinha...

Quando acordou, não se lembrava de quase nada, Magge Lundin levara uma bala no pé e a polícia estava a caminho. Depois de alguma discussão entre a polícia de Stängnäs e a de Södertälje, fora parar na cadeia de Södertälje. E a pilantra ainda havia roubado a Harley Davidson do Magge Lundin. Tinha recortado, na jaqueta dele, o logo do MC Svavelsjö — o mesmo símbolo que, nos botecos, fazia as pessoas se afastarem e conferia um prestígio que o sueco comum não podia entender. Ela o humilhara.

De repente, Benny Nieminen começou a ferver por dentro. Permanecera calado durante os interrogatórios. Jamais poderia contar o que tinha acontecido em Stallarholmen. Até então, Lisbeth Salander não significava absolutamente nada para ele. Era só um projetinho secundário de que Magge Lundin estava tratando — a pedido, mais uma vez, do maldito Niedermann.

Mas agora nutria por ela um ódio apaixonado que o surpreendia. Ele em geral era frio e lúcido, ao passo que agora só pensava em ter, qualquer dia, a oportunidade de se vingar e apagar a vergonha. Mas primeiro precisava pôr ordem no caos em que a Salander e o Niedermann, juntos, tinham lançado o MC Svavelsjö.

Nieminen pegou duas pistolas polonesas que ainda estavam no baú, carregou-as e entregou uma para Waltari.

— Você tem algum plano?

— Vamos ter uma conversinha com o tal Niedermann. Ele não é dos nossos e nunca foi preso. Não sei como vai reagir se for pego, mas se ele abrir a boca pode acabar com a gente. Íamos todos em cana rapidinho.

— Quer dizer que a gente vai...

Nieminen já tinha decidido eliminar Niedermann, mas percebeu que não era hora de assustar Waltari.

— Não sei. Vamos ver qual é a dele. Se ele tiver um plano e puder se mandar logo para fora do país, a gente pode dar uma mãozinha. Mas enquanto ele estiver correndo o risco de ser preso, vai representar uma ameaça para a gente.

O sítio de Viktor Göransson, próximo de Järna, estava às escuras quando, ao entardecer, Nieminen e Waltari entraram no pátio. Isso em si já parecia um mau sinal. Ficaram esperando algum tempo no carro.

— Talvez eles tenham saído — sugeriu Waltari.

— Tudo a ver. Eles podem ter ido até o boteco tomar um trago com o Niedermann — disse Nieminen, abrindo a porta do carro.

A porta da casa não estava trancada. Nieminen acendeu a luz. Passaram por todos os cômodos. Estava tudo limpo e arrumado, provavelmente graças à mulher com quem o Göransson vivia.

Deram com Göransson e sua companheira no porão, jogados na lavanderia.

Nieminen se inclinou e observou os cadáveres. Estendeu o dedo e encostou na mulher, cujo nome não lembrava. Estava gelada e rígida. Isso significava que podiam estar mortos havia umas vinte e quatro horas.

Nieminen não precisava do parecer de um médico-legista para saber como eles tinham morrido. O pescoço da mulher havia se partido quando a cabeça dela foi girada cento e oitenta graus. Vestia jeans e camiseta e não aparentava nenhum outro ferimento.

Já Viktor Göransson estava apenas de cueca. Fora seriamente espancado e seu corpo estava coberto de ferimentos e hematomas. Os dois braços tinham sido quebrados e apontavam em várias direções, feito galhos tortos de pinheiro. Sofrera maus-tratos prolongados que só podiam ser qualificados como tortura. Até onde Nieminen podia avaliar, fora enfim morto com um forte golpe na garganta. A laringe estava afundada no pescoço.

Benny Nieminen se levantou, subiu a escada do porão e saiu da casa. Waltari foi atrás dele. Nieminen atravessou o pátio e seguiu até a granja a cinquenta metros dali. Soltou a tranca e abriu a porta.

Deparou com um Renault azul-escuro.

— Qual é o carro do Göransson? — perguntou.

— Ele anda com um Saab.

Nieminen assentiu com a cabeça. Tirou as chaves do bolso e abriu uma porta no fundo da granja. Uma olhada rápida lhe informou que chegara tarde demais. Um armário pesado onde se guardavam as armas estava aberto de par em par.

Nieminen fez uma careta.

— Pouco mais de oitocentas mil coroas — disse.

— O quê?

— Pouco mais de oitocentas mil coroas é o que o MC Svavelsjö tinha neste armário. A nossa grana.

Três pessoas sabiam onde o MC Svavelsjö guardava o dinheiro a ser investido ou lavado. Viktor Göransson, Magge Lundin e Benny Nieminen. Niedermann estava fugindo. Precisava de dinheiro vivo. Sabia que Göransson era quem cuidava do financeiro.

Nieminen fechou a porta e saiu sem pressa da granja. Raciocinava febrilmente, tentando formar um panorama do desastre. Uma parte dos recursos do MC Svavelsjö estava investida em títulos a que ele poderia ter acesso e outra parte poderia ser reconstituída com o auxílio de Magge Lundin. Mas uma boa parte dos investimentos só estava registrada na cabeça de Göransson, a menos que ele tivesse passado instruções claras para Magge Lundin. Nieminen duvidava muitíssimo disso — Magge nunca fora um gênio da economia. Por cima, Nieminen avaliou que com a morte de Göransson o MC Svavelsjö podia ter perdido até sessenta por cento de seu capital. Um golpe tremendo. Era sobretudo dinheiro vivo de que precisavam para as despesas diárias.

— O que a gente faz agora? — perguntou Waltari.

— Agora a gente informa a polícia sobre o que aconteceu.

— Informar a polícia?

— Claro, porra. As minhas digitais estão por toda a casa. Só quero que eles encontrem o Göransson e a mulher o quanto antes e o legista possa determinar que eles foram mortos quando eu ainda estava detido.

— Entendo.

— Melhor assim. Descubra onde está o Danny K. Quero falar com ele. Quer dizer, se ele ainda estiver vivo. Depois disso, vamos atrás do Ronald Niedermann. A ordem, para os nossos contatos em todos os clubes da Escandinávia, é abrir o olho. Quero a cabeça desse calhorda. Ele provavelmente está usando o Saab do Göransson. Descubra o número da placa.

Quando Lisbeth Salander acordou, às duas da tarde de sábado, estava sendo examinada por um médico.

— Boa tarde — disse ele. — Meu nome é Sven Svantesson, sou médico. Está sentindo alguma dor?

— Sim — disse Lisbeth Salander.

— Daqui a pouco vamos te dar um analgésico. Mas primeiro eu queria olhar você.

Ele apertou e apalpou seu corpo machucado. Antes de ele terminar, Lisbeth já estava claramente irritada, mas sentia-se exausta demais para começar sua temporada no Sahlgrenska com uma discussão, por isso optou por ficar quieta.

— Como é que eu estou? — perguntou.

— Acho que você vai ficar bem — disse o médico, que fez algumas anotações antes de se levantar.

Não era uma resposta das mais brilhantes.

Depois que ele saiu, apareceu uma enfermeira que ajudou Lisbeth com a comadre. Em seguida, ela pôde voltar a dormir.

* * *

Alexander Zalachenko, aliás, Karl Axel Bodin, ingeria um almoço constituído de alimentos líquidos. Qualquer movimento, mesmo mínimo, dos músculos faciais lhe causava dores fortíssimas no maxilar e no osso malar, e mastigar não era sequer cogitável.

Porém, mesmo a dor sendo tremenda, ele sabia administrá-la. Zalachenko estava acostumado com a dor. Nada se comparava àquela que experimentara semanas e meses a fio quinze anos antes, depois de arder feito uma tocha dentro do carro junto a uma calçada da Lundagatan. O tratamento não passara de uma interminável maratona de dor.

Os médicos o julgavam fora de perigo, mas dada a gravidade de seus ferimentos e por causa de sua idade, permaneceria na UTI por mais alguns dias.

Naquele sábado, ele recebeu quatro visitas.

Por volta das dez da manhã, o inspetor Ackerman tornou a aparecer. Dessa vez, tinha deixado aquela babaquinha da Sonja Modig em casa e vinha acompanhado do inspetor Jerker Holmberg, claramente mais simpático. Fizeram mais ou menos as mesmas perguntas que tinham feito na noite anterior sobre Ronald Niedermann. Ele estava com a sua versão bem ensaiada e não cometeu nenhum erro. Quando começaram a bombardeá-lo com perguntas sobre sua eventual participação no tráfico de mulheres e em outras atividades criminosas, ele mais uma vez negou saber qualquer coisa sobre o assunto. Vivia da sua pensão de invalidez e não sabia do que estavam falando. Jogou tudo nas costas de Ronald Niedermann e se ofereceu para colaborar no que fosse possível para localizar o assassino do policial.

Infelizmente, na prática ele não tinha muito como ajudar. Desconhecia os círculos que Niedermann frequentava e não fazia ideia de a quem ele poderia pedir refúgio.

Por volta das onze horas, recebeu a breve visita de um representante do Ministério Público, que lhe comunicou formalmente que ele era suspeito de cumplicidade em golpes e ferimentos agravados, e mesmo tentativa de homicídio, contra Lisbeth Salander. Zalachenko respondeu pacientemente, explicando que a vítima era ele e que, na verdade, Lisbeth Salander é quem tentara matá-lo. O sujeito do Ministério Público lhe ofereceu ajuda jurídica na forma de um advogado de ofício. Zalachenko disse que ia pensar.

Isso ele não tinha a menor intenção de fazer. Já possuía um advogado e sua primeira medida, naquela manhã, fora ligar para ele pedindo que viesse o quanto antes. De modo que Martin Thomasson foi seu terceiro visitante. Entrou, com um ar descontraído, passou a mão na cabeleira loira, ajeitou os óculos e apertou a mão de seu cliente. Era um falso magro e um verdadeiro sedutor. É certo que pairava sobre ele a suspeita de ter pertencido à máfia iugoslava, caso que ainda estava sendo investigado, mas também tinha a reputação de ganhar seus processos.

Um contato de negócios encaminhara Zalachenko para Thomasson cinco anos antes, quando precisara redistribuir um capital relacionado com uma pequena empresa de investimentos que ele possuía no Liechtenstein. Não eram quantias fabulosas, mas Thomasson atuara com mãos de mestre e Zalachenko deixara de pagar as taxas obrigatórias. Depois disso, recorrera a ele em outras ocasiões. Thomasson compreendia que o dinheiro provinha de uma atividade criminosa, o que não parecia perturbá-lo. Por fim, Zalachenko decidira fundir todas as suas atividades numa nova empresa, pertencente a ele próprio e a Niedermann. Tinha procurado Thomasson e o convidara a participar como terceiro sócio oculto, encarregado de tudo que se relacionasse ao financeiro. Thomasson aceitara sem pensar duas vezes.

— E então, senhor Bodin, isso tudo não está me parecendo lá muito agradável.

— Fui vítima de golpes e ferimentos agravados e tentativa de assassinato — disse Zalachenko.

— É o que estou vendo. Uma tal Lisbeth Salander, se entendi direito.

Zalachenko baixou a voz.

— O nosso parceiro Niedermann se meteu numa encrenca daquelas, como você deve ter percebido.

— Foi o que entendi.

— A polícia suspeita que eu esteja envolvido nessa história...

— O que obviamente não é o caso. Você é uma vítima, e é importante plantar depressa essa ideia nos meios de comunicação. A senhorita Salander já teve um bocado de publicidade negativa... Vou cuidar disso.

— Obrigado.

— Mas vou avisando que não sou advogado criminal. Você vai precisar de um especialista. Vou procurar alguém em quem você possa confiar.

* * *

A quarta visita chegou às onze da noite e conseguiu passar pela barragem das enfermeiras exibindo sua identidade e especificando que vinha por causa de um assunto urgente. Indicaram-lhe o quarto de Zalachenko. O paciente ainda não estava dormindo, achava-se em plena reflexão.

— Meu nome é Jonas Sandberg — cumprimentou o visitante, estendendo uma mão que Zalachenko optou por ignorar.

O homem tinha cerca de trinta e cinco anos. Tinha cabelo cor de areia e vestia um jeans descontraído, camisa xadrez e jaqueta de couro. Zalachenko contemplou-o em silêncio por uns quinze segundos.

— Eu estava justamente me perguntando quando é que um de vocês ia aparecer.

— Eu trabalho na Säpo — disse Jonas Sandberg, mostrando as credenciais.

— É claro que não — disse Zalachenko.

— Como?

— Você talvez seja funcionário da Säpo, mas não trabalha para eles.

Jonas Sandberg ficou um momento calado, olhando ao redor. Pegou a cadeira destinada aos visitantes.

— Se eu vim assim tão tarde, foi para não chamar atenção. Andamos discutindo sobre uma maneira de ajudá-lo e precisamos combinar mais ou menos o que vai acontecer. Estou aqui simplesmente para escutar a sua versão e ver quais são as suas intenções, para que a gente possa montar uma estratégia conjunta.

— E qual seria essa estratégia, a seu ver?

Jonas Sandberg contemplou pensativamente o homem deitado na cama. Por fim, afastou as mãos.

— Senhor Zalachenko... Receio que já esteja em curso um processo envolvendo danos difíceis de avaliar. Discutimos a situação. O túmulo encontrado em Gosseberga e os três tiros que a Salander levou são fatos difíceis de minimizar. Mas nem tudo está perdido. O conflito entre o senhor e sua filha pode explicar por que tem tanto medo dela e por que tomou medidas tão drásticas. Receio, porém, que isso signifique alguns meses de prisão.

Zalachenko se sentiu alegre de repente e teria dado uma boa gargalhada se isso não fosse impossível nas suas condições. O resultado foi apenas um leve tremor nos lábios. Qualquer coisa além disso seria dolorida demais.

— Então essa é nossa estratégia conjunta?

— Senhor Zalachenko. O senhor conhece o conceito de controle dos danos. É indispensável que encontremos uma via comum. Vamos fazer o possível para ajudá-lo, fornecendo um advogado e a assistência necessária, mas vamos precisar da sua colaboração e de algumas garantias.

— Vou lhe dar uma garantia. Vocês vão dar um jeito de sumir com tudo isso. — Ele fez um gesto com a mão. — O Niedermann vai servir de bode expiatório, e garanto que ele nunca será encontrado.

— Existem provas formais que...

— Deixe as provas formais para lá. O importante é como a investigação vai ser conduzida e como os fatos vão ser apresentados. A minha garantia é a seguinte... se vocês não usarem sua varinha mágica para dar um sumiço em tudo isto, eu vou convocar a imprensa para uma entrevista coletiva. Eu conheço nomes, datas, fatos. Não me diga que eu preciso lembrar você de quem eu sou...

— O senhor não está entendendo...

— Estou entendendo muito bem. Você não passa de um *boy*. Transmita para o seu chefe o que acabei de dizer. Ele vai entender. Diga que eu tenho cópias de... tudo. Vou detonar vocês.

— Temos que tentar entrar num acordo.

— A conversa está encerrada. E agora dê o fora. E fale para eles me mandarem um homem da próxima vez, um adulto com quem eu possa conversar.

Zalachenko virou a cabeça de maneira a interromper o contato visual com o visitante. Jonas Sandberg contemplou-o um breve instante. Então deu de ombros e se levantou. Já estava chegando à porta quando ouviu novamente a voz de Zalachenko.

— Outra coisa.

Sandberg se virou.

— Salander.

— O que tem ela?

— Ela precisa sumir.

— O que o senhor quer dizer?

Por um momento, Sandberg pareceu tão preocupado que Zalachenko foi obrigado a sorrir, apesar da dor que lhe transpassou o maxilar.

— Vocês são todos uns bundas-moles e eu sei que têm escrúpulos demais para matá-la. Sei também que vocês não têm condições para isso. Quem iria cuidar disso... você? Mas ela precisa sumir. O testemunho dela tem que ser declarado inaceitável. Ela tem que voltar para uma instituição e ali ficar o resto da vida.

Lisbeth Salander escutou os passos no corredor em frente a seu quarto. Não conseguira distinguir o nome Jonas Sandberg, e era a primeira vez que escutava aqueles passos.

A porta de seu quarto tinha ficado aberta desde o final da tarde, já que as enfermeiras vinham vê-la mais ou menos de dez em dez minutos. Tinha escutado o homem chegar e explicar a uma enfermeira, bem perto de sua porta, que precisava de qualquer forma ver o sr. Karl Axel Bodin para tratar de um assunto urgente. Imaginou que ele estivesse apresentando suas credenciais, mas não foi dita nenhuma palavra que pudesse fornecer uma pista sobre seu nome ou a natureza dessas credenciais.

A enfermeira pediu que ele esperasse enquanto ia verificar se o sr. Karl Axel Bodin estava acordado. Lisbeth Salander concluiu então que as credenciais deviam ser bem convincentes.

Percebeu que a enfermeira seguiu no corredor pela esquerda e deu dezessete passos até chegar a seu destino, e que o visitante percorreu a mesma distância com apenas catorze passos. O que dava uma média de 15,5 passos. Ela calculou o comprimento dos passos em sessenta centímetros, o que, multiplicado por 15,5, indicava que Zalachenko estava num quarto situado a novecentos e trinta centímetros do lado esquerdo do corredor. Bem, digamos dez metros. Calculou que seu quarto tinha cerca de cinco metros de largura, o que queria dizer que Zalachenko se encontrava a duas portas dali.

De acordo com os números verdes do relógio digital no criado-mudo, a visita durou exatos nove minutos.

Zalachenko permaneceu um bom tempo acordado depois que Jonas

Sandberg o deixou. Imaginou que aquele não era seu verdadeiro nome, a experiência lhe ensinara que os espiões amadores suecos tinham fixação em nomes de fachada mesmo que não fossem absolutamente necessários. De todo modo, aquele Jonas (ou qualquer que fosse seu nome) era um primeiro sinal de que a Seção estava ciente de sua situação. Com aquele estardalhaço da imprensa, seria difícil não estar. Mas sua visita também confirmava que sua situação inspirava cuidados. Como não poderia deixar de ser.

Ele pesou as vantagens e as desvantagens, alinhou possibilidades e rejeitou alternativas. Já tinha entendido e aceitado que as coisas haviam desandado pra valer. Num mundo ideal, àquela altura ele estaria em casa, em Gosseberga, Ronald Niedermann estaria a salvo no exterior e Lisbeth Salander enterrada a seis palmos debaixo da terra. Mesmo que, de um ponto de vista racional, compreendesse o que tinha acontecido, tinha a maior dificuldade em entender como ela conseguira sair de dentro da cova, voltar para a granja e destruir a existência dele com duas machadadas. Ela realmente dispunha de recursos incríveis.

Em compensação, percebia muito bem o que acontecera com Ronald Niedermann e por que ele fugira para se salvar em vez de acabar de uma vez por todas com Salander. Sabia que Niedermann tinha algum problema na cabeça, que ele tinha visões, que via fantasmas. Mais de uma vez tivera de intervir ao ver Niedermann se comportando de maneira irracional e se encolhendo de pavor.

Aquilo o preocupava. Considerando que Ronald Niedermann ainda não havia sido detido, Zalachenko tinha certeza de que ele funcionara normalmente nos dias seguintes à fuga de Gosseberga. Talvez tentasse ir até Tallinn, onde obteria ajuda com algum contato do império criminoso de Zalachenko. Sua preocupação é que não dava para prever em que momento Niedermann ficaria paralisado. Se acontecesse durante a fuga, ele cometeria algum erro, e se cometesse algum erro acabaria sendo preso. E como não iria se entregar tão fácil, policiais iriam morrer, e muito provavelmente ele também.

Essa ideia afligia Zalachenko. Não queria que Niedermann morresse. Niedermann era seu filho. Por outro lado, por mais lamentável que fosse, a verdade é que Niedermann não podia ser apanhado vivo. Niedermann nunca fora detido pela polícia e Zalachenko não conseguia imaginar qual seria sua reação num interrogatório. Desconfiava, infelizmente, que Niedermann não saberia ficar calado. Seria melhor, portanto, que fosse morto ao ser capturado. Zalachenko prantearia o filho, mas a outra alternativa seria pior. Significaria ele próprio passar o resto da vida na prisão.

Entretanto, quarenta e oito horas já haviam transcorrido desde a fuga de Niedermann e ele ainda não tinha sido pego. Era um bom sinal. Mostrava que Niedermann ainda estava em movimento, e um Niedermann em movimento era imbatível.

A longo prazo, esboçava-se outra preocupação. Ele se perguntava como Niedermann iria se virar sozinho, sem o pai a seu lado para conduzi-lo na vida. Tinha observado, naqueles anos todos, que quando deixava de dar instruções ou soltava as rédeas para que Niedermann tomasse suas próprias iniciativas, este tendia a cair num estado de passividade e apatia.

Mais uma vez Zalachenko constatou como essas particularidades de seu filho representavam uma verdadeira calamidade. Ronald Niedermann era sem dúvida uma pessoa muito inteligente, dotada de qualidades físicas que o transformavam num homem temível e temido. Além disso, era um executor excelente, que sabia manter o sangue-frio. Seu único problema era não ter instinto de liderança. Precisava sempre de alguém que lhe dissesse o que devia ser feito.

Mas tudo isso estava, no momento, fora de seu controle. Ele, Zalachenko, é que era a questão. Sua situação era delicada, talvez mais delicada do que nunca.

A visita do dr. Thomasson, mais cedo naquele dia, não lhe soara muito tranquilizadora. Thomasson era, e continuava sendo, um especialista em direito empresarial, e sua eficiência nessa área não lhe seria de grande ajuda no atual contexto.

Depois, houvera a visita de Jonas Sandberg. Sandberg representava uma tábua de salvação muito mais sólida. Mas uma tábua que também podia se revelar uma armadilha. Ele teria de jogar suas cartas com habilidade e retomar o controle da situação. O controle era fundamental.

E, afinal de contas, ele podia confiar em seus próprios recursos. Por enquanto, precisava de cuidados médicos. Mas dali a alguns dias, uma semana quem sabe, teria recobrado suas forças. Se a situação chegasse a um extremo, só poderia contar consigo mesmo. O que significava sumir, sumir nas barbas de todos aqueles policiais que o cercavam. Iria precisar de um esconderijo, de um passaporte e de dinheiro vivo. Thomasson podia conseguir tudo isso. Mas, primeiro, precisava se recuperar o suficiente para ter condições de fugir.

À uma hora da manhã, a enfermeira veio ver como ele estava. Fingiu que estava dormindo. Quando ela tornou a fechar a porta, endireitou-se com esforço na cama e jogou as pernas para fora. Ficou um bom tempo sentado sem se mexer, testando seu equilíbrio. Então, devagar, pôs o pé esquerdo no chão. Por sorte, o machado atingira a perna direita, que já era defeituosa. Esticou o braço para apanhar a prótese, no armário junto à cama, e prendeu-a no coto. Em seguida, levantou-se. Jogou o peso para a perna esquerda intacta e tentou apoiar a direita no chão. Uma dor fulgurante o transpassou.

Cerrou os dentes e deu um passo. Precisava de suas bengalas, mas tinha certeza de que o hospital não tardaria a lhe fornecer uma. Apoiou-se na parede e foi manquejando até a porta. Levou vários minutos, sendo obrigado a parar depois de cada passo para dominar a dor.

Apoiou-se sobre a perna sã, abriu a porta bem de leve e verificou o corredor. Não viu ninguém, e pôs a cabeça um pouquinho mais para fora. Escutou vozes abafadas à esquerda e virou a cabeça. A sala de plantão das enfermeiras da noite ficava a uns vinte metros dali, do outro lado do corredor.

Ele virou a cabeça para a direita e avistou a saída, no fim do corredor.

Tinha se informado naquele dia sobre o estado de Lisbeth Salander. Era, apesar de tudo, pai dela. As enfermeiras tinham sido visivelmente instruídas a não falar sobre os pacientes. Uma delas só dissera, em tom neutro, que seu estado era estável. Mas, como que por reflexo, lançara uma olhada rápida para o lado esquerdo do corredor.

Em algum dos quartos entre o seu próprio e a sala das enfermeiras estava Lisbeth Salander.

Fechou a porta devagar, voltou manquejando para a cama e retirou a prótese. Estava encharcado de suor quando finalmente conseguiu se enfiar debaixo da coberta.

O inspetor Jerker Holmberg regressou a Estocolmo no domingo por volta do meio-dia. Estava cansado, com fome e sentia-se esgotado. Pegou o metrô, desceu na estação da prefeitura e seguiu a pé até a chefatura de polícia na

Bergsgatan, onde subiu até a sala do inspetor Jan Bublanski. Sonja Modig e Curt Bolinder já estavam lá. Bublanski os convocara para aquela reunião em pleno domingo porque sabia que o chefe do inquérito preliminar, Richard Ekström, estava em um compromisso fora.

— Obrigado por terem vindo — disse Bublanski. — Acho que está mais do que na hora de conversarmos calmamente entre nós para tentarmos lançar uma luz nessa confusão toda. Jerker, alguma novidade?

— Nada que eu já não tenha lhe falado por telefone. O Zalachenko não está cedendo um só milímetro. Ele se diz totalmente inocente e não pode nos ajudar em nada. Vejam só...

— Sim?

— Sonja, você estava certa. É um dos indivíduos mais sinistros que já conheci. Parece meio idiota dizer isso. Sei que a gente não devia raciocinar desse jeito na polícia, mas ele tem uma coisa assustadora por baixo daquele verniz calculista.

— Certo — disse Bublanski, pigarreando. — O que a gente tem? Sonja?

Ela exibiu um sorrisinho.

— Os investigadores particulares venceram este round. Não encontro o Zalachenko em nenhum cadastro oficial, ao passo que um tal de Karl Axel Bodin nasceu em 1939 em Uddevalla. Os pais dele eram Marianne e Georg Bodin. Eles existiram, mas morreram num acidente em 1946. Karl Axel Bodin foi criado por um tio na Noruega. Portanto não temos nada sobre ele até os anos 1970, quando voltou para a Suécia. A versão de Mikael Blomkvist, segundo a qual ele seria um ex-agente russo do GRO, parece impossível de checar, mas tendo a acreditar que ele está certo.

— E isso implicaria o quê?

— Obviamente, ele ganhou uma identidade falsa. E deve ter sido com o consentimento das autoridades.

— A Säpo, portanto?

— É o que o Blomkvist afirma. Mas não sei ao certo como foi. Supõe-se que sua certidão de nascimento e mais um monte de documentos foram falsificados e lançados nos cadastros suecos oficiais. Não me atrevo a opinar sobre o aspecto legal dessa história. Provavelmente vai depender de quem tomou a decisão. Mas só seria legal se a decisão tivesse sido quase em nível de primeiro escalão.

Instalou-se um silêncio na sala de Bublanski, enquanto os quatro inspetores criminais refletiam sobre todas as implicações daquilo.

— Humm — fez Curt Bolinder. — Isso poderia provocar nada menos que uma crise constitucional. Nos Estados Unidos, membros do governo podem ser convocados para um interrogatório diante de um tribunal comum. Na Suécia, têm que passar pela Comissão Constitucional.

— Agora, o que a gente pode fazer é perguntar para o chefe — disse Jerker Holmberg.

— Perguntar para o chefe? — estranhou Bublanski.

— Thorbjörn Fälldin.* Era o primeiro-ministro na época.

— É isso aí. A gente aparece na casa dele, não se sabe onde, e pergunta ao ex-primeiro-ministro se ele falsificou documentos de identidade para um espião russo dissidente. Não me parece uma boa ideia.

— O Fälldin mora em Ås, na comuna de Härnösand. Eu nasci naqueles lados, a poucos quilômetros da casa dele. Meu pai é centrista e conhece o Fälldin muito bem. Cruzei com ele várias vezes quando criança, e quando adulto também. É um sujeito bem descontraído.

Três inspetores criminais lançaram a Jerker Holmberg um olhar atônito.

— Você conhece o Fälldin — disse Bublanski, hesitante.

Holmberg assentiu com a cabeça. Bublanski fez um muxoxo.

— Realmente... — disse Holmberg. — Daria para resolver um monte de problemas se a gente conseguisse do ex-primeiro-ministro um relatório que ajudasse a nos situar nesta encrenca toda. Eu poderia ir até lá conversar com ele. O pior que pode acontecer é ele não falar. Mas, se falar, talvez nos poupe um bocado de tempo.

Bublanski refletiu sobre a sugestão. Então balançou a cabeça. Com o rabo dos olhos, viu tanto Sonja Modig como Curt Bolinder meneando a deles, pensativos.

— Holmberg... o que você sugere é legal, mas acho que vamos deixar para mais tarde. Vamos voltar ao caso. Sonja?

— Segundo o Blomkvist, o Zalachenko chegou aqui em 1976. Até onde eu sei, só existe uma pessoa que pode ter passado essa informação para ele.

* Primeiro-ministro centrista de um governo tripartido de direita entre 1976 e 1978, e depois de 1979 a 1981. (N. E.)

— Gunnar Björck — disse Curt Bolinder.

— O que foi que o Björck disse para a gente? — perguntou Jerker Holmberg.

— Nada de mais. Ele alegou sigilo profissional e disse que não pode comentar o assunto sem autorização dos seus superiores.

— E quem são os superiores dele?

— Ele se recusa a dizer.

— O que vai acontecer com ele então?

— Eu o indiciei por remuneração de serviços sexuais. Graças ao Dag Svensson, dispomos de uma excelente documentação. Isso tirou o Ekström do sério, mas como eu tinha feito um relatório ele pode se complicar se abandonar a investigação — disse Curt Bolinder.

— Ahã. Infração à lei sobre remuneração de serviços sexuais. Isso dá o quê, imagino que uma multa?

— Provavelmente. Mas com essa ele fica no nosso sistema e pode ser chamado outra vez para um interrogatório.

— Mas aí já estamos invadindo a praia da Säpo. Isso pode causar turbulências.

— O problema é que nada do que está acontecendo hoje teria acontecido se a Säpo não estivesse envolvida, de um jeito ou de outro. É possível que o Zalachenko seja de fato um espião russo que pendurou as chuteiras e pediu asilo político. Também é possível que ele tenha trabalhado para a Säpo como agente, ou fonte, não sei bem como dizer, e que haja um bom motivo para terem fornecido a ele uma identidade falsa e o anonimato. Mas existem três poréns. Primeiro, a investigação realizada em 1991 que levou à internação da Lisbeth Salander é ilegal. Segundo, a atividade do Zalachenko a partir dessa data não tem absolutamente nada a ver com segurança nacional. O Zalachenko é um gângster muito do ordinário e provavelmente cúmplice de uma série de homicídios e outros crimes. Terceiro, não resta a menor dúvida de que atiraram na Lisbeth Salander e a enterraram nas terras do Zalachenko em Gosseberga.

— Falando nisso, eu gostaria muito de ler esse famoso relatório — disse Jerker Holmberg.

A expressão de Bublanski se turvou.

— O Ekström pôs as mãos nele na sexta-feira. Quando pedi de volta, ele disse que ia fazer uma cópia, mas nada. Em vez disso, me ligou dizendo que tinha falado com o Ministério Público e que havia um problema. Segundo o procurador-geral da nação, como é um dossiê considerado segredo de segurança nacional, o relatório não pode circular ou ser copiado. O procurador exigiu que lhe fossem entregues todas as cópias até que o caso seja esclarecido. E, portanto, a Sonja foi obrigada a devolver a cópia que ela tinha.

— Quer dizer que não temos mais esse relatório?

— Não.

— Droga — disse Holmberg. — Isso não é um bom sinal.

— Não é mesmo — disse Bublanski. — Mas significa, principalmente, que alguém está agindo contra nós, e o que é pior: agindo rápido e com eficiência. Foi essa investigação que tinha nos posto na pista certa.

— Então vamos precisar descobrir quem está agindo contra nós — disse Holmberg.

— Outra coisa — disse Sonja Modig. — Também tem o Peter Teleborian. Ele colaborou com a nossa investigação apresentando um perfil da Lisbeth Salander.

— Exato — disse Bublanski com uma voz ainda mais sombria. — E o que ele diz?

— Que estava muito preocupado com a segurança dela, que só queria o bem dela. Mas depois desse blá-blá-blá, acrescentou que ela era muito perigosa e capaz de resistir. E nós baseamos boa parte do nosso raciocínio no que ele falou.

— E ele também deixou o Hans Faste um tanto assustado — disse Holmberg. — Por sinal, alguém tem notícias dele?

— Está de férias — respondeu Bublanski secamente. — A questão é o que a gente vai fazer agora.

Passaram as duas horas seguintes discutindo diferentes possibilidades. A única decisão prática que resultou disso foi que Sonja Modig retornaria a Göteborg no dia seguinte para ouvir Lisbeth Salander, ver se ela tinha algo a dizer. Quando finalmente encerraram a reunião, Sonja Modig e Curt Bolinder desceram juntos até a garagem.

— Estava pensando numa coisa... — Curt Bolinder se interrompeu.

— Sim? — perguntou Sonja Modig.

— É que, quando a gente consultou o Teleborian, você foi a única da equipe que fez algumas perguntas e até discordou dele.

— Foi.

— Foi... pois é. Boa intuição — disse ele.

Curt Bolinder não tinha fama de jogar confete, e de fato era a primeira vez que ele dizia algo positivo ou estimulante para Sonja Modig. Então saiu, deixando-a surpresa ao lado do carro.

5. DOMINGO 10 DE ABRIL

Mikael Blomkvist passara a noite de sábado para domingo na cama com Erika Berger. Não fizeram amor, ficaram apenas conversando. Grande parte da conversa girou em torno dos detalhes do caso Zalachenko. A confiança entre eles era tal que Mikael não se importava nem um pouco com o fato de Erika ir trabalhar num jornal concorrente. E Erika não tinha nenhuma intenção de roubar a matéria dele. Aquele furo era da *Millennium*, e ela só sentia certa frustração por não participar daquele número. Teria gostado de encerrar com ele seus anos na *Millennium*.

Conversaram também sobre o futuro e o que a nova situação iria acarretar. Erika estava decidida a manter suas ações na *Millennium* e permanecer no conselho administrativo. Em compensação, ambos entendiam que ela obviamente não poderia estar ao par do trabalho da redação.

— Me dê alguns anos no *SMP* e... quem sabe? Talvez eu ainda volte para a *Millennium* quando a minha aposentadoria estiver chegando.

E conversaram sobre sua própria relação complicada. Não tinham a menor vontade de modificar seus hábitos, mas parecia claro que não iam poder se ver com a mesma frequência. Ia ser como era nos anos 1980, antes de surgir a *Millennium*, quando ainda trabalhavam em lugares diferentes.

— A solução vai ser a gente marcar um ponto de encontro — concluiu Erika com um sorrisinho.

No domingo de manhã, despediram-se às pressas antes de Erika voltar para junto do marido, Lars Beckman.

— Não sei o que dizer — disse Erika. — Mas estou vendo todos os sinais de que você está totalmente absorvido por uma matéria, e o resto fica em segundo plano. Sabia que você se comporta como um psicopata quando está trabalhando?

Mikael sorriu e lhe deu um beijo.

Depois que Erika saiu, ele passou a manhã ligando para o Hospital Sahlgrenska para tentar obter alguma informação sobre o estado de Lisbeth Salander. Como todos se negavam a fornecê-la, acabou ligando para o inspetor Marcus Ackerman, que ficou com pena dele e contou que, considerando as circunstâncias, o estado de Lisbeth era satisfatório e que os médicos estavam relativamente otimistas. Mikael perguntou se podia visitá-la. Ackerman respondeu que Lisbeth Salander estava detida por decisão do procurador-geral da nação e que não estava autorizada a receber visitas, mas que, por enquanto, a questão ainda era teórica. Devido a seu estado, não pudera sequer ser interrogada. Mikael conseguiu que Ackerman prometesse avisá-lo caso o estado de Lisbeth piorasse.

Mikael verificou as chamadas recebidas em seu celular e encontrou quarenta e duas ligações e mensagens de texto de vários jornalistas tentando contatá-lo com urgência. A notícia de que, além de estar intimamente envolvido nos acontecimentos, fora ele quem encontrara Lisbeth Salander e acionara o SOS-Brigada vinha sendo objeto de intensas especulações na mídia nas últimas vinte e quatro horas.

Mikael apagou todas as mensagens dos jornalistas. Depois ligou para a sua irmã, Annika Giannini, e combinou almoçarem juntos naquele dia.

Em seguida ligou para Dragan Armanskij, presidente da empresa de segurança Milton Security. Conseguiu encontrá-lo, no celular, na sua residência em Lidingö.

— Cara, você tem o dom de produzir belas manchetes — disse Armanskij secamente.

— Desculpe não ter ligado durante a semana. Recebi o recado de que você estava tentando falar comigo, mas não tive tempo...

— Fizemos nossa própria investigação aqui na Milton. E o Holger Palmgren me disse que você tinha umas informações. Mas parece que você está centenas de quilômetros à nossa frente.

Mikael hesitou um instante, não sabendo direito como colocar a situação.

— Posso confiar em você? — perguntou.

A pergunta pareceu surpreender Armanskij.

— Em que sentido?

— Você está do lado da Salander, ou não? Posso ter certeza de que você quer o bem dela?

— Ela é minha amiga. Como você sabe, isso não significa, necessariamente, que sou amigo dela.

— Eu sei. Mas o que estou perguntando é se você está disposto a ficar do lado dela no ringue e enfrentar os brutamontes que estão contra ela. E essa luta vai ter muitos assaltos.

Armanskij refletiu.

— Eu estou do seu lado — disse ele.

— Posso te dar umas informações e discutir uns pontos com você sem medo de que isso vaze para a polícia ou para qualquer outra pessoa?

— Só está fora de questão eu me envolver em alguma atividade criminosa — disse Armanskij.

— Minha pergunta não foi essa.

— Você pode confiar totalmente em mim desde que não me conte que está envolvido em alguma atividade criminosa ou algo do gênero.

— Para mim está bem assim. Precisamos nos encontrar.

— Estou indo para a cidade hoje. Podemos jantar juntos.

— Não, para mim não vai dar. Mas a gente podia se encontrar amanhã à noite. Precisamos conversar com calma, eu, você e talvez mais umas pessoas.

— Pode ser lá na Milton. Às seis da tarde está bem?

— Perfeito. Outra coisa... daqui a duas horas vou encontrar minha irmã, Annika Giannini. Ela está considerando a possibilidade de representar a Lisbeth, mas evidentemente não pode trabalhar de graça. Posso pagar parte dos honorários do meu bolso. A Milton Security poderia contribuir?

— A Lisbeth vai precisar de um advogado supercompetente. Com todo o respeito, não acho sua irmã a melhor escolha. Já conversei com o jurista responsável da Milton e ele vai procurar o advogado certo para isso. Pensei, por exemplo, em Peter Althin ou alguém assim.

— Errado. A Lisbeth precisa de um advogado bem diferente. Você vai entender depois que a gente conversar. Mas você poderia injetar algum dinheiro na defesa dela, se necessário?

— Eu já estava prevendo que a Milton contrataria um advogado para ela...

— Isso significa sim ou não? Eu sei o que aconteceu com a Lisbeth. Sei mais ou menos o que existe por trás disso tudo. Eu sei o porquê. E tenho um plano de ataque.

Armanskij riu.

— Está bem. Vou ouvir sua proposta. Se eu não gostar, caio fora.

— Você por acaso pensou na minha proposta de representar a Lisbeth Salander? — perguntou Mikael depois de dar um beijo na irmã e de o café e os sanduíches terem sido servidos.

— Pensei. E me vejo obrigada a recusar. Você sabe que não atuo na área criminal. Mesmo que ela seja inocentada dos assassinatos pelos quais foi procurada, vai haver uma lista imensa de acusações. Ela vai precisar de alguém de mais gabarito, com uma experiência que eu não tenho.

— Está enganada. Você é advogada e sua competência é mais que reconhecida nas questões dos direitos da mulher. Sei que é exatamente a advogada de que ela precisa.

— Mikael... acho que você não está sacando muito bem o que isso significa. Trata-se de um caso criminal complexo, não de um simples caso de maus-tratos ou assédio sexual. Se eu aceitar defendê-la, a gente corre o risco de provocar uma catástrofe.

Mikael sorriu.

— Acho que você não entendeu aonde eu quero chegar. Se a Lisbeth fosse ser julgada pelos assassinatos do Dag e da Mia, eu contrataria um advogado do estilo do Silbersky ou outro peso-pesado qualquer da criminalística.

Mas esse processo vai tratar de coisas muito diferentes. E você é a melhor advogada que posso imaginar para esse caso.

Annika Giannini suspirou.

— Bem, então seria melhor você me explicar.

Conversaram durante quase duas horas. Quando Mikael terminou, Annika Giannini estava convencida. Então Mikael pegou o celular e ligou para Marcus Ackerman em Göteborg.

— Olá. É o Blomkvist de novo.

— Ainda não tenho nenhuma notícia da Salander — disse Ackerman, irritado.

— Bem, na atual situação notícia nenhuma já é uma boa notícia. Em compensação, eu tenho uma novidade.

— Ah, é?

— É. Ela tem uma advogada, o nome dela é Annika Giannini. Está aqui na minha frente, vou passar para ela.

Mikael passou o celular para a irmã.

— Bom dia. Aqui fala Annika Giannini, e me pediram que representasse a Lisbeth Salander. Portanto preciso entrar em contato com a minha cliente para que ela me aceite como defensora. E preciso do número de telefone do procurador.

— Entendo — disse Ackerman. — Achei que já tinha sido indicado um advogado para ela.

— Hã, hã. E alguém perguntou para a Lisbeth Salander o que ela acha?

Ackerman hesitou.

— Na verdade, ainda não tivemos condições de nos comunicar com ela. Esperamos falar com ela amanhã, se seu estado permitir.

— Melhor assim. Então, estou declarando aqui e agora que, a menos que a senhorita Salander seja contra, podem me considerar a advogada dela. Não podem interrogá-la sem que eu esteja presente. Só podem ir falar com ela e perguntar se ela me aceita como advogada ou não. Entendido?

— Sim — disse Ackerman, soltando um suspiro. Ele não sabia direito como estava a situação em termos jurídicos. Pensou um pouco e continuou: — Antes de mais nada, a gente queria perguntar para a Salander se ela tem ideia de onde possa estar o Ronald Niedermann, o assassino do policial. Tudo bem se eu perguntar isso mesmo sem a sua presença?

Annika Giannini hesitou.

— Está bem... Podem perguntar, se for para ajudar a polícia a localizar o Niedermann. Mas não mencionem nada relacionado com eventuais processos ou acusações contra ela. Estamos combinados?

— Acho que sim.

Marcus Ackerman deixou imediatamente a sua sala, subiu a escada e foi bater à porta de Agneta Jervas, que dirigia o inquérito preliminar. Relatou a conversa que acabava de ter com Annika Giannini.

— Eu não sabia que a Salander tinha um advogado.

— Nem eu. Mas a Giannini foi contratada pelo Mikael Blomkvist. Não é certo que a Salander esteja sabendo.

— Mas a Giannini não trabalha na área criminal. Ela lida com direitos da mulher. Assisti a uma palestra dela uma vez, ela é muito competente, mas nem um pouco adequada para este caso.

— Isso quem tem que decidir é a Salander.

— Sendo assim, posso ter de contestar essa escolha diante do tribunal. É importante para a Salander contar com um defensor de fato, e não com uma estrela das primeiras páginas dos jornais. Humm. Além disso, a Salander é tida como uma maior incapacitada. Não sei direito o que se aplica nesse caso.

— O que a gente faz?

Agneta Jervas refletiu um instante.

— Que confusão! Não sei bem, afinal de contas, quem vai cuidar desse caso. Talvez seja repassado para o Ekström em Estocolmo. Mas ela precisa de um advogado. Está bem... pergunte a ela se aceita a Giannini.

Quando chegou em casa, por volta das cinco da tarde, Mikael abriu o iBook e retomou o texto que tinha começado a redigir no hotel. Trabalhou sete horas seguidas, até conseguir identificar os principais furos da história. Ainda tinha um bocado de pesquisa pela frente. Um dos aspectos que os documentos existentes não ajudavam a esclarecer era que elementos da Säpo, afora Gunnar Björck, tinham se juntado para internar Lisbeth Salander no hospício. Ele tampouco conseguia definir a natureza da relação entre Björck e o psiquiatra Peter Teleborian.

Um pouco depois da meia-noite, desligou o computador e foi se deitar. Pela primeira vez em várias semanas, sentiu que poderia relaxar e dormir tranquilamente. Já tinha uma matéria. Por mais pontos de interrogação que ainda existissem, já contava com material suficiente para desencadear uma avalanche de manchetes.

Sentiu um desejo súbito de ligar para Erika Berger e colocá-la a par da situação. Então lembrou que ela não trabalhava mais na *Millennium*. Com isso, dormir já se tornou mais difícil.

Na estação central de Estocolmo, o homem de pasta marrom desceu devagar do trem das sete e meia da noite proveniente de Göteborg e permaneceu um momento parado na multidão até se situar. Iniciara sua viagem em Laholm, pouco depois das oito da noite, rumo a Göteborg, onde fizera uma parada para almoçar com um velho conhecido antes de seguir para Estocolmo. Fazia dois anos que não vinha a Estocolmo, e na verdade não planejara voltar algum dia. Embora tivesse morado ali durante a maior parte da sua vida profissional, sempre se sentira um estranho no ninho na capital, sentimento que só fora aumentando a cada visita feita desde que se aposentara.

Atravessou devagar o saguão central da estação, comprou os jornais vespertinos e duas bananas na banca de jornal, e contemplou pensativamente duas muçulmanas de lenço que passavam por ele a toda pressa. Não tinha nada contra mulheres de lenço. Se as pessoas queriam se fantasiar, problema delas. Mas o incomodava elas fazerem questão de se fantasiar em plena Estocolmo.

Percorreu a pé os trezentos metros até o Hotel Frey, ao lado do antigo Correio Central na Vasagatan. Sempre se hospedava ali em suas raras visitas a Estocolmo. Era um hotel central e limpo. E além do mais barato, o que era uma necessidade, pois ele próprio estava pagando a viagem. Reservara um quarto na véspera e apresentou-se com o nome de Evert Gullberg.

Assim que chegou a seu quarto, foi ao banheiro. Estava numa idade em que precisava se aliviar o tempo todo. Fazia vários anos que não passava uma noite inteira sem acordar para urinar.

Depois tirou o chapéu, um chapéu de feltro inglês verde-escuro com abas finas, e desfez o nó da gravata. Media um metro e oitenta e quatro e pesava sessenta e oito quilos, sendo portanto de constituição magra, raquítica até. Usava um paletó de *pied-de-poule* e uma calça cinza-escura. Abriu a pasta marrom e tirou duas camisas, uma gravata extra e a roupa íntima, que guardou na cômoda. Depois pendurou o casaco e o paletó nos cabides do armário atrás da porta.

Era muito cedo para deitar-se. Era muito tarde para se animar a fazer um passeio noturno, que de qualquer modo ele não iria apreciar. Sentou-se na indefectível cadeira de hotel e olhou em volta. Ligou a tevê, mas baixou o volume para ficar livre de todo barulho. Pensou em ligar para a recepção e pedir um café, porém lembrou que já era muito tarde. Em vez disso, abriu o minibar e serviu-se de uma garrafinha de Johnny Walker com algumas gotas de água. Abriu os jornais vespertinos e leu atentamente tudo o que se escrevera naquele dia sobre a caçada a Ronald Niedermann e o caso Lisbeth Salander. Depois de algum tempo, pegou um bloco encadernado em couro e fez algumas anotações.

O ex-chefe de gabinete da Säpo, Evert Gullberg, tinha setenta e oito anos e estava oficialmente aposentado havia catorze. Acontece que velhos espiões nunca morrem, apenas deslizam em meio às sombras.

Pouco depois do fim da guerra, Gullberg tinha dezenove anos e queria seguir carreira na Marinha. Prestou o serviço militar como aspirante a oficial da Marinha, sendo em seguida aceito para fazer a formação de oficial. Mas em vez de um posto tradicional, no mar, como esperava, foi designado para o serviço de informações da Marinha. Podia entender a necessidade de se vigiarem as transmissões inimigas na esperança de descobrir o que se tramava do lado de lá do Báltico, mas achava o trabalho tedioso e desinteressante. No entanto, na escola de intérpretes do Exército teve oportunidade de aprender russo e polonês. Seus conhecimentos linguísticos foram um dos motivos que o levaram a ser recrutado em 1950 pela Polícia de Segurança. Era a época em que Georg Thulin, homem de uma honestidade inquestionável, dirigia a 3ª Brigada Policial do Estado. Quando assumiu o cargo, o orçamento global da polícia secreta somava dois milhões e setecentas mil coroas e o efetivo era de exatamente noventa e seis pessoas.

Quando Evert Gullberg se aposentou oficialmente, o orçamento da Säpo ultrapassava os trezentos e cinquenta milhões de coroas e ele não saberia dizer ao certo quantos funcionários havia na Casa.

Gullberg tinha passado a vida no serviço secreto nacional, ou pelo menos a serviço do bom povo social-democrata. Uma ironia do destino, já que em todas as eleições ele optara fielmente pelos moderados, com exceção de 1991, quando votara contra eles de forma consciente, por considerar Carl Bildt uma catástrofe da *realpolitik*. Naquele ano, conformara-se em dar seu voto a Ingvar Carlsson. Aqueles anos do melhor governo que a Suécia já tivera, quatro anos sob a direção dos moderados, confirmaram igualmente todos os seus temores. O governo moderado constituíra-se na época do desmoronamento da União Soviética, e na sua opinião não havia regime mais mal preparado para enfrentar e tirar proveito das novas possibilidades políticas na arte da espionagem que haviam surgido no Leste. O governo de Bildt, pelo contrário, evocara razões econômicas para reduzir o escritório soviético e, no lugar, investir na Bósnia e na Sérvia — como se a Sérvia pudesse algum dia se tornar uma ameaça para a Suécia! O resultado fora a impossibilidade de plantar, em Moscou, informantes a longo prazo, e no dia em que o clima voltasse a ficar tenso — o que, na opinião de Gullberg, era inevitável — surgiriam mais uma vez exigências políticas extravagantes em relação à Säpo e ao serviço militar de informações, como se fosse possível formar agentes num passe de mágica.

Gullberg iniciara sua carreira no escritório russo da 3ª Brigada da polícia do Estado e depois de dois anos numa repartição pudera dar seus primeiros e hesitantes passos no terreno como adido militar com patente de capitão, na embaixada sueca em Moscou, entre 1952 e 1953. Curiosamente ele seguia os mesmos passos de outro espião famoso. Alguns anos antes, seu cargo havia sido ocupado por um oficial até bem conhecido, o coronel Stig Wennerström.

De volta à Suécia, Gullberg trabalhara na contraespionagem e, dez anos depois, era um dos agentes mais jovens da Säpo que, em 1963, na equipe dirigida pelo diretor de intervenções Otto Danielsson, prendera Wennerström e o conduzira à prisão perpétua no presídio de Långholmen.

Quando a polícia secreta foi reestruturada sob o comando de Per Gunnar Vinge, em 1964, tornando-se um departamento de segurança da Direção

Geral da Polícia Nacional — DGPN/Säpo, o número de funcionários começou a aumentar. Nessa época, fazia catorze anos que Gullberg trabalhava na Säpo, onde se tornara um dos veteranos de confiança.

Gullberg evitava usar o termo abreviado Säpo, preferindo dizer Polícia de Segurança. Com alguns colegas, ele falava Empresa ou Casa, ou simplesmente Departamento — mas nunca Säpo. Por um motivo simples. A missão mais importante da Casa fora, durantes anos, o controle de pessoas, ou seja, investigar e fichar cidadãos suecos suspeitos de ter opiniões comunistas e de traição à pátria. Na Casa, as expressões "comunista" e "traidor da pátria" eram usadas como sinônimos. A palavra "Säpo", que acabou afinal sendo adotada por todos, fora inicialmente criada pelo *Clarté*, um jornal comunista traidor da pátria, como um termo pejorativo para designar os caçadores de comunistas da polícia. E Gullberg tinha muita dificuldade em entender por que seu antigo chefe, P. G. Vinge, escolhera *Fui chefe da Säpo de 1962 a 1970* como título de suas memórias.

A reestruturação de 1964 viria a ser decisiva para a carreira futura de Gullberg.

A transformação da polícia secreta em DGPN/Säpo significou que esta se transformou no que as notas do Ministério da Justiça qualificavam de organização policial moderna. Isso implicava novos recrutamentos, seguidos de intermináveis problemas de adaptação, o que, numa organização em expansão, levou o Inimigo a ter possibilidades muitíssimo mais fáceis de infiltração de agentes no Departamento. O que, por sua vez, acarretou a necessidade de reforçar o controle de segurança interna — a polícia secreta não podia mais ser um clube distinto constituído por antigos oficiais, onde todos se conheciam e o mérito mais comum de um novo recruta era ter um pai oficial.

Em 1963, Gullberg fora transferido da contraespionagem para o controle de pessoas, fortalecido pelo desmascaramento de Stig Wennerström. Por essa época é que foram assentadas as bases do cadastro de opiniões, que, no final dos anos 1960, reunia fichas de mais de trezentos mil cidadãos suecos com opiniões políticas pouco convenientes. Mas o controle dos cidadãos suecos era uma coisa; aqui, tratava-se de descobrir um meio de exercer o controle de segurança no seio da própria DGPN/Säpo.

Wennerström desencadeara uma avalanche de complicações para a polícia secreta do Estado. Se um coronel do Estado-maior da Defesa havia conseguido trabalhar para os russos — sendo, ainda por cima, conselheiro do governo para assuntos relacionados a armas nucleares e política de segurança —, haveria como garantir que os russos não tinham também um agente infiltrado no seio da polícia secreta? A quem caberia assegurar que os diretores e outros responsáveis da Casa na verdade não trabalhavam para os russos? Em suma, quem deveria espionar os espiões?

Em agosto de 1964, Gullberg foi convocado, certa tarde, para uma reunião com o diretor-adjunto da Säpo, o chefe de gabinete Hans Wilhelm Francke. Além dele, participavam da reunião mais duas pessoas da alta esfera da Casa, o secretário-geral e o responsável pelo orçamento. No final daquele dia, a vida de Gullberg tinha adquirido um novo sentido. Ele fora escolhido. Atribuíram-lhe a responsabilidade de uma brigada recentemente criada com o nome provisório de Seção Especial, cuja sigla era SE. A primeira providência de Gullberg foi renomeá-la Seção de Análise. Funcionou durante alguns minutos, até o responsável pelo orçamento observar que SA não era muito melhor que SE. O nome definitivo da organização acabou sendo Seção de Análise Especial, SAE, chamada no dia a dia de Seção, diferentemente de Departamento ou Casa, que se aplicavam ao conjunto da Säpo.

Essa seção fora ideia de Francke. Ele a denominava a última linha de defesa — um grupo ultrassecreto que ocupava posições estratégicas dentro da Casa, embora fosse invisível, não aparecesse nos avisos internos nem nas previsões orçamentárias e não pudesse, desse modo, sofrer infiltrações. Sua missão: cuidar da segurança da nação. Francke tinha poder para tornar isso possível. Precisava contar com o responsável pelo orçamento e com o secretário-geral para criar essa estrutura oculta, mas todos eles eram soldados da velha escola e amigos, após dezenas de escaramuças com o Inimigo.

No primeiro ano, a organização era constituída apenas por Gullberg e três colaboradores escolhidos a dedo. Nos dez anos seguintes, a Seção foi crescendo até contar com onze pessoas; duas eram secretários administrativos da velha escola e as outras, caçadores de espiões profissionais. Numa hierarquia simplificada ao máximo, Gullberg era o chefe e os demais, colaboradores que se reuniam quase diariamente com o chefe. A eficiência era mais valorizada que o prestígio e a burocracia.

Formalmente, Gullberg era subordinado a uma extensa lista de pessoas na hierarquia abaixo do secretário-geral da Säpo, ao qual ele tinha de apresentar relatórios mensais, mas na prática ocupava uma posição única e detinha um poder extraordinário. Ele, e apenas ele, podia resolver investigar de perto as mais altas esferas da Säpo. Podia, se assim lhe aprouvesse, virar do avesso a vida do próprio Per Gunnar Vinge (o que ele de fato fez). Podia iniciar suas próprias investigações ou instalar escutas telefônicas sem ser obrigado a dar explicações ou recorrer às altas instâncias. Seu modelo era o lendário espião americano James Jesus Angleton, que ocupava uma posição similar na CIA e a que ele, por sinal, conhecera pessoalmente.

Na prática, a Seção foi se tornando uma micro-organização dentro do Departamento, acima e à margem do restante da Polícia de Segurança. Isso também trouxe consequências geográficas. A Seção contava com algumas salas em Kungsholmen, mas, por razões de segurança, foi inteiramente transferida para um apartamento particular de onze cômodos em Östermalm. O apartamento foi discretamente transformado em salas fortes, que nunca ficavam sem tripulação, já que a fiel secretária, Eleanor Badenbrink, passou a habitar de modo permanente dois cômodos situados junto à porta de entrada. Badenbrink era um recurso inestimável em quem Gullberg tinha toda confiança.

Ao montar essa unidade, Gullberg e seus colaboradores evitaram qualquer tipo de visibilidade — eram financiados por um "fundo especial", porém não constavam em lugar nenhum da burocracia formal da Polícia de Segurança, ligada à direção-geral da Polícia Nacional ou ao Ministério da Justiça. O próprio diretor da DGPN/Säpo desconhecia a existência desses homens, os mais secretos entre os secretos, que tinham por missão gerir os casos mais secretos entre os mais secretos.

Por volta dos quarenta anos, portanto, Gullberg estava numa posição de não ter de prestar contas a ninguém e poder iniciar investigações sobre o que bem entendesse.

Desde o início, compreendeu que a Seção de Análise Especial corria o risco de se tornar um grupo politicamente nevrálgico. Sua missão era, no mínimo, um bocado vaga, e as instruções escritas, extremamente escassas. Em setembro de 1964, o primeiro-ministro Tage Erlander assinou uma diretriz estipulando a atribuição de uma verba para a Seção de Análise Especial, cuja missão era gerir investigações particularmente espinhosas e importantes para a segurança da nação. Foi um desses doze casos particularmente espinhosos que o diretor-adjunto da DGPN/Säpo, Hans Wilhelm Fracke, expôs numa reunião. O caso foi de imediato considerado secreto e arquivado no cadastro especial e igualmente secreto da DGPN/Säpo.

A medida do primeiro-ministro, porém, exigia que a Seção fosse uma instituição juridicamente reconhecida. Seu primeiro orçamento anual somava cinquenta e duas mil coroas. Um orçamento minúsculo, o que o próprio Gullberg considerava um golpe de mestre. Dava a entender que a criação da Seção não passava de um fato em meio a tantos outros.

Num sentido mais amplo, a diretriz assinada pelo primeiro-ministro significava que ele reconhecia a necessidade de haver um grupo encarregado do "controle interno dos funcionários". Alguns poderiam igualmente interpretar essa assinatura como um aval do primeiro-ministro para a criação de um grupo que poderia também se encarregar do controle de "pessoas especialmente espinhosas" fora da Säpo, por exemplo o próprio primeiro-ministro. Esta última possibilidade é que criava dificuldades políticas potencialmente graves.

Evert Gullberg constatou que seu copo de Johnny Walker estava vazio. Não era particularmente afeito ao álcool, mas tinha sido um longo dia, uma longa viagem, e ele julgava ter chegado a um ponto da vida em que pouco importava se ele tomasse um ou dois uísques. Não precisava hesitar em encher o copo se lhe desse vontade. Serviu-se uma garrafinha de Glenfiddich.

O caso mais delicado fora, evidentemente, o de Olof Palme.

Gullberg recordava nos mínimos detalhes o dia das eleições de 1976. Pela primeira vez na história moderna, a Suécia tinha um governo de direita. Infelizmente, quem se tornou primeiro-ministro foi Thorbjörn Fälldin, e não Gösta Bohman, um homem da velha escola muitíssimo mais adequado. Mas o importante é que Palme fora derrotado e Evert Gullberg podia respirar aliviado.

A pertinência de Palme como primeiro-ministro fora objeto de mais de uma conversa nos corredores mais secretos da DGPN/Säpo. Em 1969, Per Gunnar Vinge fora demitido depois de expressar sua opinião, partilhada por várias pessoas do Departamento, de que Palme talvez fosse um agente de informações a serviço da KGB russa. A convicção de Vinge não suscitou controvérsias no ambiente que reinava na Casa. Infelizmente, ele discutira o assunto de forma aberta com o governador Ragnar Lassinantti em uma visita à província de Norrbotten. Lassinantti levantara duas vezes as sobrancelhas e depois informara o gabinete ministerial, o que resultou na convocação de Vinge para uma entrevista particular.

Para a imensa indignação de Evert Gullberg, a questão dos eventuais contatos russos de Palme nunca obteve confirmação. Apesar das constantes tentativas no sentido de estabelecer a verdade e reunir provas definitivas — *o revólver ainda fumegante* —, a Seção jamais encontrou a menor evidência. Aos olhos de Gullberg, isso de modo algum demonstrava a inocência de Palme, e sim, pelo contrário, que ele talvez fosse um espião particularmente esperto e inteligente, pouco dado a repetir os erros cometidos por outros espiões russos. Palme continuava zombando deles ano após ano. Em 1982, o caso Palme voltara à tona quando ele se tornou primeiro-ministro. Depois, repercutiram os tiros de Sveavägen, e a questão se tornou para sempre mera teoria.

O ano de 1976 fora problemático para a Seção. Dentro da DGPN/Säpo — entre as raras pessoas que sabiam da existência da Seção — começaram a surgir algumas críticas. Nos dez anos anteriores, um total de sessenta e cinco funcionários da Säpo tinham sido afastados da organização em virtude de uma suposta falta de confiabilidade política. Na maioria dos casos, contudo, os documentos eram de tal natureza que nada podia ser provado e, consequentemente, alguns chefes dos altos escalões começaram a achar que os funcionários da Seção eram uns paranoicos que enxergavam conspirações em tudo.

Gullberg ainda fervia por dentro quando se lembrava de um dos casos enfrentados pela Seção. Tratava-se de um homem recrutado pela DGPN/Säpo em 1968 e que Gullberg achava especialmente inadequado. Chamava-se Stig Bergling, um inspetor criminal e tenente do Exército sueco que mais tarde viria a se revelar coronel do GRO, o serviço russo de informações militares. Em quatro oportunidades, durante os anos seguintes, Gullberg tentou fazer com que Bergling fosse demitido, mas todas as suas tentativas foram ignoradas. Os ventos só mudaram em 1977, quando Bergling ficou sob suspeita mesmo fora da Seção. Tarde demais. Bergling foi o maior escândalo da história da Polícia de Segurança sueca.

A crítica em relação à Seção crescera durante a primeira metade dos anos 1970 e, em meados da década, Gullberg ouvira diversos comentários sobre uma redução de verbas e inclusive a insinuação de que aquela atividade toda não tinha a menor utilidade.

De forma geral, a crítica significava que o futuro da Seção estava comprometido. Naquele ano, a prioridade da DGPN/Säpo eram as ameaças terroristas, uma triste história do ponto de vista da espionagem que envolvia principalmente jovens perdidos que atuavam para elementos árabes ou pró-palestinos. A grande questão dentro da Säpo era se a atividade de controle das pessoas deveria receber verbas específicas para investigar cidadãos estrangeiros residentes na Suécia, ou se esse era um assunto exclusivo da Brigada dos Estrangeiros.

A partir dessa discussão burocrática um tanto obscura, surgira na Seção a necessidade de poder contar com um colaborador de confiança, encarregado de reforçar o controle dos colaboradores na Brigada dos Estrangeiros — e, sim, de espioná-los.

A escolha recaiu sobre um jovem funcionário que trabalhava na DGPN/Säpo desde 1970 e cujo passado e credibilidade política permitiam supor que ele poderia ter um lugar entre os colaboradores da Seção. Na vida privada, era membro de uma organização chamada Aliança Democrática, mas que a mídia social-democrata qualificava de extrema-direita. Na Seção, isso não representava um defeito grave. Três outros colaboradores eram membros dessa organização, e a Seção tinha muito a ver com sua criação, além de contribuir um pouco com ela financeiramente. Pelo viés da Aliança Democrática é que o novo colaborador da Seção fora notado e recrutado. Seu nome era Gunnar Björck.

No dia das eleições de 1976, quando Alexander Zalachenko se refugiara na Suécia e entrara na delegacia de Norrmalm pedindo asilo político, para Evert Gullberg foi de fato uma sorte ele ter sido recebido justamente pelo jovem Gunnar Björck — encarregado de instruir os processos na Brigada dos Estrangeiros, um agente já envolvido com os segredos mais secretos.

Björck tinha uma mente ágil. Percebeu de imediato a importância de Zalachenko e interrompeu o interrogatório. Colocou o desertor num quarto do Hotel Continental. Em seguida, Gunnar Björck chamou Evert Gullberg para dar o alerta, e não seu chefe formal na Brigada dos Estrangeiros. O telefonema chegou numa hora em que as zonas eleitorais já estavam fechadas e todos os prognósticos indicavam a derrota de Palme. Gullberg acabava de chegar em casa e assistia à cobertura das eleições na tevê. Num primeiro momento, desconfiou da informação que aquele rapaz excitadíssimo lhe transmitia. Mas pouco depois dirigiu-se ao Hotel Continental para assumir o caso Zalachenko.

Naquele dia, a vida de Evert Gullberg mudara radicalmente. A palavra "secreto" adquiriu um novo significado e um novo peso. Ele percebeu a necessidade de montar uma estrutura em volta do dissidente.

Optou de saída por incluir Gunnar Björck no grupo Zalachenko. Sábia e justa decisão, uma vez que Björck já sabia da existência do dissidente. Era melhor tê-lo no grupo do que permitir que ele representasse lá fora um risco para a segurança. Assim, Björck foi transferido do seu cargo oficial na Brigada dos Estrangeiros para uma sala no apartamento de Östermalm.

Na agitação que se seguiu, Gullberg resolveu informar uma única pessoa dentro da DGPN/Säpo, o secretário-geral que já tinha acesso às atividades da Seção. O secretário-geral segurou a informação durante vários dias e depois acabou explicando a Gullberg que quem estava mudando de lado era um peixe tão grande que precisavam informar não só o diretor da DGPN/Säpo como também o governo.

O diretor da DGPN/Säpo, que acabara de assumir o cargo, tinha na época conhecimento da existência da SAE, mas só uma vaga ideia de suas reais atividades. Fora colocado no cargo apenas para dar uma limpa após o caso IB, e já estava a caminho de um cargo importante na hierarquia policial. Durante algumas entrevistas confidenciais, o diretor da DGPN/Säpo descobrira que a Seção era um grupo secreto criado pelo governo, que operava ao largo das reais atividades da Säpo e sobre o qual não se devia fazer nenhum tipo de pergunta. Como, na época, o diretor era um homem que tomava o maior cuidado em não fazer perguntas capazes de provocar respostas desagradáveis, contentara-se em menear a cabeça e aceitar que existia algo chamado SAE que nada tinha a ver com ele.

Gullberg não estava lá muito entusiasmado com a ideia de ter de falar sobre Zalachenko com o diretor, mas curvou-se à realidade. Enfatizou a necessidade premente de segredo absoluto, no que foi apoiado por seu interlocutor, e decretou medidas segundo as quais nem o próprio diretor da DGPN/Säpo poderia discutir o assunto em sua sala sem adotar procedimentos especiais de segurança. Ficou decidido que Zalachenko seria administrado pela Seção de Análise Especial.

Estava fora de cogitação informar o primeiro-ministro que deixava o cargo. Tendo em vista a agitação em torno da mudança de governo, o novo primeiro-ministro estava ocupado demais com a nomeação de seu ministério e negociando com os outros partidos de direita. Só um mês depois da formação do novo governo é que o diretor da DGPN/Säpo, acompanhado de Gullberg, foi até Rosenbad, na sede do governo, para informar Fälldin, o novo primeiro-ministro. Gullberg opusera-se até o fim a que o governo fosse informado, mas o diretor da DGPN/Säpo insistira — era constitucionalmente indefensável não informar o primeiro-ministro. Durante a reunião, Gullberg usara toda a sua eloquência para convencer o primeiro-ministro da importância de não divulgar a existência de Zalachenko para além de sua sala — nem o ministro das Relações Exteriores, nem o ministro da Defesa, nem qualquer outro membro do governo poderia ficar sabendo.

Saber que um agente russo de peso buscara asilo político na Suécia mexera com Fälldin. O primeiro-ministro começou a evocar seu dever constitucional de discutir o assunto com, pelo menos, os presidentes dos dois outros partidos do governo de coalizão. Gullberg estava preparado para essa reação e jogara sua cartada mais consistente. Explicara em voz baixa que, se isso acontecesse, ele se veria obrigado a apresentar de imediato sua demissão. A ameaça surtiu efeito, pois isso significaria o primeiro-ministro ter de arcar pessoalmente com as consequências caso o fato viesse à tona e os russos enviassem um comando assassino para eliminar Zalachenko. E se a pessoa que respondia pela segurança de Zalachenko se sentira forçada a se demitir, uma revelação desse porte seria uma catástrofe tanto em termos políticos como de repercussão na imprensa para o primeiro-ministro.

Fälldin, ainda novato e hesitante em seu papel de chefe do governo, capitulou. Deu seu aval para uma diretriz, imediatamente inscrita no registro secreto, estipulando que a Seção responderia pela segurança e pelos interrogatórios de Zalachenko, e que a informação sobre sua existência não deveria sair do gabinete do primeiro-ministro. Ao assinar essa diretriz, Fälldin demonstrava claramente que havia sido informado, mas também que não estava autorizado a falar sobre o assunto. Em suma, o que ele tinha a fazer era esquecer Zalachenko.

Fälldin, contudo, insistira para que outra pessoa de seu gabinete fosse informada, um secretário de Estado cuidadosamente escolhido que atuasse como contato nos assuntos relacionados com o dissidente. Gullberg concordou. Não lhe seria difícil manipular um secretário de Estado.

O diretor da DGPN/Säpo estava satisfeito. O caso Zalachenko ficava, assim, coberto do ponto de vista constitucional, o que significava que ele também estava garantido. Gullberg também estava satisfeito. Conseguira criar uma quarentena que lhe permitia controlar o fluxo de informações. Ele era o único que controlava Zalachenko.

Voltando ao seu escritório em Östermalm, Gullberg sentou-se à sua mesa e estabeleceu uma lista manuscrita das pessoas que sabiam da existência de Zalachenko. Afora ele próprio, nela constavam Gunnar Björck; Hans von Rottinger, chefe de operações da Seção; Fredrik Clinton, diretor-adjunto; Eleanor Badenbrink, secretária da Seção; e outros dois colaboradores encarregados de reunir e analisar o conteúdo das informações que Zalachenko pudesse fornecer. Ao todo sete pessoas, que, nos anos seguintes, iriam constituir uma seção à parte dentro da Seção. Ele a batizou mentalmente de Grupo Interno.

Fora da Seção, sabiam do segredo o diretor da DGPN/Säpo, o diretor-adjunto e o secretário-geral. Doze pessoas ao todo. Nunca antes um segredo daquela importância fora conhecido por um círculo tão exclusivo.

Mas Gullberg logo se preocupou. Mais uma pessoa sabia do segredo. Björck viera acompanhado de um jurista, Nils Bjurman. Estava fora de questão transformar Bjurman em colaborador da Seção. Além de Bjurman não ser um legítimo policial da Säpo — não passava de um estagiário —, não tinha os conhecimentos e a competência necessários. Gullberg pesou diferentes possibilidades e então optou por ir discretamente afastando Bjurman do caso. Ameaçou-o com prisão perpétua por alta traição caso deixasse escapar uma sílaba sequer a respeito de Zalachenko, corrompeu-o com promessas de missões futuras e com adulações que aumentaram o sentimento de importância de Bjurman. Cuidou para que obtivesse um cargo num renomado escritório de advocacia, assim como um volume de encargos que o mantivesse ocupado. O único problema era Bjurman ser tão medíocre e não saber explorar suas aptidões. Ao fim de dez anos, deixara o escritório de advocacia e abrira seu próprio escritório, com um funcionário, em Odenplan.

Ao longo dos anos, Gullberg manteve Bjurman sob uma discreta mas constante vigilância. Só relaxou nesses cuidados no final dos anos 1980, quando, com o desmoronamento da União Soviética, Zalachenko deixou de ser um assunto prioritário.

Para a SAE, Zalachenko de início representou a promessa de uma pista para o enigma Palme, um caso que estava constantemente entre as preocupações de Gullberg. De modo que Palme fora um dos primeiros temas ventilados por Gullberg durante o extenso interrogatório.

Essa expectativa, porém, foi rapidamente pulverizada, já que Zalachenko nunca atuara na Suécia e não conhecia de fato o país. Em compensação, tinha ouvido falar num tal de "Corredor Vermelho", um político do alto escalão sueco, ou quem sabe escandinavo, que trabalhava para a KGB.

Gullberg montou uma lista de nomes que ele relacionava com Palme. Nela constavam Carl Lidbom, Pierre Schori, Sten Andersson, Marita Ulvskog e mais algumas pessoas. Ao longo de sua vida, Gullberg jamais deixou de voltar a essa lista, e jamais encontrou uma resposta.

Gullberg, de repente, estava brincando no pátio dos meninos mais velhos. Passaram a cumprimentá-lo com respeito no exclusivo clube dos guerreiros, em que todos se conhecem e os contatos se dão por intermédio de amigos pessoais e de confiança — e não pelos canais oficiais e intervenções burocráticas. Conheceu James Jesus Angleton e teve a oportunidade de tomar uísque num discreto clube londrino com o chefe do MI-6. Tinha se tornado um dos mais velhos.

A desvantagem de seu ofício é que nunca poderia revelar seus êxitos, nem mesmo em suas memórias póstumas. E vivia sempre com o receio de que o Inimigo reparasse em suas viagens e o pusesse sob vigilância — de que sem querer conduzisse os russos até Zalachenko.

Sob esse ponto de vista, Zalachenko era seu pior inimigo.

No primeiro ano, Zalachenko vivera num apartamento neutro de propriedade da Seção. Ele não constava em nenhum registro ou documento oficial, e o grupo Zalachenko acreditava ter muito tempo pela frente antes de ser obrigado a planejar seu futuro. Só na primavera de 1978 ele recebeu um passaporte com o nome de Karl Axel Bodin, junto com uma história minuciosamente montada — um verdadeiro passado falso passível de ser conferido nos cadastros suecos.

Mas era tarde demais. Zalachenko já tinha se metido com a desgraçada daquela puta da Agneta Sofia Salander, nascida Sjölander, e se apresentara com seu nome verdadeiro. Para Gullberg, faltava algum parafuso na cabeça do seu protegido. Desconfiava que o dissidente russo queria ser desmascarado. Dava a impressão de querer se mostrar à luz dos refletores. Se não, como se explicava ele às vezes ser tão obtuso?

Eram as putas, eram os períodos de consumo exagerado de álcool, eram as brigas e altercações com os seguranças nos bares. Zalachenko foi detido três vezes pela polícia sueca por embriaguez, e duas por confusão em bares. E todas as vezes a Seção tinha de intervir discretamente para tirá-lo da encrenca, dar sumiço nos documentos e tratar de alterar os registros. Gullberg designou Gunnar Björck para o papel de ama-seca. Seu trabalho consistia em servir de babá para o dissidente quase vinte e quatro horas por dia. Meio complicado, mas também era difícil não agir daquele modo.

Tudo poderia ter sido tranquilo. No início dos anos 1980, Zalachenko tinha se acalmado e começava a se adaptar. A não ser pelo fato de não querer largar aquela puta da Salander — e, para piorar, ele agora era pai de duas meninas, Camilla e Lisbeth Salander.

Lisbeth Salander.

Gullberg pronunciou o nome com uma sensação de mal-estar.

Quando as meninas tinham nove, dez anos, Gullberg já sentia como que uma câimbra no estômago quando o assunto era Lisbeth Salander. Não precisava ser psiquiatra para perceber que ela não era normal. Gunnar Björck relatara que ela era rebelde, violenta e agressiva com Zalachenko, e ainda por cima parecia não ter nenhum medo dele. Falava muito pouco, mas expressava de mil maneiras seu desagrado com aquele estado de coisas. Ela era um problema em potencial, porém nem em seus maiores delírios da imaginação

Gullberg conseguiria prever as proporções monumentais que aquilo tudo iria assumir. O que ele mais temia era que a situação da família Salander provocasse uma investigação social que acabasse pondo Zalachenko em foco. Gullberg pedia-lhe constantemente que rompesse com a família e sumisse da vida delas. Zalachenko prometia, mas nunca cumpria a promessa. Ele tinha outras putas. Muitas putas. No entanto, ao fim de alguns meses, sempre voltava para junto de Agneta Sofia Salander.

O idiota do Zalachenko. Um espião que permitia que seu pinto conduzisse sua vida sentimental não podia, evidentemente, ser um bom espião. Era como se Zalachenko estivesse, ou julgasse estar, acima das regras. Se pelo menos ele pudesse trepar com a mulher sem espancá-la sempre que a via, até daria para aguentar, mas o fato é que ele a maltratava sistematicamente. Parecia até que se comportava assim para desafiar os vigilantes do grupo Zalachenko, que ele demolia a mulher só para se divertir e atormentar o grupo.

Gullberg não tinha a menor dúvida de que Zalachenko era um escroto perverso, mas não tinha escolha. Os dissidentes do GRO realmente não nasciam em árvores. Ele só dispunha de um, o qual tinha consciência da própria importância.

Gullberg suspirou. O grupo Zalachenko assumira a função de comando de limpeza. Não dava para negar. Zalachenko sabia que podia tomar suas liberdades que depois os homens ajeitariam gentilmente os problemas. E quando se tratava de Agneta Sofia Salander, ele aproveitava a situação para ultrapassar todos os limites.

Entretanto, sinais de alerta não tinham faltado. Lisbeth Salander acabava de completar doze anos quando apunhalara Zalachenko. Claro, foram ferimentos superficiais, mas mesmo assim exigiram uma passagem no Hospital Sankt Göran e a necessidade, para o grupo Zalachenko, de realizar uma limpeza considerável. Naquela vez, Gullberg tivera uma Conversa Muito Séria com Zalachenko. Explicou-lhe que ele não podia, em hipótese alguma, retomar o contato com a família Salander, e Zalachenko prometeu. Cumpriu a promessa por mais de seis meses, até que voltou a procurar Agneta Sofia Salander e lhe deu tamanha surra que ela acabou seus dias numa clínica. Mas o que Gullberg nunca teria imaginado é que Lisbeth Salander era uma psicopata ávida de sangue que sabia fabricar um coquetel Molotov. Aquele dia fora um caos absoluto. Seria de se esperar uma série de investigações, e toda a operação Zalachenko — quem sabe até toda a Seção — estava por um tênue fio. Se Lisbeth Salander falasse, Zalachenko poderia ser desmascarado. Se Zalachenko fosse desmascarado, não só uma série de operações em andamento na Europa nos últimos quinze anos corria o risco de naufragar, como a própria Seção arriscava-se a se tornar objeto de um inquérito oficial. O que precisava ser evitado a todo custo.

Gullberg estava preocupado. Um inquérito oficial faria o caso IB parecer uma inofensiva série de televisão. Se abrissem os arquivos da Seção, descobririam um bom número de situações não totalmente constitucionais, para não falar na vigilância sobre Palme e sobre outros sociais-democratas conhecidos, que se estendera por muitos anos. Isso acarretaria investigações sobre Gullberg e vários outros funcionários da Seção. Pior: jornalistas exaltados, sem pensar duas vezes, lançariam a teoria de que a Seção estava por trás do assassinato de Palme, o que por sua vez conduziria a mais um labirinto de revelações e acusações. O pior era que a direção da Säpo tinha mudado tanto que hoje nem seu chefe principal sabia da existência da Seção. Todos os contatos com a DGPN/Säpo naquele ano iam parar na mesa do novo secretário-geral que, fazia já dez anos, era membro da Seção.

Os colaboradores do grupo Zalachenko viviam um clima de pânico e aflição. Foi Gunnar Björck quem encontrou a solução na forma de um psiquiatra chamado Peter Teleborian.

Teleborian estivera ligado ao departamento de contraespionagem da DGPN/Säpo em outro caso bem distinto, fazendo as vezes de consultor quando a contraespionagem tivera de avaliar a personalidade de um espião industrial em potencial. Em certo ponto delicado da investigação, foi preciso determinar de que maneira o homem reagiria se exposto a uma situação de estresse. Teleborian era um jovem psiquiatra promissor que não empregava um jargão obscuro, oferecendo conselhos concretos e sólidos. Tais conselhos tinham permitido que a Säpo evitasse um suicídio, e o espião em questão fora convertido em agente duplo, fornecedor de desinformação a seus partidários.

Após a agressão de Salander contra Zalachenko, Björck vinculara discretamente Teleborian à Seção, como consultor. E naquele momento, mais do que nunca, estavam precisando dele.

A solução do problema fora bastante simples. Karl Axel Bodin podia desaparecer em algum momento durante seu processo de reeducação. Agneta Sofia Salander desapareceria em meio aos tratamentos de longo prazo, com lesões cerebrais irreversíveis. Todas as investigações policiais ficaram concentradas na DGPN/Säpo e foram repassadas para a Seção através do secretário-geral.

Peter Teleborian acabava de assumir o cargo de médico-chefe adjunto na clínica Sankt Stefan de psiquiatria infantil, em Uppsala. Só precisavam de uma perícia médico-legal redigida em conjunto por Björck e Teleborian, seguida de uma decisão sumária e não muito contestável de um tribunal de instâncias. Só dependia da forma como a questão seria apresentada. A Constituição nada tinha a ver com isso. Afinal, tratava-se da segurança nacional. As pessoas iriam entender.

E Lisbeth Salander era claramente uma doente mental. Alguns anos internada numa instituição psiquiátrica só iriam lhe fazer bem. Gullberg meneara a cabeça e dera seu aval para a operação.

Todas as peças do quebra-cabeça tinham se encaixado, numa época em que, de qualquer modo, o grupo Zalachenko estava para ser dissolvido. A União Soviética deixara de existir e o período de glória de Zalachenko estava definitivamente relegado ao passado. Sua data de validade estava mais do que vencida.

O grupo conseguira para Zalachenko uma generosa indenização, fornecida por um dos fundos da Säpo. Ofereceram-lhe os melhores tratamentos imagináveis e, seis meses depois, com um suspiro de alívio, acompanharam Karl Axel Bodin ao aeroporto de Arlanda, munido de um bilhete de ida para a Espanha. Explicaram-lhe que, a partir daquele momento, Zalachenko e a Seção seguiriam caminhos diferentes. Aquele foi um dos últimos casos de Gullberg. Uma semana depois, aposentava-se em função da idade e deixava o lugar a seu herdeiro Fredrik Clinton. Gullberg passou a atuar apenas como consultor e conselheiro em assuntos mais delicados. Permaneceu mais três anos em Estocolmo, trabalhando quase diariamente na Seção, mas as missões foram ficando cada vez mais escassas e ele próprio foi esmorecendo. Voltou para Laholm, sua cidade natal, e realizou alguns trabalhos à distância. Nos primeiros anos, ainda vinha regularmente a Estocolmo, mas mesmo essas viagens foram se tornando mais e mais episódicas.

Nunca mais tinha pensado em Zalachenko. Até o dia em que, ao acordar de manhã, deu com a filha de Zalachenko na primeira página de todos os jornais como suspeita de um triplo homicídio.

Gullberg acompanhou o noticiário com uma sensação de confusão. Percebia claramente que Bjurman não se tornara tutor de Salander por acaso, mas o ressurgimento do velho caso Zalachenko não se afigurava para ele como um perigo iminente. Salander era uma doente mental. Que ela tivesse planejado uma orgia assassina não chegava a surpreendê-lo. Em compensação, nunca lhe ocorrera que Zalachenko pudesse estar ligado ao caso até ver, no noticiário da manhã, o relato dos acontecimentos de Gosseberga. Foi quando começou a dar uns telefonemas e acabou comprando uma passagem de trem para Estocolmo.

A Seção enfrentava sua pior crise desde que a organização fora criada. Tudo ameaçava explodir.

Zalachenko arrastou-se até o banheiro e urinou. Desde que o Hospital Sahlgrenska fornecera-lhe muletas, conseguia se locomover. Dedicara o domingo a breves sessões de exercícios. Uma dor infernal ainda lhe varava o maxilar e ele só ingeria alimentos líquidos, mas já conseguia se levantar e percorrer uns poucos metros.

Como já usasse uma prótese fazia quase quinze anos e estava acostumado com bengalas, treinou locomover-se com as muletas sem fazer barulho, dando voltas dentro do quarto. A cada vez que seu pé encostava no chão, uma dor fulgurante lhe transpassava a perna.

Cerrou os dentes. Pensou em Lisbeth Salander que — se tinha entendido direito — achava-se num quarto próximo, à esquerda, duas portas adiante.

Por volta das duas da manhã, dez minutos depois da última visita da enfermeira da noite, estava tudo calmo e silencioso. Zalachenko levantou-se a muito custo e tateou em busca das muletas. Aproximou-se da porta, mas não escutou nada. Abriu a porta e foi para o corredor. Caminhou até a saída no fundo do corredor, abriu a porta e deu uma espiada na escada. Havia elevadores. Voltou para o corredor. Ao passar em frente à porta de Lisbeth Salander, deteve-se e se apoiou uns trinta segundos nas muletas.

* * *

Naquela noite, as enfermeiras tinham fechado a porta. Lisbeth Salander abriu os olhos ao escutar um ligeiro som de atrito no corredor. Não conseguia identificar esse som. Parecia alguém arrastando devagarinho alguma coisa no chão. Por um momento, tudo ficou quieto e ela se perguntou se não seria uma alucinação. Um minuto depois, tornou a ouvir o mesmo ruído se afastando. Relaxou e deitou a cabeça no travesseiro.

Pouco depois, apalpou a comadre e descobriu os botões que a mantinham fechada. Abriu-os e derrubou a comadre no chão. De repente, respirar ficou mais fácil.

Gostaria de ter uma arma ao alcance da mão ou força suficiente para se levantar e se livrar dele de uma vez por todas.

Por fim, apoiou-se nos cotovelos e se ergueu. Acendeu a luz lateral e observou o quarto à sua volta. Não viu nada que pudesse servir de arma. Então seu olhar se deteve na mesa das enfermeiras, a três metros da cama. Constatou que alguém deixara um lápis sobre ela.

Esperou a visita da enfermeira, que naquela noite parecia vir ocorrendo a cada meia hora. Imaginou que verificações menos frequentes significavam que os médicos viam uma melhora em seu estado, já que antes vinham vê-la de quinze em quinze minutos, ou até menos. Quanto a ela, não percebia nenhuma diferença.

Uma vez sozinha, juntou suas forças e se sentou, balançando as pernas sobre a beirada da cama. Os eletrodos presos a seu corpo registravam seu pulso e sua respiração, mas os fios seguiam todos na mesma direção do lápis. Levantou-se bem devagar e titubeou de repente, totalmente sem equilíbrio. Por um segundo, achou que ia desmaiar, mas apoiou-se na cama e focou o olhar na mesa em frente. Deu três passos vacilantes, estendeu a mão e apanhou o lápis.

Recuou até a cama. Estava completamente esgotada.

Depois de alguns instantes, achou forças para puxar o cobertor sobre si. Ergueu o lápis e verificou a ponta. Era um lápis de madeira comum. Fora recentemente apontado, estava afiado feito uma agulha. Daria uma arma adequada para enfiar num rosto ou nos olhos.

Deixou o lápis facilmente acessível junto ao quadril e voltou a dormir.

6. SEGUNDA-FEIRA 11 DE ABRIL

Na segunda-feira de manhã, Mikael Blomkvist se levantou pouco depois das nove e ligou para Malu Eriksson, que acabava de chegar à redação da *Millennium*.

— Bom dia, senhora redatora-chefe — disse ele.

— Ainda estou em estado de choque com a saída da Erika e por saber que vocês me aceitaram como redatora-chefe.

— Ah, é?

— Ela foi embora. A sala dela está vazia.

— Então parece ser uma boa ideia você dedicar o dia para se instalar na sala.

— Não sei o que fazer. Não estou me sentindo muito à vontade.

— Pois não deveria. Todo mundo concorda que você é a melhor escolha na atual situação. E você pode pedir ajuda para o Christer ou para mim.

— Obrigada pela confiança.

— Deixe disso — disse Mikael. — Continue trabalhando como sempre. Por um tempo, a gente vai lidar com os problemas à medida que eles aparecerem.

— Certo. O que você tem em mente?

Ele explicou que pretendia ficar o dia inteiro em casa escrevendo. Malu se deu conta, de repente, de que ele estava prestando conta, como — provavelmente — prestaria a Erika Berger, de seu trabalho. Ele esperava um comentário dela. Ou estaria enganada?

— Você tem alguma instrução para me passar?

— *Niet*. Pelo contrário, se você tiver alguma, é só me ligar. Estou por aqui. Eu continuo com as rédeas da encrenca Salander e decido tudo sobre o caso, mas no que se refere a tudo o mais na revista a bola está com você. Tome as decisões. Eu te dou uma força.

— E se eu tomar a decisão errada?

— Se eu sentir ou perceber alguma coisa, te falo. Mas só se for alguma coisa absurda. Em geral, não existem decisões cem por cento boas nem cem por cento más. Você vai tomar as suas decisões, que talvez não sejam as que a Erika tomaria. E se fosse eu a decidir, teríamos uma terceira variante. Mas agora as suas é que vão prevalecer.

— Entendido.

— Se você for uma boa chefe, vai debater as questões que surgirem com as outras pessoas. Primeiro com o Henry e o Christer, depois comigo e, por fim, discutimos os problemas realmente espinhosos nas reuniões de redação.

— Vou fazer o melhor possível.

— Ótimo.

Ele se sentou no sofá da sala com o iBook no colo e trabalhou sem nenhuma pausa a metade da segunda-feira. Quando terminou, dispunha de uma primeira versão bruta de dois textos de vinte e uma páginas no total. Essa parte da matéria se centrava no assassinato de seu colaborador Dag Svensson e da companheira dele, Mia Bergman — no que eles vinham trabalhando, por que tinham sido mortos e quem era o assassino. Calculava, por alto, que teria de produzir mais umas quarenta páginas para a edição temática do próximo verão. E precisava resolver de que modo poderia introduzir Lisbeth Salander no texto sem ferir a integridade dela. Sabia coisas a seu respeito que ela decerto gostaria de não ver divulgadas.

Naquela segunda-feira, Evert Gullberg tomou um café da manhã composto por uma única fatia de pão e uma xícara de café preto, na Cafeteria Frey.

Em seguida, pegou um táxi que o levou até a Artillerigatan, em Östermalm. Às 9h15, tocou o interfone, apresentou-se e imediatamente lhe abriram a porta. Subiu até o quinto andar, onde foi recebido por Birger Wadensjöö, de cinquenta e quatro anos. Era o novo diretor da Seção.

Wadensjöö era um dos mais jovens recrutas da Seção na época em que Gullberg se aposentara. Não sabia bem o que pensar a respeito dele.

Gostaria que o enérgico Fredrick Clinton ainda estivesse lá. Clinton sucedera Gullberg e fora diretor da Seção até 2002, quando um diabetes e problemas cardiovasculares de certa forma o obrigaram a se aposentar. Gullberg não conseguia identificar qual era realmente o perfil de Wadensjöö.

— Olá, Evert — disse Wadensjöö, apertando a mão de seu antigo chefe. — Obrigado por reservar um tempinho para nos fazer uma visita.

— Tempo é quase tudo o que me resta — disse Gullberg.

— Sabe como é. A gente não é muito bom em manter contato com nossos ex-fiéis servidores.

Evert Gullberg ignorou a observação. Entrou à esquerda em sua antiga sala, instalando-se a uma mesa redonda de reuniões próxima à janela. Wadensjöö (Gullberg supôs que fosse mesmo ele) pusera nas paredes reproduções de Chagall e Mondrian. No seu tempo, Gullberg tinha posto plantas de navios históricos como o *Kronan* e o *Wasa*. Sempre sonhara com o mar e era, de origem, oficial da Marinha, embora só tenha passado alguns poucos meses no mar durante o serviço militar. Havia também computadores na sala. No mais, ela estava praticamente igual à que ele deixara ao se aposentar. Wadensjöö serviu um café.

— O pessoal não deve demorar — disse ele. — Pensei que a gente poderia conversar um pouco primeiro.

— Quantas pessoas da minha época ainda estão na Seção?

— Além de mim, só o Otto Hallberg e o Georg Nyström. O Hallberg se aposenta este ano e o Nyström está para fazer sessenta anos. Fora eles, praticamente só temos gente nova. Você já deve ter cruzado com alguns deles.

— Quantas pessoas trabalham na Seção atualmente?

— Andamos reorganizando as coisas por aqui.

— Ah, é?

— No momento, estamos com sete pessoas em período integral. Ou seja, houve uma redução. Além disso, a Seção tem trinta e um colaboradores na DGPN/Säpo. A maioria nunca aparece, faz o trabalho de rotina, e os serviços que eles realizam para nós são mais um extra discreto.

— Trinta e um colaboradores.

— Mais sete. Acontece que foi você quem criou este sistema. Nós só aperfeiçoamos, e ainda hoje se fala em uma organização interna e outra externa. Quando recrutamos uma pessoa, ela fica lotada aqui por um tempo para adquirir experiência com a gente. O Hallberg é quem cuida do treinamento. O estágio básico dura seis semanas. É realizado na Escola da Marinha. Depois o novato reassume seu posto efetivo na DGPN/Säpo, mas alocado aqui com a gente.

— Ah, é?

— O sistema é meio fantástico. Os colaboradores, na sua maioria, ignoram tudo uns sobre os outros. E aqui na Seção a gente funciona antes de mais nada como receptores de relatórios. As regras são as mesmas da sua época. Para todos os efeitos, somos uma organização banal.

— Unidade de intervenção?

Wadensjöö franziu o cenho. Nos tempos de Gullberg, a Seção tivera uma pequena unidade de intervenção de quatro pessoas comandadas por Hans von Rottinger, um sujeito experiente.

— Bem, não exatamente. O Rottinger morreu há cinco anos. Temos aqui um jovem talentoso que faz algum trabalho de campo, mas em geral recorremos a alguém da organização externa quando é preciso. Sem contar que tecnicamente ficou mais complicado, por exemplo, montar uma escuta telefônica ou entrar num apartamento. Hoje em dia existem alarmes e lixos desse tipo em todo lugar.

Gullberg concordou com a cabeça.

— Orçamento? — perguntou.

— Contamos com pouco mais de onze milhões por ano. Um terço vai para os salários, um terço para a manutenção e o outro terço para as atividades.

— Quer dizer que o orçamento foi reduzido?

— Um pouco. Mas temos menos pessoal, o que significa que a verba para as atividades aumentou.

— Entendi. Me fale um pouco sobre a nossa relação com a Säpo — disse Gullberg, sem se preocupar se podia ou não usar esse termo.

Wadensjöö balançou a cabeça.

— O secretário-geral e o encarregado do orçamento são nossos. Formalmente, o secretário-geral é talvez o único que tem acesso às nossas atividades. Como sempre, somos secretos a ponto de não existirmos. Mas, na verdade, alguns chefes-adjuntos sabem da nossa existência. Fazem o possível para nem ouvir falar na gente.

— Sei. Isso significa que caso haja algum problema a atual direção da Säpo vai ter uma surpresa desagradável. E a direção da Defesa? E o governo?

— A direção da Defesa foi afastada já faz uns dez anos. E os governos, você sabe, vão e vêm.

— Quer dizer que, se o tempo fechar, estamos completamente sozinhos?

Wadensjöö assentiu com a cabeça.

— É o inconveniente desse arranjo. Em compensação, há vantagens óbvias. Mas as nossas tarefas também mudaram. A *realpolitik* na Europa já não é a mesma desde a queda da União Soviética. Nosso trabalho está menos centrado na detecção de agentes de informação. Agora tudo gira mais em torno do terrorismo e, principalmente, da adequação política de tal ou tal pessoa para os cargos nevrálgicos.

— Tudo sempre girou em torno disso.

Bateram à porta. Gullberg viu um homem bem-apessoado de uns sessenta anos e outro mais jovem, de jeans e paletó.

— Olá, pessoal. — E virando-se para Gullberg: — Esse é o Jonas Sandberg. Ele trabalha aqui há quatro anos e participa da frente de intervenções. Já lhe falei sobre ele. E esse é o Georg Nyström, vocês já se conhecem.

— Olá, Georg — disse Gullberg.

Apertaram-se as mãos. Gullberg então se virou para Jonas Sandberg.

— E você, vem de onde? — perguntou, enquanto o examinava.

— Nesse momento, de Göteborg — brincou Sandberg. — Fui fazer uma visita.

— Zalachenko... — disse Gullberg.

Sandberg fez que sim com a cabeça.

— Senhores, queiram sentar-se — disse Wadensjöö.

— Björck? — disse Gullberg, e franziu o cenho quando Wadensjöö acendeu uma cigarrilha. Tinha tirado o paletó e estava recostado na poltrona diante da mesa de reuniões. Wadensjöö lançou um olhar para Gullberg e se impressionou com a extrema magreza do velho.

— Ele foi acusado de infringir a lei de remuneração de serviços sexuais na sexta-feira passada — disse Georg Nyström. — A ação judicial ainda não teve início, mas ele a princípio confessou e voltou para casa com o rabo entre as pernas. Está morando em Smådalarö durante sua licença médica. A mídia ainda não divulgou nada.

— Houve um tempo em que Björck era um dos melhores aqui na Seção — disse Gullberg. — Tinha um papel-chave no caso Zalachenko. O que aconteceu depois que eu me aposentei?

— Ele deve ser um dos raríssimos colaboradores internos que deixaram a Seção para voltar à atividade externa. Mas já no seu tempo ele andava um bocado entre lá e cá.

— É, ele precisava de um descanso e queria ampliar seus horizontes. Na década de 1980 ficou dois anos licenciado da Seção, sem vencimentos, atuando como adido no serviço de informações. Ele tinha trabalhado feito louco com o Zalachenko, praticamente vinte e quatro horas por dia desde 1976, e achei que ele estava precisando mesmo de um tempo. Ficou fora de 1985 a 1987 e depois voltou para cá.

— Pode-se dizer que ele deixou de trabalhar na Seção em 1994, quando passou para a organização externa. Em 1996, virou chefe-adjunto da Brigada dos Estrangeiros e se viu num cargo difícil, de muito trabalho. É claro que manteve contato constante com a Seção, e posso sem dúvida lhe dizer também que conversamos regularmente por telefone mais ou menos uma vez por mês até bem pouco tempo atrás.

— E agora ele está doente.

— Nada sério, mas muito doloroso. Está com uma hérnia de disco. Ela o incomodou várias vezes nos últimos tempos. Há dois anos tirou uma licença médica de quatro meses. E em agosto passado ficou mal de novo. Era para ele voltar ao trabalho em 1º de janeiro, mas a licença foi prorrogada e agora é mais uma questão de esperar a cirurgia.

— E ele passou a licença médica correndo atrás das putas — disse Gullberg.

— Pois é, ele é solteiro e, se entendi direito, já frequenta as putas há vários anos — disse Jonas Sandberg, que em quase meia hora não pronunciara uma palavra sequer. — Eu li o relatório do Dag Svensson.

— Ahã. Mas alguém poderia me explicar o que realmente aconteceu?

— Até onde pudemos entender, deve ter sido o Björck quem desencadeou esta confusão toda. É a única explicação para o relatório de 1991 ter ido parar nas mãos do doutor Bjurman.

— Que também vive correndo atrás das putas? — perguntou Gullberg.

— Não que a gente saiba. Pelo menos ele não aparece no material do Dag Svensson. Em compensação, era o tutor da Lisbeth Salander.

Wadensjöö suspirou.

— Tenho de admitir que a culpa é minha. Você e o Björck pegaram a Lisbeth Salander em 1991, quando ela foi internada na psiquiatria. A gente achou que ela ia ficar lá por muito tempo, mas ela tinha um guardião legal, o advogado Holger Palmgren, que conseguiu tirá-la de lá. Ela foi encaminhada para uma família adotiva. Nessa época, você já tinha se aposentado.

— E depois disso, o que aconteceu?

— Ela foi mantida sob vigilância. Enquanto isso, a irmã dela, a Camilla Salander, foi encaminhada para outra família adotiva em Uppsala. Quando elas tinham dezessete anos, a Lisbeth Salander de repente começou a vasculhar seu passado. Procurava por Zalachenko e esquadrinhou todos os registros oficiais que conseguiu achar. De um modo ou de outro, não sabemos bem como, ela obteve a informação de que a irmã sabia onde estava o Zalachenko.

— E isso procede?

Wadensjöö deu de ombros.

— Na verdade, não faço ideia. Fazia muitos anos que as gêmeas não se viam, até que a Lisbeth foi atrás da Camilla tentando obrigar a irmã a dizer o que sabia. A história acabou numa discussão feia e numa briga daquelas entre as duas.

— Ah, é?

— A Lisbeth foi mantida sob estreita vigilância durante meses. Também já tinham avisado a Camilla Salander que a irmã era violenta e mentalmente perturbada. Foi ela quem nos contatou depois da visita repentina da Lisbeth, o que fez com que reforçássemos a segurança.

— Quer dizer que a irmã é que era sua informante?

— A Camilla Salander tinha pânico da irmã. De qualquer modo, a Lisbeth também chamou a atenção por outras vias. Teve várias discussões com o pessoal das instâncias sociais e avaliamos que ela continuava sendo uma ameaça para o anonimato do Zalachenko. Depois disso houve o incidente no metrô.

— Ela atacou um pedófilo...

— Exato. Ela tendia claramente para a violência e era psicologicamente perturbada. Achamos que seria melhor para todos os interessados se ela sumisse de novo numa clínica, e aproveitamos a oportunidade. O Fredrik Clinton e o Rottinger é que intervieram. Apelaram mais uma vez para o Peter Teleborian e travaram, por tabela, um combate no Tribunal de Instâncias para que ela fosse internada novamente. Holger Palmgren representou Lisbeth Salander e, contrariando as expectativas, o Tribunal escolheu a alternativa dele — com a condição de que ela fosse posta sob tutela.

— Mas como é que o Bjurman acabou se envolvendo nessa história?

— O Palmgren teve um derrame cerebral no outono de 2002. Sempre somos informados quando a Salander aparece em algum banco de dados, e dei um jeito para que o Bjurman se tornasse seu novo tutor. Veja bem, ele não sabia que ela era filha do Zalachenko. A ideia era simplesmente que, se ela começasse a delirar a respeito do Zalachenko, ele reagisse e nos alertasse.

— O Bjurman era um idiota. Ele nunca deveria ter tido nada a ver com o Zalachenko, muito menos com a filha dele. — Gullberg encarou Wadensjöö. — Foi um erro grave.

— Eu sei — disse Wadensjöö. — Mas na época parecia a coisa certa. Eu nunca ia imaginar que...

— E agora, onde está a irmã, a Camilla Salander?

— Ninguém sabe. Quando ela completou dezenove anos, fez as malas e deixou a casa da família adotiva. Desde então não tivemos mais notícias dela. Desapareceu.

— Certo, continue.

— Tenho um informante entre os tiras oficiais, e ele falou com o procurador Richard Ekström — disse Sandberg. — O inspetor Bublanski, que conduz as investigações, acha que o Bjurman estuprou a Salander.

Gullberg encarou Sandberg com genuína surpresa. Depois coçou o queixo, pensativo.

— Estuprou? — disse.

— O Bjurman tinha uma tatuagem na barriga, que dizia: "Sou um porco sádico, um canalha estuprador".

Sandberg pôs uma foto colorida da autópsia em cima da mesa. Gullberg, com os olhos arregalados, examinou a barriga de Bjurman.

— E a filha do Zalachenko é quem teria feito isso?

— É difícil explicar a situação de outro jeito. Mas ela, aparentemente, não é inofensiva. Deu uma surra que quase matou os dois *hooligans* do MC Svavelsjö.

— A filha do Zalachenko — repetiu Gullberg. — Voltou-se para Wadensjöö. — Sabe, eu acho que você deveria contratá-la.

Wadensjöö pareceu tão surpreso que Gullberg precisou explicar que era brincadeira.

— Certo. Vamos admitir, como hipótese de trabalho, que o Bjurman estuprou a garota e ela se vingou. O que mais?

— O único capaz de dizer exatamente o que aconteceu seria, claro, o próprio Bjurman, o que agora é meio difícil, já que ele está morto. Porém o fato é que no começo ele não sabia que ela era filha do Zalachenko, isso não consta em nenhum registro oficial. Mas no meio do caminho, em algum momento, o Bjurman fez a relação.

— Puta merda, Wadensjöö, só que ela sabia perfeitamente quem era o pai dela e pode ter contado ao Bjurman em algum momento.

— Eu sei. Nós... eu não pensei direito nesta história.

— Isso é de uma incompetência imperdoável — disse Gullberg.

— Eu sei. E já me xinguei por isso dúzias de vezes. Mas o Bjurman era uma das raras pessoas que sabiam da existência do Zalachenko, e o meu raciocínio foi que era melhor ser ele a descobrir que ela era filha do Zalachenko do que um tutor desconhecido. Na verdade, ela poderia ter contado para qualquer pessoa.

Gullberg beliscou a ponta da orelha.

— Bem... continue.

— Não passa de uma hipótese — disse Georg Nyström suavemente. —

Mas estamos supondo que o Bjurman violentou a Salander e que ela se vingou com isso... — Ele apontou a tatuagem na fotografia da autópsia.

— É bem filha do pai dela — disse Gullberg. Havia em sua voz uma pontinha de admiração.

— O resultado foi que o Bjurman entrou em contato com o Zalachenko pedindo que ele desse um jeito na filha. O Zalachenko tem bons motivos para odiar a Lisbeth Salander, o senhor sabe disso tanto quanto eu. E o Zalachenko, por sua vez, terceirizou o caso para o MC Svavelsjö e para esse tal Niedermann que anda com ele.

— Mas como é que o Bjurman entrou em contato... — Gullberg calou-se. A resposta era óbvia.

— O Björck — disse Wadensjöö. — A única maneira de explicar como o Bjurman conseguiu achar o Zalachenko é o Björck ter lhe passado a informação.

— Puta que pariu — disse Gullberg.

Lisbeth Salander sentia um mal-estar crescente, além de uma forte irritação. Pela manhã, duas enfermeiras tinham vindo arrumar sua cama. Toparam imediatamente com o lápis.

— Olha só! Como é que isso veio parar aqui? — disse uma das enfermeiras, enfiando o lápis no bolso enquanto Lisbeth a fitava com um olhar assassino.

Lisbeth estava novamente desarmada e, além disso, tão fraca que nem conseguiu protestar.

Sentira-se mal todo o fim de semana. Estava com uma enxaqueca insuportável e haviam lhe ministrado analgésicos potentes. Sentia uma dor constante no ombro, que volta e meia se transformava numa facada quando ela se mexia descuidadamente ou deslocava o peso do corpo. Estava deitada de costas e usando a comadre. Ainda ficaria vários dias com ela, até que o corte da cabeça começasse a cicatrizar. Domingo tinha tido febre, com um pico de 38,7 graus. A dra. Helena Endrin concluiu que ela estava com alguma infecção. Ou seja, sua saúde não ia muito bem. Lisbeth não precisava de um termômetro para perceber isso.

Constatou que estava novamente entrevada num leito do Estado, embora dessa vez não houvesse correias para prendê-la no lugar. O que teria sido supérfluo. Não tinha forças nem para se erguer, muito menos para sair andando por aí.

Lá pelo meio-dia da segunda-feira, o dr. Anders Jonasson veio vê-la. Ele lhe parecia familiar.

— Olá. Lembra de mim?

Ela tentou balançar a cabeça.

— Você estava meio atordoada, mas fui eu que te acordei depois da cirurgia. E fui eu que te operei. Só vim ver como você está se sentindo e se está tudo bem.

Lisbeth Salander arregalou os olhos. Parecia óbvio que não estava tudo bem.

— Ouvi dizer que você tirou a comadre na noite passada.

Ela tentou dizer que sim com a cabeça.

— Esse colete ortopédico não está aí só de bobeira; é para você ficar com a cabeça imóvel nessa etapa da sua recuperação.

Ele contemplou a garota calada.

— Está bem — disse afinal. — Eu só dei uma passada para ver como você estava.

Ele já estava na porta quando escutou a voz dela.

— Jonasson, não é?

Ele se virou e dirigiu-lhe um sorriso surpreso.

— É isso mesmo. Se você lembra do meu nome é porque deve estar num estado melhor do que eu imaginava.

— Foi você quem tirou a bala?

— Foi.

— Você pode me dizer como eu estou? Ninguém ainda me deu uma resposta coerente.

Ele voltou para junto da cama e olhou-a nos olhos.

— Você teve sorte. Levou uma bala na cabeça, mas aparentemente nenhuma zona vital foi afetada. Neste momento, o risco é você ter alguma hemorragia no cérebro. Por isso a gente quer que você fique quietinha. Você está com uma infecção em alguma parte do corpo. Ao que tudo indica, é por causa do ferimento no ombro. Talvez seja preciso operar mais uma vez se a gente não conseguir combater a infecção com antibióticos. Você deve estar preparada para um período dolorido durante o processo de recuperação. Mas, pelo que estou vendo até agora, minha expectativa é que você saia dessa totalmente curada.

— Eu posso ficar com alguma sequela no cérebro?

Ele hesitou antes de menear a cabeça.

— Sim, esse risco existe. Mas tudo indica que você se saiu muito bem. Há também a possibilidade de se formarem cicatrizes no seu cérebro que poderiam gerar algum problema, por exemplo você desenvolver uma epilepsia ou algo do gênero. Mas, com toda a franqueza, isso não passa de especulação. Por enquanto, tudo parece perfeito. Você está se recuperando. Se aparecerem alguns problemas no meio do caminho, a gente vai administrando. A resposta foi bastante clara?

Ela esboçou um movimento de cabeça.

— Quanto tempo ainda vou ter que ficar assim?

— Quer dizer, no hospital? Vai levar algumas semanas até a gente te deixar sair.

— Não, quero saber quanto tempo até eu conseguir me levantar, começar a andar e me mexer.

— Não sei. Depende da cicatrização. Mas conte com pelo menos duas semanas, até você poder começar algum tipo de fisioterapia.

Ela o contemplou, séria, durante um longo momento.

— Você não teria um cigarro? — ela perguntou.

Anders Jonasson soltou um riso espontâneo e balançou a cabeça.

— Sinto muito. É proibido fumar aqui. Mas posso pedir uns adesivos ou chicletes de nicotina para você.

Ela refletiu um pouco antes de dizer que aceitava do jeito que podia. Depois encarou-o novamente.

— Como vai o velho babaca?

— Quem? Você quer dizer...

— O homem que deu entrada junto comigo.

— Imagino que ele não seja um amigo seu. Olha, ele até que não está mal. Vai sobreviver e até já andou, se levantando e caminhando de muletas. Em termos físicos, está mais machucado que você e tem um ferimento extremamente doloroso no rosto. Pelo que entendi, você enfiou um machado na cara dele.

— Ele tentou me matar — disse Lisbeth em voz baixa.

— Isso não é legal. Agora eu preciso ir. Quer que eu volte outra hora para te ver?

Lisbeth Salander pensou um pouco. Então esboçou um sim. Depois que ele fechou a porta atrás de si, ela fitou pensativamente o teto. *Zalachenko está de muletas. Foi esse o barulho que escutei na noite passada.*

Pediram a Jonas Sandberg, o mais jovem do grupo, que fosse buscar o almoço. Ele voltou com sushis e cerveja, que foram servidos na mesa de reuniões. Evert Gullberg foi invadido por um sentimento nostálgico. Era exatamente assim que ele vivia antes, quando uma operação atingia um estágio crítico e eles trabalhavam dia e noite.

A diferença, constatou, é que talvez naquela época não tivesse ocorrido a ninguém essa esquisitice de pedir peixe cru para o almoço. Ele teria preferido que Sandberg trouxesse almôndegas com purê de batatas e mirtilos. Mas como não estava com fome pôde rejeitar os sushis sem muita aflição. Comeu um pedaço de pão e bebeu água mineral.

Continuaram a discutir enquanto comiam. Tinham chegado ao ponto em que precisavam fazer um balanço da situação e resolver que medidas se faziam necessárias. Havia decisões a ser tomadas.

— Não cheguei a conhecer o Zalachenko — disse Wadensjöö. — Como é que ele era?

— Exatamente como é hoje, imagino — respondeu Gullberg. — Tem uma inteligência notável e uma memória quase fotográfica para detalhes. Mas, na minha opinião, é um idiota de primeira. E meio maluco, me parece.

— Jonas, você esteve com ele ontem. Qual é a sua conclusão?

Jonas Sandberg soltou os talheres.

— Ele ainda está no controle. Já falei no ultimato que ele deu. Ou damos sumiço em tudo num passe de mágica, ou ele revela a existência da Seção.

— O que faz esse idiota achar que a gente pode dar sumiço em algo que a mídia já repetiu milhões de vezes? — perguntou Georg Nyström.

— Não se trata do que a gente pode fazer ou deixar de fazer. Trata-se da necessidade que ele tem de nos controlar — disse Gullberg.

— E então, qual a sua impressão? Ele vai cumprir a ameaça? Vai falar com a mídia? — perguntou Wadensjöö.

Gullberg respondeu devagar.

— É praticamente impossível responder. Zalachenko não é do tipo que ameaça à toa e vai fazer o que for conveniente para ele. Nesse sentido, ele é previsível. Se for vantajoso para ele contatar a mídia... se isso lhe garantir uma anistia ou uma redução de pena, ele faz. Ou se se sentir traído e quiser nos sacanear.

— Sejam quais forem as consequências?

— Especialmente por causa das consequências. Para ele o que importa é se mostrar mais forte que todos nós juntos.

— Mas mesmo que o Zalachenko abra o bico, não é certeza que o levem a sério. Para conseguir provar alguma coisa, vão precisar dos nossos arquivos. Ele não sabe da existência desse endereço.

— Você está disposto a arriscar? Vamos supor que o Zalachenko abra o bico. Quem mais vai fazer o mesmo em seguida? O que a gente faz se o Björck confirmar a história dele? E o Clinton com a diálise dele... o que vai acontecer se ele virar um crente amargurado e começar a detestar o mundo inteiro? E se ele resolver confessar? Acreditem, se alguém começar a falar, vai ser o fim da Seção.

— Então... o que a gente faz?

Instalou-se um silêncio em volta da mesa. Foi Gullberg quem retomou o assunto.

— É um problema complexo. Primeiro, parece que concordamos sobre as consequências caso Zalachenko abra a boca. Toda a maldita Suécia constitucional iria cair em cima da gente. Seríamos aniquilados. Imagino que vários funcionários da Seção acabariam presos.

— A atividade é juridicamente legal, não se esqueça de que a gente trabalha sob as ordens do governo.

— Deixe de besteira — disse Gullberg. — Você sabe tão bem quanto eu que um documento redigido de forma nebulosa em meados dos anos 1960 não vale um tostão furado hoje em dia. Aposto que nenhum de nós tem vontade de saber o que aconteceria exatamente se o Zalachenko resolvesse falar — acrescentou.

Mais silêncio.

— Então, nosso ponto de partida é necessariamente fazer com que o Zalachenko fique quieto — acabou dizendo Geog Nyström.

Gullberg assentiu com a cabeça.

— E para fazê-lo ficar quieto temos que lhe oferecer algo substancial. O problema é que ele é imprevisível. Seria até capaz de nos fritar por pura maldade. Precisamos pensar num jeito de manter o homem sob controle.

— E sobre essas exigências dele? — perguntou Jonas Sandberg. — Que a gente dê um sumiço na história toda e que a Salander volte para uma clínica psiquiátrica?

— Na Salander, a gente dá um jeito. O problema é o Zalachenko. Mas isso nos leva ao outro aspecto do problema — a redução de prejuízos. O relatório de Teleborian de 1991 vazou e potencialmente representa uma ameaça tão séria quanto o próprio Zalachenko.

Georg Nyström deu uma tossidinha.

— Assim que percebemos que o relatório tinha vindo à tona e estava nas mãos da polícia, tomei algumas providências. Fui até o jurista Forelius, na DGPN/Säpo, e ele contatou o Ministério Público. O Ministério Público ordenou que o relatório fosse tirado da polícia; está proibido de ser divulgado ou reproduzido.

— O que o Ministério Público sabia?

— Nada. O procurador-geral da nação atendeu a um pedido oficial da DGPN/Säpo, o caso tem relação com um material arquivado como segredo de Estado e o procurador não tinha escolha. Ele não poderia ter feito outra coisa.

— Certo. Quem, na polícia, leu o relatório?

— Havia duas cópias, e elas foram lidas pelo Bublanski, pela colega dele Sonja Modig e, por fim, pelo responsável pelo inquérito preliminar, Richard Ekström. É de se supor que mais dois policiais, no mínimo... — Nyström folheou suas anotações — um tal de Curt Bolinder e um tal de Jerker Holmberg, sabiam do seu conteúdo.

— Ou seja, quatro policiais e um procurador. O que sabemos sobre eles?

— O procurador Ekström tem quarenta e dois anos. É visto como uma estrela em ascensão. Foi investigador do Ministério da Justiça e conduziu alguns casos que chamaram a atenção. Meticuloso. Ávido por publicidade. Carreirista.

— Social-democrata? — perguntou Gullberg.

— Provavelmente. Mas não militante.

— Bem, e o Bublanski é quem está coordenando as investigações. Eu o vi numa coletiva de imprensa na tevê. Não parecia muito à vontade diante das câmeras.

— Ele tem cinquenta e dois anos e um currículo impressionante, mas também tem fama de ser resmungão. É judeu e bastante ortodoxo.

— E a mulher... quem é?

— É a Sonja Modig. Casada, trinta e nove anos, mãe de dois filhos. Fez uma carreira bastante rápida. Falei com o Peter Teleborian, que a descreve como alguém emocional. Ela não parava de questioná-lo.

— Certo.

— O Curt Bolinder é um osso duro de roer. Trinta e oito anos. Veio da Brigada Antigangue de Söderort e foi alvo de comentários, anos atrás, quando atirou num delinquente. Foi totalmente inocentado no inquérito. Aliás, foi ele que o Bublanski mandou para prender o Gunnar Björck.

— Entendi. Guarde isso de ele ter matado um homem. Se for preciso lançar alguma suspeita na equipe de Bublanski, daria para focar os refletores num tira ruim. Imagino que ainda mantemos contatos interessantes na mídia... E o outro sujeito?

— Jerker Holmberg. Cinquenta e cinco anos. Originário do Norrland e especialista na análise de cenas de crime. Há alguns anos lhe ofereceram um treinamento para ele se tornar delegado, mas ele recusou. Parece gostar do que faz.

— Algum desses dois tem atuação política?

— Não. O pai de Holmberg foi conselheiro municipal centrista nos anos 1970.

— Humm. Tem todo o jeito de ser uma equipe bacana. Dá para imaginar que sejam bastante unidos. Há algum jeito de isolá-los?

— Existe um quinto policial no grupo — disse Nyström. — Hans Faste, de quarenta e sete anos. Pelo que entendi, há uma rixa meio séria entre o Faste e o Bublanski. Séria o suficiente para o Faste ter pedido uma licença médica.

— O que se sabe sobre ele?

— Senti vários tipos de reação quando fiz essa pergunta. Ele tem um extenso currículo, e nos relatórios não consta de fato nenhuma crítica contra ele. É um profissional. Mas difícil de conviver. Aparentemente a desavença com o Bublanski tem a ver com a Lisbeth Salander.

— Como assim?

— O Faste teria ficado obcecado com aquela história sobre um grupo de lésbicas satânicas que os jornais andaram alardeando. Ele não gosta nem um pouco da Salander e parece considerar a existência dela uma afronta pessoal. Provavelmente ele é quem está por trás de metade dos boatos que andaram surgindo. Um ex-colega me confidenciou que ele tem dificuldades em colaborar com as mulheres em geral.

— Interessante — disse Gullberg. Ele refletiu um instante. — Já que os jornais mencionaram um grupo de lésbicas, talvez valha a pena continuar fantasiando com esse assunto. Isso realmente não contribui para aumentar a credibilidade da Salander.

— Os policiais que leram o relatório do Björck constituem, portanto, um problema. Será que a gente consegue isolá-los? — perguntou Sandberg.

Wadensjöö acendeu outra cigarrilha.

— Quem está conduzindo o inquérito preliminar é o Ekström...

— Mas é o Bublanski quem comanda o barco — disse Nyström.

— Sim, só que ele não pode ir contra decisões administrativas. — Wadensjöö ficou pensativo. Olhou para Gullberg. — Você tem mais experiência que eu, mas essa história já está com tantos fios e ramificações... Minha impressão é que seria bom afastar o Bublanski e a Modig da Salander.

— É isso, Wadensjöö — disse Gullberg. — É exatamente o que nós vamos fazer. O Bublanski é o chefe da investigação do assassinato de Bjurman e do casal de Enskede. A Salander já não é notícia nesse contexto. O foco agora é esse alemão, o Niedermann. Portanto o Bublanski e a sua equipe vão se concentrar na caça ao Niedermann.

— Certo.

— O caso deles não é mais a Salander. Temos também a investigação sobre Nykvarn... trata-se de três assassinatos antigos. Eles têm a ver com o Niedermann. No momento, a investigação está a cargo de Södertälje, mas vão juntá-la com a outra. Ou seja, o Bublanski vai ficar ocupado por um bom tempo. Quem sabe... ele talvez prenda o Niedermann.

— Humm.

— O tal Faste... haveria como fazer com que ele voltasse ao trabalho? Ele parece ser a pessoa ideal para investigar as suspeitas contra a Salander.

— Entendo aonde você quer chegar — disse Wadensjöö. — A ideia é levar o Ekström a separar um caso do outro. Mas para isso teríamos que controlar o Ekström.

— Isso não deverá ser um grande problema — disse Gullberg. Ele olhou para Nyström, que concordou com a cabeça.

— Posso cuidar do Ekström — disse Nyström. — Algo me diz que ele preferiria nunca ter ouvido falar em Zalachenko. Ele devolveu o relatório do Björck assim que a Säpo pediu, e já afirmou que está disposto a se submeter a tudo que diga respeito à segurança nacional.

— O que você pretende fazer? — perguntou Wadensjöö, desconfiado.

— Me deixe pensar num plano — disse Nyström. — Imagino que vamos apenas, de maneira muito elegante, explicar-lhe o que se espera que ele faça se quiser evitar que sua carreira seja brutalmente interrompida.

— O terceiro ponto é o que representa o maior problema — disse Gullberg. — A polícia não descobriu o relatório do Björck sozinha... foi um jornalista que repassou para eles. Todos vocês já entenderam que a mídia é, evidentemente, um problema para nós. *Millennium*.

Nyström abriu seu caderno de anotações.

— Mikael Blomkvist — disse.

Todos naquela mesa já tinham ouvido falar no caso Wennerström e conheciam o nome de Mikael Blomkvist.

— Dag Svensson, o jornalista assassinado, era colaborador da *Millennium*. Estava trabalhando numa matéria ligada ao tráfico de mulheres. Foi assim que ele chegou ao Zalachenko. E foi o Mikael Blomkvist quem encontrou o corpo. Além disso, ele conhece a Lisbeth Salander e nunca deixou de acreditar na inocência dela.

— Como é que ele conhece a filha do Zalachenko... É coincidência demais, não pode ser um simples acaso.

— A gente não acha que seja por acaso — disse Wadensjöö. — Achamos que a Salander, de alguma maneira, é o elo entre todos eles. Não sabemos explicar direito como, mas é a única hipótese plausível.

Gullberg permanecia calado, desenhando círculos concêntricos no seu caderninho. Por fim, ergueu os olhos.

— Preciso pensar um pouco sobre isso. Vou dar uma caminhada. Nos encontramos aqui dentro de uma hora.

* * *

A escapadinha de Gullberg durou quase quatro horas, e não uma como ele dissera. Ele caminhou por apenas uns dez minutos, até encontrar um café que oferecia um monte de variedades bizarras dessa bebida. Pediu uma xícara de café preto comum e sentou-se a uma mesa num canto perto da entrada. Refletiu intensamente, tentando esclarecer os diferentes aspectos do problema. De tempo em tempo, registrava um breve lembrete numa agenda.

Depois de uma hora e meia, um plano começava a ganhar forma.

Não era um bom plano, mas, depois de virar e revirar todas as possibilidades, percebeu que o problema exigia medidas drásticas.

Felizmente, havia recursos humanos disponíveis. Era um plano viável.

Levantou-se, procurou uma cabine telefônica e ligou para Wadensjöö.

— Vamos ter que adiar a reunião para mais tarde — disse. — Preciso fazer uma coisa. Podemos nos encontrar às duas horas?

Em seguida, Gullberg desceu até a Stureplan e fez sinal para um táxi. Na verdade, sua parca aposentadoria de funcionário público não lhe permitia aquele luxo, mas, por outro lado, chegara a uma idade em que não havia mais motivo para economizar nas extravagâncias. Indicou ao taxista um endereço em Bromma.

Chegando lá, foi a pé até um bairro mais ao sul e bateu à porta de uma casinha. Uma mulher de uns quarenta anos atendeu.

— Bom dia. Estou procurando Fredrick Clinton.

— É da parte de quem?

— Sou um antigo colega dele.

A mulher meneou a cabeça e o fez entrar na sala, onde Fredrick Clinton, devagar, levantou-se do sofá. Tinha apenas sessenta e oito anos, mas parecia muito mais. O diabetes e alguns problemas coronários haviam deixado suas marcas.

— Gullberg? — exclamou Clinton, estupefato.

Contemplaram-se por um longo momento. Então os dois velhos espiões se abraçaram.

— Não imaginava que voltaria a ver você um dia — disse Clinton. — Suponho que aquilo ali é que tenha te tirado da toca.

Apontou para a capa de um jornal vespertino que ostentava uma foto de

Ronald Niedermann e a manchete "Assassino de policial caçado na Dinamarca".

— Como é que você está? — perguntou Gullberg.

— Doente — disse Clinton.

— Estou vendo.

— Se não me derem um rim novo, vou morrer em breve. E a probabilidade de ganhar um rim novo não é muito grande.

Gullberg assentiu com a cabeça.

A mulher reapareceu na porta da sala e perguntou a Gullberg se ele aceitava tomar alguma coisa.

— Aceito um café — disse.

Depois que ela saiu, ele se virou para Clinton.

— Quem é essa mulher?

— É minha filha.

Gullberg assentiu com a cabeça. Era fascinante que, apesar de tantos anos de intimidade dentro da Seção, pouquíssimos colaboradores mantivessem contato fora do trabalho. Gullberg conhecia os mínimos traços da personalidade de cada um, suas forças e fraquezas, mas só tinha uma vaga ideia da vida familiar deles. Clinton talvez tivesse sido seu colaborador mais próximo durante vinte anos. Ele sabia que Clinton fora casado e que tinha filhos. Mas não sabia o nome de sua filha, o nome de sua ex-mulher nem onde Clinton costumava passar férias. Era como se tudo fora da Seção fosse sagrado e não devesse ser comentado.

— O que você quer? — perguntou Clinton.

— Posso lhe perguntar sua opinião sobre o Wadensjöö?

Clinton balançou a cabeça.

— Não quero me envolver nessa história.

— Eu não estou pedindo isso. Você o conhece. Ele trabalhou dez anos com você.

Clinton tornou a balançar a cabeça.

— Atualmente é ele quem dirige a Seção. O que eu penso sobre ele não tem nenhuma importância.

— Ele está dando conta?

— Ele não é nada bobo.

— Mas...?

— É um analista. Genial para quebra-cabeças. Tem instinto. É um administrador brilhante que deu uma equilibrada no orçamento de um jeito que ninguém achava possível.

Gullberg fez um gesto de assentimento com a cabeça. O que importava era a qualidade que Clinton não estava mencionando.

— Você por acaso estaria disposto a voltar ao trabalho?

Clinton ergueu os olhos para Gullberg. Hesitou por um longo momento.

— Evert... a cada dois dias, eu passo nove horas no hospital fazendo diálise. Não posso subir nenhuma escada sem ficar praticamente sufocado. Não tenho mais energia. Nenhuma energia.

— Preciso de você. Uma última operação.

— Não posso.

— Pode. E você vai poder fazer as suas nove horas de diálise a cada dois dias. Vai andar de elevador em vez de subir escadas. Posso dar um jeito para te carregarem numa maca, se for o caso. Preciso do seu cérebro.

Clinton suspirou.

— Fale — disse ele.

— No momento, estamos diante de uma situação extremamente espinhosa, que exige operações em campo. O Wadensjöö tem lá um jovem novato muito seguro de si, o Jonas Sandberg, que constitui sozinho o departamento de intervenção, e não creio que o Wadensjöö tenha audácia para fazer o que deve ser feito. Ele até pode ser um puta especialista em fazer malabarismos com o orçamento, mas tem medo de tomar decisões de intervenção e tem medo de envolver a Seção no trabalho de campo, que no entanto é necessário.

Clinton fez que sim com a cabeça. Exibiu um sorriso pálido.

— Esta operação vai se dar em duas frentes distintas. A primeira se refere ao Zalachenko. Preciso fazer com que ele se torne razoável, e acho que sei como conseguir isso. A outra deve se realizar aqui em Estocolmo. O problema é que não tem ninguém na Seção para cuidar disso. Preciso de você para assumir o comando. Uma última contribuição. Tenho um plano. O Jonas Sandberg e o Georg Nyström vão fazer o serviço de campo. E você vai dirigir a operação.

— Você não sabe o que está me pedindo.

— Sei, sim... sei perfeitamente o que estou lhe pedindo. E você é quem decide se quer participar ou não. Mas se nós, os veteranos, não nos mobilizarmos e cumprirmos com a nossa parte, a Seção deixa de existir em poucas semanas.

Clinton dobrou o braço no encosto do sofá e descansou a cabeça sobre a palma da mão. Refletiu por uns dois minutos.

— Me conte qual é o seu plano — acabou dizendo.

Evert Gullberg e Fredrik Clinton conversaram por cerca de duas horas.

Wadensjöö arregalou os olhos quando Gullberg voltou às 13h57, acompanhado de Fredrick Clinton. Clinton tinha o aspecto de um esqueleto. Parecia andar e respirar a muito custo, e vinha com uma mão apoiada no ombro de Gullberg.

— O que significa...? — perguntou Wadensjöö.

— Vamos prosseguir a reunião — disse Gullberg secamente.

Voltaram a se sentar ao redor da mesa da sala de Wadensjöö. Clinton deixou-se cair em silêncio na cadeira que lhe ofereceram.

— Todos aqui já conhecem o Fredrick Clinton — disse Gullberg.

— Sim — disse Wadensjöö. — A pergunta é: o que ele está fazendo aqui?

— O Clinton resolveu voltar à ativa. Vai coordenar o setor de intervenções até o final desta crise.

Gullberg ergueu a mão, interrompendo o protesto de Wadensjöö antes que ele tivesse tempo até mesmo de formulá-lo.

— O Clinton está cansado. Vai precisar de assistência. Precisa ir regularmente ao hospital para fazer diálise. Wadensjöö, você vai recrutar dois assistentes particulares para ajudá-lo em todas as tarefas práticas. Mas que fique muito claro: no que se refere a esse caso, o Clinton é quem vai tomar todas as decisões de intervenção.

Calou-se e esperou. Nenhum protesto se fez ouvir.

— Eu tenho um plano. Acho que com ele estaremos seguros, mas precisamos agir rápido para não perdermos as oportunidades — disse ele. — Depois, tudo depende da atual determinação de vocês aqui na Seção.

Wadensjöö percebeu um desafio nas palavras de Gullberg.

— Diga qual é o seu plano.

— Primeiro: já passamos a polícia em revista. Vamos fazer exatamente o que a gente combinou: tentar isolá-los na investigação deles, levando-os para uma pista secundária na caça ao Niedermann. Essa vai ser a tarefa de Georg Nyström. O que quer que aconteça, o Niedermann não tem a menor importância. Vamos dar um jeito de o Faste ficar encarregado de investigar a Salander.

— Não deve ser difícil — disse Nyström. — Basta eu ter uma conversinha discreta com o procurador Ekström.

— E se ele torcer o nariz...

— Não acredito nisso. Ele é um carreirista, sabe cuidar dos seus interesses. Mas posso apelar para um argumento qualquer, se necessário. Ele detestaria se envolver em algum escândalo.

— Muito bem. O segundo ponto é a *Millennium* e o Mikael Blomkvist. Por isso o Clinton voltou à ativa. Esse ponto requer medidas fora do padrão.

— Desconfio que não vou gostar nada disso — disse Wadensjöö.

— É provável, mas a *Millennium* não pode ser manipulada do mesmo jeito simples. Em compensação, a ameaça que eles representam se fundamenta numa única coisa, ou seja, no relatório policial de Björck de 1991. Na atual situação, imagino que esse relatório se encontre em dois lugares, talvez três. Quem o descobriu foi a Lisbeth Salander, mas de alguma maneira o Mikael Blomkvist também pôs as mãos nele. O que significa que havia algum tipo de contato entre o Blomkvist e a Salander enquanto ela estava foragida.

Clinton levantou um dedo e proferiu suas primeiras palavras desde que chegara.

— Isso também nos revela algo do caráter do nosso adversário. O Blomkvist não tem medo de se arriscar. Lembrem do caso Wennerström.

Gullberg meneou a cabeça.

— O Blomkvist passou o relatório para a chefe dele, Erika Berger, que por sua vez o encaminhou ao Bublanski. Quer dizer, ela também leu. É de se supor que tenham feito uma cópia de segurança. Eu arriscaria dizer que o Blomkvist está com uma cópia e que existe mais uma na redação.

— Parece plausível — disse Wadensjöö.

— A *Millennium* é uma revista mensal, o que significa que eles não vão publicar nada de hoje para amanhã. Temos tempo. Mas precisamos pôr as mãos nesses dois exemplares do relatório. E para isso não podemos passar pelo procurador-geral da nação.

— Entendo.

— Portanto vamos dar início a uma fase de intervenção, entrando ilegalmente na casa do Blomkvist e na redação da *Millennium*. Você saberia organizar essa parte, Jonas?

Jonas Sandberg deu uma olhada de soslaio para Wadensjöö.

— Evert, você tem que entender... a gente não faz mais esse tipo de coisa — disse Wadensjöö. — Os tempos mudaram, a gente agora lida com pirataria informática e vigilância eletrônica, se é que você me entende. Não temos mais recursos para manter um setor de intervenção.

Gullberg se debruçou para a frente.

— Wadensjöö. Então cabe a você arranjar recursos para isso, e depressa. Pegue gente de fora. Alugue um bando de fortões da máfia iugoslava para dar uma surra no Blomkvist, se for o caso. Mas temos que pegar essas duas cópias custe o que custar. Sem elas, eles ficam sem nenhum documento e jamais poderão provar nada. Se você não for capaz de dar um jeito numa coisa assim, te deixo aqui chupando o dedo e esperando a Comissão Constitucional vir bater na porta.

Gullberg e Wadensjöö fitaram-se por um longo momento.

— Posso cuidar disso — disse Jonas Sandberg de repente.

Gullberg lançou um olhar de esguelha para o jovem novato.

— Tem certeza de que sabe organizar esse tipo de ação?

Sandberg assentiu com a cabeça.

— Ótimo. A partir de agora, seu chefe é o Clinton. É dele que você recebe as ordens.

Sandberg aquiesceu.

— Vai ser, em boa parte, uma questão de vigilância. Esse setor de intervenção precisa ser reforçado — disse Nyström. — Tenho alguns nomes para sugerir. Temos um cara na organização externa, ele trabalha na segurança dos figurões da Säpo, o nome dele é Mårtensson. Não tem medo de nada e é um sujeito que promete. Faz tempo que eu venho pensando em transferi-lo aqui para a organização interna. Chego a pensar que ele poderia ser meu sucessor.

— Parece muito bom — disse Gullberg. — A última palavra vai ser do Clinton.

— Tem mais uma coisa — disse Georg Nyström. — Tenho a impressão de que ainda existe outra cópia.

— Onde?

— Eu soube hoje à tarde que a Lisbeth Salander está com uma advogada. O nome dela é Annika Giannini. É irmã do Mikael Blomkvist.

Gullberg fez um gesto de concordância com a cabeça.

— Bem pensado. O Blomkvist deve ter dado uma cópia para a irmã. Seria absurdo ele não dar. Ou seja, durante algum tempo vamos ter que vigiar os três de perto: Berger, Blomkvist e Giannini.

— Acho que não precisamos nos preocupar com a Berger. A imprensa divulgou hoje que ela é a nova redatora-chefe do *Svenska Morgon-Posten*. Não tem mais nada a ver com a *Millennium*.

— Certo. Mesmo assim vamos ficar de olho nela. Quanto à *Millennium*, temos que instalar um sistema de escuta, evidentemente, na casa deles e na redação. E um controle da correspondência eletrônica. Precisamos descobrir com quem eles se encontram e com quem conversam. E estamos muito, muito dispostos a acompanhar a edição das revelações que eles têm a fazer. Mas, antes de tudo, temos que pegar esse relatório. Ou seja, há um bocado de trabalho pela frente.

Wadensjöö parecia hesitar.

— Evert, você está nos pedindo para realizar uma operação de intervenção na redação de um jornal. Estamos nos aventurando num terreno muito perigoso.

— Você não tem escolha. Ou arregaça as mangas, ou deixa a chefia para outra pessoa.

O desafio pairou como uma nuvem acima da mesa.

— Acho que consigo administrar a *Millennium* — disse, por fim, Jonas Sandberg. — Mas nada disso resolve o problema de fundo. O que fazer com o Zalachenko? Se ele abrir o bico, nossos esforços não terão servido de nada.

Gullberg balançou a cabeça devagar.

— Eu sei. Essa vai ser a minha parte. Acho que tenho um argumento capaz de convencer o Zalachenko a calar a boca. Mas vai exigir um bocado de preparação. Vou para Göteborg ainda hoje à tarde.

Calou-se e percorreu o olhar pela sala. Então cravou os olhos em Wadensjöö.

— O Clinton toma as decisões quanto à intervenção enquanto eu estiver fora — decretou.

Passados alguns instantes, Wadensjöö fez que sim com a cabeça.

Foi preciso esperar até a noite de segunda-feira para que a dra. Helena Endrin, de comum acordo com seu colega Anders Jonasson, decidisse que o estado de Lisbeth Salander estava suficientemente estável para que ela pudesse receber visitas. Os primeiros visitantes foram os dois inspetores criminais, a quem foram concedidos quinze minutos para perguntas. Quando entraram em seu quarto e se sentaram, ela contemplou os policiais em silêncio.

— Bom dia. Sou o inspetor criminal Marcus Ackerman. Trabalho na Brigada Criminal aqui de Göteborg. Essa é a minha colega Sonja Modig, da polícia de Estocolmo.

Lisbeth Salander não deu bom-dia. Permaneceu totalmente impassível. Reconheceu Sonja Modig como uma das policiais da equipe de Bublanski. Ackerman dirigiu-lhe um sorriso aberto.

— Soube que não é do seu feitio falar de boa vontade com as autoridades. E, se me permite, você não precisa falar nada. Em compensação, eu agradeceria muito se nos ouvisse. Temos vários assuntos para tratar, e hoje não nos deram muito tempo. Haverá outras oportunidades.

Lisbeth Salander não disse nada.

— Então, para começar, eu queria informar que o seu amigo Mikael Blomkvist nos avisou que uma advogada chamada Annika Giannini está disposta a representar você e já está inteirada do caso. Diz ele que já falou com você sobre ela. Preciso que você me confirme isso, e queria saber se você aceita que a doutora Giannini venha para Göteborg assisti-la.

Lisbeth Salander continuou calada.

Annika Giannini. A irmã de Mikael Blomkvist. Ele mencionara o nome dela num e-mail. Na verdade, não ocorrera a Lisbeth que ela iria precisar de um advogado.

— Desculpe, mas tenho de pedir que responda a essa pergunta. Basta dizer sim ou não. Se for sim, o procurador aqui de Göteborg entrará em contato com a doutora Giannini. Se for não, um tribunal vai indicar um defensor público. O que você prefere?

Lisbeth refletiu sobre a proposta. Ponderou que, realmente, precisava de um advogado, mas ter a irmã do Maldito Sacana do Super-Blomkvist para defendê-la era meio difícil de engolir. Ele ia adorar. Por outro lado, um defensor público, desconhecido, não era melhor. Por fim, abriu a boca e grasnou uma só palavra rouca.

— Giannini.

— Ótimo. Obrigado. E agora eu queria lhe fazer uma pergunta. Você não precisa dizer nada antes da chegada de sua advogada, mas até onde posso ver não é uma pergunta que se refira diretamente a você nem ao seu bem-estar. A polícia está procurando um cidadão alemão chamado Ronald Niedermann, de trinta e sete anos, suspeito de ter assassinado um policial.

Lisbeth franziu o cenho. Isso, para ela, era novidade. Ignorava tudo o que se passara depois de ter enfiado o machado na cabeça de Zalachenko.

— A gente aqui em Göteborg queria pegar esse Niedermann o quanto antes. A minha colega aqui, de Estocolmo, também queria ouvir você sobre os três assassinatos dos quais você era suspeita inicialmente. Estamos pedindo a sua ajuda. Queríamos saber se você tem alguma ideia... se você pode nos dar alguma pista do paradeiro dele.

O olhar de Lisbeth passou, desconfiado, de Ackerman para Modig.

Eles não sabem que ele é meu irmão.

Em seguida, perguntou-se se tinha vontade de ver Niedermann preso ou não. O que ela queria mesmo era levá-lo em frente a um buraco cavado na terra de Gosseberga e enterrá-lo lá dentro. Finalmente, ela deu de ombros. O que não deveria ter feito, já que uma dor lancinante transpassou, no ato, seu ombro esquerdo.

— Que dia é hoje? — ela perguntou.

— Segunda-feira.

Ela refletiu.

— A primeira vez que escutei o nome de Ronald Niedermann foi na quinta-feira da semana passada. Segui a pista dele até Gosseberga. Não faço ideia de onde ele se encontra nem de para onde poderia ter ido. Mas posso apostar que ele vai tentar, bem depressa, se colocar a salvo no exterior.

— Por que você acha que ele tentaria fugir do país?

Lisbeth refletiu.

— Porque quando o Niedermann saiu para cavar um túmulo para mim, o Zalachenko comentou comigo que este caso vinha recebendo muita publicidade e que já estava tudo planejado para o Niedermann passar algum tempo no exterior.

Lisbeth Salander nunca trocara tantas palavras com um policial desde seus doze anos.

— Quer dizer que o Zalachenko... é seu pai.

Pelo menos isso eles conseguiram descobrir. Coisa do Maldito Super--Blomkvist, decerto.

— Preciso também informar que o seu pai registrou uma queixa contra você por tentativa de homicídio. No momento, o dossiê está com o procurador, que deverá se decidir a favor ou contra uma ação judicial. De qualquer forma, já está claro que você será indiciada por golpes e ferimentos agravados. Você cravou um machado na cabeça do Zalachenko.

Lisbeth não disse nada. Fez-se um longuíssimo silêncio. Então Sonja Modig se inclinou para a frente e falou baixinho.

— Eu só queria lhe dizer que na polícia não estamos dando muito crédito à versão do Zalachenko. Chame a sua advogada para uma conversa aprofundada, e a gente, enquanto isso, vai aguardar um pouco.

Ackerman concordou com a cabeça. Os policiais se levantaram.

— Obrigada por nos ajudar com o Niedermann.

Lisbeth espantou-se ao constatar que os policiais tinham sido muito corretos e quase gentis. Ficou um pouco surpresa com a fala de Sonja Modig. Ela deve ter segundas intenções, pensou.

7. SEGUNDA-FEIRA 11 DE ABRIL — TERÇA-FEIRA 12 DE ABRIL

Às 17h45 da segunda-feira, Mikael Blomkvist fechou o seu iBook e levantou do seu lugar, à mesa da cozinha do seu apartamento da Bellmansgatan. Vestiu um paletó e foi a pé até a sede da Milton Security, perto de Slussen. Pegou o elevador para subir à recepção, no segundo andar, e foi imediatamente introduzido numa sala de reuniões.

— Olá, Dragan — disse ele estendendo a mão. — Obrigado por aceitar fazer esta reunião informal aqui.

Olhou em volta. Além de Dragan Armanskij e ele, estavam ali Annika Giannini, Holger Palmgren e Malu Eriksson. O ex-inspetor criminal Steve Bohman, da Milton, que desde o primeiro dia, por ordem de Armanskij, acompanhara a investigação sobre Salander, também estava presente.

Holger Palmgren estava saindo pela primeira vez depois de dois anos. Seu médico, o dr. A. Sivarnandan, não ficara muito entusiasmado com a ideia de deixá-lo sair do centro de reabilitação de Ersta, mas Palmgren tinha insistido. Efetuara o trajeto num carro particular, acompanhado de sua enfermeira pessoal, Johanna Karolina Oskarsson, de trinta e nove anos, cujo salário era pago por um fundo criado por um benfeitor misterioso e que tinha por objetivo oferecer a Palmgren o melhor tratamento possível. Karolina

Oskarsson aguardava numa área de descanso em frente à sala de reuniões. Tinha trazido um livro. Mikael fechou a porta.

— Para quem não conhece: essa é a Malu Eriksson, a nova redatora-chefe da *Millennium*. Pedi-lhe que viesse à reunião porque o que vamos conversar aqui vai afetar o trabalho dela.

— Certo — disse Armanskij. — Está todo mundo aqui. Estamos ouvindo.

Mikael se aproximou do quadro branco de Armanskij e pegou uma caneta. Seu olhar percorreu a sala.

— Acho que nunca vivi nada tão delirante — disse. — Quando tudo isso acabar, vou fundar uma associação beneficente. Vou chamá-la de Os Cavaleiros da Távola Biruta, e sua missão será organizar um jantar anual para falar mal da Lisbeth Salander. Vocês todos serão membros.

Fez uma pausa.

— A realidade se parece com o seguinte — disse ele, traçando umas colunas no quadro de Armanskij. Falou durante uma boa meia hora. A discussão que se seguiu durou quase três horas.

Uma vez formalmente encerrada a reunião, Evert Gullberg sentou-se frente a frente com Fredrick Clinton. Conversaram em voz baixa durante alguns minutos, até que Gullberg se levantou. Os dois velhos irmãos de armas apertaram-se as mãos.

Gullberg voltou de táxi para o Hotel Frey, juntou suas coisas, pagou a conta e pegou um trem que saía à tarde para Göteborg. Escolheu a primeira classe e ficou com um vagão inteiro só para ele. Depois que o trem passou a ponte de Årsta, ele pegou uma esferográfica e um bloco de papel de cartas. Refletiu alguns instantes e em seguida se pôs a escrever. Preencheu cerca de metade da página, então se deteve e destacou-a do bloco.

Documentos falsificados não eram sua especialidade, ele não se considerava um entendido no assunto, mas naquele caso sua tarefa estava sendo facilitada pelo fato de que as cartas que estava escrevendo levavam a sua assinatura. A dificuldade é que nenhuma palavra poderia ser verdadeira.

Ao passar por Nyköping, ainda se desfez de uma boa quantidade de rascunhos, mas já começava a ter uma ideia de como deveria formular as cartas.

Ao chegar a Göteborg, estava satisfeito com as doze cartas de que dispunha. Cuidou para que suas impressões digitais ficassem nítidas e claras no papel.

Na estação central de Göteborg, conseguiu achar uma copiadora e fez umas fotocópias. Depois comprou selos e envelopes e jogou a correspondência na caixa postal que seria esvaziada às nove da noite.

Gullberg pegou um táxi para ir ao City Hotel, na Lorensbergsgatan, onde Clinton lhe reservara um quarto. De modo que se hospedou no mesmo hotel em que Mikael Blomkvist pernoitara dias antes. Em seguida foi para o quarto e desabou sobre a cama. Estava extremamente cansado e se deu conta de que comera apenas duas fatias de pão o dia inteiro. Continuava sem fome. Despiu-se, deitou-se e adormeceu quase em seguida.

Lisbeth Salander acordou sobressaltada ao escutar a porta se abrindo. Soube de imediato que não se tratava da enfermeira da noite. Abriu os olhos em duas fendas estreitas e avistou, à porta, a silhueta com muletas. Zalachenko não se movia e contemplava-a da fresta de luz do corredor que passava pela abertura da porta.

Sem se mover, ela virou os olhos para o relógio e viu que eram 3h10.

Desviou o olhar alguns milímetros e avistou o copo d'água na beirada do criado-mudo. Mal podia alcançá-lo sem ter que movimentar o corpo.

Levaria uma fração de segundo para estender o braço e, num gesto decidido, quebrá-lo contra a beirada do criado-mudo. Levaria meio segundo para enfiar a borda cortante na garganta de Zalachenko se ele se debruçasse sobre ela. Avaliou outras possibilidades, mas percebeu que aquela era a única arma possível.

Relaxou e esperou.

Zalachenko permaneceu uns dois minutos à porta, sem se mexer.

Depois, fechou-a devagar. Ela escutou o fraco arrastar das muletas enquanto ele se afastava tranquilamente do quarto.

Passados cinco minutos, ela se ergueu apoiando-se nos cotovelos, pegou o copo e tomou um gole grande. Balançou as pernas por cima da beira da cama e tirou os eletrodos dos braços e do peito. Levantou-se e ficou em pé, cambaleando. Levou um bom minuto para reassumir o controle do corpo.

Foi mancando até a porta, apoiou-se na parede e recobrou o fôlego. Suava frio. Então, teve um acesso de fúria contida.

Fuck you, *Zalachenko. Vamos acabar logo com isso!*

Precisava de uma arma.

Nisso, ouviu passadas rápidas no corredor.

Droga. Os eletrodos.

— Caramba, o que você está fazendo aí em pé? — exclamou a enfermeira.

— Preciso... ir... ao banheiro — disse Lisbeth Salander, sem fôlego.

— Volte imediatamente para a cama.

Pegou na mão de Lisbeth e a ajudou a voltar para a cama. Em seguida foi buscar uma comadre.

— Se você precisar ir ao banheiro, chame a gente. Este botão aqui serve para isso — explicou a enfermeira.

Lisbeth não disse nada. Concentrou-se para conseguir produzir umas poucas gotas.

Na terça-feira, Mikael Blomkvist acordou às dez e meia, tomou banho, ligou a cafeteira e em seguida se instalou diante do seu iBook. Depois da reunião na Milton Security na noite anterior, tinha vindo para casa e trabalhado até as cinco da manhã. Sentia que, finalmente, sua matéria começava a tomar forma. A biografia de Zalachenko continuava cheia de buracos — ele só dispunha, para se orientar, das informações que arrancara de Björck e dos detalhes acrescentados por Holger Palmgren. A história de Lisbeth Salander estava praticamente concluída. Ele explicava com detalhes de que maneira ela se vira confrontada com um bando de frios combatentes da DGPN/Säpo e internada numa clínica de psiquiatria infantil para que não viesse à tona o segredo envolvendo Zalachenko.

Estava satisfeito com seu texto. Era uma matéria espetacular que iria estremecer as bancas de jornais e, além disso, criar problemas nas altíssimas esferas da burocracia do Estado.

Acendeu um cigarro enquanto refletia.

Restavam-lhe duas grandes lacunas para preencher. Uma era administrável. Precisava enfrentar Peter Teleborian, tarefa que ele encarava com prazer. Depois que acabasse com ele, o famoso psiquiatra infantil seria um dos homens mais odiados da Suécia.

O outro problema era um tanto mais complicado.

A maquinação contra Lisbeth Salander — ele apelidara esses conspiradores de Clube Zalachenko — ocorrera dentro da Säpo. Ele conhecia um nome, Gunnar Björck, mas Gunnar Björck não podia, de modo algum, ser o único responsável. Havia necessariamente um grupo, uma espécie de equipe. Havia necessariamente chefes, responsáveis, e alguma verba. Só que ele não tinha a menor ideia de como identificar essas pessoas. Não sabia por onde começar. As informações que possuía sobre a organização da Säpo eram apenas rudimentares.

Na segunda-feira, começara sua pesquisa mandando Henry Cortez percorrer vários sebos de Södermalm com a instrução de comprar todos os livros que, de algum modo, mencionassem a Säpo. Cortez chegara à casa de Mikael Blomkvist por volta das quatro da tarde, levando seis livros. Mikael contemplou a pilha em cima da mesa.

Espionagem na Suécia [Spionage i Sverige] (Tempus, 1988); *Eu fui chefe da Säpo de 1962 a 1970* [Säpochef 1962-70]; *Poderes secretos*, de Jan Ottosson e Lars Magnusson [Hemliga makter: svensk hemlig militär underrättelsetjänst från unionstiden till det kalla kriget] (Tiden, 1991); *Luta pelo controle da Säpo*, de Erik Magnusson (Corona, 1989) [Maktkamp om SÄPO]; *Missão*, de Carl Lidbom (w&w, 1990) [Ett Uppdrag], além do — um tanto surpreendente — *An agent in place* (Ballantine, 1966), sobre o caso Wennerström. O caso dos anos 1960, portanto, e não o de Mikael Blomkvist, do início do século XXI.

Mikael passara boa parte da noite de terça-feira lendo, ou pelo menos folheando, os livros encontrados por Henry Cortez. Concluída a leitura, chegou a algumas conclusões. Em primeiro lugar, a maioria dos livros já escritos sobre a Säpo tinha aparentemente sido publicada no final dos anos 1980. Uma pesquisa na internet mostrou que não existia nenhuma literatura recente sobre o tema.

Em segundo lugar, tudo indicava que não existia um resumo compreensível das atividades da polícia secreta sueca ao longo dos anos. Isso se explicava pela quantidade de casos considerados segredo de segurança nacional, dificilmente abordáveis, portanto, mas tudo indicava não haver uma única instituição, um único pesquisador ou órgão de imprensa disposto a lançar um olhar crítico sobre a Säpo.

Também chamou sua atenção o fato de não existir, em nenhum dos livros reunidos por Henry Cortez, referência a outras obras. As notas de rodapé remetiam invariavelmente a artigos em jornais vespertinos ou a entrevistas pessoais feitas com algum aposentado da Säpo.

Poderes secretos era fascinante, mas tratava, sobretudo, da época anterior e contemporânea à Segunda Guerra Mundial. Mikael via nas memórias de P. G. Vinge, antes de mais nada, um livro de propaganda escrito em defesa própria por um diretor da Säpo duramente criticado e demitido do cargo. *An agent in place* continha, desde o primeiro capítulo, tantas esquisitices sobre a Suécia que ele simplesmente jogou o livro no lixo. Os únicos volumes com a clara intenção de descrever o trabalho da Säpo eram *Luta pelo controle da Säpo* e *Espionagem na Suécia*. Apresentavam datas, nomes e organogramas. Achou o livro de Erik Magnusson particularmente interessante. Embora não trouxesse resposta às suas perguntas imediatas, oferecia um bom panorama do que tinham sido a Säpo e de suas atividades nas décadas passadas.

Sua maior surpresa, contudo, foi *Missão*, de Carl Lidbom, que descrevia os problemas enfrentados pelo antigo embaixador em Paris quando, por ordem do governo, investigou sobre a Säpo na esteira do assassinato de Palme e do caso Ebbe Carlsson. Mikael nunca tinha lido Carl Lidbom e se surpreendeu com sua linguagem irônica permeada de observações mordazes. Mas o livro de Carl Lidbom também não ajudou Mikael a encontrar resposta às suas perguntas, embora ele começasse a ter uma vaga ideia da confusão que tinha pela frente.

Depois de refletir por algum tempo, pegou o celular e ligou para Henry Cortez.

— Oi, Henry. Obrigado pelo trabalho de ontem.

— Humm. O que você quer?

— Tenho mais uns servicinhos para você.

— Micke, eu tenho trabalho a fazer. Eu agora sou assistente de redação.

— Um belo avanço na carreira.

— Desembucha!

— Nesses anos todos, foram feitas algumas investigações públicas sobre a Säpo. Uma delas pelo Carl Lindbom. Deve haver um bocado de investigações desse tipo.

— Ahã.

— Me traga tudo o que tenha a ver com o Parlamento: orçamentos, inquéritos oficiais do Estado, discussões decorrentes de interpelações da Câmara, esse tipo de coisa. E compre os anais da Säpo, até o mais antigo que conseguir.

— Às suas ordens, capitão.

— Ótimo. E... Henry...

— Sim?

— ... eu só vou precisar disso amanhã.

Lisbeth Salander passou o dia pensando em Zalachenko. Sabia que ele estava dois quartos adiante do seu, que rondava pelos corredores à noite e viera até o seu quarto às 3h10.

Ela o seguira até Gosseberga com o propósito de matá-lo. Fracassara, Zalachenko ainda estava vivo e se achava a menos de dez metros de distância. Ela estava encrencada. Era difícil definir até que ponto, mas imaginava que teria de fugir e desaparecer discretamente no exterior se não quisesse se arriscar a ser trancafiada outra vez com os loucos, tendo Peter Teleborian como guardião.

O problema, claro, é que ela não tinha forças sequer para se sentar na cama. Percebia alguns sinais de melhora. A dor de cabeça persistia, mas vinha por ondas em vez de ser constante. A dor no ombro estava superficial, só explodindo quando ela tentava se mexer.

Escutou passos no corredor e viu uma enfermeira abrir a porta e introduzir uma mulher de calças pretas, camisa branca e casaco escuro. Uma mulher bonita, magra, de cabelos castanhos bem curtos e que emanava uma calma autoconfiança. Carregava uma pasta preta. Lisbeth imediatamente reconheceu os olhos de Mikael Blomkvist.

— Bom dia, Lisbeth. Meu nome é Annika Giannini — disse ela. — Posso entrar?

Lisbeth contemplou-a sem nenhuma expressão. De repente, não estava com a mínima vontade de conhecer a irmã de Mikael Blomkvist e se arrependeu de ter aceitado a proposta de tê-la como advogada.

Annika Giannini entrou, fechou a porta atrás de si e puxou uma cadeira. Ficou sentada em silêncio alguns instantes, observando sua cliente.

Lisbeth Salander não parecia nada bem. Sua cabeça não passava de um pacote de bandagens. Enormes hematomas vermelhos circundavam seus olhos injetados de sangue.

— Antes de a gente começar a conversa, preciso saber se você realmente me quer como advogada. Em geral, eu só atuo em casos civis, representando vítimas de estupro e maus-tratos. Não sou advogada criminal. Em compensação, estou a par dos mínimos detalhes do seu caso e com muita vontade de representar você, se concordar. Devo dizer também que o Mikael Blomkvist é meu irmão — isso eu acho que você já sabe — e que ele e o Dragan Armanskij estão pagando meus honorários.

Ela esperou um instante, mas como não obteve nenhuma reação por parte de sua cliente, prosseguiu.

— Se me aceitar como advogada, vou trabalhar para você. Quero dizer, não estou trabalhando para o meu irmão nem para o Armanskij. Além disso, para tudo que estiver relacionado com o direito penal, vou contar com o auxílio do seu antigo tutor, Holger Palmgren. Está aí um homem de fibra, que deixou seu leito no hospital para te ajudar.

— O Palmgren? — disse Lisbeth Salander.

— É.

— Você esteve com ele?

— Estive. Ele vai ser meu conselheiro.

— Como é que ele está?

— Está furioso, mas não me pareceu particularmente preocupado com você.

Lisbeth Salander esboçou um sorrisinho de esguelha. O primeiro desde que ela chegara ao Hospital Sahlgrenska.

— Como você está se sentindo? — perguntou Annika Giannini.

— Um lixo — disse Lisbeth Salander.

— Ahã. Você quer que eu cuide da sua defesa? O Armanskij e o Mikael estão pagando os meus honorários e...

— Não.

— Como assim?

— Eu mesma vou pagar. Não vou aceitar um *öre* do Armanskij ou do Super-Blomkvist. Mas só vou poder lhe pagar quando eu tiver acesso à internet.

— Entendo. Na hora certa a gente dá um jeito nisso e, seja como for, o Ministério Público é quem vai pagar a maior parte do meu salário. Então você aceita que eu faça a sua defesa?

Lisbeth Salander assentiu brevemente com a cabeça.

— Ótimo. Para começar, vou lhe passar um recado do Mikael. Ele falou em código, mas disse que você entenderia.

— Ah, é?

— Ele mandou dizer que me contou quase tudo, tirando umas coisinhas. A primeira se refere aos seus talentos, que ele descobriu em Hedestad.

Mikael sabe que eu tenho memória fotográfica... e que sou uma hacker. *Ele guardou segredo.*

— Certo.

— A segunda é sobre o DVD. Não sei do que se trata, mas ele disse que você é quem deve decidir se quer falar sobre isso comigo ou não. Você entende o que isso quer dizer?

— Entendo.

— Bem...

Annika Giannini hesitou de repente.

— Estou meio irritada com o meu irmão. Mesmo tendo me contratado, ele só me conta o que convém a ele. Você também pretende me esconder alguma coisa?

Lisbeth refletiu.

— Não sei.

— A gente vai ter que conversar bastante. Estou sem tempo agora, tenho um encontro com a procuradora Agneta Jervas daqui a quarenta e cinco minutos. Eu só precisava confirmar que você me aceitava como advogada. Também preciso lhe passar uma instrução...

— Ah, é?

— É o seguinte: se eu não estiver presente, você não deve dizer uma palavra sequer à polícia. Mesmo que eles a provoquem e a acusem de tudo que é coisa. Pode me prometer isso?

— Não vai ser difícil — disse Lisbeth Salander.

* * *

Exausto pela tensão da segunda-feira, Evert Gullberg acordou às nove horas da terça, quase quatro horas depois de seu horário habitual. Foi até o banheiro, lavou-se e escovou os dentes. Contemplou demoradamente seu rosto no espelho antes de apagar a luz e ir se vestir. Escolheu a única camisa limpa que lhe sobrava na pasta e pôs uma gravata estampada marrom.

Desceu até a sala de café da manhã do hotel, tomou uma xícara de café preto e comeu uma fatia de pão de forma torrada com queijo e um pouco de geleia de laranja. Bebeu um copo grande de água mineral.

Em seguida, foi até o hall do hotel e ligou de uma cabine telefônica para o celular de Fredrik Clinton.

— Sou eu. Como está a situação?

— Bastante agitada.

— Fredrik, você vai conseguir dar conta disso tudo?

— Sim, como antigamente. Só é pena que o Hans von Rottinger não esteja vivo. Ele era melhor que eu para planejar as operações.

— Você e ele tinham o mesmo gabarito. Podiam ocupar o lugar um do outro a qualquer momento. Aliás, vocês fizeram isso mais de uma vez.

— Havia uma diferença pequena, mínima, entre nós. Ele sempre foi um tantinho melhor que eu.

— Em que pé vocês estão?

— O Sandberg é mais esperto do que parecia. Chamamos o Mårtensson como reforço. É um garoto de recados, mas nos será útil. O Blomkvist já está sob escuta, celular e telefone fixo de casa. Hoje, durante o dia, vamos cuidar dos telefones da Giannini e da *Millennium*. Estamos estudando a planta dos escritórios e dos apartamentos. Vamos entrar assim que possível.

— Primeiro você tem que localizar todas as cópias...

— Isso já foi feito. Tivemos uma sorte incrível. A Annika Giannini ligou para o Blomkvist agora às dez da manhã para perguntar, justamente, quantas cópias estão circulando, e descobrimos, pela conversa, que o Mikael Blomkvist é quem está com o único exemplar. A Berger fez uma cópia do relatório, mas mandou para o Bublanski.

— Ótimo. Não temos um segundo a perder.

— Eu sei. Mas precisamos pegar tudo de uma vez. Se não juntarmos todas as cópias do relatório do Björck ao mesmo tempo, não vamos conseguir.

— Eu sei.

— Complicou um pouco porque a Giannini foi até Göteborg hoje de manhã. Despachei uma equipe de colaboradores externos atrás dela. A essa hora eles estão no avião.

— Ótimo.

Gullberg não lembrava de mais nada para dizer. Ficou um bom tempo calado.

— Obrigado, Fredrik — disse por fim.

— Eu é que agradeço. Essa história é mais divertida do que ficar esperando por um rim que nunca chega.

Despediram-se. Gullberg pagou a conta do hotel e saiu. A sorte estava lançada. Agora era só esperar que a coreografia desse certo.

Primeiro, foi a pé até o Park Avenue Hotel e perguntou se poderia usar o fax. Não queria fazer isso no mesmo hotel onde tinha se hospedado. Enviou as cartas que escrevera no trem no dia anterior. Em seguida, saiu na Avenyn e procurou um táxi. Parou em frente a uma lixeira e rasgou as cópias que fizera das cartas.

Annika Giannini conversou por quinze minutos com a procuradora Agneta Jervas. Queria saber que acusações a procuradora pretendia fazer contra Lisbeth Salander, mas percebeu rapidamente que Jervas ainda não sabia bem o que ia acontecer.

— Por enquanto, vou me limitar a indiciá-la por golpes e ferimentos agravados, acompanhados de tentativa de homicídio. Refiro-me à machadada que Lisbeth Salander desfechou no pai. Suponho que a senhora vá alegar legítima defesa.

— Pode ser.

— Mas, para ser sincera, minha prioridade no momento é o Niedermann, o assassino do policial.

— Compreendo.

— Conversei com o procurador-geral da nação. No momento, estão tentando decidir se todas as acusações contra a sua cliente não deveriam ser centralizadas por um procurador de Estocolmo e vinculadas ao que aconteceu lá.

— Estou partindo do princípio de que o caso vai ser transferido para Estocolmo.

— Ótimo. Seja como for, preciso ter a oportunidade de ouvir a Lisbeth Salander. Quando pode ser?

— Tenho aqui uma declaração do médico dela, o doutor Anders Jonasson. Ele diz que durante alguns dias Lisbeth Salander ainda não terá condições de enfrentar um interrogatório. Além dos ferimentos no corpo, ela está sob o efeito de sedativos fortíssimos.

— Foi mais ou menos o que me disseram. Mas você há de compreender que é frustrante para mim. Repito, minha prioridade no momento é o Ronald Niedermann. Sua cliente diz que não sabe onde ele está.

— E é verdade. Ela não conhece o Niedermann. Só o que ela fez foi descobrir quem ele era e ir atrás dele.

— Muito bem — disse Agneta Jervas.

Evert Gullberg segurava um buquê de flores quando entrou no elevador do Hospital Sahlgrenska junto com uma mulher de cabelos curtos e casaco escuro. Segurou educadamente a porta e deixou que ela passasse à sua frente para se dirigir à recepção.

— Meu nome é Annika Giannini. Sou advogada e preciso falar de novo com a minha cliente, Lisbeth Salander.

Evert Gullberg virou a cabeça e olhou, surpreso, para a mulher que viera com ele no elevador. Desviou o olhar para a sua pasta, enquanto a enfermeira verificava a identidade de Giannini e consultava uma lista.

— Quarto número 12 — disse a enfermeira.

— Obrigada. Já estive aqui, sei onde é.

Pegou a pasta e desapareceu do campo visual de Gullberg.

— Posso ajudar? — perguntou a enfermeira.

— Sim, obrigado, eu queria deixar essas flores para Karl Axel Bodin.

— Ele não está autorizado a receber visitas.

— Eu sei, só queria deixar as flores.

— Posso cuidar disso.

Gullberg só trouxera o buquê como pretexto. Queria ter uma ideia da burocracia de entrada. Agradeceu e se dirigiu para a saída. No caminho, passou em frente ao quarto de Zalachenko, o número 14 segundo Jonas Sandberg.

Esperou no patamar. Pela porta de vidro, viu a enfermeira pegar o buquê que ele acabara de trazer e entrar no quarto de Zalachenko. Assim que ela voltou para a sua mesa, Gullberg empurrou a porta, dirigiu-se rapidamente para o quarto número 14 e entrou.

— Olá, Zalachenko — disse.

Zalachenko fitou, espantado, aquele visitante inesperado.

— Achei que você já estivesse morto a esta altura — disse ele.

— Ainda não — disse Gullberg.

— O que você quer? — perguntou Zalachenko.

— O que você acha?

Gullberg puxou a cadeira dos visitantes e se sentou.

— Me ver morto, provavelmente.

— Sim, até que eu ia gostar. Como você conseguiu ser tão idiota? Nós lhe demos uma vida nova, e aqui está você de novo.

Se Zalachenko pudesse sorrir, sem dúvida o teria feito. Para ele, a Segurança sueca era composta de amadores, entre os quais Evert Gullberg e Sven Jansson, ou melhor, Gunnar Björck. Para não falar naquele inepto do dr. Nils Bjurman.

— E mais uma vez a gente é que tem que apagar o seu incêndio.

A metáfora não foi muito do agrado de Zalachenko, que já tinha sido vítima de graves queimaduras.

— Pare de me dar sermão. Vocês têm que me tirar daqui.

— É sobre isso que quero falar com você.

Pôs a pasta no colo, pegou um novo bloco de anotações e abriu uma página em branco. Depois, observou Zalachenko.

— Uma coisa me intriga: você seria capaz de nos fritar depois de tudo que fizemos por você?

— O que você acha?

— Depende do tamanho da sua loucura.

— Não me chame de louco. Sou um sobrevivente. Faço o que tenho que fazer para sobreviver.

Gullberg balançou a cabeça.

— Não, Alexander, você faz o que faz porque é ruim e depravado. Você queria saber qual a posição da Seção. Pois estou aqui para te informar. Desta vez não vamos levantar um dedo para te ajudar.

Pela primeira vez, Zalachenko pareceu hesitar.

— Você não tem escolha — disse.

— Sempre se tem escolha — disse Gullberg.

— Eu vou...

— Você não vai fazer coisa nenhuma.

Gullberg respirou fundo, enfiou a mão no bolso externo da pasta marrom e pegou uma Smith & Wesson 9 milímetros com coronha banhada a ouro. A arma era um presente de vinte e cinco anos atrás do serviço de informações inglês — fruto de uma informação inestimável que ele extorquira de Zalachenko e transformara numa sólida moeda de troca: o nome de um estenógrafo do MI-5 inglês que, no bom e velho espírito de Philby, trabalhava para os russos.

Zalachenko pareceu surpreso. Deu uma risada.

— E o que você vai fazer com isso? Me matar? Vai passar o resto da sua miserável vida na cadeia.

— Acho que não — disse Gullberg.

De repente, Zalachenko já não sabia se Gullberg estava blefando ou não.

— Vai ser um escândalo e tanto.

— Também acho que não. Vai dar só algumas manchetes. Daqui a uma semana ninguém mais vai se lembrar do nome Zalachenko.

Os olhos de Zalachenko se estreitaram.

— Seu canalha — disse Gullberg, com uma voz tão fria que Zalachenko ficou gelado.

Ele apertou o gatilho e enfiou a bala no meio da testa de Zalachenko no exato momento em que este começava a puxar a prótese sobre a beira da cama. Zalachenko foi projetado para trás, sobre o travesseiro. Seu corpo se agitou em alguns movimentos espasmódicos, depois se aquietou. Gullberg viu os respingos formarem uma flor vermelha na parede atrás da cabeceira da cama. O tiro ecoava em seus ouvidos e ele esfregou maquinalmente o canal auditivo com o dedo indicador livre.

Em seguida levantou-se, acercou-se de Zalachenko, pressionou o cano da arma em sua têmpora e atirou mais duas vezes. Queria ter certeza de que o velho canalha estava realmente morto.

Lisbeth Salander ergueu-se de um salto quando o primeiro tiro foi disparado. Sentiu uma dor intensa no ombro. Quando os dois tiros seguintes ecoaram, tentou jogar as pernas sobre a beira da cama.

Annika Giannini estava conversando com Lisbeth havia poucos minutos quando ouviram os tiros. De início, ficou paralisada, tentando entender de onde vinha o disparo. A reação de Lisbeth Salander lhe mostrou que algo estava acontecendo.

— Não se mexa! — gritou. Pôs automaticamente a mão no peito de Lisbeth Salander, prendendo sua cliente na cama com tanta força que Lisbeth se sentiu sufocar.

Então Annika atravessou depressa o quarto e abriu a porta. Avistou duas enfermeiras correndo em direção a um quarto duas portas adiante. A primeira estacou de chofre ao entrar. Annika ouviu-a gritar: "Não faça isso" e dar um passo atrás, esbarrando na outra.

— Ele está armado. Corra.

Annika viu as duas enfermeiras abrirem a porta do quarto vizinho ao de Lisbeth e se refugiarem lá dentro.

No instante seguinte, viu o homem magro de cabelos grisalhos e paletó *pied-de-poule* aparecer no corredor. Segurava uma pistola na mão. Annika reconheceu o homem que subira com ela no elevador poucos minutos antes.

Então seus olhares se cruzaram. Ele pareceu embaraçado. Em seguida, viu que ele virava a arma em sua direção e dava um passo à frente. Ela levou a cabeça para trás, bateu a porta e olhou em volta, desesperada. Bem a seu lado havia uma mesa alta de enfermagem. Puxou-a num gesto brusco para junto da porta e prendeu-a debaixo da maçaneta.

Escutou um movimento, virou a cabeça e viu que Lisbeth Salander tentava sair da cama novamente. Alcançou sua cliente em poucas passadas e pegou-a no colo. Arrancou os eletrodos e o gotejador para levá-la até o banheiro, onde a acomodou sobre a tampa do vaso sanitário. Virou-se e fechou a porta a chave. Em seguida, pegou o celular no bolso do casaco e ligou para o 112.

* * *

Evert Gullberg se aproximou do quarto de Lisbeth Salander e tentou mover a maçaneta da porta. Estava bloqueada com alguma coisa. Não se mexeu um milímetro sequer.

Por um instante, ficou indeciso diante da porta. Sabia que Annika Giannini estava no quarto e se perguntou se uma cópia do relatório de Björck não estaria em sua bolsa. Não podia entrar no quarto e não tinha forças suficientes para arrombar a porta.

Mas isso não fazia parte do plano. O encarregado de Giannini e da ameaça que ela podia representar era o Clinton. A parte dele limitava-se a Zalachenko.

Gullberg olhou em volta no corredor e percebeu que estava sendo observado por cerca de vinte enfermeiras, pacientes e visitantes que esticavam a cabeça pela abertura das portas. Ergueu a pistola e deu um tiro num painel afixado no fundo do corredor. Sua plateia desapareceu como num passe de mágica.

Lançou um último olhar para a porta fechada, voltou resolutamente para o quarto de Zalachenko e fechou a porta. Sentou-se na poltrona dos visitantes e contemplou o dissidente russo que durante tantos anos fora parte integrante de sua vida.

Permaneceu imóvel durante quase dez minutos, até que ouviu a agitação no corredor e percebeu que a polícia estava chegando. Não pensou em nada de especial.

Então ergueu a pistola uma última vez, apontou-a para a própria têmpora e apertou o gatilho.

Os acontecimentos que se seguiram demonstraram a imprudência de tentar se suicidar no Hospital Sahlgrenska. Evert Gullberg foi levado com urgência ao serviço de traumatologia do hospital, sendo recebido pelo dr. Anders Jonasson, que imediatamente deu início a uma série de medidas destinadas a manter suas funções vitais.

Pela segunda vez em menos de uma semana, Jonasson realizou uma cirurgia de emergência para extrair uma bala dos tecidos cerebrais humanos.

Após cinco horas de cirurgia, o estado de Gullberg permanecia crítico. Mas ele estava vivo.

Os ferimentos de Evert Gullberg, porém, eram bem mais graves que os de Lisbeth Salander. Durante vários dias ele oscilou entre a vida e a morte.

Mikael Blomkvist estava no Kaffebar, na Hornsgatan, quando escutou no rádio a notícia de que um homem de cerca de sessenta anos, ainda não identificado e que estava sendo acusado de tentar matar Lisbeth Salander, havia sido morto com um tiro no Hospital Sahlgrenska em Göteborg. Ele largou a xícara, apanhou a sacola do computador e correu para a redação na Götgatan. Atravessou a Mariatorget e estava entrando na Sankt Paulsgatan quando seu celular tocou. Atendeu sem parar de caminhar.

— Blomkvist.

— Oi, é a Malu.

— Acabo de ouvir o noticiário. Já se sabe quem atirou?

— Ainda não. O Henry Cortez está indo atrás.

— Eu estou indo para aí. Chego em cinco minutos.

Na porta da *Millennium*, Mikael cruzou com Henry Cortez, que ia saindo.

— O Ekström vai dar uma entrevista coletiva às três da tarde — disse Henry. — Estou indo para Kungsholmen.

— E o que já se sabe? — gritou Mikael às suas costas.

— Malu — disse Henry, e desapareceu.

Mikael dirigiu-se à sala de Erika Berger... opa, de Malu Eriksson. Ela estava ao telefone, tomando notas febrilmente num *post-it* amarelo. Fez com a mão um sinal para que ele saísse. Mikael foi até a copa e encheu de café com leite duas canecas, uma com o logotipo da Juventude Cristã-Democrata e outra com o do Círculo da Juventude Social-Democrata. Quando voltou à sala de Malu, ela estava encerrando a ligação. Ele lhe ofereceu a caneca do CJS.

— Bem — disse Malu. — O Zalachenko foi morto hoje às 13h15.

Ela olhou para Mikael.

— Acabo de falar com uma enfermeira do Sahlgrenska. Diz ela que o assassino é um homem de certa idade, em torno dos setenta anos, que foi levar flores para o Zalachenko minutos antes do assassinato. Deu vários tiros à queima-roupa na cabeça do Zalachenko e depois apontou a arma para si mesmo. O Zalachenko está morto. O assassino sobreviveu, está sendo operado.

Mikael respirou aliviado. Desde que ouvira a notícia no Kaffebar, estava com um aperto no coração e a sensação, bem próxima do pânico, de que Lisbeth Salander é que tivesse disparado a arma. O que iria realmente complicar seu plano.

— Já sabem o nome do assassino? — ele perguntou.

Malu balançava a cabeça quando o telefone voltou a tocar. Ela atendeu e, pela conversa, Mikael percebeu que era um *freelancer* enviado por Malu até o Sahlgrenska. Ele fez um gesto com a mão e foi para a sua sala.

Tinha a impressão de que era a primeira vez, em semanas, que ia para a redação da *Millennium*. Decididamente, empurrou de lado uma pilha de correspondência ainda fechada. Ligou para a irmã.

— Giannini.

— Oi. É o Mikael. Você soube do que aconteceu no Sahlgrenska?

— É, pode-se dizer que sim.

— Aonde você está?

— No Sahlgrenska. O canalha apontou a arma para mim.

Mikael permaneceu calado por vários segundos até entender o que sua irmã estava dizendo.

— Puta merda... você estava aí?

— Estava. Foi a pior experiência que já tive na vida.

— Você está ferida?

— Não. Mas ele tentou entrar no quarto da Lisbeth. Eu bloqueei a porta e me tranquei com ela no banheiro.

Mikael, de repente, sentiu seu mundo balançar. Sua irmã por pouco não...

— Como está a Lisbeth? — ele perguntou.

— Está tudo bem. Quero dizer, tudo bem quanto a essa tragédia de hoje.

Ele respirou um pouco melhor.

— Annika, você sabe alguma coisa sobre o assassino?

— Nadica de nada. É um homem de idade, bem-vestido. Achei seu ar um pouco perturbado. Nunca o tinha visto, mas ele estava comigo no elevador minutos antes do assassinato.

— E o Zalachenko está mesmo morto?

— Está. Eu escutei três tiros e, pelo que ouvi por aqui, atiraram nele três vezes. Foi um caos absoluto, os policiais correndo para lá e para cá, e um setor inteiro de pessoas gravemente feridas, que não podem ser removidas, teve de ser evacuado. Quando a polícia chegou, alguém até tentou interrogar a Salander sem entender até que ponto ela está mal. Fui obrigada a falar grosso.

O inspetor Marcus Ackerman avistou Annika Giannini no quarto de Lisbeth Salander pela abertura da porta. A advogada estava com o celular junto ao ouvido e ele esperou que ela terminasse a ligação.

Duas horas depois do assassinato, um caos mais ou menos organizado ainda reinava no corredor. O quarto de Zalachenko estava interditado. Alguns médicos haviam tentado intervir logo após os tiros, mas desistiram em seguida. Zalachenko não precisava mais de ajuda. Seu corpo fora levado ao necrotério e o exame da cena do crime estava em andamento.

O celular de Ackerman tocou. Era Frank Malmberg, da equipe de investigação.

— Temos uma identificação segura do assassino — disse Malmberg. — Seu nome é Evert Gullberg, tem setenta e oito anos. Meio velho para um assassino!

— E quem é o puto desse Evert Gullberg?

— Aposentado. Mora em Laholm. Parece que é advogado empresarial. Recebi uma ligação da DGPN/Säpo dizendo que recentemente eles abriram um inquérito preliminar sobre ele.

— Quando e por quê?

— Quando eu não sei. Por quê... bem, porque ele tinha o péssimo hábito de mandar cartas ameaçadoras e sem pé nem cabeça para figuras públicas.

— Para quem, por exemplo?

— Para o ministro da Justiça.

Marcus Ackermann suspirou. Quer dizer, um louco. Um justiceiro.

— Hoje de manhã a Säpo recebeu ligações de vários jornais para os quais o Gullberg tinha escrito cartas. O Ministério da Justiça também telefonou, depois que o tal Gullberg ameaçou expressamente o Karl Axel Bodin de morte.

— Quero uma cópia dessas cartas.

— Da Säpo?

— Claro, porra. Vá até Estocolmo buscá-las pessoalmente, se preciso. Quero as cartas na minha mesa quando eu voltar para a chefatura de polícia. Ou seja, daqui a uma hora mais ou menos.

Ele refletiu um instante e fez mais uma pergunta.

— Foi a Säpo que ligou para você?

— Foi o que eu disse.

— Quero dizer, foram eles que ligaram para você, e não o contrário?

— Isso mesmo.

— Certo — disse Marcus Ackerman, e desligou o celular.

Perguntou-se o que dera na telha da Säpo para, de repente, ter a iniciativa de contatar a polícia comum. Em geral, era praticamente impossível conseguir que ela desse o menor sinal de vida.

Com um gesto brusco, Wadensjöö abriu a porta do quarto que Fredrik Clinton usava para repousar na Seção. Clinton se ergueu com cautela na cama.

— Eu gostaria de saber que baderna é essa — berrou Wadensjöö. — O Gullberg matou o Zalachenko e depois deu um tiro na cabeça.

— Eu sei — disse Clinton.

— Você sabe? — exclamou Wadensjöö.

Ele estava escarlate e parecia prestes a ter um derrame cerebral.

— Já pensou, o idiota deu um tiro em si próprio. Tentou se suicidar. Ele por acaso pirou?

— Quer dizer que ele ainda está vivo?

— Por enquanto, sim, mas está com lesões enormes no cérebro.

Clinton suspirou.

— Que pena — disse, a voz repleta de tristeza.

— Pena?! — gritou Wadensjöö. — Ora essa, o Gullberg está é completamente maluco. Você não percebe que...

Clinton interrompeu-o.

— O Gullberg está com câncer. No estômago, no cólon e na bexiga. Faz meses que ele está morrendo e, na melhor das hipóteses, só teria mais dois meses de vida.

— Câncer?

— Faz seis meses que ele carregava essa arma com ele, firmemente disposto a usá-la quando a dor se tornasse insuportável e antes que ele próprio se transformasse num pacote humilhado em alguma UTI. Com isso, ele pôde prestar um último serviço à Seção. Foi uma saída triunfal.

Wadensjöö parecia atônito.

— Você sabia que ele pretendia matar o Zalachenko.

— É evidente. A missão dele era dar um jeito para o Zalachenko nunca mais ter a oportunidade de falar. E você sabe muito bem que ele não se deixava ameaçar, muito menos convencer.

— Mas você não percebe o escândalo que isso vai provocar? Você está tão maluco quanto o Gullberg?

Clinton levantou-se com dificuldade. Fitou Wadensjöö olho no olho e lhe passou uma pilha de faxes.

— A decisão depende do setor de intervenções. Eu lamento pelo meu amigo, mas é bem provável que eu o siga muito em breve. Quanto a esta história de escândalo... Um ex-perito em assuntos fiscais escreveu cartas claramente paranoicas, fruto de uma mente perturbada, e mandou para os jornais, a polícia e o Ministério da Justiça. Aqui tem uma. O Gullberg acusa o Zalachenko de tudo que é coisa, desde o assassinato do Palme até uma tentativa de envenenar a população sueca com cloro. As cartas foram manifestamente escritas por um doente mental, em certos trechos a letra está ilegível, com maiúsculas, sublinhados e pontos de exclamação. Gosto do jeito como ele escreve na margem.

Wadensjöö leu as cartas, enquanto seu espanto crescia. Passou a mão pela testa. Clinton olhou para ele.

— O que quer que aconteça, a morte de Zalachenko não vai ter nada a ver com a Seção. Quem atirou foi um aposentado desnorteado e demente.

Ele fez uma pausa.

— O mais importante, a partir de agora, é você se manter na linha. Não fique se agitando dentro da canoa, que ela pode virar!

Cravou o olhar em Wadensjöö. De súbito, o olhar daquele homem exibiu uma dureza de aço.

— Você precisa entender que a Seção é figura de proa no conjunto da Defesa sueca. Somos a última linha de defesa. Nossa missão é zelar pela segurança do país. O resto não tem a menor importância.

Wadensjöö mirou Clinton fixamente, com um olhar de dúvida.

— Nós somos aqueles que não existem. Somos aqueles a quem ninguém agradece. Somos aqueles que precisam tomar as decisões que ninguém mais consegue tomar... muito menos os políticos.

Havia desprezo em sua voz quando pronunciou a última palavra.

— Faça o que eu estou dizendo, e a Seção talvez sobreviva. Mas para que isso aconteça vamos precisar ter muita determinação e não usar meias medidas.

Wadensjöö sentiu-se invadido pelo pânico.

Henry Cortez anotou febrilmente tudo o que era dito no tablado durante a entrevista coletiva da chefatura de polícia em Kungsholmen. O procurador Ekström foi quem abriu a coletiva. Explicou que, naquela manhã, eles haviam decidido entregar a um procurador da jurisdição de Göteborg a instrução do assassinato de um policial em Gosseberga, pelo qual Ronald Niedermann era procurado, mas que qualquer outra investigação referente a Niedermann seria dirigida por ele próprio. Niedermann era, portanto, suspeito dos assassinatos de Dag Svensson e Mia Bergman. O dr. Bjurman não foi mencionado. Ekström também iria investigar Lisbeth Salander e entrar com uma ação na Justiça cobrindo uma extensa lista de infrações.

Ele explicou que decidira tornar pública essa informação após os acontecimentos de Göteborg naquele dia, já que o pai de Lisbeth Salander, Karl Axel Bodin, havia sido morto a tiros. O primeiro motivo daquela entrevista coletiva é que ele queria desmentir algumas informações já divulgadas pela imprensa, sobre as quais já recebera várias ligações.

— Com base nas informações de que dispomos no momento, posso dizer que a filha de Karl Axel Bodin, que se encontra detida por tentativa de homicídio contra o seu pai, não tem nada a ver com os acontecimentos desta manhã.

— E quem é o assassino? — gritou um jornalista do *Dagens Eko*.

— Foi identificado o homem que, às 13h15 de hoje, fez os disparos que mataram Karl Axel Bodin e depois tentou se suicidar. É um aposentado de setenta e oito anos, que fazia algum tempo vinha se tratando de uma doença fatal e dos problemas psíquicos decorrentes dessa doença.

— Existe alguma ligação com Lisbeth Salander?

— Não. Podemos refutar essa hipótese com toda a segurança. Essas duas pessoas nunca se viram e não se conhecem. O homem de setenta e oito anos é uma figura trágica. Ele agiu sozinho, levado por suas próprias fantasias, claramente paranoicas. Não faz muito tempo, a Säpo iniciou uma investigação sobre ele por causa de uma quantidade de cartas confusas que ele escreveu para políticos de destaque e para a imprensa. Ainda hoje de manhã, cartas desse homem chegaram aos jornais e a autoridades, contendo ameaças de morte contra Karl Axel Bodin.

— Por que a polícia não colocou Bodin sob proteção?

— As cartas foram enviadas ontem à noite e, pelo que se sabe, chegaram justamente no instante em que ele cometia o assassinato. Não houve nenhuma margem de ação para nós.

— Qual o nome desse homem?

— Não podemos divulgar o nome dele antes que a família tenha sido informada.

— Sabe-se alguma coisa do passado dele?

— Pelo que entendi até agora, ele era auditor e especialista em assuntos fiscais. Estava aposentado havia quinze anos. As investigações continuam, mas, como mostram as cartas, essa tragédia talvez pudesse ter sido evitada se a sociedade fosse mais vigilante.

— Ele ameaçou outras pessoas?

— Segundo me informaram, ameaçou, mas não tenho mais detalhes.

— O que isso significa para o processo de Lisbeth Salander?

— Por enquanto, nada. Dispomos do depoimento que o próprio Karl Axel Bodin prestou aos policiais que o interrogaram e temos provas técnicas consideráveis contra ela.

— E quanto à informação de que Bodin teria tentado matar a filha?

— Isso está sendo investigado, mas há fortes indícios de que é verdade. Tudo parece indicar que estamos diante de sérios antagonismos de uma família desfeita de modo trágico.

Henry Cortez parecia pensativo. Coçou a orelha. Observou que seus colegas tomavam notas tão febrilmente quanto ele.

Gunnar Björck sentiu o pânico invadi-lo ao escutar a notícia dos tiros no Sahlgrenska. Estava com dores terríveis nas costas.

Primeiro, permaneceu indeciso por mais de uma hora. Depois, pegou o telefone e tentou ligar para seu antigo protetor, Evert Gullberg, em Laholm. Ninguém atendeu.

Assistiu ao noticiário e ouviu o resumo do que havia sido dito na entrevista coletiva da polícia. Zalachenko morto por um justiceiro.

Caramba. Setenta e oito anos.

Tentou ligar mais uma vez para Evert Gullberg, sem sucesso.

Por fim, o pânico e a angústia prevaleceram. Ele não podia ficar na casa que tinham lhe emprestado em Smådalarö, pois ali se sentia cercado e exposto. Precisava de tempo para pensar. Enfiou roupa, analgésicos e objetos de higiene pessoal numa sacola. Preferiu não usar o telefone e foi mancando até uma cabine, em frente à mercearia, a fim de ligar para Landsort e fazer uma reserva no velho farol transformado em pousada. Landsort ficava no fim do mundo, e pouca gente iria procurá-lo lá. Fez uma reserva para duas semanas.

Consultou o relógio. Precisava correr se quisesse pegar a última balsa e voltar para casa tão depressa quanto suas costas doloridas permitiam. Passou pela cozinha para conferir se a cafeteira elétrica estava desligada, e foi até o hall de entrada apanhar a sacola. Deu uma última olhada na sala e se deteve, atônito.

De início, não entendeu o que via.

O lustre fora misteriosamente retirado e colocado sobre a mesa de centro. Em seu lugar, havia uma corda presa no gancho, acima de um banquinho que costumava ficar na cozinha.

Björck olhou para a corda sem entender.

Então escutou um movimento atrás de si e sentiu as pernas fraquejarem.

Virou-se lentamente.

Eram dois homens de cerca de trinta anos. Observou que tinham um tipo mediterrâneo. Não teve tempo de reagir quando o agarraram delicadamente, cada um por um braço, ergueram-no e o puxaram para trás em direção ao banquinho. Quando ele tentou resistir, a dor transpassou-o como uma facada nas costas. Estava quase paralisado quando sentiu que o colocavam sobre o banco.

* * *

Jonas Sandberg estava acompanhado de um homem de cerca de cinquenta anos, apelidado de Falun, que quando jovem fora assaltante profissional e mais tarde se tornara chaveiro. Hans von Rottinger, da Seção, recrutara Falun em 1986 para uma operação que consistia em arrombar a casa do líder de uma organização anarquista. Depois disso, Falun tinha sido regularmente recrutado até meados dos anos 1990, quando esse tipo de ação perdera o fôlego. Cedo, pela manhã, Fredrik Clinton reativara o relacionamento contatando Falun para uma missão. Falun ia ganhar dez mil coroas livres de impostos para trabalhar cerca de dez minutos. Em troca, comprometera-se a não roubar nada no apartamento visado; a Seção, afinal, não tinha uma atuação criminosa.

Falun não sabia ao certo o que Clinton representava, mas supunha que tinha alguma relação com o Exército. Ele lera Jan Guillou. Não fazia perguntas. Em compensação, estava feliz por voltar à ativa após tantos anos de silêncio por parte do sócio.

Sua função era abrir portas. Era especialista em arrombamentos e utilizava uma picareta elétrica. Contudo, precisou de cinco minutos para forçar as fechaduras do apartamento de Mikael Blomkvist. Depois, Falun esperou no patamar enquanto Jonas Sandberg passava pela porta.

— Entrei — disse Sandberg ao microfone do seu *headset*.

— Ótimo — disse Fredrik Clinton no seu receptor. — Fique calmo e aja com prudência. Descreva-me o que está vendo.

— Estou no hall de entrada, há um armário e uma prateleira para chapéus à direita e um banheiro à esquerda. O resto do apartamento é uma sala grande, de uns cinquenta metros quadrados. Tem uma pequena cozinha americana à direita.

— Por acaso tem uma mesa de trabalho ou...

— Tenho a impressão de que ele trabalha na mesa da cozinha, ou então no sofá... espere.

Clinton esperou.

— É. Tem uma pasta na mesa da cozinha com o relatório do Björck. Parece ser o original.

— Ótimo. Há mais alguma coisa interessante em cima da mesa?

— Livros. As memórias de P. G. Vinge. *Luta pelo controle da Säpo*, de Erik Magnusson. Uns seis livros desse tipo.

— Computador?

— Não.

— Armário com chave?

— Não... não estou vendo.

— Certo. Não tenha pressa. Examine cada metro quadrado do apartamento. O Mårtensson está me informando que o Blomkvist continua na redação. Você está usando luvas?

— É claro.

Marcus Ackerman esperou que Annika Giannini terminasse a ligação para entrar no quarto de Lisbeth Salander. Estendeu a mão para Annika e se apresentou. Depois cumprimentou Lisbeth e perguntou-lhe como estava se sentindo. Lisbeth Salander não disse nada. Ele se virou para Annika Giannini.

— Eu queria fazer umas perguntas.

— Tudo bem.

— Poderia me contar o que aconteceu?

Annika Giannini contou o que ela tinha vivenciado e sua atuação até o momento em que se trancou com Lisbeth no banheiro. Ackerman pareceu pensativo. Olhou para Lisbeth Salander e depois para a advogada.

— Então a senhora acha que ele vinha para este quarto.

— Eu ouvi, ele tentou abrir a porta.

— Tem certeza? A gente imagina um monte de coisa quando está com medo ou enlouquecido.

— Eu ouvi. Ele me viu. Apontou a arma para mim.

— Acha que ele também estava tentando matar a senhora?

— Não sei. Pus a cabeça para dentro e bloqueei a porta.

— Fez muito bem. E fez melhor ainda quando escondeu sua cliente no banheiro. Essas portas são tão finas que as balas provavelmente teriam atravessado a madeira caso ele atirasse. O que estou tentando entender é se ele quis de fato apontar a arma para a senhora ou se apenas reagiu porque a senhora estava olhando. Estava muito perto dele, no corredor.

— É verdade.

— Teve a impressão de que ele a conhecia, ou reconhecia, quem sabe?

— Na verdade, não.

— Ele poderia conhecê-la dos jornais? A senhora foi mencionada em vários casos importantes.

— Pode ser. Não sei.

— E a senhora nunca o tinha visto antes?

— Vi no elevador, quando cheguei aqui.

— Ah, isso eu não sabia. Vocês conversaram?

— Não. Olhei para ele durante talvez meio segundo. Ele estava com um buquê de flores numa mão e uma pasta na outra.

— Vocês fizeram contato visual?

— Não. Ele estava olhando para a frente.

— Ele foi o primeiro a entrar no elevador, ou foi a senhora?

Annika refletiu.

— Acho que entramos mais ou menos na mesma hora.

— Ele parecia perturbado ou...

— Não. Estava ali parado segurando as flores.

— O que aconteceu em seguida?

— Saí do elevador. Ele também saiu, e eu fui me encontrar com a minha cliente.

— Veio direto para o quarto?

— Sim... não. Quer dizer, primeiro fui até a recepção me identificar. O procurador decretou proibição de visitas para a minha cliente.

— Onde estava o homem nessa hora?

Annika Giannini hesitou.

— Não tenho certeza. Imagino que tenha vindo atrás de mim. Espere... Ele saiu do elevador primeiro, mas parou e segurou a porta para mim. Eu não posso jurar, mas acho que ele também foi até a recepção. Eu só fui mais rápida que ele.

Um assassino aposentado muito galante, pensou Ackerman.

— É verdade, ele foi até a recepção — ele confirmou. — Falou com a enfermeira e entregou o buquê de flores para ela. Mas a senhora não viu isso?

— Não, acho que não.

Marcus Ackerman pensou um pouco, mas não se lembrou de mais nada para perguntar. Uma sensação de frustração o incomodava. Já tivera essa sensação e aprendera a interpretá-la como um alerta de seu instinto.

O assassino fora identificado como Evert Gullberg, setenta e oito anos, ex-auditor, eventual consultor de empresas e especialista em assuntos fiscais. Um homem de idade avançada. Um homem que estava sofrendo um inquérito preliminar aberto recentemente pela Säpo, porque ele era um doido que mandava cartas com ameaças para celebridades.

Sabia, por sua experiência como policial, que existia um bocado de gente doida, gente obcecada que ficava assediando celebridades e ia em busca do amor fixando residência num bosque atrás das mansões delas. E, ao não ser correspondido, esse amor podia rapidamente se transformar num ódio cego. Existiam assediadores que saíam da Alemanha ou da Itália para declarar sua paixão à jovem cantora de um famoso grupo pop, e ficavam injuriados quando ela não permitia uma relação de intimidade. Existiam os justiceiros que ficavam ruminando ofensas reais ou imaginárias e podiam apresentar um comportamento bastante ameaçador. Existiam os psicopatas puros e os doidos obcecados por conspirações, capazes de detectar mensagens ocultas que escapavam ao resto do mundo.

Também não faltavam exemplos de malucos que faziam seus fantasmas entrar em ação. O assassinato de Anna Lindh não seria justamente o impulso de um doente desses? Talvez sim. Talvez não.

Mas o inspetor Marcus Ackerman não gostou nem um pouco que um ex-especialista em assuntos fiscais, ou outra profissão qualquer, psiquicamente perturbado, tivesse conseguido entrar no Hospital Sahlgrenska com um buquê de flores na mão e uma pistola na outra e executado uma pessoa que, naquele momento, era objeto de investigação policial — a sua investigação. Um homem que nos registros oficiais tinha o nome de Karl Axel Bodin, mas que, segundo Mikael Blomkvist, chamava-se Zalachenko e era um maldito agente russo dissidente, além de assassino.

Zalachenko, no melhor dos casos, era uma testemunha, e no pior, estava envolvido numa série de homicídios. Ackerman tivera a oportunidade de interrogar Zalachenko duas vezes e em momento algum acreditara em seus protestos de inocência.

Além disso, o assassino mostrara interesse por Lisbeth Salander ou, pelo menos, por sua advogada. Tinha tentado entrar em seu quarto.

Depois tentara se suicidar com um tiro na cabeça. Segundo os médicos, parecia estar tão mal que a tentativa provavelmente seria bem-sucedida, embora seu corpo ainda não tivesse entendido que chegara a hora de abandonar o jogo. Tudo levava a crer que Evert Gullberg nunca compareceria diante de um juiz.

Marcus Ackerman não estava gostando da situação. Nem um pouco. Mas nada provava que os disparos de Gullberg eram algo além do que pareciam. De qualquer modo, resolveu não descartar nada. Olhou para Annika Giannini.

— Decidi transferir Lisbeth Salander para outro quarto. Ainda tem um vago no pedacinho de corredor à direita da recepção que, do ponto de vista da segurança, é muito melhor que este. Fica visível da recepção e da sala das enfermeiras do dia e da noite. Toda visita está proibida, com exceção da senhora. Ninguém vai entrar no quarto dela sem autorização, a não ser um médico ou enfermeira conhecidos no Sahlgrenska. Vou mandar instalar uma vigilância vinte e quatro horas na frente do quarto.

— Acha que ela está ameaçada?

— Nada indica isso. Mas não quero correr nenhum risco.

Lisbeth Salander escutou atentamente a conversa entre sua advogada e seu adversário policial. Estava impressionada de ouvir Annika Giannini responder com tanta precisão e clareza, e com tantos detalhes. Estava ainda mais impressionada pela atuação lúcida da advogada num momento de estresse.

Afora isso, estava com uma tremenda dor de cabeça desde que Annika a puxara da cama e carregara para o banheiro. Por instinto, queria ter o mínimo possível a ver com a equipe do hospital. Não gostava de pedir ajuda e dar sinais de fragilidade. Mas a dor de cabeça era tão arrasadora que ela não conseguia concatenar as ideias. Estendeu a mão e apertou a campainha.

Annika Giannini planejara a viagem a Göteborg como o prólogo de um trabalho de fôlego. Pensara em conhecer Lisbeth Salander, informar-se sobre seu real estado de saúde e traçar um primeiro esboço da estratégia que ela e Mikael Blomkvist tinham combinado com vistas ao processo. De início, imaginara voltar para Estocolmo naquela noite, mas os extraordinários acontecimentos do Sahlgrenska impediram que conversasse com Lisbeth Salander. O estado de sua cliente era bem pior do que ela tinha entendido quando os médicos o classificaram como estável. Lisbeth continuava atormentada por uma dor de cabeça terrível e estava com muita febre, motivo pelo qual uma médica chamada Helena Endrin prescrevia-lhe analgésicos fortes, antibióticos e repouso. Tão logo sua cliente foi transferida para o novo quarto e um policial foi designado para a sua vigilância, Annika foi expulsa de lá.

Ela resmungou e consultou o relógio, que indicava quatro e meia da tarde. Hesitou. Se fosse para Estocolmo, provavelmente teria de voltar a Göteborg no dia seguinte. Podia passar a noite ali, mas também se arriscar a que no dia seguinte sua cliente não estivesse em condições de suportar uma visita. Não tinha reservado um quarto num hotel; afinal, ela era apenas uma advogada com orçamento reduzido que representava mulheres expostas à violência e sem recursos, portanto procurava não inchar suas despesas com faturas caras de hotel. Ligou primeiro para casa, depois para sua colega Lillian Josefsson, membro da Rede de Mulheres e uma velha amiga da universidade. Fazia dois anos que não se viam e conversaram um pouco antes de Annika contar por que estava ligando.

— Estou em Göteborg — disse. — Eu tinha planejado voltar no final da tarde, mas aconteceram umas coisas e vou ser obrigada a passar a noite aqui. Achei que talvez você pudesse me convidar para ficar um pouco na sua casa.

— Ótimo. Adoro parasitas. Faz uma eternidade que a gente não se vê.

— Não vou incomodar?

— Não, claro que não. Eu me mudei. Estou morando perto da Linnegatan. Tenho um quarto de hóspedes. A gente podia dar uma volta pelos bares à noite.

— Se eu tiver energia. A que horas posso ir para aí?

Combinaram que Annika apareceria por volta das seis da tarde.

Annika pegou o ônibus para a Linnegatan e passou a hora seguinte num restaurante grego. Estava faminta, pediu um espetinho com salada. Refletiu demoradamente sobre os acontecimentos do dia. Estava meio trêmula, agora que o pico de adrenalina tinha baixado, mas contente consigo mesma. Agira sem hesitação diante do perigo, com calma e eficiência. Era bom ter essa segurança sobre suas próprias capacidades.

Por fim, pegou sua agenda Filofax dentro da pasta e deu uma folheada na parte das anotações. Leu concentradamente. O que seu irmão lhe explicara a deixava perplexa. Na hora, tinha parecido lógico, mas na verdade havia belas lacunas naquele plano. Contudo, ela não tinha intenção de recuar.

Às seis horas, pagou, foi a pé para o prédio de Lillian Josefsson, na Olivedalsgatan, e teclou o código de acesso que sua amiga lhe fornecera. Quando entrou no hall e começou a procurar o elevador com os olhos, o ataque caiu sobre ela feito um raio. Sem nenhum tipo de aviso, foi brutal e violentamente jogada contra a parede de tijolos do hall. Bateu a testa e sentiu uma dor lancinante.

No instante seguinte, ouviu passos que se afastavam rapidamente, e a porta se abrindo e fechando. Levantou-se, apalpou a testa e viu sangue em sua mão. Caramba! Confusa, olhou em volta e foi para a rua. Avistou as costas de um homem dobrando a esquina da Sveaplan. Ficou atordoada, sem se mover, durante um longo minuto.

Então percebeu que sua pasta não estava mais ali, que acabava de ser roubada. Demorou alguns segundos para que as consequências disso chegassem até seu cérebro. Não! O dossiê Zalachenko. Sentiu o choque se espalhando a partir do estômago e deu alguns passos hesitantes atrás do homem que fugia. Não ia adiantar. Ele já havia sumido.

Sentou-se devagar na beira da calçada.

Então, de um salto, se pôs de pé e vasculhou o bolso do casaco. A agenda. Graças a Deus. Ao sair do restaurante ela a tinha guardado no bolso em vez de na pasta. Continha, item por item, a primeira versão da sua estratégia no caso Lisbeth Salander.

Correu para a porta, teclou novamente o código, entrou e subiu a escada até o terceiro andar, onde se pôs a martelar na porta de Lillian Josefsson.

Já eram mais de seis e meia quando Annika, recuperada de suas emoções, conseguiu ligar para Mikael Blomkvist. Estava com um olho roxo e um corte aberto no supercílio, que Lillian Josefsson tinha limpado com álcool antes de aplicar um curativo. Não, Annika não queria ir para o hospital. Sim, aceitava uma xícara de chá. Só então começou a pensar racionalmente. Sua primeira medida foi chamar seu irmão.

Mikael Blomkvist ainda estava na redação da *Millennium*, buscando informações sobre o assassino de Zalachenko junto com Henry Cortez e Malu Eriksson. Escutou o relato de Annika com um espanto crescente.

— Você está bem? — perguntou.

— Olho roxo. Vou estar em condições de agir depois que eu me acalmar.

— Puta merda, roubo seguido de violência?

— Levaram a minha pasta com o dossiê Zalachenko que você tinha me dado. Sumiu.

— Não faz mal, posso fazer uma cópia.

Ele se interrompeu, sentindo os cabelos se arrepiarem de repente na cabeça. Primeiro Zalachenko. Agora Annika.

— Annika... eu já te ligo.

Fechou o iBook, enfiou-o na sacola e saiu depressa da redação, sem uma palavra. Correu até em casa, na Bellmansgatan, e subiu os degraus da escada de quatro em quatro.

A porta estava trancada.

Assim que entrou no apartamento, percebeu que a pasta azul que tinha deixado na mesa da cozinha havia desaparecido. Nem se deu ao trabalho de procurá-la. Sabia exatamente onde havia deixado a pasta quando saíra do apartamento. Deixou-se cair devagar numa cadeira diante da mesa enquanto os pensamentos borbulhavam em sua cabeça.

Alguém tinha entrado no apartamento. Alguém estava tentando apagar o rastro de Zalachenko.

A sua cópia e a de Annika haviam sumido.

Bublanski ainda tinha o relatório.

Ou?

Mikael se levantou e foi até o telefone, mas parou, com o fone na mão. Alguém tinha entrado no apartamento. De repente, olhou desconfiado para o telefone e apalpou o bolso do casaco em busca do celular.

Será que é possível pôr um celular sob escuta?

Devagar, deixou o celular ao lado do aparelho fixo e olhou em volta.

Estou lidando com profissionais. Será possível colocar um apartamento inteiro sob escuta?

Voltou a se sentar à mesa da cozinha.

Fitou a sacola do computador.

Será que é fácil interceptar e-mails? A Lisbeth sabe bem disso, ela consegue em cinco minutos.

Ficou um bom tempo refletindo antes de voltar ao telefone e ligar para a sua irmã em Göteborg. Escolheu as palavras com cuidado.

— Oi... tudo bem?

— Estou bem, Mike.

— Me conte o que aconteceu desde que você saiu do Sahlgrenska até ser agredida.

Ela levou dez minutos para fazer um balanço do seu dia. Mikael não comentou nada sobre o impacto do que ela estava relatando, mas foi encaixando algumas perguntas até se sentir satisfeito. Passava a impressão de um irmão preocupado, mas ao mesmo tempo seu cérebro atuava em outro nível, estabelecendo pontos de referência.

Às quatro e meia da tarde, ela tinha resolvido ficar em Göteborg e ligara do celular para a sua amiga, que lhe fornecera o endereço e o código da entrada do prédio dela. O ladrão estava esperando por ela no hall às seis em ponto.

O celular de sua irmã estava grampeado. Era a única explicação.

O que significava que o seu também estava.

Senão, não teria sentido.

— Mas eles pegaram o dossiê Zalachenko — repetiu Annika.

Mikael hesitou um instante. Quem tinha roubado o dossiê já sabia que Mikael tinha sido roubado. Era natural que contasse a Annika por telefone.

— O meu também — disse ele.

— O quê?

Ele explicou que viera correndo para casa e que a pasta azul sobre a mesa da cozinha havia desaparecido.

— Certo — disse Mikael com voz surda. — É um desastre. O dossiê Zalachenko evaporou. Era o ponto forte da nossa argumentação.

— Mike... eu sinto muito.

— Eu também — disse Mikael. — Droga! Mas não é culpa sua. Eu deveria ter divulgado o relatório no dia em que o encontrei.

— E agora, o que a gente faz?

— Não sei. É a pior coisa que podia acontecer. Nosso plano todo foi para o espaço. Não temos nem sombra de prova contra o Björck e o Teleborian.

Conversaram mais uns dois minutos, então Mikael encerrou a conversa.

— Queria que você voltasse para Estocolmo amanhã — disse ele.

— Lamento. Preciso ver a Salander.

— Faça isso de manhã. Volte à tarde. Temos que nos encontrar para pensar no que fazer.

Encerrada a conversa, Mikael permaneceu imóvel no sofá, fitando um ponto à sua frente. Então um sorriso se espalhou por seu rosto. Quem tinha escutado a conversa agora sabia que a *Millennium* tinha perdido o relatório Björck de 1991, assim como a correspondência entre Björck e Teleborian, o médico de doidos. Sabia que Mikael e Annika estavam desesperados.

A desinformação é a base de toda espionagem, pelo menos isso Mikael aprendera ao estudar a história da Säpo na noite anterior. E ele acabava de plantar uma desinformação que, a longo prazo, podia se revelar inestimável.

Abriu a sacola do computador e tirou a cópia que fizera para Dragan Armanskij, mas que ainda não tivera tido tempo de lhe passar. Era o único exemplar remanescente. Não pretendia perdê-lo. Pelo contrário, pretendia fazer de imediato cinco cópias, no mínimo, e distribuí-las em locais apropriados.

Então deu uma olhada no relógio e ligou para a redação da *Millennium*. Malu Eriksson ainda estava lá, mas já de saída.

— Por que você saiu correndo daquele jeito?

— Você poderia esperar um pouco para ir embora? Vou voltar para a redação e preciso ver uma coisa com você antes de você sair.

Havia semanas que não punha a roupa para lavar. Não tinha tido tempo. Todas as suas camisas estavam no cesto de roupa suja. Pegou o barbeador e *Luta pelo controle da Säpo*, junto com o único exemplar remanescente do relatório de Björck. Foi caminhando até a Dressman, comprou quatro camisas, duas calças e dez cuecas, e levou as compras para a redação. Malu Eriksson esperou enquanto ele tomava um banho rápido. Perguntou o que ele estava tramando.

— Alguém arrombou o meu apartamento e roubou o relatório Zalachenko. Alguém agrediu a Annika em Göteborg e roubou a cópia dela. Tive a confirmação de que o telefone dela está grampeado, o que significa que o meu, e talvez o seu, e talvez todos os telefones da *Millennium* estejam sob escuta. E imagino que se alguém se deu ao trabalho de entrar na minha casa, seria burrice não ter aproveitado para pôr o apartamento inteiro sob escuta.

— Ah — disse Malu Eriksson com voz apagada. Ela olhou para o seu celular que estava em cima da mesa, à sua frente.

— Continue trabalhando normalmente. Use o celular mas não passe nenhuma informação. Amanhã a gente avisa o Henry Cortez.

— Está bem. Ele saiu faz uma hora. Deixou uma pilha de investigações do Estado em cima da sua mesa. Mas o que você está fazendo aqui...?

— Pretendo dormir na *Millennium* esta noite. Se eles hoje mataram o Zalachenko, roubaram os relatórios e colocaram o meu apartamento sob vigilância, tudo leva a crer que estão só começando, e ainda não tiveram tempo de cuidar da *Millennium*. Teve gente aqui o dia inteiro. Não quero que a redação fique deserta durante a noite.

— Você acha que o assassinato do Zalachenko... Mas o assassino era um velho perturbado de setenta e oito anos.

— Não acredito nesse tipo de acaso nem por um segundo. Alguém está apagando o rastro do Zalachenko. Não estou nem aí para quem é esse velho e para quantas cartas piradas ele mandou para os ministros. Ele era uma espécie de matador de aluguel. Foi até lá com a intenção de matar o Zalachenko... e talvez a Lisbeth Salander.

— Mas ele se matou depois, ou pelo menos tentou. Um matador de aluguel faria isso?

Mikael refletiu um instante. Seu olhar cruzou com o da redatora-chefe.

— Sim, se tiver setenta e oito anos e, talvez, nada a perder. Ele está envolvido nisso tudo e, depois de cavarmos bastante, nós vamos conseguir provar.

Malu Eriksson observou com atenção o semblante de Mikael. Nunca o tinha visto tão friamente seguro e decidido. De repente, sentiu um arrepio. Mikael notou a reação dela.

— Outra coisa. Nós agora não estamos jogando contra um bando de criminosos, mas contra uma autoridade de Estado. A coisa vai esquentar.

Malu concordou com a cabeça.

— Nunca pensei que isso fosse tão longe. Malu, se você quiser tirar o time de campo, é só dizer.

Ela hesitou um instante. Perguntou-se o que Erika Berger teria respondido. Então, desafiadoramente, disse não com a cabeça.

II. HACKER REPUBLIC
1º A 22 DE MAIO

Uma lei irlandesa do ano 697 proíbe as mulheres de serem soldados — o que significa que, antes disso, as mulheres de fato foram soldados. Como exemplo de povos que, em diferentes momentos da história, tiveram mulheres soldados, podemos mencionar, entre outros, os árabes, os berberes, os curdos, os rajput, os chineses, os filipinos, os maoris, os papuas, os aborígenes australianos, os micronésios e os índios americanos.

São abundantes as lendas de temíveis guerreiras na Grécia antiga. Essas histórias falam de mulheres treinadas desde a infância na arte da guerra, no manejo das armas e nas privações físicas. Viviam separadas dos homens e iam para a guerra com seus próprios regimentos. São abundantes nessas histórias trechos indicando que elas venciam os homens nos campos de batalha. Na literatura grega, as amazonas são mencionadas, por exemplo, na *Ilíada* de Homero, narrativa que data de cerca de sete séculos antes de Cristo.

É também aos gregos que devemos o termo "amazonas". A palavra significa, literalmente, "sem peito". A explicação que costuma ser difundida é que elas praticavam a ablação do seio direito para melhor estenderem o arco. Embora dois dos mais importantes médicos gregos da história, Hipócrates e Galiano, concordem que tal operação de fato aumentava a capacidade de manejo das armas, não se sabe ao certo se ela era mesmo praticada. Oculta-se aí um ponto de interrogação linguístico — não é certo que o prefixo "a" de "amazona" signifique de fato "sem", e foi sugerido que significaria justamente o contrário — de que a amazona era uma mulher com seios particularmente volumosos. Não existe nenhum exemplo, em museu algum, de uma imagem, um amuleto ou uma estátua representando uma mulher desprovida do seio direito, e, fosse a lenda verídica, esse deveria ter sido um tema frequente.

8. DOMINGO 1º DE MAIO — SEGUNDA-FEIRA 2 DE MAIO

Erika Berger inspirou fundo antes de abrir a porta do elevador e entrar na redação do *Svenska Morgon-Posten*. Eram 10h15. Estava discretamente vestida com uma calça preta, um pulôver vermelho e um casaco escuro. O tempo, naquele primeiro dia de maio, estava magnífico, e ao atravessar a cidade ela observara que o movimento operário estava reunindo suas tropas. Constatara que, no que lhe dizia respeito, não participava de um desfile de 1º de Maio havia mais de vinte anos.

Por um rápido instante, deixou-se ficar sozinha e invisível em frente ao elevador. Era o primeiro dia em seu novo local de trabalho. De onde estava, enxergava boa parte da redação central, com a editoria de Atualidades no meio. Ergueu um pouco o olhar e viu as portas envidraçadas da sala do redator-chefe que, pelo próximo ano, seria sua.

Não estava totalmente convencida de que era a pessoa certa para dirigir a monstruosa organização que o *Svenska Morgon-Posten* constituía. Era um passo gigantesco entre a pequena *Millennium*, com seus cinco funcionários, e um jornal diário que empregava oitenta jornalistas e outros noventa profissionais, incluindo administração, pessoal técnico, designers gráficos, fotógrafos, área comercial, distribuição e tudo mais relacionado à produção de um jornal. Somava-se a isso uma editora, uma empresa de produção e uma empresa de gerenciamento. Ao todo, mais de duzentas e trinta pessoas.

Por um breve instante, perguntou-se se não tinha cometido um erro monumental.

Então a recepcionista mais velha percebeu quem acabava de chegar à redação e saiu de trás de seu balcão, aproximando-se com a mão estendida.

— Senhora Berger. Seja bem-vinda ao *SMP*.

— Obrigada. Bom dia.

— Meu nome é Beatrice Sahlberg. Seja bem-vinda entre nós. Vou levá-la ao redator-chefe, o senhor Morander... enfim, quero dizer, ao redator-chefe que vai deixar o cargo.

— Obrigada, mas vejo que ele está ali no aquário — disse Erika, sorrindo. — Acho que posso achar o caminho. De qualquer modo, obrigada.

Atravessou a redação num passo rápido e observou que o burburinho diminuía um pouco. Sentiu de repente todos os olharem se voltarem para ela. Deteve-se diante da editoria de Atualidades semivazia e meneou cordialmente a cabeça.

— Vamos ter tempo de nos apresentarmos daqui a pouco — disse e, prosseguindo, foi bater na porta envidraçada.

Com cinquenta e nove anos, Håkan Morander, redator-chefe demissionário, passara doze anos no aquário em frente à redação do *SMP*. Como Erika, ele viera de outro veículo e fora cuidadosamente escolhido — também fizera, portanto, o trajeto que ela acabava de percorrer para ir ter com ele. Olhou-a perturbado, deu uma olhada no relógio e se levantou.

— Bom dia, Erika — cumprimentou. — Achei que você só começaria na segunda-feira.

— Não aguentei ficar mais um dia em casa, portanto aqui estou.

Morander estendeu a mão.

— Bem-vinda. Estou feliz por você assumir o meu lugar.

— E a sua saúde, como vai? — perguntou Erika.

Ele deu de ombros. Beatrice, a recepcionista, entrou trazendo café e leite.

— Tenho a impressão de já estar funcionando em meia fase. Na verdade, prefiro não falar sobre isso. A gente passa a vida se sentindo um adolescente imortal e, de repente, só tem pouquíssimo tempo pela frente. E uma coisa é certa: não pretendo desperdiçar esse pouco tempo aqui dentro deste aquário.

Inconscientemente, ele esfregou o peito. Seus problemas cardiovasculares eram o motivo de sua súbita demissão e de Erika ter de começar vários meses antes da data combinada a princípio.

Erika se virou e contemplou a paisagem das mesas da redação. Estavam semiocupadas naquele feriado. Um jornalista e um fotógrafo dirigiam-se ao elevador, decerto para irem cobrir o desfile de 1º de Maio, ela pensou.

— Se eu estiver atrapalhando, ou se você estiver ocupado, é só dizer que eu vou embora.

— Hoje o meu trabalho é escrever um editorial de quatro mil e quinhentos caracteres sobre os desfiles do 1º de Maio. Já escrevi tantos que posso fazer isso até dormindo. Se os sociais-democratas querem declarar guerra à Dinamarca, tenho de explicar no que eles estão errados. Se os sociais-democratas querem evitar a guerra com a Dinamarca, tenho de explicar no que eles estão errados.

— Dinamarca? — perguntou Erika.

— Pois é, parte da mensagem do 1º de Maio fala do conflito da questão da integração. E, seja lá o que digam, os sociais-democratas estão sempre errados.

Ele caiu na risada.

— Você me parece bem cínico — disse Erika.

— Bem-vinda ao *Svenska Morgon-Posten*!

Erika nunca tivera nenhuma opinião especial sobre Håkan Morander. Ele detinha um poder anônimo em meio à elite dos diretores de redação. Quando lia seus editoriais, ela o achava tedioso, conservador e um especialista em lamentações contra os impostos, um típico liberal militando pela liberdade de expressão, mas nunca tivera a oportunidade de encontrá-lo pessoalmente ou de ter contato com ele.

— Me fale sobre o trabalho — disse ela.

— Eu saio no final de junho. Vamos trabalhar dois meses juntos, por isso me permiti tratá-la logo com informalidade, é uma regra da casa. Você vai descobrir coisas positivas e negativas a meu respeito. Sou um cínico, você tem razão, de modo que meu olhar se volta, principalmente, acho, para as coisas negativas.

Ele se levantou e ficou ao lado dela, diante do vidro.

— Você vai perceber que fora deste aquário você tem um certo número de adversários — redatores-chefes diurnos e alguns veteranos, entre os redatores, que criaram seus próprios imperiozinhos ou clubes particulares dos quais você não vai poder participar. Vão tentar forçar os limites, impor suas manchetes e visões pessoais; cabe a você ser rigorosa para conseguir resistir.

Erika meneou a cabeça.

— Os redatores-chefes da noite, Billinger e Karlsson... são um capítulo à parte. Eles se odeiam e, por sorte, não formam uma equipe, mas se comportam como se fossem responsáveis pela publicação e redatores-chefes. Na editoria de Atualidades, você tem o Lukas Holm, com quem, necessariamente, vai ter muito contato. Tenho certeza de que vocês vão se atritar mais de uma vez. Na verdade, ele é quem produz diariamente o *SMP*. Temos aqui jornalistas que são legítimas prima-donas e outros que na verdade deveriam estar aposentados.

— Há algum colaborador decente no meio disso tudo?

Morander caiu na risada.

— Sim. Mas cabe a você descobrir com quem vai se entender. Temos alguns jornalistas que são mesmo muito bons.

— E quanto à direção?

— O Magnus Borgsjö é o presidente do conselho administrativo. Foi ele quem a contratou. É cheio de charme, metade velha escola, metade renovador, mas, antes de mais nada, é quem decide. Junte a isso alguns membros do conselho, vários deles oriundos da família proprietária do jornal que mais parecem figurantes, e outros que agitam como profissionais de conselhos administrativos.

— Você não parece muito satisfeito com o conselho administrativo.

— Cada um na sua. Você produz o jornal. Eles cuidam das finanças. Para todos os efeitos, eles não se metem no conteúdo do jornal, mas sempre surgem umas situações problemáticas. Para ser bem sincero, Erika, você vai passar alguns apuros.

— Por quê?

— A tiragem baixou praticamente cento e cinquenta mil exemplares desde a *belle époque* dos anos 1960, e o *SMP* está a ponto de começar a operar no vermelho. Já racionalizamos e eliminamos mais de cento e oitenta cargos de 1980 para cá. Passamos para o formato tabloide — o que já devíamos ter feito há vinte anos. O *SMP* ainda está entre os grandes jornais, mas falta pouco para cairmos para a segunda divisão. Se é que já não caímos.

— Mas, então, por que me escolheram? — perguntou Erika.

— Porque a idade média dos leitores do *SMP* é de cinquenta anos ou mais, e os leitores na faixa dos vinte anos são praticamente zero. O *SMP* precisa se renovar. E o raciocínio da direção foi chamar o redator-chefe mais improvável que se pudesse imaginar.

— Uma mulher?

— Não qualquer mulher. A mulher que derrubou o império Wennerström e é aclamada como a rainha do jornalismo investigativo, com fama de ser dura na queda. Ponha-se no lugar deles. É irresistível. Se você não conseguir renovar o jornal, ninguém mais conseguirá. O *SMP* não está, portanto, contratando apenas Erika Berger, mas, principalmente, a reputação de Erika Berger.

Mikael Blomkvist saiu do Café Copacabana, ao lado do cinema Kvartersbion em Hornstull, pouco depois das duas da tarde. Pôs os óculos escuros e estava chegando ao Passeio de Bergsund, a caminho da estação de metrô, quando avistou o Volvo cinza estacionado na esquina. Continuou andando sem alterar o passo e constatou que a placa era a mesma e que não havia ninguém no carro.

Era a sétima vez em quatro dias que ele reparava naquele carro! Não sabia dizer desde quando ele vinha gravitando à sua volta, a verdade é que o notara por mero acaso. Na primeira vez que viu o carro, ele estava a caminho da redação da *Millennium*. Era quarta-feira de manhã e o veículo estava estacionado perto do seu prédio, na Bellmansgatan. Seu olhar havia batido na placa, que começava com as letras KAB, o que lhe chamara a atenção já que aquele era o nome da empresa inativa de Alexander Zalachenko, a Karl Axel Bodin S.A. Provavelmente ele não teria mais pensado no assunto se não tivesse visto o mesmo carro, com a mesma placa, horas depois, enquanto almoçava com Henry Cortez e Malou Eriksson na Medborgarplats. Dessa vez, o Volvo estava estacionado numa rua transversal à da redação da *Millennium*.

Perguntou-se vagamente se estava ficando paranoico, mas passado algum tempo, naquela mesma tarde, quando foi visitar Holger Palmgren no centro de reabilitação de Ersta, lá estava o Volvo cinza no estacionamento dos visitantes. Não podia ser apenas coincidência. Mikael Blomkvist começou a vigiar os arredores. Não se surpreendeu quando, na manhã seguinte, tornou a ver o carro.

Em nenhum momento chegara a ver o motorista. Mas uma ligação para o departamento de trânsito revelou que o veículo pertencia a um certo Göran Mårtensson, de quarenta anos, residente na Vittangigatan, em Vällingby. Uma rápida pesquisa revelou que Göran Mårtensson era consultor de empresas, tinha seu próprio negócio, com uma caixa postal por endereço, na Fleminggatan sobre Kungsholmen. Por volta dos dezoito anos, em 1983, prestara o serviço militar numa unidade especial da defesa costeira, ingressando em seguida na Defesa. Fora promovido a tenente antes de se demitir, em 1989, com o intuito de mudar de rumo, e entrara para a Escola de Polícia em Solna. De 1991 a 1996, trabalhara na polícia de Estocolmo. Em 1997, desaparecera e, em 1999, abrira sua empresa.

Conclusão: Säpo.

Mikael mordeu o lábio inferior. Um jornalista investigativo sério podia ficar paranoico por muito menos. Mikael concluiu que estava sob discreta vigilância, e realizada com tal inabilidade que ele tinha percebido.

Mas será que era mesmo inábil? Só tinha notado o carro por causa da placa, que por acaso tinha um significado para ele. Se não fosse pelo KAB, não teria sequer reparado.

Na sexta-feira, KAB se fez notar por sua ausência. Mikael não tinha certeza absoluta, mas achava que talvez nesse dia tivesse tido a companhia de um Audi vermelho, cuja placa não conseguiu identificar. No sábado, o Volvo estava de volta.

Exatamente vinte segundos depois que Mikael Blomkvist saiu do Café Copacabana, Christer Malm ergueu sua Nikon digital e tirou, do seu lugar à sombra da varanda do Café Rossos, uma sequência de doze fotos do outro lado da rua. Fotografou dois homens que saíam do café logo atrás de Mikael e o seguiam em frente à Kvartersbion.

Um deles era de uma meia-idade difícil de definir, mais para jovem do que para velho, cabelos loiros. O outro parecia ser mais velho, tinha cabelos finos de um loiro ardente e usava óculos escuros. Ambos vestiam jeans e jaquetas de couro escuras.

Separaram-se ao chegar ao Volvo cinza. O mais velho abriu a porta, enquanto o mais jovem seguiu Mikael Blomkvist a pé na direção do metrô.

Christer Malm largou a máquina fotográfica e deu um suspiro. Não sabia por que Mikael o chamara a um canto e insistira que ele desse uma volta pelo bairro do Copacabana no domingo à tarde e procurasse um Volvo cinza com determinada placa. Ele teria que se posicionar de modo a conseguir fotografar a pessoa que, segundo Mikael, muito provavelmente iria abrir a porta do carro pouco depois das três horas. Ao mesmo tempo, tinha que ficar de olhos bem abertos para tentar descobrir se alguém seguia Mikael Blomkvist.

Aquilo estava com todo o jeito de um novo episódio das aventuras do Super-Blomkvist. Christer Malm sempre ficava na dúvida se Mikael Blomkvist era um paranoico por natureza ou se tinha talentos extrassensoriais. Desde os acontecimentos de Gosseberga, Mikael andava extremamente fechado e avesso à comunicação. Isso não tinha nada de estranho, claro, já que ele estava trabalhando numa matéria complexa — Christer já observara a mesma obsessão e os mesmos segredinhos durante o caso Wennerström, mas dessa vez era ainda mais evidente.

Em compensação, não foi difícil para Christer constatar que Mikael Blomkvist estava de fato sendo seguido. Perguntou-se que encrenca estaria vindo pela frente e que provavelmente exigiria tempo, energia e os recursos da *Millennium*. Christer Malm achava que Mikael tinha escolhido uma péssima hora para dar uma de Super-Blomkvist, com a diretora da revista desertando para o Grande Dragão e com a estabilidade duramente conquistada da *Millennium* ameaçada.

Por outro lado, não pretendia ir ao desfile — fazia pelo menos dez anos que não participava de uma manifestação pública, com exceção da Gay Pride — e não tinha nada melhor para fazer, naquele domingo 1º de maio, do que quebrar um galho para o Mikael. Levantou-se e acompanhou com passos indolentes o homem que seguia Mikael Blomkvist. Isso não fazia parte das instruções que recebera. Porém, perdeu o homem de vista assim que entraram na Långholmsgatan.

* * *

Ao perceber que seu telefone, muito provavelmente, estava sob escuta, uma das primeiras medidas de Mikael Blomkvist foi mandar Henry Cortez comprar alguns celulares em promoção. Cortez conseguira numa ponta de estoque um Ericsson T10 a preço de banana. Mikael comprou cartões Conviq, ficou com um telefone para si mesmo e distribuiu os outros para Malu Eriksson, Henry Cortez, Annika Giannini, Christer Malm e Dragan Armanskij. Seriam usados exclusivamente para conversas confidenciais. As ligações comuns seriam feitas dos números habituais. O resultado é que todos eles tinham que carregar dois celulares.

Mikael foi do Copacabana para a *Millennium*, onde Henry Cortez estava assumindo o plantão do fim de semana. Depois do assassinato de Zalachenko, Mikael estabelecera um rodízio, para que sempre houvesse alguém na redação da *Millennium*, inclusive para dormir. O rodízio incluía ele próprio, Henry Cortez, Malu Eriksson e Christer Malm. Ficaram de fora Lottie Karim, Monika Nilsson e Sonny Magnusson, o responsável pela publicidade. Nem sequer tinham sido convocados. Lottie Karim não escondia que tinha medo do escuro e jamais teria aceitado dormir na redação. Monika Nilsson não tinha esse tipo de problema, mas trabalhava feito louca em seus artigos e era dessas pessoas que voltam para casa no fim da jornada de trabalho. E Sonny Magnusson tinha sessenta e um anos, não estava envolvido no trabalho da redação e em breve iria tirar férias.

— Alguma novidade? — perguntou Mikael.

— Nada de especial — disse Henry Cortez. — As notícias de hoje estão obviamente ligadas ao 1º de Maio.

Mikael assentiu com a cabeça.

— Vou ficar aqui por uma ou duas horas. Tire o dia de folga e volte só à noite, lá pelas nove.

Assim que Henry Cortez saiu, Mikael pegou o celular novo em sua mesa. Ligou para Daniel Olofsson, um jornalista *freelancer* de Göteborg. A *Millennium* publicara vários textos de Olofsson ao longo dos anos e Mikael tinha a maior confiança na sua capacidade jornalística de colher material de base.

— Olá, Daniel. É o Mikael Blomkvist. Você está disponível?

— Estou.

— Tenho um trabalho de pesquisa para você. Você vai poder faturar cinco dias e não vai precisar escrever nenhum texto. Sendo mais claro: se você quiser escrever alguma coisa, a gente topa publicar, mas o que nos interessa, acima de tudo, é a pesquisa.

— Sou todo ouvidos.

— É um pouco delicado. Você só vai poder falar sobre o assunto comigo e utilizar apenas o hotmail para se comunicar comigo. Não quero que comente com ninguém que está fazendo uma pesquisa para a *Millennium*.

— Trabalhinho simpático. O que você está procurando?

— Queria que você fosse ao Hospital Sahlgrenska fazer uma reportagem sobre determinado setor de trabalho. A reportagem vai se chamar "Plantão Médico", e para todos os efeitos vai mostrar as diferenças entre a realidade e o seriado da tevê. Queria que você acompanhasse por alguns dias o trabalho do pronto-socorro e da UTI. Que conversasse com os médicos, as enfermeiras, o pessoal da limpeza, todos que trabalham lá. Quais as condições de trabalho, as tarefas, esse tipo de coisa. Com fotos, evidentemente.

— UTI? — disse Olofsson.

— Isso mesmo. Queria que você se concentrasse nos cuidados dispensados aos pacientes do setor 11C, que apresentam ferimentos graves. Quero um mapa do setor, que pessoas trabalham ali, de que tipo elas são e qual o passado delas.

— Humm — disse Daniel Olofsson. — Ou muito me engano, ou uma tal de Lisbeth Salander está internada no 11C.

Ele não tinha nascido ontem.

— Ah é? — disse Mikael Blomkvist. — Interessante. Descubra em que quarto ela está, o que há nos quartos vizinhos e qual a rotina de atendimento.

— Imagino que essa reportagem vá tratar de algo bem diferente — disse Daniel Olofsson.

— Como eu dizia... Só estou interessado na pesquisa que você vai fazer. Trocaram seus endereços hotmail.

Lisbeth Salander estava deitada de costas no chão de seu quarto no Sahlgrenska, quando a enfermeira Marianne abriu a porta.

— Humm — disse Marianne, expressando suas reservas sobre a pertinência de se ficar deitada no chão numa unidade de terapia intensiva. Mas reconheceu que era o único lugar possível para fazer um pouco de exercício.

Lisbeth Salander estava molhada de suor depois de passar trinta minutos tentando fazer flexões de braços, alongamentos e abdominais, de acordo com as recomendações de seu fisioterapeuta. Havia uma sequência de movimentos que ela precisava executar todos os dias para reforçar a musculatura das escápulas e do quadril após a cirurgia de três semanas antes. Respirou pesadamente e sentiu que tinha perdido muito de sua forma. Cansava-se rápido e seu ombro repuxava e latejava ao menor esforço. Mas sem dúvida nenhuma estava se recuperando. A dor de cabeça que a atormentara nos primeiros dias após a cirurgia se abrandara e só se manifestava de vez em quando.

Ela se sentia restabelecida o suficiente para deixar o hospital sem hesitação ou, pelo menos, para dar uma rápida saída, se fosse possível, o que ainda não era o caso. De um lado, os médicos não a tinham declarado restabelecida e, por outro, a porta de seu quarto continuava fechada a chave e vigiada por um maldito tira da Securitas que ficava plantado numa cadeira, no corredor.

Em compensação, estava em condição de ser transportada para um setor de reabilitação comum. Porém, depois de discutirem por longo tempo o assunto, a polícia e a direção do hospital haviam concluído que era melhor ela ficar no quarto 18 até segunda ordem. O motivo alegado era que o quarto podia ser facilmente vigiado, pois sempre havia alguém da equipe por perto, e que o quarto ficava num corredor em L. Era mais simples, portanto, mantê-la no setor 11C, onde a equipe de lá, após o assassinato de Zalachenko, já havia assimilado as regras de segurança e já estava a par dos problemas que a cercavam, do que transferi-la para um novo setor com tudo o que isso implicaria em termos de mudança na rotina.

De qualquer modo, sua permanência no Sahlgrenska era, quando muito, questão de semanas. Assim que os médicos assinassem a alta, seria transferida para a casa de detenção de Kronoberg, em Estocolmo, onde aguardaria o julgamento. E a decisão caberia ao dr. Anders Jonasson.

Tinham se passado dez dias do tiroteio em Gosseberga, quando o dr. Jonasson autorizou a polícia a realizar o primeiro interrogatório de fato, o que aos olhos de Annika Giannini era magnífico.

Depois do caos decorrente do assassinato de Zalachenko, ele fizera uma avaliação do estado de Lisbeth Salander. A conclusão foi que ela havia, obviamente, sido exposta a um elevado nível de estresse, considerando-se que ficara sob a suspeita de haver cometido um triplo assassinato. Anders Jonasson nada sabia sobre sua eventual culpa ou inocência e, como médico, a resposta não o interessava nem um pouco. Limitou-se a afirmar que Lisbeth Salander tinha sido exposta a um estresse. Levara três tiros, um dos quais atingira seu cérebro e por pouco não a matara. Estava com uma febre persistente e uma forte dor de cabeça.

Ele optara pela cautela. Suspeita de assassinato ou não, ela era sua paciente e o trabalho dele era cuidar para que se recuperasse o quanto antes. Em virtude disso, decretou uma proibição de visitas que nada tinha a ver com a proibição da procuradora, cujo embasamento era jurídico. Prescreveu um tratamento médico e repouso absoluto.

Visto que Anders Jonasson acreditava que o isolamento era uma forma desumana de punir pessoas, francamente equiparável à tortura, e que ninguém poderia ficar bem estando afastado dos amigos, decidiu que a advogada de Lisbeth Salander, Annika Giannini, faria as vezes de amiga. Conversou com ela a sós e explicou que Annika poderia visitar Lisbeth Salander todos os dias, por uma hora. Durante a visita poderia conversar com ela ou simplesmente lhe fazer companhia, sem dizer nada. Na medida do possível, o assunto não deveria abordar os problemas de Lisbeth Salander nem as batalhas jurídicas que tinha pela frente.

— Lisbeth Salander levou um tiro na cabeça e se machucou gravemente — ele explicou. — Acho que ela está fora de perigo, mas sempre existe o risco de uma hemorragia ou de alguma outra complicação. Ela precisa de repouso e de tempo para se recuperar. Só depois vai poder começar a pensar nos seus problemas jurídicos.

Annika Giannini percebeu a lógica do raciocínio do dr. Jonasson. Teve com Lisbeth Salander algumas conversas de ordem geral, mencionando qual era a sua estratégia e a de Mikael, mas nos primeiros dias não teve a menor condição de desenvolver nenhum raciocínio muito detalhado. Lisbeth Salander estava simplesmente entorpecida pela medicação, e tão exausta que quase todas as vezes caía no sono no meio da conversa.

Dragan Armanskij examinou a série de fotos que Christer Malm tirara dos dois homens que haviam seguido Mikael Blomkvist. Estavam bem nítidas.

— Não — disse ele. — Nunca vi esses homens antes.

Mikael Blomkvist balançou a cabeça. Estavam na sala de Armanskij, da Milton Security, na segunda-feira de manhã. Mikael entrara no prédio pela garagem.

— O mais velho é Göran Mårtensson, o proprietário do Volvo, portanto. Ele me seguiu feito consciência pesada durante no mínimo uma semana, mas quem sabe faz até mais tempo.

— E você acha que ele é da Säpo.

Mikael contou sobre a carreira pregressa de Mårtensson, que ele havia reconstituído. Era muito eloquente. Armanskij hesitou. A revelação de Blomkvist o deixava dividido.

Tudo bem, os agentes secretos do Estado pisavam muitas vezes na bola. Era a ordem natural das coisas, não só na Säpo como provavelmente em todos os serviços de informação do mundo. Pois se a polícia secreta francesa tinha até mandado uma equipe de mergulhadores à Nova Zelândia para torpedear o *Rainbow Warrior*, do Greenpeace! Tratava-se, sem dúvida, da operação de informações mais idiota da história mundial, com exceção, talvez, do arrombamento do Watergate do presidente Nixon. Com um comando tão tolo, não era de surpreender que escândalos acontecessem. Em compensação, seus êxitos nunca eram revelados. Pelo contrário, a mídia literalmente caía em cima da polícia secreta quando acontecia alguma coisa ilícita, estúpida ou algum fracasso, assumindo a atitude de bem-que-eu-falei, tão fácil de adotar depois.

Armanskij nunca entendera a relação da mídia sueca com a Säpo.

De um lado, a mídia tinha na Säpo uma ótima fonte, e praticamente toda falha política impensada acabava nas manchetes. A *Säpo suspeita*... Uma declaração da Säpo tinha peso para a primeira página.

De outro, a mídia e os políticos de todas as tendências não hesitavam em execrar como se deve, quando desmascarados, os agentes da Säpo envolvidos na espionagem de cidadãos suecos. Era tão paradoxal que Armanskij mais de uma vez concluíra que tanto os políticos como a mídia se perdiam completamente nessa questão.

Armanskij nada tinha contra a existência da Säpo. Afinal, alguém precisava cuidar para que algum iluminado nacional-bolchevique que tivesse lido Bakunin ou outro guru qualquer até enjoar não resolvesse fabricar uma bomba com adubo químico e petróleo e colocá-la num furgão em frente ao Palácio Rosenbad, só para explodir com todo o governo sueco. Armanskij achava que a Säpo era indispensável e que um pouco de espionagem anódina não fazia mal enquanto seu objetivo fosse zelar pela segurança dos cidadãos.

O problema é que, evidentemente, uma organização cuja tarefa era espionar os cidadãos precisava, de forma obrigatória, estar sujeita a um rígido controle, e cabia à Constituição garantir acesso às informações. Ora, era praticamente impossível que políticos ou deputados conseguissem manter um olhar sobre a Säpo, mesmo quando o primeiro-ministro designava um investigador especial que, no papel, teria acesso a tudo. Armanskij tomara emprestado *Uma missão*, de Carl Lidbom, que lera com um espanto crescente. Nos Estados Unidos, pelo menos uns dez cabeças da Säpo já teriam sido detidos por obstrução da justiça e intimados a comparecerem perante uma comissão do Congresso. Na Suécia, eles eram aparentemente inatacáveis.

O caso Lisbeth Salander mostrava que havia algo de podre no seio da organização, mas quando Mikael Blomkvist aparecera para lhe dar um telefone celular seguro, a primeira reação de Dragan Armanskij fora achar que Blomkvist estava paranoico. Contudo, depois de estudar os detalhes e examinar as fotos de Christer Malm, foi forçado a reconhecer, a contragosto, que as suspeitas de Blomkvist tinham fundamento. E isso não prenunciava nada de bom; pelo contrário, indicava que a maquinação que derrubara Lisbeth Salander quinze anos antes não era algo à toa.

Havia simplesmente coincidências demais para ser algo fortuito. Em último caso, até se poderia aceitar que Zalachenko tivesse sido morto por um justiceiro solitário. Mas já não dava para acreditar nessa hipótese quando se sabia que, no mesmo instante, era roubado, tanto de Mikael Blomkvist como de Annika Giannini, o documento que constituía o fundamento da argumentação deles. Aquilo era uma verdadeira calamidade. E, ainda por cima, a principal testemunha resolvera se enforcar.

— Bem — disse Armanskij, juntando a documentação de Mikael. — Estamos de acordo que eu transmita isto aqui para o meu contato?

— Já que se trata de uma pessoa em quem você diz ter inteira confiança...

— Sei que é uma pessoa de muita ética e com um comportamento absolutamente democrático.

— Dentro da Säpo — disse Mikael Blomkvist, com evidente desconfiança na voz.

— Nós precisamos estar de acordo. Tanto eu como o Holger Palmgren aceitamos o seu plano e estamos colaborando. Mas posso garantir que não vamos conseguir apenas com nossos recursos. Se a gente não quiser que isto acabe mal, temos de encontrar aliados na administração governamental.

— Está bem — disse Mikael a contragosto. — É que estou acostumado a esperar que a *Millennium* esteja impressa para me sentir desobrigado. Nunca entreguei uma informação relativa a uma matéria antes de ela estar publicada.

— Mas foi o que você fez neste caso. Já contou para mim, para a sua irmã e para o Palmgren.

Mikael fez um gesto de concordância com a cabeça.

— E se fez isso, é porque você mesmo percebe que este caso é muito maior do que uma matéria de capa da sua revista. Aqui você não é um jornalista neutro, e sim um personagem da trama.

Mikael concordou de novo com a cabeça.

— E, enquanto personagem, precisa de ajuda para atingir seus objetivos.

Mikael meneou a cabeça mais uma vez. Sabia perfeitamente que não tinha contado toda a verdade nem para Armanskij nem para Annika Giannini. Ainda partilhava alguns segredos com Lisbeth Salander. Apertou a mão de Armanskij.

9. QUARTA-FEIRA 4 DE MAIO

Por volta do meio-dia da quarta-feira, três dias depois de Erika Berger ter assumido o cargo de redatora-chefe no *SMP*, ainda sob a orientação do redator-chefe Håkan Morander, ele morreu. Ele passara a manhã no aquário enquanto Erika, acompanhada do assistente de redação Peter Fredriksson, participava de uma reunião com a equipe de Esportes para conhecer os colaboradores e avaliar como a editoria funcionava. Fredriksson tinha quarenta e cinco anos e, como Erika Berger, era relativamente novo no *SMP*. Fazia apenas quatro anos que trabalhava no jornal. Era taciturno, de modo geral competente e agradável, e Erika já resolvera contar com os conhecimentos de Fredriksson quando assumisse o comando do barco. Ela gastava boa parte de seu tempo tentando definir em quem confiar e quem integrar de imediato no seu novo esquema. Fredriksson, definitivamente, era um dos candidatos. Estavam retornando à área central da redação quando viram, no aquário, Håkan Morander se levantar e se aproximar da porta.

Parecia estupefato.

Então ele se curvou e agarrou o encosto de uma cadeira por alguns segundos, desabando em seguida no chão.

Já estava morto quando a ambulância chegou.

O clima da redação durante a tarde foi confuso. O presidente do conselho administrativo, Magnus Borgsjö, chegou por volta das duas horas e reuniu todos os colaboradores para uma rápida homenagem. Falou sobre Morander, que dedicara os últimos quinze anos de sua vida ao jornal, e sobre o preço que o jornalismo às vezes cobrava. Propôs um minuto de silêncio. Depois olhou inseguro à sua volta, como se não soubesse direito como continuar.

Morrer no local de trabalho não é comum — é mesmo bastante raro. É de bom-tom se retirar para morrer. Desaparecer na aposentadoria ou no sistema de saúde e um dia, de repente, virar assunto de conversa na cafeteria da empresa. "Por falar nisso, você viu que o velho Karlsson morreu na sexta-feira? É, do coração. O sindicato decidiu mandar uma coroa de flores para o enterro." Morrer no local de trabalho, na frente dos colegas, incomoda muito mais. Erika percebeu o choque que pairava sobre a redação. O *SMP* estava sem leme. De repente, se deu conta de que diversos funcionários olhavam para ela. A carta desconhecida.

Sem ter sido convidada e sem saber de fato o que dizer, deu uma tossidinha, um passo à frente e falou com voz forte e segura.

— Conheci o Håkan Morander há apenas três dias. É pouco tempo, mas, pelo pouco que pude observar, posso dizer com toda a sinceridade que gostaria de ter tido a oportunidade de conhecê-lo melhor.

Fez uma pausa quando viu, pelo canto do olho, que Borgsjö a observava. Parecia surpreso por ela ter tomado a palavra. Ela deu mais um passo à frente. *Não sorria. Você não pode sorrir. Iria parecer insegura.* Ela ergueu um pouco a voz.

— O falecimento repentino de Morander vai criar problemas aqui na redação. Estava previsto que eu o sucedesse daqui a dois meses, e eu gostava da ideia de ter mais tempo para absorver a experiência dele.

Percebeu que Borgsjö abria a boca para falar.

— Mas não é assim que vai ser, e durante algum tempo nós vamos passar por algumas mudanças. Acontece que o Morander era redator-chefe de um jornal diário, e esse jornal terá de sair amanhã. Neste momento, temos nove horas até a última impressão, e quatro horas até a última prova da página dos editoriais. Posso perguntar... quem de vocês era o melhor amigo e confidente de Morander?

Houve um breve silêncio enquanto os funcionários se entreolhavam. Por fim, Erika escutou uma voz à sua esquerda.

— Acho que era eu. Gunder Storman, tenho sessenta e um anos, sou assistente de redação da página dos editoriais e estou há trinta e cinco anos no *SMP*.

— Alguém precisa escrever o obituário do Morander. Não posso fazer isso... seria muita presunção da minha parte. Você se sente capaz de escrever esse texto?

Gunder Storman hesitou um instante, depois assentiu com a cabeça.

— Eu me encarrego disso.

— Vamos usar a página dos editoriais inteira e tirar todo o resto.

Gunder concordou com a cabeça.

— Precisamos de fotos...

Ela olhou à direita para o editor de fotografia, Lennart Torkelsson. Ele fez um sinal de assentimento com a cabeça.

— Precisamos pôr mãos à obra. Pode haver alguma turbulência nos próximos dias. Quando eu precisar de ajuda para tomar decisões, vou consultá-los e confiar na competência e experiência de vocês. Vocês sabem como fazer este jornal, ao passo que eu ainda vou ter que passar algum tempo no banco da escola.

Voltou-se para Peter Fredriksson, o assistente de redação.

— Peter, o Morander comentou que tinha absoluta confiança em você. Você será o meu mentor nos próximos dias, e vai ficar um pouco mais atarefado que de costume. Vou te pedir para ser meu conselheiro. Tudo bem para você?

Ele fez que sim com a cabeça. O que mais poderia fazer?

Voltou-se novamente para o Editorial.

— Outra coisa... hoje de manhã o Morander estava redigindo o editorial. Gunder, você poderia ver no computador dele se ele tinha acabado? Mesmo que não esteja totalmente pronto, vamos publicá-lo. É o último editorial de Håkan Morander e seria vergonhoso não publicá-lo. O jornal em que estamos trabalhando hoje ainda é o jornal de Håkan Morander.

Silêncio.

— Se vocês sentirem necessidade de fazer uma pausa para pensar nele, façam, sem culpa nenhuma. Vocês sabem quais são os *deadlines*.

Silêncio. Ela reparou que algumas pessoas meneavam de leve a cabeça em sinal de aprovação.

— Bem, ao trabalho todo mundo — disse ela em voz baixa.

Jerker Holmberg afastou as mãos num gesto de impotência. Jan Bublanski e Sonja Modig estavam com uma expressão cética e Curt Bolinder com uma expressão neutra. Os três contemplavam o resultado do inquérito preliminar que Holmberg concluíra naquela manhã.

— Nada? — disse Sonja Modig. Ela parecia surpresa.

— Nada — disse Holmberg, balançando a cabeça. — O relatório do legista chegou hoje de manhã. Nada indica que não tenha sido mesmo suicídio por enforcamento.

Seus olhares percorreram as fotografias tiradas na sala da casa de campo de Småladarö. Tudo indicava que Gunnar Björck, chefe-adjunto da Brigada dos Estrangeiros da Säpo, prendera uma corda no gancho do lustre, passara-a em volta do pescoço e, resolutamente, chutara o banquinho a uma distância de vários metros. O médico-legista tinha hesitado quanto à hora exata da morte, mas acabara definindo que fora na tarde de 12 de abril. Björck fora encontrado no dia 17 por Curt Bolinder. Bublanski tentara entrar em contato com Björck várias vezes, acabara se irritando e mandara Bolinder ir buscá-lo.

Em algum momento entre essas datas, o gancho se soltara do teto com o peso, e o corpo caíra no chão. Bolinder vira Björck através de uma janela e dera o alerta. Bublanski e os outros que foram até o local tinham, de saída, considerado a casa como o cenário de um crime; tiveram a impressão que Björck tinha sido garroteado por alguém. Em seguida, a equipe técnica descobriu o gancho no teto. Coubera a Jerker Holmberg a tarefa de estabelecer de que modo Björck tinha morrido.

— Nada indica que tenha havido um crime nem que Björck estivesse com alguém naquele momento — disse Holmberg.

— O lustre...

— O lustre tem as digitais do proprietário da casa — que o instalou há dois anos — e as do próprio Björck. O que mostra que ele tirou a lâmpada.

— De onde saiu a corda?

— Do mastro do pavilhão atrás da casa. Alguém cortou mais de dois metros da corda. Havia uma faca no peitoril da janela, em frente à porta do terraço. O proprietário diz que a faca era dele. Ele geralmente a guardava numa caixa de ferramentas debaixo da pia. As digitais de Björck estão tanto no cabo e na lâmina como na caixa de ferramentas.

— Humm — fez Sonja Modig.

— Qual era o tipo de nó? — perguntou Curt Bolinder.

— Eram nós comuns. O nó corrediço propriamente dito não passa de um simples laço. Essa talvez seja a única coisa meio estranha. O Björck velejava e sabia dar nós de verdade. Mas vai saber se um homem prestes a se suicidar se dá ao trabalho de pensar em nós.

— Alguma droga?

— Segundo o laudo toxicológico, no sangue de Björck há vestígios de analgésicos potentes. São remédios vendidos com receita e que tinham sido prescritos para ele. Também há vestígios de álcool, mas uma quantidade mínima. Ou seja, ele estava praticamente sóbrio.

— O médico-legista escreveu que ele estava com algumas escoriações.

— Uma, de três centímetros de comprimento, na face externa do joelho esquerdo. Um arranhão. Pensei nisso, mas pode ter acontecido de mil maneiras... ele pode, por exemplo, ter esbarrado numa cadeira ou algo do gênero.

Sonja Modig ergueu uma foto que mostrava o rosto deformado de Björck. O nó corrediço penetrara a pele com tal profundidade que já não se enxergava a corda propriamente dita. Seu rosto apresentava um inchaço grotesco.

— Dá para afirmar que ele ficou pendurado ali várias horas, quase vinte e quatro, antes de o gancho ceder. O sangue se concentrou, de um lado, na cabeça, onde o nó corrediço não permitiu que ele fluísse para o resto do corpo, e de outro, nas extremidades inferiores. Quando o gancho cedeu, ele bateu com a caixa torácica na quina da mesa de jantar. Mas essa lesão ocorreu muito tempo depois da morte.

— Que jeito escroto de morrer — disse Curt Bolinder.

— Não tenho tanto certeza. A corda era tão fina que penetrou profundamente a pele e deteve o fluxo sanguíneo. Ele deve ter perdido a consciência em poucos segundos e morreu em um ou dois minutos.

Bublanski fechou o inquérito preliminar com cara de nojo. Não estava gostando nem um pouco. Não gostava nada de Zalachenko e Björck terem morrido no mesmo dia. Um, eliminado por um justiceiro demente, e o outro por suas próprias mãos. Mas, qualquer que fosse a especulação, não se podia negar o fato de que o exame da cena do crime em nada corroborava a tese de que alguém teria ajudado Björck a morrer.

— Ele vinha sofrendo uma pressão enorme — disse Bublanski. — Sabia que o caso Zalachenko estava sendo desmantelado, que ele próprio corria o risco de ser pego por infringir a lei de remuneração de serviços sexuais e também de ficar exposto na mídia. Estava doente e convivia com uma dor crônica fazia já algum tempo... Não sei. Eu gostaria que ele tivesse deixado uma carta ou algo assim.

— Muitos candidatos ao suicídio não escrevem cartas de despedida.

— Eu sei. Tudo bem. Não temos escolha. Vamos arquivar o Björck.

Erika Berger foi incapaz de se instalar de imediato na cadeira de Morander dentro do aquário e separar os objetos pessoais dele. Combinou com Gunder Storman que ele falaria com a viúva e pediria que ela viesse pegar o que pertencera ao marido quando fosse conveniente para ela.

Por enquanto, contentou-se em abrir um pequeno espaço de trabalho no meio do oceano da redação, onde colocou seu laptop e assumiu o comando. Foi um caos. Mas três horas depois de ela prontamente assumir o leme do *SMP*, a página do editorial estava no prelo. Gunder Storman redigira quatro colunas sobre a vida e a obra de Håkan Morander. A página estava montada em torno de uma foto de Morander, no centro, com seu editorial inacabado à esquerda e uma série de fotos na parte inferior. A diagramação estava precária, mas tinha um toque de emoção que tornava as imperfeições aceitáveis.

Pouco antes das seis da tarde, Erika percorria os títulos da primeira página e discutia alguns textos com o chefe de redação, quando Borgsjö apareceu e tocou seu ombro. Ela ergueu os olhos.

— Eu queria falar com você.

Foram juntos até a máquina de café na sala dos funcionários.

— Eu só queria dizer que gostei muito da maneira como você assumiu o comando hoje. Acho que surpreendeu a todos nós.

— É que eu não tinha muito por onde escapar. Mas as coisas vão ficar meio instáveis até eu pegar o jeito.

— A gente sabe.

— A gente?

— Quero dizer, tanto os funcionários como a direção. Especialmente a direção. Mas depois de tudo que aconteceu hoje estou mais do que convencido de que você é a pessoa de que precisamos. Caiu como sopa no mel e teve de assumir as rédeas numa situação muito difícil.

Erika por pouco não enrubesceu, coisa que não acontecia desde seus catorze anos.

— Posso lhe dar um conselho?

— Naturalmente.

— Ouvi dizer que haveria divergências entre você e o chefe de Atualidades, o Lukas Holm.

— Nós discordamos quanto à orientação do texto sobre a proposta fiscal do governo. Ele tinha opinado demais na página de Atualidades. A gente deve manter a neutralidade quando se trata de informação bruta. As opiniões ficam para as páginas dos editoriais. E, por falar nisso: pretendo escrever um editorial de vez em quando, mas como não milito em nenhum partido político vamos ter de decidir quem vai assumir a frente dos editoriais.

— O Storman pode cuidar disso até segunda ordem — disse Borgsjö.

Erika deu de ombros.

— Quem você escolher para mim está bom. Mas, a princípio, precisa ser alguém que responda pelas posições do jornal.

— Entendo. O que eu queria dizer é que seria bom você deixar certa margem de manobra para o Holm. Ele já está há tempos no *SMP* e faz quinze anos que é chefe de Atualidades. Ele sabe o que faz. Às vezes se mostra meio obtuso, mas é praticamente indispensável.

— Sei disso. O Morander me falou. Mas no que diz respeito à nossa política de atualidades, tenho a impressão que eu vou precisar colocá-lo na linha. Afinal, vocês me contrataram para renovar o jornal.

Borgsjö balançou a cabeça, pensativo.

— Está bem. O jeito é ir resolvendo os problemas à medida que eles aparecerem.

Annika Giannini estava não só cansada como irritada na quarta-feira à noite, quando pegou o X2000 na estação central de Göteborg para voltar a

Estocolmo. Tinha a impressão de estar morando no trem naquele último mês. A família fora relegada a segundo plano. Foi buscar um café no vagão-restaurante e, ao retornar ao seu lugar, abriu a pasta que continha as anotações de sua última entrevista com Lisbeth Salander. Ela também era uma das razões de seu cansaço e irritação.

Ela está escondendo coisas, pensou Annika Giannini. Essa idiota não está me dizendo a verdade. E o Mike também está me ocultando alguma coisa. Só Deus sabe o que eles estão aprontando.

Considerando-se que não houvera nenhuma comunicação entre seu irmão e sua cliente, as manobras deles — se é que havia manobra — deviam ser fruto de algum acordo tácito e natural. Ela não sabia do que se tratava, mas supunha ser algo que Mikael Blomkvist julgava importante esconder.

Temia que fosse alguma questão moral, o ponto fraco de seu irmão. Ele era amigo de Lisbeth Salander. Annika o conhecia muito bem e sabia que ele era leal até as raias da estupidez com aqueles que classificava definitivamente como amigos, mesmo que o amigo em questão fosse insuportável e estivesse errado de A a Z. Ela também sabia que Mikael era capaz de tolerar muitas bobagens, mas que havia uma fronteira que não podia ser ultrapassada. Em que ponto exatamente se situava essa fronteira, isso variava de acordo com a pessoa, mas ela sabia que duas ou três vezes Mikael rompera com amigos próximos porque eles tinham se comportado de um jeito que ele considerava imoral ou inaceitável. Nesses casos, ficava intransigente. A ruptura era total, definitiva e irrevogável. Mikael nem atendia mais o telefone, mesmo que a pessoa em questão estivesse ligando para se ajoelhar aos seus pés e pedir perdão.

Annika Giannini sabia muito bem o que Mikael Blomkvist tinha em mente. Em compensação, não fazia ideia do que se passava pela cabeça de Lisbeth Salander. Em alguns momentos, tinha a impressão de que nela reinava o vazio absoluto.

Mikael insinuara que Lisbeth Salander podia se mostrar explosiva e extremamente reservada com as pessoas à sua volta. Antes de conhecê-la, Annika pensava que seria uma situação passageira e que tudo era uma questão de confiança. Mas constatara, depois de um mês de convívio — embora as duas primeiras semanas não contassem, já que Lisbeth estava muito fraca para conversar —, que a comunicação quase sempre se dava num sentido só.

Annika também reparara que Lisbeth Salander às vezes parecia mergulhada em uma profunda depressão e não manifestava nenhum interesse aparente em resolver sua situação e seu futuro. Parecia simplesmente não entender — ou não estava nem aí — que para Annika a única possibilidade de oferecer uma defesa adequada era se inteirar dos fatos. Ela não podia trabalhar no escuro.

Lisbeth Salander era teimosa e fechada. Fazia longas pausas para pensar e em seguida expressava com precisão o pouco que dizia. Com frequência não respondia a coisa alguma, ou às vezes respondia de repente a uma pergunta que Annika fizera vários dias antes. Durante os interrogatórios da polícia, Lisbeth Salander ficara sentada em sua cama sem dizer uma palavra, o olhar fixo à frente. Salvo uma exceção, não trocara nenhuma palavra com os policiais. A exceção foi quando o inspetor Marcus Ackerman lhe perguntou o que ela sabia sobre Ronald Niedermann; ela então olhara para ele e respondera às perguntas com precisão. Assim que ele mudou de assunto, ela se desinteressara totalmente e voltara a olhar fixo para a frente.

Annika estava preparada para que Lisbeth não dissesse nada à polícia. Por princípio, ela não falava com autoridades. O que, no atual caso, era compreensível. Embora Annika tivesse repetidamente encorajado sua cliente a responder as perguntas da polícia, no fundo estava muito satisfeita com o silêncio compacto de Salander. O motivo era simples. Era um silêncio coerente. Assim não poderiam acusá-la de nenhuma mentira ou raciocínios contraditórios capazes de causar má impressão no processo.

Mesmo preparada, porém, para o silêncio, Annika se perturbou ao ver o quanto ele era inabalável. Quando ficaram a sós, perguntou a Lisbeth por que ela se negava tão ostensivamente a falar com a polícia.

— Eles vão desvirtuar tudo o que eu disser e usar contra mim.

— Mas se você não se explicar, vai ser condenada.

— Azar, que seja. Não tenho nada a ver com esta confusão. Se eles quiserem me condenar, não é problema meu.

Para Annika, Lisbeth Salander fora contando aos poucos, mesmo que tivesse sido preciso arrancar dela, quase tudo que se passara em Stallarholmen. Tudo, menos uma coisa. Ela não explicou como Magge Lundin levara uma bala no pé. Por mais que Annika perguntasse e implorasse, Lisbeth Salander apenas a encarou com um ar cínico e esboçou seu sorriso enviesado.

Ela também contou o que acontecera em Gosseberga. Mas sem mencionar por que tinha ido atrás do pai. Teria ido lá para matá-lo — como sugeria a procuradora — ou para tentar fazê-lo cair em si? Do ponto de vista jurídico, a diferença era considerável.

Quando Annika tocou no assunto do antigo tutor, o advogado Nils Bjurman, Lisbeth mostrou-se ainda mais lacônica. Sua resposta-padrão era que ela não o matara e que isso tampouco constava nas acusações que lhe faziam.

E quando Annika chegou ao ponto central de toda a trama, o papel desempenhado pelo dr. Peter Teleborian em 1991, Lisbeth se transformou numa compacta parede de silêncio.

Esta história não vai dar certo, constatou Annika. *Se a Lisbeth não confiar em mim, vamos perder a causa. Preciso falar com o Mikael.*

Lisbeth Salander estava sentada na beira da cama, olhando pela janela. Dali ela via a fachada que ficava do outro lado do estacionamento. Permanecera imóvel, sem ser incomodada, durante mais de uma hora depois que Annika Giannini se levantara e fora embora batendo a porta, furiosa. A dor de cabeça tinha voltado, mas inofensiva e distante. Em compensação, sentia-se pouco à vontade.

Estava irritada com Annika Giannini. De um ponto de vista pragmático, podia entender por que sua advogada a pressionava para obter detalhes sobre seu passado. Racionalmente, entendia por que Annika precisava dispor de todos os fatos. Mas não tinha a menor vontade de falar sobre seus sentimentos ou suas ações. Achava que sua vida só dizia respeito a si mesma. Não tinha culpa se seu pai era um sádico patológico e um assassino. Não tinha culpa se seu irmão era um legítimo açougueiro. E, graças a Deus, ninguém sabia que era seu irmão, pois do contrário seria mais um ponto contra ela na avaliação psiquiátrica que tinha pela frente. Ela não matara Dag Svensson e Mia Bergman. Não era ela que tinha designado um tutor que se revelara um porco e que a violentara.

No entanto, era a vida dela que eles queriam revirar, e era dela que vinham exigir explicações e desculpas por ter se defendido.

Queria ser deixada em paz. Afinal, ela é que era obrigada a conviver consigo mesma. Não esperava que ninguém se tornasse seu amigo. Essa Maldita Annika Giannini provavelmente estava do seu lado, mas era uma amizade profissional, já que ela era uma advogada. O Maldito Super-Blomkvist estava lá fora, em algum lugar — Annika não falava muito sobre o irmão e Lisbeth nunca perguntava. Não esperava que ele se desdobrasse particularmente por ela, agora que o assassinato de Dag Svensson estava solucionado e que ele fechara a sua matéria.

Perguntava-se o que Dragan Armanskij pensava a seu respeito depois de tudo o que acontecera.

Perguntava-se como Holger Palmgren via a situação.

Segundo Annika Giannini, ambos estavam do seu lado, mas isso eram apenas palavras. Eles nada podiam fazer para resolver seus problemas pessoais.

Perguntava-se o que Miriam Wu sentia por ela.

Perguntava-se o que ela sentia por si mesma, e acabou se dando conta de que a vida lhe inspirava, antes de mais nada, indiferença.

De súbito, foi interrompida pelo vigia da Securitas, que enfiou a chave na fechadura e fez entrar o dr. Anders Jonasson.

— Boa noite, senhorita Salander. Como está se sentindo?

— Tudo bem — disse ela.

Ele conferiu sua ficha e constatou que Lisbeth não tinha mais febre. Ela se acostumara com as visitas dele, que aconteciam duas ou três vezes por semana. Em meio a todas as pessoas que a manipulavam e tocavam, ele era o único em quem ela sentia um pouco de confiança. Em nenhum momento tivera a impressão de que ele a olhava atravessado. Entrava no quarto, conversava um pouco e observava como estava seu corpo. Não fazia perguntas sobre Ronald Niedermann ou Alexander Zalachenko, nem sobre sua eventual loucura, e não perguntava por que a polícia a mantinha a sete chaves. Parecia se interessar exclusivamente pela condição de seus músculos, pela recuperação de seu cérebro e por seu estado geral. Desde o começo ele a tratara por "você", e ela também o tratava por "você"; parecia natural.

Além disso, ele tinha literalmente fuçado seu cérebro. Uma pessoa que fazia isso merecia ser tratada com respeito. Ela se deu conta, para sua imensa surpresa, que achava as visitas de Anders agradáveis, ainda que ele a tocasse e analisasse os gráficos da temperatura.

— Posso dar uma olhada em você?

Ele realizou o exame rotineiro, examinou suas pupilas, escutou sua respiração, tomou seu pulso e conferiu a pressão.

— Como é que eu estou? — ela perguntou.

— Está a caminho da recuperação total, isso é certo. Mas deve se esforçar mais nos exercícios físicos. E está coçando a casquinha na cabeça. Tem que parar com isso.

Ele fez uma pausa.

— Posso fazer uma pergunta pessoal?

Ela o olhou com o rabo do olho. Ele esperou até que ela dissesse sim com a cabeça.

— Essa tatuagem, o dragão... eu não vi inteira, mas dá para perceber que é imensa e cobre boa parte de suas costas. Por que você fez isso?

— Você não viu o dragão?

Ele sorriu de repente.

— Quero dizer, eu vi de longe, mas quando você esteve totalmente nua na minha frente eu estava mais preocupado em deter as hemorragias e extrair as balas do seu corpo, com coisas assim.

— Por que você quer saber?

— Pura curiosidade.

Lisbeth Salander refletiu por um bom tempo. Por fim, olhou para ele.

— Eu fiz por um motivo pessoal sobre o qual não estou a fim de falar.

Anders Jonasson meditou sobre a resposta, depois meneou a cabeça, pensativo.

— Certo. Desculpe ter perguntado.

— Quer dar uma olhada nela?

Ele pareceu surpreso.

— Quero, por que não?

Ela virou de costas e tirou a camisola pela cabeça. Posicionou-se de modo a que a claridade vinda da janela batesse em suas costas. Ele observou que o dragão cobria boa parte do lado direito das costas. Começava na escápula, na altura do ombro, e acabava numa cauda na parte inferior do quadril. Era lindo, executado pela mão de um profissional. Uma verdadeira obra de arte.

Passados alguns instantes, ela virou a cabeça.

— Satisfeito?

— É muito bonito. Mas deve ter doído à beça.

— É — ela admitiu. — Doeu.

Anders Jonasson deixou o quarto de Lisbeth Salander levemente desconcertado. Estava satisfeito com a recuperação dela. Mas não conseguia entender aquela garota estranha. Não precisava de um mestrado em psicologia para concluir que ela não estava mentalmente muito bem. O modo como ela falava com ele era educado, mas repleto de uma áspera desconfiança. Sabia que ela também era educada com o restante da equipe, porém se fechava como ostra quando a polícia aparecia. Metia-se dentro da carapaça e sempre estabelecia uma distância entre ela e os outros.

A polícia a pusera em prisão cautelar e um procurador pretendia indiciá-la por tentativa de homicídio e golpes e ferimentos agravados. Ele duvidava seriamente que uma garota tão miúda e com uma constituição tão frágil tivesse tido a força física necessária para esse tipo de ato violento, mesmo porque as agressões tinham sido contra homens adultos.

Ele perguntara sobre o dragão principalmente para poder conversar algo mais pessoal com ela. Não estava de fato interessado em saber por que ela se enfeitara daquele jeito exagerado, mas imaginava que se ela optara por marcar seu corpo com uma tatuagem daquele tamanho é porque aquilo tinha para ela bastante importância. Conclusão, era um bom assunto para iniciar uma conversa.

Ele adquirira o hábito de ir vê-la várias vezes por semana. As visitas, na verdade, ficavam fora do seu expediente, e a dra. Helena Endrin é que era a médica dela. Mas Anders Jonasson era o chefe do serviço de traumatologia e estava extremamente satisfeito com sua própria contribuição na noite em que Lisbeth Salander chegara ao pronto-socorro. Tomara a decisão certa ao optar por extrair a bala e, até onde podia avaliar, ela não tivera sequelas do ferimento a bala, como lapsos de memória, funções corporais diminuídas ou qualquer outra deficiência. Se a recuperação continuasse assim, ela deixaria o hospital sem mais complicações que uma cicatriz no couro cabeludo. Já quanto à cicatriz formada em sua alma, ele não saberia dizer.

Ao voltar para a sua sala, deparou com um homem de casaco escuro esperando por ele, encostado na parede ao lado da porta. Tinha cabelos emaranhados e uma barba bem-cuidada.

— Doutor Jonasson?

— Sim.

— Bom dia. Meu nome é Peter Teleborian. Sou médico-chefe da clínica psiquiátrica de Sankt Stefan, em Uppsala.

— Sim, estou reconhecendo o senhor.

— Bem, eu gostaria de ter uma conversa particular com o senhor, se tiver um instante livre.

Anders Jonasson destrancou a porta de sua sala.

— O que posso fazer pelo senhor? — perguntou.

— É sobre uma de suas pacientes. Lisbeth Salander. Preciso vê-la.

— Humm. Nesse caso, terá de pedir autorização à procuradora. Ela está sob prisão cautelar, proibida de receber visitas. Todas as visitas também devem ser comunicadas de antemão para a advogada da Salander...

— Sim, sim, eu sei disso. Achei que nós dois pudéssemos dispensar toda essa burocracia. Sou médico, portanto o senhor pode, sem nenhum problema, me dar acesso a ela por motivos médicos.

— Sim, talvez se justifique. Mas não estou vendo a relação.

— Durante vários anos fui o psiquiatra de Lisbeth Salander, quando ela esteve internada na Sankt Stefan, em Uppsala. Eu a acompanhei até ela completar dezoito anos, quando o Tribunal de Instâncias a reconduziu à sociedade, embora sob tutela. Talvez seja bom eu enfatizar que naturalmente me opus a essa decisão. Depois a deixaram sair por aí sem rumo, e aí está o resultado.

— Entendo — disse Anders Jonasson.

— Ainda me sinto bastante responsável por ela e queria ter a oportunidade de avaliar o agravamento de sua condição nesses dez últimos anos.

— Agravamento?

— Comparado a quando ela recebia tratamento especializado na adolescência. Pensei que poderíamos pensar numa solução adequada, cá entre nós, como médicos.

— A propósito, antes que eu me esqueça... O senhor talvez possa me esclarecer um aspecto que não entendi direito, quero dizer, cá entre nós, como médicos. Quando ela deu entrada aqui no Sahlgrenska, pedi um exame clínico extenso. Um colega pediu que eu desse uma olhada na investigação médico-legal relativa a Lisbeth Salander. Que era assinada pelo doutor Jesper H. Löderman.

— Exato. Eu fui o orientador de Jesper em seu doutorado.

— Entendo. Mas observei que essa investigação médico-legal está extremamente vaga.

— Ah, é?

— Não apresenta nenhum diagnóstico, lembra mais a análise convencional de um paciente que se recusa a falar.

Peter Teleborian deu uma risada.

— É, ela não é fácil. Como a investigação demonstrou, ela se negava categoricamente a participar das entrevistas com o Löderman. Por isso ele viu-se obrigado a se expressar em termos tão vagos. Ele foi muito correto.

— Entendo. Mesmo assim, recomendou que ela fosse internada.

— Com base no passado dela. Temos total experiência sobre a doença dela, que se estende por vários anos.

— Pois então, é isso que não consigo entender direito. Quando ela deu entrada aqui, tentamos conseguir a ficha dela na Sankt Stefan. Mas ainda não foi enviada.

— Sinto muito. É um arquivo considerado sigiloso por decisão do Tribunal de Instâncias.

— Sei. E como é que a gente, aqui no Sahlgrenska, pode dar a ela o tratamento adequado sem termos acesso a esse arquivo? Acontece que, hoje, nós é que somos os médicos responsáveis por ela.

— Tratei da Lisbeth Salander desde que ela tinha doze anos e acho que nenhum médico na Suécia sabe tanto sobre a doença dela quanto eu.

— Que é...?

— Ela sofre de um grave desequilíbrio psíquico. Como o senhor sabe, a psiquiatria não é uma ciência exata. Não gosto de me sentir limitado por um diagnóstico preciso. Mas ela tem alucinações manifestas com traços esquizofrênicos paranoicos muito claros. Acrescente-se a isso períodos maníaco-depressivos, e que ela carece de empatia.

Anders Jonasson perscrutou o dr. Peter Teleborian durante uns dez segundos antes de fazer um gesto incisivo de mãos.

— Não vou contestar o seu diagnóstico, doutor Teleborian, mas o senhor nunca considerou a possibilidade de um diagnóstico mais simples?

— Como assim?

— A síndrome de Asperger, por exemplo. Claro, eu não a submeti a nenhum exame psiquiátrico, mas, se me perguntassem, minha primeira opinião seria alguma forma de autismo. O que explicaria sua incapacidade em se subjugar às convenções sociais.

— Lamento, mas os pacientes de Asperger não costumam atear fogo nos pais. Acredite, nunca deparei com uma sociopata tão claramente definida.

— O que eu vejo é uma pessoa fechada em si mesma, mas não uma sociopata paranoica.

— Ela é manipuladora ao extremo — disse Peter Teleborian. — Ela se comporta como acha que o senhor gostaria que se comportasse.

Anders Jonasson franziu imperceptivelmente o cenho. Peter Teleborian estava, de repente, contrariando sua própria avaliação de Lisbeth Salander. E se havia uma coisa que ele não percebia nela era a manipulação. Pelo contrário; era uma pessoa que mantinha uma imperturbável distância dos outros e não demonstrava nenhuma emoção. Tentou conciliar o quadro traçado por Teleborian com a ideia que ele próprio formara de Lisbeth Salander.

— O senhor esteve muito pouco com ela, e quando seus ferimentos a condenaram à prostração. Eu assisti às suas crises de violência e ao seu ódio desmedido. Passei anos tentando ajudar Lisbeth Salander. Por isso estou aqui. Proponho uma colaboração entre o Sahlgrenska e a Sankt Stefan.

— Em que tipo de colaboração o senhor está pensando?

— Vocês estão cuidando dos problemas físicos, e estou certo de que ela terá o melhor tratamento possível. Mas estou muito preocupado com o estado psíquico dela, e gostaria de intervir rapidamente. Estou pronto para oferecer todo o auxílio que estiver ao meu alcance.

— Entendo.

— Para começar, preciso ver a Lisbeth para avaliar seu estado.

— Entendo, mas, infelizmente, não posso fazer nada pelo senhor.

— Como assim?

— É como eu disse, ela está detida. Se quiser começar um tratamento psiquiátrico, precisa entrar em contato com a procuradora Jervas, que é quem toma as decisões nesses casos, e isso deve ser feito com a concordância da advogada Annika Giannini. Como se trata de uma avaliação psiquiátrica legal, o senhor precisa ser designado pelo Tribunal de Instâncias.

— Eram justamente esses trâmites burocráticos todos que eu queria evitar.

— É, mas como eu sou o responsável por ela e ela vai comparecer diante de um tribunal num futuro próximo, teremos que justificar todas as medidas que tomarmos. De modo que é necessário seguir os trâmites burocráticos.

— Entendo. Sendo assim, devo informá-lo que o procurador Richard Ekström, de Estocolmo, já solicitou que eu faça uma avaliação psiquiátrica legal na época do julgamento.

— Melhor assim. Quer dizer que o senhor vai obter uma autorização para visita sem que a gente precise contornar o regulamento.

— Mas enquanto tratamos da burocracia, existe o perigo de o estado dela se agravar. Só o que me interessa é a saúde dela.

— A mim também — disse Anders Jonasson. — E, cá entre nós, posso adiantar que não vejo nela o menor sinal de qualquer tipo de doença psíquica. Ela está bastante machucada e passando por um grande estresse. Mas não acredito, de maneira alguma, que seja esquizofrênica ou sofra de fobias paranoicas.

O dr. Peter Teleborian ainda passou um bom tempo tentando fazer Anders Jonasson mudar de ideia. Quando afinal entendeu que estava perdendo tempo, levantou-se bruscamente e se despediu.

Anders Jonasson demorou-se algum tempo contemplando a cadeira na qual Teleborian estivera sentado. Claro, era comum que outros médicos o procurassem para dar conselhos ou opiniões sobre um tratamento. Mas eram quase sempre pacientes que já tinham um médico responsável por algum tipo de tratamento em curso. Nunca vira nenhum psiquiatra aparecer daquele jeito, feito um óvni, e insistir para ter acesso a uma paciente passando por cima do regulamento, paciente essa que ele, aparentemente, já não tratava havia muitos anos. Depois de alguns instantes, Anders Jonasson consultou o relógio e viu que eram quase sete da noite. Pegou o telefone e ligou para Martina Karlgren, a psicóloga de plantão que o Sahlgrenska oferecia aos pacientes da traumatologia.

— Olá. Imagino que já tenha encerrado seu dia de trabalho. Estou atrapalhando?

— Não se preocupe. Estou em casa, mas não estou fazendo nada de especial.

— São umas dúvidas aqui que eu tenho. Você conversou com a nossa paciente Lisbeth Salander. Poderia me dizer que impressão teve dela?

— Olhe, estive três vezes com ela, propondo uma conversa. Ela recusou, gentil mas firmemente.

— Que impressão ela lhe passa?

— Em que sentido?

— Martina, eu sei que você não é psiquiatra, mas é uma pessoa experiente e sensata. Que impressão ela lhe passa?

Martina Karlgren hesitou um instante.

— Não sei bem o que dizer. Estive com ela duas vezes pouco depois que foi internada. Estava tão mal que não tivemos de fato nenhum contato. Depois disso, fiz uma visita há mais ou menos uma semana, a pedido da Helena Endrin.

— Por que a Helena pediu que você falasse com ela?

— A Lisbeth Salander está em recuperação. Passa a maior parte do tempo deitada, olhando para o teto. A Endrin queria que eu desse uma olhada nela.

— E como foi?

— Eu me apresentei. Conversamos alguns minutos. Perguntei como ela estava e se sentia necessidade de ter alguém para conversar. Ela disse que não. Perguntei se eu podia ajudar em alguma coisa. Ela pediu que eu lhe conseguisse um maço de cigarros.

— Ela estava irritada ou hostil?

Martina Karlgren refletiu um instante.

— Não, não dá para dizer isso. Estava calma, mas mantinha uma distância enorme. Levei seu pedido para eu conseguir cigarros mais como uma brincadeira do que como algo sério. Perguntei se ela queria ler alguma coisa, se eu podia levar uns livros. De início, ela não quis, mas depois perguntou se eu tinha alguma revista científica sobre genética e pesquisas sobre o cérebro.

— Sobre o quê?

— Genética.

— Genética?

— É. Eu disse que havia uns livros mais genéricos sobre o assunto na nossa biblioteca. Ela não se interessou. Disse que já tinha lido alguns livros a respeito e citou algumas obras mais básicas das quais eu nunca tinha ouvido falar. Ou seja, ela estava mais interessada na pesquisa científica nessa área.

— Ah, é? — disse Anders Jonasson, estupefato.

— Eu disse que decerto não haveria livros tão especializados na biblioteca do hospital, que havia mais Philip Marlowe do que literatura científica, mas que eu ia tentar conseguir alguma coisa para ela.

— E conseguiu?

— Peguei emprestados uns exemplares da *Nature* e do *New England Journal of Medicine*. Ela ficou satisfeita e me agradeceu pelo esforço.

— Mas essas revistas são um bocado áridas, trazem principalmente artigos científicos e pesquisa pura.

— Ela está lendo com muito interesse.

Anders Jonasson ficou um instante sem voz.

— Como você avalia o estado psíquico dela?

— Ela é fechada. Não conversou nada pessoal comigo.

— Você tem a impressão de que ela é psiquicamente perturbada, maníaco-depressiva ou paranoica?

— Não, de jeito nenhum. Nesse caso, eu teria dado o alerta. Ela é especial, sem dúvida, tem problemas sérios e está passando por um estresse enorme. Mas é calma e objetiva, e parece capaz de administrar a situação.

— Ótimo.

— Por que está perguntando? Aconteceu alguma coisa?

— Não, nada. É só que eu não consigo formar uma imagem precisa sobre ela.

10. SÁBADO 7 DE MAIO — QUINTA-FEIRA 12 DE MAIO

Mikael Blomkvist largou a pasta com os resultados da pesquisa enviada pelo *freelancer* Daniel Olofsson, de Göteborg. Olhou, pensativo, pela janela e contemplou o fluxo de transeuntes na Götgatan. Gostava demais da localização da *Millennium*. A Götgatan era cheia de vida a qualquer hora do dia ou da noite, e quando se sentava diante da janela nunca se sentia realmente sozinho ou isolado.

Estava estressado, embora não estivesse às voltas com nenhuma urgência. Continuara trabalhando obstinadamente nos textos com que pretendia montar a edição de verão da *Millennium*, mas acabara percebendo que seu material era tão vasto que nem um número temático seria suficiente. Diante outra vez da mesma situação em que se vira no caso Wennerström, decidira publicar um livro com aquelas informações. Já tinha material suficiente para mais de cento e cinquenta páginas e calculava que o livro todo teria entre trezentas e trezentas e cinquenta páginas.

A parte mais simples estava pronta. Descrevera os assassinatos de Dag Svensson e Mia Bergman, contando como acabara sendo ele quem descobrira os corpos. Explicara por que tinham suspeitado de Lisbeth Salander. Reservou um capítulo inteiro de trinta e sete páginas para detonar violentamente, de um lado, tudo o que a mídia havia escrito sobre Lisbeth Salander e, de outro, o procurador Richard Ekström — e indiretamente toda a investigação conduzida pela polícia. Depois de algumas ponderações, suavizara a crítica a Bublanski e seus colegas. Isso depois de assistir a um vídeo de uma entrevista coletiva de Ekström que revelava de maneira evidente como Bublanski estava pouquíssimo à vontade e obviamente descontente com as conclusões precipitadas de Ekström.

Depois desses dramáticos acontecimentos iniciais, Mikael voltava no tempo para contar a chegada de Zalachenko à Suécia, a infância de Lisbeth Salander e os fatos que a tinham conduzido para trás das grades da Sankt Stefan, em Uppsala. Tomava especial cuidado em acabar com o dr. Peter Teleborian e com o falecido Gunnar Björck. Apresentava a avaliação psiquiátrica legal de 1991 e explicava por que Lisbeth Salander se tornara uma ameaça para funcionários anônimos do Estado que haviam tomado para si a missão de proteger o dissidente russo. Reproduzia extensos trechos da correspondência entre Teleborian e Björck.

Ele revelava a nova identidade de Zalachenko e seu campo de atividade como gângster em tempo integral. Descrevia seu assistente Ronald Niedermann, o rapto de Miriam Wu e a intervenção de Paolo Roberto. Por fim, fazia um resumo do desenlace em Gosseberga, onde Lisbeth Salander fora enterrada viva depois de levar uma bala na cabeça, e explicava por que um policial fora morto desnecessariamente, quando Niedermann já havia sido capturado.

Depois disso, sua história já não era tão fácil de ser contada. O problema de Mikael era que ela ainda continha muitas lacunas. Gunnar Björck não agira sozinho. Por trás dos elementos havia necessariamente um grupo importante e influente que dispunha de recursos. Senão teria sido impossível. Acima de tudo, ele concluíra que o modo como Lisbeth Salander havia sido tratada, desrespeitando-se seus direitos mais elementares, não podia ter sido autorizado pelo governo ou pela direção da Säpo. Chegava a essa conclusão não por uma confiança absoluta no poder do Estado, mas por sua fé na natureza humana. Uma operação daquele calibre jamais teria permanecido secreta se tivesse alguma raiz política. Alguém teria tido contas para acertar com outro alguém e já teria aberto a boca, e há muitos anos a mídia teria enfiado o nariz no caso Zalachenko.

Ele imaginava o clube Zalachenko como um grupelho de ativistas anônimos. O problema é que ele era incapaz de identificar qualquer um deles, a não ser, talvez, Göran Mårtensson, quarenta anos, policial em missão secreta que passava o tempo seguindo Mikael Blomkvist.

A ideia era o livro estar impresso e pronto para ser distribuído no dia em que teria início o julgamento de Lisbeth Salander. Com Christer Malm, ele planejava uma edição de bolso envolta em celofane e vendida como suplemento do número de verão da *Millennium*, cujo preço seria um pouco maior. Ele dividira as tarefas entre Henry Cortez e Malu Eriksson, que iam preparar textos sobre a história da Säpo, sobre o caso do IB, o serviço secreto de informações militares cuja existência fora revelada em 1973 por dois colegas da revista *Folket i Bild/Kulturfront*, e outros casos semelhantes.

Pois ele agora tinha a certeza de que seria aberto um processo contra Lisbeth Salander.

O procurador Richard Ekström a indiciara por golpes e ferimentos agravados no caso Magge Lundin, e golpes e ferimentos agravados acompanhados de tentativa de homicídio no caso Karl Axel Bodin, aliás Alexander Zalachenko.

A data do julgamento ainda não estava marcada, mas Mikael pegara no ar o comentário de alguns colegas. Aparentemente Ekström previa o julgamento para julho, dependendo do estado de saúde de Lisbeth Salander. Mikael adivinhava a sua intenção. Um julgamento no meio do verão sempre chamava menos atenção que em outras épocas do ano.

Ele franziu a testa e olhou pela janela de sua sala na redação da *Millennium*.

Essa história ainda não acabou. A conspiração contra Lisbeth continua. É a única explicação para os telefones sob escuta, a agressão a Annika e o roubo do relatório Salander de 1991. E, quem sabe, para o assassinato de Zalachenko.

Só que ele não tinha provas.

Com a concordância de Malu Eriksson e Christer Malm, Mikael decidira que as edições *Millennium* também iriam publicar o livro de Dag Svensson sobre o tráfico de mulheres, de olho no julgamento. Era melhor apresentar o pacote inteiro de uma vez; não havia por que esperar para publicá-lo. Pelo contrário — em nenhum outro momento o livro despertaria mais interesse. Malu assumira a redação final do livro de Dag Svensson, ao passo que Henry

Cortez assessorava Mikael na redação do livro sobre o caso Salander. Lottie Karim e Christer Malm (contra a sua vontade) também tinham virado assistentes de redação temporários da *Millennium*, uma vez que Monika Nilsson era a única jornalista disponível. O resultado dessa carga extra de trabalho sobrecarregou a redação da *Millennium*, e Malu Eriksson contratara vários *freelancers* para redigir os textos. Ia custar caro, mas eles não tinham escolha.

Mikael anotou num *post-it* que precisava acertar a questão dos direitos autorais do livro com a família de Dag Svensson. Ele se informara que os pais de Dag moravam em Örebro e eram seus únicos herdeiros. Em princípio, não precisava de autorização para publicar o livro com o nome de Dag Svensson, mas mesmo assim pretendia ir até Örebro conversar com eles para obter seu aval. Vinha adiando o tempo todo essa visita por andar muito ocupado, mas já era mais do que na hora de acertar esse detalhe.

Depois disso, restavam apenas dezenas de outros detalhes! Alguns estavam ligados ao modo de se referir a Lisbeth Salander nos textos. Para definir isso de uma vez por todas, seria obrigado a ter uma conversa particular com ela e obter sua autorização para contar a verdade, ou pelo menos a verdade parcial. E essa conversa particular era impossível de conseguir, já que Lisbeth estava sob prisão cautelar e proibida de receber visitas.

Nesse aspecto, Annika Giannini não lhe era de nenhuma ajuda. Ela seguia escrupulosamente o regulamento em vigor e não tinha a intenção de transmitir recados sigilosos de Mikael Blomkvist. Annika também não lhe contava sobre o que ela e sua cliente conversavam, com exceção de episódios relativos à maquinação contra ela, para os quais Annika precisava de ajuda. Era frustrante mas correto. Mikael, portanto, ignorava totalmente se Lisbeth revelara a Annika que seu ex-tutor a violentara e que ela se vingara tatuando-lhe uma mensagem gritante na barriga. Enquanto Annika não abordasse o assunto, Mikael tampouco poderia fazê-lo.

O isolamento de Lisbeth Salander constituía, antes de mais nada, uma autêntica complicação. Ela era perita em informática, uma *hacker*, o que Mikael sabia, mas Annika não. Mikael prometera a Lisbeth nunca revelar seu segredo e mantivera a promessa. O problema era que, no momento, ele próprio estava necessitadíssimo de suas competências técnicas.

Logo, precisava estabelecer de alguma maneira um contato com Lisbeth Salander.

Suspirou, voltou a abrir a pasta de Daniel Olofsson e separou duas folhas. Uma era uma ficha do cadastro de passaportes em nome de Idris Ghidi, nascido em 1950. Era um homem de bigode, pele morena e cabelo preto grisalho nas têmporas.

O outro documento era o resumo que Daniel Olofsson fizera do passado de Idris Ghidi.

Ghidi era um refugiado curdo que viera do Iraque. Daniel Olofsson obtivera mais dados decisivos sobre Idris Ghidi do que sobre qualquer outro funcionário. A explicação desse desequilíbrio era que, durante algum tempo, Idris Ghidi gozara de certa notoriedade na mídia e constava nos arquivos da imprensa.

Nascido na cidade de Mossul, no norte do Iraque, Idris Ghidi se formara em engenharia e participara do grande *boom* econômico dos anos 1970. Em 1984, começara a lecionar na escola técnica de Mossul. Não estava ligado a nenhuma atividade política conhecida. Infelizmente, era curdo e, por definição, um criminoso potencial no Iraque de Saddam Hussein. Em outubro de 1987, o pai de Idris Ghidi foi preso, sob suspeita de ativismo curdo. Não foi dada nenhuma pista sobre a natureza de seu crime. Foi executado como traidor da pátria, provavelmente em janeiro de 1988. Dois meses depois, a polícia secreta iraquiana foi buscar Idris Ghidi, que estava começando a dar uma aula sobre a resistência dos materiais aplicada à construção de pontes. Foi levado para uma prisão fora de Mossul, onde durante onze meses foi submetido a torturas ferozes que pretendiam fazê-lo confessar. Idris Ghidi não entendia direito o que esperavam que ele confessasse, de modo que a tortura se prolongou.

Em março de 1989, um tio de Idris Ghidi pagou uma quantia equivalente a cinquenta mil coroas suecas para o chefe local do Partido Baas, decerto uma espécie de compensação suficiente pelos estragos que Idris Ghidi causara ao Estado iraquiano. Dois dias depois, ele foi solto e entregue ao tio. Pesava trinta e nove quilos e não conseguia caminhar. Antes de soltá-lo, haviam quebrado seu quadril esquerdo com uma grande quantidade de golpes, para impedi-lo de andar por aí e cometer futuras besteiras.

Idris Ghidi ficou entre a vida e a morte durante várias semanas. Quando finalmente sentiu-se um pouco melhor, seu tio o levou para um sítio a seiscentos quilômetros de Mossul. Ele refez as energias durante o verão até ficar forte o bastante para reaprender a andar de muletas de modo mais ou menos aceitável. Sabia perfeitamente que nunca se restabeleceria por completo. A questão agora era o que ele faria dali em diante. Em agosto, seus dois irmãos foram presos pela polícia secreta. Jamais tornaria a vê-los. Deviam estar enterrados em algum lugar nos subúrbios de Mossul. Em setembro, seu tio descobriu que a polícia secreta de Saddam Hussein estava novamente procurando Idris Ghidi. Ele então resolveu procurar um atravessador anônimo, que, por uma quantia equivalente a trinta mil coroas, fez Idris Ghidi cruzar a fronteira turca e, com um passaporte falso, levou-o para a Europa.

Idris Ghidi aterrissou no aeroporto de Arlanda, em Estocolmo, em 19 de outubro de 1989. Não falava uma palavra de sueco, mas tinham lhe explicado que ele deveria se apresentar na polícia de fronteiras e imediatamente pedir asilo político, o que ele fez usando um inglês precário. Foi transferido para um centro de refugiados em Upplands-Väsby, e ali passou os dois anos seguintes, até que o Ministério da Imigração concluiu que não havia motivos suficientes para Idris Ghidi obter um visto de residência na Suécia.

A essa altura, Ghidi já havia aprendido a falar sueco e recebido tratamento médico para o seu quadril esmagado. Passara por duas cirurgias e conseguia se locomover sem muletas. Nesse meio-tempo, houvera o "não" dos moradores de Sjöbo aos imigrantes, alguns centros de refugiados tinham sido alvo de atentados e Bert Karlsson fundara o Partido Nova Democracia.

O motivo exato pelo qual Idris Ghidi constava nos arquivos da imprensa era que, no último instante, um novo advogado reunira a imprensa para explicar a situação. Outros curdos que viviam na Suécia se mobilizaram a favor de Idris Ghidi, entre os quais alguns membros da combativa família Baksi. Houve reuniões de protesto, e abaixo-assinados foram enviados ao ministro da Imigração, Birgit Friggebo. A repercussão na mídia foi tanta que o Ministério da Imigração acabou modificando sua decisão. Ghidi obteve um visto de residência e um emprego no reino da Suécia. Em janeiro de 1992, deixou o centro de refugiados de Upplands-Väsby na condição de homem livre.

Ao deixar o centro de refugiados, um novo desafio aguardava Idris Ghidi. Ele precisava encontrar trabalho enquanto ainda fazia fisioterapia no seu quadril destruído. Idris Ghidi logo iria descobrir que o fato de ele ter uma sólida formação como engenheiro civil, com anos de experiência e diplomas legalmente reconhecidos não queria dizer nada. Nos anos que se seguiram, trabalhou como entregador de jornais, lavador de pratos, gari e motorista de táxi. Viu-se obrigado a pedir demissão do emprego de entregador de jornais. Simplesmente não conseguia subir escadas no ritmo necessário. Gostava do trabalho de taxista, mas havia dois problemas. Não conhecia minimamente a rede viária de Estocolmo e não conseguia ficar imóvel mais de uma hora seguida sem que a dor no quadril se tornasse insuportável.

Em maio de 1998, Idris Ghidi se mudou para Göteborg. Um parente distante se compadecera de sua situação e lhe oferecera um emprego fixo numa firma de limpeza. Como Idris Ghidi não podia trabalhar em tempo integral, deram-lhe um serviço de meio período como chefe de uma das equipes de faxineiros do Hospital Sahlgrenska, que terceirizava os serviços. Seu trabalho, fácil e metódico, consistia em lavar o piso de alguns setores, entre eles o 11C, seis dias por semana.

Mikael Blomkvist leu o resumo de Daniel Olofsson e examinou a foto de Idris Ghidi no cadastro de passaportes. Em seguida, abriu o site dos arquivos de imprensa e selecionou vários que haviam servido de base para o resumo de Olofsson. Leu atentamente e depois passou um bocado de tempo refletindo. Acendeu um cigarro. A proibição de fumar na redação fora rapidamente abolida depois da saída de Erika Berger. Henry Cortez chegava a deixar um cinzeiro sobre sua mesa, à vista de todos.

Por fim, Mikael pegou a folha A4 que Daniel Olofsson produzira sobre Anders Jonasson. Leu o texto, e sulcos profundos foram marcando sua testa.

Mikael Blomkvist não estava vendo o carro com a placa KAB nem tinha a sensação de estar sendo seguido, mas preferiu não dar chance ao azar na segunda-feira, quando foi da livraria universitária à entrada secundária da loja de departamentos NK, saindo em seguida pela porta principal. Para conseguir vigiar alguém dentro de uma loja de departamentos, só sendo um super-homem. Desligou os dois celulares e foi a pé até a praça Gustaf Adolf. Entrou na galeria, passou em frente ao Hotel do Parlamento e penetrou na cidade velha. Até onde podia avaliar, não estava sendo seguido. Deu várias voltas pelas pequenas vielas até chegar ao endereço que queria e bateu à porta da editora Svartvitt.

Eram duas e meia da tarde. Mikael não avisara que ia aparecer, mas o redator Kurdo Baksi estava lá e seu rosto se iluminou ao ver Mikael Blomkvist.

— Ora, como vai — disse Baksi cordialmente. — Por que não vem mais nos visitar?

— Aqui estou — disse Mikael.

— Sim, mas deve fazer uns três anos, no mínimo, desde a última vez.

Apertaram-se as mãos.

Mikael Blomkvist conhecia Kurdo Baksi desde os anos 1980. Mikael fora um dos que tinham ajudado Baksi quando ele lançara a *Svartvitt*, que eles ainda imprimiam à noite e às escondidas na Federação dos Sindicatos. Kurdo fora flagrado por Per-Erik-Åström, o futuro caçador de pedófilos do *Rädda Barnen*. Certa noite, Åström entrou na gráfica da Federação e deu com pilhas de páginas do primeiro número da *Svartvitt* e com um Kurdo Baksi totalmente sem graça. Åström contemplou a diagramação horrorosa da primeira página e declarou que não era daquele jeito que se fazia a droga de uma revista. Em seguida, desenhou o logotipo que apareceria no cabeçalho da *Svartvitt* por quinze anos, até a revista ser enterrada e sucedida pela editora Svarvitt. Na época, Mikael encerrava um período odioso como responsável pelo setor de atualidades na Federação — sua única e exclusiva passagem por essa área. Per-Erik Åström o convencera a corrigir as provas da *Svartvitt* e a dar uma mãozinha na redação dos textos. A partir daí, Kurdo Baksi e Mikael Blomkvist se tornaram amigos.

Mikael Blomkvist sentou-se num sofá enquanto Kurdo Baksi ia buscar café na máquina do corredor. Conversaram durante algum tempo, como é natural quando as pessoas não se veem há muito, mas a todo momento eram interrompidos pelo celular de Kurdo. Ele tinha breves diálogos em curdo, ou quem sabe em turco, ou árabe, ou sabe Deus em que outra língua que Mikael não entendia. Toda vez que Mikael fora à editora Svartvitt tinha sido a mesma coisa. Gente ligando do mundo inteiro para falar com Kurdo.

— Meu caro Mikael, você parece preocupado. O que o traz aqui? — perguntou Kurdo Baksi por fim.

— Você poderia desligar o celular por uns cinco minutos para a gente poder falar em paz?

Kurdo desligou o celular.

— É o seguinte... preciso de um favor. Um favor importante, e ainda por cima tem que ser rápido e não pode ser comentado fora desta sala.

— Diga.

— Em 1989, um refugiado curdo chamado Idris Ghidi chegou à Suécia vindo do Iraque. Quando ameaçaram expulsá-lo, a sua família, Kurdo, o ajudou, e é graças a ela que ele acabou conseguindo um visto de permanência. Não sei se quem o ajudou foi seu pai ou alguma outra pessoa da família.

— Foi meu tio, Mahmut Baksi, quem ajudou o Idris Ghidi. Eu conheço o Idris. O que houve com ele?

— Ele agora trabalha em Göteborg. Preciso da sua ajuda para um serviço simples. Eu pago.

— Que tipo de serviço?

— Você confia em mim, Kurdo?

— Mas é claro. Sempre fomos amigos.

— Trata-se de um serviço especial. Muito especial. Não quero dizer em que ele consiste, mas garanto a você que não é nada ilegal e que não vai criar nenhum problema para você nem para o Idris Ghidi.

Kurdo Baksi fitou Mikael Blomkvist atentamente.

— Entendo. Mas você não quer me dizer do que se trata.

— Quanto menos você souber, melhor. Mas preciso que você me ponha em contato com o Idris, para que ele ouça o que eu tenho a dizer.

Kurdo refletiu um instante. Então foi até sua mesa e abriu uma caderneta. Procurou um pouco até encontrar o número do telefone de Idris Ghidi. Pegou o fone. A conversa se deu em curdo. Pela expressão de Kurdo, Mikael percebeu que ela começou com as frases e os preâmbulos rituais de gentileza. Depois, ficou sério e explicou o que queria. Passado um momento, virou-se para Mikael.

— Quando você quer se encontrar com ele?

— Na sexta à tarde, se possível. Pergunte se posso ir à casa dele.

Kurdo falou mais um pouco e encerrou a ligação.

— O Idris Ghidi mora em Angered — disse Kurdo Baksi. — Você tem o endereço?

Mikael fez que sim com a cabeça.

— Ele vai te esperar em casa, na sexta-feira, às cinco da tarde.

— Obrigado, Kurdo — disse Mikael.

— Ele trabalha no Hospital Sahlgrenska, na limpeza — disse Kurdo Baksi.

— Eu sei — disse Mikael.

— Soube pelos jornais que você está envolvido nesse caso Salander.

— É verdade.

— Andaram atirando nela.

— Isso mesmo.

— É interessante que ela esteja justamente no Sahlgrenska.

— Isso também é verdade.

Kurdo Baksi também não tinha nascido ontem.

Percebeu que Blomkvist tramava algo suspeito, era a especialidade dele. Conhecia Mikael desde os anos 1980. Nunca tinham sido muito próximos, mas Mikael sempre atendera quando Kurdo lhe pedira algum favor. Nos últimos anos, tinha acontecido de eles tomarem uma ou outra cerveja juntos, quando se cruzavam numa festa ou num bar.

— Será que eu não estou me envolvendo em alguma coisa que eu deveria saber? — perguntou Kurdo.

— Você não está se envolvendo em nada. Seu papel é apenas fazer o favor de me apresentar um conhecido seu. E repito... o que eu vou pedir para o Idris Ghidi fazer não é ilegal.

Kurdo assentiu com a cabeça. Esta garantia lhe bastava. Mikael se levantou.

— Fico te devendo essa.

— Uma vez eu, outra você... a gente está sempre se devendo algum favor — disse Kurdo Baksi.

Henry Cortez pôs o fone no gancho e tamborilou tão ruidosamente os dedos na beira da mesa que Monika Nilsson, irritada, ergueu uma sobrancelha e lançou-lhe um olhar mortífero. Notou que ele estava profundamente imerso em seus pensamentos. Estava com os nervos à flor da pele e resolveu não descontar em Henry.

Monika Nilsson sabia que Blomkvist andava de segredos com Cortez, Malu Eriksson e Christer Malm em razão do caso Salander, enquanto esperavam que ela e Lottie Karim fizessem o grosso do trabalho para o próximo número de uma revista que, na verdade, estava sem direção desde a saída de

Erika Berger. Não havia o que criticar em Malu, mas ela não tinha nem a experiência nem o peso de Erika Berger. E Cortez não passava de um garoto.

A irritação de Monika Nilsson não vinha de ela se sentir excluída ou querer estar no lugar deles — era, aliás, a última coisa que ela iria querer. Seu trabalho consistia em observar o governo, o Parlamento e o funcionalismo pela *Millennium*. Gostava desse trabalho e conhecia todos os seus meandros. Também estava envolvida em muitas outras tarefas, entre outras coisas escrever uma coluna semanal para um jornal sindical e um trabalho voluntário para a Anistia Internacional. Isso era inconciliável com o cargo de redatora-chefe da *Millennium*, que a levaria a trabalhar no mínimo doze horas por dia, além de sacrificar fins de semana e feriados.

Tinha, porém, a impressão de que algo mudara na *Millennium*. Não estava reconhecendo a revista. E não conseguia detectar o que soava errado.

Como sempre, Mikael Blomkvist vinha tendo um comportamento irresponsável, sumindo em suas viagens misteriosas e entrando e saindo quando bem entendesse. Claro, ele era coproprietário da *Millennium* e tinha o direito de decidir o que queria fazer, mas era legítimo exigir dele um mínimo de responsabilidade.

Christer Malm era o outro coproprietário, mas não ajudava mais do que quando estava de férias. Era, sem dúvida alguma, muito talentoso e já assumira o posto de redator-chefe quando Erika estava de licença ou ocupada, porém de modo geral só organizava o que já havia sido decidido pelos outros. Era brilhante em tudo que se relacionava com criação gráfica e diagramação, mas completamente inútil para planejar uma revista.

Monika Nilsson franziu o cenho.

Não, estava sendo injusta. O que a irritava era alguma coisa ter acontecido na redação. Mikael trabalhava com Malu e Henry, e os demais ficavam, de certa forma, excluídos. Eles tinham formado uma panelinha e se trancavam na sala de Erika... de Malu, e saíam de lá sem dizer uma palavra. Sob a direção de Erika, tudo era coletivo. Monika não entendia o que acontecera, mas entendia que estava sendo deixada de lado.

Mikael estava trabalhando no caso Salander e não deixava escapar uma palavra sobre o assunto. Isso, porém, não era novidade. Ele tampouco dissera alguma coisa na época do caso Wennerström — a própria Erika não soubera de nada —, mas desta vez tinha Henry e Malu como confidentes.

Em suma, Monika estava irritada. Estava precisando de férias. Precisando de distância. Viu Henry Cortez vestir seu casaco de veludo cotelê.

— Vou dar uma volta — disse ele. — Você pode dizer para a Malu que eu vou ficar fora por umas duas horas?

— O que houve?

— Acho que talvez eu tenha descoberto alguma coisa. Um superfuro. Sobre vasos sanitários. Preciso conferir uns detalhes, mas, se estiver tudo certo, vamos ter um texto legal para o número de junho.

— Vasos sanitários? — espantou-se Monika Nilsson, enquanto ele saía.

Erika Berger cerrou os dentes e largou devagar o texto sobre o futuro julgamento de Lisbeth Salander. Não era longo, duas colunas, destinado à página 5 com as atualidades nacionais. Eram três e meia da tarde de uma quinta-feira. Fazia doze dias que ela estava trabalhando no *SMP*. Pegou o telefone e ligou para o chefe de Atualidades, Lukas Holm.

— Olá, é a Berger. Você poderia procurar o jornalista Johannes Frisk e vir com ele agora mesmo até a minha sala, por favor?

Ela desligou e esperou pacientemente até Holm chegar ao aquário, seguido por Johannes Frisk. Erika olhou o relógio.

— Vinte e dois — disse ela.

— O quê? — disse Holm.

— Vinte e dois minutos. Você precisou de vinte e dois minutos para se levantar de sua mesa, percorrer os quinze metros que te separam da mesa de Johannes Frisk e se dignar a vir até aqui.

— Você não falou que era urgente. Estou razoavelmente ocupado.

— Eu não falei que era urgente. Falei que era para você buscar o Johannes Frisk e vir até a minha sala. Eu disse "agora mesmo", o que queria dizer imediatamente, e não hoje à noite ou na semana que vem, ou quando fosse conveniente para você tirar a bunda da cadeira.

— Ei, eu estou achando...

— Feche a porta.

Ela esperou Lukas Holm fechar a porta atrás de si. Erika o observou em silêncio. Ele era, sem dúvida, um chefe de Atualidades particularmente competente, cujo papel era cuidar para que as páginas do *SMP* sempre trouxessem bons textos, compreensíveis e organizados no espaço definido durante a reunião da manhã. Lukas Holm, de fato, fazia diariamente malabarismo com uma quantidade gigantesca de tarefas. E fazia isso sem deixar cair nenhuma bola.

O problema é que ele ignorava sistematicamente as decisões de Erika Berger. Por quase duas semanas, ela tentara achar um jeito de conseguir trabalhar com ele. Argumentara com cordialidade, experimentara ordens diretas, o estimulara a pensar de forma diferente e, no geral, fizera de tudo para ele entender qual a concepção que ela tinha do jornal.

Nada disso funcionara.

Um texto recusado por ela à tarde aparecia no jornal à noitinha, quando ela voltava para casa. *É que excluímos um texto e ficamos com uma lacuna que tínhamos que preencher de qualquer maneira*, ele dizia.

O título escolhido por Erika de repente era rejeitado e substituído por outro bem diferente. Nem sempre era ruim, mas isso acontecia sem que ela fosse consultada. Acontecia, inclusive, de maneira provocativa e ostensiva.

Sempre se tratava de ninharias. A reunião da redação prevista para as catorze horas era adiantada para as 13h50 de uma hora para outra, sem que ela fosse informada, e a maioria das decisões já estava tomada quando ela por fim chegava. *Oh, me desculpe... esqueci completamente de te avisar.*

Era muito difícil para Erika Berger entender por que Lukas Holm assumia essa atitude em relação a ela, mas o fato é que as conversas cordiais e as reprimendas discretas não funcionavam. Até então, achara melhor não discutir o problema na presença de outros colaboradores da redação, procurando limitar sua irritação às conversas pessoais e confidenciais. Nada surtira efeito, de modo que chegara a hora de se expressar mais claramente, dessa vez na presença do colaborador Johannes Frisk, garantia de que o teor da conversa se espalharia por toda a redação.

— A primeira coisa que eu disse quando comecei a trabalhar aqui foi que tenho um particular interesse por tudo o que diz respeito a Lisbeth Salander. Expliquei que queria ser informada de todos os artigos que estivessem previstos e que queria olhar e aprovar tudo o que fosse ser publicado. Já lembrei você disso pelo menos uma dúzia de vezes, sendo que a última vez foi na reunião da redação de sexta-feira passada. Que parte dessa instrução você não entendeu?

— Todos os textos previstos ou já na fase de redação estão nas pautas diárias na intranet. Eles são sistematicamente enviados para o seu computador. Você é informada o tempo todo.

— Balela. Quando recebi o *SMP* na minha caixa de correspondência hoje de manhã, encontrei três colunas sobre a Salander e o acompanhamento do caso de Stallarholmen no espaço nobre de Atualidades.

— Era o texto da Margareta Orring. Ela é frila e só mandou o texto ontem lá pelas sete da noite.

— A Margareta Orring ligou para oferecer o artigo ontem às onze da manhã. Você aceitou e encomendou o trabalho por volta das onze e meia. E não disse uma palavra sobre assunto na reunião das duas da tarde.

— Mas ele consta na pauta do dia.

— Ah, é? Na pauta do dia consta o seguinte: "Margareta Orring, entrevista com a procuradora Martina Fransson. Cf. apreensão de entorpecentes em Södertälje".

— O assunto de base era uma entrevista com a Martina Fransson a respeito de uma apreensão de esteroides anabolizantes, que resultou na prisão de um membro do MC Svavelsjö.

— Tá bom! E na pauta do dia não aparece uma palavra sobre o MC Svavelsjö nem sobre o fato de que o artigo iria se articular em torno de Magge Lundin e Stallarholmen e, portanto, em torno de Lisbeth Salander.

— Imagino que a coisa tenha se definido no decorrer da entrevista...

— Lukas, não sei qual o motivo, mas você está mentindo para mim enquanto olha nos meus olhos. Eu falei com a Margareta Orring, que escreveu o texto. Ela lhe explicou muito claramente qual era o assunto central da entrevista.

— Sinto muito, mas acho que não entendi que ela ia focar na Salander. Acontece que recebi o texto muito tarde, já de noite. O que eu devia fazer? Jogar tudo fora? É um bom texto, esse da Orring.

— Nesse ponto nós concordamos. É um texto excelente. E chegamos à sua terceira mentira em mais ou menos três minutos. Porque a Orring entregou o texto às três e vinte da tarde, ou seja, muito antes das seis horas, quando eu saí.

— Berger, eu não estou gostando do seu tom.

— Ótimo. Então posso dizer que eu também não gosto do seu tom, nem dos seus pretextos, nem das suas mentiras.

— Quem ouve até pode achar que eu estou armando algum tipo de conspiração contra você.

— Você ainda não respondeu a minha pergunta. E agora mais esta: hoje, chega à minha mesa este texto do Johannes Frisk. Não lembro de termos falado sobre ele na reunião das duas horas. Como pode um dos nossos jornalistas ter passado o dia trabalhando sobre a Salander sem que eu estivesse a par?

Johannes Frisk se remexeu na cadeira. Teve o bom senso de permanecer calado.

— Mas afinal... a gente está produzindo um jornal. Deve haver centenas de textos que você não conhece. Aqui no *SMP* a gente tem uma rotina, e cabe a cada um se adaptar a ela. Não tenho nem tempo nem condições de me deter em certos textos específicos.

— Eu não lhe pedi que se detivesse em certos textos específicos. Eu exigi, primeiro, ser informada de tudo o que diz respeito ao caso Salander e, segundo, poder endossar tudo o que fosse publicado sobre o assunto. Então vou repetir a pergunta: que parte dessa instrução você não entendeu?

Lukas Holm suspirou e exibiu uma expressão atormentada.

— Está bem — disse Erika Berger. — Então vou ser mais clara ainda. Não tenho a intenção de ficar discutindo. Vamos ver se você entende a seguinte mensagem. Se essa situação se repetir, tiro você da editoria de Atualidades. Vai ser o maior bafafá, e depois disso você vai ficar redigindo a página Família, ou Lazer, ou algo assim. Não posso ficar com um editor de Atualidades em quem não confio, ou com quem não posso trabalhar, e que passa o tempo todo boicotando as minhas decisões. Está entendido?

Lukas Holm fez um gesto de mãos para expressar como achava um delírio as acusações de Erika Berger.

— Entendeu? Ou não?

— Estou escutando.

— Eu perguntei se você entendeu ou não.

— Você acha mesmo que vai se safar desse jeito? Esse jornal só sai porque eu e outras peças desta engrenagem nos matamos de trabalhar. O conselho administrativo vai...

— O conselho vai fazer o que eu mandar. Estou aqui para renovar o jornal. Tenho uma missão expressa, que a gente negociou juntos com o maior cuidado e que me dá o direito de fazer mudanças de peso na redação no nível das chefias. Posso me desfazer do supérfluo e contratar sangue novo quando eu quiser. E, Holm, para mim você está começando a parecer cada vez mais supérfluo.

Ela se calou. Holm cruzou o olhar com o seu. Parecia furioso.

— É só isso — disse Erika Berger. — Sugiro que você reflita seriamente no que acabamos de falar.

— Não tenho a intenção...

— Só depende de você. É só. Pode se retirar.

Ele deu meia-volta e saiu do aquário. Ela o viu atravessar o formigueiro da redação e desaparecer na sala dos funcionários. Johannes Frisk se levantou para ir atrás dele.

— Você fica, Johannes. Sente-se.

Ela pegou o texto dele e o percorreu com os olhos mais uma vez.

— Pelo que entendi, você está aqui como substituto.

— Sim. Faz cinco meses, esta é a minha última semana.

— Quantos anos você tem?

— Vinte e sete.

— Lamento ter te colocado nesta briga entre mim e o Holm. Me fale sobre o seu artigo.

— Me passaram uma informação hoje de manhã e eu comuniquei ao Holm. Ele falou para eu tocar em frente.

— Certo. Quer dizer que, no momento, a polícia está trabalhando com a hipótese de que a Lisbeth Salander estaria envolvida numa venda de esteroides anabolizantes. O seu artigo tem alguma relação com o texto de ontem, sobre Södertälje, que também falava em anabolizantes?

— Não sei, pode ser. Essa história de anabolizantes surgiu da relação dela com o boxeador. O Paolo Roberto e os amigos dele.

— Porque o Paolo Roberto usa anabolizantes?

— O quê? Não, claro que não. Tem mais a ver com o ambiente do boxe. A Salander treina boxe com uns caras meio suspeitos num clube do Söder. Mas essa é a visão da polícia, não a minha. Foi em algum ponto por aí que surgiu a ideia de que ela estaria metida com a venda de anabolizantes.

— Portanto o artigo não se fundamenta em nada, a não ser num boato à toa?

— Não é um boato, é uma hipótese que a polícia está considerando. Se eles estão certos ou errados, aí já não faço ideia.

— Perfeito, Johannes. Quero que você saiba que o que eu estou conversando com você agora não tem nada a ver com a minha relação com o Lukas Holm. Acho você um excelente jornalista. Escreve bem e é atento aos detalhes. Em suma, esse artigo que você escreveu está muito bom. Meu único problema é que não acredito numa só palavra do conteúdo dele.

— Posso garantir que ele está absolutamente correto.

— Vou te explicar por que esse artigo traz um erro fundamental. Quem lhe passou a informação?

— Uma fonte policial.

— Quem?

Johannes Frisk hesitou. Sua reticência era instintiva. Como qualquer jornalista no mundo inteiro, ele não gostava de revelar suas fontes. Por outro lado, Erika Berger era a redatora-chefe e, portanto, uma das poucas pessoas que podiam exigir que ele desse essa informação.

— Um policial da Brigada Criminal chamado Hans Faste.

— Foi ele que ligou ou você?

— Ele.

Erika Berger suspirou.

— E por que você acha que ele te ligou?

— Eu o entrevistei várias vezes durante a caçada à Salander. Ele sabe quem eu sou.

— E ele sabe que você tem vinte e sete anos, que é um jornalista substituto e que pode ser útil quando ele quiser plantar informações que o procurador gostaria de divulgar.

— Sim, entendo. Mas, veja bem, eu recebo uma informação de um investigador, vou tomar um café com o Faste e o que ele me conta é isso. Reproduzo fielmente a história dele. Então, o que devo fazer?

— Tenho certeza de que você transcreveu tudo corretamente. O certo teria sido você levar a informação para o Lukas Holm, que me procuraria para explicar a situação, e assim a gente decidiria juntos como encaminhar o caso.

— Entendo. Mas eu...

— Você entregou o material ao Holm, que é o chefe de Atualidades. Você fez o certo. O Holm é que pisou na bola. Mas vamos dar uma analisada no seu texto. Primeiro, por que o Faste quer que essa informação se torne pública?

Johannes Frisk deu de ombros.

— Isso quer dizer que você não sabe ou que não está nem aí?

— Que eu não sei.

— Tudo bem. Se eu disser que o seu artigo é mentiroso e que a Salander não tem nada a ver com esteroides anabolizantes, você vai responder o quê?

— Que eu não posso provar o contrário.

— Exato. Isso quer dizer que, segundo você, a gente pode publicar um artigo que talvez seja mentiroso só porque não temos nada em contrário.

— Não, a gente tem uma responsabilidade jornalística. Mas sempre se deve achar um equilíbrio. Não dá para deixar de publicar alguma coisa que uma fonte afirma expressamente.

— Essa é uma filosofia. A gente também pode se perguntar por que a fonte quer divulgar essa informação. Deixe eu explicar por que dei ordem para que tudo o que diz respeito à Salander passe pela minha mesa. Tenho informações particulares sobre esse assunto que mais ninguém aqui no *SMP* tem. O jurídico foi informado de que eu detenho essas informações e que não posso discuti-las com eles. A *Millennium* vai publicar uma matéria e, por contrato, não posso revelar nada ao *SMP*, embora eu esteja trabalhando aqui. Obtive essa informação na qualidade de diretora da *Millennium* e, no momento, estou numa situação delicada. Você entende o que quero dizer?

— Sim.

— E o que eu sei através da *Millennium* me autoriza, sem hesitação, a declarar que esse artigo é mentiroso e visa prejudicar a Lisbeth Salander antes do julgamento.

— É difícil prejudicar mais a Lisbeth Salander. Com todas as revelações que já foram feitas sobre ela...

— Revelações que são, na maioria, mentirosas e deturpadas. O Hans Faste é uma das principais fontes de todas essas revelações de que Lisbeth Salander seria uma lésbica paranoica e violenta que mexe com satanismo e sadomasoquismo. E a mídia engoliu a versão do Faste apenas porque ele é uma fonte aparentemente séria e porque sempre é divertido escrever sobre sexo. Agora ele está enveredando por outra linha de tiro, que pretende condenar a Lisbeth Salander perante a opinião pública, e ele quer que o *SMP* contribua nessa divulgação. Lamento, mas não sob o meu comando.

— Entendo.

— Tem certeza? Ótimo. Então posso resumir o meu discurso numa só frase. A sua missão como jornalista é questionar e manter um olhar crítico, e não repetir tolamente qualquer declaração, mesmo que ela venha de um figurão das altas esferas administrativas. Você é um redator de primeira, mas seu talento não vai ter valor nenhum se você se esquecer da sua missão.

— Certo.

— Pretendo invalidar este artigo.

— Tudo bem.

— Ele não se sustenta. Não acredito no que ele diz.

— Entendo.

— Isso não significa que eu não confie em você.

— Obrigado.

— Por isso vou te mandar de volta para a sua mesa com a proposta de um outro artigo.

— Ah, é?

— Tem a ver com o meu contrato com a *Millennium*. Eu não posso revelar o que sei sobre o caso da Lisbeth Salander. Ao mesmo tempo, sou redatora-chefe de um jornal que está sujeito a dar uma tremenda pisada na bola, já que a redação não dispõe das mesmas informações que eu.

— Humm.

— Isso não é bom. Estamos numa situação única, que só diz respeito à Salander. Por isso resolvi escolher um jornalista e guiá-lo na direção certa para a gente não ficar com cara de bobo quando a *Millennium* sair.

— E você acha que a *Millennium* vai publicar algo excepcional sobre a Salander?

— Eu não acho. Eu sei. A *Millennium* está preparando um furo que vai dar uma reviravolta completa no caso Salander, e eu fico doida por não poder publicar a matéria. Porém isso é impossível.

— Mas você disse que vai rejeitar o meu texto porque sabe que ele está errado... Então significa que você já está sabendo que existe alguma coisa no caso que os outros jornalistas deixaram passar.

— Exato.

— Me desculpe, mas é difícil acreditar que a mídia sueca inteirinha tenha caído numa armadilha dessas...

— A Lisbeth Salander foi vítima de uma perseguição da mídia. Em casos assim, as regras deixam de ter valor e qualquer bobagem pode ir parar na primeira página.

— Você está dizendo que a Salander não é o que aparenta ser.

— Tente imaginar que ela é inocente das acusações que estão lhe fazendo, que a imagem dela, construída pelas manchetes sensacionalistas, é falsa e que estão envolvidas forças bem diferentes das que se viram até agora.

— Você está dizendo que esse é o caso?

Erika Berger fez que sim com a cabeça.

— E isso significa que o que eu acabo de escrever faz parte da campanha que tem sido feita contra ela.

— Exato.

— Mas você não pode dizer o porquê disso tudo?

— Não.

Johannes Frisk coçou a cabeça. Erika Berger esperou que ele terminasse de pensar.

— Está bem... o que você quer que eu faça?

— Volte para a sua mesa e comece a pensar num outro artigo. Não precisa se estressar, mas pouco antes de começar o julgamento eu queria publicar um texto longo, talvez de duas páginas, que analisasse a veracidade de todas as afirmações que já foram feitas sobre a Lisbeth Salander. Para começar, leia todos os artigos que saíram na imprensa, faça uma lista de tudo o que foi dito sobre ela e questione todas as afirmações, uma por uma.

— Ahã...

— Pense como repórter. Descubra quem está espalhando essa história, por que ela se espalhou e quem pode se beneficiar com ela.

— O detalhe é que não sei se ainda vou estar no *SMP* quando o julgamento começar. Como eu disse, esta é a minha última semana como substituto.

Erika pegou uma pasta de plástico da gaveta da escrivaninha, tirou de lá de dentro um papel e o colocou diante de Johannes Frisk.

— Já prorroguei a sua substituição por mais três meses. Esta semana você continua normalmente, e volta a se apresentar na segunda-feira que vem.

— Hum...

— Quer dizer, isso se você estiver interessado em continuar aqui.

— Claro que sim.

— Você foi contratado para um serviço de investigação fora do trabalho normal da redação. Vai trabalhar diretamente sob as minhas ordens. Será o nosso enviado especial no julgamento Salander.

— O chefe de Atualidades vai estrilar...

— Não se preocupe com o Holm. Já falei com o chefe do jurídico, e ele vai cuidar para que não haja problema com eles. Mas você vai meter o nariz nos bastidores, em vez de ficar levantando informações comuns. Está bem assim?

— Está ótimo.

— Bem... então era isso. Até segunda.

Ela fez um sinal para que ele se retirasse. Quando tornou a levantar os olhos, percebeu que Lukas Holm olhava para ela do outro lado do polo central. Ele baixou os olhos e fingiu não vê-la.

11. SEXTA-FEIRA 13 DE MAIO — SÁBADO 14 DE MAIO

Mikael Blomkvist tomou o maior cuidado para não ser seguido quando, na sexta-feira bem cedo, foi a pé da redação da *Millennium* até o antigo endereço de Lisbeth Salander na Lundagatan. Precisava ir a Göteborg se encontrar com Idris Ghidi. A questão era achar um meio de transporte seguro, sem riscos de ser identificado e que não deixasse pistas. Depois de muito ponderar, rejeitara o trem, por não querer usar seu cartão de banco. Em geral, pegava emprestado o carro de Erika Berger, mas isso já não era possível. Chegara a pensar em pedir que Henry Cortez, ou outra pessoa, alugasse um carro para ele, mas isso também acabaria deixando pistas em alguma papelada.

Por fim, descobriu a solução óbvia. Sacou uma quantia significativa num caixa automático da Götgatan. Usou as chaves de Lisbeth Salander para abrir a porta do Honda cor de vinho dela, que estava abandonado na frente de sua residência desde o mês de março. Ajustou o assento e constatou que o tanque estava pela metade. Deu a partida e dirigiu-se para a E4 pela ponte de Liljeholmen.

Em Göteborg, estacionou às 14h50 numa rua transversal à Avenyn. Pediu um almoço tardio no primeiro bar que encontrou. Às 16h10, pegou o bonde para Angered e desceu no centro. Levou vinte minutos para achar o endereço de Idris Ghidi. Estava dez minutos atrasado para o encontro.

Idris Ghidi mancava. Abriu a porta, apertou a mão de Mikael Blomkvist e o convidou a entrar numa sala de mobília espartana. Sobre uma cômoda, ao lado da mesa em que convidou Mikael a se sentar, havia uma dúzia de fotografias emolduradas, que Mikael contemplou.

— Minha família — disse Idris Ghidi.

Falava com um sotaque carregado. Mikael calculou que ele não sobreviveria ao teste de proficiência no idioma proposto pelos moderados.

— São seus irmãos?

— Meus dois irmãos, à esquerda, foram assassinados por Saddam nos anos 1980, assim como meu pai, que está ali no meio. A minha mãe morreu em 2000. Minhas três irmãs estão vivas. Moram no exterior. Duas na Síria e a caçula em Madri.

Mikael meneou a cabeça. Idris Ghidi serviu um café turco.

— O Kurdo Baksi mandou lembranças.

Idris Ghidi fez um gesto de assentimento com a cabeça.

— Ele lhe explicou o que eu queria?

— O Kurdo me disse que você queria me contratar para um serviço, mas não disse o que era. Já vou dizendo que não aceito fazer nada ilegal. Não posso me dar ao luxo de me envolver nesse tipo de coisa.

Mikael balançou a cabeça.

— Não há nada de ilegal no que eu vou lhe pedir, mas é uma coisa meio incomum. O serviço vai durar várias semanas, e seu trabalho propriamente dito deverá ser feito todos os dias. Por outro lado, vai levar apenas poucos minutos por dia. Estou disposto a lhe pagar mil coroas por semana. O dinheiro vai para você direto, nem precisa passar pelo fisco.

— Entendo. O que eu teria que fazer?

— Você trabalha no setor de limpeza do Hospital Sahlgrenska.

Idris Ghidi fez que sim com a cabeça.

— Uma das suas tarefas diárias — ou pelo menos seis dias por semana, pelo que entendi — consiste em fazer a faxina do setor 11C, ou seja, a unidade de tratamento intensivo.

Idris Ghidi meneou a cabeça.

— O que eu queria de você é o seguinte.

Mikael Blomkvist se inclinou para a frente e explicou sua proposta.

O procurador Richard Ekström contemplou, pensativo, seu visitante. Era a terceira vez que se encontrava com o delegado Georg Nyström. Viu um rosto enrugado, emoldurado por cabelos grisalhos. Georg Nyström o visitara pela primeira vez nos dias que se seguiram ao assassinato de Zalachenko. Exibira uma carteira profissional provando que trabalhava para a DGPN/Säpo. Tiveram uma longa conversa em voz baixa.

— É importante que o senhor entenda que de maneira alguma estou tentando interferir na sua atuação ou fazer o seu trabalho — disse Nyström.

Ekström fez um gesto de assentimento com a cabeça.

— Queria também enfatizar que em hipótese alguma o senhor poderá tornar pública a informação que vou lhe passar.

— Entendo — disse Ekström.

Para ser sincero, Ekström não entendia muito bem, mas não queria parecer tolo fazendo perguntas demais. Percebera que o caso Zalachenko era algo a ser tratado com a máxima cautela. Percebera também que as visitas de Nyström eram totalmente informais, mesmo havendo uma conexão com o chefe da Segurança.

— Estamos falando de vidas humanas — explicara Nyström já no primeiro encontro. — Para nós, da Säpo, tudo o que se refere à verdade sobre o caso Zalachenko é considerado segredo de Estado. Posso confirmar que se trata de um ex-agente secreto que desertou da espionagem militar soviética e uma das figuras-chave na ofensiva dos russos contra a Europa Ocidental nos anos 1970.

— Pois é... aparentemente, é o que afirma o Mikael Blomkvist.

— Nesse caso, o Mikael Blomkvist está coberto de razão. Ele é jornalista e deparou com um dos casos mais secretos da Defesa sueca em todos os tempos.

— Ele vai publicar essa história.

— Evidentemente. Ele representa a imprensa, com todas as suas vantagens e desvantagens. Vivemos numa democracia e não temos nenhuma influência sobre o que circula na mídia. A desvantagem, nesse caso, é que o Blomkvist obviamente só conhece uma parte ínfima da verdade sobre o Zalachenko, e muito do que ele sabe está errado.

— Entendo.

— O que o Blomkvist não percebe é que, se a verdade sobre o Zalachenko vier à tona, os russos vão conseguir identificar os nossos informantes e as nossas fontes entre eles. Isso significa que pessoas que arriscaram a vida pela democracia poderiam ser mortas.

— Mas a Rússia também se tornou uma democracia, não é? Quero dizer, se tudo isso aconteceu no tempo dos comunistas, então...

— Que ilusão! Estamos falando de gente que fez espionagem contra a Rússia — nenhum regime do mundo aceitaria uma coisa dessas, mesmo que tenha acontecido há vários anos. E muitas dessas fontes ainda estão em atividade...

Esses agentes não existiam, mas isso o procurador Ekström não tinha como saber. Era obrigado a aceitar o que Nyström dizia. E, contra a sua vontade, sentia-se lisonjeado por partilhar, daquele modo informal, informações consideradas segredo de segurança nacional. Estava vagamente surpreso que a Segurança sueca tivesse conseguido penetrar na defesa russa até onde Nyström dava a entender, e entendia perfeitamente que aquele tipo de informação sem dúvida não podia ser divulgado.

— Quando me encarregaram de entrar em contato com o senhor, realizamos uma avaliação minuciosa a seu respeito — disse Nyström.

Para seduzir uma pessoa, sempre é preciso identificar seus pontos fracos. O ponto fraco do procurador Ekström era a convicção que ele tinha de sua própria importância, e, como todo mundo, ele apreciava a lisonja. O objetivo era ele pensar que havia sido escolhido.

— E constatamos que o senhor goza da maior confiança dentro da polícia... e também, é claro, nas esferas governamentais — acrescentou Nyström.

Ekström se sentia no céu. Que pessoas não mencionadas das esferas governamentais *confiassem* nele era uma informação que indicava, sem ser claramente dito, que ele poderia contar com alguma gratidão se soubesse jogar suas cartas com habilidade. Era uma boa perspectiva para a sua carreira.

— Entendo... e o que vocês desejam?

— Falando de maneira simples, minha missão é lhe fornecer elementos da forma mais discreta possível. O senhor entende, claro, a que ponto essa história é incrivelmente complicada. Por um lado, há um inquérito preliminar dentro das normas, pelo qual o senhor é o responsável. Ninguém... nem o governo, nem a Segurança, nem quem quer que seja pode interferir na maneira como o senhor conduz esse inquérito. O seu trabalho consiste em descobrir a verdade e indiciar os culpados. É uma das funções mais importantes que existem num Estado de direito.

Ekström assentiu com a cabeça.

— Por outro lado, seria uma catástrofe nacional de proporções quase inconcebíveis se toda a verdade sobre o Zalachenko fosse revelada.

— Qual é, então, o objetivo de sua visita?

— Primeiro, cabe a mim chamar sua atenção para essa situação delicada. Não creio que a Suécia tenha estado numa situação mais vulnerável desde a Segunda Guerra Mundial. Pode-se dizer que o destino do país está, em certa medida, nas suas mãos.

— Quem é o seu chefe?

— Lamento, mas não posso revelar o nome das pessoas que estão trabalhando nesse caso. Mas posso lhe garantir que as minhas instruções vêm do escalão mais alto que se possa imaginar.

Meu Deus. Ele está agindo por ordem do governo. Mas isso não pode ser dito, pois isso desencadearia um desastre político.

Nyström viu que Ekström estava mordendo a isca.

— Em compensação, o que posso fazer é ajudá-lo fornecendo informações. Estou autorizado a lhe repassar, na medida em que me parecer pertinente, um material considerado dos mais secretos que temos no país.

— Entendo.

— Isso quer dizer que, quando o senhor tiver perguntas a fazer, quaisquer que sejam, deverá dirigir-se a mim. Não deverá falar com mais ninguém da Segurança, só comigo. Minha missão é guiá-lo nesse labirinto, e se houver qualquer risco de um choque de interesses, vamos ter de encontrar juntos uma solução.

— Entendo. Nesse caso, permita-me dizer que fico muito grato por o senhor e seus colegas estarem dispostos a facilitar as coisas para mim, como estão fazendo.

— Fazemos questão que as vias jurídicas sigam seu curso normal, embora a situação seja delicada.

— Melhor assim. Posso garantir que serei de uma discrição absoluta. Não é a primeira vez que trabalho com dados sigilosos.

— Sim, estamos informados.

Ekström fizera uma dúzia de perguntas, que Nyström anotara meticulosamente para tentar lhe trazer mais tarde respostas tão completas quanto possível. Durante uma terceira visita, Ekström teria a resposta para várias dessas perguntas. A mais importante era o que havia de verídico no relatório de Björck de 1991.

— Isso é um problema para nós — disse Nyström.

Ele parecia preocupado.

— Talvez eu deva explicar, antes de mais nada, que desde que esse relatório veio à tona temos um grupo de análise trabalhando quase vinte e quatro horas por dia para esclarecer exatamente o que aconteceu. E já estamos, afinal, chegando a algumas conclusões. São conclusões bastante desagradáveis.

— Posso entender, já que o relatório prova que a Säpo e o psiquiatra Peter Teleborian conspiraram para mandar internar Lisbeth Salander num hospital psiquiátrico.

— Antes tivesse sido assim — disse Nyström com um sorrisinho.

— O que o senhor quer dizer?

— Bem, se tivesse sido assim, tudo seria muito simples. Teria havido uma infração à lei que poderia resultar em indiciamento. O problema é que o relatório não corresponde ao que está nos nossos arquivos.

— Como assim?

Nyström pegou uma pasta azul e a abriu.

— O que eu tenho aqui é o verdadeiro relatório que Gunnar Björck redigiu em 1991. Temos também nos nossos arquivos os originais da correspondência entre ele e o Teleborian. O problema é que as duas versões não batem.

— Me explique melhor.

— É um tremendo azar o Björck ter se enforcado. Supõe-se que ele tenha feito isso por causa das revelações sobre seus desvios sexuais, que iam ser publicadas em breve. A *Millennium* pretendia denunciá-lo. Eles o levaram a tal desespero que ele preferiu acabar com a própria vida.

— Sei...

— O relatório original é uma investigação sobre a tentativa de Lisbeth Salander de matar o pai, Alexander Zalachenko, com um coquetel Molotov.

As trinta primeiras páginas que o Blomkvist descobriu batem com o original. Essas páginas não trazem nenhuma informação sensacional. É só a partir da página 33, quando o Björck tira suas conclusões e emite um parecer, que aparece a divergência.

— De que jeito?

— Na versão original, o Björck faz cinco recomendações muito claras. Não vou esconder que ele propõe que o caso Zalachenko desapareça dos noticiários. O Björck sugere que a recuperação de Zalachenko — que ficou gravemente queimado — fosse feita no exterior. Coisas desse tipo. Sugere também que seja oferecido a Lisbeth Salander o melhor tratamento psiquiátrico.

— Ah, é?

— O problema é que um bocado de frases foram alteradas, de maneira bem sutil. Na página 34, há um trecho em que o Björck parece sugerir que a Salander seja declarada psicótica, de modo a desacreditá-la caso alguém começasse a fazer perguntas sobre o Zalachenko.

— E essa sugestão não consta no relatório original?

— Exatamente. O Gunnar Björck jamais sugeriu nada do gênero. Sem contar que teria sido contra a lei. Ele sugeriu que ela recebesse o tratamento de que de fato precisava. Na cópia do Blomkvist, isso tudo vira uma maquinação.

— Posso ler o original?

— Pois não. Mas preciso levá-lo comigo quando sair. E, antes que o leia, permita-me chamar sua atenção para o anexo, a correspondência que posteriormente se estabeleceu entre o Björck e o Teleborian. Foi quase que toda falsificada. E nesse caso não se trata de alterações sutis, e sim de falsificações grosseiras.

— Falsificações?

— Acho que a palavra é essa. O original mostra que Peter Teleborian foi indicado pelo Tribunal de Instâncias para fazer uma avaliação psiquiátrica legal de Lisbeth Salander. O que não é nada estranho. Lisbeth Salander tinha doze anos e havia tentado matar o pai com um coquetel Molotov. Estranho seria se não tivesse havido nenhuma avaliação psiquiátrica.

— Sim, claro.

— Se o senhor fosse procurador naquela época, imagino que também teria pedido não só uma investigação social como uma avaliação psiquiátrica.

— Sem dúvida.

— Já naquela época o Teleborian era um psiquiatra infantil conhecido e respeitado, além de já ter trabalhado com medicina legal. Foi indicado e realizou um exame absolutamente normal, concluindo que Lisbeth Salander apresentava perturbações psíquicas... desculpe se estou deixando de lado os termos técnicos.

— Sim, sim...

— O Teleborian registrou todas as suas conclusões num relatório, que ele enviou ao Björck e que posteriormente foi apresentado ao Tribunal de Instâncias, o qual decidiu que a Salander deveria ser tratada na clínica Sankt Stefan.

— Entendo.

— Na versão do Blomkvist, não consta a avaliação feita pelo Teleborian. Em seu lugar, há uma correspondência entre o Björck e o Teleborian insinuando que o Björck orienta o Teleborian a apresentar um exame psiquiátrico forjado.

— E, segundo o senhor, essa correspondência é falsa.

— Sem dúvida.

— E quem teria interesse em fazer essas falsificações?

Nytström largou o relatório e franziu o cenho.

— Agora o senhor pôs o dedo no nó da questão.

— E a resposta é...

— Não sabemos. O nosso grupo de análise está dando um duro justamente para descobrir a resposta a essa pergunta.

— Seria possível imaginar que o Blomkvist forjou tudo isso?

Nyström riu.

— No começo também pensamos assim. Mas parece inverossímil. Achamos que essas falsificações foram feitas muito tempo atrás, provavelmente na época em que o relatório original foi escrito.

— Ah, é?

— O que nos leva a conclusões desagradáveis. Quem fez essa falsificação estava bem por dentro do caso. Além disso, o falsário tinha acesso à mesma máquina de escrever do Björck.

— Está querendo dizer que...

— Não sabemos *onde* o Björck redigiu o relatório. Pode ter usado uma máquina de escrever em casa, ou no seu trabalho, ou em qualquer outro lugar. Estamos considerando duas alternativas. O falsário era uma pessoa do meio psiquiátrico ou médico-legal que, por algum motivo, queria desacreditar o Teleborian. Ou então a falsificação foi feita por outro motivo bem diferente por alguém da Säpo.

— Por quê?

— Isso aconteceu em 1991. Poderia ser que um agente russo infiltrado na DGPN/Säpo tivesse farejado o Zalachenko. Essa possibilidade nos levou a verificar, atualmente, uma boa quantidade de arquivos pessoais.

— Mas se a KGB tivesse ouvido rumores do... isso teria sido revelado há alguns anos.

— Bem pensado. Mas não esqueça que foi justamente nessa época que a União Soviética caiu e a KGB foi dissolvida. Não sabemos o que deu errado. Quem sabe uma operação planejada acabou sendo abortada. A KGB era realmente mestra em falsificar documentos e em desinformação.

— Mas por que a KGB faria uma coisa dessas?

— Também não sabemos. Mas um motivo plausível, claro, seria humilhar o governo sueco.

Ekström beliscou o lábio inferior.

— Está querendo dizer que a avaliação médica da Salander está correta?

— Se está! Sem sombra de dúvida. A Salander é completamente insana, com o perdão da expressão. Não tenha o menor receio quanto a isso. A decisão de interná-la numa instituição foi totalmente justificada.

— Vasos sanitários! — disse, incrédula, a redatora-chefe interina Malu Eriksson. Pelo visto, ela achava que Henry Cortez estava de gozação com ela.

— Vasos sanitários — repetiu Henry Cortez meneando a cabeça.

— Você pretende fazer um artigo sobre vasos sanitários para a *Millennium?*

Monika Nilsson deu uma súbita e inoportuna gargalhada de escárnio. Ela notara o mal disfarçado entusiasmo dele ao chegar à reunião de sexta-feira e identificara todos os sintomas do jornalista às voltas com um bom assunto para um artigo.

— Certo, explique-se.

— É muito simples — disse Henry Cortez. — A maior indústria sueca, em todas as categorias, é a da construção civil. É uma indústria que, na prática, não pode ser transferida para outro lugar, mesmo que a Skanska finja ter escritórios em Londres e coisas do gênero. Seja como for, os prédios têm de ser construídos na Suécia.

— Sim, isso não é novidade.

— Não. O que é mais ou menos uma novidade é que a construção civil está anos-luz atrás de todas as demais indústrias suecas quando se trata de concorrência e eficiência. Se a Volvo fabricasse automóveis do mesmo jeito, um carro último modelo estaria custando um ou dois milhões. Qualquer indústria normal só pensa em baixar os preços. Na construção civil, é o oposto. Eles não estão nem aí para os preços, o custo do metro quadrado aumenta o tempo todo e o Estado tem de oferecer subsídio com o dinheiro do contribuinte para que o negócio simplesmente não se inviabilize.

— E isso dá matéria?

— Espere. É complicado. Se o preço do hambúrguer tivesse subido do mesmo jeito de 1970 para cá, um Big Mac estaria custando umas cento e cinquenta coroas ou mais. Prefiro não imaginar o quanto estaria custando com as batatas fritas e uma Coca. Meu salário aqui da *Millennium* não seria suficiente. Quantos de vocês aqui em volta desta mesa topariam comprar um hambúrguer por cem coroas?

Ninguém respondeu.

— Têm razão. Mas quando a NCC ergue rapidinho em Gåshaga uns contêineres de latão que eles chamam de moradia, ela tem a ousadia de pedir dez ou doze mil coroas de aluguel mensal por dois dormitórios. Quantos de vocês podem pagar isso?

— Eu, pelo menos, não posso — disse Monika Nilsson.

— Não pode. E olhe que você já mora num quarto-e-sala em Danvikstull, que seu pai comprou para você há vinte anos e que você poderia vender por, digamos, um milhão e meio. Mas o que faz um jovem de vinte anos que quer sair do ninho? Não tem condições. Ele então faz uma sublocação, ou até uma subsublocação, ou fica morando com a velha mãezinha dele até se aposentar.

— E onde é que entram os vasos sanitários? — perguntou Christer Malm.

— Estou chegando lá. O fato é que a gente deve se perguntar por que os apartamentos são tão caros. Ora, porque o pessoal que encomenda os prédios não sabe como se faz. Para simplificar, o caso é o seguinte: um promotor municipal chama uma empresa de construção civil como a Skanska, diz que deseja encomendar cem apartamentos e pergunta quanto vai custar. A Skanska faz uns cálculos e liga de volta dizendo que vai custar, digamos, quinhentos milhões de coroas. O que significa que o preço por metro quadrado é xis coroas, e vai lhe custar uns dez mil paus por mês se você quiser morar ali. Porque, diferentemente do que acontece no caso do MacDonald's, você não pode não morar em algum lugar. É obrigado, portanto, a pagar o quanto custa.

— Por favor, Henry... vamos aos fatos.

— Mas o fato é justamente esse. Por que me custa dez mil paus morar num desses malditos caixotes em Hammarbyhamnen? Vou explicar. É porque as construtoras não se preocupam em segurar os preços. O cliente paga seja lá o que for. Um dos maiores custos é o material de construção. O comércio de material de construção passa pelos atacadistas, que estabelecem seus próprios preços. Como não há concorrência de fato, uma banheira, na Suécia, custa cinco mil coroas. Na Alemanha, a mesma banheira, do mesmo fabricante, custa duas mil coroas. Não sei como se explica essa diferença de preço.

— Certo.

— Boa parte disso tudo pode ser lida num relatório da Comissão do Governo para Custos de Construção, que se movimentou bastante no final dos anos 1990. De lá para cá, as coisas não avançaram muito. Ninguém negocia com os construtores para denunciar essa aberração de preços. Os clientes pagam docilmente o preço que custar e, no fim de tudo, os locatários ou os contribuintes é que pagam a conta.

— E os vasos sanitários, Henry?

— Depois que a Comissão para Custos de Construção foi criada, os poucos avanços ocorreram em nível local, principalmente na periferia de Estocolmo. Alguns clientes se cansaram dos preços altos. Um exemplo é a Karlskronahem, que constrói mais barato que qualquer outra, simplesmente comprando ela própria os seus materiais. Além disso, a Federação de Comércio sueca andou se envolvendo. Eles acham os preços do material de construção completamente delirantes e têm tentado facilitar as coisas para os clientes importando produtos equivalentes mais baratos. O que resultou num pequeno conflito na Feira da Construção de Älvjö um ano atrás. O comércio sueco tinha trazido um sujeito da Tailândia que estava liquidando vasos sanitários por pouco mais de quinhentas coroas a unidade.

— Ahã. E daí?

— O concorrente imediato era um atacadista sueco, a Vitavara S.A., que vende autênticos vasos sanitários suecos por mil e setecentas coroas cada um. E alguns consumidores mais espertos, em quase todos os municípios, estão começando a coçar a cabeça e se perguntar por que eles devem morrer com mil e setecentas coroas quando poderiam conseguir um vaso sanitário equivalente, *made in* Tailândia, por quinhentos paus.

— Talvez seja de melhor qualidade? — perguntou Lottie Karim.

— Não. É um produto equivalente.

— Tailândia — disse Christer Malm. — Isso cheira a trabalho infantil clandestino, coisas assim. O que talvez explique o preço inferior.

— Não — disse Henry Cortez. — Na Tailândia, o trabalho infantil é praticado principalmente na indústria têxtil e de suvenires. Além de no comércio de pedofilia, claro. Estou falando em indústria de verdade. A ONU tem estado de olho no trabalho infantil, e eu verifiquei a empresa. Nada a opor. Trata-se de uma grande empresa, moderna e respeitável, de produtos sanitários.

— Bem... estamos falando de um país em que os salários são baixos, e podemos acabar escrevendo uma matéria clamando para que a indústria sueca seja eliminada pela concorrência tailandesa. Despeçam os operários suecos, fechem as empresas e importem da Tailândia. Com essa você não vai crescer na estima dos operários suecos.

Um sorriso iluminou o rosto de Henry Cortez. Ele se inclinou para trás e adotou um ar escandalosamente fanfarrão.

— Nã nã nã — disse. — Adivinhem onde é que a Vitavara S.A. fabrica seus vasos sanitários de mil e setecentos paus?

Fez-se um silêncio na redação.

— No Vietnã — disse Henry Cortez.

— Não acredito! — exclamou Malu Eriksson.

— Mas é, minha cara — disse Henry. — Faz pelo menos dez anos que eles terceirizam lá a fabricação de vasos sanitários. Os operários suecos já foram despedidos nos anos 1990.

— Puta merda!

— Mas a cereja do bolo é a seguinte: se a gente importasse diretamente da fábrica vietnamita, o preço seria pouco mais de trezentas e noventa coroas. Adivinhem como se explica a diferença de preço entre a Tailândia e o Vietnã?

— Não vai me dizer que...

Henry Cortez fez que sim com a cabeça. O sorriso transbordava em seu rosto.

— A Vitavara S.A. entrega a fabricação a uma coisa chamada Fong Soo Industries. Ela consta na lista da ONU das empresas que, pelo menos numa investigação de 2001, empregava crianças. Mas a maior parte dos operários é de prisioneiros.

Malu Eriksson sorriu de repente.

— Isso é bom — disse ela. — Realmente muito bom. Assim você vai acabar virando jornalista quando crescer. Quando é que você acha que pode terminar esse texto?

— Daqui a duas semanas. Ainda tenho que checar várias coisas sobre o comércio internacional. Além disso, vamos precisar de um *bad guy* para o artigo, e preciso me informar sobre os donos da Vitavara S.A.

— Podemos publicar no número de junho? — perguntou Malu, esperançosa.

— *No problem.*

O inspetor Jan Bublanski contemplou o procurador Richard Ekström com um olhar sem expressão. A reunião tinha durado quarenta minutos, e Bublanski sentia uma imensa vontade de estender a mão para pegar o exemplar de *A Lei do reino* que estava na ponta da mesa de Ekström e debochar do procurador. O que sem dúvida resultaria em grandes manchetes nos tabloides e, provavelmente, num indiciamento por golpes e ferimentos. Descartou a ideia. A vantagem de ser um homem civilizado é não ceder a esse tipo de impulso, qualquer que seja a provocação do adversário. E, em geral, era justamente quando alguém cedia a um impulso desse tipo que se recorria ao inspetor Bublanski.

— Ótimo — disse Ekström. — Parece que estamos de acordo.

— Não, não estamos — respondeu Bublanski, levantando-se. — Mas o senhor é quem está à frente do inquérito preliminar.

Ele resmungou baixinho ao virar no corredor de sua sala e em seguida reuniu os inspetores Curt Bolinder e Sonja Modig, que compunham toda a sua equipe naquela tarde. Jerker Holmberg tivera a péssima ideia de tirar duas semanas de férias.

— Na minha sala — disse Bublanski. — Tragam café.

Depois que se acomodaram, Bublanski abriu sua caderneta com as anotações da reunião com Ekström.

— A atual situação é que o nosso chefe do inquérito preliminar descartou todas as acusações contra Lisbeth Salander relativas aos assassinatos pelos quais ela foi procurada. De modo que, no que nos diz respeito, ela não está mais incluída no inquérito preliminar.

— Bem, temos que ver isso como um avanço — disse Sonja Modig.

Curt Bolinder, como sempre, não disse nada.

— Não tenho tanta certeza — disse Bublanski. — A Salander ainda está sendo acusada de infrações graves em Stallarholmen e Gosseberga. Mas isso não faz mais parte da nossa investigação. O que sobrou para a gente é encontrar o Niedermann e explicar o cemitério selvagem de Nykvarn.

— Entendi.

— O certo é que, agora, quem vai indiciar a Lisbeth Salander é o Ekström. O caso foi transferido para Estocolmo e foram pedidas investigações bem diferentes.

— Ah, é?

— E adivinhe quem vai investigar a Salander.

— Já estou temendo o pior.

— O Hans Faste voltou. Vai assessorar o Ekström.

— Que absurdo! O Faste não é, de jeito nenhum, a pessoa certa para investigar a Salander.

— Eu sei. Mas o Ekström tem bons argumentos. O Faste estava de licença médica desde que teve um... humm... esgotamento em abril, e estão dando a ele uma investigaçãozinha simples.

Silêncio.

— Portanto, vamos repassar para ele hoje à tarde todo o nosso material sobre a Salander.

— E a história do Gunnar Björck, e da Säpo, e do relatório de 1991...

— O Ekström e o Faste vão cuidar dessa parte.

— Não estou gostando nada disso — disse Sonja Modig.

— Nem eu. Mas o chefe é o Ekström, e ele tem contatos lá em cima. Ou seja, a nossa tarefa ainda é encontrar o assassino. Curt, em que pé estamos?

Curt Bolinder balançou a cabeça.

— O Niedermann continua sumido. Devo confessar que nesses anos todos de casa nunca passei por nada igual. Não temos um único informante que conheça o sujeito ou aparente saber onde ele se encontra.

— Muito suspeito — disse Sonja Modig. — Em todo caso, ele está sendo procurado pelo homicídio do policial de Gosseberga, por golpes e ferimentos agravados contra um policial, tentativa de assassinato de Lisbeth Salander e rapto agravado mais golpes e ferimentos sobre Anita Kaspersson, a assistente de odontologia. E também pelos assassinatos de Dag Svensson e Mia Bergson. Em todos esses casos, as provas técnicas são satisfatórias.

— Deve ser suficiente. E como vai a investigação sobre o consultor financeiro do MC Svavelsjö?

— Viktor Göransson e sua companheira Lena Nygren. Temos provas técnicas que ligam o Niedermann ao local. Impressões digitais e DNA no corpo do Göransson. O Niedermann ralou o dorso das mãos quando deu uma surra nele.

— Certo. Novidades sobre o MC Svavelsjö?

— O Benny Nieminen assumiu a chefia enquanto o Magge Lundin está em prisão preventiva, aguardando o julgamento pelo rapto da Miriam Wu. Corre o boato de que o Nieminen prometeu uma bela recompensa para quem der uma pista do paradeiro do Niedermann.

— O que torna ainda mais estranho o fato de o cara ainda não ter sido encontrado. E o carro de Göransson?

— Como o carro da Anita Kaspersson foi encontrado no sítio de Göransson, estão achando que o Niedermann mudou de carro. Não temos nenhuma pista sobre esse outro.

— É de se perguntar, então, se o Niedermann ainda está entocado em algum lugar da Suécia — e, nesse caso, onde e com quem — ou se já teve tempo de se pôr em segurança no exterior. O que o pessoal está achando?

— Nada indica que ele foi para o exterior, mas não deixa de ser a única possibilidade lógica.

— Nesse caso, onde é que ele abandonou o carro?

Num mesmo gesto, Sonja Modig e Curt Bolinder balançaram a cabeça. O trabalho da polícia, nove em cada dez vezes, era razoavelmente simples quando se tratava de procurar um indivíduo cujo nome se sabia. Bastava criar uma cadeia lógica e começar a puxar os fios. Quem eram seus amigos? Com quem dividira uma cela no xadrez? Em que área seu celular fora usado recentemente? Onde estava o carro dele? No final da cadeia, em geral se encontrava a pessoa procurada.

O problema com Ronald Niedermann é que ele não tinha amigos, não tinha namorada, nunca tinha sido preso e não tinha celular conhecido.

Grande parte da investigação havia se concentrado, portanto, em procurar o carro de Viktor Göransson, que Niedermann supostamente estava usando. Se encontrassem o carro, já seria uma indicação de por onde prosseguir as buscas. De início, imaginaram que o carro iria aparecer em alguns dias, provavelmente num estacionamento de Estocolmo. Mas, apesar dos avisos de busca, o veículo continuava se destacando pela ausência.

— Se ele estiver no exterior... onde estará?

— Ele é cidadão alemão, o mais natural seria ele tentar ir para a Alemanha.

— Ele está sendo procurado na Alemanha. E não parece ter mantido contato com seus antigos amigos de Hamburgo.

Curt Bolinder agitou as mãos.

— Se o plano dele era se mandar para a Alemanha... por que, neste caso, ele iria para Estocolmo? O certo seria ele pegar a direção de Malmö e a ponte de Øresund, ou de uma das balsas.

— Eu sei. Nos primeiros dias o Marcus Ackerman, de Göteborg, direcionou o grosso das buscas nessa direção. A polícia da Dinamarca está informada sobre o carro do Göransson, e podemos afirmar com segurança que ele não pegou nenhuma balsa.

— Mas ele foi a Estocolmo, até o MC Svavelsjö, trucidou o tesoureiro e — supõe-se — roubou uma quantia ignorada de dinheiro. Qual seria o passo seguinte?

— Ele precisa deixar a Suécia — disse Bublanski. — O mais natural seria ele pegar uma balsa para os Países Bálticos. O Göransson e a companheira foram mortos bem tarde da noite de 9 de abril. Isso quer dizer que o Niedermann pode ter pego uma balsa de manhã. Só fomos avisados dezesseis horas depois da morte deles, e desde então estamos procurando o carro.

— Se ele pegou a balsa de manhã, o carro do Göransson deveria estar estacionado perto de um dos portos — constatou Sonja Modig.

Curt Bolinder meneou a cabeça.

— De repente, é muito mais simples. Talvez não tenhamos encontrado o carro do Göransson porque o Niedermann saiu do país pelo norte, via Haparanda. É um tremendo desvio contornar o Golfo de Bótnia, mas em dezesseis horas ele certamente teve tempo de atravessar a fronteira finlandesa.

— É, mas depois ele teria que abandonar o carro em algum lugar da Finlândia e, a essa altura, nossos colegas finlandeses já deveriam tê-lo encontrado.

Ficaram um bom momento calados. Por fim, Bublanski se levantou e foi para a frente da janela.

— É contra toda a lógica e probabilidade, mas o fato é que o carro do Göransson continua desaparecido. Será que ele conseguiu achar um esconderijo e está entocado esperando a hora certa, uma casa de campo ou...

— Dificilmente pode ser uma casa de campo. Nessa época do ano, todos os proprietários estão ajeitando e enfeitando as casas para o verão.

— E não deve ser nada ligado ao MC Svavelsjö. Imagino que sejam as últimas pessoas que ele quer ver pela frente.

— Portanto, daria para excluir o círculo dele... Será que existe uma namorada e a gente não sabe?

As especulações eram muitas, mas eles não dispunham de nenhum dado concreto.

Assim que Curt Bolinder foi embora, Sonja Modig retornou à sala de Jan Bublanski e bateu no batente da porta. Ele fez sinal para ela entrar.

— Você teria dois minutinhos?

— O que foi?

— A Salander.

— Pode falar.

— Não gosto nem um pouco desse novo planejamento, com o Ekström e o Faste e um novo processo. Você leu o relatório do Björck. Eu li o relatório do Björck. A Salander foi sabotada em 1991, e o Ekström sabe disso. Que diabos está acontecendo?

Bublanski tirou seus óculos fundo de garrafa e guardou-os no bolso da camisa.

— Eu não sei.

— Você não tem nenhuma ideia?

— O Ekström diz que o relatório do Björck e a correspondência dele com o Teleborian foram falsificados.

— Mentira. Se tivessem sido falsificados, o Björck teria dito isso quando foi interrogado.

— Diz o Ekström que o Björck se negava a falar disso por ser um assunto sigiloso de segurança nacional. Ele me censurou por eu ter me adiantado e detido o Björck.

— Cada dia que passa detesto mais o Ekström.

— Ele está sendo pressionado.

— Isso não é desculpa.

— Nós não temos o monopólio da verdade. O Ekström afirma que lhe apresentaram provas de que o relatório é falso; não existe nenhuma investigação de fato cadastrada com esse número. Ele diz também que a falsificação foi muito benfeita e que é uma mescla de verdade e de invenção.

— Que parte é verdadeira e que parte foi inventada?

— O conjunto está mais ou menos certo. O Zalachenko é pai da Lisbeth Salander, um cretino que espancava a mãe dela. A história de sempre — a mãe nunca queria dar queixa, de modo que a situação se manteve daquele jeito por anos a fio. A tarefa do Björck era descobrir o que aconteceu quando a Lisbeth tentou matar o pai com um coquetel Molotov. Ele mantinha uma correspondência com o Teleborian, mas, no conjunto, a correspondência que nós vimos era falsificada. O Teleborian fez uma avaliação psiquiátrica de rotina na Salander e constatou que ela era louca, e um procurador resolveu desistir das acusações que pesavam contra ela. Ela precisava de tratamento e foi internada na Sankt Stefan.

— Mas foi tudo uma encenação... Quem teria feito isso, e com que objetivo?

Bublanski fez um gesto separando as mãos.

— Você está de gozação?

— Pelo que entendi, o Ekström vai exigir outro exaustivo exame psiquiátrico da Salander.

— Não consigo aceitar isso.

— Não é mais assunto nosso. Fomos desligados do caso Salander.

— E o Hans Faste foi ligado... Jan, pretendo alertar a imprensa se esses nojentos atacarem de novo a Salander...

— Não, Sonja. Você não vai fazer isso. Primeiro, porque não temos mais acesso à investigação; logo, você não tem mais como provar o que vai dizer. Vão te achar uma paranoica de primeira e a sua carreira acaba num piscar de olhos.

— Eu ainda estou com o relatório — disse Sonja Modig com voz débil. — Eu tinha feito uma cópia para o Curt Bolinder, mas não tive tempo de entregar antes de o Ministério Público recolher tudo.

— Se você deixar vazar esse relatório, não só vai ser despedida como vai incorrer em falha profissional grave por colocar um relatório sigiloso nas mãos da imprensa.

Sonja Modig ficou um instante calada e encarou seu chefe.

— Sonja, me prometa que não vai fazer nada.

Ela hesitou.

— Não, Jan, não posso prometer isso. Tem algo de podre nessa história.

Bublanski concordou com a cabeça.

— Tem, sim. Mas no momento não sabemos quem são nossos inimigos.

Sonja Modig inclinou a cabeça.

— E *você*, tem a intenção de fazer alguma coisa?

— Isso eu não vou lhe contar. Confie em mim. Estamos no final da tarde de sexta-feira. Curta o seu fim de semana. Vá para casa. Essa conversa nunca aconteceu.

Era uma e meia da tarde de sábado quando o agente da Securitas Niklas Adamsson ergueu os olhos do livro de economia política que estava estudando para um exame que ocorreria dali a três semanas. Acabava de ouvir o discreto zumbido das escovas rotativas do carrinho de faxina e viu que se tratava do imigrante manco. O sujeito sempre o cumprimentava educadamente, mas não falava muito e nunca ria nas vezes em que Adamsson tentava brincar com ele. Observou-o enquanto ele pegava um frasco e vaporizava o balcão da recepção, enxugando em seguida com um pano. Depois, ele pegou a vassoura com franjas e passou-a pelos cantos da recepção que as escovas do carrinho não alcançavam. Niklas Adamsson tornou a enfiar o nariz no livro e continuou sua leitura.

O funcionário da limpeza levou dez minutos para chegar à cadeira de Adamsson, no fim do corredor. Cumprimentaram-se com um gesto de cabeça. Adamsson se levantou e deixou o faxineiro cuidar do piso em volta de sua cadeira, em frente ao quarto de Lisbeth Salander. Ele via aquele homem praticamente todos os dias desde que começara seu plantão em frente ao quarto, mas seria incapaz de lembrar o nome dele. De qualquer modo, era um nome de turco. Adamsson não via realmente necessidade de controlar a identidade dele. De um lado, o imigrante não ia fazer faxina dentro do quarto da prisioneira — duas mulheres cuidavam disso de manhã — e, de outro, aquele manco não parecia representar nenhuma ameaça.

Quando o homem terminou a limpeza no fim do corredor, abriu com a chave a porta vizinha ao quarto de Lisbeth Salander. Adamsson o observou com o rabo dos olhos, mas isso tampouco significava um desvio da rotina. Ali, no fim do corredor, ficava o armário das vassouras. Ele passou os cinco minutos seguintes esvaziando o balde, limpando as escovas e enchendo o carrinho com sacos plásticos para o lixo. Em seguida, empurrou o carrinho para dentro do armário.

Idris Ghidi estava ciente da presença do vigilante da Securitas no corredor. Era um rapaz loiro de uns vinte e cinco anos mais ou menos, que em geral ficava de plantão dois ou três dias por semana e lia livros de economia política. Ghidi concluíra que ele trabalhava meio período na Securitas e ao mesmo tempo estudava, e prestava tão pouca atenção ao que se passava em volta quanto um tijolo da parede.

Idris Ghidi perguntou-se o que Adamsson faria se alguém tentasse de fato entrar no quarto de Lisbeth Salander.

Idris Ghidi também se perguntou o que Mikael Blomkvist teria em mente. Estava perplexo. Ele, claro, tinha lido os jornais e fizera a associação com a Lisbeth Salander do 11C, e sua expectativa era que Mikael Blomkvist quisesse que ele introduzisse alguma coisa clandestinamente no quarto. Nesse caso, ele teria sido obrigado a recusar, pois não tinha acesso ao quarto nem nunca o tinha visto. A proposta que ele lhe fizera, porém, não tinha nada a ver com isso.

Ele não via nada de ilegal em sua tarefa. Deu uma olhada pela fresta da porta e viu que Adamsson voltara a se sentar na cadeira em frente à porta e estava lendo seu livro. Estava satisfeito por não haver mais ninguém por perto, o que geralmente era o caso, já que o armário das vassouras ficava no fim do corredor. Enfiou a mão no avental e pegou um celular novo, um Sony Eriksson Z600. Idris Ghidi vira aquele modelo num folheto publicitário e sabia que custava mais de três mil e quinhentas coroas no mercado e dispunha de todos os macetes imagináveis.

Olhou para o mostrador e notou que o celular estava ligado, mas com o som de chamada no silencioso e o vibrador desativado. Então ficou na ponta dos pés e desencaixou o tampo branco e redondo de um sistema de ventilação que ia até o quarto de Lisbeth Salander. Colocou o celular dentro do conduto, fora do alcance da vista, exatamente como Mikael Blomkvist lhe pedira.

A manobra durou cerca de trinta segundos. No dia seguinte, levaria cerca de dez. Sua tarefa então seria pegar o celular, trocar a bateria e colocar o aparelho de volta no conduto de ventilação. Levaria a bateria usada para casa e a recarregaria durante a noite.

Era só o que Idris Ghidi precisava fazer.

Contudo, isso não ajudaria Lisbeth Salander. Do lado de lá, havia uma grade parafusada na parede. Ela jamais conseguiria pegar o celular se não tivesse acesso a uma chave de fenda cruciforme e a uma escada.

— Eu sei — dissera Mikael. — Mas ela não vai precisar tocar no celular.

Idris Ghidi teria de realizar essa tarefa todos os dias, até Mikael Blomkvist avisar que ela não era mais necessária.

E para isso Idris Ghidi receberia mil coroas líquidas por semana. Além disso, poderia ficar com o celular depois de concluído o serviço.

Ele balançou a cabeça. Sabia, é claro, que Mikael tramava alguma coisa, mas não conseguia imaginar o quê. Colocar um celular ligado, mas não conectado, num sistema de ventilação fechado a chave era uma ideia tão esquisita que Ghidi não entendia para que servia. Se Blomkvist queria se comunicar com Lisbeth Salander, seria mais inteligente subornar uma enfermeira para lhe passar o telefone. Não havia nenhuma lógica naquela operação.

Ghidi balançou a cabeça. Por outro lado, não se negaria a fazer esse favor para Mikael Blomkvist enquanto ele lhe pagasse mil coroas por semana. E não pretendia fazer perguntas.

O dr. Anders Jonasson diminuiu o passo ao avistar um homem de uns quarenta anos apoiado na grade da entrada de seu prédio, na Hagagatan. O homem, que lhe parecia vagamente familiar, dirigiu-lhe um sinal de reconhecimento com a cabeça.

— Doutor Jonasson?

— Sou eu.

— Lamento incomodá-lo assim, na rua, na frente da sua casa. Mas não queria procurá-lo no seu trabalho e preciso falar com o senhor.

— Do que se trata, e quem é o senhor?

— Meu nome é Mikael Blomkvist. Sou jornalista da revista *Millennium*. Trata-se de Lisbeth Salander.

— Ah, sim, estou lembrado. Foi o senhor que ligou para o SOS-Brigada quando ela foi encontrada... Também foi o senhor que colocou fita adesiva nos ferimentos?

— Fui.

— Foi um gesto inteligente. Mas lamento. Não estou autorizado a falar sobre os meus pacientes com os jornalistas. Vai ter de fazer como todo mundo e ver com a área de comunicação do Sahlgrenska.

— O senhor não me entendeu. Não estou atrás de informações, estou aqui em caráter privado. Não precisa me dizer nada nem me passar informações. Na verdade, é o contrário. Eu é que gostaria de lhe passar alguns dados.

Anders Jonasson franziu o cenho.

— Por favor — suplicou Mikael Blomkvist. — Não costumo assediar cirurgiões no meio da rua, mas é extremamente importante que eu fale com o senhor. Há um café mais adiante, ali na esquina. Posso convidá-lo para tomar alguma coisa?

— Nós vamos falar sobre o quê?

— Sobre o futuro e o bem-estar de Lisbeth Salander. Eu sou amigo dela.

Anders Jonasson hesitou bastante. Sabia que se fosse outra pessoa que não Mikael Blomkvist que o abordasse assim no meio da rua, se fosse um desconhecido qualquer, teria recusado. Mas Blomkvist era uma figura conhecida e, de repente, Anders Jonasson convenceu-se de que não se tratava de uma brincadeira de mau gosto.

— Não quero, de jeito nenhum, ser entrevistado e não vou falar sobre a minha paciente.

— Para mim está bem — disse Mikael.

Por fim, Anders Jonasson assentiu rapidamente com a cabeça e acompanhou Blomkvist até o café.

— Do que se trata? — ele perguntou num tom neutro, depois que foram servidos. — Estou ouvindo, mas não pretendo fazer nenhum comentário.

— O senhor tem medo que eu o cite ou o exponha na imprensa. Quero que fique absolutamente claro desde já que não se trata de nada disso. No que me diz respeito, esta conversa nunca aconteceu.

— Certo.

— Gostaria de lhe pedir um favor. Mas antes preciso explicar exatamente o porquê, para que o senhor possa julgar se é moralmente aceitável para o senhor me fazer esse favor.

— Não estou gostando do rumo desta conversa.

— Só o que estou lhe pedindo é que me escute. Como médico da Lisbeth Salander, cabe ao senhor zelar pelo bem-estar físico e mental dela. Como amigo da Lisbeth, cabe a *mim* fazer o mesmo. Não sou médico, portanto não posso remexer na cabeça dela para extrair balas de lá, por exemplo. Mas tenho outro tipo de competência, tão importante quanto, para o bem-estar dela.

— Ahã.

— Sou jornalista e, cavando aqui e ali, descobri a verdade sobre tudo o que aconteceu.

— Certo.

— Posso lhe contar, em linhas gerais, para que o senhor possa avaliar por si mesmo.

— Ahã.

— Eu talvez deva dizer, para começar, que Annika Giannini é a advogada da Lisbeth Salander. O senhor já cruzou com ela.

Anders Jonasson fez que sim com a cabeça.

— Annika é minha irmã e sou eu que a estou pagando para defender a Lisbeth.

— Ah, é?

— Pode verificar no cartório de registro civil que ela é mesmo minha irmã. Não posso pedir esse favor para a Annika. Ela não fala comigo sobre a Lisbeth. Está presa ao sigilo profissional e sujeita a regras bem diferentes.

— Humm.

— Imagino que o senhor leu o que os jornais falam sobre a Lisbeth.

Jonasson concordou com a cabeça.

— Ela foi pintada como uma assassina em série lésbica, psicótica e doente mental. Isso tudo é bobagem. A Lisbeth Salander não é psicótica; é talvez tão psiquicamente saudável quanto eu e o senhor. E as preferências sexuais dela não interessam a ninguém.

— Se entendi direito, houve uma reviravolta. Atualmente, o tal alemão é que está sendo acusado dos assassinatos.

— É a mais pura verdade. O Ronald Niedermann é culpado, é um assassino sem nenhum escrúpulo. Mas a Lisbeth tem inimigos. Inimigos de verdade, fortes e cruéis. Alguns deles estão dentro da Säpo.

Anders Jonasson ergueu as sobrancelhas com ar cético.

— Quando a Lisbeth tinha doze anos, ela foi internada na psiquiatria infantil de um hospital em Uppsala porque tinha topado com um segredo que a Säpo tentava ocultar a todo custo. O pai dela, Alexander Zalachenko, que foi assassinado no hospital, era um ex-espião russo dissidente, uma relíquia da guerra fria. Era também um homem extremamente violento com as mulheres e durante anos espancou a mãe da Lisbeth. Quando a Lisbeth estava com doze anos, ela revidou e tentou matar o Zalachenko com um coquetel Molotov. Por isso é que ela foi internada na psiquiatria infantil.

— Não estou entendendo. Se ela tentou matar o pai, talvez houvesse motivo para interná-la para um tratamento psiquiátrico.

— A minha teoria, que pretendo publicar, é que a Säpo sabia o que tinha acontecido, mas optou por proteger o Zalachenko porque ele era uma fonte importante de informações. Eles bolaram um diagnóstico fajuto e deram um jeito de a Lisbeth ser internada.

Anders Jonasson exibiu tamanho ar de dúvida que Mikael teve de sorrir.

— Tenho provas de tudo o que estou dizendo. E vou publicar um texto detalhado antes do julgamento da Lisbeth. Acredite, vai fazer um barulho e tanto.

— Entendo.

— Vou denunciar e bater feio em dois médicos que serviram de paus-mandados da Säpo e contribuíram para que a Lisbeth fosse enviada para o hospício. Vou acabar com eles sem dó nem piedade. Um deles é uma autoridade pública respeitada. E, insisto, disponho de todas as provas.

— Entendo. Se houve um médico envolvido nessa tramoia, é uma vergonha para a classe médica.

— Não, não acredito em culpa coletiva. É uma vergonha para todos os envolvidos. Isso também vale para a Säpo. Há certamente gente honesta trabalhando lá. Mas nesse caso temos um grupo paralelo. Quando a Lisbeth completou dezoito anos, eles mais uma vez fizeram o possível para ela ser internada. Não deu certo, mas ela foi posta sob tutela. No julgamento, vão acusá-la ao máximo. Eu e minha irmã vamos lutar pela inocência da Lisbeth e para que seja posto um fim à tutela.

— Certo.

— Mas ela precisa de munição. São as condições deste jogo. É bom que o senhor saiba que alguns policiais estão apoiando a Lisbeth nesta batalha. Ao contrário da pessoa que dirige o inquérito preliminar e que a indiciou.

— Ahã.

— A Lisbeth vai precisar de ajuda para o julgamento.

— Ahã. Mas eu não sou advogado.

— Não. Mas é médico, e tem acesso à Lisbeth.

Os olhos de Anders Jonasson se estreitaram.

— O que eu vou lhe pedir não é ético, e talvez até possa ser considerado infração à lei.

— Ai.

— Mas, moralmente, é a coisa certa a fazer. Os direitos dela estão sendo ultrajados por pessoas que deveriam protegê-la.

— Ah, é?

— Vou dar um exemplo. Como o senhor sabe, a Lisbeth está proibida de receber visitas e não tem o direito de ler jornais ou de se comunicar com ninguém. Além disso, o procurador impôs silêncio à sua advogada. Annika tem cumprido estoicamente as normas. Em compensação, o procurador é a principal fonte de informações dos jornalistas, que continuam escrevendo bobagens sobre a Lisbeth Salander.

— É mesmo?

— Veja este artigo, por exemplo. — Mikael brandiu um tabloide da semana anterior. — Uma fonte interna da investigação afirma que a Lisbeth é irresponsável. Resultado: o jornal faz um monte de especulações sobre o estado mental dela.

— Eu li o artigo. É pura bobagem.

— Então o senhor não considera a Salander uma louca?

— Não posso me pronunciar a respeito. Agora, o que sei é que não foi feita nenhuma avaliação psiquiátrica.

— Certo. Mas tenho provas de que essas informações foram divulgadas por um policial chamado Hans Faste e que ele trabalha para o procurador Ekström.

— Puta merda!

— O Ekström vai exigir que o julgamento se dê a portas fechadas, o que significa que nenhum estranho ao caso vai poder conferir e avaliar as provas contra ela. Mas, o que é pior... a partir do momento em que o procurador mandou isolar a Lisbeth, ela não tem como fazer as pesquisas necessárias para preparar sua defesa.

— Eu achava que a advogada era quem estava tratando disso.

— Como o senhor a esta altura já deve ter percebido, a Lisbeth é uma pessoa muito especial. Ela tem alguns segredos que eu conheço mas não posso revelar para a minha irmã. Em compensação, cabe à Lisbeth avaliar se vai querer usá-los para se defender no julgamento.

— Ahã.

— E, para isso, ela precisa disto aqui.

Mikael colocou entre eles, sobre a mesa, um Palm Tungsten T3, o computador de mão de Lisbeth Salander, além de um carregador.

— Essa é a arma mais importante do arsenal da Lisbeth. Ela precisa dela.

Anders Jonasson olhou para ele, desconfiado.

— Por que não o entrega à advogada dela?

— Porque só a Lisbeth sabe o que fazer para ter acesso às provas de sua defesa.

Anders Jonasson permaneceu um longo tempo em silêncio, sem tocar no computador de bolso.

— Deixe eu lhe falar sobre o doutor Peter Teleborian — disse Mikael, pegando a pasta em que reunira todo o material essencial.

Passaram duas horas conversando em voz baixa.

Eram oito e pouco da noite de sábado quando Dragan Armanskij deixou sua sala na Milton Security e foi a pé até a sinagoga do Söder, na Sankt Paulsgatan. Bateu à porta, apresentou-se e foi recebido pelo rabino.

— Marquei um encontro aqui com uma pessoa — disse Armanskij.

— Primeiro andar. Vou lhe mostrar o caminho.

O rabino ofereceu um quipá, que Armanskij vestiu após alguma hesitação. Tinha sido criado numa família muçulmana, em que o uso do quipá e visitas à sinagoga não faziam exatamente parte da rotina. Sentia-se pouco à vontade com o barrete judeu na cabeça.

Jan Bublanski também estava usando um quipá.

— Olá, Dragan. Obrigado por ter vindo. Pedi uma sala emprestada ao rabino para podermos conversar sem sermos interrompidos.

Armanskij sentou-se na frente de Bublanski.

— Imagino que você tenha bons motivos para esses segredinhos.

— Não vou ficar dando voltas. Sei que você é amigo da Lisbeth Salander.

Armanskij fez que sim com a cabeça.

— Quero saber o que você e o Blomkvist combinaram para ajudar a Salander.

— O que o faz pensar que combinamos alguma coisa?

— O procurador Richard Ekström já me perguntou no mínimo uma dúzia de vezes qual o verdadeiro acesso da Milton Security à investigação Salander. Ele não me perguntou à toa, e sim porque tem medo que você tente fazer alguma coisa que venha a repercutir na imprensa.

— Humm.

— E se o Ekström está preocupado é porque ele sabe que você está com alguma coisa articulada, ou tem receio disso. Ou, como eu estou achando, ele pelo menos conversou com alguém que tem esse receio.

— Alguém?

— Dragan, não se trata de um jogo de esconde-esconde. Você sabe que a Salander foi vítima de abuso de poder em 1991, e temo que ela seja vítima de mais um quando o julgamento começar.

— Você é policial de uma democracia. Se tem alguma informação, cabe a você agir.

Bublanski meneou a cabeça.

— Eu pretendo agir. O problema é saber como.

— Vá direto aos fatos.

— Quero saber o que você e o Blomkvist combinaram. Imagino que vocês não estejam aí parados, de braços cruzados.

— É complicado. Como é que eu vou saber se posso confiar em você?

— Tem aquele relatório de 1991, que o Mikael Blomkvist tinha encontrado...

— Estou sabendo.

— Eu não tenho mais acesso a esse relatório.

— Nem eu. Os dois exemplares, o do Blomkvist e o da irmã dele, se perderam.

— Se perderam? — Bublanski surpreendeu-se.

— O exemplar do Blomkvist foi roubado depois de invadirem a casa dele, e a cópia de Annika Giannini sumiu quando ela sofreu uma agressão em Göteborg. Os dois roubos ocorreram no mesmo dia em que o Zalachenko foi assassinado.

Bublanski ficou um longo tempo em silêncio.

— Por que a gente não ouviu falar disso?

— Como diz o Mikael Blomkvist: só existe um momento certo para publicar, e um número incalculável de momentos inadequados.

— Quer dizer que vocês... que ele pretende publicar?

Armanskij assentiu rapidamente com a cabeça.

— Uma agressão em Göteborg e uma invasão de domicílio aqui em Estocolmo. No mesmo dia. Bublanski, isso significa que os nossos adversários são bem organizados. Posso também te dizer que temos provas de que o telefone da Giannini estava grampeado.

— Alguém anda cometendo um bocado de infrações por aqui.

— A questão, então, é descobrir quem são nossos adversários — disse Dragan Armanskij.

— É verdade, eu também acho. À primeira vista, a Säpo é quem teria interesse em abafar o relatório do Björck. Mas, Dragan... estamos falando na Polícia de Segurança sueca. Trata-se de uma autoridade de Estado. Custo a acreditar que este caso conte com o aval da Säpo. Nem sequer acredito que ela tenha competência para orquestrar uma coisa assim.

— Eu sei. Também custei a acreditar. Sem falar no fato de um homem entrar no Sahlgrenska e enfiar uma bala na cabeça do Zalachenko.

Bublanski calou-se. Armanskij deu a última cartada.

— E no meio disso tudo o Björck resolve se enforcar.

— Quer dizer que você acha que foram assassinatos organizados. Eu conheço o Marcus Ackerman, que era responsável pela investigação em Göteborg. Ele não descobriu nada indicando que aquele assassinato pudesse ser mais que o gesto impulsivo de um indivíduo insano. E a gente investigou minuciosamente a morte de Björck. Tudo leva a crer que foi suicídio.

Armanskij balançou a cabeça.

— Evert Gullberg, setenta e oito anos, com câncer e condenado à morte, tratado de uma depressão poucos meses antes do assassinato. Pedi que o Fräklund revirasse os documentos oficiais atrás de tudo o que se relaciona com o Gullberg.

— E?

— Ele fez o serviço militar em Karlskrona nos anos 1940, depois cursou direito e virou consultor fiscal no mercado privado. Teve um escritório aqui em Estocolmo por mais de trinta anos, discreto, clientes particulares... não se sabe quem eram. Aposentou-se em 1991. Voltou para a sua cidade natal, Laholm, em 1994... Nada que chame muita atenção.

— Mas?

— A não ser por uns detalhes intrigantes. O Fräklund não consegue encontrar uma única referência a Gullberg em nenhum tipo de contexto. Ele nunca foi mencionado na imprensa e ninguém sabe quem eram seus clientes. É como se ele nunca tivesse existido na vida profissional.

— O que você está tentando dizer?

— A Säpo é a ligação óbvia. O Zalachenko era um dissidente russo, e quem teria lidado com ele se não a Säpo? Há também essa capacidade para orquestrar o internamento psiquiátrico da Lisbeth Salander em 1991. Sem falar em roubo a domicílio, agressão e escutas telefônicas quinze anos depois... Mas também não acho que a Säpo é que esteja por trás disso tudo. O Mikael Blomkvist o chama de Clube Zalachenko... um grupinho de sectários formado por combatentes da guerra fria saídos da hibernação e escondidos em algum lugar num corredor escuro da Säpo.

Bublanski meneou a cabeça.

— Então, o que a gente pode fazer?

12. DOMINGO 15 DE MAIO — SEGUNDA-FEIRA 16 DE MAIO

O delegado Torsten Edklinth, chefe do serviço de Proteção à Constituição na DGPN/Säpo, beliscou o lóbulo da orelha e contemplou, pensativo, o presidente da respeitada empresa de segurança privada Milton Security, que havia ligado e, sem preâmbulos, insistido que ele fosse jantar em sua casa, em Lindingö, no domingo. Ritva, a mulher de Armanskij, servira uma deliciosa carne salteada. Eles tinham comido e conversado educadamente. Edklinth se perguntava o que Armanskij teria em mente. Após o jantar, Ritva se retirara para a frente da tevê e os deixara a sós à mesa de jantar. Armanskij começara a contar a história de Lisbeth Salander.

Edklinth girava lentamente sua taça de vinho tinto.

Dragan Armanskij não era nenhum maluco. Isso ele sabia.

Conheciam-se havia doze anos, desde que uma deputada de esquerda recebera uma série de ameaças de morte anônimas. Ela relatara os fatos ao presidente do grupo do seu partido, o qual informara o setor de segurança do Parlamento. Tratava-se de ameaças escritas, vulgares, contendo informações que indicavam que o autor anônimo conhecia certos aspectos pessoais da vida da deputada. A Säpo então se debruçara sobre a história e, durante as averiguações, a deputada fora mantida sob proteção.

Naquela época, Proteção à Pessoa era o setor da Säpo com orçamento mais magro. Seus recursos eram limitados. A área era encarregada da proteção da família real e do primeiro-ministro, além de, individualmente, ministros e presidentes de partidos políticos, quando houvesse necessidade. Como essas necessidades costumam extrapolar as verbas, na prática a maioria dos políticos suecos carece de uma proteção pessoal rigorosa. A deputada ficava sob vigilância durante algumas aparições oficiais, mas era abandonada no fim de sua jornada de trabalho, ou seja, na hora em que era mais provável que um biruta partisse para a agressão. A desconfiança da deputada em relação à capacidade da Säpo de protegê-la só fora crescendo.

Ela morava numa mansão em Nacka. Certa noite, ao voltar tarde para casa depois de uma contenda na Comissão de Finanças, descobriu que alguém tinha arrombado as portas do terraço, penetrado na sala, pichado as paredes com expressões de cunho sexual degradantes e em seguida ido ao seu quarto se masturbar. Ela pegara imediatamente o telefone e pedira que a Milton Security cuidasse de sua segurança pessoal. Não informou a Säpo sobre a decisão e, no dia seguinte, enquanto ela dava uma palestra numa escola de Täby, houve um confronto entre os agentes do Estado e os agentes privados.

Na época, Torsten Edklinth era chefe-adjunto interino da Proteção à Pessoa. Detestava, instintivamente, situações em que *hooligans* privados eram encarregados de executar tarefas que os *hooligans* pagos pelo Estado supostamente deveriam executar. Admitia, porém, que a deputada tinha todos os motivos para estar descontente — sua cama manchada era uma prova suficiente da ineficiência do Estado. Em vez de se começar a comparar seus talentos recíprocos, Edklinth se acalmara e marcara um almoço com o dono da Milton Security, Dragan Armanskij. Concluíram que a situação era sem dúvida mais séria do que a Säpo de início imaginara e que seria o caso de reforçar a proteção à deputada. Edklinth era sensato o bastante para perceber que não só os homens de Armanskij tinham a competência exigida para a tarefa, como possuíam uma formação no mínimo equivalente e um equipamento técnico superior. Tinham resolvido o problema entregando à equipe de Armanskij a responsabilidade pela proteção pessoal, ao passo que a Polícia de Segurança se encarregaria da investigação propriamente dita e pagaria a conta.

Os dois homens tinham descoberto também que se apreciavam mutuamente e trabalhavam bem em conjunto. Com o passar dos anos, haviam tornado a se encontrar em outras colaborações. Edklinth, portanto, nutria imenso respeito pela competência profissional de Dragan Armanskij, e quando este o convidou para jantar, pedindo que tivessem uma conversa confidencial, estava absolutamente disposto a ouvi-lo.

Em compensação, não estava preparado para que Armanskij lhe jogasse no colo uma bomba com o pavio aceso.

— Se entendi direito, você está afirmando que a Polícia de Segurança anda envolvida numa atividade claramente criminosa.

— Não — disse Armanskij. — Você não entendeu nada. Estou afirmando que algumas pessoas, funcionários da Polícia de Segurança, andam envolvidos nessa atividade. Não acredito nem por um segundo que eles tenham o aval da direção da Säpo ou qualquer outra forma de autorização do Estado.

Edklinth olhou para as fotografias de Christer Malm que mostravam o homem subindo num carro cujas placas começavam com as letras KAB.

— Dragan... você não está de brincadeira comigo?

— Bem que eu gostaria que fosse brincadeira.

Edklinth refletiu um instante.

— E como você supõe que eu vou me sair dessa?

No dia seguinte, Torsten Edklinth limpava cuidadosamente seus óculos, enquanto refletia. Tinha cabelos grisalhos, orelhas grandes e uma fisionomia enérgica. No momento, porém, sua fisionomia estava mais perplexa do que enérgica. Encontrava-se em sua sala no Palácio da Polícia, na ilhota de Kungsholmen, e passara boa parte da noite ruminando as conclusões a serem tiradas da informação fornecida por Dragan Armanskij.

Eram reflexões pouco agradáveis. A Säpo era uma instituição sueca que, com raras exceções, todos os partidos consideravam de um valor inestimável para o país. Mas também era uma instituição de que todos pareciam desconfiar, responsabilizando-a pelos mais variados e descabidos planos conspiratórios. Era inegável que os escândalos tinham sido muitos, sobretudo nos anos 1970, com os radicais de esquerda, quando certos... disparates constitucionais haviam de fato ocorrido. Mas depois de cinco comissões públicas de inquérito sobre a Säpo, duramente criticada, surgira uma nova geração de funcionários. Elementos trabalhadores, recrutados nas brigadas financeiras, de armas e fraudes da polícia comum — policiais acostumados a investigar crimes de verdade e não fantasias políticas.

A Säpo se modernizara, e a ênfase fora direcionada para a Proteção à Constituição. Sua missão, tal como estabelecida nas diretrizes governamentais, era prevenir e contornar ameaças à segurança interna do país. Em outras palavras, impedir *toda atividade ilegal que se utilize de violência, ameaças ou constrangimento com o objetivo de alterar nossa Constituição, levando órgãos políticos ou autoridades decisórias a tomar decisões orientadas ou impedir o cidadão de desfrutar das liberdades e dos direitos que a Constituição lhe garante.*

A missão de Proteção à Constituição era, portanto, defender a democracia sueca de complôs antidemocráticos reais ou imaginados. Estes últimos eram esperados, principalmente, de anarquistas e nazistas. Anarquistas, porque eles insistiam em praticar a desobediência civil provocando incêndios criminosos nas lojas de peles. Nazistas, porque eram nazistas e, portanto, por definição, adversários da democracia.

Formado inicialmente em direito, Torsten Edklinth começara sua carreira como procurador, trabalhando em seguida na Säpo por vinte e um anos. Primeiro em campo, como administrador da Proteção à Pessoa, depois na Proteção à Constituição, onde ascendera da análise e direção administrativa até a poltrona de chefe de gabinete. Em outras palavras, era o chefe supremo da área policial da defesa da democracia sueca. O delegado Torsten Edklinth considerava-se um democrata. Nesse sentido, a definição era simples. A Constituição era votada pelo Parlamento, e sua missão era zelar para que ela se mantivesse intacta.

A democracia sueca se fundamenta numa única lei, que pode ser resumida em três letras: YGL, abreviação de *yttrandefrihetsgrundlagen*, a lei fundamental sobre liberdade de expressão. A YGL estabelece o direito imprescritível de dizer, ter como opinião, pensar e acreditar em qualquer coisa. Esse direito é concedido a todos os cidadãos suecos, do nazista mais retardado ao anarquista apedrejador, passando por todos os intermediários.

Todas as outras leis fundamentais, como por exemplo a Constituição, não passam de floreios de ordem prática em torno da liberdade de expressão. A YGL, por conseguinte, é a lei que garante a sobrevivência da democracia. Edklinth julgava que sua principal tarefa era defender a liberdade que os cidadãos suecos tinham de pensar e dizer exatamente o que queriam, mesmo que ele não partilhasse um segundo sequer com o teor desses pensamentos e declarações.

Tal liberdade, no entanto, não significa que tudo seja permitido, o que alguns xiitas da liberdade de expressão, notadamente pedófilos e grupos racistas, procuram fazer valer no debate da política cultural. Toda democracia tem seus limites, e os limites da YGL são regulados pela lei da liberdade de imprensa, a *tryckfrihetsförordningen*, ou TF, que em princípio define quatro restrições dentro da democracia. É proibido publicar pornografia envolvendo crianças e determinadas cenas de violência sexual, qualquer que seja o nível artístico reivindicado pelo autor. É proibido estimular a revolta e incitar o crime. É proibido difamar e caluniar um concidadão. E é proibido incitar o ódio racial.

A liberdade de imprensa também foi ratificada pelo Parlamento e constitui uma restrição à democracia social e democraticamente aceitável, ou seja, o contrato social que estabelece os padrões de uma sociedade civilizada. Em essência, a legislação assegura que ninguém tem o direito de perseguir ou humilhar outro ser humano.

Posto que a liberdade de expressão e a liberdade de imprensa são garantidas por leis, há que haver uma autoridade que assegure a obediência a essas leis. Na Suécia, essa função é partilhada por duas instituições, cabendo a uma delas, o *justitiekanslern*, ou JK, o chanceler da justiça, autuar judicialmente os contraventores da liberdade de imprensa.

Nesse aspecto, Torsten Edklinth estava longe de se sentir satisfeito. Achava o JK muitíssimo condescendente no tocante às autuações judiciais referentes a infrações diretas cometidas contra a Constituição sueca. O JK costumava retrucar que o princípio da democracia tinha tamanha importância que só em casos extremos ele podia intervir e mover um processo. Tal atitude, porém, vinha sendo mais e mais contestada nos últimos anos, principalmente depois que o secretário-geral do comitê de Helsinque na Suécia, Robert Hårdh, desenterrara um relatório analisando a falta de iniciativa do JK ao longo de vários anos. O relatório constatava que era praticamente impossível mover um processo e condenar alguém por incitação ao ódio racial.

A segunda instituição era o departamento da Säpo para a Proteção à Constituição, e o delegado Torsten Edklinth levava muito a sério a sua missão. Julgava que era o mais belo cargo, e o mais importante, que um policial sueco poderia ocupar, e não o teria trocado por nenhum outro em toda a Suécia judicial ou policial. Ele era simplesmente o único policial do país que tinha por missão cumprir o papel de policial político. Era uma função delicada que exigia grande sabedoria e um senso de justiça extremamente acurado, já que a experiência de um número excessivo de países mostrava que uma polícia política podia com facilidade se transformar na maior ameaça contra a democracia.

A mídia e a população pensavam que o principal objetivo da Proteção à Constituição era administrar nazistas e militantes vegetarianos. Esse tipo de manifestante decerto interessava muitíssimo à Proteção à Constituição, mas existia além disso toda uma série de instituições e acontecimentos que também faziam parte das atribuições do departamento. Se, por exemplo, o rei ou o comandante em chefe do Exército pusesse na cabeça que o sistema parlamentar estava superado e que o Parlamento deveria ser substituído por uma ditadura militar, a Proteção à Constituição ficaria imediatamente de olho no rei ou no comandante em chefe. E se um grupo de policiais resolvesse interpretar livremente a lei a tal ponto que os direitos constitucionais de um indivíduo ficassem prejudicados, cabia também à Proteção à Constituição reagir. Além disso, em casos graves, a investigação ficava sob as ordens do procurador-geral da nação.

O problema, evidentemente, era que a Proteção à Constituição tinha a tarefa quase que apenas de análise e averiguação, e nenhuma ação de intervenção. Por isso, em geral, era a polícia comum ou outras divisões da Säpo que intervinham quando da prisão de nazistas.

Torsten Edklinth julgava essa realidade profundamente insatisfatória. Quase todos os países normais mantêm, de uma forma ou de outra, um tribunal constitucional independente com o objetivo específico de zelar para que as autoridades não lesem a democracia. Na Suécia, essa função era confiada ao procurador-geral da Coroa, ou o *justitieombudsman*, um indivíduo designado pelo Parlamento para cuidar que os funcionários do Estado respeitassem a lei no exercício de suas funções, tendo porém de se conformar às decisões de outros indivíduos. Se a Suécia tivesse um tribunal constitucional, a advogada de Lisbeth Salander poderia ter movido imediatamente um processo contra o Estado sueco por violação de direitos constitucionais. O tribunal poderia, assim, ter exigido a apresentação de todos os documentos e ter intimado qualquer pessoa, inclusive o primeiro-ministro, até que o caso fosse solucionado. Na atual situação, a advogada poderia, a rigor, alertar o *justitieombudsman*, o qual, contudo, não tinha autoridade para ir até a Säpo e exigir examinar os documentos.

Torsten Edklinth fora durante vários anos um caloroso defensor da implantação de um tribunal constitucional. Se fosse assim, ele poderia lidar de uma forma muito simples com a informação repassada por Dragan Armanskij, dando um depoimento à polícia e comunicando os fatos ao tribunal. Desse modo, um processo inexorável seria posto em andamento.

No atual estado de coisas, Torsten Edklinth não possuía competência jurídica para abrir um inquérito preliminar.

Ele suspirou e serviu-se de uma pitada de rapé.

Caso as informações de Dragan Armanskij procedessem, isso significava que alguns ocupantes de cargos superiores da Säpo haviam fechado os olhos para uma série de delitos graves contra uma mulher sueca, e mais tarde tinham mandado internar sua filha, com bases falsas, num hospital psiquiátrico e, por fim, tinham deixado livre um ex-espião da elite russa, para que ele se dedicasse ao tráfico de armas, de drogas e de mulheres. Torsten Edklinth fez uma careta. Nem queria começar a contar quantas infrações à lei não teriam ocorrido ao longo do caminho. Para não falar no roubo ao domicílio de Mikael Blomkvist, na agressão à advogada de Lisbeth Salander e talvez até — o que Edklinth se negava a acreditar — em cumplicidade no assassinato de Alexander Zalachenko.

Torsten Edklinth não tinha a menor vontade de se envolver numa confusão daquelas. Infelizmente, porém, já fora envolvido desde o instante em que Dragan Armanskij o convidara para jantar.

A questão agora era descobrir uma maneira de administrar a situação. Formalmente, a resposta era simples. Se o relato de Armanskij fosse verídico, as liberdades e os direitos constitucionais de Lisbeth Salander tinham sido completamente desrespeitados. O mais provável era topar com um autêntico ninho de cobras, considerando-se que órgãos políticos ou autoridades com poder de decisão podiam ter sido influenciados em suas sentenças, o que punha o dedo no cerne das funções da Proteção à Constituição. Torsten Edklinth era um policial com conhecimento de um crime, e seu dever, portanto, seria alertar um procurador. De modo mais informal, a resposta não era tão simples. Era, por sinal, bastante complicada.

A inspetora Rosa Figuerola, apesar de seu nome incomum, nascera na Dalecarlia, numa família estabelecida na Suécia desde os tempos de Gustavo Vasa.* Era uma dessas mulheres em que as pessoas reparam, e por diversos motivos. Tinha trinta e seis anos, olhos azuis, e não media menos de um metro e oitenta e quatro. Era bonita, e seu jeito de se vestir a tornava ainda mais atraente.

E tinha o corpo excepcionalmente bem definido.

Na adolescência, praticara atletismo de alto nível e, aos dezessete anos, por pouco não se classificara pela equipe sueca para os Jogos Olímpicos. De lá para cá, abandonara o atletismo, mas malhava cinco vezes por semana feito uma condenada numa academia. Malhava com tanta frequência que as endorfinas funcionavam como droga, o que a deixava em abstinência quando interrompia as atividades físicas. Praticava corrida e musculação, jogava tênis, lutava caratê e, além disso, já se dedicara ao *bodybuilding* por dez anos. Contudo, reduzira consideravelmente essa variante extrema do culto ao corpo dois anos antes, numa época em que ficava duas horas por dia puxando ferro. Atualmente, cumpria apenas uma meia horinha diária, mas sua forma física era tal, e seu corpo tão musculoso, que alguns colegas pouco simpáticos a chamavam de sr. Figuerola. Quando vestia regatas ou vestidos de verão, ninguém conseguia não reparar em seus bíceps e deltoides.

Sua constituição física, portanto, incomodava vários de seus colegas homens, e também o fato de seu papel não ser meramente decorativo. Concluíra o secundário com as melhores notas e aos vinte anos ingressara na Escola de Polícia, trabalhando depois por nove anos na polícia de Uppsala, enquanto em seu tempo livre estudava direito. Só por brincadeira, prestara exame para Ciências Políticas, e também passara. Não tinha o menor problema em memorizar e analisar dados. Raramente lia romances policiais ou qualquer literatura de lazer. Em compensação, mergulhava com o maior

* Gustaf I Vasa, rei da Suécia de 1523 a 1560. (N. T.)

interesse nos assuntos mais variados, do direito internacional à história da Antiguidade.

Na polícia, deixara de ser agente — o que representara uma perda imensa para a segurança das ruas de Uppsala — para assumir o cargo de inspetora criminal, primeiro na Brigada Criminal, depois na brigada especializada em crimes financeiros. Em 2000, solicitara um posto na Polícia de Segurança de Uppsala e, em 2001, fora transferida para Estocolmo. Começara trabalhando na contraespionagem, mas fora quase imediatamente chamada para a Proteção à Constituição por Torsten Edklinth, que conhecia o pai de Rosa Figuerola e acompanhara a carreira dela ao longo dos anos.

Quando Edklinth finalmente concluiu que precisava agir com rapidez a respeito da informação fornecida por Dragan Armanskij, refletiu um momento, e então pegou o telefone e convocou Rosa Figuerola para sua sala. Como ainda não fazia três anos que ela trabalhava na Proteção à Constituição, Figuerola ainda estava mais próxima de uma autêntica policial que de uma burocrata escaldada.

Naquele dia, usava uma calça jeans justa, sandálias de saltinho turquesa e uma jaqueta azul-marinho.

— No momento, você está trabalhando em quê? — perguntou Edklinth cumprimentando-a, para então convidá-la a sentar-se.

— Estamos investigando o assalto àquela mercearia de Sunne, sabe, que aconteceu há duas semanas.

Certamente não era papel da Säpo se encarregar de assaltos a mercearias. Esse tipo de trabalho de base cabia exclusivamente à polícia comum. Rosa Figuerola coordenava, na Proteção à Constituição, uma área com cinco colaboradores que lidava com análise de criminalidade política. Sua ferramenta mais importante era um certo número de computadores em rede com o arquivo dos incidentes relatados pela polícia comum. Praticamente todos os depoimentos dados à polícia, em qualquer ponto da Suécia, passavam pelos computadores chefiados por Rosa Figuerola. Esses computadores continham um software que rastreava automaticamente todos os relatórios policiais e era programado para reagir a trezentas e dez palavras específicas, tais como turco, *skinhead*, suástica, imigrante, anarquista, saudação hitleriana, nazista, nacional-democrata, traidor da pátria, puta judia ou muçulmano. Assim que uma palavra desse tipo aparecia num relatório policial, o computador dava o alerta e o relatório em questão era baixado e examinado de perto. Caso o contexto justificasse, era possível pedir acesso ao inquérito preliminar e aprofundar as investigações.

Uma das tarefas da Proteção à Constituição era publicar anualmente um relatório intitulado *Ameaças à segurança de Estado*, que constituía no único levantamento estatístico confiável sobre criminalidade política. Essa estatística baseava-se exclusivamente nos depoimentos colhidos nas delegacias locais. No caso do assalto à mercearia de Sunne, o software reagira a três palavras-chave — imigrante, dragona e turco. Dois jovens, usando máscaras e armados com uma pistola, tinham limpado a mercearia, de propriedade de um imigrante. Levaram a quantia de 2780 coroas e um pacote de cigarros. Um dos delinquentes usava uma jaqueta de couro com dragonas representando a bandeira sueca. O outro bandido tinha gritado várias vezes "seu turco de merda" para o proprietário da loja e o obrigara a se deitar no chão.

Era o que bastava para a equipe de Figuerola acessar o inquérito preliminar com o objetivo de descobrir se os ladrões estavam mancomunados com as gangues nazistas do Värmland, e nesse caso, se o assalto poderia ser considerado crime racial, já que um dos ladrões se expressara nesse sentido. Conforme o caso, o assalto poderia constar em estatísticas futuras, que mais tarde seriam analisadas e lançadas na estatística europeia que os escritórios da União Europeia de Viena preparavam todos os anos. Poderia também acontecer de os ladrões serem escoteiros que tinham comprado uma jaqueta com a bandeira sueca e que não passasse de mero acaso o proprietário da loja ser um imigrante e a palavra "turco" ter sido pronunciada. Se assim fosse, a área de Figuerola apagaria aquele assalto das estatísticas.

— Tenho uma missão arriscada para você — disse Torsten Edklinth.

— Ah, é? — fez Rosa Figuerola.

— Um serviço que pode te jogar no mais profundo descrédito ou até afundar sua carreira.

— Entendo.

— Mas se você for bem-sucedida e as coisas acontecerem do jeito certo, pode significar um passo enorme na sua carreira. Pretendo transferir você para a unidade de intervenção da Proteção à Constituição.

— Lamento informar, mas a Proteção à Constituição não tem unidade de intervenção.

— Tem, sim — disse Torsten Edklinth. — Agora tem. Eu criei essa unidade hoje de manhã. Por enquanto, conta com uma só pessoa. Você.

Rosa Figuerola pareceu hesitar.

— A tarefa da Proteção à Constituição é proteger a Constituição de ameaças internas, o que, grosso modo, quer dizer nazistas e anarquistas. Mas o que a gente faz se a ameaça à Constituição vier da nossa própria organização?

Torsten Edklinth passou a meia hora seguinte contando em detalhe a história que Dragan Armanskij lhe relatara na noite anterior.

— Quem é a fonte dessas informações? — perguntou Rosa Figuerola.

— Por enquanto não tem a menor importância. Concentre-se na informação que temos.

— O que eu quero saber é se você confia nessa fonte.

— Conheço essa fonte há muitos anos e considero-a extremamente confiável.

— Isso tudo é simplesmente... bem, não sei. Se eu chamar de "inverossímil", vai ser pouco.

Edklinth meneou a cabeça.

— Como um romance de espionagem — disse ele.

— Bem, e o que você quer de mim?

— A partir de agora, está desligada de todas as suas demais missões. Agora você só tem uma: descobrir até que ponto essa história é verdadeira. Ou você confirma, ou rejeita essas afirmações. Preste contas diretamente para mim, e para mais ninguém.

— Meu Deus — disse Rosa Figuerola. — Agora entendo o que você quis dizer quando avisou que eu poderia me queimar.

— É. Mas se for verdade... se uma parte mínima dessas informações for verdade, estaremos diante de uma crise constitucional que vamos ter de administrar.

— Por onde eu começo? E como?

— Comece pelo mais simples. Leia o tal relatório que o Gunnar Björck escreveu em 1991. Em seguida, identifique o pessoal que estaria vigiando o Mikael Blomkvist. De acordo com a minha fonte, o proprietário do carro é um tal de Göran Mårtensson, um policial de quarenta anos que mora na Vittangigatan, em Vällingby. Depois disso, identifique o outro cara que aparece nas fotos tiradas pelo fotógrafo do Mikael Blomkvist. O mais jovem, este loiro aqui.

— Certo.

— Depois, levante o passado do Evert Gullberg. Nunca ouvi falar nesse sujeito, mas, pelo que diz minha fonte, ele necessariamente tem uma ligação com a Polícia de Segurança.

— O que significaria que alguém daqui teria encomendado o assassinato de um espião a um velho de setenta e oito anos. Não acredito.

— Mesmo assim, verifique. E sua investigação deve ser sigilosa. Antes de tomar qualquer atitude, quero ser informado. Não quero nenhum furo.

— Você está me pedindo uma investigação gigantesca. Como é que vou fazer tudo isso sozinha?

— Você não vai fazer sozinha. Só vai cuidar dessa primeira investigação. Se me disser que não descobriu nada, fica por isso mesmo. Se descobrir qualquer coisa suspeita, aí a gente vê.

Rosa Figuerola passou o intervalo do almoço puxando ferro na academia do Palácio da Polícia. Seu almoço propriamente dito consistia num café preto e num sanduíche de almôndegas com salada de beterraba, que ela foi comer em sua sala. Fechou a porta, abriu espaço na mesa e começou a ler o relatório de Gunnar Björck enquanto comia o sanduíche.

Leu também o anexo com a correspondência entre Björck e o dr. Peter Teleborian. Anotou todos os nomes e fatos do relatório que seriam objeto de investigação. Ao fim de duas horas, levantou-se e foi até a máquina buscar mais um café. Ao sair da sala, trancou a porta, seguindo um dos procedimentos rotineiros da Säpo.

Primeiro, conferiu o número do cadastro. Ligou para o arquivista, que confirmou não existir nenhum relatório com aquele número. Segundo, consultou os arquivos da imprensa, o que foi mais proveitoso. Os dois jornais vespertinos e um matutino mencionavam uma pessoa gravemente ferida no incêndio de um carro na Lundagatan naquele dia de 1991. A vítima era um homem de meia-idade cujo nome não era citado. Um dos vespertinos publicava o relato de uma testemunha dizendo que o incêndio fora provocado por uma garota. Seria, portanto, o famoso coquetel Molotov que Lisbeth Salander teria jogado num agente russo chamado Zalachenko. Em todo caso, o incidente parecia ter ocorrido de fato.

Gunnar Björck, autor do relatório, era um indivíduo de carne e osso, conhecido, com poder de decisão e um alto cargo na Brigada dos Estrangeiros. Ele estava de licença médica, quando, infelizmente, se suicidara.

O departamento pessoal, contudo, não podia dizer nada sobre as atividades de Gunnar Björck em 1991. Eram informações sigilosas até para os colaboradores da Säpo. Tudo muito normal.

Foi fácil verificar que Lisbeth Salander morava na Lundagatan em 1991 e que passara os dois anos seguintes na ala de psiquiatria infantil da clínica Sankt Stefan. Pelo menos até aí, a realidade não parecia contradizer o relatório.

Peter Teleborian era um psiquiatra conhecido, com frequentes aparições na tevê. Trabalhara na Sankt Stefan em 1991, sendo hoje em dia seu médico-chefe.

Rosa Figuerola refletiu demoradamente no significado daquele relatório. Depois, ligou para o chefe-adjunto do departamento pessoal.

— Tenho uma pergunta cabeluda para lhe fazer — ela disse.

— Qual?

— Estamos com um caso de análise aqui na Proteção à Constituição. Trata-se de avaliar a credibilidade de uma pessoa e sua saúde psíquica. Eu precisaria consultar um psiquiatra, ou algum outro especialista habilitado em lidar com informações consideradas sigilosas. Me falaram no doutor Peter Teleborian e eu queria saber se posso recorrer a ele.

A resposta custou um pouco a chegar.

— O doutor Peter Teleborian atuou como consultor externo da Säpo em algumas ocasiões. Ele está autorizado e, em termos gerais, você pode conversar com ele sobre informações sigilosas. Mas antes de entrar em contato com ele, você vai precisar seguir alguns procedimentos administrativos. O seu chefe tem que dar o aval e entrar com um pedido formal para você poder consultar o Teleborian.

O coração de Rosa Figuerola pôs-se a bater mais depressa. Ela acabava de obter a confirmação de algo que pouquíssima gente devia saber. Peter Teleborian já fora ligado à Säpo. O que reforçava a credibilidade do relatório.

Ela abandonou um pouco aquele ponto e passou para outros aspectos do dossiê que Torsten Edklinth lhe passara. Examinou as duas pessoas das fotos tiradas por Christer Malm, que teriam seguido Mikael Blomkvist depois de ele sair do Café Copacabana em 1º de maio.

Consultou o cadastro de emplacamentos e constatou que Göran Mårtensson existia de fato e era proprietário de um Volvo cinza com a placa mencionada. Em seguida, o departamento pessoal da Säpo confirmou que ele era um de seus funcionários. Aquele era o controle mais elementar que ela poderia fazer, e essa informação também parecia correta. Seu coração bateu um pouco mais rápido.

Göran Mårtensson trabalhava no serviço de Proteção à Pessoa. Era guarda-costas. Fazia parte do grupo de colaboradores que em diversas ocasiões respondera pela segurança do primeiro-ministro. Havia algumas semanas, porém, estava temporariamente locado na contraespionagem. Sua licença tivera início em 10 de abril, poucos dias depois de Alexander Zalachenko e Lisbeth Salander terem dado entrada no Hospital Sahlgrenska, mas transferências desse tipo eram bastante comuns, caso faltasse pessoal para um caso urgente.

Rosa Figuerola ligou em seguida para o chefe-adjunto da contraespionagem, um homem que ela conhecia pessoalmente e para quem trabalhara durante sua breve passagem pelo departamento. Perguntou se Göran Mårtensson estava trabalhando num caso importante ou se poderia ficar à disposição da Proteção à Constituição para uma investigação.

O chefe-adjunto da contraespionagem ficou perplexo. Ela devia ter sido mal informada. Göran Mårtensson, da Proteção à Pessoa, nunca trabalhara na contraespionagem. Sinto muito.

Rosa Figuerola colocou o fone no gancho e ficou dois minutos contemplando o aparelho. Na Proteção à Pessoa, achavam que Mårtensson estava locado na contraespionagem. Na contraespionagem, ninguém solicitara seus serviços. Transferências desse tipo eram concedidas e administradas pelo secretário-geral. Estendeu a mão para telefonar para o secretário-geral, mas mudou de ideia. Se a Proteção à Pessoa cedera Mårtensson, o secretário-geral necessariamente dera o aval. Mårtensson, porém, não se encontrava na contraespionagem. O que devia ser do conhecimento do secretário-geral. E se Mårtensson estava à disposição de um departamento que vinha seguindo Mikael Blomkvist, o secretário-geral também devia saber disso.

Torsten Edklinth lhe pedira para não deixar furos. Fazer essa pergunta ao secretário-geral seria como jogar um enorme paralelepípedo numa poça d'água.

* * *

Erika Berger sentou-se à sua mesa no aquário, pouco depois das dez e meia da manhã de segunda-feira, e suspirou profundamente. Estava bem precisada da xícara de café que acabava de trazer da sala dos funcionários. Passara as primeiras horas do seu dia de trabalho em duas reuniões. A primeira, uma reunião de quinze minutos em que o assistente de redação Peter Fredriksson apresentara as principais linhas de trabalho do dia. Considerando-se sua falta de confiança em Lukas Holm, vinha sendo cada vez mais obrigada a se fiar no julgamento de Fredriksson.

A segunda reunião, que se estendera por mais de uma hora, fora com o presidente do conselho administrativo, Magnus Borgsjö, o diretor financeiro do *SMP*, Christer Sellberg, e o responsável pelo orçamento, Ulf Flodin. Tinham passado em revista a baixa do mercado de anúncios e a queda das vendas por exemplar. O chefe de orçamento e o diretor financeiro se uniam para pedir medidas que reduzissem o déficit do jornal.

— Este ano, só fechamos o primeiro trimestre graças a uma pequena alta do mercado de anúncios e à aposentadoria de dois funcionários no Ano-Novo. Os dois cargos tinham ficado vagos, dissera Ulf Flodin. Vamos, sem dúvida, conseguir fechar o atual trimestre com um déficit insignificante. Mas, ao que tudo indica, os jornais gratuitos *Metro* e *Stockholm City* continuam beliscando o mercado de anúncios de Estocolmo. Nosso prognóstico é que o terceiro trimestre do ano vai registrar um déficit acentuado.

— E qual será nossa resposta? — perguntara Borgsjö.

— A única solução lógica seria realizar cortes radicais. Não tivemos nenhuma demissão desde 2002. Calculo que, antes do final do ano, pelo menos dez cargos precisem ser eliminados.

— Quais? — perguntara Erika Berger.

— Vamos ter que cortar a gordura e escolher um cargo aqui, outro ali. Esportes dispõe no momento de seis cargos e meio. A ideia é conseguir reduzir para cinco cargos de período integral.

— Se entendi direito, o pessoal de Esportes já está sobrecarregado. Isso significaria então uma redução na cobertura dos eventos esportivos.

Flodin dera de ombros.

— Se tiver alguma ideia melhor, sou todo ouvidos.

— Não tenho nenhuma ideia melhor, mas o princípio é que, se reduzirmos o pessoal, vamos ter que fazer um jornal mais fino, e se fizermos um jornal mais fino o número de leitores vai diminuir e, consequentemente, o número de anunciantes também.

— O eterno círculo vicioso — dissera o diretor financeiro, Sellberg.

— Fui contratada para inverter essa tendência, e isso significa apostar todas as minhas fichas na ofensiva com o objetivo de introduzir mudanças no jornal e torná-lo mais atraente para os leitores. Mas não posso fazer isso cortando pessoal.

Ela se voltara para Borgsjö.

— O jornal pode sangrar durante quanto tempo? Que déficit podemos aguentar antes de chegarmos a um ponto sem volta?

Borgsjö fizera um muxoxo.

— Desde o início dos anos 1990, o *SMP* vem mordendo boa parte dos seus fundos. Nossa carteira de ações perdeu quase trinta por cento do valor nos últimos dez anos. Muitos desses fundos foram usados para investimentos na área de informática. Ou seja, realmente despesas vultosas.

— Reparei que o *SMP* desenvolveu seu próprio programa de textos, essa coisa chamada AXT. Quanto custou?

— Em torno de cinco milhões de coroas.

— Para mim, é uma lógica difícil de entender. Existem programas baratos no mercado. Por que o *SMP* fez questão de desenvolver seu próprio *software*?

— Erika... eu bem que gostaria que alguém me explicasse. Mas foi o ex-diretor de tecnologia que nos convenceu a fazer isso. Ele dizia que, a longo prazo, acabaríamos ganhando e que, além disso, o *SMP* poderia vender a licença do *software* para outros jornais.

— E houve quem comprasse?

— Sim, de fato, um jornal da Noruega.

— Uau, que maravilha! — dissera Erika secamente. — Próxima pergunta: estamos hoje com computadores de cinco, seis anos...

— Está fora de cogitação investir em computadores novos este ano — dissera Flodin.

A discussão prosseguira. Erika percebera muito bem que Flodin e Sellberg ignoravam suas observações. Para eles, o único argumento válido eram os cortes, o que era compreensível para um chefe de orçamento e um diretor financeiro, mas inaceitável para uma nova redatora-chefe. O que a irritara era eles rejeitarem sistematicamente seus argumentos com sorrisos amáveis que faziam com que ela se sentisse uma colegial sendo sabatinada na frente da turma. Sem que uma só palavra inconveniente fosse pronunciada, a atitude deles em relação a ela era tão clássica que chegava a ser cômica. *Não canse sua cabecinha com esses assuntos complicados, minha criança.*

Borgsjö não fora de grande auxílio. Mantivera-se na expectativa e deixara os demais participantes dizerem tudo o que tinham para dizer, embora ela não sentisse a mesma atitude aviltante da parte dele.

Suspirou, abriu o celular e verificou seu correio eletrônico. Recebera dezenove e-mails. Quatro eram spams de alguém que queria 1) que ela comprasse Viagra, 2) propor-lhe um cibersexo com *The sexiest Lolitas on the net* por apenas quatro dólares por minuto, 3) fazer uma oferta um pouco mais explícita de *Animal sex, the juiciest horse fuck in the universe*, além de 4) propor uma assinatura da newsletter *Mode.nu*, editada por uma empresa pirata que inundava o mercado com ofertas promocionais e não parava de lhe mandar aquele lixo, ignorando seus reiterados pedidos. Sete e-mails eram pretensas cartas da Nigéria, enviadas pela viúva do antigo diretor do Banco Nacional de Abu Dhabi, que prometia lhe remeter somas fantásticas desde que ela pudesse investir um pequeno capital no intuito de estabelecer uma confiança recíproca, e outras excentricidades do gênero.

Os demais e-mails eram a pauta da manhã, a pauta do meio-dia, três e-mails de Peter Fredriksson, o assistente de redação, indicando as correções do editorial, um e-mail do seu contador pessoal marcando uma reunião para fazerem os acertos decorrentes da alteração do seu salário com a mudança da *Millennium* para o *SMP*, e um e-mail de seu dentista confirmando sua consulta trimestral. Anotou a consulta na agenda eletrônica e percebeu imediatamente que teria de transferi-la, pois já tinha na mesma data uma importante reunião de redação.

Por fim, abriu o último e-mail, enviado por centralred@smpost.se, com o assunto [aos cuidados da redatora-chefe]. Largou, devagar, a xícara de café.

> [PUTA NOJENTA! QUEM VOCÊ ACHA QUE É, SUA CRETINA. NÃO PENSE QUE PODE IR CHEGANDO ASSIM COM SEU NARIZ EMPINADO. VAI TOMAR UMA CHAVE DE FENDA NA BUNDA, SUA PUTA NOJENTA! MELHOR VOCÊ SE MANDAR BEM RAPIDINHO.]

Erika Berger ergueu os olhos e procurou o chefe de Atualidades, Lukas Holm. Ele não estava à sua mesa e ela não conseguia avistá-lo em nenhum lugar da redação. Conferiu o remetente, pegou o telefone e ligou para Peter Fleming, o diretor de tecnologia do *SMP*.

— Oi. Quem é o usuário do endereço centralred@smpost.se?

— Ninguém. Não temos esse endereço aqui.

— Pois acabo de receber um e-mail desse endereço.

— Foi forjado. Veio com algum vírus?

— Não. Pelo menos o antivírus não detectou nada.

— Certo. Esse endereço não existe. Mas é muito fácil criar um endereço com jeito de autêntico. Existem sites na rede que transmitem esse tipo de e-mail.

— Há como descobrir a origem dele?

— É quase impossível, mesmo que a pessoa seja idiota o bastante para ter mandado do seu computador pessoal. Pode-se eventualmente seguir a pista do número do IP até um servidor, mas se ele usou uma conta aberta no hotmail, por exemplo, a pista acaba aí.

Erika agradeceu a informação e em seguida refletiu por alguns instantes. Não era a primeira vez que recebia uma mensagem com ameaças ou com o recado de algum maluco. Esse e-mail se referia claramente a seu novo cargo de redatora-chefe no *SMP*. Ficou imaginando se seria um doido que a identificara no funeral de Morander ou se o remetente trabalhava na empresa.

Rosa Figuerola refletia exaustivamente sobre a forma de agir a respeito de Evert Gullberg. Uma das vantagens de trabalhar na Proteção à Constituição era ela ter legitimidade para consultar praticamente toda investigação policial sueca ligada a um crime racial ou político. Constatou que Alexander Zalachenko era um imigrante, sendo a missão dela, entre outras coisas, examinar a violência exercida contra pessoas nascidas no exterior e determinar possíveis motivações racistas. Estava, portanto, autorizada a ler a investigação sobre o assassinato de Zalachenko para definir se Evert Gullberg estava ligado a alguma organização racista ou expressara opiniões racistas no momento do assassinato. Solicitou a investigação e leu-a atentamente. Deparou com cartas enviadas ao ministro da Justiça e constatou que, além de alguns ataques pessoais degradantes e de caráter revanchista, havia nelas também as expressões "capacho dos turcos" e "traidor da pátria".

A essa altura, já eram cinco da tarde. Rosa Figuerola trancou todo o material no cofre-forte de sua sala, pegou a caneca de café, desligou o computador e bateu o ponto para sair. Andou a passos rápidos até uma academia na praça de Sankt Erik e dedicou a hora seguinte a um treino *soft*.

Em seguida, voltou a pé para o seu quarto e sala na Pontonjärgatan, tomou um banho e ingeriu um jantar tardio mas dieteticamente correto. Considerou a possibilidade de ligar para Daniel Mogren, que morava a três prédios dali, na mesma rua. Daniel era marceneiro e *bodybuilder* e, de três anos para cá, seu colega de treino regular. Nos últimos meses tinham também se encontrado para alguns momentos eróticos entre amigos.

Fazer amor era quase tão satisfatório quanto uma sessão intensa na academia, mas agora que já tinha passado bastante dos trinta e se aproximava dos quarenta, Rosa Figuerola começava a pensar que deveria se interessar por um homem de forma mais permanente e por uma situação mais estável. Quem sabe até ter filhos. Mas não com Daniel Mogren.

Depois de hesitar um pouco, concluiu que, na verdade, não estava querendo ver ninguém. Foi se deitar com um livro sobre história da Antiguidade. Adormeceu pouco antes da meia-noite.

13. TERÇA-FEIRA 17 DE MAIO

Na terça-feira, Rosa Figuerola acordou às seis e dez, fez um *jogging* puxado ao longo da Norr Mälarstrand, tomou um banho e às oito e dez bateu o ponto no Palácio da Polícia. Passou a primeira hora da manhã redigindo um relatório com as conclusões a que chegara no dia anterior.

Às nove horas, Torsten Edklinth chegou. Ela esperou vinte minutos, para que ele tivesse tempo de abrir sua correspondência da manhã, e em seguida foi bater à sua porta. Esperou dez minutos enquanto seu chefe lia seu relatório. Ele leu duas vezes as quatro folhas A4 de ponta a ponta. Por fim, ele a fitou.

— O secretário-geral — disse, pensativo.

Ela assentiu com a cabeça.

— Ele necessariamente deve ter aprovado a recolocação do Mårtensson. Por conseguinte, deve saber que o Mårtensson não está na contraespionagem, onde, de acordo com a Proteção à Pessoa, deveria estar.

Torsten Edklinth tirou os óculos, pegou um lenço de papel e limpou-os meticulosamente. Pôs-se a refletir. Estivera em reuniões com o secretário-geral Albert Shenke um número incalculável de vezes, mas não podia dizer que o conhecia bem. Era um sujeito relativamente baixo, de cabelos finos e loiro-arruivados, cuja cintura fora crescendo com o passar dos anos. Sabia que

Shenke tinha pelo menos cinquenta e cinco anos e que trabalhara na Säpo por pelo menos vinte e cinco, talvez mais. Era secretário-geral havia dez anos, e antes disso fora secretário-geral adjunto ou ocupara outros cargos dentro da administração. Via Shenke como uma pessoa taciturna que não hesitava em recorrer à força. Edklinth não fazia ideia de como Shenke ocupava seu tempo livre, mas lembrava de tê-lo visto certo dia na garagem do Palácio da Polícia, vestido informalmente e carregando tacos de golfe no ombro. Também cruzara com Shenke na ópera uma vez, por acaso, muitos anos antes.

— Uma coisa me chamou a atenção — disse Rosa.

— Estou te escutando.

— Evert Gullberg. Ele fez o serviço militar nos anos 1940, depois virou um advogado especializado em assuntos fiscais e desapareceu nos anos 1950.

— Sim?

— Quando falamos nisso, falamos como se ele tivesse sido um matador de aluguel.

— Sei que pode parecer forçação de barra, mas...

— O que me chamou a atenção é que o passado dele, nos documentos, é tão tênue que parece quase fabricado. Nos anos 1950 e 1960, a Säpo, assim como o serviço secreto do Exército, estabeleceu unidades fora da matriz.

Torsten Edklinth meneou a cabeça.

— Eu estava me perguntando quando ia lhe ocorrer essa possibilidade.

— Preciso de uma autorização para entrar nos arquivos dos funcionários dos anos 1950 — disse Rosa Figuerola.

— Não — disse Torsten Edklinth, balançando a cabeça. — Não dá para entrar nos arquivos sem autorização do secretário-geral, e não queremos chamar a atenção antes de termos algo mais nas mãos.

— Então como a gente faz, na sua opinião?

— Mårtensson — disse Edklinth. — Descubra no que ele está trabalhando.

No seu quarto fechado a chave, Lisbeth Salander examinava cuidadosamente o sistema de ventilação quando ouviu a porta se abrir e o dr. Anders Jonasson entrou. Passava das dez da noite de terça-feira. Ele interrompeu seus projetos de fuga do Sahlgrenska.

Depois de medir a parte de ventilação da janela, constatara que conseguiria passar a cabeça e que não deveria encontrar muita dificuldade com o resto do corpo também. Havia três andares entre ela e o térreo, mas uma combinação de lençóis rasgados com a extensão de três metros de uma lâmpada de apoio deveria resolver o problema.

Em pensamento, já planejara sua fuga nos mínimos detalhes. O problema eram as roupas. Estava usando calcinha e camisola do Conselho Geral, e sandálias de plástico emprestadas. Tinha as duzentas coroas em dinheiro que Annika Giannini lhe dera para que pudesse pedir doces no quiosque do hospital. Era o suficiente para comprar uma calça jeans e uma camiseta no Fourmis, desde que conseguisse localizar o brechó em Göteborg. O restante do dinheiro deveria ser suficiente para ela ligar para Praga. Depois, as coisas entrariam nos eixos. Ela cogitava aterrissar em Gibraltar poucos dias depois da fuga e a partir daí construir uma nova identidade em algum lugar do mundo.

Anders Jonasson fez um gesto de cumprimento com a cabeça e se sentou na poltrona dos visitantes. Ela fez o mesmo em sua cama.

— Olá, Lisbeth. Desculpe não ter tido tempo de vir visitá-la nesses últimos dias, mas me aprontaram horrores no pronto-socorro e, ainda por cima, fui indicado para servir como mentor de dois jovens médicos.

Ela assentiu com a cabeça. Não esperava que o tal Anders Jonasson lhe fizesse visitas pessoais.

Ele pegou a ficha dela e examinou com atenção o gráfico da temperatura e sua medicação. Observou que a temperatura tinha se estabilizado entre 37 e 37,5 graus e que, naquela semana, ela não precisara de analgésicos para a dor de cabeça.

— A sua médica é a doutora Endrin. Você se dá bem com ela?

— Ela é legal — respondeu Lisbeth sem muito entusiasmo.

— Tudo bem se eu examinar você?

Ela fez que sim com a cabeça. Ele tirou do bolso uma lanterna-caneta, inclinou-se sobre ela e iluminou seus olhos para verificar a contração das pupilas. Pediu que ela abrisse a boca e examinou a garganta. Em seguida, pôs suavemente as mãos em seu pescoço e virou sua cabeça para a frente e para trás, e depois para os lados, várias vezes.

— Nenhum problema na nuca? — ele perguntou.

Ela negou com a cabeça.

— E a dor de cabeça?

— Aparece de vez em quando, mas depois passa.

— O processo de cicatrização ainda não está completo. A dor de cabeça vai sumir aos poucos.

O cabelo dela ainda estava tão curto que ele só precisou afastar um pequeno tufo para apalpar a cicatriz acima da orelha. Não apresentava nenhum problema, mas ainda havia uma casquinha.

— Você andou coçando a ferida de novo. Pare com isso, está ouvindo?

Ela concordou com a cabeça. Ele pegou seu cotovelo esquerdo e levantou-lhe o braço.

— Você consegue erguer o braço sozinha?

Ela ergueu o braço.

— Sente alguma dor ou incômodo no ombro?

Ela fez que não com a cabeça.

— Ele não repuxa?

— Um pouco.

— Acho que você deveria trabalhar mais os músculos do ombro.

— Difícil, num quarto trancado.

Ele sorriu.

— Isso não vai durar para sempre. Você está fazendo os exercícios que a fisioterapeuta indicou?

Ela assentiu com a cabeça.

Ele pegou o estetoscópio e encostou-o no próprio pulso para aquecê-lo. Depois, sentou-se na beirada da cama, desabotoou a camisola de Lisbeth, auscultou-lhe o coração e tomou seu pulso. Pediu que ela se inclinasse para a frente e colocou o estetoscópio em suas costas para auscultar os pulmões.

— Tussa.

Ela tossiu.

— Certo. Pode abotoar a camisola. Clinicamente falando, você está mais ou menos recuperada.

Ela meneou a cabeça. Esperou que ele se levantasse, prometendo voltar a vê-la em alguns dias, mas ele permaneceu sentado na beirada da cama. Não falou nada por um bom tempo, parecia refletir. Lisbeth aguardou pacientemente.

— Sabe por que eu me tornei médico? — ele perguntou de repente.

Ela fez que não com a cabeça.

— Venho de uma família de operários. Eu sempre quis ser médico. Na verdade, quando eu era adolescente queria ser psiquiatra. Eu era todo intelectual.

Lisbeth observou-o com uma súbita atenção assim que ele pronunciou a palavra "psiquiatra".

— Mas eu não tinha certeza se conseguiria terminar o curso. Por isso, depois do colégio, me formei como soldador e exerci essa profissão durante alguns anos.

Balançou a cabeça, como se para confirmar que o que dizia era verdade.

— Eu achava uma boa ideia ter um diploma no bolso para o caso de dar zebra no curso de medicina. E a diferença entre um médico e um soldador não é muito grande. Nos dois casos, trata-se de uma espécie de bricolagem. E atualmente trabalho aqui no Sahlgrenska consertando pessoas como você.

Ela franziu o cenho perguntando-se, desconfiada, se ele estava zoando com ela. Mas ele parecia absolutamente sério.

— Lisbeth... eu estava pensando...

Ele ficou calado tanto tempo que Lisbeth quase teve vontade de perguntar o que ele queria. Mas controlou-se e esperou.

— Eu estava pensando se você ficaria aborrecida se eu fizesse uma pergunta pessoal, íntima. Quero dizer, não como médico. Não vou anotar sua resposta e não vou comentar com quem quer que seja. Você não precisa responder se não quiser.

— O que é?

— É uma pergunta pessoal e indiscreta.

O olhar dela cruzou com o dele.

— Na época em que internaram você na Sankt Stefan, em Uppsala, quando você tinha doze anos, você se negou a responder todas as vezes que um psiquiatra tentou falar com você. Como pode ser isso?

Os olhos de Lisbeth Salander escureceram um pouco. Ela fitou Anders Jonasson com um olhar sem emoção. Permaneceu calada por uns dois minutos.

— Por que está perguntando isso? — ela quis saber, por fim.

— Para ser sincero, não sei muito bem. Acho que estou tentando entender alguma coisa.

A boca de Lisbeth se contraiu ligeiramente.

— Não falo com os médicos de doidos porque eles nunca escutam o que eu digo.

Anders Jonasson assentiu com a cabeça e então, de repente, começou a rir.

— Está certo. Me diga... o que você acha do Peter Teleborian?

Anders Jonasson soltara aquele nome de um jeito tão inesperado que Lisbeth quase se sobressaltou. Seus olhos se estreitaram um bocado.

— Que porra é essa? Uma pegadinha? O que você está querendo?

De repente, a voz dela soava como lixa. Anders Jonasson inclinou-se tanto em sua direção que estava quase invadindo seu espaço pessoal.

— É que um... como você disse mesmo?... um médico de doidos chamado Peter Teleborian, que não é exatamente desconhecido na minha área, tentou me convencer duas vezes, nesses últimos dias, a lhe dar uma oportunidade para te examinar.

Lisbeth sentiu de repente uma corrente gelada percorrer suas costas.

— O Tribunal de Instâncias vai designá-lo para fazer sua avaliação psíquica legal.

— E?

— Eu não gosto do Peter Teleborian. Não permiti que ele tivesse acesso a você. Na segunda vez, ele apareceu sem avisar e tentou entrar escondido, passando a conversa numa enfermeira.

Lisbeth cerrou a boca.

— O comportamento dele me pareceu meio estranho e insistente demais para ser normal. Por isso minha vontade de saber o que você acha dele.

Então foi a vez de Anders Jonasson esperar pacientemente que Lisbeth Salander se dispusesse a falar.

— O Teleborian é um canalha — ela respondeu afinal.

— Existe uma questão pessoal entre vocês?

— Pode-se dizer que sim.

— Também tive uma conversa com um sujeito lá de cima que, por assim dizer, gostaria que eu permitisse que o Teleborian tivesse acesso a você.

— E?

— Perguntei se ele tinha competência técnica para avaliar o seu estado e aí mandei ele se catar. Só que com termos um pouco mais diplomáticos.

— Certo.

— Só mais uma pergunta. Por que você está me dizendo tudo isso?

— Você é que perguntou.

— Sei. Mas eu sou médico e fiz psiquiatria. Então por que você está falando comigo? Devo deduzir que você confia um pouco em mim?

Ela não respondeu.

— Bem, prefiro interpretar assim. Saiba que você é minha paciente. Isso significa que trabalho para você e para mais ninguém.

Ela o fitou, desconfiada. Ele a observou em silêncio durante algum tempo. Então se pôs a falar em tom casual.

— Do ponto de vista médico, você está mais ou menos restabelecida. Só precisa de mais algumas semanas de convalescência. Infelizmente, você está ótima.

— Infelizmente?

— Sim. — Ele lhe endereçou um sorrisinho. — Definitivamente, você está bem até demais.

— O que está querendo dizer?

— Quero dizer que não tenho mais nenhum motivo para mantê-la aqui isolada e que a procuradora logo vai poder pedir sua transferência para uma casa de detenção em Estocolmo, até o julgamento, que deve ocorrer daqui a seis semanas. Na minha opinião, esse pedido deve ocorrer já na próxima semana. E isso significa que o Peter Teleborian vai ter a oportunidade de examinar você.

Ela ficou completamente imóvel na cama. Anders Jonasson pareceu aborrecido e se inclinou para ajeitar o travesseiro dela. Falou claro, como se estivesse pensando em voz alta.

— Você não tem mais dor de cabeça e está sem febre, é provável que a doutora Endrin lhe dê alta.

Ele se levantou de repente.

— Obrigado por ter falado comigo. Ainda venho te ver antes de você ser transferida.

Já estava na porta quando ela falou.

— Doutor Jonasson.

Ele se virou em sua direção.

— Obrigada.

Ele meneou brevemente a cabeça antes de sair e fechar a porta à chave.

Lisbeth Salander permaneceu um bom tempo com os olhos fixos na porta trancada. Por fim, deitou-se e olhou para o teto.

Foi então que descobriu que havia algo duro debaixo de sua nuca. Ergueu o travesseiro e teve a surpresa de ver um saquinho de pano que certamente não se encontrava ali antes. Abriu-o e descobriu, sem entender nada, um computador de mão Palm Tungsten T3 e um carregador de bateria. Então olhou melhor para o computador e percebeu uma ranhura na borda superior. Seu coração deu um salto. *É o meu Palm! Mas como...* Atônita, desviou o olhar para a porta trancada. Anders Jonasson era um homem cheio de surpresas. Ligou o computador, mas logo viu que ele estava protegido por uma senha.

Olhou, frustrada, para a tela que piscava impaciente. E como é que esses idiotas acham que eu vou... Então olhou para o saquinho de pano e descobriu, lá dentro, um pedaço de papel dobrado. Pegou-o, abriu e leu a linha escrita numa caligrafia caprichada.

Você não é a rainha dos hackers*? Pois então descubra! Super B.*

Lisbeth riu pela primeira vez desde várias semanas. Obrigada por pagá-la na mesma moeda! Refletiu alguns segundos. Então pegou a canetinha do Palm e escreveu a combinação 9277, que correspondia às letras WASP no teclado. Era o código que o Maldito Super-Blomkvist tinha sido obrigado a descobrir quando entrara no apartamento dela na Fiskargatan, em Mosebacke, para desativar o alarme.

Não funcionou.

Tentou o 78737, que correspondia às letras SUPER.

Também não funcionou. Era óbvio que o Maldito Super-Blomkvist queria que ela usasse o computador, portanto devia ter escolhido uma senha relativamente simples. Tinha assinado Super-Blomkvist, apelido que ele detestava. Ela fez algumas associações, refletiu um instante. Com toda certeza, envolveria alguma alfinetada. Teclou 3434, equivalente a FIFI.

O computador ligou suavemente.

Ainda teve direito a um *emoticon* sorridente munido de um balão.

[Está vendo? Não foi tão difícil. Proponho que você clique em Meus Documentos.]

Ela imediatamente encontrou o documento [Olá Sally] bem no alto da lista. Abriu e leu.

[Antes de mais nada: isto fica só entre nós. A sua advogada, ou seja, a minha irmã Annika, ignora por completo que você está com esse computador. Deve continuar sendo assim.

Não faço ideia de até que ponto você está a par do que se passa fora desse seu quarto trancado, mas saiba que estranhamente, apesar desse seu temperamento, alguns babacas cheios de lealdade estão trabalhando por você. Quando tudo isso acabar, vou fundar uma associação beneficente que vou chamar de Os Cavaleiros da Távola Biruta, cujo único objetivo será organizar um jantar anual em que a gente vai morrer de rir falando mal de você. (Não, você não será convidada.)

Bem. Vamos aos fatos. A Annika está se preparando para o julgamento. Um problema, nesse contexto, é que ela obviamente trabalha para você e é adepta dessa bobajada toda de integridade. Isso significa que nem comigo ela comenta o que vocês duas conversam, o que é meio limitador. Por sorte, ela aceita receber informações.

Eu e você precisamos estar de acordo.

Não use meu endereço de e-mail.

Eu talvez seja meio paranoico, mas tenho bons motivos para achar que não sou o único a consultar minha caixa postal. Se tiver alguma coisa para me enviar, entre no grupo Yahoo [Tavola-Biruta]. Login: Fifi e senha: f9i2f7i7.]

Lisbeth leu duas vezes a carta de Mikael e olhou, perplexa, para o computador de mão. Depois de um período de celibato informático absoluto, estava num estado de incalculável cibercarência. Achou que o Super-Blomkvist tinha mesmo raciocinado com os pés quando dera um jeito de lhe passar clandestinamente um computador, esquecendo por completo que ela precisava de um celular para acessar a rede.

Estava nesse ponto de suas reflexões quando escutou passos no corredor.

Desligou imediatamente o computador e enfiou-o debaixo do travesseiro. A chave estava girando na fechadura quando ela percebeu que o saquinho de pano e o carregador ainda estavam sobre o criado-mudo. Estendeu a mão, enfiou depressa o saquinho debaixo do cobertor, e prendeu o cabo e o carregador no meio das pernas. Estava comportadamente deitada, olhando para o teto, quando a enfermeira da noite entrou, cumprimentou-a com gentileza e perguntou-lhe como estava e se precisava de alguma coisa.

Lisbeth falou que estava tudo bem e que só precisava de um maço de cigarros. O pedido foi gentil mas firmemente recusado. Porém teve direito a um pacote de chiclete de nicotina. Quando a enfermeira tornou a fechar a porta, Lisbeth avistou o vigia da Securitas a postos em sua cadeira no corredor. Lisbeth esperou até escutar os passos se distanciando para pegar o computador de mão.

Ligou-o e tentou se conectar.

A sensação foi próxima de um choque quando o computador, de repente, indicou que tinha encontrado uma conexão. *Uma conexão. Não é possível.*

Ela pulou da cama tão depressa que sentiu uma explosão de dor no quadril machucado. Lançou um olhar abobalhado pelo quarto. Como? Deu uma volta devagar, examinando os mínimos recantos... *Não, não há nenhum celular neste quarto.* No entanto, estava conseguindo se conectar à rede. Então, um sorriso enviesado se espalhou em seu rosto. A conexão era necessariamente sem fio e estava sendo feita através de um celular com Bluetooth, que operava facilmente num raio de dez a doze metros. Seu olhar se dirigiu para a grade de ventilação no alto da parede.

O Super-Blomkvist havia plantado um telefone bem do lado do seu quarto. Era a única explicação possível.

Mas por que não trazer simplesmente o telefone para dentro do quarto... *A bateria. Claro!*

O seu Palm precisava ser recarregado mais ou menos a cada três dias. Um celular, que ela forçaria até o limite ao navegar, iria consumir rapidamente a bateria. Blomkvist, ou melhor, a pessoa que ele recrutara e que estava ali fora, devia carregar regularmente a bateria.

Em compensação, ele lhe fornecera, é claro, o carregador do Palm. Ela precisava tê-lo à mão. Era mais fácil esconder e utilizar um objeto em vez de dois. *O Super-Blomkvist, afinal, não era tão burro assim.*

Lisbeth primeiro se perguntou onde poderia esconder o computador. Precisava de um esconderijo. Além da tomada elétrica ao lado da porta, havia outra no painel atrás da cama, onde ficavam ligados a luz de cabeceira e o relógio digital. Como o rádio tinha sido tirado da cabeceira, havia ali uma cavidade. Ela sorriu. Tanto o carregador como o computador de bolso cabiam dentro dela. Podia usar a tomada do criado-mudo para deixar o computador carregando durante o dia.

Lisbeth Salander estava feliz. Seu coração batia disparado quando, pela primeira vez depois de dois meses, ligou o computador de mão e entrou na internet.

Navegar com um computador de mão Palm, uma tela minúscula e uma canetinha não era tão simples como surfar com um PowerBook e um monitor de dezessete polegadas. Mas ela estava conectada. Da sua cama no Sahlgrenska, podia alcançar o mundo inteiro.

Para começar, entrou num site que anunciava fotos relativamente desinteressantes de um fotógrafo amador chamado Bill Bates, em Jobsville, Pensilvânia. Um dia, Lisbeth tinha verificado e chegado à conclusão que Jobsville não existia. Ainda assim, Bates tinha tirado mais de duzentas fotos daquela localidade e as pusera em seu site em forma de pequenas abas. Foi passando pelas fotos até chegar ao número 167 e clicou na lente de aumento. A foto mostrava a igreja de Jobsville. Posicionou o cursor no topo do campanário e clicou. Imediatamente surgiu uma janela pedindo seu *login* e sua senha. Pegou a canetinha e escreveu *Remarkable* no campo do *login* e A(89) *Cx#magnolia* no da senha.

Abriu-se uma janela: [*ERROR — You have the wrong password*] e um botão [*O.K. — Try again*]. Lisbeth sabia que se clicasse em [*O.K. — Try again*] e tentasse outra senha, iria dar na mesma janela — podia tentar ano após ano ao infinito. Em vez disso, clicou na letra O da palavra [*ERROR*].

A tela ficou preta. Em seguida, abriu-se uma porta de animação e apareceu uma figura parecida com Lara Croft. Materializou-se um balão com os dizeres [*WHO GOES THERE?*].

Ela clicou no balão e escreveu a palavra *Wasp*. A resposta foi imediata: [*PROVE IT — OR ELSE...*] enquanto a Lara Croft animada soltava a trava de segurança de uma pistola. Lisbeth sabia que a ameaça não era de todo fictícia. Se escrevesse a senha errada três vezes seguidas, a página se apagaria e o nome Wasp seria riscado da lista dos membros. Escreveu com bastante cuidado a senha *MonkeyBusiness*.

A tela mudou novamente de forma e exibiu um fundo azul com o texto:

[Welcome to Hacker Republic, citizen Wasp. It is 56 days since your last visit. There are 10 citizens online. Do you want to (a) Browse the Forum (b) Send a Message (c) Search the Archive (d) Talk (e) Get laid?]

Ela clicou em [*(d) Talk*], passou para o menu [*Who's online?*] e obteve uma lista com os nomes Andy, Bambi, Dakota, Jabba, BuckRogers, Mandrake, Pred, Slip, SisterJen, SixOfOne e Trinity.

[Hi, gang], escreveu Wasp.

[Wasp. That really U?], escreveu SixOfOne imediatamente.

[Look who's home.]

[Onde você andava?], perguntou Trinity.

[Praga falou que você estava com problemas], escreveu Dakota.

Lisbeth não tinha certeza, mas achava que Dakota era uma mulher. Os outros membros on-line, inclusive SisterJen, eram homens. A Hacker Republic tinha ao todo (da última vez que ela se conectara) sessenta e dois membros, dos quais quatro eram mulheres.

[Olá, Trinity], escreveu Lisbeth. [Olá, todo mundo.]

[Por que você só dá olá para Trin? A gente não está atacado pela peste], escreveu Dakota.

[A gente já saiu junto], escreveu Trinity. [Wasp só frequenta pessoas inteligentes.]

Ele imediatamente recebeu cinco *vá se...*

Dos sessenta e dois membros, Wasp se encontrara com dois na vida real. Um deles era Praga, que excepcionalmente não estava on-line. Trinity era o outro. Era inglês, residente em Londres. Dois anos antes, ela estivera com ele por algumas horas, quando ele a ajudara, e ao Mikael, na caçada a Harriet Vanger, instalando uma escuta telefônica clandestina no pacato subúrbio de St. Albans. Lisbeth estava se atrapalhando com a pouco prática canetinha eletrônica e lamentava não dispor de um teclado.

[Você ainda está aí?], perguntou Mandrake.

Ela marcou as letras, uma por uma.

[*Sorry*. Estou com um Palm. É meio lerdo.]

[O que houve com o seu computador?], perguntou Pred.

[O meu computador vai bem. Eu é que estou com problemas.]

[Conte aqui para o seu irmão mais velho], escreveu Slip.

[O Estado me mantém prisioneira.]

[O quê? Por quê?] A resposta veio, de imediato, de três membros.

Lisbeth resumiu sua situação em cinco linhas, que foram recebidas pelo que parecia ser um murmúrio de preocupação.

[Como você está?], perguntou Trinity.

[Estou com um buraco na cabeça.]

[Não estou vendo nenhuma diferença], constatou Bambi.

[Wasp sempre teve vento na cabeça], disse SisterJen, antes de engatar uma série de fantasias pejorativas sobre as capacidades intelectuais de Wasp.

Lisbeth sorriu. A conversa foi retomada com uma réplica de Dakota.

[Esperem. Estamos diante de um ataque a um cidadão da Hacker Republic. Qual será nossa resposta?]

[Ataque nuclear sobre Estocolmo?], sugeriu SixOfOne.

[Não, seria um exagero], disse Wasp.

[Uma bomba em miniatura?]

[Vá se catar, SixOO.]

[A gente poderia apagar Estocolmo], sugeriu Mandrake.

[Um vírus que apaga o governo?]

* * *

Os cidadãos da Hacker Republic não costumavam espalhar vírus. Pelo contrário — eram *hackers* e, consequentemente, ferozes adversários dos idiotas que lançam vírus com o único objetivo de sabotar a rede e fazer naufragar computadores. Eram viciados em informação e queriam manter a rede funcionando para poder pirateá-la.

Em compensação, a proposta de apagar o governo sueco não era uma ameaça à toa. A Hacker Republic era um clube superexclusivo que contava com os melhores entre os melhores, uma força de elite a que qualquer Defesa Nacional teria pago somas colossais em troca de ajuda para objetivos cibermilitares, se é que *the citizen* podiam ser levados a nutrir uma lealdade desse tipo com um Estado. Não parecia provável.

Por outro lado, eles também eram *computer wizards* perfeitamente sintonizados com a arte da fabricação de vírus. Tampouco era difícil convencê-los a realizar campanhas especiais caso a situação exigisse. Anos antes, a patente de um *citizen* da Hacker Rep, um *freelancer* criador de softwares da Califórnia, tinha sido roubada por uma *start-up*, que ainda por cima tivera o atrevimento de levar o cidadão aos tribunais. Isso fizera com que todos os ativistas da Hacker Rep dedicassem, durante seis meses, uma energia considerável a piratear e destruir todos os computadores da empresa. Cada segredo comercial e cada e-mail — e também alguns documentos forjados, sugerindo que a empresa praticava fraude fiscal — eram alegremente exibidos na internet, assim como informações sobre a amante secreta do presidente da empresa e fotos de uma festa em Hollywood em que esse presidente aparecia cheirando cocaína. A empresa fora à falência em seis meses e, embora já tivessem transcorrido vários anos, alguns membros rancorosos da milícia popular da Hacker Republic continuavam assombrando o antigo presidente.

Caso cerca dos cinquenta *hackers* mais eminentes do mundo decidissem se unir numa ofensiva conjunta contra um Estado, esse Estado provavelmente sobreviveria, mas não sem antes enfrentar problemas consideráveis. Os custos, sem dúvida, chegariam a bilhões se Lisbeth apontasse o polegar para cima. Ela refletiu um pouco.

[Por enquanto, não. Mas se as coisas não andarem do jeito que eu quero, talvez eu peça ajuda.]

[É só falar], disse Dakota.

[Faz tempo que a gente não perturba nenhum governo], disse Mandrake.

[Tenho uma proposta, a ideia geral é inverter o sistema de pagamento de impostos. Um programa feito sob medida para um país pequeno como a Noruega], escreveu Bambi.

[Muito bom, só que Estocolmo fica na Suécia], escreveu Trinity.

[E daí? Só o que a gente tem que fazer é...]

Lisbeth Salander se recostou no travesseiro e acompanhou a conversa com um sorrisinho. Perguntou-se por que ela, que tinha tanta dificuldade em falar de si mesma quando se via frente a frente com alguém, não tinha problemas em revelar seus segredos mais íntimos pela internet para um bando de malucos totalmente desconhecidos. O fato é que se Lisbeth Salander tinha alguma família e pertencia a algum grupo, era justamente a esse bando de loucos. Nenhum deles tinha de fato condições de ajudá-la em seus dissabores com o Estado sueco. Mas ela sabia que, se fosse preciso, gastariam um tempo e uma energia consideráveis em demonstrações de força bem pertinentes. Graças à rede da internet, ela também poderia achar esconderijos no exterior. Praga fora quem a ajudara a obter o passaporte norueguês em nome de Irene Nesser.

Lisbeth não tinha a menor ideia da aparência física dos cidadãos da Hacker Rep nem do que faziam fora da internet — os cidadãos eram particularmente vagos sobre suas identidades. SixOfOne, por exemplo, declarava-se um cidadão negro, do sexo masculino e de origem católica residente em Toronto, Canadá. Poderia também ser uma mulher, branca, luterana e residente em Skövde, na Suécia.

Quem ela conhecia melhor era Praga — fora ele quem um dia a apresentara à família, e ninguém se tornava membro daquela sociedade exclusiva sem recomendações muito bem fundamentadas. Além disso, o novo membro tinha de conhecer pessoalmente outro cidadão — no caso de Lisbeth, era o Praga.

Na internet, Praga era um cidadão inteligente e socialmente talentoso.

Na verdade, era um trintão obeso e antissocial que recebia uma pensão por invalidez e vivia em Sundbyberg. Era óbvio que tomava banho de vez em nunca e seu apartamento fedia. Lisbeth limitava ao máximo as visitas à casa dele. Frequentá-lo na rede era mais que suficiente.

Enquanto o bate-papo prosseguia, Wasp ia baixando os e-mails de sua caixa postal da Hacker Rep. Um e-mail de Poison continha uma versão melhorada do seu programa Asphyxia 1.3, disponível nos arquivos a todos os cidadãos da república. O software Asphyxia permitia controlar o computador de outras pessoas via internet. Poison explicou que usara o programa com êxito e que sua versão melhorada cobria as últimas versões do Unix, do Apple e do Windows. Ela enviou uma resposta breve e agradeceu a atualização.

Na hora seguinte, enquanto a noite caía sobre os Estados Unidos, mais meia dúzia de *citizens* foi se conectando, dando as boas-vindas a Wasp e se envolvendo na discussão. Quando Lisbeth finalmente se retirou, o debate tratava da possibilidade de fazer com que o computador do primeiro-ministro sueco enviasse mensagens educadas, mas totalmente delirantes, para outros chefes de governo mundo afora. Criara-se um grupo de trabalho para aprofundar a questão. Lisbeth acabou oferecendo uma rápida contribuição com a ponta de sua canetinha.

> [Continuem conversando, mas não façam nada sem a minha aprovação. Volto assim que eu puder me conectar.]

Todos mandaram "bjs, bjs" e recomendaram que cuidasse bem do buraco da sua cabeça.

Uma vez desconectada da Hacker Republic, Lisbeth entrou em [www.yahoo.com] e conectou-se ao *newsgroup* [Tavola-Biruta]. Descobriu que a lista de discussão comportava dois membros, ela própria e Mikael Blomkvist. Na caixa de entrada havia um único e-mail, enviado dois dias antes. O assunto era [Leia isto primeiro].

> [Olá, Sally. A situação atual é a seguinte:
>
> • a polícia ainda não descobriu seu endereço e não teve acesso ao DVD do

estupro do Bjurman. Esse DVD constitui uma prova de peso, mas não quero entregá-lo para a Annika sem sua autorização. Também estou com as chaves do seu apartamento e com o passaporte em nome de Irene Nesser.

• em compensação, a polícia está com a mochila que você levou para Gosseberga. Não sei se contém algo comprometedor.]

Lisbeth refletiu por um momento. Que nada. Uma garrafa térmica de café semivazia, umas maçãs e uma muda de roupa. Não havia com que se preocupar.

[Você vai ser processada por golpes e ferimentos agravados, seguidos de tentativa de homicídio contra Zalachenko, assim como golpes e ferimentos agravados contra Carl-Magnus Lundin, do MC Svavelsjö em Stallarholmen — eles partem do princípio que você atirou no pé dele e deu um pontapé que quebrou seu maxilar. Uma fonte confiável da polícia, no entanto, informa que em ambos os casos as provas são um tanto vagas. É importante:

(1) Antes de o Zalachenko ser morto, ele negou tudo e afirmou que o Niedermann é que tinha atirado em você e te enterrado no mato. Ele deu queixa contra você por tentativa de homicídio. O procurador vai insistir no fato de que foi a segunda vez que você tentou matar o Zalachenko.

(2) Nem o Magge Lundin nem o Benny Nieminen disseram uma palavra sequer sobre o que aconteceu em Stallarholmen. O Lundin está detido pelo sequestro da Miriam Wu. O Nieminen foi solto.]

Lisbeth refletiu sobre as palavras de Mikael e deu de ombros. Já havia conversado sobre tudo aquilo com Annika Giannini. Era uma situação ruim, mas até aí nada de novo. Com o coração na mão, ela relatara o que tinha acontecido em Gosseberga, porém sem entrar em detalhes sobre Bjurman.

[Durante quinze anos, o Zala foi protegido, independentemente do que ele aprontasse. Algumas carreiras se construíram em torno da importância que se dava ao Zalachenko. Algumas vezes, ajudavam a fazer uma limpeza depois que o Zala aprontava. Isso é crime. Ou seja, autoridades suecas ajudaram a ocultar crimes contra pessoas.

Se isso vier à tona, haverá um escândalo político que provavelmente irá atingir tanto governos de direita como social-democratas. Isso significa, antes de mais nada, que alguns altos funcionários da Säpo seriam jogados aos leões e apontados como responsáveis por atividades criminosas e imorais. Mesmo que os crimes individuais estejam prescritos, haverá escândalo. Trata-se de pesos-pesados que hoje estão aposentados, ou quase.

Eles vão fazer de tudo para reduzir os danos, e aí é que você de repente volta a ser um peão no jogo. Dessa feita, porém, não se trata de sacrificar um peão do tabuleiro — trata-se de eles reduzirem esses danos de maneira decisiva e por conta própria. Portanto você vai acabar ficando sem saída.]

Pensativa, Lisbeth mordeu o lábio inferior.

[A coisa funciona assim: eles sabem que não vão conseguir manter o Zalachenko em segredo por muito mais tempo. Eu sei da história e eu sou um jornalista. Eles sabem que mais cedo ou mais tarde eu vou publicar. Agora eles estão lutando é pela sobrevida deles. Por isso os seguintes pontos estão no topo da lista de prioridades deles:

(1) Eles precisam convencer o tribunal de grande instância (ou seja, a opinião pública) de que a decisão de internar você na Sankt Stefan em 1991 foi legítima — que você estava de fato psiquicamente perturbada.

(2) Precisam separar o "caso Lisbeth Salander" do "caso Zalachenko". Eles estão tentando se colocar em condições de afirmar que "Claro, o Zalachenko era um calhorda, mas isso nada teve a ver com a decisão de internar a filha dele. Ela foi internada porque era uma doente mental — qualquer afirmação diferente disso não passa de invencionices doentias de jornalistas amargurados. Não, não apoiamos o Zalachenko em nenhum crime; isso não passa de divagação ridícula de uma adolescente doente mental".

(3) O problema, portanto, é que se você for inocentada no próximo julgamento, o tribunal terá declarado que você não é louca, o que provará que sua internação em 1991 tinha algo de suspeito. Isso quer dizer que eles precisam condená-la a todo custo a um tratamento psiquiátrico numa instituição. Se o tribunal estabelecer que você é psiquicamente perturbada, a imprensa já não vai estar tão interessada em revolver o caso Salander. A imprensa funciona assim.

Você está acompanhando?]

Lisbeth meneou a cabeça para si mesma. Já havia chegado a essas conclusões havia muito tempo. O problema é que ela não sabia muito bem como resolver a situação.

[Lisbeth — isso é sério —, esse jogo vai se dar na imprensa e não na sala de audiências. Infelizmente, por "razões de integridade", o julgamento vai ser a portas fechadas.

No dia em que o Zalachenko foi morto, meu apartamento foi assaltado. Não houve arrombamento nem mexeram em nada — com exceção de uma coisa. O dossiê que estava na casa de campo de Bjurman e que continha o relatório de 1991 do Gunnar Björck desapareceu. No mesmo dia, minha irmã foi atacada e a cópia que ela tinha foi roubada. Esse dossiê é a sua prova mais importante.

Fingi que tínhamos perdido os documentos Zalachenko. Na verdade, tenho um terceiro exemplar, que eu ia passar para o Armanskij. Fiz várias cópias, que espalhei por aí.

Nosso adversário, que reúne algumas autoridades e alguns psiquiatras, também está tratando de montar o processo, é claro, com a ajuda do procurador Richard Ekström. Tenho uma fonte que fornece algumas informações sobre o que está se tramando, mas imagino que você tenha mais condições de obter informações adequadas... Se for esse o caso, não temos muito tempo.

O procurador vai tentar fazer com que você seja condenada a uma internação psiquiátrica. Para isso, conta com o auxílio do seu velho amigo Peter Teleborian.

A Annika não vai poder se lançar numa campanha de imprensa no mesmo nível que o Ministério Público, que pode deixar vazar informações como bem lhe convém. Ou seja, ela está de mãos atadas.

Já eu, não estou preso por restrições desse tipo. Posso escrever rigorosamente o que quiser — e tenho, além disso, uma revista à minha disposição.

Faltam dois detalhes importantes:

(1) Primeiro, você precisaria de alguma coisa demonstrando que o procurador Ekström está colaborando com o Teleborian de maneira indevida, e sempre com o objetivo de interná-la com os loucos. Eu queria poder aparecer no horário nobre da televisão e apresentar documentos acabando com os argumentos do procurador.

(2) Para poder sustentar uma guerra na imprensa contra a Säpo, preciso

discutir em público coisas que você provavelmente considera de sua esfera privada. Desejar o anonimato a esta altura é meio que pedir demais, levando-se em conta tudo que foi dito na imprensa a seu respeito desde a Páscoa. Preciso ter condições de construir na mídia uma imagem sua inteiramente nova — mesmo que a seu ver isso represente uma agressão à sua intimidade —, e de preferência com o seu aval. Você entende o que eu quero dizer?]

Ela abriu a pasta [Tavola-Biruta]. Continha vinte e seis arquivos de tamanhos variados.

14. QUARTA-FEIRA 18 DE MAIO

Rosa Figuerola se levantou às cinco da manhã na quarta-feira e fez um rápido *jogging* antes de tomar um banho e vestir uma calça jeans preta, uma regata branca e uma jaqueta leve de linho cinza. Preparou sanduíches e encheu uma garrafa térmica de café. Também vestiu o cinturão e tirou sua Sig Sauer do armário de armas. Pouco depois das seis horas, saiu no seu Saab 9-5 branco e foi até a Vittangigatan em Vällingby.

Göran Mårtensson morava no segundo e último andar de um prediozinho do subúrbio. Na terça-feira, ela levantara tudo o que conseguira sobre ele nos arquivos públicos. Era solteiro, o que não queria dizer que não morasse com alguém. Não havia nada sobre ele na Receita, ele não possuía nenhuma fortuna e seu nível de vida não parecia extravagante. Raramente faltava por motivo de saúde.

O único aspecto que poderia parecer digno de atenção era ele ter licença para dezesseis armas de fogo, sendo três espingardas de caça e pistolas de diferentes tipos. Ele ter porte de armas obviamente não constituía um crime, mas Rosa Figuerola nutria uma bem fundada desconfiança por pessoas que possuíam grande quantidade de armas.

O Volvo com a placa com as iniciais KAB estava num estacionamento a cerca de quarenta metros da praça em que Rosa Figuerola parou o carro. Ela se serviu de meio copo de café preto e comeu um sanduíche de queijo e salada. Depois descascou uma laranja e chupou demoradamente seus gomos.

Durante a visita matinal, Lisbeth Salander não estava em boa forma, sentia uma dor de cabeça terrível. Pediu um Alvedon, que lhe deram sem discutir.

Uma hora depois, a dor de cabeça tinha piorado. Tocou a campainha para chamar a enfermeira e pediu mais um Alvedon, que não fez efeito. Lá pelo meio-dia, Lisbeth estava com tanta dor de cabeça que a enfermeira chamou a dra. Endrin, a qual, após um rápido exame, prescreveu analgésicos potentes.

Lisbeth deixou os comprimidos debaixo da língua e cuspiu-os fora assim que ficou sozinha.

Por volta das duas da tarde, começou a vomitar. Os vômitos recomeçaram por volta das três horas.

Por volta das quatro horas, chegou o dr. Anders Jonasson, pouco antes de a dra. Helena Endrin ir embora. Conversaram rapidamente.

— Ela está com náuseas e uma dor de cabeça muito forte. Receitei Dexofen. Não entendo o que está acontecendo... Ela vinha evoluindo tão bem nas últimas semanas. Pode ser algum tipo de gripe...

— Ela está com febre? — perguntou o dr. Jonasson.

— Não, estava com 37,2 há uma hora. A pressão está normal.

— Certo. Vou ficar de olho nela esta noite.

— O problema é que estou saindo de férias por três semanas — disse Endrin. — Você ou o Svantesson é que vão ter que cuidar dela. Mas o Svantesson não acompanhou o caso direito...

— Certo. Passo a ser o médico responsável por ela enquanto você estiver fora.

— Maravilha. Se houver alguma crise e você precisar de ajuda, não hesite em me ligar.

Foram juntos visitar Lisbeth. Ela estava na cama, com o cobertor puxado até o nariz, e parecia péssima. Anders Jonasson pôs a mão em sua testa e verificou que estava úmida.

— Acho que vou ter que dar uma examinada nela.

Ele agradeceu à dra. Endrin e deu-lhe boa-noite.

Por volta das cinco da tarde, o dr. Jonasson notou que a temperatura de Lisbeth subira rapidamente para 37,8 graus, o que foi registrado na ficha. Ele foi vê-la três vezes no início da noite e anotou na ficha que a temperatura se mantinha estável em torno dos 38 graus — muito alta para ser considerada normal e muito baixa para constituir um problema de fato. Por volta das oito da noite, pediu uma tomografia do crânio.

Ao receber as tomografias, examinou-as minuciosamente. Não detectou nada digno de nota, mas constatou que havia uma área mais escura logo ao redor do orifício de entrada da bala. Registrou na ficha uma observação cuidadosamente formulada e inconclusiva:

"As tomografias não permitem nenhuma conclusão definitiva, mas o estado da paciente decaiu sensivelmente durante o dia. Não é de se excluir o surgimento de uma pequena hemorragia, não visível nas tomografias. Nos próximos dias, a paciente deverá permanecer em repouso e sob estrita vigilância."

Erika Berger encontrou vinte e três e-mails ao chegar ao *SMP* na quarta-feira às seis e meia da manhã.

Um deles tinha como remetente o endereço redaktion-sr@sverigesradio.com. O texto era breve. Apenas duas palavras.

[PUTA NOJENTA]

Ela suspirou e estava prestes a apagar o e-mail quando, no último instante, mudou de ideia. Repassou todos os e-mails recebidos e abriu aquele enviado dois dias antes. O remetente era centralred@smpost.se. Humm. Dois e-mails com as palavras "puta nojenta" enviados por falsos remetentes da mídia. Criou uma pasta chamada [PIRADODAMÍDIA] e nela guardou as duas mensagens. Em seguida, passou à pauta das atualidades daquela manhã.

Göran Mårtensson saiu de casa às 7h40. Pegou seu Volvo, tomou a direção do centro da cidade e entrou pela Stora Essingen e Gröndal rumo a

Södermalm. Foi pela Hornsgatan e chegou à Bellmansgatan via Brännkyrkagatan. Dobrou à esquerda na Tavastgatan, na altura do *pub* Bishop's Arms, e estacionou na esquina.

Rosa Figuerola teve uma sorte enorme. No exato momento em que chegou na frente do Bishop's Arms, uma caminhonete saiu, deixando-lhe uma vaga para que ela estacionasse na Bellmansgatan. Ficou com o capô exatamente na esquina da Bellmansgatan com a Tavastgatan. Da elevação onde estava, defronte ao Bishop's Arms, tinha uma visão perfeita. Enxergava um pedacinho do vidro traseiro do Volvo de Mårtensson na Tavastgatan. Logo em frente, na ladeira íngreme que descia em direção a Pryssgränd, ficava o número 1 da Bellmansgatan. Ela enxergava a lateral da fachada, de modo que não podia ver propriamente a porta de entrada, mas conseguia ver quando alguém saía. Não tinha a menor dúvida de que aquele endereço era o motivo da visita de Mårtensson ao bairro. Era a entrada do prédio de Mikael Blomkvist.

Rosa Figuerola se deu conta de que era um pesadelo vigiar a área em torno do número 1 da Bellmansgatan. Os únicos pontos de onde se podia observar diretamente a porta, na baixada da Bellmansgatan, eram a calçada e a passarela no alto da rua, no nível dos elevadores públicos e da Casa Laurin. Não havia mais lugar para estacionar lá em cima, e um observador na passarela se destacaria tão claramente como uma andorinha num antigo fio de telefone. O lugar em que Rosa Figuerola estacionara era a princípio o único em que ela podia ficar dentro do carro e ter condições de observar toda a área. Mas era também um lugar ruim, pois qualquer pessoa mais atenta poderia avistá-la facilmente dentro do carro.

Ela virou a cabeça. Não queria sair do carro e começar a zanzar pelo bairro; sabia que chamava facilmente a atenção. Para seu trabalho de tira, seu físico também tinha suas desvantagens.

Mikael Blomkvist saiu de seu prédio às nove e dez. Rosa Figuerola anotou a hora. Ela percebeu seu olhar percorrendo a passarela que transpunha o alto da Bellmansgatan. Ele começou a subir a ladeira vindo diretamente em sua direção.

Rosa Figuerola pegou no porta-luvas um mapa de Estocolmo e o deixou aberto no banco do passageiro. Depois abriu um caderno de anotações, tirou uma caneta do bolso, pegou o celular e fingiu estar conversando. Mantinha a cabeça baixa de modo a que a mão que segurava o telefone escondesse parte do rosto.

Viu Mikael Blomkvist dando uma rápida olhada na Tavastgatan. Ele sabia que estava sendo vigiado e devia ter visto o carro de Mårtensson, mas continuou andando sem demonstrar nenhum interesse pelo carro. *Agiu calma e friamente. Outros teriam rebentado a porta e dado uma surra no motorista.*

Logo em seguida, ele passou pelo carro. Rosa Figuerola estava ocupadíssima procurando um endereço no mapa de Estocolmo enquanto falava ao celular, mas sentiu que Mikael olhou para ela ao passar. *Desconfia de tudo que vê.* Viu suas costas no retrovisor do passageiro enquanto ele seguia em direção à Hornsgatan. Já o tinha visto algumas vezes na tevê, mas era a primeira vez que o via pessoalmente. Usava jeans, camiseta e um paletó cinza. Estava com uma sacola pendurada no ombro e andava com grandes passadas indolentes. Até que era um cara bonito.

Göran Mårtensson surgiu na esquina do Bishop's Arms e acompanhou Mikael Blomkvist com o olhar. Estava com uma sacola esportiva um tanto volumosa no ombro e concluía uma ligação no celular. Rosa Figuerola imaginou que ele fosse seguir Mikael Blomkvist, mas para sua surpresa ele atravessou a rua bem na frente de seu carro, dobrou à esquerda e desceu a ladeira em direção ao prédio de Mikael Blomkvist. No instante seguinte, um homem de macacão de trabalho passou pelo carro de Rosa Figuerola e foi andando atrás de Mårtensson. *Ora, ora, de onde você surgiu?*

Pararam em frente à porta do prédio de Mikael Blomkvist. Mårtensson teclou o código e os dois sumiram na escadaria. *Eles estão querendo examinar o apartamento. A festa dos amadores. Esse aí acha que pode tudo.*

Em seguida, Rosa Figuerola levantou os olhos para o retrovisor e teve um sobressalto ao ver Mikael Blomkvist. Ele tinha voltado e estava uns dez metros atrás dela, próximo o suficiente para avistar Mårtensson e seu assistente ali da parte mais elevada da rua que dominava o número 1. Ela observou seu rosto. Ele não estava olhando para ela. Em compensação, viu quando Göran Mårtensson sumiu pela porta. Um instante depois, Blomkvist deu meia-volta e seguiu em direção à Hornsgatan.

Rosa Figuerola permaneceu imóvel por uns trinta segundos. *Ele sabe que está sendo seguido. Está observando o que acontece à sua volta. Mas por que não faz nada? Uma pessoa normal já teria mexido céus e terras... ele tem algum plano.*

Mikael Blomkvist desligou e contemplou, pensativo, o bloco de notas sobre sua mesa. O Departamento de Trânsito acabava de lhe informar que o carro que ele notara no alto da Bellmansgatan pertencia a uma tal de Rosa Figuerola, nascida em 1969 e com endereço na Pontonjärgatan em Kungsholmen. Como ele vira uma mulher dentro do carro, Mikael supôs que se tratava da própria Rosa Figuerola.

Ela estava falando ao celular e consultando um mapa da cidade, aberto no banco do passageiro. Mikael não tinha nenhum motivo para imaginar que ela tivesse algo a ver com o bando Zalachenko, mas ele costumava registrar qualquer coisa que fugisse da rotina à sua volta, principalmente nas proximidades de sua casa.

Ergueu a voz e ligou para Lottie Karim.

— Quem é essa mulher? Consiga uma foto dela, descubra onde trabalha e tudo o que puder sobre o seu passado.

— Está bem, chefe — disse Lottie Karim, e voltou para sua sala.

O diretor financeiro do *SMP*, Christer Sellberg, parecia simplesmente atônito. Afastou a folha A4 com os nove itens sucintos que Erika Berger apresentara na reunião semanal da comissão de orçamento. O chefe do orçamento, Ulf Flodin, parecia preocupado. Borgsjö, o presidente do conselho administrativo, exibia seu costumeiro ar neutro.

— Impossível — decretou Sellberg com um sorriso educado.

— Por quê? — perguntou Erika Berger.

— O conselho nunca vai aceitar isso. Vai contra o bom-senso.

— Vamos retomar do início — sugeriu Erika Berger. — Fui contratada para fazer o *SMP* voltar a ser rentável. Para conseguir isso, preciso ter condições de trabalhar, não é?

— É, mas...

— Não posso produzir o conteúdo de um jornal diário num passe de mágica, torcendo para tudo dar certo trancada naquele aquário.

— Você não entende nada da realidade econômica.

— Pode até ser. Mas sei fazer um jornal. E a realidade é que de quinze anos para cá o número de funcionários do *SMP* sofreu uma redução de cento e dezoito pessoas. Até entendo que a metade era de designers gráficos que foram substituídos pelos avanços tecnológicos etc. e tal, mas o número de jornalistas que produzem texto sofreu uma redução de quarenta e oito pessoas nesse período.

— Foram cortes necessários. Sem eles, o jornal já teria deixado de existir há muito tempo.

— Vejamos o que é necessário e o que não é. Nesses três últimos anos, dezoito cargos de jornalistas foram eliminados. Além disso, hoje, nove cargos estão vagos e parcialmente cobertos por *freelancers*. A seção de Esportes tem um déficit enorme de pessoal. Deveria haver lá nove funcionários e, por mais de um ano, dois cargos ficaram sem ser preenchidos.

— Trata-se de economia. Simples assim.

— Três cargos não preenchidos na Cultura. Um cargo na editoria de Economia. A editoria de Direito não existe na prática, mas... temos ali um redator-chefe que quando necessário apela para os jornalistas da Geral. E tem muito mais, e pior. O *SMP* não faz nenhuma cobertura digna desse nome sobre os serviços estatais e as autoridades há pelo menos oito anos. Para isso, dependemos totalmente de *freelancers* e das informações repassadas pela TT... e, como vocês sabem, faz séculos que a TT desativou sua área de Serviços Públicos. Ou seja, não existe uma única redação na Suécia em condições de observar os Serviços Públicos e as autoridades do Estado.

— A imprensa escrita está passando por uma situação delicada...

— A realidade é que ou o *SMP* fecha as portas imediatamente, ou a direção resolve passar para o ataque. Temos hoje menos funcionários produzindo mais textos por dia. Os textos são medíocres, superficiais e carecem de credibilidade. Resultado: as pessoas deixam de ler o *SMP*.

— Parece que você não está entendendo...

— Estou cheia de ouvir vocês dizerem que eu não estou entendendo. Não sou nenhuma colegial estagiária que está aqui para se divertir.

— Mas a sua postura é insensata.

— Ah, é? Por quê?

— Está sugerindo que o jornal não gere receita.

— Escute, Sellberg, este ano você vai distribuir uma alta quantia de dinheiro em dividendos para os vinte e três acionistas do jornal. Acrescente-se a isso bônus delirantes para os nove membros do conselho administrativo, que vão custar ao *SMP* perto de dez milhões de coroas. Claro, estamos longe dos bônus que alguns diretores se autoatribuíram na Skandia, mas a meu ver vocês não valem nem um centavo. Espera-se que o bônus seja dado quando alguém faz alguma coisa que fortaleça o *SMP*. Na verdade, as demissões que vocês promoveram enfraqueceram o *SMP* e só serviram para aumentar a crise.

— O que você está dizendo é muito injusto. O conselho ratificou todas as medidas que eu tomei.

— O conselho ratifica as suas medidas porque você garantiu uma distribuição anual de dividendos. É isso que deve acabar aqui e agora.

— Você está propondo a sério que o conselho tome a decisão de abolir toda a distribuição de dividendos e todos os bônus? Você imagina mesmo que os acionistas vão aceitar?

— Estou propondo um sistema de lucro zero para este ano. Isso equivaleria a uma economia de quase vinte e um milhões de coroas e à possibilidade de fortalecer a equipe e as finanças do *SMP*. Eu ganho por mês oitenta e oito mil coroas, o que é uma insanidade pura num jornal que não tem sequer condições de garantir os cargos da seção de Esportes.

— Então você quer reduzir seu próprio salário? Está defendendo uma espécie de comunismo dos salários, é isso?

— Não fale besteira. Você ganha cento e doze mil coroas por mês, contando o bônus anual. Isso é uma loucura. Se o jornal estivesse firme e os lucros fossem astronômicos, você poderia se conceder quantos bônus quisesse. Mas o momento, este ano, não é de aumentos. Proponho dividir pela metade o salário de todos os diretores.

— O que você não entende é que os nossos acionistas são acionistas porque querem ganhar dinheiro. Isso se chama capitalismo. Se propuser que eles percam dinheiro, não vão mais querer ser acionistas.

— Não estou propondo que eles percam dinheiro, mas também é possível que se chegue a isso. Ser proprietário implica responsabilidades. Você mesmo disse: aqui quem manda é o capitalismo. Os donos do *SMP* querem lucrar. Mas nas regras do capitalismo quem decide se vai haver lucro ou prejuízo é o mercado. Pelo seu raciocínio, você gostaria que essas regras valessem para todos os funcionários do *SMP*, mas que você e os acionistas fossem exceções.

Sellberg suspirou e ergueu os olhos para o céu. Desamparado, procurou Borgsjö com o olhar. Borgsjö estudava, pensativo, o programa de nove itens de Erika Berger.

Rosa Figuerola esperou quarenta e nove minutos até que Göran Mårtensson e o desconhecido saíssem do prédio da Bellmansgatan. Quando começaram a subir a ladeira em sua direção, ela ergueu sua Nikon com teleobjetiva de trezentos milímetros e tirou duas fotos. Guardou a câmera no porta-luvas e voltou a se ocupar com seu mapa de Estocolmo, quando deu uma olhada na direção dos elevadores públicos. Não acreditou no que via. No alto da Bellmansgatan, bem do lado das portas do elevador, uma mulher morena estava filmando Mårtensson e seu assistente com uma câmera digital. *Caramba... que porra é essa? Um congresso de espionagem na Bellmansgatan?*

Mårtensson e o desconhecido se separaram no alto da rua sem se falar. Mårtensson foi até seu carro, na Tavastgatan. Ligou o motor, se afastou da calçada e saiu do campo de visão de Rosa Figuerola.

Ela desviou o olhar para o retrovisor e viu as costas do homem de macacão. Ergueu os olhos e viu que a mulher da câmera concluíra as filmagens e, indo na direção dele, chegava em frente à Casa Laurin.

Cara ou coroa? Ela já sabia quem era Göran Mårtensson e qual sua profissão. Tanto o homem de macacão como a mulher da câmera eram cartas desconhecidas. Mas se ela saísse do carro, corria o risco de ser notada pela mulher da câmera.

Não se moveu. Pelo retrovisor, viu o homem de macacão dobrar na Brännkyrkagatan. Esperou que a mulher da câmera chegasse ao cruzamento à sua frente. Porém, em vez de seguir o homem de macacão, a mulher virou cento e oitenta graus e desceu em direção ao número 1 da Bellmansgatan. Rosa Figuerola viu uma mulher de uns trinta e cinco anos. Tinha cabelos castanhos curtos e usava calça jeans escura e jaqueta preta. Quando a mulher se distanciou um pouco mais, Rosa Figuerola abriu às pressas a porta do carro e correu em direção à Brännkyrkagatan. Não conseguia avistar o homem de macacão. Logo em seguida, uma caminhonete Toyota se afastou da calçada. Rosa

Figuerola viu o homem de perfil e memorizou a placa. Mesmo que errasse o número, conseguiria encontrá-lo. As laterais da caminhonete exibiam um anúncio da Chaves e Ferraduras Lars Faulsson, com o número de telefone.

Não tentou correr até seu carro para seguir a Toyota. Andou calmamente e chegou ao alto do morro bem a tempo de ver a mulher com a câmera desaparecendo dentro do prédio de Mikael Blomkvist.

Tornou a entrar no carro e anotou no caderninho o número da placa e do telefone de Chaves e Fechaduras Lars Faulsson. Depois, coçou a cabeça. Quanta movimentação misteriosa em torno do endereço de Mikael Blomkvist! Ergueu os olhos e avistou o telhado do prédio no número 1 da Bellmansgatan. Sabia que Blomkvist tinha um apartamento no último andar, mas, ao conferir os mapas do serviço municipal, observara que era um apartamento de fundos que dava para o lago de Riddarfjärden e a cidade velha. Um endereço chique num antigo bairro histórico. Perguntou-se se ele se gabava disso.

Esperou nove minutos até que a mulher com a câmera saísse do prédio. Em vez de subir a ladeira em direção à Tavastgatan, a mulher continuou descendo e dobrou à direita na esquina da Pryssgränd. *Humm.* Se ela estivesse com um carro estacionado na baixada da Pryssgränd, Rosa Figuerola não teria como segui-la. Mas se estivesse a pé, só tinha um caminho a fazer — subir a Brännkyrkagatan por Pustegränd, mais próximo de Slussen.

Rosa Figuerola saiu do carro e se dirigiu para os lados de Slussen na Brännkyrkagatan. Estava quase chegando a Pustegränd quando a mulher da câmera apareceu diante dela. Bingo! Seguiu-a quando passou em frente ao Hilton, pela praça de Södermalm, defronte ao Museu da Cidade de Slussen. A mulher andava a passos rápidos e decididos, sem olhar para os lados. Rosa Figuerola deu-lhe uns trinta metros de vantagem. Ela entrou no metrô de Slussen e Rosa Figuerola apressou o passo, mas se deteve ao ver que a mulher se dirigia à banca de jornal em vez de passar pelas roletas.

Rosa Figuerola ficou observando a mulher na fila. Tinha cerca de um metro e setenta de altura e, com seu tênis, um jeito mais esportivo. De repente, ao vê-la ali, com os pés firmemente plantados em frente à banca de jornal, Rosa Figuerola teve a sensação de que se tratava de uma policial. A mulher comprou algo que parecia ser uma caixa de pastilhas, em seguida voltou para a praça de Södermalm e entrou à direita na Katarinavägen.

Rosa Figuerola foi atrás dela. Estava relativamente segura de que a mulher não a notara. Desapareceu na esquina pouco depois do McDonald's, com Rosa Figuerola a cerca de quarenta metros atrás dela.

Ao virar a esquina, não viu mais sinal da mulher. *Droga!* Passou devagar em frente às várias entradas. Então seu olhar bateu numa placa. *Milton Security*.

Rosa Figuerola meneou a cabeça e retornou a pé para a Bellmansgatan. Dirigiu até a Götgatan, onde ficava a redação da *Millennium*, e passou a meia hora seguinte percorrendo as ruas nas proximidades da redação. Não viu o carro de Mårtensson. Por volta do meio-dia, voltou para o Palácio da Polícia em Kungsholmen e foi puxar ferro na academia por uma hora.

— Estamos com um problema — disse Henry Cortez.

Malu Eriksson e Mikael Blomkvist levantaram os olhos do manuscrito do futuro livro sobre Zalachenko. Era uma e meia da tarde.

— Sente-se — disse Malu.

— Trata-se da Vitavara S.A., a empresa que fabrica vasos sanitários no Vietnã para vender por mil e setecentas coroas a peça.

— Hum. E qual é o problema? — perguntou Mikael.

— A Vitavara S.A. pertence quase integralmente a uma empresa-mãe, a SveaBygg S.A.

— Ahã. É uma firma grande.

— É. O presidente do conselho administrativo se chama Magnus Borgsjö. É um profissional em conselhos administrativos. Entre outros, é presidente do conselho administrativo do *Svenska Morgon-Posten* e detém quase dez por cento do jornal.

Mikael lançou um olhar penetrante para Henry Cortez.

— Tem certeza?

— Tenho. O chefe da Erika Berger é um puta de um safado que explora criancinhas no Vietnã.

— Merda! — fez Malu Eriksson.

O assistente de redação Peter Fredriksson parecia pouco à vontade quando bateu suavemente à porta do aquário de Erika Berger por volta das duas da tarde.

— Sim?

— Bem, é um assunto meio delicado. Mas alguém aqui na redação recebeu um e-mail seu.

— Meu?

— Sim. — Suspiro.

— Do que se trata?

Ele lhe passou umas folhas A4 com e-mails endereçados a Eva Carlsson, uma substituta de vinte e seis anos da editoria de Cultura. O remetente, de acordo com o cabeçalho, era erika.berger@smpost.se.

[Minha Eva adorada. Tenho vontade de acariciar e beijar teus seios. Estou ardendo de tesão e mal consigo me controlar. Eu te suplico, corresponda aos meus sentimentos. A gente poderia se encontrar? Erika.]

Eva Carlsson não respondera a essa abordagem, o que resultara em mais dois e-mails nos dias seguintes.

[Eva, minha amada adorada. Eu te suplico, não me rejeite. Estou louca de desejo. Quero você nua. Quero, custe o que custar. Você vai ficar bem comigo. Não vai se arrepender. Vou beijar cada centímetro da sua pele nua, seus seios magníficos e sua doce gruta. Erika.]

[Eva. Por que não me responde? Não tenha medo de mim. Não me rejeite. Você não é nenhuma sonsa. Sabe do que eu estou falando. Quero fazer amor com você e você será ricamente recompensada. Se for boazinha comigo, serei boazinha com você. Você pediu para estender seu contrato de substituta. Está em meu poder atendê-la, e inclusive transformá-lo num contrato permanente. Venha encontrar-se comigo às 21 horas no meu carro, na garagem. Sua Erika.]

— Ah, sim — disse Erika Berger. — E agora ela está se perguntando se sou mesmo eu quem está mandando essas propostas obscenas.

— Não é bem isso... quer dizer... hã.

— Peter, não fale escondido atrás da barba.

— Ela talvez tenha mais ou menos acreditado no primeiro e-mail, ou pelo menos ficou bastante surpresa. Mas depois ela entendeu que era uma loucura total, nada a ver com seu estilo, e aí...

— E aí?

— Bem, ela acha constrangedor e não sabe direito o que fazer. Devo dizer que ela tem muita admiração por você, gosta de você... quero dizer, como chefe. Então ela veio se aconselhar comigo.

— Entendo. E o que você disse a ela?

— Disse que alguém falsificou o seu endereço para assediá-la. Ou assediar vocês duas. E prometi que ia falar com você.

— Obrigada. Você poderia pedir para ela vir falar comigo daqui a uns dez minutos?

Erika aproveitou esse tempo para escrever um e-mail realmente seu.

[Vejo-me na obrigação de informar a todos que uma de nossas colegas recebeu mensagens eletrônicas aparentemente enviadas por mim. Esses e-mails contêm alusões sexuais extremamente grosseiras. Quanto a mim, recebi mensagens de conteúdo chulo de um remetente que se diz "centralred" no *SMP*. Como sabem, esse endereço não existe no *SMP*.

Consultei o diretor de tecnologia, e ele me afirmou ser muito fácil forjar um endereço de remetente falso. Não sei como se faz, mas aparentemente existem sites na internet que oferecem esses serviços. Chego à triste conclusão de que existe um doente entre nós que se compraz com esse tipo de coisa.

Gostaria de saber se outros funcionários receberam e-mails estranhos. Caso positivo, gostaria que entrassem imediatamente em contato com o assistente de redação Peter Fredriksson. Se essa coisa vergonhosa persistir, teremos de pensar em registrar queixa na polícia.

Erika Berger, redatora-chefe.]

Imprimiu uma cópia do e-mail e em seguida clicou em Enviar, para que a mensagem fosse para todos os funcionários do *SMP*. Nisso, Eva Carlsson bateu à porta.

— Bom dia, sente-se — disse Erika. — Soube que você recebeu e-mails em meu nome.

— Ora, não pensei um segundo sequer que pudessem ser mesmo seus.

— Em todo caso, no instante em que você entrou aqui você estava recebendo um e-mail meu. Um e-mail que eu de fato escrevi e que mandei para todos os funcionários.

Mostrou para Eva Carlsson a cópia impressa.

— Certo. Compreendo — disse Eva Carlsson.

— Lamento que tenham usado você como alvo nessa campanha desagradável.

— Você não tem culpa se um maluco inventa esse tipo de coisa.

— Eu só queria estar segura de que você não guarda nenhuma suspeita em relação a mim nessa história.

— Jamais pensei que isso tivesse partido de você.

— Perfeito, obrigada — disse Erika, e sorriu.

Rosa Figuerola passou a tarde levantando informações. Primeiro, pediu uma foto de Lars Faulsson, para conferir se era a mesma pessoa que ela vira em companhia de Göran Mårtensson. Depois, digitou o nome dele no cadastro das fichas policiais e obteve imediatamente um resultado.

Lars Faulsson, de quarenta e sete anos e conhecido pelo apelido de Falun, iniciara sua carreira aos dezessete anos com roubos de carro. Nos anos 1970 e 1980, fora interrogado duas vezes e acusado de arrombamento, roubo agravado e receptação. Fora condenado uma primeira vez a uma pena moderada, e na segunda, a três anos de prisão. Na época, era considerado um indivíduo com um futuro promissor no meio da delinquência, e fora interrogado como suspeito de pelo menos mais três assaltos, um deles envolvendo a quebra de um cofre bastante complexo e intrincado numa loja de departamentos de Västeras. Depois de cumprir a pena, mantivera-se na linha — ou, pelo menos, não cometera nenhuma infração que o levasse a ser detido e julgado. Em compensação, convertera-se — por coincidência — em chaveiro e, em 1987, abrira seu próprio negócio, o Chaves e Fechaduras Lars Faulsson, situado em Norrtull.

Identificar a mulher desconhecida que filmara Mårtensson e Faulsson se revelou mais fácil do que Rosa imaginara. Ela simplesmente ligou para a recepção da Milton Security e alegou que estava procurando uma de suas funcionárias, que conhecera algum tempo atrás mas cujo nome esquecera. Podia, no entanto, fornecer uma boa descrição da mulher. A recepção lhe informou que parecia se tratar de Susanne Linder, e passou a ligação. Quando Susanne Linder atendeu, Rosa Figuerola se desculpou dizendo que discara o número errado.

Entrou nos arquivos do registro civil e constatou que existiam dezoito Susanne Linder na região de Estocolmo. Três tinham em torno de trinta e cinco anos. Uma residia em Norrtälje, a outra em Estocolmo, a terceira em Nacka. Pediu as fotos e identificou de imediato a mulher que ela seguira naquela manhã como sendo a Susanne Linder que residia em Nacka.

Resumiu as atividades do dia num relatório e foi até a sala de Torsten Edklinth.

Por volta das cinco da tarde, Mikael Blomkvist fechou o arquivo da pesquisa de Henry Cortez. Christer Malm largou o texto, que ele já lera quatro vezes. Henry Cortez estava sentado no sofá da sala de Malu Eriksson, aparentando um ar de culpa.

— Café? — perguntou Malu, levantando-se. Voltou com quatro canecas e a cafeteira.

Mikael suspirou.

— É uma puta de uma história — disse. — Pesquisa impecável. Documentada do início ao fim. Muito bem narrada, com um calhorda que extorque os suecos utilizando o sistema — o que é absolutamente legal —, mas que é suficientemente ganancioso e maléfico para recorrer a uma empresa que explora crianças no Vietnã.

— E ainda por cima está muito bem escrita — disse Christer Malm. — No dia seguinte à publicação, o Borgsjö será *persona non grata* na vida econômica do país. A tevê vai reagir a esse texto. Ele vai ficar na mesma situação que os diretores da Skandia e outros tubarões. Um verdadeiro furo da *Millennium*. Boa, Henry.

Mikael assentiu com a cabeça.

— Só tem esse problema com a Erika para estragar a festa — disse ele.

Christer Malm meneou a cabeça.

— E por que isso seria um problema? — perguntou Malu. — A escroque não é a Erika. A gente tem o direito de investigar qualquer presidente de conselho administrativo, mesmo que, por acaso, ele seja o chefe da Erika.

— Mesmo assim, é um problema e tanto — disse Mikael.

— A Erika Berger não foi embora totalmente — disse Christer Malm. — Ela ainda detém trinta por cento da *Millennium* e faz parte do nosso conselho administrativo. É inclusive presidente do conselho administrativo, até a gente poder eleger a Harriet Vanger na próxima assembleia, que vai ser em agosto. E a Erika trabalha para o *SMP*, também participa do conselho de lá, e nós vamos denunciar o presidente dela.

Silêncio morno.

— Bem, o que a gente faz? — perguntou Henry Cortez. — Esquecemos o texto?

Mikael fitou Henry Cortez, olho no olho.

— Não, Henry. Não vamos esquecer o texto. Não é assim que a gente trabalha aqui na *Millennium*. Mas isso vai nos custar um bocado de tarefas ingratas. Não dá simplesmente para jogar isso em cima da Erika sem falar com ela antes.

Christer Malm fez um gesto de concordância com a cabeça e balançou um dedo.

— Vamos colocar a Erika numa encrenca daquelas. A única saída para ela vai ser vender a sua parte e se demitir de imediato do conselho administrativo da *Millennium*, ou, no pior dos casos, ser demitida do *SMP*. Seja como for, ela vai ficar num tremendo conflito de interesses. Francamente, Henry... concordo com o Mikael sobre publicar o artigo, mas talvez a gente tenha que adiar por um mês.

Mikael meneou a cabeça.

— Pois a gente também está com um conflito de lealdades — disse.

— Quer que eu ligue para ela? — perguntou Christer Malm.

— Não — disse Mikael. — Eu ligo e marco um encontro. Tipo hoje à noite.

Torsten Edklinth escutou com atenção Rosa Figuerola resumir todo o circo armado em torno do prédio de Mikael Blomkvist no número 1 da Bellmansgatan. Sentiu o chão balançar ligeiramente.

— Com que então um funcionário da Säpo entrou no prédio do Mikael Blomkvist acompanhado de um ex-arrombador de cofres-fortes reconvertido em chaveiro.

— Exato.

— Na sua opinião, o que eles fizeram depois que atravessaram a porta?

— Não sei. Mas ficaram lá dentro quarenta e nove minutos. É de se supor que o Faulsson abriu a porta e o Mårtensson entrou no apartamento de Blomkvist.

— Para fazer o quê?

— Dificilmente seria só para instalar material de escuta, pois isso não leva mais que um minuto. O Mårtensson deve ter vasculhado os papéis do Blomkvist, ou o que quer que ele guarde em casa.

— Mas o Blomkvist está escaldado... já roubaram o relatório do Björck da casa dele.

— Isso mesmo. Ele sabe que está sendo vigiado, e está vigiando os que o vigiam. Ele está impassível.

— Como assim?

— Ele tem um plano. Está reunindo provas e pretende denunciar o Göran Mårtensson. É a única explicação.

— E aí aparece essa mulher, a tal Linder.

— Susanne Linder, trinta e quatro anos, que mora em Nacka. É uma ex-policial.

— Policial?

— Ela cursou a Escola de Polícia e trabalhou seis anos nas Brigadas de Intervenção em Södermalm. Então, de repente, pediu demissão. Nada na ficha dela explica por quê. Ficou alguns meses desempregada até ser contratada pela Milton Security.

— Dragan Armanskij — disse Edklinth, pensativo. — Quanto tempo ela ficou no prédio?

— Nove minutos.

— Que ela ocupou de que maneira?

— Eu diria, já que ela estava filmando o Mårtensson e o Faulsson na rua, que ela está reunindo provas das atividades deles. Isso quer dizer que a Milton Security está trabalhando com o Blomkvist e instalou câmeras de vigilância no apartamento ou na escada. Ela provavelmente foi até lá recolher as informações das câmeras.

Edklinth suspirou. Aquele caso Zalachenko estava começando a ficar altamente complicado.

— Bem. Obrigado. Vá para casa. Preciso pensar sobre tudo isso.

Rosa Figuerola foi até a academia da praça Sankt Erik e fez uma aula de spinning.

Mikael Blomkvist usou seu telefone extra Ericsson T10 azul para ligar para Erika Berger no *SMP*. Interrompeu-a em meio a uma discussão com os redatores sobre a orientação a ser dada a um texto sobre terrorismo internacional.

— Que surpresa! Oi... espere um pouquinho.

Erika tapou o aparelho com a mão e olhou em redor.

— Acho que terminamos — disse, e passou umas últimas instruções.

Quando ficou sozinha no aquário, voltou ao telefone.

— Oi, Mikael. Lamento não ter dado notícias. Estou abarrotada de trabalho e com mil coisas para assimilar.

— Eu também não ando muito parado — disse Mikael.

— Como vai o caso Salander?

— Vai bem. Mas não é por isso que estou ligando. Preciso ver você. Hoje à noite.

— Eu adoraria, mas vou ficar aqui até as oito horas. E estou exausta. Estou trabalhando desde as seis.

— Ricky... não estou falando em alimentar sua vida sexual. Preciso falar com você. É importante.

Erika ficou um instante calada.

— É sobre o quê?

— Eu falo quando a gente se encontrar. Mas o assunto não tem a menor graça.

— Tudo bem. Passo na sua casa lá pelas oito e meia.

— Não, na minha casa não. É uma longa história, mas o meu apartamento está interditado por um tempo. A gente se encontra no Samirs Gryta e toma uma bela cerveja.

— Estou dirigindo.
— Então a gente toma cerveja sem álcool.

Erika Berger estava levemente irritada quando chegou ao Samirs Gryta por volta das oito e meia. Sentia-se culpada de não ter dado sinal de vida a Mikael desde que pusera os pés no *SMP*. Mas ela nunca trabalhara tanto como agora.

Mikael Blomkvist fez um sinal com a mão lá da mesa do canto em frente à janela. Ela se demorou à porta. Por um instante, Mikael lhe pareceu uma pessoa totalmente estranha e sentiu que olhava para ele de um jeito diferente. *Quem é esse? Meu Deus, estou cansada*. Então ele se levantou e lhe deu um beijo, e ela se deu conta, consternada, que não pensava nele havia semanas e que ele lhe fazia uma falta tremenda. Era como se o tempo passado no *SMP* tivesse sido um sonho e que, de repente, ela fosse acordar no sofá da sede da *Millennium*. Parecia irreal.

— Olá, Mikael.

— Olá, senhora redatora-chefe. Já comeu?

— São oito e meia. Não tenho seus detestáveis horários de refeições.

Em seguida percebeu que estava com uma fome de leoa. Samir apareceu com o cardápio e ela pediu uma cerveja sem álcool e uma porção pequena de lula e batata frita. Mikael pediu um cuscuz e uma cerveja.

— Como você está? — ela perguntou.

— Estamos vivendo um momento interessante. Ando ocupado.

— Como vai a Salander?

— Ela faz parte das coisas interessantes.

— Micke, eu não tenho a intenção de me apropriar da sua matéria.

— Desculpe... eu não estou evitando responder. Nesse momento, as coisas estão meio enroladas. Posso até te contar, mas vai levar metade da noite. Como é ser chefe no *SMP*?

— Não é exatamente como na *Millennium*.

Ela ficou um instante em silêncio.

— Quando chego em casa, caio no sono e apago como uma vela soprada, e acordo com cálculos de orçamento colados na retina. Você me fez falta.

Eu queria que a gente fosse para a sua casa dormir. Estou cansada demais para fazer amor, mas gostaria de te abraçar e dormir do seu lado.

— Sinto muito, Ricky. O meu apartamento não é o melhor lugar neste momento.

— Por que não? Aconteceu alguma coisa?

— Bem... Uns engraçadinhos andaram instalando microfones no apartamento e escutam cada palavra que eu digo. Da minha parte, instalei umas câmeras de segurança que mostram o que acontece ali quando eu não estou. Acho que podemos poupar o mundo da visão da sua bunda nua.

— Você está falando sério?

Ele balançou a cabeça.

— Estou. Mas não é por isso que eu precisava te ver sem falta.

— O que aconteceu? Você está estranho.

— Bem... você foi para o *SMP*. E nós, na *Millennium*, topamos com uma história que vai detonar o presidente do seu conselho administrativo. Ele está envolvido num caso de exploração de menores e prisioneiros políticos no Vietnã. Parece que estamos entrando num conflito de interesses.

Erika largou o garfo e olhou para Mikael. Percebeu imediatamente que ele não estava brincando.

— Vou resumir — disse ele. — O Borgsjö é presidente do conselho administrativo e acionista majoritário de uma empresa chamada SveaBygg, que por sua vez tem uma filial chamada Vitavara S.A. Eles mandam fabricar vasos sanitários numa empresa vietnamita que está fichada na ONU por exploração de trabalho infantil.

— Você poderia repetir?

Mikael contou os detalhes da história reconstituída por Henry Cortez. Abriu sua pasta e tirou uma cópia dos documentos. Erika leu, devagar, o artigo de Cortez. Por fim, ergueu os olhos e cruzou o olhar com Mikael. Sentiu um pânico irracional mesclado de desconfiança.

— Como se explica que a primeira medida da *Millennium* depois que eu saí foi passar pelo crivo os membros do conselho administrativo do *SMP*?

— Não foi assim que aconteceu, Ricky.

Ele contou de que modo o artigo fora se encorpando.

— E desde quando você sabe disso?

— Desde hoje à tarde. Não gosto nem um pouco do rumo que as coisas estão tomando.

— O que vocês pretendem fazer?

— Não sei. A gente tem que publicar. Não dá para abrir uma exceção só porque se trata do seu chefe. Mas nenhum de nós quer te prejudicar. — Fez um gesto com a mão. — Estamos meio desesperados. Principalmente o Henry.

— Eu continuo fazendo parte do conselho administrativo da *Millennium*. Sou acionista... É claro que as pessoas vão pensar que...

— Sei exatamente o que as pessoas vão pensar. Você vai ficar encrencada no *SMP*.

Erika sentiu-se invadida pelo cansaço. Cerrou os dentes e resistiu ao impulso de pedir a Mikael que abafasse o caso.

— Puta merda — disse ela. — E vocês têm certeza de que está tudo fundamentado...?

Mikael assentiu devagar com a cabeça.

— Passei o final da tarde repassando toda a documentação do Henry. Estamos com o Borgsjö prontinho para o matadouro.

— O que vocês vão fazer?

— O que você teria feito se topássemos com essa história há dois meses?

Erika Berger observou com atenção seu amigo e amante de mais de vinte anos. Então, baixou os olhos.

— Você sabe o que eu teria feito.

— Isso tudo é um acaso infeliz. Não é nada contra você. Eu sinto muito mesmo. Por isso insisti em te ver imediatamente. A gente precisa decidir que atitude tomar.

— A gente?

— Digamos... que esse artigo era para a edição de junho. Eu adiei. Vai ser publicado no mínimo em agosto, e pode ser adiado um pouco mais se você precisar.

— Entendo.

Sua voz adquirira um tom amargo.

— Proponho que a gente não decida nada hoje. Você pega a documentação e vai para casa pensar. Não faça nada antes de a gente elaborar uma estratégia conjunta. Temos tempo.

— Estratégia conjunta?

— Ou você tem que se demitir do conselho administrativo da *Millennium* muito antes de a gente publicar, ou tem que se demitir do *SMP*. Você não pode ficar em cima do muro.

Ela concordou com a cabeça.

— As pessoas me identificam tanto com a *Millennium* que ninguém vai acreditar que eu não tenho nada a ver com isso, mesmo que eu me demita.

— Há uma alternativa. Você pega o artigo para o *SMP*, põe o Borgsjö contra a parede e exige a saída dele. Tenho certeza que o Henry Cortez concordaria. Mas, por favor, não faça nada sem estarmos todos de acordo.

— E eu começo na minha nova função dando um jeito para que a pessoa que me contratou seja demitida.

— Sinto muito.

— Ele não é má pessoa.

Mikael fez que sim com a cabeça.

— Acredito. Mas é um ganancioso.

— Vou para casa.

— Ricky, eu...

Ela o interrompeu.

— Eu estou esgotada, só isso. Obrigada por ter me avisado. Preciso pensar nas consequências disso tudo.

Mikael meneou a cabeça.

Ela foi embora sem lhe dar um beijo e deixando-lhe a conta.

Erika Berger estacionara o carro a duzentos metros do Samirs Gryta, e estava a meio caminho dele quando sentiu o coração bater tão depressa que precisou parar e se apoiar na parede. Estava com náuseas.

Ficou um bom tempo assim, respirando o frescor da noite de maio. De repente, se deu conta de que vinha trabalhando uma média de quinze horas por dia desde 1º de maio. Quase três semanas. Como estaria se sentindo dali a três anos? Como se sentia Morander quando desabara, morto, na redação?

Passados dez minutos, ela voltou para o restaurante e encontrou Mikael, que estava deixando o local. Ele estacou, surpreso.

— Erika...

— Não fale nada, Mikael. A gente é amigo há tanto tempo que nada poderia estragar isso. Você é o meu melhor amigo e o que está acontecendo agora é exatamente igual a quando você foi se enfurnar em Hedestad dois anos atrás, só que ao contrário. Estou me sentindo estressada e infeliz.

Ele assentiu com a cabeça e a abraçou. Ela sentiu seus olhos se encherem de lágrimas.

— Três semanas no *SMP* já acabaram comigo — disse, com um sorriso amargo.

— Calma. Acho que é preciso mais que isso para acabar com Erika Berger.

— O seu apartamento é inviável. Estou cansada demais para ir até minha casa em Saltsjöbaden. Vou acabar dormindo na direção e me matando. Acabei de tomar uma decisão. Vou caminhar até o Scandic Crown e pedir um quarto. Venha comigo.

Ele meneou a cabeça.

— O nome agora é Hilton.

— E o que é que tem?

Fizeram o breve trajeto a pé. Nenhum dos dois falava. Mikael estava com o braço no ombro de Erika. Ela o olhou de lado e percebeu que ele estava tão cansado quanto ela.

Foram direto para a recepção, pediram um quarto duplo e pagaram com o cartão de crédito de Erika. Subiram até o quarto, se despiram e se deitaram na cama. Erika estava com dores musculares, como se acabasse de correr na maratona de Estocolmo. Trocaram dois ou três beijos e caíram num sono profundo.

Nenhum dos dois percebera que estavam sendo vigiados. Não viram o homem que os observava à entrada do hotel.

15. QUINTA-FEIRA 19 DE MAIO — DOMINGO 22 DE MAIO

Lisbeth Salander passou a maior parte da noite de quinta-feira lendo os artigos de Mikael Blomkvist e os capítulos de seu livro que estavam quase concluídos. Uma vez que o procurador Ekström contava com o julgamento em julho, Mikael estipulara 20 de junho como o prazo de impressão. Isso significava que o Super-Blomkvist dispunha de um mês para terminar a redação e preencher todas as lacunas do texto.

Lisbeth não entendia como ele ia achar tempo, mas esse era um problema de Mikael, não dela. Seu problema era definir que atitude tomar em relação às questões que ele lhe propusera.

Pegou seu Palm e entrou em [Tavola-Biruta] para ver se ele tinha escrito alguma coisa desde o dia anterior. Viu que não. Então abriu o documento que ele intitulara [Questões centrais]. Já sabia o texto de cor, mas mesmo assim releu-o mais uma vez.

Era um esboço da estratégia que Annika Giannini já lhe expusera. Enquanto Annika falava, ela escutara com um interesse distraído e distante, um pouco como se não estivesse interessada. Mas Mikael Blomkvist conhecia segredos seus que Annika Giannini não conhecia. Por isso ele conseguia apresentar a tal estratégia de forma mais substancial. Ela foi para o quarto parágrafo.

[A única pessoa que pode determinar como será o seu futuro é você mesma. Pouco importam os esforços de Annika para te ajudar, ou os meus esforços, os de Armanskij, os de Palmgren e os de outras pessoas para te apoiar. Não pretendo te convencer a agir. Cabe a você decidir o que fazer. Ou você reverte o processo a seu favor, ou deixa que eles te condenem. Mas se quiser vencer, vai ter que lutar.]

Ela se desconectou e fitou o teto. Mikael pedia sua autorização para contar a verdade em seu livro. A intenção dele era omitir o estupro de Bjurman. O capítulo já estava escrito e ele juntava as pontas partindo do princípio de que Bjurman iniciara uma colaboração com Zalachenko, na qual tinha entrado areia quando Bjurman se apavorou e Niedermann se viu obrigado a matá-lo. Mikael não mencionava os motivos de Bjurman.

O Maldito Super-Blomkvist estava complicando a vida de Lisbeth Salander.

Ela refletiu por um longo tempo.

Às duas da manhã, ligou o Palm e abriu o editor de texto. Clicou em Novo Arquivo, pegou a canetinha digital e começou a marcar as letras no teclado.

[Meu nome é Lisbeth Salander. Nasci em 30 de abril de 1978. Minha mãe se chamava Agneta Sofia Salander. Tinha dezessete anos quando eu nasci. Meu pai era um psicopata, um assassino e um espancador de mulheres chamado Alexander Zalachenko. Ele havia trabalhado na Europa Ocidental como operador ilegal do GRO, o serviço de informações militares soviético.]

O texto avançava muito devagar, pois ela era obrigada a marcar letra por letra. Formulava cada frase mentalmente antes de escrevê-la. Não fez uma única alteração no que tinha escrito. Trabalhou até as quatro da manhã, quando desligou o computador de mão e guardou-o na cavidade atrás do criado-mudo. Produzira o equivalente a duas folhas A4 com entrelinhas simples.

Erika Berger acordou às sete horas. Sentia-se longe de ter preenchido sua cota de sono, mas dormira sem interrupção por oito horas. Lançou um olhar para Mikael Blomkvist, que ainda dormia pesadamente.

Antes de mais nada, ligou o celular e conferiu se tinha alguma mensagem. A tela indicou que seu marido, Lars Beckman, ligara-lhe onze vezes. *Droga. Esqueci de avisar*. Discou o número dele, explicou onde estava e por que não tinha voltado para casa na noite anterior. Ele estava aborrecido.

— Erika, nunca mais faça isso. Você sabe que não é por causa do Mikael, mas eu passei a noite toda louco de preocupação. Fiquei com medo que tivesse acontecido alguma coisa. Você precisa me avisar quando não vem para casa. Não pode esquecer, nunca.

Lars Beckman sabia perfeitamente que Mikael Blomkvist era amante de sua mulher. A relação existia com seu aval e consentimento. Mas sempre que Erika resolvia passar a noite na casa de Mikael Blomkvist, ela ligava para o marido e explicava a situação. Dessa vez, tinha ido para o hotel sem pensar em nada além de dormir.

— Me desculpe — disse ela. — Eu estava de-mo-li-da ontem à noite.

Ele ainda resmungou mais um pouco.

— Não fique bravo, Lars. Não estou com energia para isso agora. À noite você me dá uma bronca.

Ele resmungou um pouco menos e prometeu lhe dar uma bronca quando pusesse as mãos nela.

— Bem. Como vai o Blomkvist?

— Está dormindo. — Ela riu de repente. — Não estou pedindo para você acreditar, mas caímos no sono cinco minutos depois de deitar. É a primeira vez que isso acontece.

— Erika, isso é sério. Você talvez devesse consultar um médico.

Terminada a conversa com o marido, ela ligou para o PABX do *SMP* e deixou um recado para o assistente de redação, Peter Fredriksson. Explicou que tinha tido um imprevisto e chegaria um pouco mais tarde. Pediu que ele desmarcasse uma reunião agendada com os colaboradores da editoria de Cultura.

Depois, procurou sua bolsa, pegou uma escova de dentes e foi até o banheiro. Então voltou para a cama e acordou Mikael.

— Oi — ele murmurou.

— Oi — disse ela. — Vá depressa até o banheiro tomar um banho de gato e escovar os dentes.

— Quê... o quê?

Ele se sentou e olhou em volta tão espantado que ela precisou lembrá-lo de que estavam no Hotel Hilton de Slussen. Ele meneou a cabeça.

— Vamos. Já para o banheiro.

— Por quê?

— Porque assim que você sair de lá, vou fazer amor com você.

Ela consultou o relógio.

— E seja rápido. Tenho uma reunião às onze e preciso de pelo menos meia hora para ajeitar o rosto. E ainda vou ter que comprar uma blusa a caminho do trabalho. Só temos duas horas para recuperar um monte de tempo perdido.

Mikael correu para o banheiro.

Jerker Holmberg estacionou o Ford de seu pai no pátio da casa do ex-primeiro-ministro Thorbjörn Fälldin, em Ås, próximo a Ramvik, na comuna de Härnösand. Desceu do carro e deu uma olhada ao redor. Era quinta-feira de manhã. Garoava e os campos estavam claramente verdes. Aos setenta e nove anos, Fälldin já não era um agricultor em atividade e Holmberg se perguntou quem plantava e colhia ali. Fazia parte das regras do campo. Ele próprio tinha se criado em Hälledal, perto de Ramvik, a poucos metros de distância de Sandöbron, um dos lugares mais belos do mundo. Na opinião de Jerker Holmberg.

Ele subiu os degraus da frente e bateu na porta.

O antigo líder dos centristas estava envelhecido, mas ainda parecia cheio de vigor.

— Como vai, Thorbjörn? Meu nome é Jerker Holmberg. Já nos encontramos, mas faz alguns anos que nos vimos pela última vez. Meu pai é Gustav Holmberg, ele foi vereador centrista da comuna nos anos 1970 e 1980.

— Como vai? Sim, claro que estou reconhecendo você, Jerker. Você é policial em Estocolmo, se não me engano. Deve fazer uns dez, quinze anos que não nos vemos.

— Acho que até mais. Posso entrar?

Sentou-se à mesa da cozinha e Thorbjörn Fälldin tratou de servir um café.

— Espero que seu pai esteja bem. Não é por isso que você veio?

— Não. Meu pai está bem. Está refazendo o telhado da casa de campo.

— Com que idade ele está?

— Fez setenta e um há dois meses.

— Sim — disse Fälldin, sentando-se. — Então, a que devo a honra da sua visita?

Jerker Holmberg olhou pela janela e viu uma gralha aterrissando ao lado de seu carro e ficar observando o chão. Virou-se para Fälldin.

— Eu vim sem ser convidado e trago um problema enorme. É possível que no final desta conversa eu seja demitido. Estou aqui por motivo de trabalho, mas o meu chefe, o inspetor Jan Bublanski, da Brigada Criminal de Estocolmo, não está sabendo.

— Parece coisa séria.

— Vou estar bem encrencado se os meus superiores souberem desta visita.

— Entendo.

— Mas receio que, se eu não agir, um erro judicial terrível possa acontecer, e pela segunda vez.

— Seria melhor você se explicar.

— É a respeito de um homem chamado Alexander Zalachenko. Ele era espião do GRO russo e veio procurar asilo na Suécia no dia das eleições de 1976. O asilo foi concedido e ele passou a trabalhar para a Säpo. Tenho motivos para acreditar que você conhece essa história.

Thorbjörn Fälldin fitou Jerker Holmberg atentamente.

— É uma longa história — disse Holmberg, e começou a falar sobre o inquérito preliminar que o mantivera ocupado naqueles últimos meses.

Erika Berger rolou de bruços e descansou a cabeça sobre as mãos.

— Mikael, nunca lhe passou pela cabeça que na verdade nós dois somos completamente doidos?

— Como assim?

— No meu caso, pelo menos. Tenho por você um desejo incrível. Me sinto como uma adolescente maluquete.

— Ah, é?

— E depois quero voltar para casa e fazer amor com o meu marido.

Mikael riu.

— Conheço um bom terapeuta — disse ele.

Ela tamborilou o dedo na barriga dele.

— Mikael, estou começando a achar que essa história do *SMP* não passa de um erro tremendo.

— Bobagem! É uma oportunidade fantástica para você. Se existe alguém capaz de reanimar aquele cadáver velho, esse alguém é você.

— É, pode ser. Mas o problema é justamente esse. O *SMP* tem todo o jeito de um cadáver. E ontem à noite você ainda me entregou esse presente do Magnus Borgsjö. Não sei o que estou fazendo lá.

— Deixe a poeira baixar um pouco.

— Sim. Mas não vejo a menor graça nesse caso Borgsjö. Não faço ideia de como vou administrar esse problema.

— Eu também não. Mas vamos achar um jeito.

Ela ficou um instante calada.

— Sinto sua falta.

Ele assentiu com a cabeça e a fitou.

— Eu também sinto sua falta — disse.

— O que seria preciso para você ir para o *SMP* e se tornar chefe da Atualidades?

— Nem pensar. O editor de Atualidades não é um tal de Holm?

— É. Um cretino.

— Concordo.

— Você o conhece?

— Claro. Eu fui substituto sob as ordens dele, durante três meses, nos anos 1980. É um idiota que fica jogando as pessoas umas contra as outras. Além disso...

— Além disso o quê?

— Ah, nada. Não quero ficar repassando fofoca.

— Conta para mim.

— Uma mulher chamada Ulla qualquer coisa, também substituta, afirmava que ele a assediava sexualmente. Não sei se é verdade ou não, mas não houve intervenção do sindicato e ela não conseguiu prorrogar o contrato como tinha sido combinado de início.

Erika Berger olhou a hora e suspirou, jogou as pernas para fora da cama e desapareceu no chuveiro. Mikael não se mexeu quando ela voltou se secando e se vestiu rapidamente.

— Vou ficar mais um pouco — disse ele.

Ela tascou-lhe um beijo no rosto, acenou com a mão e foi embora.

Rosa Figuerola estacionou a vinte metros do carro de Göran Mårtensson na Luntmakaregatan, bem ao lado da rua Olof Palmes gata. Viu Mårtensson percorrer a pé os sessenta metros que o separavam do parquímetro. Ele foi até a Sveavägen.

Rosa Figuerola dispensou o pagamento. Ela o perderia de vista se parasse na máquina. Seguiu Mårtensson até a Kungsgatan, onde ele dobrou à esquerda. Empurrou a porta do Kungstornet. Ela reclamou, mas não tinha escolha e esperou três minutos antes de ir atrás dele dentro do café. Ele estava sentado no térreo e falava com um homem loiro, de uns trinta e cinco anos, com jeito de fortão. Um tira, pensou Rosa Figuerola.

Reconheceu-o como o homem que Christer Malm fotografara em frente ao Copacabana em 1º de maio.

Ela pediu um café, sentou-se do outro lado do Kungstornet e abriu o *Nagens Nyheter*. Mårtensson e seu companheiro falavam em voz baixa. Ela não conseguia captar as palavras. Pegou o celular e fingiu ligar para alguém — o que foi inútil, já que nenhum dos dois olhava para ela. Tirou uma foto com o celular, sabendo perfeitamente que seria de 72 dpi, portanto de baixa qualidade para ser impressa. Em compensação, poderia servir como prova de que o encontro realmente acontecera.

Passados pouco mais de quinze minutos, o homem loiro se levantou e saiu do Kungstornet. Rosa Figuerola soltou intimamente um palavrão. Por que ela não tinha ficado lá fora? Ela o teria reconhecido quando ele saísse do café. Teve vontade de se levantar e recomeçar a caçada. Mas Mårtensson estava ali tranquilamente, terminando seu café. Não queria chamar a atenção dele ao se levantar para seguir seu amigo não identificado.

Um minuto depois, Mårtensson se levantou e foi ao banheiro. Assim que fechou a porta, Rosa Figuerola levantou-se de um salto e saiu pela Kungsgatan. Espiou nas duas direções, mas o homem loiro tivera tempo de desaparecer.

Ela apostou no tudo ou nada e correu para o cruzamento da Sveavägen. Não o via em lugar algum e desceu no metrô. Sem nenhuma esperança.

Retornou ao Kungstornet. Mårtensson também tinha sumido.

Erika Berger não conteve um palavrão quando chegou ao local onde estacionara sua BMW na noite anterior, a duas quadras do Samirs Gryta.

O carro ainda estava lá, mas, durante a noite, alguém havia furado seus quatro pneus. *Seus porra de uns putos de uns ratos de merda!*, exclamou intimamente, fervendo de raiva.

Não havia alternativa. Ligou para a oficina mecânica e explicou a situação. Não tinha tempo para ficar ali esperando, portanto enfiou a chave no cano de escapamento para que os mecânicos pudessem abrir o carro. Depois foi até a Mariatorget e pegou um táxi.

Lisbeth Salander entrou no site da Hacker Republic e constatou que Praga estava conectado. Chamou-o.

[Olá, Wasp. Como é estar no Sahlgrenska?]

[Repousante. Preciso da sua ajuda.]

[Não diga!!!]

[Eu não achava que fosse precisar.]

[Deve ser coisa séria.]

[Göran Mårtensson, residente em Vällingby. Preciso ter acesso ao computador dele.]

[O.k.]

[Todo o material deve ser transferido para o Mikael Blomkvist, da *Millennium*.]

[O.k. Eu cuido disso.]

[O Big Brother está vigiando o telefone do Super-Blomkvist e provavelmente os e-mails também. Você tem que mandar para um endereço hotmail.]

[O.k.]

[Se eu não estiver disponível, o Blomkvist vai precisar da sua ajuda. Ele tem que poder te contatar.]

[Humm.]

[Ele é meio certinho, mas você pode confiar nele.]

[Humm.]

[Quanto você vai querer?]

Praga ficou calado por alguns segundos.

[Isso tem algo a ver com a sua atual situação?]

[Tem.]

[E vai te ajudar?]

[Vai.]

[Então eu pago essa rodada.]

[Obrigada. Mas eu sempre pago as minhas dívidas. Vou precisar da sua ajuda até o julgamento. Pago 30 mil.]

[Você tem como pagar?]

[Tenho como pagar.]

[O.k.]

[Acho que vamos precisar do Trinity. Você acha que consegue fazer com que ele venha até a Suécia?]

[Para quê?]

[Para fazer o que ele sabe fazer de melhor. Pago honorários-padrão + despesas.]

[O.k. Quem?]

Ela explicou o que queria que ele fizesse.

O dr. Anders Jonasson parecia preocupado na sexta-feira de manhã enquanto fitava um inspetor Hans Faste um tanto irritado sentado do outro lado da mesa.

— Lamento — disse Anders Jonasson.

— Não consigo entender. Pensei que a Salander estivesse recuperada.

Vim até Göteborg não só para interrogá-la mas para organizar a transferência dela para uma cela de Estocolmo, onde é o lugar dela.

— Lamento — Anders Jonasson repetiu. — Estou com muita vontade de me livrar dela, mesmo porque não temos muitos leitos. Mas...

— Existe a possibilidade de ela estar fingindo?

Anders Jonasson riu.

— Não acho provável. Veja bem. A Lisbeth Salander tem um ferimento na cabeça. Extraí uma bala do cérebro dela; casos assim são uma loteria no que diz respeito às chances de sobrevivência. Ela sobreviveu, e o prognóstico foi particularmente bom... tão bom que eu e meus colegas estávamos prestes a lhe dar alta. Então aconteceu, ontem, essa nítida regressão. Ela se queixou de uma forte dor de cabeça e vem apresentando uma febre intermitente. Ontem estava com 38, e vomitou duas vezes. Durante a noite, a febre baixou e a temperatura estava quase normal, achei que tinha sido algo passageiro. Mas quando a examinei de manhã, estava com quase 39, e isso é sério. Durante o dia, a febre baixou de novo.

— Mas qual é o problema?

— Não sei, porém o fato de a temperatura oscilar desse modo mostra que não se trata de uma gripe ou algo do gênero. Contudo, não posso afirmar exatamente o que é, pode ser uma simples alergia a algum medicamento ou a outra coisa que ela tenha tocado.

Ele exibiu uma foto no computador e mostrou a tela para Hans Faste.

— Pedi uma tomografia do crânio. Como você vê, aqui temos uma parte mais escura, bem no local do ferimento. Não consigo definir o que é. Pode ser o ferimento cicatrizando, mas também uma pequena hemorragia. Só que antes de definir o problema não posso dar alta, por mais urgente que seja.

Hans Faste concordou com a cabeça, resignado. Não chegara a ponto de argumentar com um médico, profissional com poder de vida e morte, o que mais se aproxima de um representante de Deus na terra. Exceção feita aos policiais. De qualquer forma, ele não se sentia competente nem tinha conhecimentos para definir até que ponto Lisbeth Salander estava mal.

— E o que vai acontecer agora?

— Recomendei repouso completo e a interrupção da fisioterapia, de que ela precisa por causa dos ferimentos no ombro e no quadril.

— Certo... preciso entrar em contato com o procurador Ekström em Estocolmo. Isso tudo aconteceu meio de surpresa. O que digo a ele?

— Há dois dias, eu estava prestes a autorizar a transferência talvez para o fim de semana. Na atual situação, vamos ter que aguardar algum tempo. Deve avisá-lo de que eu provavelmente não tome nenhuma decisão nesta semana, talvez ainda demore umas duas semanas até que vocês possam transferi-la para a casa de detenção de Estocolmo. Tudo vai depender da evolução do caso.

— A data do julgamento está marcada para julho...

— Se não houver nenhum imprevisto, ela deverá estar de pé bem antes disso.

O inspetor Jan Bublanski contemplou com desconfiança a mulher musculosa sentada do outro lado da mesa do café. Estavam numa esplanada da Norr Mälarstrand. Era sexta-feira, 20 de maio, e fazia um dia de verão. Ela fora apanhá-lo às cinco da tarde, quando ele estava indo para casa, e exibira suas credenciais, que anunciavam Rosa Figuerola, da Segurança. Propusera uma conversa particular acompanhada por uma xícara de café.

De início, Bublanski se mostrara reticente e rabugento. Depois de algum tempo, ela o olhara nos olhos e disse que não estava em missão oficial para interrogá-lo, e que obviamente ele não tinha que falar com ela se não quisesse. Ele perguntara o que ela queria e ela explicara com toda a franqueza que seu chefe a incumbira de investigar o que havia de falso e de verdadeiro no pretenso caso Zalachenko, às vezes chamado de caso Salander. Explicara também que não tinha certeza de estar autorizada a lhe fazer perguntas e que cabia a ele optar por responder ou não.

— O que você quer saber? — Bublanski acabou perguntando.

— Me conte o que você sabe sobre Lisbeth Salander, Mikael Blomkvist, Gunnar Björck e Alexander Zalachenko. Como é que essas peças todas acabam se juntando?

Conversaram por mais de duas horas.

Torsten Edklinth refletiu exaustivamente, tentando achar uma forma de prosseguir. Após cinco dias de investigação, Rosa Figuerola lhe fornecera uma sequência de elementos claros e precisos que indicavam algo de muito ruim ocorrendo dentro da Säpo. Ele percebia a necessidade de agir com cautela, até dispor de provas suficientes para fundamentar suas afirmações. Na atual situação, ele mesmo se via em meio a certa desorientação constitucional, já que não tinha competência para levar adiante investigações secretas de intervenção, muito menos contra seus próprios colaboradores.

Portanto, precisava encontrar uma maneira de legitimar sua atuação. Em uma situação de crise, poderia apelar para sua condição de policial e para o dever que tem um policial de elucidar crimes — mas o crime em questão era de uma natureza constitucional tão delicada que ele provavelmente seria demitido se desse um passo em falso. Passou a sexta-feira em meio a ruminações solitárias dentro de sua sala.

As conclusões a que chegava eram de que Dragan Armanskij estava certo, mesmo que parecesse inverossímil. Existia uma conspiração dentro da Säpo, e algumas pessoas estavam atuando além de suas atividades regulares, ou paralelamente a elas. Considerando-se que fazia anos que tais atividades vinham se desenvolvendo — desde 1976, no mínimo, quando Zalachenko chegara à Suécia —, isso significava que elas eram organizadas e contavam com o aval de algumas autoridades dentro da hierarquia. Ele ignorava até que nível remontava essa conspiração.

Escreveu três nomes num bloco de anotações.

Göran Mårtensson. Proteção à Pessoa. Inspetor criminal.

Gunnar Björck, chefe-adjunto da Brigada dos Estrangeiros. Falecido. (Suicídio?)

Albert Shenke, secretário-geral, DGPN/Säpo.

Rosa Figuerola concluíra que pelo menos o secretário-geral devia ter orquestrado o caso quando Mårtensson, da Proteção à Pessoa, fora transferido, embora não de fato, para a contraespionagem. Ele passava o tempo vigiando o jornalista Mikael Blomkvist, o que não tinha absolutamente nada a ver com atividades de contraespionagem.

A essa lista cabia acrescentar outros nomes de fora da Säpo.

Peter Teleborian, psiquiatra
Lars Faulsson, chaveiro

Teleborian fora contratado algumas vezes pela Säpo como consultor em psiquiatria no final dos anos 1980 e início dos 1990. Isso se dera, mais precisamente, três vezes, e Edklinth examinara os relatórios dos arquivos. A primeira fora uma ocasião extraordinária: a contraespionagem identificara um informante russo infiltrado na indústria de telefonia sueca, e o passado daquele espião levava a pensar que ele poderia recorrer ao suicídio caso fosse desmascarado. Teleborian fizera uma análise, elogiada por sua precisão, sugerindo que o informante fosse convertido em agente duplo. Nas duas outras ocasiões, Teleborian fora consultado para avaliações de menor importância, uma de um funcionário da Säpo com problemas de alcoolismo e outra de um diplomata de um país africano com um estranho comportamento sexual.

Nem Teleborian nem Faulsson, porém — e muito menos Faulsson —, eram empregados da Säpo. No entanto, pelas missões que lhes confiavam, tinham algum vínculo com... com quê?

A conspiração estava intimamente ligada ao falecido Alexander Zalachenko, agente russo desertor do GRO e que, de acordo com as fontes, chegara à Suécia no dia das eleições de 1976. E do qual ninguém nunca ouvira falar. *Como era possível?*

Edklinth tentou imaginar o que poderia ter acontecido caso ele estivesse entre os executivos dirigentes da Säpo em 1976, quando Zalachenko havia desertado. Como ele teria se comportado? Discrição absoluta. Evidentemente. A deserção só podia ser do conhecimento de um pequeno círculo exclusivo, para evitar o risco de a informação chegar até os russos e... Que tipo de pequeno círculo?

Uma seção de intervenção?

Uma seção de intervenção desconhecida?

Se tudo tivesse sido feito dentro das normas, Zalachenko teria sido entregue à contraespionagem. No melhor dos casos, o serviço de informação militar teria cuidado dele. Só que eles não tinham nem recursos nem competência para realizar esse tipo de intervenção. Então tinha sido a Säpo.

E a contraespionagem jamais tivera esses recursos e competência. A chave era Björck; ele obviamente tinha sido um dos que administraram Zalachenko. Mas Björck nunca tivera nenhuma ligação com a contraespionagem. Björck era um mistério. Oficialmente, desde os anos 1970 ele tinha um cargo na Brigada dos Estrangeiros, mas na prática ninguém o vira no departamento antes dos anos 1990, quando foi repentinamente nomeado chefe-adjunto.

Björck, no entanto, era a principal fonte de informações de Blomkvist. Como Blomkvist conseguira que Björck lhe revelasse tamanhas bombas em potencial? A ele, um jornalista?

As prostitutas. Björck frequentava prostitutas adolescentes e a *Millennium* pretendia denunciá-lo. Blomkvist devia ter chantageado Björck.

Em seguida, Lisbeth Salander entrara na história.

O falecido dr. Nils Bjurman trabalhara na Brigada dos Estrangeiros na mesma época que o falecido Björck. Eles é que receberam Zalachenko. Mas o que tinham feito com ele?

Alguém havia, necessariamente, tomado as decisões. Com um desertor daquele gabarito, a ordem tinha que ter vindo do alto.

Do governo. Devia haver uma ligação. Ou seria impensável.

Impensável?

O mal-estar fazia Edklinth suar frio. Em termos oficiais, aquilo tudo era compreensível. Um desertor da importância de Zalachenko precisava ser tratado com o maior sigilo. Ele próprio teria decidido assim. E era isso que o governo Fälldin devia ter decidido. Fazia sentido.

Em compensação, o que acontecera em 1991 não era nem um pouco normal. Björck contratara Peter Teleborian para mandar internar Lisbeth Salander numa clínica de psiquiatria infantil, com o pretexto de que ela era psiquicamente perturbada. Isso constituía um crime. Um crime tão gigantesco que Edklinth tornou a suar frio.

Alguém tomara essas decisões. Nesse caso, não podia ter sido o governo... Ingvar Carlsson fora primeiro-ministro, seguido por Carl Bildt. Mas nenhum político se atreveria a considerar uma decisão que ia tão totalmente contra qualquer lei e qualquer justiça, e que resultaria num escândalo catastrófico caso fosse descoberta.

Se o governo estava envolvido nesse caso, a Suécia não era melhor que a pior ditadura do mundo.

E isso não era possível.

Depois, vieram os fatos de 12 de abril em Sahlgrenska. Zalachenko muito oportunamente morto por um justiceiro doente mental, enquanto um assalto ocorria no apartamento de Mikael Blomkvist, e Annika Giannini sofria uma agressão. Em ambos os casos, o estranho relatório de 1991 de Bunnar Björck fora roubado. Essa era uma informação passada por Dragan Armanskij em caráter confidencial. Porque nenhuma queixa havia sido registrada.

E, simultaneamente, Gunnar Björck resolvera se enforcar. Logo ele que, entre tantos outros, Edklinth teria gostado de enfrentar numa conversa séria, olhos nos olhos.

Torsten Edklinth não acreditava no acaso quando este assumia tais dimensões. O inspetor criminal Jan Bublanski não acreditava num acaso assim. Mikael Blomkvist não acreditava. Edklinth pegou novamente a caneta.

Evert Gullberg, setenta e oito anos. Especialista em assuntos fiscais???

Quem era esse maldito Evert Gullberg?

Pensou em ligar para o diretor da Säpo, mas desistiu, pelo simples fato de que ignorava até que escalão remontava a conspiração. Ou seja, ele não sabia em quem confiar.

Tendo eliminado a hipótese de procurar alguém da Säpo, considerou por um momento procurar a polícia comum. Jan Bublanski conduzia as investigações sobre Ronald Niedermann e certamente teria interesse em alguma informação anexa. Mas, do ponto de vista político, isso era impossível.

Sentiu um fardo enorme pesar sobre seus ombros.

No fim das contas, só lhe restava uma saída constitucionalmente correta e que talvez representasse uma proteção caso, no futuro, caísse em desgraça política. Precisava dirigir-se ao *chefe* a fim de obter apoio político para seus atos.

Olhou a hora. Quase quatro da tarde. Pegou o telefone e ligou para o ministro da Justiça, que conhecia havia muitos anos e com quem estivera em inúmeras palestras no ministério. Conseguiu tê-lo na linha em menos de cinco minutos.

— Olá, Torsten — disse o ministro da Justiça. — Quanto tempo! A que se deve esta chamada?

— Para ser franco, acho que estou ligando para conferir qual a minha credibilidade junto a você.

— Credibilidade? Que pergunta. Sua credibilidade comigo é muito grande. Por que essa pergunta esquisita?

— Porque depois dela vem um pedido sério e fora do comum... Preciso me encontrar com você e com o primeiro-ministro, e com urgência.

— Só isso?

— Para poder explicar, gostaria que estivéssemos bem confortáveis e a sós. Estou com um caso tão espantoso aqui na minha mesa que queria informar você e o primeiro-ministro a respeito.

— Parece sério.

— É sério.

— Tem alguma coisa a ver com terrorismo ou ameaças...

— Não. É ainda mais sério. Com esta ligação para você, estou arriscando a minha reputação e a minha carreira. Eu não teria esse tipo de conversa se não julgasse que a situação é extremamente grave.

— Compreendo. Por isso a pergunta sobre sua credibilidade... Você queria se encontrar com o primeiro-ministro quando?

— Ainda hoje à noite, se possível.

— Você está me deixando preocupado.

— Receio que você tenha todos os motivos para ficar preocupado.

— O encontro deve durar quanto tempo?

Edklinth refletiu.

— Acho que vou precisar de uma hora para resumir todos os detalhes.

— Eu ligo para você daqui a pouco.

O ministro da Justiça ligou quinze minutos depois dizendo que o primeiro-ministro tinha a possibilidade de receber Torsten Edklinth em sua residência naquela noite, às nove e meia. Edklinth estava com as mãos úmidas quando desligou. *Bem, puxa vida, não é impossível que amanhã de manhã minha carreira esteja encerrada.*

Pegou o telefone e ligou para Rosa Figuerola.

— Oi, Rosa. Apresente-se às vinte e uma horas para o serviço. Traje adequado obrigatório.

— Estou sempre com um traje adequado — disse Rosa Figuerola.

O primeiro-ministro contemplava o diretor da Proteção à Constituição com um olhar que só poderia ser qualificado de cético. Edklinth podia imaginar engrenagens rodando a toda a velocidade por trás dos óculos do homem.

O primeiro-ministro desviou o olhar para Rosa Figuerola, que não abrira a boca durante a uma hora de explanação. Viu uma mulher muito alta e musculosa que retribuía seu olhar com uma polidez repleta de expectativa. Então voltou-se para o ministro da Justiça, que empalidecera ligeiramente durante a explanação.

Por fim, o primeiro-ministro respirou fundo, tirou os óculos e deixou seu olhar se perder ao longe.

— Acho que vamos precisar de mais um café — disse por fim.

— Sim, obrigada — disse Rosa Figuerola.

Edklinth meneou a cabeça e o ministro da Justiça pegou a garrafa térmica.

— Deixem eu fazer um resumo para ter certeza de que entendi tudo direito — disse o primeiro-ministro. — Vocês desconfiam que exista uma conspiração dentro da Säpo, a qual estaria extrapolando suas atribuições constitucionais, e que, com o passar dos anos, essa conspiração manteve atividades que só podemos qualificar de criminosas.

Edklinth fez que sim com a cabeça.

— E vocês vieram me procurar porque não confiam na direção da Säpo.

— Sim e não — respondeu Edklinth. — Resolvi procurá-lo porque esse tipo de atividade contraria a Constituição, mas desconheço o objetivo da conspiração e não sei se posso ter interpretado mal algum elemento. Essa atividade poderia, afinal, ser legítima, e pode ter o aval do governo. Nesse caso, eu estaria partindo de informações erradas ou mal interpretadas e estaria arriscado a revelar uma operação secreta em andamento.

O primeiro-ministro olhou para o ministro da Justiça. Ambos compreendiam que Edklinth tomasse suas precauções.

— Nunca ouvi falar em nada parecido. Você está a par de alguma coisa?

— Em absoluto — respondeu o primeiro-ministro. — Não vi nada em nenhum relatório da Segurança que pudesse confirmar essa história.

— O Mikael Blomkvist acha que se trata de um grupo dentro da Säpo. Ele o chama de clube Zalachenko.

— Nunca ouvi falar nisso. A Suécia teria acolhido e mantido um dissidente russo desse calibre... Quer dizer que ele desertou durante o governo de Fälldin...

— Custo a acreditar que Fälldin tenha ocultado uma história dessas — disse o ministro da Justiça. — Uma deserção dessa importância era para ser passada em absoluta prioridade para o governo seguinte.

Edklinth pigarreou.

— O governo de direita deixou para Olof Palme. Não é segredo para ninguém que alguns dos meus antecessores na Säpo tinham uma opinião bem particular sobre Palme...

— Quer dizer que alguém teria esquecido de informar o governo social-democrata...

Edklinth concordou com a cabeça.

— Eu gostaria de lembrar que Fälldin cumpriu dois mandatos. Em ambas as ocasiões, o governo rachou. Na primeira vez, ele cedeu o lugar para Ola Ullsten, cujo governo era minoritário em 1979. Depois, o governo se fragmentou pela segunda vez, quando os moderados abandonaram o barco e Fälldin governou com os liberais. Desconfio que a chancelaria do governo estava próxima do caos durante essas transferências de poder. É até possível que um caso como o de Zalachenko tenha permanecido num círculo tão restrito que o primeiro-ministro Fälldin nem tomou conhecimento dele, de forma que nunca teve coisa alguma para repassar ao Palme.

— Nesse caso, quem seria o responsável? — perguntou o primeiro-ministro.

Todos, com exceção de Rosa Figuerola, balançaram a cabeça.

— Suponho que seja inevitável a imprensa ficar sabendo — disse o primeiro-ministro.

— O Mikael Blomkvist e a *Millennium* vão publicar. Ou seja, estamos numa posição incômoda.

Edklinth tivera o cuidado de usar a palavra *nós*. O primeiro-ministro meneou a cabeça. Entendia a gravidade da situação.

— Bem. Em primeiro lugar, queria lhe agradecer por ter me informado desse caso tão rapidamente. Não costumo aceitar encontros desse tipo sem aviso prévio, mas o ministro da Justiça me garantiu que o senhor era um homem sensato e que necessariamente algo extraordinário estava acontecendo, para que quisesse me ver assim, driblando todos os canais de praxe.

Edklinth respirou um pouco melhor. O que quer que acontecesse, não seria fulminado pela fúria do primeiro-ministro.

— Agora só nos resta resolver como administrar tudo isso. O senhor tem alguma sugestão?

— Talvez — respondeu Edklinth, hesitante.

Permaneceu calado por tanto tempo que Rosa Figuerola acabou dando uma tossidinha.

— Posso falar?

— Pois não — disse o primeiro-ministro.

— Se é mesmo verdade que o governo não está a par dessa operação, isso significa que ela é ilegal. Em casos assim, o criminoso é o responsável, ou seja, é o funcionário, ou os funcionários do Estado, que extrapolou suas atribuições. Se conseguirmos provar tudo o que Mikael Blomkvist afirma, significa que um grupo de funcionários da Segurança dedicou-se a uma atividade criminosa. O problema assume então dois aspectos.

— O que você quer dizer com isso?

— Em primeiro lugar, precisamos responder às perguntas: como isso foi possível? Quem é o responsável? Como uma conspiração dessas pode ter se realizado no âmbito de um órgão policial legitimamente estabelecido? Permita-me lembrar que eu mesma trabalho para a DGPN/Säpo, e me orgulho disso. Como isso pode ter se prolongado por tanto tempo? Como essa atividade pôde ser dissimulada e financiada?

O primeiro-ministro concordou com a cabeça.

— Esse aspecto vai ser abordado em livros que serão publicados — prosseguiu Rosa Figuerola. — Mas uma coisa é certa: existe necessariamente um financiamento, e ele deve girar em torno de vários milhões de coroas por ano. Examinei o orçamento da Segurança e não encontrei nada que pudesse ser chamado de clube Zalachenko. Mas, como sabem, existem alguns fundos secretos a que o secretário-geral e o diretor do orçamento têm acesso, e eu não.

O primeiro-ministro balançou a cabeça com tristeza. Por que a gestão da Säpo sempre significava pesadelo?

— O outro aspecto diz respeito aos personagens principais dessa história. Mais precisamente, às pessoas que convém apanharmos.

O primeiro-ministro fez um muxoxo.

— Na minha opinião, as respostas a essas perguntas dependem da decisão que o senhor vai tomar dentro de alguns minutos.

Torsten Edklinth prendeu a respiração. Se pudesse, teria desfechado um pontapé na tíbia de Rosa Figuerola. Ela acabava de entrar de sola na retórica, afirmando que o primeiro-ministro era pessoalmente responsável. Ele próprio cogitara chegar a essa conclusão, mas somente após uma longa digressão diplomática.

— Que decisão a senhora acha que devo tomar? — perguntou o primeiro-ministro.

— Quanto a nós, temos interesses em comum. Eu trabalho há três anos na Proteção à Constituição e considero essa missão de uma importância crucial para a democracia sueca. Nesses últimos anos, a Segurança se conduziu corretamente, dentro da Constituição. Para nós, é importante deixar claro que se trata de uma atividade criminosa comandada por indivíduos que agiram por conta própria.

— Esse tipo de atividade não conta, definitivamente, com o aval do governo — disse o ministro da Justiça.

Rosa Figuerola meneou a cabeça e refletiu por alguns segundos.

— De sua parte, imagino que o senhor não queira que esse escândalo atinja o governo, o que aconteceria se o governo tentasse ocultar o caso — disse ela.

— O governo não tem o hábito de ocultar atividades criminosas — disse o ministro da Justiça.

— Não, mas vamos, hipoteticamente, supor que ele tenha vontade de fazer isso. Nesse caso, o escândalo seria incalculável.

— Prossiga — disse o primeiro-ministro.

— A situação atual se complica com o fato de nós, da Proteção à Constituição, sermos obrigados a praticar ações que contrariam o regulamento para termos uma chance mínima de elucidar essa história. Gostaríamos que isso se desse do modo jurídica e constitucionalmente correto.

— É o que todos nós queremos — disse o primeiro-ministro.

— Sendo assim, sugiro que, na qualidade de primeiro-ministro, o senhor ordene que a Proteção à Constituição esclareça essa confusão o quanto antes. Que nos forneça uma ordem de missão por escrito e as autorizações necessárias.

— Não estou certo de que o que está sugerindo seja legal — disse o ministro da Justiça.

— Sim, é legal. O governo tem poder para tomar decisões mais amplas em caso de ameaça à Constituição. Se um grupo de militares ou policiais começar a conduzir uma política independente do Ministério de Relações Exteriores, significa que houve um golpe de Estado em nosso país.

— Relações Exteriores? — perguntou o ministro da Justiça.

O primeiro-ministro balançou subitamente a cabeça.

— O Zalachenko era um dissidente de uma potência estrangeira — disse Rosa Figuerola. — Segundo o Mikael Blomkvist, ele transmitia informações para serviços de inteligência estrangeiros. Se o governo não foi informado, significa que houve um golpe de Estado.

— Entendo aonde você quer chegar — disse o primeiro-ministro. — Agora, deixe-me expressar a minha opinião.

O primeiro-ministro se levantou e deu a volta na mesa. Parou diante de Edklinth.

— O senhor tem uma colaboradora inteligente. E que, além disso, fala sem papas na língua.

Edklinth engoliu em seco e meneou a cabeça. O primeiro-ministro voltou-se para o seu ministro da Justiça.

— Chame seu secretário de Estado e o diretor jurídico. Amanhã de manhã, quero um documento que dê à Proteção à Constituição poderes extraordinários para atuar neste caso. A missão consiste em definir o grau de veracidade das afirmações que nos preocupam, reunir uma documentação sobre sua amplitude e identificar as pessoas responsáveis ou implicadas.

Edklinth assentiu com a cabeça.

— Esse documento não diz que vocês vão conduzir um inquérito preliminar; posso estar enganado, mas acho que nesse estágio só o procurador-geral da nação pode indicar o responsável por um inquérito preliminar. Em compensação, posso encarregá-lo da missão de conduzir sozinho uma investigação com o objetivo de descobrir a verdade. Portanto, vai conduzir uma investigação oficial do Estado. Está me acompanhando?

— Sim. Mas, se me permite observar, eu mesmo sou um ex-procurador.

— Humm. Vamos pedir que o diretor jurídico dê uma olhada e defina o que é oficialmente correto. Seja como for, o senhor é o único responsável por essa investigação. Pode designar os colaboradores de que vai precisar. Se encontrar provas de alguma atividade criminosa, deverá transmiti-las ao Ministério Público, que decidirá sobre eventuais ações judiciárias.

— Tenho que verificar nos textos o que, exatamente, está em vigor, mas me parece que o senhor tem obrigação de informar o porta-voz do governo e a Comissão Constitucional... isso tudo virá à tona rapidamente — disse o ministro da Justiça.

— Ou seja, vamos ter que agir depressa — disse o primeiro-ministro.

— Humm — fez Rosa Figuerola.

— O que foi? — perguntou o primeiro-ministro.

— Ainda há dois problemas... Em primeiro lugar, a publicação da *Millennium* poderia se chocar com a nossa investigação e, em segundo, o julgamento da Lisbeth Salander vai começar em poucas semanas.

— Temos como saber quando a *Millennium* pretende publicar?

— Não custa perguntar — disse Edklinth. — A última coisa que queremos é nos envolver no trabalho da imprensa.

— No que diz respeito à Salander... — começou a dizer o primeiro-ministro. Refletiu por um momento. — Seria terrível descobrir que ela realmente foi vítima dos abusos relatados pela *Millennium*... isso pode ser mesmo verdade?

— Creio que sim — disse Edklinth.

— Nesse caso, precisamos garantir que ela seja indenizada e, antes de mais nada, que não volte a ser vítima de outro abuso de poder — disse o primeiro-ministro.

— E como vamos fazer isso? — perguntou o ministro da Justiça. — O governo não pode, de modo algum, interferir numa ação judicial em andamento. É contra a lei.

— Talvez pudéssemos falar com o procurador...

— Não — disse Edklinth. — Como primeiro-ministro, o senhor não pode influenciar no processo judiciário.

— Em outras palavras, a Salander terá que travar seu combate no tribunal — disse o ministro da Justiça. — E só se ela perder o processo e apelar é que o governo pode intervir para indultá-la ou ordenar ao Ministério Público que avalie se é o caso de reabrir o processo.

E acrescentou:

— Mas isso só vale se ela for condenada a uma pena prisional. Se ela for condenada a uma internação psiquiátrica, o governo nada pode fazer. Quando se trata de uma questão de ordem médica, não compete ao primeiro-ministro determinar se ela é mentalmente sã ou não.

Às dez da noite de sexta-feira, Lisbeth Salander escutou a chave na fechadura. Desligou imediatamente o computador de mão e o enfiou debaixo do travesseiro. Quando levantou os olhos, viu Anders Jonasson fechando a porta.

— Boa noite, senhorita Salander — disse ele. — Como vai?

— Estou com uma dor de cabeça terrível e me sinto febril — disse Lisbeth.

— Isso não é nada bom.

Lisbeth não parecia particularmente incomodada com a febre nem com a dor de cabeça. Anders Jonasson examinou-a por dez minutos. Verificou que no início da noite a febre tornara a subir bastante.

— É uma pena que isso esteja acontecendo agora, quando você estava se restabelecendo tão bem. Infelizmente, não vou poder lhe dar alta antes de pelo menos duas semanas.

— Duas semanas são suficientes.

Ele fitou-a demoradamente.

A distância entre Londres e Estocolmo pela estrada é, por alto, de mil e oitocentos quilômetros, e teoricamente são necessárias vinte horas para percorrê-los. Na prática, foram quase vinte horas só para chegar à fronteira da Alemanha com a Dinamarca. O céu estava coberto por nuvens pesadas como chumbo, e na segunda-feira, enquanto o homem que se apresentava como Trinity atravessava a ponte de Øresund, a chuva desabou. Ele reduziu a velocidade e acionou os limpadores do para-brisa.

Trinity achava um pesadelo dirigir na Europa, com o continente inteiro teimando em andar do lado errado da estrada. Preparara sua caminhonete no sábado de manhã e pegara a balsa de Doves para Calais, em seguida atravessara a Bélgica passando por Liège. Cruzara a fronteira alemã em Aix-la-Chapelle e subira pela autoestrada em direção a Hamburgo e depois Dinamarca.

Seu sócio, Bob the Dog, dormia no banco traseiro. Tinham se revezado na direção e, exceto por algumas paradas de uma hora para comer, mantiveram uma velocidade regular de noventa quilômetros por hora. Com seus dezoito anos de idade, a caminhonete não tinha condições de andar mais rápido.

Havia maneiras mais simples de ir de Londres a Estocolmo, mas infelizmente era pouco provável que se pudesse entrar na Suécia com cerca de trinta quilos de equipamento eletrônico fazendo um voo regular. Embora tivessem cruzado seis fronteiras durante o trajeto, Trinity não fora parado por nenhum aduaneiro ou policial. Ele era um ardente partidário da União Europeia, cujas regras simplificavam as visitas ao continente.

Trinity estava com trinta e dois anos e nascera na cidade de Bradford, mas desde criança morava no norte de Londres. Tivera uma formação bastante medíocre, uma escola profissionalizante que lhe fornecera um diploma de técnico em telefonia, e depois dos dezenove anos ele de fato trabalhara como instalador na British Telecom por três anos.

Na verdade, tinha conhecimentos teóricos em eletrônica e informática que lhe permitiam encarar sem problema discussões em que superava qualquer especialista no assunto. Vivera no meio de computadores desde os dez anos, e pirateara seu primeiro computador aos treze. Isso aguçara sua vontade e, aos dezesseis anos, já evoluíra tanto, que podia ser comparado aos melhores do mundo. Em determinada ocasião, passara cada minuto do seu dia acordado diante da tela do computador, criando seus próprios programas e jogando spams na rede. Conseguiu se infiltrar na BBC, no Ministério da Defesa inglês e na Scotland Yard. Conseguiu até assumir por algum tempo o comando de um submarino nuclear britânico que patrulhava o Mar do Norte. Felizmente, Trinity era mais um curioso do que um gênio do mal da informática. Seu fascínio acabava assim que conseguia invadir um computador e descobria um acesso a seus segredos. Quando muito, permitia-se uma brincadeira de moleque do tipo configurar um computador de submarino para que ele convidasse o capitão a limpar a bunda quando este solicitava uma posição. Esse incidente provocara uma série de reuniões de emergência no Ministério da Defesa, e Trinity acabara entendendo que talvez não fosse uma boa ideia se gabar de seus conhecimentos numa época em que os governos não estavam brincando quando ameaçavam condenar os *hackers* a pesadas penas de prisão.

Trinity fizera o curso de técnico em telefonia porque já sabia como funcionava a rede telefônica. Logo constatara como tudo estava desesperadoramente obsoleto e se tornara consultor de segurança para instalação de alarmes e supervisão de sistemas contra roubo. Para alguns clientes cuidadosamente selecionados, ele também podia oferecer serviços exclusivos, como vigilância e escuta telefônica.

Era um dos fundadores da Hacker Republic, da qual Wasp era uma das cidadãs.

Eram sete e meia da noite de domingo quando Trinity e Bob the Dog entraram no subúrbio de Estocolmo. Estavam passando por Kungens kurva, em Skärholmen, quando Trinity pegou o celular e discou um número que havia decorado.

— Praga — disse Trinity.

— Onde vocês estão?

— Você pediu para eu ligar quando a gente passasse pela Ikea.

Praga explicou como chegar ao albergue da juventude de Långholmen, onde fizera uma reserva para seus colegas ingleses. Embora Praga quase nunca saísse de seu apartamento, combinaram de se encontrar lá às dez horas do dia seguinte.

Depois de refletir um instante, Praga resolveu fazer um esforço imenso e encarou a louça suja, a faxina e a ventilação do local para receber seus convidados.

III. *DISC CRASH*
27 DE MAIO A 6 DE JUNHO

O historiador Diodoro da Sicília, do século I antes de Cristo (que alguns historiadores consideram uma fonte pouco confiável), conta sobre as amazonas da Líbia, que naquela época abrangia do Norte da África ao Oeste do Egito. Esse império de amazonas era uma ginecocracia, ou seja, somente às mulheres era permitido exercer funções oficiais, inclusive as militares. Reza a lenda que o país era governado por uma rainha, Myrina, que com trinta mil mulheres na infantaria e três mil cavaleiras atravessou o Egito, a Síria, até o mar Egeu, submetendo uma série de exércitos masculinos pelo caminho. Quando a rainha Myrina foi enfim derrotada, seu exército se dispersou.

O exército de Myrina, porém, deixou marcas na região. As mulheres da Anatólia pegaram em armas para debelar uma invasão do Cáucaso depois que os soldados homens foram aniquilados num imenso genocídio. Essas mulheres eram treinadas em todo tipo de armas, incluindo o arco, a espada, o machado de guerra e a lança. Copiaram dos gregos as cotas de malha de bronze e as armaduras.

Recusavam o casamento, que consideravam uma sujeição. Para fins de procriação, eram decretados feriados, durante os quais elas praticavam o coito com homens anônimos escolhidos ao acaso nas aldeias das redondezas. Só tinha o direito de abandonar a virgindade a mulher que houvesse matado um homem em combate.

16. SEXTA-FEIRA 27 DE MAIO — TERÇA-FEIRA 31 DE MAIO

Mikael Blomkvist deixou a redação da *Millennium* às dez e meia da noite de sexta-feira. Desceu até o térreo, mas, em vez de sair para a rua, virou à esquerda no hall de entrada, atravessou o porão, subiu até o pátio interno e saiu na Hökens gata, passando pelo prédio vizinho. Cruzou com um grupo de jovens que saíam da Mosebacke, mas ninguém prestou atenção nele. Se por acaso alguém o estivesse vigiando ia achar que ele estava passando a noite na redação, como de costume. Ele estabelecera esse esquema em abril. Na verdade, era Christer Malm que ficava à noite de plantão na redação.

Por uns quinze minutos, passeou pelas ruazinhas e vielas dos arredores de Mosebacke, antes de rumar para o número 9 da Fiskargatan. Entrou depois de digitar o código de acesso e subiu a pé até o apartamento lá do alto, usando as chaves de Lisbeth Salander para abrir a porta. Desligou o alarme. Ainda se sentia perturbado quando entrava naquele apartamento de vinte e um cômodos, dos quais apenas três estavam mobiliados.

Preparou café e sanduíches antes de entrar no escritório de Lisbeth e ligar o PowerBook.

Desde meados de abril, quando o relatório de Björck havia sido roubado e Mikael percebera que estava sendo vigiado, ele montara seu quartel-general particular no apartamento de Lisbeth. Transferira para lá toda a documentação importante. Passava várias noites por semana no apartamento, dormia na cama de Lisbeth e trabalhava no computador dela. Lisbeth apagara todos os dados antes de ir para Gosseberga acertar as contas com Zalachenko. Mikael achava que ela provavelmente não tivera a intenção de voltar. Ele usara os HDs de Lisbeth para pôr a máquina em funcionamento outra vez.

Desde abril ele não usava seu próprio computador com ADSL. Usava a conexão de Lisbeth, abria o ICQ e se comunicava com o número que ela criara para ele e lhe passara através do grupo Yahoo [Tavola-Biruta].

[Oi, Sally.]

[Fala.]

[Mexi nos dois capítulos sobre os quais discutimos durante esta semana. Você pode encontrar a nova versão no Yahoo. E com você, em que pé estão as coisas?]

[Terminei dezessete páginas. Estou postando agora no Tavola-Biruta.]

Pling.

[O.k. Peguei. Deixe eu dar uma lida, depois a gente conversa.]

[Tenho mais uma coisa.]

[O quê?]

[Criei um grupo Yahoo chamado Os-Cavaleiros.]

Mikael sorriu.

[O.k. Os Cavaleiros da Távola Biruta.]

[Senha yacaraca12.]

[O.k.]

[Quatro membros. Eu, você, Praga e Trinity.]

[Seus misteriosos amigos da internet.]

[Estou me protegendo.]

[O.k.]

[O Praga pegou informações do computador do procurador Ekström. A gente já tinha pirateado a máquina em abril.]

[O.k.]

[Se eu perder meu computador de bolso, ele te manterá informado.]

[Certo. Obrigado.]

Mikael se desconectou do ICQ e entrou no novo grupo Yahoo [Os-Cavaleiros]. A única coisa que encontrou foi um link de Praga para um endereço http anônimo, composto de apenas oito algarismos. Copiou o endereço no Explorer, deu Enter e entrou imediatamente num site de 16 gb em algum lugar da internet, e que constituía o disco rígido do procurador Richard Ekström.

Praga aparentemente facilitara as coisas para si mesmo copiando todo o disco rígido de Ekström. Mikael passou uma hora selecionando o conteúdo. Rejeitou arquivos de sistema, programas e uma imensa quantidade de inquéritos preliminares que pareciam remontar a vários anos. Por fim, baixou quatro arquivos. Três tinham os nomes [INQPRELIM/SALANDER], [LIXEIRA/SALANDER] e [INQPRELIM/NIEDERMANN]. O quarto era uma cópia dos e-mails recebidos pelo procurador Ekström até as catorze horas do dia anterior.

— Obrigado, Praga! — disse Mikael Blomkvist em voz alta, no apartamento vazio.

Passou três horas lendo o inquérito preliminar de Ekström e sua estratégia para o processo de Lisbeth Salander. Como era de se esperar, muita coisa girava em torno de seu estado mental. Ekström pedia um exame psiquiátrico aprofundado e enviara um bom número de e-mails mandando que fosse transferida para a casa de detenção de Kronoberg o quanto antes.

Mikael constatou que as investigações de Ekström para encontrar Niedermann pareciam estar marcando passo. Bublanski era quem comandava as buscas. Ele conseguira juntar uma documentação técnica acusando Niedermann do assassinato de Dag Svensson e de Mia Bergman, assim como do assassinato do dr. Bjurman. O próprio Mikael Blomkvist contribuíra com boa parte daquelas provas nos três longos interrogatórios a que fora submetido em abril, e seria obrigado a testemunhar caso Niedermann fosse preso. O DNA identificado em alguns pingos de suor e dois fios de cabelo colhidos no apartamento de Bjurman puderam finalmente ser associados com o DNA colhido no quarto de Niedermann em Gosseberga. Uma grande quantidade do mesmo DNA também havia sido encontrada no corpo do consultor financeiro do MC Svavelsjö, Viktor Göransson.

Em compensação, surpreendentemente, Ekström possuía poucas informações sobre Zalachenko.

Mikael acendeu um cigarro e, enquanto fumava, virou-se para a janela a fim de contemplar a vista sobre o Djurgården.

Ekström chefiava dois inquéritos preliminares, que haviam sido separados um do outro. O inspetor Hans Faste era a autoridade responsável pela investigação de tudo o que se referia a Lisbeth Salander. Bublanski tratava exclusivamente de Niedermann.

O mais natural teria sido Ekström entrar em contato com o diretor-geral da Säpo assim que o nome de Zalachenko surgiu no inquérito preliminar, para perguntar sobre a real identidade dele. Mikael não achou nenhum contato desse tipo entre os e-mails de Ekström, nem em seu diário ou anotações. Em contrapartida, tudo indicava que ele tinha algumas informações sobre Zalachenko. Entre as anotações, Mikael encontrou algumas afirmações intrigantes.

O relatório sobre a Salander foi forjado. O original de Björck não corresponde à versão de Blomkvist. Arquivado como confidencial.

Humm. Mais adiante, uma série de anotações sustentava que Lisbeth Salander tinha esquizofrenia paranoica.

Foi certo internar Salander em 1991.

Em [LIXEIRA/SALANDER] Mikael encontrou aquilo que ligava um inquérito ao outro, ou seja, informações acessórias que o procurador julgava não estar associadas ao inquérito preliminar e que, por conseguinte, não seriam utilizadas no processo nem fariam parte das provas contra ela. Praticamente tudo o que se referia ao passado de Zalachenko estava ali.

Mikael tinha diante de si uma investigação lamentável.

Perguntou-se até que ponto tudo aquilo era acaso e até que ponto havia sido manipulado. Onde estava a fronteira entre as duas coisas? Ekström teria consciência de que havia uma fronteira?

Ou alguém estaria fornecendo a Ekström, de propósito, informações verossímeis porém enganosas?

Por fim, entrou no hotmail e passou os dez minutos seguintes consultando a meia dúzia de contas anônimas que havia criado. Todos os dias, religiosamente, ele dava uma olhada no endereço hotmail que havia fornecido à inspetora Sonja Modig. Não tinha muita esperança de que ela se manifestasse, por isso ficou agradavelmente surpreso ao abrir a caixa postal e encontrar um e-mail de viagemtrem9deabril@hotmail.com. A mensagem continha uma linha apenas.

[Café Madalena, primeiro andar, sábado 11 horas.]

Mikael Blomkvist meneou a cabeça, pensativo.

Praga entrou em contato com Lisbeth Salander por volta da meia-noite, interrompendo-a enquanto ela escrevia sobre sua vida na época em que Holger Palmgren era seu tutor. Irritada, olhou para a tela.

[O que você quer?]

[Trinity acertou tudo em tempo recorde.]

[Como?]

[O sr. doutor dos doidos não para quieto. Fica o tempo todo indo de Uppsala para Estocolmo e não dá para fazer um *hostile takeover*.]

[Eu sei. Como ele conseguiu?]

[O Teleborian joga tênis duas vezes por semana. Duas boas horas. Deixou o computador no carro num estacionamento coberto.]

[Ha ha.]

[Trinity neutralizou facilmente o alarme do carro e pegou o computador. Bastou meia hora para copiar tudo via Firewire e instalar o Asphyxia.]

[Onde eu encontro o material?]

Praga deu o endereço http do servidor onde estava o disco rígido de Peter Teleborian.

[Como diz o Trinity... *This is some nasty shit.*]

[?]

[Dê uma olhada no disco rígido dele.]

Lisbeth Salander se despediu de Praga e procurou na internet o servidor que ele indicara. Passou as três horas seguintes verificando, um por um, os arquivos do computador de Teleborian.

Descobriu uma correspondência entre Teleborian e uma pessoa com uma conta no hotmail que lhe enviava e-mails criptografados. Como ela tinha a chave PGP de Teleborian, não encontrou dificuldade em ler a mensagem.

Seu nome era Jonas, sem sobrenome. Jonas e Teleborian demonstravam um interesse anormal pelos problemas de saúde de Lisbeth Salander.

Yes... podemos provar que existe uma conspiração.

Mas o que mais interessou a Lisbeth Salander foram as quarenta e sete pastas com 8756 fotos pornográficas pesadas de crianças. Uma após outra, ela abriu as fotos que mostravam crianças de uns quinze anos ou menos. Algumas eram de crianças muito pequenas. A maioria, meninas. Várias fotos tinham um caráter sádico.

Descobriu links de pelo menos uma dúzia de pessoas de vários países que trocavam figurinhas sobre pedofilia.

Lisbeth mordeu o lábio inferior. No mais, seu rosto não demonstrava expressão nenhuma.

Lembrou-se de quando tinha doze anos e das noites em que ficava amarrada num quarto desprovido de estímulos sensoriais na clínica de psiquiatria infantil de Sankt Stefan. Teleborian nunca deixava de ir até o quarto para contemplá-la à luz fraca do clarão que passava pela porta.

Ela sabia. Ele nunca encostara nela, mas ela sempre soubera.

Ela sentiu muita raiva de si mesma. Há muitos anos deveria ter cuidado de Teleborian. Mas se reprimira, tentando ignorar a existência dele.

Ela o deixara livre para agir.

Depois de alguns instantes, chamou Mikael Blomkvist pelo ICQ.

Mikael Blomkvist passou a noite no apartamento de Lisbeth Salander na Fiskargatan. Só desligou o computador às seis e meia da manhã. Adormeceu com as fotos pornográficas infantis ainda na retina e acordou às dez e quinze. Pulou da cama, tomou um banho e chamou um táxi, que foi apanhá-lo em frente ao Södra Teatern. Saltou na Birger Jarlsgatan às cinco para as onze e seguiu a pé até o Café Madalena.

Sonja Modig o aguardava diante de uma xícara de café preto.

— Oi — disse Mikael.

— Estou me arriscando muito — disse ela, sem cumprimentá-lo. — Vou ser demitida e posso ser processada se alguém souber que me encontrei com você.

— Eu é que não vou contar para ninguém.

Ela parecia estressada.

— Um colega meu visitou recentemente o ex-primeiro-ministro Thorbjörn Fälldin. Foi em caráter pessoal, e ele também está correndo um sério risco.

— Entendo.

— Exijo, portanto, que o nosso anonimato seja preservado.

— Eu nem sei de que colega você está falando.

— Eu vou te contar. Quero que você prometa que vai protegê-lo como fonte.

— Tem minha palavra.

Ela espiou o relógio.

— Você está com pressa?

— Estou. Vou me encontrar com meu marido e meus filhos na galeria Sture daqui a dez minutos. Meu marido acha que estou trabalhando.

— E o Bublanski não está sabendo.

— Não.

— O.k. Você e seu colega são minhas fontes e estão totalmente protegidos. Os dois. Isso vale até o túmulo.

— O meu colega é o Jerker Holmberg, que você conheceu em Göteborg. O pai dele é um militante centrista e o Jerker conhece o Fälldin desde menino. Foi visitá-lo em caráter particular para falar sobre o Zalachenko.

— Sei.

O coração de Mikael disparou.

— O Fälldin parece ser um homem decente. O Holmberg contou sobre o Zalachenko e perguntou o que o Fälldin sabia sobre a deserção dele. O Fälldin não disse nada. Então o Holmberg falou que achamos que Lisbeth Salander foi internada na psiquiatria pelo pessoal que protegia o Zalachenko. O Fälldin ficou revoltadíssimo.

— Entendo.

— O Fälldin contou que o diretor da Säpo, na época, e um colega dele foram procurá-lo pouco depois de ele se tornar primeiro-ministro. Contaram uma história extraordinária sobre um espião russo dissidente que tinha se refugiado na Suécia. Nesse dia, o Fälldin soube que esse era o segredo militar mais delicado da Suécia... imagine, em toda a Defesa sueca, não lhe chegava nem aos pés em termos de importância.

— Humm.

— O Fälldin explicou que não sabia como administrar o caso. Acabava de ser nomeado e seu governo não tinha nenhuma experiência. Fazia mais de quarenta anos que os socialistas estavam no poder. Os homens responderam que as decisões cabiam a ele e que a Säpo se eximiria de qualquer responsabilidade caso ele consultasse seus colegas de governo. Isso foi muito desagradável para o Fälldin. Ele simplesmente não sabia o que fazer.

— Certo.

— Por fim, o Fälldin se sentiu obrigado a agir como aqueles senhores da Säpo sugeriam. Redigiu uma diretriz que outorgava à Säpo a guarda exclusiva de Zalachenko. Comprometeu-se a nunca mais falar sobre o assunto com ninguém. Ele nunca soube qual era o nome do dissidente.

— Entendo.

— Depois disso, o Fälldin praticamente não ouviu mais falar no caso durante seus dois mandatos. Em compensação, fez algo muito sensato. Insistiu para que um secretário de Estado fosse posto a par de tudo para atuar como intermediário entre o gabinete do governo e os homens que protegiam o Zalachenko.

— Ah, é?

— Esse secretário de Estado era Bertil K. Janeryd. Hoje ele tem sessenta e três anos e é embaixador da Suécia em Haya.

— Só isso?

— Quando o Fälldin se deu conta da gravidade desse inquérito preliminar, escreveu uma carta ao Janeryd.

Sonja Modig passou um envelope a Mikael, que o abriu e leu.

Caro Bertil,

O segredo que ambos guardamos durante meu mandato no governo está sendo seriamente ameaçado. O indivíduo envolvido hoje está morto e não pode mais ser implicado. Em compensação, outras pessoas podem.

É de suma importância obtermos a resposta para algumas perguntas necessárias.

O portador desta carta trabalha oficiosamente e tem toda a minha confiança. Peço que ouça seu relato e responda às suas perguntas.

Faça uso desse seu incontestável poder de discernimento.

— Esta carta, portanto, faz menção ao Jerker Holmberg.

— Não. O Holmberg pediu ao Fälldin que o nome dele não fosse citado. Declarou expressamente que não sabia quem iria até Haya.

— Você quer dizer...

— Eu e o Jerker conversamos sobre isso. Já estamos tão mergulhados nesta história que precisaríamos é de um bote salva-vidas, e não de uma simples boia. Não temos legitimidade para ir à Holanda conversar com o embaixador. Você, em compensação, pode fazer isso.

Mikael dobrou a carta e estava colocando-a no bolso do paletó quando Sonja Modig segurou sua mão. Apertou-a com força.

— Uma mão lava a outra — disse ela. — Depois vamos querer saber o que o Janeryd te contou.

Mikael fez que sim com a cabeça. Sonja Modig se levantou. Mikael deteve-a.

— Espere. Você disse que o Fälldin recebeu duas pessoas da Säpo. Uma era o diretor. Quem era o colega dele?

— O Fälldin só o viu aquela vez e não consegue lembrar o nome dele. Não foi feito nenhum registro. Ele se recorda de um homem magro com um bigode fino. Foi apresentado como chefe da Seção de Análise Especial, ou algo assim. Mais tarde, o Fälldin olhou num organograma da Säpo e não encontrou a tal seção.

O clube Zalachenko, pensou Mikael.

Sonja Modig tornou a se sentar. Parecia medir as palavras.

— Certo — disse ela por fim. — Mas estou me arriscando a ir para o paredão de fuzilamento. Existe um registro que não ocorreu nem ao Fälldin nem aos seus visitantes.

— Qual?

— O registro dos visitantes do Fälldin no Palácio Rosenbad.

— E?

— O Jerker pediu para ver esse registro. É um documento oficial, mantido na sede do governo.

— E?

Sonja Modig hesitou mais uma vez.

— O registro indica apenas que o primeiro-ministro encontrou-se com o diretor da Säpo mais um colega, para discutir assuntos gerais.

— E há um nome?

— Sim, E. Gullberg.

Mikael sentiu o sangue subir à cabeça.

— Evert Gullberg — disse ele.

Sonja Modig parecia estar cerrando os dentes. Meneou a cabeça, levantou-se e saiu.

Mikael Blomkvist ainda estava no Café Madalena quando pegou o celular para reservar uma passagem aérea para Haya. O avião saía de Arlanda às 14h50. Foi até a Dressman da Kungsgatan, onde comprou uma camisa e roupa de baixo, e em seguida à farmácia de Klara, onde adquiriu uma escova de dentes e outros produtos de higiene pessoal. Tomou o maior cuidado para não ser seguido quando correu para apanhar a van que levava ao aeroporto. Chegou dez minutos adiantado.

Às seis e meia da tarde, pediu um quarto num hotel desbotado a uns dez minutos a pé da estação central.

Passou duas horas tentando localizar o embaixador sueco e conseguiu contatá-lo por telefone por volta das nove horas. Recorreu a toda a sua capacidade de persuasão, destacando que o assunto era da mais alta importância e precisava ser discutido sem demora. O embaixador acabou cedendo e aceitou encontrar-se com Mikael no domingo, às dez da manhã.

Em seguida Mikael pediu um jantar leve num restaurante próximo do hotel. Foi dormir por volta das onze horas.

O embaixador Bertil K. Janeryd não estava muito loquaz enquanto servia o café em sua residência.

— Muito bem... O que seria tão urgente a este ponto?

— Alexander Zalachenko. O dissidente russo que chegou à Suécia em 1976 — disse Mikael, estendendo-lhe a carta de Fälldin.

Janery pareceu estupefato. Leu a carta, soltando-a depois devagarinho.

Mikael passou a meia hora seguinte explicando as questões centrais do problema e por que Fälldin tinha escrito aquela carta.

— Eu... eu não posso falar sobre isso — disse Janeryd por fim.

— É claro que pode.

— Não, só diante da Comissão Constitucional.

— É muito provável que o senhor tenha a oportunidade de fazer isso também. Mas a carta pede que o senhor use sua capacidade de discernimento.

— O Fälldin é um homem decente.

— Não tenho a menor dúvida disso. E não estou querendo constranger o senhor nem o Fälldin. Não é preciso revelar nenhum segredo militar que o Zalachenko eventualmente tenha contado.

— Não conheço segredo nenhum. Eu nem sabia que o nome dele era Zalachenko... Eu só conhecia o nome de guerra.

— Que era?

— Ele era chamado de Ruben.

— Muito bem.

— Não posso falar sobre isso.

— Mas é claro que pode — repetiu Mikael, acomodando-se melhor. — Daqui a pouco toda essa história vai se tornar pública. E, quando isso acontecer, ou a imprensa vai atacá-lo com tudo, ou vai tratá-lo como um funcionário honesto do Estado que fez o possível para consertar uma situação abominável. O senhor foi incumbido pelo Fälldin de servir como intermediário entre ele e o pessoal que cuidava do Zalachenko. Isso eu já sei.

Janeryd balançou a cabeça.

— Fale sobre isso.

Janeryd permaneceu em silêncio por quase um minuto.

— Eles não me davam nenhuma informação. Eu era muito jovem... não sabia bem como administrar a situação. Estive com eles umas duas vezes por ano naquele período. Diziam que Ruben... Zalachenko estava bem de saúde, colaborando, e que as informações que ele passava eram valiosas. Nunca soube detalhes. *Não precisava* saber.

Mikael esperou.

— O dissidente tinha atuado em outros países e não conhecia nada da Suécia, motivo pelo qual nunca foi considerado uma prioridade pela nossa política de segurança. Informei o primeiro-ministro em duas ou três oportunidades, mas de modo geral não havia nada a dizer.

— Certo.

— Eles repetiam que ele estava sendo tratado como era de praxe nesses casos e que as informações fornecidas por ele seguiam o processo habitual através dos nossos canais regulares. O que eu podia dizer? Quando perguntava o que isso significava, eles sorriam e diziam que isso estava acima do meu nível de competência. Eu me sentia um idiota.

— O senhor nunca achou que havia algo estranho nessa história?

— Não. Não havia nada estranho. Eu partia do princípio de que o pessoal da Säpo sabia o que estava fazendo, que eles tinham a experiência e a prática necessárias. Mas não posso falar sobre isso.

A essa altura, Janeryd já estava falando havia vários minutos.

— Tudo isso não tem muita importância. Só uma coisa interessa no momento.

— O quê?

— O nome das pessoas com quem o senhor se encontrava.

Janeryd interrogou Mikael com o olhar.

— Os homens que cuidavam do Zalachenko extrapolaram, e muito, suas funções. Envolveram-se em uma atividade criminosa grave e vão ser objeto de um inquérito preliminar. Por isso o Fälldin me mandou aqui. O Fälldin não sabe os nomes. Quem encontrava com essas pessoas era o senhor.

Janeryd piscou nervosamente e apertou os lábios.

— O senhor esteve com o Evert Gullberg... ele era o chefe.

Janeryd concordou com a cabeça.

— Quantas vezes esteve com ele?

— Ele participou de todos os encontros, menos um. Foram uns dez encontros no período em que Fälldin foi primeiro-ministro.

— E onde aconteciam esses encontros?

— No *lobby* de um hotel. Em geral, no Sheraton. Uma vez foi no Amaranten, em Kungsholmen, e algumas vezes no *pub* do Continental.

— E quem mais participava?

Janeryd piscou com ar resignado.

— Foi há tanto tempo... Não lembro.

— Tente lembrar.

— Havia um... Clinton. Como o presidente americano.

— E o primeiro nome?

— Fredrik Clinton. Estive com ele quatro ou cinco vezes.

— Certo... mais algum?

— Hans von Rottinger. Eu o conhecia através da minha mãe.

— Da sua mãe?

— É, minha mãe conhecia a família Von Rottinger. Hans von Rottinger era um homem simpático. Antes de vê-lo de repente numa reunião com Gullberg, eu ignorava que ele trabalhava para a Säpo.

— Ele não trabalhava para a Säpo — disse Mikael.

Janeryd empalideceu.

— Ele trabalhava para uma coisa chamada Seção de Análise Especial — disse Mikael. — O que lhe disseram sobre esse grupo?

— Nada... quer dizer, eram eles que cuidavam do dissidente.

— Sim. Mas admita que é esquisito eles não constarem no organograma da Säpo.

— É um absurdo...

— Não é? Como vocês marcavam as reuniões? Eram eles que ligavam ou o senhor?

— Não... a data e o local do encontro seguinte eram decididos na reunião.

— E se o senhor precisasse contatá-los? Para mudar a data do encontro, por exemplo?

— Eu tinha um número de telefone.

— Qual era o número?

— Sinceramente, não lembro.

— Era o número de quem?

— Não sei. Nunca usei.

— Certo. Outra pergunta: quem sucedeu ao senhor?

— Como assim?

— Quando o Fälldin renunciou. Quem ficou no seu lugar?

— Não sei.

— O senhor redigiu algum relatório?

— Não, era tudo confidencial. Eu não era sequer autorizado a fazer anotações.

— E o senhor nunca instruiu nenhum sucessor?

— Não.

— O que aconteceu então?

— Bem... o Fälldin renunciou e passou o bastão para Ola Ullsten. Me disseram que teríamos de ficar afastados até as eleições seguintes. Então o Fälldin foi reeleito e as reuniões foram retomadas. Em seguida, houve as eleições de 1985 e os socialistas ganharam. E suponho que Palme tenha indicado alguém para me suceder. Depois disso, comecei minha carreira diplomática no Ministério das Relações Exteriores. Estive no Egito, depois na Índia.

Mikael prosseguiu com as perguntas por mais alguns minutos, mas estava convencido de que já sabia tudo o que Janeryd tinha para contar. Três nomes.

Fredrik Clinton.

Hans von Rottinger.

E Evert Gullberg — o homem que matara Zalachenko.

O clube Zalachenko.

Agradeceu Janeryd pelas informações e pegou um táxi para voltar à estação. Só quando já estava acomodado no táxi é que enfiou a mão no bolso para desligar o gravador.

Às sete e meia da noite do domingo, já estava de volta ao aeroporto de Estocolmo.

Erika Berger contemplou, pensativa, a foto na tela. Ergueu os olhos e observou a redação semivazia do lado de lá do aquário. Aparentemente, ninguém demonstrava o menor interesse por ela, nem aberto nem dissimulado. Tampouco tinha motivo para achar que alguém da redação lhe desejasse algum mal.

O e-mail chegara um minuto antes. O remetente era redax@aftonbladet.com. *Por que justamente Aftonbladet?* Mais um endereço fajuto.

A mensagem de hoje não continha texto. Só uma imagem JPEG que ela abriu no Photoshop.

Era uma foto pornográfica de uma mulher nua com seios imensos e uma coleira de cachorro no pescoço. Estava de quatro e se deixando sodomizar.

O rosto da mulher tinha sido modificado. O retoque não estava muito bom, o que decerto nem era o objetivo. O rosto de Erika Berger havia sido colado no lugar do rosto original. A foto era a que lhe servia de assinatura na *Millennium* e podia ser baixada na internet.

Embaixo da foto, duas palavras tinham sido escritas com a ferramenta Aerógrafo do Photoshop.

Puta nojenta.

Era a nona mensagem anônima que ela recebia chamando-a de "puta nojenta" e parecia ter sido enviada por um grande grupo de comunicação sueco. Ela estava claramente sendo vítima de um ciberassédio.

As escutas telefônicas eram mais difíceis de instalar do que a vigilância de computadores. Trinity não tivera nenhuma dificuldade em localizar o cabo do telefone fixo do procurador Ekström; o problema era que Ekström nunca usava esse telefone, ou só usava raramente, para fazer ligações de trabalho. Trinity nem se esforçou para grampear o telefone de Ekström no Palácio da Polícia de Kungsholmen. Para isso precisaria ter acesso à rede de cabos sueca, o que Trinity não tinha.

Em compensação, Trinity e Bob the Dog passaram praticamente a semana inteira rastreando o celular de Ekström em meio aos ruídos de fundo de quase duzentos mil outros celulares num raio de um quilômetro em torno do Palácio da Polícia.

Trinity e Bob the Dog utilizaram uma técnica chamada Random Frequency Tracking System, a RFTS. Era uma técnica conhecida, desenvolvida pela americana National Security Agency, a NSA, e integrada a um número indeterminado de satélites que vigiavam, de modo pontual, focos de crise particularmente interessantes e capitais que ocorriam no mundo todo.

A NSA dispunha de imensos recursos e usava uma espécie de rede para captar uma quantidade grande de ligações por celular efetuadas simultaneamente num dado perímetro. Cada ligação era individualizada e passada digitalmente para programas criados com o objetivo de reagir a determinados termos, por exemplo "terrorista" ou "kalachnikov". Se o termo era localizado, o computador enviava automaticamente um sinal, um operador entrava, escutava a conversa e decidia se ela tinha ou não algum interesse.

A coisa complicava quando era preciso identificar um celular específico. Cada celular tem sua assinatura exclusiva — como uma impressão digital —, que é o seu número telefônico. Com aparelhos extremamente sensíveis, a NSA conseguia focalizar determinada área, para distinguir e escutar chamadas feitas por celulares. A técnica era simples, mas não cem por cento segura. As ligações geradas eram especialmente difíceis de identificar, ao passo que as ligações recebidas eram mais fáceis, pois iniciavam com a própria impressão digital destinada ao aparelho chamado para que ele captasse o sinal.

A diferença entre as ambições de Trinity e da NSA em matéria de escuta telefônica era de ordem financeira. A NSA dispunha de um orçamento anual de vários bilhões de dólares, cerca de doze mil agentes em tempo integral e acesso a uma tecnologia de ponta incontestável em computação e telefonia. Trinity, por sua vez, dispunha de uma caminhonete contendo o equivalente a trinta quilos de equipamento eletrônico, boa parte dele feita em casa por Bob the Dog. Graças à sua vigilância global através de satélite, a NSA podia apontar suas antenas extremamente sensíveis para qualquer edifício de qualquer lugar do mundo. Trinity possuía uma única antena fabricada por Bob the Dog, com um alcance efetivo de cerca de quinhentos metros.

A técnica de que Trinity dispunha o obrigava a estacionar a caminhonete na Bergsgatan, ou numa rua próxima, e a muito custo calibrar seu equipamento até ele identificar a impressão digital representada pelo número do celular do procurador Richard Ekström. Como Trinity não falava sueco, era obrigado a redirecionar as chamadas para outro celular, o de Praga, que se incumbia da escuta propriamente dita.

Durante cinco dias e cinco noites, um Praga de olhos cada vez mais fundos tinha escutado até a exaustão um número assustador de chamadas feitas para ou do Palácio da Polícia e nos prédios vizinhos. Ouviu fragmentos de investigações em andamento, gravou uma série de ligações contendo bobagens sem interesse. No quinto dia, tarde da noite, Trinity mandou um sinal que um mostrador digital identificou imediatamente como sendo o número do celular do procurador Ekström. Praga bloqueou a antena parabólica na frequência exata.

A técnica funcionava melhor para chamadas externas dirigidas a Ekström. A parabólica de Trinity captou facilmente a busca do número de celular de Ekström lançada aos céus da Suécia inteira.

Assim que Trinity começou a gravar as chamadas de Ekström, conseguiu igualmente a impressão de sua voz, sobre a qual Praga pôde trabalhar.

Praga inseriu devagar a voz digitalizada de Ekström num programa chamado VPRS, Voiceprint Recognition System. Em seguida, indicou uma dúzia de palavras empregadas com frequência pelo procurador, como "combinado" ou "Salander". Assim que conseguiu reunir cinco exemplos de palavras diferentes, ele compilou o tempo necessário para pronunciá-la, sua altura e frequência, a tônica final e mais uma dúzia de outros marcadores. Depois de obter, desse modo, uma representação gráfica, Praga passou a escutar também as ligações feitas pelo procurador Ekström. Sua parabólica estava o tempo todo ligada, à espreita de uma chamada em que constasse exatamente o esquema gráfico de uma das palavras utilizadas com frequência; elas eram doze no total. A técnica estava longe de ser perfeita, mas eles calculavam que cinquenta por cento das ligações feitas por Ekström pelo celular, dentro do Palácio da Polícia ou de algum local próximo, estavam sendo ouvidas e gravadas.

Infelizmente, a técnica tinha um sério inconveniente. Assim que o procurador Ekström deixava o Palácio da Polícia, acabavam as possibilidades de escuta, a não ser que Trinity soubesse para onde ele ia e estacionasse a caminhonete nas proximidades.

Agora que dispunha de uma ordem vinda de cima, Torsten Edklinth podia criar uma unidade de intervenção, pequena sem dúvida, mas legítima. Selecionou a dedo quatro colaboradores, jovens talentos originários da polícia comum e recrutados pela Säpo havia pouco tempo. Dois haviam passado pela Brigada de Fraudes, um pela Brigada Criminal e outro havia cuidado de casos financeiros. Eles foram chamados à sala de Edklinth e informados sobre a natureza da missão e da necessidade de sigilo absoluto. Edklinth frisou que a investigação era um pedido expresso do primeiro-ministro. Rosa Figuerola era a chefe e conduzia os trabalhos com uma energia proporcional ao seu físico.

Mas a investigação avançava devagar, principalmente porque nenhum deles tinha muita certeza de quem era o alvo de suas pesquisas. Várias vezes, Edklinth e Figuerola pensaram em deter apenas Mårtensson, para interrogá-lo. Mas depois sempre optavam por esperar mais um pouco. Uma detenção tornaria pública toda a investigação.

Na terça-feira, porém, onze dias depois da conversa com o primeiro-ministro, Rosa Figuerola bateu à porta da sala de Edklinth.

— Acho que temos alguma coisa.

— Sente-se.

— Evert Gullberg.

— Sim?

— Um dos investigadores conversou com o Marcus Ackerman, que está chefiando a investigação sobre o assassinato do Zalachenko. Ackerman diz que a Säpo procurou a polícia de Göteborg para informar sobre as cartas ameaçadoras de Gullberg duas horas depois do assassinato.

— Agiram rápido.

— É. Aliás, rápido demais. A Säpo passou para a polícia de Göteborg, por fax, nove cartas cujo autor seria o Gullberg. Só tem um problema.

— Qual?

— Duas cartas eram endereçadas ao Ministério da Justiça: uma ao ministro da Justiça e outra ao ministro da Democracia.

— Sim, eu sei disso.

— Pois é, só que a carta para o ministro da Democracia foi registrada pelo ministério apenas no dia seguinte. Estava em outra leva.

Edklinth olhou fixamente para Rosa Figuerola. Pela primeira vez, temeu de fato que as suspeitas tivessem fundamento. Inflexível, Rosa prosseguiu:

— Em outras palavras, a Säpo mandou o fax de uma carta que ainda não tinha chegado ao destinatário.

— Meu Deus! — disse Edklinth.

— Foi um funcionário da Proteção à Pessoa que mandou o fax.

— Quem?

— Não acredito que ele tenha algo a ver com isso. Encontrou as cartas sobre sua mesa de manhã e, pouco depois do assassinato, pediram que ele contatasse a polícia de Göteborg.

— Quem deu a ordem?

— O secretário do secretário-geral.

— Meu Deus, Rosa... Você percebe o que isso significa?

— Percebo.

— Significa que a Säpo está envolvida no assassinato de Zalachenko.

— Não. Significa, definitivamente, que algumas pessoas *dentro* da Säpo sabiam do assassinato antes de ele ser cometido. A questão é descobrir quem.

— O secretário-geral...

— Sim. Mas estou começando a achar que esse clube Zalachenko fica fora da casa.

— Como assim?

— O Mårtensson. Ele foi transferido do Serviço de Proteção à Pessoa e trabalha sozinho. Nós o mantivemos sob vigilância em tempo integral a semana toda. Até onde pudemos perceber, ele não teve contato com ninguém da casa. Recebe chamadas num celular que não conseguimos escutar. Não temos o número desse celular, mas de qualquer forma não é o dele. Ele se encontrou com um homem loiro que ainda não identificamos.

Edklinth franziu a testa. Nisso, Niklas Berglund bateu à porta. Era o colaborador da nova equipe de intervenção que tinha atuado em assuntos financeiros.

— Acho que descobri o Evert Gullberg — disse Berglund.

— Entre — disse Edklinth.

Berglund depositou uma fotografia amassada sobre a mesa. Edklinth e Figuerola observaram a foto. Os dois reconheceram imediatamente o lendário coronel espião Stig Wennerström. Dois robustos policiais à paisana o conduziam através de uma porta.

— Essa foto, da editora Åhlén & Åkerlund, foi publicada na revista *Se* na primavera de 1964. Foi tirada durante o julgamento em que Wennerström foi condenado à prisão perpétua.

— Ahã.

— Ao fundo, dá para ver três pessoas. À direita, o delegado Otto Danielsson, que foi quem prendeu o Wennerström.

— Sim...

— Vejam o homem à esquerda, atrás do Danielsson.

Edklinth e Figuerola viram um homem alto, de bigode fino e chapéu. Parecia vagamente o escritor Dashiell Hammet.

— Comparem esse rosto com a foto de identificação do Gullberg. Ele tinha setenta anos quando tirou essa foto.

Edklinth franziu o cenho.

— Eu não me arriscaria a jurar que se trata da mesma pessoa...

— Mas eu sim — disse Berglund. — Vire a foto.

No verso, um carimbo indicava que a foto era propriedade da editora Åhlén & Åkerlund e que o fotógrafo se chamava Julius Estholm. Havia um texto escrito a lápis. *Stig Wennerström, ladeado por dois policiais, entrando no Tribunal de Instâncias de Estocolmo. Ao fundo, O. Danielsson, E. Gullberg e H. W. Francke.*

— Evert Gullberg — disse Rosa Figuerola. — Da Säpo.

— Não — disse Berglund. — Do ponto de vista meramente técnico, ele não era. Pelo menos não quando essa foto foi tirada.

— Ah, é?

— A Säpo só seria criada quatro meses depois. Nessa foto, ele ainda era da polícia secreta do Estado.

— Quem é H. W. Francke? — perguntou Rosa Figuerola.

— Hans Wilhelm Francke — disse Edklinth. — Morreu no início dos anos 1990, mas foi diretor-adjunto da polícia secreta do Estado no final dos anos 1950 e início dos 1960. Era uma espécie de lenda, assim como o Otto Danielsson. Estive com ele uma ou duas vezes.

— Ah, sim — disse Rosa Figuerola.

— Ele deixou a Säpo no final dos anos 1960. Francke e P. G. Vinge nunca se deram bem. Imagino que ele tenha sido demitido quando estava com uns cinquenta, cinquenta e cinco anos. Abriu sua própria empresa.

— Sua própria empresa?

— É, ele virou consultor de segurança para a indústria privada. Tinha um escritório em Stureplan, mas de vez em quando também dava palestras nos cursos internos da Säpo. Foi assim que o conheci.

— Entendo. Que desentendimento foi esse entre o Vinge e o Francke?

— Eles não se suportavam. O Francke fazia o gênero caubói, enxergava agentes da KGB por toda parte, e Vinge era um burocrata da velha escola. Verdade é que Vinge foi demitido pouco depois. Era até engraçado, porque ele estava convencido de que o Palme trabalhava para a KGB.

— Humm — fez Rosa Figuerola, examinando a foto em que Gullberg e Francke apareciam lado a lado.

— Acho que chegou a hora de ter outra conversa com o Ministério da Justiça — disse Edklinth.

— Hoje saiu a *Millennium* — disse Rosa Figuerola.

Edklinth lançou-lhe um olhar penetrante.

— Nem uma palavra sobre o caso Zalachenko — disse ela.

— Isso significa que temos, provavelmente, um mês pela frente até o próximo número. É bom saber. Mas precisamos cuidar do Blomkvist. Ele está como uma granada sem pino no meio de toda essa encrenca.

17. QUARTA-FEIRA 1º DE JUNHO

Nada fizera Mikael Blomkvist desconfiar de que havia alguém na escadaria quando ele dobrou o último patamar em frente ao seu loft no número 1 da Bellmansgatan. Eram sete da noite. Ele estacou ao ver uma mulher loira, de cabelos curtos e cacheados, sentada no último degrau. Identificou-a imediatamente como sendo Rosa Figuerola, da Säpo, lembrava-se muito bem da foto que Lottie Karim conseguira.

— Olá, Blomkvist — disse ela com um jeito alegre, fechando o livro que estivera lendo.

Mikael deu uma olhada no título e viu que era um livro em inglês sobre os deuses na Antiguidade. Afastou os olhos do livro para examinar sua inesperada visitante. Ela se levantou. Usava um vestido branco de verão de mangas curtas e pendurara uma jaqueta de couro vermelho-tijolo no corrimão da escada.

— A gente precisava falar com você — disse ela.

Mikael Blomkvist observou-a. Era alta, mais alta que ele, e essa impressão era reforçada pelo fato de ela estar dois degraus acima dele. Observou seus braços, baixou o olhar para as pernas e percebeu que ela era muito mais musculosa que ele.

— Você deve passar várias horas por semana na academia — disse ele.

Ela sorriu e mostrou suas credenciais.

— Eu me chamo...

— Você se chama Rosa Figuerola, nasceu em 1969 e mora na Pontojärgatan, em Kungsholmen. Originária de Borlänge, trabalhou como policial em Uppsala. Está há três anos na Säpo, na Proteção à Constituição. Obcecada por musculação, houve um tempo em que era atleta de alto nível e por pouco não integrou a equipe sueca nos Jogos Olímpicos. O que quer de mim?

Ela ficou surpresa, mas meneou a cabeça e se recompôs rapidamente.

— Melhor assim — disse ela com um tom casual. — Você já sabe quem eu sou, portanto sabe também que não tem nada a temer da minha parte.

— Não tenho?

— Algumas pessoas estão precisando conversar calmamente com você. Como o seu apartamento e o seu celular parecem estar sob escuta, e há motivos para permanecermos discretos, me mandaram aqui para lhe fazer o convite.

— E por que eu iria a algum lugar com uma pessoa da Säpo?

Ela refletiu por um instante.

— Bem... você pode me acompanhar, atendendo a esse convite pessoal e amigável, ou, se preferir, posso lhe passar as pulseiras e levá-lo.

Ela exibiu um sorriso encantador. Mikael retribuiu.

— Escute, Blomkvist... entendo que você não tenha motivo para confiar em ninguém da Säpo. Mas acontece que nem todos que trabalham lá são seus inimigos, e há muitos bons motivos para você aceitar bater um papo com meus chefes.

Ele esperou.

— Então, o que você escolhe? As pulseiras ou a boa vontade?

— Já fui detido uma vez pela polícia este ano. Já tive a minha cota. Aonde vamos?

Ela tinha um Saab 9-5 novo, que estava estacionado na esquina da Pryssgränd. Ao subir no carro, pegou o celular e ligou para um número pré-gravado.

— Estaremos lá em quinze minutos — disse.

Pediu que Mikael Blomkvist pusesse o cinto de segurança e então pegou por Slussen, foi até Östermalm e estacionou numa rua lateral da Artillerigatan. Ficou um instante parada olhando para ele.

— Blomkvist... é uma reunião amistosa. Você não corre nenhum perigo.

Mikael Blomkvist não respondeu. Preferia aguardar o que ia acontecer antes de fazer um julgamento. Ela digitou o código de entrada. Subiram ao terceiro andar pelo elevador, até um apartamento em que havia uma placa com o nome Wahlöf.

— É um apartamento que pegamos emprestado para a reunião desta noite — disse Rosa Figuerola, abrindo a porta. — A sala fica à direita.

Mikael avistou primeiro Torsten Edklinth, o que não era nenhuma surpresa já que a Säpo estava envolvida no caso e Edklinth era o chefe de Rosa Figuerola. O fato de o diretor da Proteção à Constituição ter se dado ao trabalho de procurá-lo mostrava que havia alguém preocupado.

Em seguida avistou, diante de uma janela, uma figura que se virou para ele. O ministro da Justiça. Isso, sim, era surpreendente.

Então ouviu um ruído à direita e viu uma pessoa extremamente familiar levantar-se de uma poltrona. Nunca teria imaginado que Rosa Figuerola o levaria a uma reunião noturna de conspiradores. O primeiro-ministro!

— Boa noite, senhor Blomkvist — cumprimentou o primeiro-ministro. Peço desculpas por trazê-lo a esta reunião de forma tão precipitada, mas andamos discutindo sobre a situação e todos concordamos que era necessário falar com o senhor. Posso lhe oferecer um café ou algo para beber?

Mikael olhou em volta. Viu uma mesa grande de madeira escura repleta de copos, xícaras de café vazias e restos de uma torta salgada. Já deviam estar ali havia várias horas.

— Uma Ramlösa — disse.

Rosa Figuerola serviu-lhe a água mineral. Acomodaram-se nos sofás em volta de uma mesinha de centro, enquanto ela permaneceu à parte.

— Ele me reconheceu. Sabia meu nome, onde moro, onde trabalho e que sou viciada em musculação — disse Rosa Figuerola.

O primeiro-ministro olhou rapidamente para Torsten Edklinth, depois para Mikael Blomkvist. De súbito, Mikael sentiu-se fortalecido, numa posição favorável para falar. O primeiro-ministro precisava dele para alguma coisa e talvez ignorasse até que ponto Mikael Blomkvist estava informado.

— Estou tentando me situar em meio às personagens dessa confusão — disse Mikael em tom casual.

Experimente blefar com o primeiro-ministro.

— E como conseguiu descobrir o nome da senhorita Figuerola? — perguntou Edklinth.

Mikael olhou de lado para o diretor da Proteção à Constituição. Não fazia a menor ideia do motivo que levara o primeiro-ministro a organizar uma reunião secreta com ele num apartamento emprestado de Östermalm, mas sentia-se inspirado. Na verdade, não havia mil maneiras de as coisas acontecerem. Tudo começara com Dragan Armanskij passando informações para alguém de sua confiança. Que fora necessariamente Edklinth ou alguém próximo a ele. Mikael arriscou.

— Um conhecido em comum lhe contou — disse ele a Edklinth. — O senhor pediu à senhorita Figuerola que investigasse o que estava sendo tramado e ela descobriu que alguns membros da Säpo mantêm escutas telefônicas ilegais e invadiram meu apartamento, esse tipo de coisa. Isso significa que o senhor teve a confirmação da existência do clube Zalachenko. E isso o deixou tão perturbado que sentiu necessidade de levar as coisas adiante, mas ficou algum tempo em seu escritório sem saber a quem se dirigir. Então foi falar com o ministro da Justiça, que por sua vez dirigiu-se ao primeiro-ministro. E aqui estamos nós. O que espera de mim?

Mikael falava de um jeito que dava a entender que ele dispunha de uma fonte bem situada e acompanhara cada passo de Edklinth. Pelos olhos arregalados dele, percebeu que seu blefe tinha dado certo. Prosseguiu.

— O clube Zalachenko está me vigiando, eu o vigio, vocês vigiam o clube Zalachenko e, a esta altura, o primeiro-ministro está furioso e preocupado porque sabe que no fim desta conversa restará um escândalo ao qual o governo talvez não sobreviva.

Rosa Figuerola sorriu de repente, mas disfarçou erguendo seu copo. Percebera o blefe de Blomkvist e sabia como ele tinha feito para surpreendê-la, sabendo seu nome e que número ela calçava.

Ele me viu dentro do carro na Bellmansgatan. Ele é tremendamente atento. Anotou a placa do carro e me identificou. O resto não passa de suposição.

Ela não disse nada.

O primeiro-ministro pareceu preocupado.

— É isso que nos espera? — perguntou. — Um escândalo que irá derrubar o governo?

— O governo não é problema meu — disse Mikael. — Minha missão consiste em revelar merdas como o clube Zalachenko.

O primeiro-ministro balançou a cabeça.

— E a minha consiste em dirigir o país de acordo com a Constituição.

— Isso significa que o meu problema é um problema específico do governo. Enquanto a recíproca não é verdadeira.

— Será que poderíamos parar de falar e não dizer nada? Por que acha que eu organizei esta reunião?

— Para descobrir o que eu sei e o que pretendo fazer.

— Em parte, é isso mesmo. Mas seria mais certo dizer que estamos diante de uma crise constitucional. Permita que eu lhe diga, em primeiro lugar, que o governo não tem nada a ver com isso. Fomos pegos totalmente de surpresa. Eu nunca tinha ouvido falar nesse... nisso que o senhor chama de clube Zalachenko. O ministro da Justiça nunca tinha ouvido falar. Torsten Edklinth, que tem um alto cargo na Säpo há vários anos, nunca tinha ouvido falar.

— Continua não sendo problema meu.

— Eu sei. O que nós queremos saber é quando você pretende publicar o seu texto, e também gostaríamos de saber o que pretende publicar. Estou apenas fazendo uma pergunta. Não tem nada a ver com algum tipo de controle sobre possíveis prejuízos.

— Não?

— Blomkvist, a pior coisa que eu poderia fazer nesta situação seria tentar interferir no conteúdo da sua matéria. Em compensação, pretendo lhe propor uma colaboração.

— Explique.

— Agora que confirmamos que existe uma conspiração dentro de uma ramificação excepcionalmente delicada da administração do Estado, dei ordem para que seja feita uma investigação. — O primeiro-ministro voltou-se para o ministro da Justiça. Poderia nos explicar no que consiste exatamente essa ordem do governo?

— É muito simples. Torsten Edklinth foi incumbido de verificar se é possível provar isso tudo. A tarefa dele consiste em reunir provas, que serão encaminhadas ao procurador-geral da nação, o qual, por sua vez, ficará incumbido de avaliar a necessidade de se entrar com uma ação judicial. Trata-se, portanto, de uma instrução bastante precisa.

Mikael assentiu com a cabeça.

— Esta noite, Edklinth nos relatou como a investigação tem avançado. Tivemos uma longa conversa sobre aspectos constitucionais. Fazemos questão, evidentemente, que tudo corra dentro da legalidade.

— Naturalmente — disse Mikael, com um tom que dava a entender que ele não confiava nem um pouco nas promessas do primeiro-ministro.

— No momento, a investigação se encontra numa fase delicada. Ainda não identificamos exatamente os envolvidos. Para isso, precisamos de tempo. Por isso pedimos que a senhorita Rosa Figuerola o convidasse para esta reunião.

— Ela foi bastante direta. Não tive muita escolha.

O primeiro-ministro franziu o cenho e olhou de esguelha para Rosa Figuerola.

— Esqueça o que eu disse — disse Mikael. — Ela teve um comportamento exemplar. O que vocês querem?

— Queremos saber quando você pretende publicar. No momento, a investigação está sendo conduzida dentro do maior sigilo, e se você agir antes que o Edklinth conclua, poderá pôr tudo a perder.

— Humm. E quando querem que eu publique? Depois das eleições?

— O senhor é quem decide. Não posso influenciar em nada. O que lhe peço é que nos diga quando vai publicar, para que possamos saber qual o *deadline* da investigação.

— Compreendo. O senhor mencionou uma colaboração...

O primeiro-ministro fez que sim com a cabeça.

— Antes de mais nada eu queria dizer que em tempos normais eu jamais pensaria em trazer um jornalista para uma reunião desse tipo.

— Em tempos normais, o senhor provavelmente faria de tudo para manter os jornalistas à distância de uma reunião desse tipo.

— Sim. Mas, pelo que entendi, o senhor tem diversos motivos. É um jornalista com fama de pegar pesado quando se trata de corrupção. Quanto a isso, não há divergência entre nós.

— Não?

— Não. Nenhuma. Ou melhor... as possíveis divergências são decerto de caráter jurídico, porém não há nenhuma no que diz respeito a objetivos. Se esse clube Zalachenko existe, trata-se não só de um grupo criminoso, mas de uma ameaça à segurança da nação. Eles precisam ser detidos e os responsáveis devem responder por seus atos. Suponho que estamos de acordo sobre esse ponto, certo?

Mikael fez que sim com a cabeça.

— Pelo que entendi, não há quem saiba mais sobre este caso do que o senhor. Nossa proposta é que divida conosco as suas informações. Caso se tratasse de uma investigação policial regular sobre um crime comum, o responsável pelo inquérito preliminar poderia convocá-lo para um interrogatório. Mas estamos numa situação extrema, como sabe.

Mikael permaneceu calado por um breve momento, avaliando a situação.

— E o que eu ganho em troca, se cooperar?

— Nada. Não estou negociando. Se quiser publicar tudo amanhã, publique. Não posso enveredar por uma negociação questionável do ponto de vista constitucional. Estou lhe pedindo para cooperar pelo bem do país.

— O bem pode assumir inúmeras facetas — disse Mikael Blomkvist. — Deixe eu lhe explicar uma coisa... estou furioso. Furioso com o Estado, com o governo, com a Säpo e com esses idiotas que internaram sem motivo uma menina de doze anos num hospital psiquiátrico, e depois deram um jeito de declará-la incapaz.

— Lisbeth Salander se tornou um assunto de Estado — disse o primeiro-ministro, chegando a sorrir. — Mikael, estou pessoalmente revoltado com o que aconteceu com ela. E acredite em mim quando digo que os responsáveis terão de se explicar. Mas antes precisamos descobrir quem são os responsáveis.

— O senhor tem seus próprios problemas. O meu é que quero que a Lisbeth Salander seja absolvida e recupere seus direitos civis.

— Não posso ajudá-lo nesse aspecto. Não estou acima da lei e não posso dirigir as decisões do procurador e dos tribunais. A absolvição dela precisa vir de um tribunal.

— Perfeito — disse Mikael Blomkvist. — Vocês querem colaboração. Me deem acesso à investigação do Edklinth e eu digo quando e o que pretendo publicar.

— Não posso lhe conceder esse acesso. Isso equivaleria a me colocar, em relação ao senhor, na mesma posição em que o antecessor do ministro da Justiça se colocou diante de um certo Ebbe Carlsson antes de irromper o escândalo das revelações sobre o assassinato de Palme.

— Eu não sou Ebbe Carlsson — disse Mikael calmamente.

— Isso eu entendi. No entanto, o próprio Torsten Edklinth pode decidir se está disposto a partilhar com o senhor informações de sua missão.

— Está bem, está bem — disse Mikael Blomkvist. — Quero saber quem era Evert Gullberg.

Fez-se um silêncio em torno dos sofás.

— Evert Gullberg foi, provavelmente por vários anos, o chefe da seção da Säpo que o senhor chama de clube Zalachenko — disse Edklinth.

O primeiro-ministro lançou um olhar severo para Edklinth.

— Acho que isso ele já sabe — desculpou-se Edklinth.

— É verdade — disse Mikael. — Ele começou a trabalhar na Säpo nos anos 1950 e se tornou diretor de uma coisa chamada Seção de Análise Especial. Foi ele que administrou todo o caso Zalachenko.

O primeiro-ministro meneou a cabeça suspirando.

— O senhor sabe mais do que deveria. Eu gostaria de saber como descobriu. Mas não vou perguntar.

— Estou com várias lacunas na minha matéria — disse Mikael. — Gostaria de preenchê-las. Me deem as informações, não vou aprontar com vocês.

— Na condição de primeiro-ministro, não posso passar essas informações. E o Torsten Edklinth ficaria numa situação delicada se o fizesse.

— Isso é bobagem. Eu sei o que vocês querem. Vocês sabem o que eu quero. Se me derem essa informação, vou tratá-los como fontes, com todo o anonimato que isso requer. Não me entendam mal, na minha reportagem vou contar a verdade tal como a vejo. Se estiverem envolvidos, vou acusá-los e dar um jeito para que nunca mais sejam eleitos. Mas no momento não tenho motivos para pensar assim.

O primeiro-ministro lançou um olhar de esguelha para Edklinth. Depois de um momento, balançou a cabeça. Mikael interpretou isso como um sinal de que o primeiro-ministro acabava de infringir a lei — por mais teórica que ela fosse — e dar seu silencioso consentimento para que Mikael fosse inteirado de informações confidenciais.

— Podemos resolver tudo isso de maneira bem simples — disse Edklinth. — Eu sou o único investigador e eu mesmo decido que colaboradores contrato para a investigação. O senhor não pode ser formalmente contratado como investigador, pois seria obrigado a assinar um compromisso de sigilo. Mas posso contratá-lo como um consultor externo.

Desde que Erika Berger assumira a chefia de redação no lugar de Håkan Morander, sua vida andava lotada de reuniões e de uma pilha de trabalho tanto de dia como de noite. Sentia-se o tempo todo despreparada, inadequada e uma não iniciada.

Somente na quarta-feira à noite, quase duas semanas depois de Mikael Blomkvist ter lhe passado o dossiê de Henry Cortez sobre o presidente do conselho administrativo, Magnus Borgsjö, é que Erika teve tempo de encarar o problema. Ao abrir o dossiê, percebeu que aquele adiamento vinha também do fato de que não tinha vontade de enfrentá-lo. Sabia de antemão que, qualquer que fosse sua atitude, a situação terminaria em catástrofe.

Voltou para sua casa, em Saltsjöbaden, um pouco cedo, por volta das sete da noite, desligou o alarme da entrada e constatou, surpresa, que seu marido, Lars Beckman, não estava. Depois de alguns instantes, lembrou que o beijara com especial carinho de manhã porque ele estava indo para Paris, onde daria algumas palestras, e não voltaria antes do fim de semana. Deu-se conta de que ignorava por completo para quem eram as palestras, sobre o que ele iria falar e quando fora decidida a conferência.

Oh, meu Deus, me perdoe, mas me afastei do meu marido! Sentiu-se como uma personagem de um livro do dr. Richard Schwarts e se perguntou se não estaria necessitada de uma terapia de casal.

Foi para o andar de cima, preparou um banho e se despiu. Levou o dossiê para a banheira e passou a meia hora seguinte lendo toda a matéria. Terminada a leitura, não pôde deixar de sorrir. Henry Cortez ainda seria um jornalista formidável. Tinha vinte e seis anos e trabalhava na *Millennium* desde que se formara na faculdade de jornalismo, quatro anos antes. Ela sentiu um certo orgulho. A matéria sobre os vasos sanitários e o Borgsjö trazia do início ao fim a marca da *Millennium*, e cada linha escrita estava documentada.

Contudo, sentiu-se também muito triste. Magnus Borgsjö era um homem decente e ela gostava dele. Não fazia muito alarde, sabia escutar, tinha algum charme e parecia ser uma pessoa simples. Além disso, era seu chefe e empregador. *Borgsjö, seu puto. Como você pôde ser tão burro?*

Refletiu por um instante, tentando achar outras ligações ou circunstâncias atenuantes, mas já sabia que seria impossível negar as evidências.

Pôs o dossiê na beirada da janela e se esticou dentro da banheira para pensar.

Era inevitável, a *Millennium* ia publicar a matéria. Se ela ainda fosse diretora da revista, não hesitaria um segundo sequer, e o fato de a *Millennium* ter lhe passado discretamente a informação nada mais era que uma tentativa de amenizar um pouco os estragos para o seu lado. Se a situação fosse inversa, se o *SMP* tivesse desencavado bandalheiras parecidas sobre o presidente do conselho administrativo da *Millennium* (que vinha a ser ela própria, Erika Berger!), ela tampouco teria hesitado em publicar.

A publicação iria prejudicar seriamente Magnus Borgsjö. No fundo, o mais grave não era a sua empresa Vitavara S.A. ter encomendado vasos sanitários a uma empresa do Vietnã que constava na lista negra da ONU como empresa exploradora do trabalho infantil e, no caso, de prisioneiros usados como escravos. Sem esquecer também que, com toda a certeza, alguns desses prisioneiros poderiam ser considerados prisioneiros políticos. O mais grave era Magnus Borgsjö estar a par dessa situação e ainda assim ter optado por continuar encomendando vasos sanitários da Fong Soo Industries. Era uma atitude gananciosa que, a exemplo da de outros gângsteres capitalistas como o ex-presidente da Skandia, o povo sueco não aceitava com facilidade.

Magnus Borgsjö iria naturalmente afirmar que não fora informado sobre a situação da Fong Soo, mas Henry Cortez tinha provas consistentes do contrário, e no momento em que Borgsjö tentasse se justificar com essas bobagens estaria se revelando um mentiroso. Pois em junho de 1997 Magnus Borgsjö estivera no Vietnã para assinar os primeiros contratos. Passara dez dias no país e, entre outras coisas, visitara as fábricas da empresa. Se afirmasse não ter percebido que diversos operários da fábrica não tinham mais que doze ou treze anos, passaria por um rematado estúpido.

Além disso, a questão de Borgsjö querer alegar uma eventual ignorância ficava definitivamente esclarecida pelas provas que Henry Cortez tinha de que a comissão da ONU contra o trabalho infantil incluíra a Fong Soo em sua lista de empresas exploradoras de crianças em 1999. Isso resultara em alguns artigos nos jornais, além de duas ONGs — independentes uma da outra e que atuavam contra o trabalho infantil, sendo uma delas a prestigiosa International Joint Effort Against Child Labour de Londres — terem escrito cartas às empresas que tinham negócios com a Fong Soo. Nada menos que sete cartas haviam sido enviadas à Vitavara S.A., duas pessoalmente endereçadas a Magnus Borgsjö. A organização de Londres tivera o maior prazer em repassar a documentação para Henry Cortez, frisando que em momento algum tivera uma resposta da Vitavara S.A.

Em compensação, Magnus Borgsjö estivera no Vietnã em duas outras ocasiões, em 2001 e 2004, para renovar os contratos. Era o golpe de misericórdia. Acabava aí qualquer possibilidade de Borgsjö tentar fingir que desconhecia a situação.

A atenção que a mídia daria ao assunto só poderia ter uma consequência. Se Borgsjö tivesse algum bom-senso, reconheceria seu erro e pediria demissão de seus cargos nos conselhos administrativos. Caso se mostrasse recalcitrante, acabaria sendo engolido no processo.

Que Borgsjö fosse ou não presidente do conselho administrativo da empresa Vitavara era a menor das preocupações de Erika Berger. O grave, para ela, era ele ser também presidente do *SMP*. A revelação o forçaria a pedir demissão. Num momento em que o jornal vinha se equilibrando à beira do abismo e estava se iniciando um trabalho de renovação, o *SMP* não podia se permitir ter um presidente com práticas duvidosas. O jornal sofreria com isso. Ele precisava, portanto, deixar o *SMP*.

Para Erika Berger, configuravam-se duas linhas de conduta.

Ela poderia ir falar com Borgsjö, pôr as cartas na mesa e mostrar a documentação, para que ele próprio concluísse que era preciso se demitir antes que a matéria fosse publicada.

Ou, caso ele resistisse, ela teria de convocar uma reunião extraordinária e urgente do conselho administrativo, pôr os membros a par da situação e exigir que o conselho administrativo o demitisse. Caso o conselho não quisesse seguir esse caminho, ela própria se veria obrigada a pedir imediatamente demissão do cargo de redatora-chefe do *SMP*.

Quando Erika chegou a esse ponto de suas reflexões, a água do banho já tinha esfriado. Ela tomou uma ducha, enxugou-se e foi até o quarto vestir um roupão. Em seguida, pegou o celular e ligou para Mikael Blomkvist. Como não obtivesse resposta, desceu ao andar de baixo, preparou um café e, pela primeira vez desde que começara a trabalhar no *SMP*, foi olhar se, por acaso, não havia um filme decente na tevê que ela pudesse assistir para relaxar.

Ao passar diante da janela da sala, sentiu uma dor forte no pé, baixou os olhos e descobriu que estava sangrando abundantemente. Deu mais um passo e a dor transpassou-lhe o pé inteiro. Pulando num pé só, alcançou uma cadeira e se sentou. Ergueu o pé e viu, horrorizada, um estilhaço de vidro cravado em seu calcanhar. De início, sentiu que fraquejava. Então se recompôs, segurou o estilhaço e o extraiu. Doeu à beça e o sangue jorrou através do corte.

Ela abriu às pressas a gaveta da cômoda do hall de entrada, onde guardava seus lenços, luvas e gorros. Achou um lenço de seda e usou-o para enrolar o pé, apertando com força. Não foi suficiente, e ela reforçou com outra bandagem improvisada. A hemorragia conteve-se um pouco.

Olhou, estarrecida, para o caco de vidro ensanguentado. *Como é que isso veio parar aqui?* Então encontrou outros fragmentos de vidro no piso do hall. *Que porra de...* Levantou-se, deu uma olhada na sala e percebeu que a ampla janela panorâmica com vista para a bacia de Saltsjön estava quebrada, e o chão repleto de estilhaços de vidro.

Recuou até a porta de entrada e calçou os sapatos que havia tirado ao entrar. Ou melhor, calçou um dos sapatos e enfiou os dedos do pé ferido no outro, e foi meio que saltitando até a sala para conferir o desastre.

Então viu o tijolo no meio da mesa.

Foi mancando até a porta do terraço e saiu para o pátio dos fundos.

Tinham pichado duas palavras na fachada, com letras de um metro de altura.

PUTA NOJENTA

Eram pouco mais de nove da noite quando Rosa Figuerola abriu a porta de seu carro para Mikael Blomkvist. Deu a volta no veículo e sentou-se no banco do motorista.

— Quer que eu o leve em casa ou prefere que eu o deixe em algum outro lugar?

O olhar de Mikael Blomkvist estava sem expressão.

— Para ser bem sincero... nem sei direito onde estou. Essa foi a primeira vez que chantageei um primeiro-ministro.

Rosa Figuerola riu muito.

— Você até que administrou muito bem suas cartadas — disse ela. — Eu não sabia que você tinha talento para o pôquer de blefe.

— Cada palavra minha foi sincera.

— Sim, o que eu quis dizer é que você fingiu saber muito mais do que na verdade sabe. Percebi isso no momento em que entendi como você me identificou.

Mikael voltou a cabeça e olhou para o perfil dela.

— Você anotou o número da placa do meu carro quando eu estava estacionada na ladeira em frente à sua casa.

— Por que não disse nada?

Ela lhe lançou um breve olhar e virou na Grev Turegatan.

— São as regras do jogo. Eu não devia ter ficado ali. Mas foi o único lugar onde consegui estacionar.

— Você anda superatento a tudo que se passa à sua volta, ou estou enganada?

— Você estava com um mapa no banco da frente e falava ao telefone. Anotei o número da placa e apenas verifiquei por desencargo de consciência. Verifico todos os carros que me chamam a atenção. Em geral não dá em nada. No seu caso, descobri que trabalhava na Säpo.

— Eu estava vigiando o Mårtensson. Depois descobri que você também o vigiava através da Susanne Linder, da Milton Security.

— O Armanskij a encarregou de ficar de olho em tudo o que acontece em torno do meu apartamento.

— E como a vi entrando no seu prédio, imagino que o Armanskij tenha instalado algum tipo de vigilância oculta na sua casa.

— Exato. Temos um vídeo excelente de quando eles entram lá e revistam a minha papelada. O Mårtensson tinha com ele uma fotocopiadora portátil. Vocês identificaram o ajudante do Mårtensson?

— Ele não tem a menor importância. É um chaveiro com passado criminoso, que provavelmente foi pago para arrombar a sua porta.

— O nome dele?

— Fonte protegida?

— É evidente.

— Lars Faulsson. Quarenta e sete anos. Conhecido como Falun. Foi condenado por arrombamento de cofre-forte nos anos 1980, mais outras coisinhas. Tem uma loja em Norrtull.

— Obrigado.

— Mas vamos deixar os segredos para amanhã.

A reunião terminara com um acordo firmado entre eles, estabelecendo que Mikael Blomkvist iria no dia seguinte à Proteção à Constituição para dar início a um intercâmbio de informações. Mikael refletiu. Estavam passando pela praça de Sergels torg.

— Sabe o que mais? Estou com uma fome e tanto. Almocei lá pelas duas horas e estava pretendendo cozinhar um macarrão ao chegar em casa, quando você me deteve. E você, já comeu?

— Já faz um tempinho.

— Você não nos levaria a um restaurantezinho que sirva algo comível?

— Toda comida é comível.

Ele olhou de lado para ela.

— Achei que você fosse viciada em dietas.

— Não, sou viciada em musculação. Quem se exercita pode comer o que quiser. Nos limites do razoável, claro.

Ela entrou no viaduto de Klaraberg e considerou as opções. Em vez de ir na direção de Södermalm, seguiu reto rumo a Kungsholmen.

— Não sei como são os restaurantes do Söder, mas conheço um, bósnio, na Fridhemsplan. Serve uns *börek* fabulosos.

— Para mim está ótimo — disse Mikael Blomkvist.

Lisbeth Salander digitava seu relato letra por letra. Trabalhava em média cinco horas por dia. Expressava-se com muita precisão. Também tomava o cuidado de omitir qualquer detalhe que pudesse ser usado contra ela.

O fato de estar trancada a chave se transformara numa vantagem. Podia trabalhar assim que ficava sozinha no quarto, e o tilintar do molho de chaves ou a chave sendo introduzida na fechadura sempre a alertava quando tinha de dar sumiço no computador de mão.

[Eu já estava quase trancando a casa de Bjurman, em Stallarholmen, quando Carl-Magnus Lundin e Benny Nieminen chegaram nas suas motos. Como fazia algum tempo que vinham me procurando e não me encontravam, por ordem de Zalachenko/Niedermann, ficaram surpresos de me ver ali. Magge Lundin desceu da moto dizendo que "não seria nada mau essa sapatão dar uma provada num pinto". Lundin e Nieminen estavam tão ameaçadores que fui obrigada a me defender. Deixei o local na moto de Lundin, que abandonei mais tarde junto ao Parque de Exposições de Älvsjö.]

Ela releu o trecho e meneou a cabeça em sinal de aprovação. Não havia motivo para contar que Magge Lundin também a chamara de puta nojenta e que então ela se abaixara para apanhar a Wanad P-83 de Benny Nieminen e castigara Lundin baleando-o no pé. Os tiras decerto poderiam imaginar essa parte sozinhos, mas cabia a eles provar como ela tinha feito. Não pretendia facilitar a tarefa deles confessando algo que a levaria à prisão por violências agravadas.

O texto já tinha trinta e três páginas e estava chegando ao fim. Em certos trechos ela era especialmente parcimoniosa nos detalhes, e tomava o maior cuidado para nunca tentar introduzir provas com o objetivo apenas de confirmar várias de suas afirmações. Chegou inclusive a ocultar certas provas evidentes, preferindo deixar que os fatos se encadeassem naturalmente no texto.

Refletiu um instante, então rolou a tela para cima e releu os trechos em que relatava o estupro violento e sádico que sofrera do dr. Nils Bjurman. Era o trecho em que ela mais tinha se demorado e um dos poucos que ela refizera várias vezes antes de se dar por satisfeita. Contava de maneira objetiva como ele a espancara, jogara de bruços na cama, algemara e amordaçara sua boca com fita adesiva. Relatou então que durante a noite toda ele a sujeitara a diversos atos sexuais violentos, incluindo penetrações anais e orais. Contava que em dado momento do estupro ele envolvera seu pescoço com a própria camiseta dela e a estrangulara por um período tão longo que ela chegou a perder momentaneamente os sentidos. Em seguida, descrevia em poucas linhas os apetrechos que ele utilizara no estupro, um chicote pequeno, uma bijuteria anal, um pênis artificial enorme e pinças, que ele aplicara em seus mamilos.

Lisbeth franziu a testa e examinou o texto. Por fim, pegou a canetinha digital e acrescentou-lhe mais algumas linhas.

[Em dado momento, quando eu ainda estava amordaçada, Bjurman comentou o fato de eu ter algumas tatuagens e *piercings*, inclusive uma argola no mamilo esquerdo. Perguntou se eu gostaria de fazer outro *piercing* e saiu do quarto por alguns instantes. Retornou com um alfinete, que ele espetou no meu mamilo direito.]

Depois de reler o novo parágrafo, ela balançou a cabeça. O tom burocrático dava ao texto um caráter tão surrealista que ele mais parecia uma absurda fabulação.

A história simplesmente não era crível.

E era exatamente essa a intenção de Lisbeth Salander.

Nisso, escutou o tilintar do molho de chaves do vigia da Securitas. Desligou o computador no ato e enfiou-o no buraco atrás do painel da cabeceira. Era Annika Giannini. Franziu o cenho. Eram mais de nove da noite e Giannini não costumava aparecer assim tão tarde.

— Olá, Lisbeth.

— Olá.

— Como você está?

— Ainda não estou pronta.

Annika Giannini suspirou.

— Lisbeth... marcaram o julgamento para 13 de julho.

— Está bem.

— Não, não está bem. O tempo está voando e você se recusa a confiar em mim. Estou começando a achar que cometi um erro enorme ao aceitar ser sua advogada. Se a gente quiser ter alguma chance, você tem de confiar em mim. Nós precisamos trabalhar juntas.

Lisbeth observou Annika Giannini por um bom tempo. Por fim, inclinou a cabeça para trás e fitou o teto.

— Agora sei o que a gente vai fazer — disse. — Entendi o plano de Mikael. E ele está certo.

— Não tenho tanta certeza disso — disse Annika.

— Mas eu tenho.

— A polícia quer te interrogar mais uma vez. Um tal de Hans Faste, de Estocolmo.

— Ele pode me interrogar. Não vou dizer uma só palavra.

— Você precisa dar alguma explicação.

Lisbeth lançou um olhar duro para Annika Giannini.

— Repito. Não vamos dizer uma só palavra à polícia. Quando chegarmos ao tribunal, o procurador não pode ter uma sílaba sequer de interrogatório nenhum para se apoiar. Eles só vão ter o relato que eu estou escrevendo, e que em boa parte vai parecer exagerado. E só o terão poucos dias antes do julgamento.

— E quando é que você vai se sentar, de caneta na mão, para redigir esse relato?

— Você vai receber daqui a alguns dias. Mas só vai ser entregue ao procurador poucos dias antes do julgamento.

Annika Giannini mostrou um ar cético. Lisbeth dirigiu-lhe de repente um cauteloso sorriso enviesado.

— Você fala em confiança... Será que você pode confiar em mim?

— Claro.

— Certo, você pode me trazer ilegalmente um computador de mão, para eu poder contatar umas pessoas pela internet?

— Não. É claro que não. Se descobrissem, eu seria processada e perderia minha licença de advogada.

— Mas se outra pessoa me fornecesse um computador, você avisaria a polícia?

Annika ergueu as sobrancelhas.

— Se eu não estiver sabendo...

— Mas se você estivesse sabendo, o que faria?

Annika refletiu demoradamente.

— Eu fecharia os olhos. Por quê?

— Esse computador hipotético vai lhe enviar em breve um e-mail hipotético. Depois que você tiver lido, quero que venha me ver.

— Lisbeth...

— Espere. Veja bem o que está acontecendo. O procurador está jogando com cartas marcadas. O que quer que eu faça, estou em posição de inferioridade, e o objetivo desse processo é me internar na psiquiatria.

— Eu sei.

— Se eu quiser sobreviver, também preciso usar métodos ilícitos.

Annika Giannini acabou concordando com a cabeça.

— Quando você veio me ver pela primeira vez, trouxe um recado do Mikael Blomkvist. Ele dizia que tinha te contado praticamente tudo, tirando alguns detalhes. Um desses detalhes são uns talentos que eu tenho, que ele descobriu quando estávamos em Hedestad.

— Sei.

— Ele estava se referindo ao fato de eu ter habilidades incríveis em computação. Sou tão boa nisso que posso ler e copiar o conteúdo do computador do procurador Ekström.

Annika Giannini empalideceu.

— Você não pode se envolver com isso. Portanto, você não pode usar esse material no julgamento — disse Lisbeth.

— De fato.

— Portanto, você nem sabe que ele existe.

— Certo.

— Em compensação, outra pessoa, digamos o seu irmão, pode publicar trechos desse material. Você precisa levar isso em conta ao montar nossa estratégia para o julgamento.

— Entendo.

— Annika, vai ganhar esse julgamento quem melhor souber utilizar a força.

— Sei disso.

— Estou feliz por você ser minha advogada. Confio em você e preciso da sua ajuda.

— Humm.

— Mas se você se opuser a que eu também lance mão de métodos pouco éticos, nós vamos perder o processo.

— Sim.

— Por isso, preciso saber agora de você. Senão vou ter que lhe agradecer e procurar outro advogado.

— Lisbeth, eu não posso infringir a lei.

— Não se trata de infringir a lei. Mas de fechar os olhos por eu estar infringindo. Você seria capaz disso?

Lisbeth Salander esperou pacientemente por quase um minuto até que Annika Giannini assentisse com a cabeça.

— Muito bem. Deixe eu lhe contar, em linhas gerais, o meu relato.

Conversaram por duas horas.

Rosa Figuerola estava certa. Os *börek* do restaurante bósnio eram sensacionais. Mikael Blomkvist lançou-lhe um olhar de esguelha quando ela voltou do toalete. Ela se movia com a graça de uma bailarina clássica, mas tinha um corpo que... Mikael não conseguia evitar, estava fascinado. Refreou o impulso de estender a mão para apalpar os músculos de suas pernas.

— Há quanto tempo você faz musculação? — ele perguntou.

— Desde a adolescência.

— E você malha quantas horas por semana?

— Duas horas por dia. Às vezes três.

— Por quê? Quero dizer, eu sei por que as pessoas malham, mas...

— Você acha um exagero.

— Não sei direito o que eu acho.

Ela sorriu, aparentemente nem um pouco irritada com suas perguntas.

— Talvez você se incomode de ver uma mulher musculosa e acha que isso não é muito feminino nem erótico.

— Não. Nada disso. Eu diria que fica bem em você. Você é tremendamente sexy.

Ela riu de novo.

— Ando diminuindo o ritmo. Há dez anos, eu praticava um *bodybuilding* puro e pesado. Era legal. Mas agora só preciso cuidar para que meus músculos não se transformem em gordura e eu fique toda flácida. Assim, só puxo um pouco de ferro uma vez por semana, e o resto do tempo eu como, nado, jogo peteca, esse tipo de coisa. É mais exercício do que treino enlouquecido.

— Já não é pouca coisa!

— Faço isso porque acho gostoso. É um fenômeno bem comum em quem se dedica a fundo. O corpo produz uma substância relaxante que deixa a gente dependente. Depois de certo tempo, a gente tem sintomas de abstinência se não corre todo dia. Quando a gente dá tudo de si, é como uma injeção de bem-estar. Quase tão bacana como fazer amor.

Mikael riu.

— Você também deveria fazer — disse ela. — A sua cintura está um pouco fora de forma.

— Eu sei — disse ele. — Minha consciência me cutuca o tempo todo. Às vezes eu recomeço a correr. Me livro de alguns quilos, mas logo me envolvo em alguma outra coisa e não encontro mais tempo durante um mês ou dois.

— De fato você andou bem ocupado nos últimos meses.

Ele ficou sério de repente. Então meneou a cabeça.

— Li muitas coisas a seu respeito nas duas últimas semanas. Você deu de dez a zero na polícia ao encontrar o Zalachenko e identificar o Niedermann.

— A Lisbeth Salander foi ainda mais rápida.

— Como foi que você chegou a Gosseberga?

Mikael deu de ombros.

— Trabalho rotineiro de pesquisa, tudo direitinho. Não fui eu que localizei os dois, foi nossa assistente de redação, a Malu Eriksson, que agora é nossa redatora-chefe. Ela conseguiu encontrá-los pelo cadastro de empresas. Ele constava do conselho administrativo da empresa de Zalachenko, a K. A. B.

— Entendo.

— Por que você entrou na Säpo? — ele perguntou.

— Você pode não acreditar, mas sou tão antiquada quanto democrata. Considero a polícia necessária e que uma democracia precisa de segurança política. Por isso me orgulho de trabalhar na Proteção à Constituição.

— Humm — fez Mikael Blomkvist.

— Você não gosta muito da Segurança.

— Não gosto muito de instituições que estão acima do controle parlamentar. São um convite a abusos de poder, mesmo que essas instituições sejam boas. Por que você se interessa por mitologia antiga?

Ela ergueu as sobrancelhas.

— Você estava lendo um livro sobre isso na escadaria do meu prédio.

— Ah, é verdade. Sou fascinada pelo assunto.

— Ahã.

— Eu me interesso por um bocado de coisas. Fiz direito e ciências políticas nos meus anos de policial. Antes, eu tinha estudado história das mentalidades e filosofia.

— Você não tem nenhum ponto fraco?

— Não leio ficção, nunca vou ao cinema e na televisão só vejo o noticiário. E você? Por que se tornou jornalista?

— Porque existem instituições como a Säpo, às quais o Parlamento não tem acesso e que precisam ser constantemente denunciadas.

Mikael sorriu e então prosseguiu.

— Francamente, não sei direito. Na verdade, a resposta é a mesma que a sua. Acredito numa democracia constitucional e de vez em quando é preciso defendê-la.

— Como foi o caso com o financista Hans-Erik Wennerström?

— Por aí.

— Você é solteiro. Você namora a Erika Bergman?

— A Erika Bergman é casada.

— Está certo. Quer dizer que todos os boatos sobre vocês são pura besteira. Você tem namorada?

— Nenhuma permanente.

— Quer dizer que esses boatos também são verdadeiros.

Mikael deu de ombros e sorriu outra vez.

A redatora-chefe Malu Eriksson ficou até o amanhecer à mesa da cozinha de sua casa em Årsta. Estava debruçada sobre umas cópias do orçamento da *Millennium* e tão envolvida que seu amigo Anton acabou desistindo de tentar conversar com ela. Lavou a louça, preparou um sanduíche e café para mais tarde da noite. Depois, deixou-a tranquila e se acomodou na frente de uma reprise de *C.S.I.* na televisão.

Até então, Malu Eriksson nunca administrara algo mais sofisticado que um orçamento doméstico, mas havia trabalhado com Erika Berger nos orçamentos mensais e entendia os princípios da coisa. Tornara-se redatora-chefe e isso a fazia responsável também pela parte financeira da revista. Em dado momento, depois da meia-noite, concluiu que, acontecesse o que acontecesse, iria precisar de um assistente para ajudá-la naquele malabarismo. Ingela Oscarsson, que cuidava da contabilidade uma vez por semana, não tinha competência em matéria de orçamento e não ajudava em nada quando ela tinha de decidir quanto poderiam pagar para um frila ou se tinham condições de comprar uma impressora a laser nova usando uma verba extra e não aquela reservada para investimento tecnológico. Na prática, era uma situação ridícula — a *Millennium* tinha claramente uma boa folga, mas isso graças a Erika, que sempre conseguira se equilibrar mesmo com um orçamento zero. Algo tão elementar como uma impressora colorida de quarenta e cinco mil coroas ficava reduzido a uma impressora em preto e branco de oito mil coroas.

Por um momento, invejou Erika Berger. No *SMP*, ela dispunha de um orçamento em que uma despesa dessas equivalia a uns trocados para o café.

A situação financeira da *Millennium* fora declarada boa na última assembleia, mas talvez o excedente no orçamento se explicasse pelas vendas do livro de Mikael Blomkvist sobre o caso Wennerström. Investido em aplicações, esse excedente vinha diminuindo a uma velocidade preocupante. Um dos motivos eram os gastos de Mikael no caso Salander. A *Millennium* não dispunha dos recursos necessários para manter os gastos correntes de um colaborador, muito menos quando ele incluía aluguel de carro, quartos de hotel, táxis, compra de material tecnológico de ponta, celulares e tudo mais!

Malu registrou uma nota do *freelancer* Daniel Olofsson em Göteborg. Ela suspirou. Mikael Blomkvist aprovara a quantia de catorze mil coroas para uma semana de pesquisa sobre um assunto que nem sequer ia ser publicado. A remuneração de um tal Idris Ghidi, de Göteborg, seria lançada na conta de honorários para fontes anônimas, que por definição não dava mais detalhes sobre sua identidade, o que significava que o revisor da contabilidade iria criticar a falta de nota e o caso iria virar assunto da próxima reunião do conselho administrativo. A *Millennium* também pagava honorários para Annika Giannini, que evidentemente também receberia dinheiro dos cofres públicos, mas que, afinal, de imediato, precisava de algum para pagar suas viagens de trem etc.

Ela largou a caneta e contemplou o total obtido. Mikael Blomkvist usara sem nenhum prurido cento e cinquenta mil coroas para o caso Salander, totalmente fora do orçamento. Aquilo não podia continuar.

Percebeu que precisaria ter uma conversa com ele.

Erika Berger passou o final do dia no pronto-socorro do hospital de Nacka, e não relaxando no sofá, em frente à tevê, como pretendia. O caco de vidro penetrara tão fundo que a hemorragia não parava, e durante o exame perceberam que ainda havia um estilhaço pontiagudo alojado no calcanhar que precisava ser extraído. De modo que ela foi brindada com uma anestesia local e três pontos.

Durante toda a sua permanência no hospital, Erika Berger ficou reclamando intimamente e tentando ligar ora para Lars Beckman, ora para Mikael Blomkvist. Porém nem seu marido nem seu amante se dignaram a responder. Por volta das dez da noite, seu pé estava empacotado numa enorme bandagem. Emprestaram-lhe muletas e ela pegou um táxi para voltar para casa.

Mancando sobre um pé e a ponta dos artelhos do outro, passou algum tempo varrendo a sala e encomendando uma vidraça nova à SOS Vidros. Teve sorte. A noite estava calma no centro da cidade e o vidraceiro chegou em vinte minutos. Então a sorte virou. A janela da sala era tão grande que não tinham vidro adequado em estoque. O vidraceiro sugeriu que a tapassem provisoriamente com uma chapa de compensado, o que ela aceitou agradecida.

Enquanto o homem instalava o compensado, ela ligou para o plantão da empresa de segurança NIP, Nacka Integrated Protection, e perguntou por quê, porra, o sofisticado alarme não tinha disparado quando jogaram um tijolo na maior janela da sua casa de duzentos e cinquenta metros quadrados.

Um carro da NIP foi despachado para verificar e constatou-se que o técnico que fizera a instalação vários anos antes esquecera de ligar os fios da janela da sala.

Erika Berger ficou sem voz.

A NIP se ofereceu para remediar a situação na manhã seguinte. Erika retrucou que não precisava. Ligou para a emergência da Milton Security, explicou a situação e pediu um sistema completo de alarme para o mais breve possível. *Sim, eu sei que tenho que assinar um contrato, mas diga ao Dragan Armanskij que a Erika Berger ligou, e dê um jeito para que o alarme seja instalado já de manhã.*

Por fim, ligou para a polícia. Disseram-lhe que não havia nenhuma viatura disponível para ir colher seu depoimento. Aconselharam-na a procurar a delegacia mais próxima no dia seguinte. *Obrigada! Vão se catar!*

Depois disso, ficou um bom tempo fervendo por dentro até que a adrenalina começou a baixar e ela se deu conta de que ia dormir sozinha numa casa sem alarme enquanto alguém que a chamava de puta nojenta e mostrava inclinações à violência rondava as proximidades.

Por um breve momento, perguntou-se se não seria melhor ir para o centro e passar a noite num hotel, mas Erika Berger era dessas pessoas que não gostam nem um pouco de se sentir vítimas de ameaças, e menos ainda de ceder a elas. *Nem pensar num canalha de merda me expulsar da minha própria casa.*

Para compensar, tomou algumas medidas extras de segurança.

Mikael Blomkvist lhe contara como Lisbeth Salander enfrentara o matador em série Martin Vanger com um taco de golfe. Então ela foi até a garagem e passou dez minutos revirando tudo até encontrar sua sacola de golfe, que ela não usava havia uns quinze anos. Escolheu um ferro 7 e colocou-o a uma confortável distância da cama. Deixou um *putter* no hall de entrada e outro taco de ferro na cozinha. Pegou um martelo na caixa de ferramentas do porão e o pôs no banheiro da sua suíte.

Tirou da bolsa a bomba de gás lacrimogêneo e deixou-a na mesa de cabeceira. Por fim, achou um calço de borracha, trancou a porta do quarto e travou-a com ele. Estava quase desejando que o merdinha que a chamava de puta e estourava sua janela fosse idiota o bastante para voltar durante a noite.

Já era uma da manhã quando se julgou suficientemente protegida. Precisava estar no *SMP* às oito. Consultou a agenda e viu que tinha quatro reuniões marcadas a partir das dez horas. Seu pé estava muito dolorido e ela não conseguia caminhar normalmente. Despiu-se e enfiou-se na cama. Não tinha camisola e se perguntou se não seria melhor vestir uma camiseta ou outra coisa qualquer, mas como dormia nua desde a adolescência, concluiu que não era um tijolo pela janela da sala que iria mudar seus hábitos.

Evidentemente, não conseguiu pegar no sono e ficou ruminando.

Puta nojenta.

Recebera nove e-mails contendo essas palavras e que pareciam ter vindo de diferentes redações. O primeiro, inclusive, era da redação que ela dirigia, mas com um remetente falso.

Saiu da cama e foi buscar o novo laptop Dell que ganhara ao assumir o cargo no *SMP*.

O primeiro e-mail — o mais vulgar e ameaçador, que propunha currá-la com uma chave de fenda — chegara no dia 16 de maio, ou seja, dez dias antes.

O segundo chegara dois dias mais tarde, em 18 de maio.

Depois tivera uma semana de trégua, até que os e-mails voltaram, com intervalos regulares de cerca de vinte e quatro horas. E agora o ataque à sua residência. *Puta nojenta.*

Nesse meio-tempo, Eva Carlsson, da Cultura, recebera aqueles e-mails esquisitos com sua assinatura, ou melhor, assinados Erika Berger. E se Eva Carlsson recebera e-mails esquisitos, era bem possível que o verdadeiro autor das mensagens tivesse se divertido com mais alguém — que outras pessoas tivessem recebido e-mails "seus" que ela desconhecia por completo.

Era um pensamento desagradável.

O mais preocupante, porém, era o ataque à sua casa.

O ataque significava que alguém havia se dado ao trabalho de ir até Saltsjöbaden, achar sua residência e jogar um tijolo pela janela. O ataque fora planejado — o agressor trouxera tinta *spray*. Em seguida, sentiu um calafrio percorrê-la quando percebeu que talvez devesse acrescentar outra agressão à lista. Seu carro amanhecera com os quatro pneus furados na noite que ela estivera com Mikael Blomkvist no Hilton de Slussen.

A conclusão era tão desagradável quanto óbvia. Ela estava sendo perseguida por um maníaco perigoso.

Em algum lugar lá fora havia um sujeito que, por alguma razão, gastava seu tempo assediando Erika Berger.

Que sua casa fosse objeto de um ataque, era compreensível — ela não podia ser removida nem escondida. Mas se seu carro sofria um ataque quando estava estacionado casualmente numa rua de Södermalm, isso queria dizer que o tal maníaco rondava o tempo todo as proximidades.

18. QUINTA-FEIRA 2 DE JUNHO

Erika Berger foi despertada pelo toque de seu celular às 9h05.

— Bom dia, senhorita Berger. Quem fala é Dragan Armanskij. Soube que teve problemas esta noite.

Erika explicou o que acontecera e perguntou se a Milton Security poderia substituir a Nacka Integrated Protection.

— Podemos pelo menos instalar um alarme que funcione — disse Armanskij em tom sarcástico. — O problema é que o nosso veículo mais próximo à noite fica no centro de Nacka. Ele levaria uns trinta minutos para chegar aí. Se fecharmos negócio, vou ter que terceirizar o serviço para a sua casa. Temos um acordo com uma empresa de segurança local, a Adam Säkerhet, em Fisksätra, que se compromete a chegar ao local num prazo de dez minutos, se tudo funcionar como deve.

— Melhor do que a NIP, que nem chega.

— É preciso dizer que se trata de uma empresa familiar, com o pai, dois filhos e alguns primos. São gregos, pessoas honestas, conheço o pai há vários anos. Eles dão cobertura trezentos e sessenta e cinco dias por ano. Nos dias em que não podem vir, devido a férias e coisas assim, avisam com antecedência e o nosso carro de Nacka assume o serviço.

— Para mim está bem.

— Vou lhe mandar alguém agora de manhã. O nome dele é David Rosin e já está a caminho. Vai fazer uma análise de segurança. Ele vai precisar da chave, se você não estiver em casa, e de uma autorização sua para percorrer a casa do porão ao sótão. Vai tirar fotografias da casa, do terreno e das proximidades.

— Entendo.

— O Rosin tem muita experiência. Depois, vamos lhe apresentar sugestões de segurança. Teremos um projeto no papel em alguns dias. Vai incluir o alarme contra ataque e contra incêndio, a evacuação e uma proteção contra arrombamento.

— Perfeito.

— Também vamos querer que você saiba o que fazer, se for o caso, durante os dez minutos que o carro de Fisksätra vai levar para chegar à sua casa.

— Sei.

— Vamos instalar o sistema hoje à tarde. Depois você terá de assinar o contrato.

Logo depois do telefonema de Dragan Armanskij, Erika se deu conta de que não tinha acordado a tempo. Pegou o celular e ligou para Peter Fredriksson, o assistente de redação, explicou que tinha se machucado e pediu que ele desmarcasse a reunião das dez.

— Você está bem? — ele perguntou.

— Fiz um belo corte no pé — disse Erika. — Vou chegar mancando o mais rápido possível.

Primeiro foi ao banheiro de seu quarto. Então vestiu uma calça preta e pegou emprestada do marido uma pantufa que ela conseguia calçar com o pé machucado. Escolheu uma camisa preta e foi buscar o casaco. Antes de tirar o calço de borracha que enfiara debaixo da porta, armou-se com a bomba de gás lacrimogêneo.

Andou pela casa, todos os sentidos alertas, e então ligou a cafeteira. Tomou o café da manhã à mesa da cozinha, o tempo todo espreitando o mais leve ruído. Acabava de se servir de uma segunda xícara de café quando David Rosin, da Milton Security, bateu à porta.

Rosa Figuerola foi a pé até a Bergsgatan e reuniu seus quatro colaboradores para uma conversa matinal.

— Agora temos um *deadline* — disse Rosa Figuerola. — Nosso trabalho precisa estar concluído até 13 de julho, quando começa o julgamento de Lisbeth Salander. Isso significa que temos pouco mais de um mês pela frente. Vamos repassar a situação e decidir o que é mais importante no momento. Quem quer começar?

Berglund deu uma tossidinha.

— O loiro que se encontra com o Mårtensson. Quem é ele?

Todos balançaram a cabeça. A conversa começou.

— Temos fotos dele, mas não fazemos ideia de onde encontrá-lo. E não dá para lançar uma ordem de busca.

— E quanto ao Gullberg? Deveria ser possível conseguir alguma coisa. Sabemos que estava na polícia secreta do Estado desde o início dos anos 1950 até 1964, quando a Säpo foi criada. Depois disso, evaporou no espaço.

Figuerola meneou a cabeça.

— Devemos deduzir que o clube Zalachenko foi fundado em 1964? Ou seja, muito antes da chegada do Zalachenko?

— Se for assim, o objetivo inicial devia ser outro... uma organização secreta dentro da organização.

— Isso foi depois do caso Stig Wennerström. Todo mundo ficou paranoico.

— Uma espécie de Segurança secreta da Segurança?

— Existem paralelos em outros países. Nos Estados Unidos, um grupo autônomo de caçadores de espiões foi criado dentro da CIA nos anos 1960. Era dirigido por um tal de James Jesus Angleton e por pouco não sabotou a CIA toda. A turma do Angleton era um bando de paranoicos exaltados — suspeitavam que todo mundo na CIA fosse um agente russo. Um dos resultados da atuação deles foi paralisar inúmeros setores de atividade da CIA.

— Mas isso são só especulações...

— Onde estão guardados os arquivos antigos dos funcionários?

— O Gullberg não consta neles. Já verifiquei.

— E o orçamento? Uma operação dessas tem de ser necessariamente financiada...

A discussão prosseguiu até a hora do almoço, quando Rosa Figuerola pediu licença e foi para a academia, a fim de poder pensar com calma.

Erika Berger só chegou, mancando, na redação do *SMP* por volta do meio-dia. Sentia tanta dor no pé que não conseguia apoiá-lo no chão. Saltitou até seu aquário e deixou-se cair, aliviada, na cadeira. Peter Fredriksson avistou-a de seu lugar no polo central. Ela o chamou com um aceno.

— O que aconteceu?

— Pisei num caco de vidro, ele se quebrou e ficou preso dentro do meu calcanhar.

— Ai, que horror!

— Pois é. Me diga uma coisa, Peter, alguém mais recebeu algum e-mail esquisito?

— Não que eu saiba.

— Certo. Abra bem os ouvidos. Eu quero ficar sabendo se acontecerem coisas estranhas no *SMP*.

— O que você quer dizer com isso?

— Desconfio que um pirado que gosta de mandar e-mails perversos me pegou para cristo. Portanto quero ser informada se você souber que alguma coisa está acontecendo.

— E-mails do tipo que a Eva Carlsson recebeu?

— Qualquer coisa que saia do comum. De minha parte, recebi uma avalanche de e-mails ridículos me acusando de tudo que é tipo de coisa e me propondo um monte de coisas perversas.

Peter Fredriksson ficou preocupado.

— Faz tempo que isso vem acontecendo?

— Há algumas semanas. Agora me conte. O que vamos ter no jornal de amanhã?

— Humm.

— Como assim, humm?

— O Holm e o responsável pela editoria de Direito estão caminhando juntos para a guerra.

— Ah, é? Por quê?

— Por causa do Johannes Frisk. Você estendeu o contrato dele e deu uma reportagem para ele fazer, mas ele não quer dizer qual é o assunto.

— Ele não pode dizer. São ordens minhas.

— Foi o que ele disse. Mas com isso o Holm e o editor de Direito ficaram bem irritados com você.

— Entendo. Marque uma reunião com o pessoal da editoria de Direito para as três horas, vou explicar a situação para eles.

— O Holm está meio furioso...

— Eu também estou meio furiosa com o Holm, portanto estamos quites.

— Ele está tão furioso que foi se queixar ao conselho.

Erika ergueu os olhos. *Droga. Ainda preciso cuidar do Borgsjö.*

— O Borgsjö vai passar por aqui à tarde. Quer falar com você. Desconfio que o Holm esteja por trás disso.

— Tudo bem. A que horas?

— Às duas.

E ele começou a expor a pauta do meio-dia.

O dr. Anders Jonasson foi ver Lisbeth Salander na hora do almoço. Ela afastou o prato com legumes refogados. Como sempre, ele a examinou rapidamente, mas ela observou que ele deixara de se empenhar ao fazer os exames.

— Você está recuperada — ele observou.

— Humm. Você deveria tomar uma providência sobre a comida.

— A comida?

— Você não poderia me conseguir uma pizza ou algo do gênero?

— Lamento. Restrições orçamentárias.

— Foi o que eu pensei.

— Lisbeth, amanhã nós vamos fazer uma minuciosa avaliação do seu estado de saúde...

— Compreendo. E eu estou recuperada.

— Está suficientemente recuperada para poder ser transferida para a casa de detenção de Kronoberg em Estocolmo.

Ela assentiu com a cabeça.

— Talvez eu ainda conseguisse adiar a transferência por mais uma semana, mas meus colegas já andam me fazendo perguntas.

— Não faça isso.

— Tem certeza?

Ela fez que sim com a cabeça.

— Estou pronta. E isso vai ter que acontecer mais cedo ou mais tarde.

Ele fez um gesto de concordância.

— Bem — disse Anders Jonasson. — Amanhã vou dar o sinal verde para sua alta. Isso significa que você talvez seja transferida rapidamente.

Ela meneou a cabeça.

— É possível que isso aconteça já no fim de semana. A direção do hospital não faz questão de ficar com você aqui.

— Dá para entender.

— Hã... consequentemente, o seu brinquedinho...

— Vai estar no vão atrás do criado-mudo.

Ela mostrou o lugar.

— Certo.

Permaneceram um instante em silêncio e então Anders Jonasson se levantou.

— Preciso visitar outros pacientes que estão mais precisados da minha ajuda.

— Obrigada por tudo. Fico lhe devendo uma.

— Eu só fiz o meu trabalho.

— Não. Fez muito mais. Não vou esquecer.

Mikael Blomkvist entrou no Palácio da Polícia em Kungsholmen pela porta da Polhemsgatan. Rosa Figuerola o recebeu e o acompanhou até a sede da Proteção à Constituição. Olharam-se disfarçada e silenciosamente dentro do elevador.

— Será que é prudente eu aparecer aqui no Palácio da Polícia? — perguntou Mikael. — Alguém poderia me ver e ficar imaginando coisas.

Rosa Figuerola balançou a cabeça.

— Esta vai ser a única vez. Depois vamos nos encontrar num pequeno escritório que alugamos na Fridhemsplan. Vamos poder usá-lo a partir de amanhã. Mas por hoje não tem problema. A Proteção à Constituição é uma pequena unidade praticamente autônoma e ninguém da Säpo presta atenção na gente. Aliás, nem estamos no mesmo andar do restante da Säpo.

Com um gesto da cabeça, cumprimentou Torsten Edklinth sem lhe apertar a mão e mais dois colaboradores que aparentemente trabalhavam na investigação. Eles se apresentaram como sendo Stefan e Niklas. Mikael reparou que eles não mencionaram os sobrenomes.

— Por onde a gente começa? — perguntou Mikael.

— Poderia ser com um café... Rosa?

— Obrigada, aceito — disse Rosa Figuerola.

Mikael viu que o chefe da Proteção à Constituição hesitou um instante antes de se levantar e pegar ele próprio a cafeteira e colocá-la na mesa de reuniões, onde já estavam as xícaras. Torsten Edklinth na certa quisera dizer a Rosa que servisse o café. Mikael também observou que Edklinth sorria consigo mesmo, o que interpretou como um bom sinal. Então Edklinth ficou sério.

— Para ser franco, não sei como administrar uma situação como esta. Creio que nunca um jornalista participou das reuniões da Säpo. Boa parte das informações que vamos discutir agora é segredo de segurança nacional.

— Não estou interessado em segredos militares. Só me interessa o clube Zalachenko.

— Precisamos fazer um acordo. Em primeiro lugar, os colaboradores não devem ser citados nos seus textos.

— Combinado.

Edklinth lançou um olhar surpreso para Mikael Blomkvist.

— Em segundo lugar, você não pode falar com outros colaboradores que não eu e a Rosa Figuerola. Nós é que determinamos o que podemos lhe revelar.

— Se você tinha tantas exigências, deveria ter me falado ontem.

— Ontem eu ainda não tinha tido tempo de pensar no assunto.

— Então vou lhe contar uma coisa. Esta deve ser a primeira e única vez na minha carreira profissional que vou revelar o conteúdo de um artigo ainda não publicado para um policial. Portanto, e citando você... para ser franco, não sei como administrar esta situação.

Fez-se um breve silêncio em volta da mesa.

— A gente talvez pudesse...

— O que vocês acham...

Edklinth e Rosa Figuerola começaram a falar ao mesmo tempo e se calaram.

— Estou querendo pegar o clube Zalachenko. Vocês querem denunciar o clube Zalachenko. Não vamos discutir além disso — disse Mikael.

Edklinth meneou a cabeça.

— O que você já tem?

Edklinth relatou o que Rosa Figuerola e sua equipe tinham descoberto. Mostrou a foto de Evert Gullberg com o coronel espião Stig Wennerström.

— Ótimo. Eu queria uma cópia dessa foto.

— Pode ser encontrada nos arquivos da Åhlén & Åkerlund — disse Rosa Figuerola.

— Também está na mesa à minha frente. Com um texto no verso — disse Mikael.

— Certo. Dê uma cópia para ele — disse Edklinth.

— Isso significa que Zalachenko foi morto pela Seção.

— Assassinado por um homem que estava morrendo de câncer e se suicidou em seguida. O Gullberg ainda está vivo, mas os médicos lhe dão poucas semanas. Suas lesões no cérebro são tamanhas, depois da sua tentativa de suicídio, que ele está como um vegetal.

— E ele era o principal responsável pelo Zalachenko quando este desertou.

— Como você sabe?

— O Gullberg esteve com o primeiro-ministro Thorbjörn Fälldin seis semanas após a deserção de Zalachenko.

— Você tem como provar?

— Tenho. No registro das visitas da chancelaria do governo. O Gullberg estava acompanhado do diretor da Säpo na época.

— Que hoje está morto.

— Mas o Fälldin está vivo e concorda em falar sobre isso.

— Você...

— Não, eu não falei com o Fälldin. Mas outra pessoa falou. Não posso dizer quem é. Estou protegendo minha fonte.

Mikael contou como Thorbjörn Fälldin reagira à informação sobre Zalachenko e como ele próprio tinha ido aos Países Baixos interrogar Janeryd.

— Conclusão: o clube Zalachenko fica em algum lugar aqui da casa — disse Mikael, apontando para a foto.

— Em parte. Achamos que se trata de uma organização dentro da organização. O clube Zalachenko não poderia existir sem o apoio de pessoas-chave desta casa. Mas suspeitamos que a suposta Seção de Análise Especial se estabeleceu em algum lugar lá fora.

— Se entendi direito como isso funciona, uma pessoa pode ser empregada da Säpo, receber seu salário pela Säpo e depois fazer seus relatórios para outro empregador.

— É mais ou menos isso.

— Então quem, aqui, apoia o clube Zalachenko?

— Ainda não sabemos. Mas temos alguns suspeitos.

— O Mårtensson — sugeriu Mikael.

Edklinth concordou com a cabeça.

— O Mårtensson trabalha para a Säpo e, quando precisam dele no clube Zalachenko, ele é liberado de suas funções habituais — disse Rosa Figuerola.

— Como isso é possível na prática?

— Ótima pergunta — disse Edklinth com um sorrisinho. — Você não gostaria de vir trabalhar para a gente?

— Nem pensar — disse Mikael.

— Estou brincando. Mas é exatamente essa a pergunta que deve ser feita. Temos um suspeito, mas nada que nos autorize a passar da desconfiança às provas.

— Vejamos... é necessariamente alguém que goza de alguma autoridade administrativa.

— Suspeitamos do secretário-geral Albert Shenke — disse Rosa Figuerola.

— O que nos leva ao primeiro obstáculo — disse Edklinth. — Nós lhe dissemos o nome, mas a informação não pode ser confirmada. De que jeito você pensa usar isso?

— Não posso publicar um nome sem provas em que me apoiar. Se o Shenke for inocente, pode processar a *Millennium* por difamação.

— Muito bem. Então estamos de acordo. Essa colaboração deve se basear na confiança recíproca. Agora é sua vez. O que você tem?

— Tenho três nomes — disse Mikael. — Os dois primeiros eram membros do clube Zalachenko nos anos 1980.

Edklinth e Figuerola aguçaram imediatamente o ouvido.

— Hans von Rottinger e Fredrik Clinton. Rottinger está morto. O Clinton está aposentado. Mas ambos faziam parte do círculo mais próximo de Zalachenko.

— E o terceiro nome? — perguntou Edklinth.

— O Teleborian tem uma ligação com um tal de *Jonas*. Não sabemos seu sobrenome, apenas que ele fazia parte da turma de 2005 do clube Zalachenko... Temos motivos para acreditar que ele é quem aparece com o Mårtensson nas fotos do Copacabana.

— E esse nome Jonas surgiu em que contexto?

— A Lisbeth Salander invadiu o computador de Peter Teleborian, e estamos em condições de acompanhar uma correspondência mostrando que o Teleborian tem conspirado com o Jonas do mesmo jeito que conspirava com o Björck em 1991. Jonas dá instruções a Teleborian. E aqui chegamos ao segundo obstáculo — disse Mikael, sorrindo para Edklinth. — Posso provar o que digo, mas não posso mostrar as provas sem revelar minha fonte. Vocês vão ter que acreditar na minha palavra.

Edklinth pareceu pensativo.

— Um colega do Teleborian em Uppsala, quem sabe — disse ele. — Certo. Vamos começar pelo Clinton e o Rottinger. Conte o que você sabe.

O presidente do conselho administrativo Magnus Borgsjö recebeu Erika Berger em sua sala, ao lado da sala de reuniões da diretoria. Parecia preocupado.

— Me disseram que você estava machucada — disse, indicando seu pé.

— Vai passar — disse Erika. Ela apoiou as bengalas na mesa enquanto sentava-se na poltrona dos visitantes.

— Ah, que bom. Erika, faz um mês que você está aqui e gostaria que fizéssemos um balanço dessa experiência. Qual a sua avaliação?

Preciso falar com ele sobre a Vitavara. Mas como? Quando?

— Estou começando a me situar. Há dois aspectos. De um lado, o *SMP* enfrenta problemas financeiros e o orçamento está estrangulando o jornal. De outro, há uma quantidade incrível de peso morto na redação.

— Não há nenhum aspecto positivo?

— Há, sim. Vários profissionais tarimbados que sabem como tocar o trabalho. O problema é que existem outros que atrapalham o tempo todo.

— O Holm me falou...

— Eu sei.

Borgsjö ergueu as sobrancelhas.

— Ele tem um bocado de coisas a dizer sobre você. Praticamente todas negativas.

— Não faz mal. Eu também tenho um bocado de coisas a dizer sobre ele.

— Negativas? Não é bom que vocês não consigam trabalhar juntos...

— Eu não tenho nenhum problema em trabalhar com ele. Em compensação, ele tem problemas para trabalhar comigo.

Erika suspirou.

— Ele me deixa louca. O Holm tem experiência, é sem dúvida duas vezes um dos editores de Atualidades mais competentes que já conheci. Mas também é um cretino. Fica fazendo intriga e jogando as pessoas umas contra as outras. Eu trabalho na imprensa há vinte e cinco anos e nunca cruzei com um homem assim num cargo executivo.

— Ele é obrigado a ter mão de ferro para dar conta do trabalho. É pressionado de todos os lados.

— Mão de ferro, tudo bem. Mas isso não significa que ele precise ser um idiota. Infelizmente, o Holm é desastroso. Com ele é quase impossível fazer o pessoal trabalhar em equipe. Ele parece achar que o trabalho dele consiste em administrar dividindo.

— Você não mede as palavras.

— Vou dar ao Holm um mês para que ele mude de atitude. Senão, tiro ele da chefia de Atualidades.

— Você não pode fazer isso. Seu trabalho não é detonar a organização do trabalho.

Erika se calou e examinou o presidente do conselho administrativo.

— Me desculpe, mas não se esqueça que foi exatamente para isso que você me chamou. Nós, inclusive, assinamos um contrato que me dá carta branca para eu fazer as mudanças que julgar necessárias na redação. Minha missão é renovar o jornal, e só posso fazer isso modificando a organização e certos hábitos.

— O Holm dedicou a vida dele ao *SMP*.

— É. E está com cinquenta e oito anos e vai se aposentar daqui a seis; não posso me dar ao luxo de mantê-lo aqui como um fardo esse tempo todo. Assim que me instalei naquele aquário, minha principal missão na vida passou a ser melhorar a qualidade do *SMP* e aumentar a tiragem. O Holm pode escolher entre fazer as coisas do meu jeito ou ir fazer outra coisa. Pretendo passar por cima de quem quer que se ponha no meu caminho ou que esteja prejudicando o *SMP*.

Droga... preciso falar da história da Vitavara. O Borgsjö vai ser despedido.

Borgsjö sorriu de repente.

— Parece que você também tem mão de ferro.

— É verdade, e nesse caso é uma pena, porque não precisaria ser assim. Meu trabalho é fazer um bom jornal, mas só posso conseguir isso se houver uma diretoria que funcione e colaboradores que gostem do que fazem.

Depois da reunião com Borgsjö, Erika voltou mancando para o aquário. Sentia-se pouco à vontade. Falara com Borgsjö durante quarenta e cinco minutos e não dissera nada que lembrasse a Vitavara. Em outras palavras, não fora especialmente franca ou sincera com ele.

Quando Erika Berger ligou o computador, viu que recebera um e-mail de MikBlom@millenium.nu. Como sabia muito bem que esse endereço eletrônico não existia na Millennium, não foi difícil deduzir que era um novo sinal de vida do seu ciberassediador. Abriu o e-mail.

> [ESTÁ ACHANDO QUE O BORGSJÖ VAI PODER TE SALVAR, SUA PUTINHA NOJENTA? COMO VAI O SEU PÉ?]

Ergueu os olhos e fitou instintivamente a redação. Seu olhar bateu em Holm. Ele olhava para ela. Então ele lhe acenou com a cabeça e sorriu.

Esses e-mails são de alguém aqui do SMP.

A reunião na Proteção à Constituição não terminou antes das cinco da tarde. Marcaram outra para a semana seguinte e combinaram que Mikael

Blomkvist deveria procurar Rosa Figuerola caso precisasse entrar em contato com a Säpo antes disso. Mikael pegou a mochila com seu computador e se levantou.

— Como eu faço para encontrar a saída? — perguntou.

— Acho que você não deveria andar sozinho por aqui — disse Edklinth.

— Eu o acompanho — sugeriu Rosa Figuerola. — Espere um pouco, vou só pegar umas coisas na minha sala.

Saíram juntos pelo parque de Kronoberg na direção da Fridhemsplan.

— O que vai acontecer agora? — perguntou Mikael.

— Vamos ficar em contato — disse Rosa Figuerola.

— Estou começando a gostar desse contato com a Säpo — disse Mikael, sorrindo para ela.

— O que você acha de jantarmos juntos mais à noite?

— No restaurante bósnio de novo?

— Não, não tenho condições de jantar fora toda noite. Pensei numa coisinha simples lá em casa.

Ela parou e sorriu para ele.

— Pra ser sincera, sabe o que eu estou com vontade de fazer agora, neste momento? — disse ela.

— Não.

— Estou com vontade de te levar rapidinho para a minha casa e tirar a sua roupa.

— Isso pode ficar complicado.

— Eu sei. Não tenho propriamente a intenção de comentar com o meu chefe.

— Não faço ideia de como toda essa história vai evoluir. A gente talvez acabe em lados opostos da trincheira.

— Eu assumo o risco. Você vem por vontade própria ou vou ter que algemá-lo?

Ele balançou a cabeça. Ela passou o braço pelo ombro dele e conduziu-o até a Pontonjärgatan. Estavam nus trinta segundos depois que a porta do apartamento dela se fechou.

David Rosin, consultor de segurança da Milton Security, esperava Erika Berger quando ela chegou em casa por volta das sete da noite. Ela estava com uma dor terrível no pé e foi se arrastando até a cozinha, onde se deixou cair na primeira cadeira que encontrou. Ele tinha feito um café e serviu-lhe uma xícara.

— Obrigada. O café está incluído nos serviços da Milton?

Ele sorriu educadamente. David Rosin era um homem rechonchudo de uns cinquenta anos de idade.

— Obrigado por ter me emprestado a cozinha durante o dia todo.

— Era o mínimo que eu podia fazer. Como vão as coisas?

— Nossos técnicos vieram instalar um alarme decente. Daqui a pouco eu mostro como funciona. Também passei um pente-fino na sua casa, do porão ao sótão, e examinei as redondezas. Na sequência desta operação, eu vou conversar sobre a sua situação com os meus colegas da Milton, e daqui a alguns dias teremos uma análise pronta para discutir com a senhora. Enquanto isso, há algumas coisinhas que precisaríamos ver.

— Estou escutando.

— Em primeiro lugar, temos uns papéis para assinar. Mais tarde vamos redigir o contrato definitivo, dependendo de que serviços a senhora vai querer, mas tenho aqui um formulário pelo qual a senhora incumbe a Milton de instalar o alarme que já instalamos hoje. É um contrato-padrão recíproco, pelo qual nós da Milton estabelecemos algumas exigências e, em troca, nos comprometemos a algumas coisas, entre elas o sigilo profissional, esse tipo de coisa.

— Vocês fazem exigências?

— Sim. Um alarme é um alarme e não significa muito se houver um louco furioso armado com uma metralhadora na sua sala. Para ter certeza de que ele será útil, a senhora e o seu marido terão de considerar alguns pontos e aceitar algumas medidas. Vamos analisar esses pontos juntos.

— Vamos lá.

— Não posso antecipar a análise definitiva, mas por enquanto vejo a situação da seguinte maneira. A senhora e o seu marido moram numa casa. Atrás da casa há uma praia e algumas casas grandes na vizinhança. Até onde percebi, os vizinhos não têm uma visão de sua casa, que fica relativamente isolada.

— Exato.

— Isso significa que um intruso tem boas condições de se aproximar da sua casa sem ser visto.

— Os vizinhos da direita viajam a maior parte do ano, e à esquerda mora um casal idoso que costuma dormir cedo.

— Exato. Além disso, as casas dão uma para a outra pela lateral, onde há poucas janelas. Caso um intruso penetre no seu terreno, e ele só precisa de cinco segundos para vir da estrada até os fundos, não há como ninguém perceber. Os fundos estão cercados por uma sebe alta, uma garagem e outra construção isolada.

— É o ateliê do meu marido.

— Pelo que entendi, ele é artista.

— Isso. E o que mais?

— O intruso que quebrou a janela e pichou a fachada pôde fazer isso com toda a tranquilidade. Ele apenas se arriscou a que o barulho de vidro quebrado fosse ouvido e alguém reagisse, mas como a casa forma um L, o barulho é abafado pela fachada.

— Puxa.

— Outro ponto é que vocês têm uma casa grande, de duzentos e cinquenta metros quadrados, sem contar o sótão e o porão. São onze cômodos distribuídos em dois pisos.

— Essa casa é monstruosa. É a casa de infância do Lars, que ele herdou dos pais.

— Pode-se também entrar na casa de várias maneiras. Pela porta da frente, pelo terraço dos fundos, pela varanda do andar de cima e pela garagem. Além disso, há janelas no térreo e seis janelas no porão sem proteção nenhuma. Por fim, pode-se entrar usando também a escada de incêndio nos fundos da casa, passando pela lucarna do sótão, que está fechada com um simples trinco.

— De fato, as portas desta casa não são muito herméticas. O que precisamos fazer?

— O alarme que instalamos hoje é apenas provisório. Vamos voltar na semana que vem e fazer uma instalação em regra, com alarme em todas as janelas do térreo e do porão. Será uma proteção contra arrombamento, para quando vocês viajarem.

— Hum.

— Mas a atual situação é que a senhora foi ameaçada diretamente por um indivíduo específico. O que é muito mais sério. Ignoramos de quem se trata, quais suas motivações e até onde ele pretende ir, mas podemos tirar algumas conclusões. Se se tratasse de uma simples correspondência anônima com ameaças, faríamos apenas uma avaliação do grau de ameaça, mas no caso estamos falando de uma pessoa que se deu ao trabalho de vir até a sua casa (e Saltsjöbaden não fica logo ali...) para praticar esse atentado. Isso não é um bom sinal.

— Concordo inteiramente.

— Conversei com o Armanskij hoje e nós dois achamos que a ameaça é clara e direta.

— Ah, é?

— Até sabermos mais sobre a pessoa que a está ameaçando, não podemos deixar nada ao acaso.

— O que significa...

— Em primeiro lugar, o alarme que instalamos hoje é composto por dois elementos. De um lado, um alarme anti-intrusão comum, que fica ligado quando vocês não estão na casa, e, de outro, um sensor de movimentos, que deve ficar ligado quando vocês estão no andar de cima à noite.

— Certo.

— Não é muito prático, porque vocês vão ter que desligar o alarme toda vez que descerem para o térreo.

— Entendo.

— Em segundo lugar, trocamos a porta do seu quarto.

— Trocaram a porta do meu quarto?

— Sim. Instalamos uma porta de segurança de aço. Não se preocupe, ela é pintada de branco, parece uma porta comum. A diferença é que ela se tranca automaticamente quando fechada. Para abri-la por dentro, basta girar a maçaneta, como em qualquer porta. Mas para abrir por fora é preciso digitar um código de acesso de três algarismos numa placa integrada à maçaneta.

— Certo.

— Portanto, se por acaso a sua casa for invadida, a senhora terá um cômodo seguro onde vai poder se trancar. As paredes são fortes, e seria demorado pôr essa porta abaixo, mesmo com ferramentas. Em terceiro lugar, vamos instalar uma câmera de vídeo que vai lhe permitir observar o que acontece no pátio dos fundos e no térreo, quando estiver no quarto. Vamos instalar na semana que vem, junto com os sensores de movimento na área externa da casa.

— Pelo jeito, o meu quarto não vai ser um lugar muito romântico.

— É um monitor bem pequeno. Pode ficar num armário qualquer ou num guarda-roupa, assim a senhora não precisa ficar vendo o tempo todo.

— Certo.

— Durante a semana, eu também gostaria de trocar a porta do escritório e de algum outro cômodo do térreo. Se acontecer alguma coisa, a senhora tem como se pôr a salvo rapidamente e fechar a porta enquanto aguarda socorro.

— Entendo.

— Caso acione o alarme anti-intrusão por engano, a senhora deve ligar imediatamente para a central da Milton e cancelar a intervenção. Para cancelar, terá de informar o código. Se não se lembrar do código, a intervenção irá ocorrer e a fatura será debitada na sua conta.

— Entendo.

— Em quarto lugar, existem atualmente alarmes contra agressão em quatro pontos da casa. Aqui na cozinha, no hall de entrada, no escritório do andar de cima e no seu quarto. Esse alarme tem dois botões que devem ser pressionados ao mesmo tempo por três segundos. Isso pode ser feito com uma mão só, mas não há como fazer por engano.

— Ah...

— Caso o alarme contra agressão seja acionado, vão acontecer três coisas. Uma: a Milton manda carros até aqui. O carro mais próximo vem da Adam Säkerhet, em Fisksätra. Dois sujeitos fortões vão estar aqui em dez ou doze minutos. Duas: um carro da Milton vai vir de Nacka. Vai levar no mínimo vinte minutos, mas é mais provável que leve vinte e cinco. Três: a polícia é avisada automaticamente. Ou seja, vários carros chegam ao local com alguns minutos de intervalo.

— Caramba!

— Não dá para cancelar um alarme antiagressão como se pode fazer com um anti-intrusão. Não dá para ligar dizendo que foi engano. A senhora até pode nos receber na porta de casa e dizer que foi engano, mas a polícia vai entrar do mesmo jeito. Só para conferir se não tem ninguém apontando um revólver para a cabeça do seu marido ou algo do gênero. Só se deve acionar o alarme antiagressão quando houver um perigo real.

— Entendo.

— Não necessariamente uma agressão física. Pode ser que alguém tente arrombar a casa ou apareça no pátio dos fundos, por exemplo. A senhora deve acioná-lo quando se sentir ameaçada, mas usando o bom senso.

— Prometo.

— Reparei que há tacos de golfe espalhados por quase toda a casa.

— Pois é. Eu dormi sozinha aqui esta noite.

— Se fosse eu, teria ido para um hotel. Não há problema, a senhora pode tomar suas próprias precauções, mas espero que entenda que, com um taco de golfe, pode-se matar facilmente um agressor.

— Humm.

— Faça isso e com toda certeza será acusada de homicídio. Se, além disso, disser que tinha deixado os tacos pela casa para ter uma arma ao alcance da mão, pode acrescentar premeditação a esse crime.

— Ou seja, eu tenho que...

— Não diga nada. Já sei o que vai dizer.

— Se alguém me atacar, mesmo assim vou tentar arrebentar a cabeça dele.

— Entendo. Mas se a senhora chamou a Milton Security foi para ter uma alternativa. Agora vai poder chamar por socorro e, principalmente, não se verá na situação de ter que arrebentar a cabeça de ninguém.

— Combinado.

— Aliás, de que adiantam tacos de golfe se ele tiver uma arma de fogo? Quando se pensa em segurança, a ideia é estar um passo à frente da pessoa que quer nos fazer mal.

— Como eu faço quando estou com um cara aparentemente na minha cola?

— Dê um jeito para que ele nunca tenha uma chance de se aproximar. No caso, não vamos concluir a instalação antes de alguns dias, e depois vamos ter que conversar também com o seu marido. Ele precisa ter o mesmo desejo de segurança que a senhora.

— Humm.

— Até lá, eu preferiria que a senhora não ficasse aqui.

— Não tenho condições de ir para outro lugar. Meu marido volta daqui a alguns dias. Mas tanto ele quanto eu viajamos com frequência, e às vezes acontece de um de nós ficar sozinho.

— Entendo. Mas estou falando só de alguns dias, até terminarmos de fazer a instalação. Não tem um amigo com quem possa ficar?

Erika pensou no apartamento de Mikael Blomkvist, então lembrou que não seria uma boa ideia.

— Obrigada... mas prefiro ficar em casa.

— Era o que eu temia. Nesse caso, quero que alguém venha para cá e fique até o fim de semana.

— Humm.

— Conhece alguém que poderia vir dormir aqui?

— Sem dúvida. Mas não às sete e meia da noite e se houver um assassino maluco rondando o pátio dos fundos.

David Rosin refletiu por um instante.

— Muito bem. A senhora se importaria de ter a companhia de uma colaboradora da Milton? Posso ligar para Susanne Linder e ver se ela está disponível hoje à noite. Acho que ela concordaria em ganhar umas notas de cem como extra.

— Quanto iria custar?

— É preciso ver com ela. Isso não faz parte dos arranjos formais, que fique claro. Mas realmente eu não gostaria que a senhora ficasse sozinha.

— Eu não tenho medo do escuro.

— Não duvido nem um pouco. Ou não teria ficado aqui ontem à noite. Mas a Susanne Linder é uma ex-policial. E seria só por alguns dias. Se tivéssemos de organizar uma proteção pesada, seria diferente, e muito mais caro.

A seriedade de David Rosin começou a contagiá-la. De repente, Erika Berger se deu conta de que ele estava lembrando, com a maior tranquilidade, que a vida dela podia estar ameaçada. Exagero? Seria caso de considerar a preocupação daquele homem como meramente profissional? Então, por que ela havia ligado para a Milton Security para pedir que instalassem um alarme?

— Tudo bem. Vou arrumar o quarto de hóspedes.

Rosa Figuerola e Mikael Blomkvist só saíram do quarto às dez da noite, enrolados nos lençóis, para ir à cozinha de Rosa preparar uma salada de macarrão com atum, bacon e outras sobras encontradas na geladeira. Estavam bebendo água. De repente, Rosa começou a gargalhar.

— O que foi?

— Imagino que o Edklinth ficaria meio chocado se nos visse agora. Não acho que ele estava me estimulando a dormir com você quando disse que era para eu ficar em contato.

— Foi você que começou. Eu só podia escolher entre vir algemado ou por vontade própria.

— Eu sei. Mas não foi tão difícil te convencer.

— Você talvez não tenha consciência, embora eu ache que sim, que tudo em você é um convite para o sexo. Você acha que algum homem resistiria?

— Obrigada. Mas não me acho tão sexy. E não vou para a cama com alguém tão rápido.

— Humm.

— Verdade. Não é muito frequente eu acabar na cama com um homem. Andei mais ou menos namorando um cara na primavera. Mas acabou.

— Por quê?

— Ele até que era bonitinho, mas acabou virando uma queda de braço meio cansativa. Eu era mais forte que ele e ele não aguentou.

— Ah.

— Você é do tipo que vai querer fazer queda de braço comigo?

— Você está querendo saber se eu sou o tipo de homem que se incomoda se você estiver mais em forma e mais malhada do que eu? Não.

— Seja sincero. Reparei que muitos homens ficam interessados, mas depois começam a entrar numas de desafio e tentam achar um jeito de me dominar. Principalmente quando descobrem que sou tira.

— Não pretendo competir com você. O que eu sei fazer, faço melhor que você. E o que você sabe fazer, faz melhor que eu.

— Ótimo. Está aí uma postura que combina comigo.

— Por que você deu em cima de mim?

— Eu costumo seguir os meus impulsos. E você foi um desses impulsos.

— Certo. Mas você é uma policial da Säpo, o que não é pouca coisa, e por acaso está envolvida numa investigação em que eu sou um dos personagens...

— Você está querendo dizer que eu não fui profissional. Tem razão. Não deveria ter feito isso. E estarei encrencada se souberem. Edklinth ficaria furioso.

— Eu é que não vou dedurar.

— Obrigada.

Ficaram calados por um instante.

— Não sei no que isso vai dar. Pelo que entendi, você é um cara cheio de mulheres no currículo. Confere?

— Sim. Infelizmente. E acho que não estou procurando namorada fixa.

— Certo. Estou avisada. Acho que eu também não estou procurando um namorado fixo. Você concorda se a gente ficar na amizade?

— Prefiro assim. Rosa, não vou contar para ninguém que ficamos juntos, mas, se alguma coisa der errado, eu poderia ficar numa saia justa com seus colegas.

— Acho que não. O Edklinth é legal. E estamos muito dispostos a pegar esse clube Zalachenko. Parece uma loucura, se as suas teorias estiverem certas.

— Vamos ver.

— Você também teve um caso com a Lisbeth Salander.

Mikael ergueu os olhos e encarou Rosa.

— Ei... eu não sou um diário íntimo que todo mundo pode ler. Ninguém tem nada a ver com a minha relação com a Lisbeth.

— Ela é filha do Zalachenko.

— É. E tem que conviver com isso. Mas ela não é o Zalachenko. Tem uma enorme diferença aí.

— Não foi isso que eu quis dizer. Eu só estava me perguntando sobre o seu envolvimento nessa história.

— A Lisbeth é minha amiga. É razão mais que suficiente.

Susanne Linder, da Milton Security, estava usando jeans, uma jaqueta de couro preta e tênis de corrida. Chegou a Saltsjöbaden por volta das nove da noite, foi inteirada da situação por David Rosin e deu uma volta pela casa com ele. Trazia um laptop, um cassetete da polícia, uma bomba de gás lacrimogêneo, algemas e uma escova de dentes numa mochila militar verde que ela abriu no quarto de hóspedes de Erika Berger. Erika lhe ofereceu um café.

— Obrigada. A senhora talvez me veja como uma visita e ache que tem obrigação de me agradar de todas as maneiras possíveis. Na verdade, não tenho nada de visita. Sou um mal necessário que apareceu de repente na sua vida, mesmo que seja só por uns dias. Trabalhei seis anos como policial e quatro na Milton Security. Tenho diploma de guarda-costas.

— Ahã.

— Existe uma ameaça contra a senhora e estou aqui como sua guardiã, para que a senhora possa dormir tranquila, trabalhar, ler um livro, fazer o que tiver vontade. Se precisar conversar, estou pronta para escutá-la. Se não, eu trouxe um livro para me fazer companhia.

— Ótimo.

— O que eu quero dizer é que a senhora pode seguir com a sua vida sem se sentir no dever de me dar atenção. Senão, logo vai começar a me sentir como uma intrusa no seu dia a dia. O melhor seria me considerar uma colega ocasional.

— A verdade é que não estou acostumada com este tipo de situação. Já recebi ameaças na época em que era diretora da *Millennium*, mas tinha a ver com meu trabalho. Agora trata-se de uma pessoa superdesagradável que...

— Que pegou no seu pé.

— É, por aí.

— Se tivermos mesmo que montar uma proteção pessoal, isso vai lhe custar os olhos da cara e teríamos que conversar com o Dragan Armanskij. Só valeria a pena se a ameaça fosse muito clara e específica. Faço isso apenas para ganhar um dinheirinho extra. Cobro quinhentas coroas por noite para dormir aqui até o final da semana, em vez de dormir na minha casa. Não é caro, é muito menos do que eu pediria se pegasse esse serviço por intermédio da Milton. Está bem para a senhora?

— Está muito bem.

— Se acontecer o que quer que seja, quero que se tranque no quarto e deixe o agito por minha conta. A senhora só precisa acionar o alarme antiagressão.

— Entendo.

— Estou falando sério. Não quero a senhora me atrapalhando se houver confusão.

Erika Berger foi se deitar por volta das onze horas. Ouviu o estalido da fechadura quando fechou a porta do quarto. Despiu-se, pensativa, e deitou-se na cama.

Embora sua convidada a tivesse encorajado a não lhe dar atenção, passara duas horas com Susanne Linder à mesa da cozinha. Descobrira que elas se entendiam bem e que a conversa fluía sem dificuldade. Tinham falado sobre psicologia e essa tendência que leva alguns homens a perseguir mulheres. Susanne Linder afirmara que não estava nem aí para a lenga-lenga psicológica. Disse que era importante deter os malucos, que gostava muitíssimo do seu trabalho na Milton Security e que sua missão era, em boa parte, servir de medida preventiva contra os doidos.

— Por que você saiu da polícia? — perguntou Erika Berger.

— Pergunte antes por que me tornei policial.

— Certo. Por que você se tornou policial?

— Porque, quando eu tinha dezessete anos, uma amiga íntima minha foi agredida e estuprada por três marginais dentro de um carro. Eu me tornei policial porque tinha uma imagem romântica da polícia, achava que ela existia para impedir esse tipo de crime.

— Sim...

— Não consegui impedir coisíssima nenhuma. Como policial, eu sempre chegava ao local depois que o crime já tinha sido cometido. Não aguentei ser a idiota que faz perguntas idiotas na viatura da polícia. E logo descobri que certos crimes nunca são solucionados. Você é um bom exemplo. Você tentou avisar a polícia do que aconteceu?

— Tentei.

— E a polícia veio correndo para cá?

— Não exatamente. Sugeriram que eu fizesse um B. O. na delegacia mais próxima.

— Bem, então você entende. Agora trabalho para o Armanskij e entro em cena antes de o crime ser cometido.

— Ameaças contra mulheres?

— Trabalho em várias direções. Análise de segurança, proteção pessoal, vigilância etc. Mas muitas vezes se trata de pessoas que receberam ameaças, e gosto muito mais disso que da polícia.

— Humm.

— Mas reconheço que também existe um inconveniente.

— Ah, é? Qual?

— Só oferecemos ajuda aos clientes que podem pagar.

Deitada, Erika Berger refletia sobre o que Susanne Linder tinha dito. Nem todo mundo tinha condições de pagar para ter segurança. Quanto a ela, aceitara sem piscar a sugestão de David Rosin para trocar várias portas, chamar os técnicos e instalar sistemas duplos de alarme e tudo mais. A conta de todas aquelas medidas chegaria a cinquenta mil coroas. Ela podia pagar.

Refletiu um instante sobre sua impressão de que quem a ameaçava tinha alguma ligação com o *SMP*. Essa pessoa sabia que ela estava com o pé machucado. Pensou em Lukas Holm. Não gostava dele, o que contribuía para dirigir suas suspeitas a ele, mas por outro lado a notícia de que ela machucara o pé tinha se espalhado depressa na redação, assim que ela chegara usando muletas.

E ela ainda precisava enfrentar o problema Borgsjö.

Sentou-se na cama de repente, franziu o cenho e olhou em volta. Perguntava-se onde havia deixado a pasta de Henry Cortez sobre Borgsjö e a Vitavara S.A.

Erika se levantou, enfiou o roupão e apoiou-se na bengala. Então abriu a porta do quarto, foi até o seu escritório, acendeu a luz. Não, ela não tinha voltado ao escritório desde que... desde que lera o dossiê na banheira na noite anterior. Deixara-o na beira da janela.

Entrou no banheiro. A pasta não estava na janela.

Permaneceu um bom tempo imóvel, refletindo.

Eu saí da banheira, depois fui ligar a cafeteira, pisei no caco de vidro e minha cabeça ficou envolvida com outras coisas.

Ela não lembrava de ter visto a pasta de manhã. Não a tinha guardado em outro lugar.

De repente, sentiu que gelava. Passou os cinco minutos seguintes vasculhando o banheiro sistematicamente, revirando pilhas de papéis e jornais na cozinha e em seu quarto. Por fim, viu-se obrigada a reconhecer que a pasta havia sumido.

Em algum momento depois que ela pisara no caco de vidro e antes que David Rosin aparecesse naquela manhã, alguém tinha entrado no banheiro e pegado os documentos da *Millennium* sobre a Vitavara S.A.

Então ela se lembrou que guardava outros segredos em casa. Foi mancando até o quarto e abriu a gaveta de baixo, junto à cama. Seu coração se desfez dentro do peito. Todo mundo tem seus segredos. Erika Berger guardava os seus na cômoda do quarto. Não mantinha um diário íntimo regular, mas o fizera em certos períodos. Na gaveta estavam também antigas cartas de amor de sua adolescência.

Havia também um envelope com fotos que tinham tido graça quando foram tiradas, mas que eram impróprias para publicação. Quando Erika tinha uns vinte e cinco anos, fora membro do Clube Xtremo, que organizava festas particulares para amantes do couro e do látex. Havia fotos suas, tiradas nessas festas, em que ela não parecia nada bem no quesito sobriedade.

E desastre total: havia um vídeo feito durante umas férias no início dos anos 1990, quando ela e o marido tinham se hospedado na casa do artista vidreiro Torkel Bollinger, na Costa del Sol. Nessas férias, Erika descobrira que seu marido tinha uma clara tendência bissexual, e os dois haviam acabado na cama de Torkel. Tinham sido férias maravilhosas. Na época, as câmeras de vídeo ainda eram um fenômeno relativamente recente e o filme que haviam produzido não era do tipo que se deixa ao alcance das crianças.

A gaveta estava vazia.

Como eu pude ser burra a esse ponto?

No fundo da gaveta, alguém pichara as duas palavras que já haviam se tornado familiares.

19. SEXTA-FEIRA 3 DE JUNHO — SÁBADO 4 DE JUNHO

Lisbeth Salander terminou de escrever sua biografia por volta das quatro da manhã de sexta-feira, e mandou uma cópia para Mikael Blomkvist pelo grupo Yahoo [Tavola-Biruta]. Depois ficou deitada, imóvel, contemplando o teto.

Deu-se conta que no dia 30 de abril completara vinte e sete anos, mas que não tinha se lembrado de seu aniversário. Estava no cativeiro. Tivera a mesma experiência na clínica de psiquiatria infantil de Sankt Stefan e, se os ventos não virassem a seu favor, estava arriscada a passar vários outros aniversário numa instituição qualquer.

Isso ela não pretendia aceitar.

A última vez que tinha sido trancafiada, ainda não era uma adolescente. Agora, era adulta, com outros conhecimentos e competências. Perguntou-se quanto tempo precisaria para fugir, colocar-se em segurança em algum lugar no exterior e conseguir uma nova identidade e uma nova vida.

Levantou-se da cama, foi ao banheiro e olhou-se no espelho. Não mancava mais. Apalpou o quadril no lugar onde o ferimento causado pela bala criara uma cicatriz. Girou os braços e esticou o ombro. Sentiu umas pontadas, mas ela estava praticamente restabelecida. Deu umas batidinhas na cabeça. Supunha que seu cérebro não havia sofrido grandes danos, apesar de ter sido perfurado por uma bala.

Tivera muita sorte.

Quando ainda estava sem seu computador de mão, tinha se ocupado pensando numa maneira de fugir daquele quarto trancado do hospital Sahlgrenska.

Depois, Anders Jonasson e Mikael Blomkvist haviam atropelado seus planos fornecendo-lhe o computador. Ela lera os textos de Mikael Blomkvist e refletira bastante. Tinha analisado as consequências, pensado no plano de Mikael e avaliado as possibilidades. E resolvera, pela primeira vez, que iria aceitar a sugestão dele. Ia testar o sistema. Mikael Blomkvist a convencera de que ela realmente não tinha nada a perder, e oferecia-lhe uma possibilidade de fuga bem diferente. Se o plano fracassasse, só lhe restaria pensar numa forma de fugir da clínica Sankt Stefan ou de algum outro hospital de doidos.

O que a convencera a aceitar o plano de Mikael fora sua sede de vingança.

Ela não perdoava.

Zalachenko, Björck e Bjurman estavam mortos.

Mas Teleborian ainda estava vivo.

Assim como Ronald Niedermann, seu irmão. Mesmo que, a princípio, ele não fosse problema dela. Certo, ele estivera ali para assassiná-la e enterrá-la, mas ainda assim ela o considerava secundário. *Se eu topar com ele algum dia, aí a gente vê, mas até lá ele é um problema da polícia.*

Mikael tinha razão. Por trás da conspiração havia outros rostos desconhecidos que haviam contribuído para moldar a vida dela. Ela precisava saber os nomes e currículos desses rostos anônimos.

Assim, resolvera seguir o plano de Mikael e escrevera a verdade nua sobre sua vida, sem maquiagem, na forma de uma biografia fria e seca de quarenta páginas. Tomara o maior cuidado com suas afirmações. Todas as frases eram verídicas. Aceitara o raciocínio de Mikael segundo o qual a mídia sueca já havia divulgado tantas fantasias grotescas sobre ela, que uma cota verdadeira de loucura não iria prejudicar sua reputação.

Em compensação, a biografia era falsa porque ela não contava de fato *toda* a verdade sobre si mesma e sobre sua vida. Não tinha nenhum motivo para isso.

Voltou para a cama e se enfiou debaixo das cobertas. Sentia uma irritação que não conseguia definir. Esticou-se para apanhar o bloco de anotações que Annika Giannini lhe dera e que praticamente não usara. Abriu a primeira página, onde anotara apenas uma linha.

$(x^3+y^3=z^3)$

No inverno anterior ela havia passado várias semanas nas Antilhas queimando neurônios até quase pirar, tentando solucionar o teorema de Fermat. Ao voltar para a Suécia, e antes de ser envolvida na caçada a Zalachenko, continuara brincando com as equações. Seu problema agora era a sensação enervante de ter vislumbrado uma solução... *de ter vivenciado uma solução.*

Mas não conseguia se lembrar.

Não se lembrar de alguma coisa era um fenômeno desconhecido para Lisbeth Salander. Ela fizera alguns testes, entrando na internet e pinçando ao acaso alguns códigos HTML, que ela lera de um jato e decorara, e depois reconstituíra corretamente.

Não tinha perdido sua memória fotográfica, que ela vivenciava como uma maldição.

Tudo estava como sempre fora na sua cabeça.

A não ser por isto: tinha a impressão de ter visto uma solução para o teorema de Fermat, mas não conseguia se lembrar onde, quando ou como.

O pior é que não sentia o menor interesse pelo enigma. O teorema de Fermat já não lhe interessava. Mau sinal. Era bem assim que ela funcionava. Ficava fascinada por um enigma, mas depois que o desvendava perdia o interesse por ele.

Era exatamente o que sentia em relação a Fermat. Ele já não era aquele diabinho saltitando em seu ombro, pedindo atenção e atiçando sua inteligência. Não passava de uma fórmula insípida, de rabiscos numa folha de papel, e ela não tinha a menor vontade de mexer nisso.

O que era preocupante. Largou o bloco de anotações.

Ela deveria ir dormir.

Em vez disso, tornou a pegar o computador de mão e conectou-se à internet. Refletiu por um momento e então entrou no disco rígido de Dragan Armanskij, que ela não visitava desde que recebera o computador. Armanskij vinha colaborando com Mikael Blomkvist, mas ela não sentira uma necessidade imediata de ver no que ele trabalhava.

Leu distraidamente sua correspondência eletrônica.

Então deparou com a análise de segurança feita por David Rosin para a residência de Erika Berger. Franziu o cenho.

Erika Berger estava com um ciberassediador na sua cola.

Encontrou o relatório de uma funcionária chamada Susanne Linder, que aparentemente pernoitara na casa de Erika Berger e enviara um relatório por e-mail à noite. Deu uma olhada no horário. O e-mail fora enviado pouco antes das três da manhã e relatava que Berger descobrira que diários íntimos, cartas e fotografias, além de um vídeo de caráter estritamente pessoal, haviam sido roubados de uma cômoda de seu quarto.

> [Depois de conversarmos sobre o incidente, concluímos que o roubo deve ter ocorrido enquanto a sra. Berger ainda se encontrava no hospital de Nacka, depois de ter pisado num caco de vidro. Por um período de mais ou menos duas horas e meia, a casa ficou sem vigilância e com o alarme incompleto da NIP fora de funcionamento. Exceto isso, ou Berger ou David Rosin estiveram o tempo todo na casa até o roubo ser descoberto.
>
> Pode-se deduzir que o assediador da sra. Berger devia estar nas proximidades e viu quando ela saiu de táxi, como decerto também viu que ela estava mancando e com o pé machucado. Então aproveitou a oportunidade para entrar na casa.]

Lisbeth fechou o discou rígido de Armanskij e desligou, pensativa, o computador de mão. Estava tomada por sentimentos contraditórios.

Não tinha motivo nenhum para gostar de Erika Berger. Ainda se lembrava de como se sentira humilhada ao vê-la desaparecer na Hornsgatan com Mikael Blomkvist um ano e meio atrás, no dia 30 de dezembro.

Fora o momento mais idiota de toda a sua vida e ela nunca mais se permitiria sentir aquilo de novo.

Lembrava-se do ódio irracional que a invadira e do desejo de alcançá-los e de machucar Erika Berger.

Fora doloroso.

Ela estava curada.

Ótimo. Portanto, não tinha motivo nenhum para gostar de Erika Berger.

No instante seguinte, perguntou-se qual seria o conteúdo do vídeo *de caráter estritamente pessoal* de Berger. Ela também possuía um vídeo de caráter estritamente pessoal que mostrava o calhorda do Nils Bjurman violentando-a. O vídeo estava agora com Mikael Blomkvist. Perguntou-se como ela reagiria se alguém entrasse em sua casa e roubasse o filme. Que era o que Mikael Blomkvist, afinal, tinha feito, embora não com o objetivo de prejudicá-la.

Humm.

Complicado.

Erika Berger não conseguiu dormir na noite de sexta para sábado. Ficou andando incansavelmente pela casa, manquejando, enquanto Susanne Linder ficava de olho nela. Sua angústia pairava na casa como uma verdadeira neblina.

Por volta das duas e meia, Susanne Linder conseguiu convencer Berger a pelo menos se deitar para descansar um pouco, mesmo sem dormir. Deu um suspiro de alívio quando Berger fechou a porta do quarto. Abriu seu laptop e resumiu o que se passara num e-mail para Dragan Armanskij. Mal tinha tido tempo de enviar o e-mail, quando voltou a ouvir Erika Berger de pé, se movimentando.

Por volta das sete da manhã, conseguira convencer Erika Berger a ligar para o *SMP* dizendo que estava doente e que não iria ao jornal naquele dia. A contragosto, Erika admitira que não trabalharia com muita eficiência com os olhos se fechando de sono. Em seguida, dormira no sofá da sala, diante da janela vedada com a chapa de compensado. Susanne Linder fora pegar um cobertor. Depois fizera um café e ligara para Dragan Armanskij, a fim de explicar sua presença no local e como fora chamada por David Rosin.

— Eu também não preguei o olho esta noite — disse Susanne Linder.

— Certo. Fique aí com a Berger. Vá se deitar e durma algumas horas — disse Armanskij.

— Não sei como vou faturar isso...

— Depois a gente dá um jeito.

Erika Berger dormiu até as duas e meia da tarde. Quando acordou, deu com Susanne Linder dormindo numa poltrona do outro lado da sala.

* * *

Rosa Figuerola perdeu a hora na sexta-feira de manhã e não teve tempo de fazer sua corrida matinal antes de ir trabalhar. Pôs a culpa em Mikael, tomou um banho e o fez sair da cama rapidinho.

Mikael Blomkvist foi até a *Millennium*, e todos se surpreenderam ao vê-lo chegar tão cedo. Ele resmungou uma explicação qualquer, foi pegar um café e chamou Malu Eriksson e Henry Cortez à sua sala. Passaram três horas revisando os textos para a edição temática que estava para sair e conferiram o andamento da produção de livros.

— O livro do Dag Svensson foi para a gráfica ontem — disse Malu. — Vai sair em formato de bolso.

— Certo.

— A revista vai sair com o título *The Lisbeth Salander Story* — disse Henry Cortez. — Estão alterando a data, mas o julgamento está marcado para a quarta-feira 13 de julho. A revista já vai estar impressa, porém vamos esperar até o meio da semana para começar a distribuição. Você é que decide a data em que ela deve estar nas bancas.

— Ótimo. Então só falta o livro do Zalachenko, que no momento está um verdadeiro pesadelo. Título: *A Seção*. A primeira parte, na verdade, é o que vamos publicar na *Millennium*. O ponto de partida é o assassinato de Dag Svensson e Mia Bergman, depois temos a caçada a Lisbeth Salander, Zalachenko e Niedermann. A segunda parte do livro vai falar do que sabemos sobre a Seção.

— Mikael, mesmo que a gráfica faça todo o possível, temos que entregar os originais definitivos, prontos para imprimir, no máximo em 30 de junho — disse Malu. — O Christer precisa de uns dois, três dias para diagramar. Temos pouco mais de duas semanas. Não vejo como a gente vai conseguir.

— Não vamos ter tempo de levantar a história toda — admitiu Mikael. — Mas acho que não conseguiríamos nem que tivéssemos um ano pela frente. O que vamos fazer nesse livro é expor o que aconteceu. Se não conseguirmos nenhuma fonte para dar uma declaração, eu mesmo escrevo e dou a minha declaração. Se ficarmos só especulando, isso vai transparecer. De um lado, a gente escreve o que aconteceu e não podemos provar; de outro, o que a gente acha que aconteceu.

— Ou seja, uma coisa capenga — disse Henry Cortez.

Mikael balançou a cabeça.

— Se eu disser que alguém da Säpo entrou no meu apartamento e provo isso com um vídeo, então está provado. Se eu disser que quem mandou fazer isso foi a Seção, é especulação, mas, diante de todas as revelações que vamos fazer, é uma especulação plausível. Entende?

— É...

— Não vou ter tempo de escrever todos os textos sozinho. Henry, estou com uma lista de textos para você rever. São umas cinquenta páginas do livro. Malu, você dá assistência ao Henry, como quando a gente fez o livro do Dag Svensson? Nós três vamos assinar o livro. Tudo bem para vocês?

— Claro — disse Malu. — Só que temos outros problemas.

— Quais?

— Enquanto você enlouquecia com o caso Zalachenko, a gente aqui ficou com um puta trabalho para fazer...

— Você quer dizer que eu não ando disponível?

Malu Eriksson fez que sim com a cabeça.

— Tem razão. Desculpe.

— Não se desculpe. Todos nós sabemos que quando você fica obcecado com um caso, o resto deixa de existir. Mas com a gente não funciona assim. Não funciona comigo. A Erika Berger podia contar comigo. Eu tenho o Henry, e ele é bárbaro, mas está trabalhando na sua matéria tanto quanto você. Mesmo contando com você, ainda faltam duas pessoas na redação.

— Certo.

— E eu não sou a Erika Berger. Ela tinha uma quilometragem que eu não tenho. Ainda estou aprendendo. A Monika Nilsson está se matando de trabalhar. E a Lottie Karim também. Só que ninguém tem tempo nem de parar para pensar.

— Tudo isso é passageiro. Assim que o julgamento começar...

— Não, Mikael. Não vai passar. Quando o julgamento começar, vai ser um inferno. Lembre-se do caso Wennerström. O que vai acontecer é que não vamos te ver por uns dois meses, enquanto você estiver se exibindo no horário nobre da tevê.

Mikael suspirou. Balançou a cabeça devagar.

— O que você sugere?

— Se quisermos dar conta da *Millennium* desse outono, vamos precisar contratar pelo menos duas pessoas, talvez mais. Não temos condições de fazer o que estamos pretendendo e...

— E?

— E nem tenho certeza se quero mesmo fazer isso.

— Entendo.

— Estou falando sério. Eu sou uma ótima assistente editorial, e as coisas rolavam numa boa com a Erika na chefia. Combinamos de fazer um teste no verão... Bem, a gente tentou. Não sou uma boa redatora-chefe.

— Isso é bobagem — disse Henry Cortez.

Malu meneou a cabeça.

— Certo — disse Mikael. — Estou entendendo. Mas considere que estamos passando por uma situação atípica.

Malu sorriu para ele.

— Você deve encarar isso como a reclamação de uma funcionária — disse ela.

A unidade de intervenção da Brigada de Proteção à Constituição passou a sexta-feira tentando elucidar a informação fornecida por Mikael Blomkvist. Dois colaboradores se instalaram num escritório provisório na Fridhemsplan, e ali ficou centralizada toda a documentação. Era pouco prático, já que todo o sistema de computação ficava no Palácio da Polícia e os colaboradores, portanto, tinham de ir e vir todos os dias. Mesmo sendo um trajeto de apenas minutos, era incômodo. Ao meio-dia, já dispunham de uma ampla documentação mostrando que tanto Fredrik Clinton como Hans von Rottinger tinham sido ligados à Säpo nos anos 1960 e início dos 1970.

Rottinger era originário do serviço de informações militares e trabalhara vários anos na agência coordenando Defesa e Segurança. Fredrik Clinton tinha passado pela Força Aérea e começara a trabalhar no controle de pessoal da Säpo em 1967.

Ambos, porém, haviam saído da Säpo no início dos anos 1970; Clinton em 1971 e Rottinger em 1973. Clinton voltara para a vida civil como consultor e Rottinger tinha sido contratado para fazer investigações pela Agência Internacional de Energia Atômica. Fora baseado em Londres.

A tarde já ia longe quando Rosa Figuerola foi bater à porta de Edklinth para contar que tudo indicava que as carreiras de Clinton e Rottinger, desde que haviam deixado a Säpo, tinham sido forjadas. A carreira de Clinton era difícil de rastrear. Trabalhar como consultor para o setor industrial pode significar praticamente qualquer coisa. A pessoa não tem obrigação de prestar contas de suas atividades ao Estado. As declarações de renda de Clinton mostravam que ele ganhava muito dinheiro; infelizmente, sua clientela parecia ser formada, sobretudo, por empresas anônimas sediadas na Suíça e em países similares. Portanto, não era muito fácil provar que tudo aquilo não passava de fachada.

Rottinger, em compensação, nunca pusera os pés no escritório de Londres onde supostamente trabalhava. Em 1973, na verdade o prédio onde ficava o tal escritório havia sido demolido e substituído por uma extensão da King's Cross Station. Era óbvio que alguém se enganara redondamente ao criar aquela lenda. Durante o dia, a equipe de Figuerola conversou com vários colaboradores aposentados da Agência Internacional de Energia Atômica. Nenhum deles sequer ouvira falar em Rottinger.

— Já temos as informações — disse Edklinth. — Agora só nos resta descobrir quais as reais atividades desses senhores.

Rosa Figuerola concordou com a cabeça.

— E quanto ao Blomkvist, o que a gente faz?

— Como assim?

— Nós prometemos mantê-lo informado do que descobríssemos sobre Clinton e Rottinger.

Edklinth refletiu.

— Está certo. E ele mesmo vai acabar descobrindo se continuar vasculhando. Mais vale mantermos boas relações com ele. Você conta para o Blomkvist. Mas use a cabeça.

Rosa Figuerola prometeu. Conversaram alguns minutos sobre a agenda do fim de semana. Dois colaboradores de Rosa iam continuar trabalhando. Ela estaria de folga.

Ela bateu seu ponto e foi até a academia da praça Sankt Erik, onde passou duas horas se recuperando desenfreadamente do treino que havia perdido. Ao voltar para casa por volta das sete da noite, tomou um banho, preparou uma refeição leve e ligou a tevê para ver o noticiário. Por voltas das sete e meia, já estava zanzando à toa e calçou o tênis de corrida. Deteve-se à porta de casa e pensou um pouco. *Maldito Blomkvist!* Pegou o celular e ligou para o T10 de Mikael.

— Descobrimos umas duas, três coisas sobre o Rottinger e o Clinton.

— Fale — disse Mikael.

— Se você vier me visitar eu te conto.

— Humm — fez Mikael.

— Acabei de pôr o tênis de corrida para ir gastar meu excesso de energia — disse Rosa Figuerola. — Saio ou te espero?

— Está bem para você se eu chegar depois das nove?

— Está ótimo.

Por volta das oito da noite de sexta-feira, o dr. Anders Jonasson foi ver Lisbeth Salander. Ele se sentou na poltrona dos visitantes e recostou-se.

— Vai me examinar? — perguntou Lisbeth Salander.

— Não. Hoje não.

— Que maravilha!

— Fizemos uma avaliação do seu estado hoje e informamos o procurador de que estamos prontos para lhe dar alta.

— Entendo.

— Eles queriam transferir você para a casa de detenção de Göteborg esta noite mesmo.

— Tão rápido?

Ele assentiu com a cabeça.

— Parece que Estocolmo está pressionando. Eu disse que ainda tinha uns testes para fazer com você amanhã e que não ia liberá-la antes de domingo.

— Por quê?

— Não sei. A pressa deles me irritou.

Lisbeth Salander sorriu de verdade. Ela sem dúvida conseguiria transformar o dr. Anders Jonasson num bom anarquista, se lhe dessem alguns anos. Pelo menos tendências à desobediência civil ele tinha.

— Fredrik Clinton — disse Mikael Blomkvist, olhos fixos no teto acima da cama de Rosa Figuerola.

— Acenda esse cigarro e eu apago ele no seu umbigo — disse Rosa.

Mikael olhou, surpreso, para o cigarro que acabava de tirar do bolso do paletó.

— Desculpe — disse ele. — Você me empresta a sua sacada?

— Só se você escovar os dentes depois.

Ele concordou balançando a cabeça e se enrolou num lençol. Ela o seguiu até a cozinha e encheu um copo grande com água fria. Apoiou-se no vão da porta da sacada.

— Fredrik Clinton?

— Ele ainda está vivo. É o elo com o passado.

— Ele está morrendo. Precisa de um rim, e passa a maior parte do tempo fazendo diálise ou algum outro tratamento.

— Mas está vivo. Poderíamos entrar em contato com ele e perguntar diretamente. Ele talvez queira falar.

— Não — disse Rosa. — Em primeiro lugar, trata-se de um inquérito preliminar e a polícia é que está investigando. Nós não existimos nessa história. Em segundo lugar, como foi combinado com Edklinth, você está recebendo as informações, mas se comprometeu a não atrapalhar a investigação.

Mikael olhou para ela e sorriu. Apagou o cigarro.

— Epa — disse ele. — Olha a Säpo puxando a coleira...

De repente, ela pareceu preocupada.

— Mikael, eu não estou brincando.

Quando Erika Berger foi para o *Svenska Morgon-Posten* no sábado de manhã, estava com um nó no estômago. Sentia que começava a dominar o modo de fazer o jornal e na verdade planejara tirar folga no fim de semana — pela primeira vez desde que entrara no *SMP* —, porém ter descoberto que suas lembranças mais pessoais e íntimas haviam sumido junto com o relatório sobre Borgsjö a impedia de relaxar totalmente.

Durante sua noite em claro, passada em boa parte na cozinha com Susanne Linder, Erika esperara que Pena Podre atacasse outra vez e que imagens suas, que podiam ser tudo menos lisonjeiras, fossem rapidamente divulgadas. A internet era uma arma perfeita para os canalhas. *Meu Deus, um vídeo em que eu apareço trepando com meu marido e outro homem, e eu vou parar nos jornais sensacionalistas do mundo inteiro. Não poderia haver coisa mais íntima.*

Durante toda a noite, fora torturada pelo pânico e pela angústia.

Por fim, Susanne Linder a obrigara a ir se deitar.

Levantou-se às oito horas e foi para o *SMP*. Não conseguia ficar longe por muito tempo. Se havia uma tempestade esperando por ela, queria ser a primeira a enfrentá-la.

Mas na equipe de redação, reduzida por ser sábado, estava tudo normal. As pessoas a cumprimentaram cordialmente quando ela passou pelo polo central. Lukas Holm não estava trabalhando. Peter Fredriksson chefiava Atualidades.

— Oi, achei que você não vinha trabalhar hoje.

— Eu também. Mas ontem eu não estava bem, e tenho umas pendências. Alguma novidade?

— Não, o noticiário está fraco. O que temos de mais excitante é a divulgação de uma melhora na situação do setor madeireiro na Dalecarlia e um assalto em Norrköping com um ferido.

— Certo. Vou trabalhar um pouco na primeira página.

Sentou-se, apoiou as muletas na estante de livros e se conectou à internet. Primeiro, abriu os e-mails. Tinha recebido vários, mas nada do Pena Podre. Franziu o cenho. Já haviam se passado dois dias desde o assalto a sua casa e ele ainda não reagira ao que deveria representar um autêntico tesouro de possibilidades. *Por quê? Será que está pretendendo mudar de tática? Quer me deixar em suspense?*

Como ela não tinha nenhum trabalho especial para fazer, abriu o arquivo da estratégia para o *SMP* que estava escrevendo. Ficou olhando para a tela por uns quinze minutos, sem nem ver as letras.

Tinha tentado falar com Lars, sem sucesso. Nem sabia se o celular dele funcionava em outro país. Claro que poderia localizá-lo se fizesse um esforço, mas sentia-se completamente apática. Ou melhor, sentia-se desesperada e paralisada.

Tentou ligar para Mikael Blomkvist no intuito de avisar que o dossiê Borgsjö havia sido roubado. Ele não atendia.

Às dez da manhã, ainda não tinha feito nada de importante e resolveu voltar para casa. Estava estendendo a mão para desligar o computador quando seu ICQ tilintou. Atônita, fitou o menu. Sabia o que era o ICQ, mas raramente entrava em chats e nunca usara aquele programa desde que começara no *SMP*.

Hesitante, clicou em Responder.

[Oi, Erika.]

[Oi. Quem é?]

[É particular. Você está sozinha?]

Uma armadilha? Pena Podre?

[Estou. Quem é você?]

[A gente se conheceu no apartamento do Super-Blomkvist quando ele voltou de Sandhamn.]

Erika contemplou a tela. Levou alguns segundos até entender. *Lisbeth Salander, isso é impossível.*

[Você está aí?]

[Estou.]

[Sem citar nomes. Você sabe quem eu sou?]

[Como posso saber que não é uma armadilha?]

[Eu sei como o Mikael adquiriu aquela cicatriz no pescoço.]

Erika engoliu em seco. Apenas quatro pessoas no mundo sabiam como ele adquirira aquela cicatriz. Lisbeth Salander era uma delas.

[Certo. Mas como você está conseguindo falar comigo?]

[Eu costumo me sair bem em computação.]

A Lisbeth Salander é fera em computação. Mas queria que alguém me explicasse como ela consegue se comunicar estando em Sahlgrenska e isolada desde abril.

[Certo.]

[Posso confiar em você?]

[Em que sentido?]

[Esta conversa tem que ficar entre nós.]

Ela não quer que a polícia saiba que ela tem acesso à internet. Claro. Por isso é que ela está batendo papo com a redatora-chefe de um dos maiores jornais da Suécia.

[Não tem problema. O que você quer?]

[Ressarcir.]

[Como assim?]

[A *Millennium* me apoiou.]

[Fizemos o nosso trabalho.]

[Ao contrário de outros veículos.]

[Você não é culpada das acusações que estão lhe fazendo.]

[Tem um canalha assediando você.]

O coração de Erika disparou. Hesitou por um bom tempo.

[O que você sabe?]

[Vídeo roubado. Arrombamento.]

[Sim. Você pode fazer alguma coisa?]

Erika Berger custou a acreditar que ela mesma tinha feito aquela pergunta. Era uma loucura absoluta. Lisbeth Salander estava hospitalizada em Sahlgrenska e já estava mais que saturada de problemas. Era a pessoa menos provável para Erika pedir ajuda.

[Não sei. Deixe eu tentar.]

[Como?]

[Pergunta. Você acha que esse cretino é do *SMP*?]

[Não tenho como provar.]

[Por que você acha que ele é do *SMP*?]

Erika ponderou por algum tempo antes de responder.

[É uma sensação. Começou quando eu entrei no *SMP*. Outras pessoas do jornal também receberam e-mails desagradáveis do Pena Podre como se tivessem sido mandados por mim.]

[Pena Podre?]

[É assim que eu chamo esse canalha.]

[Certo. Por que o Pena Podre estaria mirando em você e não em outra pessoa?]

[Não sei.]

[Há alguma coisa que indique que é pessoal?]

[Como assim?]

[Quantos funcionários tem no *SMP*?]

[Cerca de 230, incluindo a editora.]

[Quantos você conhece pessoalmente?]

[Não sei dizer ao certo. Conheci vários jornalistas e colaboradores ao longo dos anos, em diferentes situações.]

[Você já se indispôs com algum deles?]

[Não. Nada especial.]

[Alguém pode estar querendo se vingar?]

[Se vingar? Do quê?]

[A vingança é um motivo poderoso.]

Erika olhou para a tela tentando entender a que Lisbeth Salander estaria se referindo.

[Você está aí?]

[Estou. Por que você falou em vingança?]

[Eu li a lista do Rosin com todos os incidentes que você associa ao Pena Podre.]

Por que é que eu não estou surpresa?

[Certo???]

[Ele não tem jeito de assediador.]

[O que você quer dizer?]

[Um assediador é alguém dominado pela obsessão sexual. Esse parece que está imitando o tipo assediador. Chave de fenda na bunda... imagina, isso é pura paródia.]

[Ah, é?]

[Já vi assediadores de verdade. São muito mais perversos, vulgares e grotescos. Expressam amor e ódio ao mesmo tempo. Essa história não está batendo direito.]

[Você acha que não está suficientemente vulgar.]

[Não. O e-mail para a Eva Carlsson não tem nada a ver. Isso é alguém querendo te perturbar.]

[Sei. Eu não estava vendo as coisas por esse ângulo.]

[Não é um maníaco sexual. É algo contra você, pessoal.]

[Bem, e o que você sugere?]

[Você confia em mim?]

[Talvez.]

[Preciso acessar a rede do *SMP*.]

[Ei, calma lá!]

[Não demora, eu vou ser transferida e vou ficar sem internet.]

Erika hesitou por uns dez segundos. Entregar o *SMP* a... a quem? A uma verdadeira maluca? Claro, Lisbeth era inocente dos assassinatos de que fora acusada, porém, definitivamente, não era uma pessoa normal.

Mas o que ela tinha a perder?

[Como?]

[Preciso instalar um programa no seu computador.]

[A gente tem firewall.]

[Você vai me ajudar. Entre na internet.]

[Isso eu já estou.]

[Explorer?]

[Sim.]

[Vou escrever um endereço. Copie e cole no Explorer.]

[Pronto.]

[Você está vendo uma lista com uma quantidade de programas. Clique em Asphyxia Server e carregue.]

Erika seguiu as instruções.

[Pronto.]

[Inicie o Asphyxia. Clique em Instalar e escolha o Explorer.]

A operação levou três minutos.

[Pronto. Certo. Agora você tem que reiniciar o computador. Vamos perder o contato por um momento.]

[Certo.]

[Quando nos reconectarmos, vou transferir o seu disco rígido para um servidor da internet.]

[Certo.]

[Pode reiniciar. Até daqui a pouco.]

Erika Berger olhou fascinada para a tela enquanto seu computador reiniciava devagar. Perguntava-se se estava totalmente bem da cabeça. Então seu ICQ tilintou.

[Olá de novo.]

[Olá.]

[Vai ser mais rápido se você fizer. Conecte-se à internet e copie o endereço que vou lhe passar por e-mail.]

[Certo.]

[Você vai ver uma pergunta. Clique em Start.]

[Certo.]

[Agora estão pedindo que você dê um nome ao disco rígido. Ponha SMP-2.]

[Certo.]

[Pode ir buscar um café. Vai demorar um tempinho.]

Rosa Figuerola acordou, no sábado, por volta das oito da manhã, quase duas horas depois de seu horário habitual. Sentou-se na cama e contemplou Mikael Blomkvist. Ele roncava. *Bem, ninguém é perfeito.*

Perguntou-se aonde aquela história com Mikael Blomkvist iria levá-la. Ele não era do tipo fiel, com quem se podia investir num relacionamento a longo prazo — isso ela logo viu ao analisar a biografia dele. Por outro lado, ela não tinha realmente certeza de estar buscando um relacionamento estável, com noivo, geladeira e crianças. Depois de uma dúzia de tentativas fracassadas desde a adolescência, achava cada vez mais que o mito do relacionamento estável era superestimado. Seu relacionamento mais duradouro se mantivera por dois anos, com um colega de Uppsala.

Ela tampouco era o tipo de mulher que se envolvia em aventuras sexuais de uma só noite, mesmo achando que muitas pessoas se esqueciam do valor inestimável do sexo como um remédio para praticamente tudo. E o sexo com Mikael Blomkvist era muito legal. Mais que legal, aliás. Ele era um cara bacana. Dava vontade de repetir.

Aventura de férias? Namorico? Estaria apaixonada?

Foi até o banheiro, passou uma água no rosto, escovou os dentes, enfiou um short e uma camiseta de corrida e saiu do apartamento pé ante pé. Fez um alongamento e trotou quarenta e cinco minutos em volta do hospital de Rålambshov, via Fredhäll, retornando por Smedsudden. Voltou para casa às nove horas e viu que Blomkvist ainda dormia. Inclinou-se e mordiscou-lhe a orelha até ele abrir uns olhos enevoados.

— Bom dia, meu querido. Estou precisando de alguém para esfregar as minhas costas.

Ele a olhou fixamente e resmungou alguma coisa.

— O que você disse?

— Você não precisa tomar banho. Já está hipermolhada.

— Eu fui correr. Você deveria ir comigo.

— Se eu tentar acompanhar o seu ritmo, você vai ter que chamar uma ambulância. Parada cardíaca na Norr Mälastrand.

— Não diga bobagem. Vamos lá. Você precisa acordar.

Ele esfregou-lhe as costas e ensaboou seus ombros. E quadris. E barriga. E seios. Momentos depois, Rosa Figuerola perdera totalmente o interesse pelo banho e o arrastou de volta para a cama. Só saíram por volta das onze horas, para tomar um café no Norr Mälastrand.

— Você tem tudo para virar um mau hábito — disse Rosa. — Faz só alguns dias que a gente se conhece.

— Tenho um tesão louco por você. Mas acho que isso você já sabe.

Ela fez que sim com a cabeça.

— Por quê?

— Ah, eu não sei dizer. Nunca entendi por que uma mulher de repente me atrai enquanto outra não me interessa nem um pouco.

Ela sorriu, pensativa.

— Hoje eu não trabalho — disse.

— E eu sim. Tenho um monte de coisas para fazer antes do início do julgamento, e passei as três últimas noites na sua casa em vez de trabalhar.

— Que pena.

Ele se levantou e deu-lhe um beijo no rosto. Ela o segurou pela manga da camisa.

— Blomkvist, tenho muita vontade de continuar vendo você.

— Eu também — disse ele. — Mas vai haver altos e baixos até que a gente consiga levar essa história para um final feliz.

Ele desapareceu na direção de Hantverkargatan.

Erika Berger retornara com seu café e observava a tela. Não havia acontecido nada durante quarenta e cinco minutos, a não ser o protetor de tela entrando de tempos em tempos. Por fim seu ICQ tilintou novamente.

[Pronto. Tem um monte de porcaria no seu disco rígido, inclusive dois vírus.]

[Sinto muito. E o que vem agora?]

[Quem é o administrador da rede do *SMP*?]

[Não sei. Provavelmente o Peter Fleming, que é o diretor de tecnologia.]

[Certo.]

[O que eu devo fazer?]

[Nada. Volte para casa.]

[Assim, simplesmente?]

[Eu dou notícias.]

[Tenho que deixar o computador ligado?]

Mas Lisbeth Salander já tinha saído do ICQ. Erika Berger olhou para a tela, frustrada. Por fim, desligou o computador e saiu, buscando uma cafeteria onde pudesse refletir sem ser interrompida.

20. SÁBADO 4 DE JUNHO

Mikael Blomkvist desceu do ônibus em Slussen, pegou o elevador Katarina para subir até Mosebacke e em seguida rumou para o número 9 da Fiskargatan, subindo até o apartamento. Tinha comprado pão, leite e queijo no mercadinho em frente ao Conselho Geral e, antes de mais nada, guardou as compras na geladeira. Depois ligou o computador de Lisbeth Salander.

Após pensar um instante, ligou também seu Ericsson T10 azul. Deixou para lá o celular normal, já que, de todo modo, não queria falar com ninguém que não estivesse relacionado com o caso Zalachenko. Verificou que recebera seis chamadas nas últimas vinte e quatro horas, três de Henry Cortez, duas de Malu Eriksson e uma de Erika Berger.

Ligou primeiro para Henry Cortez, que estava num café da Vasastan e tinha umas coisinhas para lhe mostrar, mas nada urgente.

Malu Eriksson tinha ligado só para dar notícias.

Em seguida ligou para Erika Berger, mas estava ocupado.

Entrou no grupo Yahoo [Tavola-Biruta] e encontrou a versão final da biografia de Lisbeth Salander. Balançou a cabeça, sorrindo, imprimiu o documento e iniciou imediatamente a leitura.

Lisbeth Salander teclava no seu Palm Tungsten T3. Passara uma hora explorando a rede do *SMP* através da conta de usuário de Erika Berger. Nem entrara na conta de Peter Fleming, pois não precisava dos direitos de usuário. O que a interessava era ter acesso à administração do *SMP* e daí aos arquivos dos funcionários. E Erika Berger tinha esse direito de acesso.

Lamentava amargamente que Mikael Blomkvist não tivesse tido a gentileza de lhe repassar seu PowerBook, com um teclado de verdade e uma tela de dezessete polegadas, em vez do computador de mão. Fez o download de uma lista de todos que trabalhavam no *SMP* e se pôs ao trabalho. Eram duzentas e vinte e três pessoas, das quais oitenta e duas eram mulheres.

Para começar, eliminou todas as mulheres. Não que as mulheres estivessem isentas da loucura, mas as estatísticas demonstravam que a esmagadora maioria das pessoas que assediavam mulheres era homem. Restavam cento e quarenta e uma pessoas.

As estatísticas também indicavam que os Penas Podres eram, em sua maioria, adolescentes ou pessoas de meia-idade. Como não havia nenhum adolescente empregado no *SMP*, ela traçou uma curva de idade e eliminou todos os que tinham mais de cinquenta e cinco anos e menos de vinte e cinco. Restavam cento e três pessoas.

Refletiu por um momento. Não dispunha de muito tempo. Talvez menos de vinte e quatro horas. Tomou rapidamente uma decisão. De uma ceifada só, eliminou todos os funcionários da distribuição, publicidade, imagem, manutenção e suporte técnico. Com isso, concentrou-se no grupo "jornalistas e equipe de redação" e obteve uma lista com quarenta e oito homens entre vinte e seis e cinquenta e quatro anos.

Escutou o tilintar de um molho de chaves, desligou imediatamente o computador e o colocou debaixo do cobertor, entre suas coxas. Seu último almoço de sábado em Sahlgrenska acabava de chegar. Resignada, contemplou o refogado de repolho. Sabia que, depois do almoço, poderia trabalhar durante algum tempo sem ser interrompida. Enfiou o Palm na cavidade atrás do criado-mudo e armou-se de paciência enquanto duas africanas passavam o aspirador de pó e arrumavam sua cama.

Uma das moças, que se chamava Sara, deu-lhe dois cigarros. Sara passara alguns Marlboro light a Lisbeth durante aquele mês. Também lhe dera um isqueiro, que Lisbeth escondia atrás do criado-mudo. Lisbeth era-lhe grata por poder fumar na frente do sistema de ventilação, à noite, quando não havia mais perigo de ninguém aparecer.

A tranquilidade só retornou por volta das duas da tarde. Lisbeth pegou o Palm e se conectou. Pensara inicialmente em voltar aos arquivos do *SMP*, mas se lembrou que tinha seus próprios problemas para administrar. Efetuou a varredura diária, começando pelo grupo Yahoo [Tavola-Biruta]. Constatou que Mikael Blomkvist não aparecera com nenhuma novidade nos últimos três dias e se perguntou o que ele andava fazendo. *Não me espantaria esse safado estar se divertindo com uma perua bem peituda.*

Em seguida entrou no grupo Yahoo [Os-Cavaleiros] para conferir se Praga tinha deixado alguma contribuição. Nada.

Depois examinou o disco rígido do procurador Richard Ekström (uma correspondência pouco interessante, relacionada com o julgamento por vir) e o do dr. Peter Teleborian.

Cada vez que entrava no disco rígido de Teleborian, Lisbeth tinha a impressão de que sua temperatura corporal baixava alguns graus.

Deparou com a avaliação psiquiátrica legal sobre ela, que ele já redigira mas que, claro, oficialmente não poderia estar escrita antes que ele a examinasse. Ele tinha aprimorado sua prosa, mas no geral não trazia nada de novo. Ela leu, um por um, todos os e-mails de Teleborian das últimas vinte e quatro horas, e quase deixou passar uma breve mensagem fundamental.

[Sábado, 15 horas no poço da estação central. Jonas.]

Merda. Jonas. Aparece num monte de e-mails para o Teleborian. Tem uma conta hotmail. Não identificado.

Lisbeth Salander olhou para o relógio digital sobre o criado-mudo. 14h28. Chamou imediatamente Mikael Blomkvist pelo ICQ. Não obteve resposta.

Mikael Blomkvist imprimira as duzentas e vinte páginas do manuscrito que já estavam prontas. Depois, desligara o computador e se instalara à mesa da cozinha de Lisbeth Salander com um lápis para corrigir as provas.

Estava satisfeito com a narrativa. Só que ainda havia um buraco imenso.

Como ele iria descobrir o resto da Seção? Malu Eriksson estava certa. Era impossível. Ele não dispunha de tempo.

Frustrada, Lisbeth Salander resmungou um palavrão e tentou achar Praga no ICQ. Ele não respondeu. Ela olhou para o relógio. 14h30.

Sentou-se na beira da cama e tentou lembrar de outras contas do ICQ. Primeiro, tentou Henry Cortez, depois Malu Eriksson. Ninguém respondeu. *Hoje é sábado. Eles não estão trabalhando.* Olhou a hora. 14h32.

Em seguida tentou Erika Berger. Sem sucesso. *Eu falei para ela ir para casa. Droga.* 14h33.

Podia mandar uma mensagem de texto para o celular de Mikael Blomkvist... mas ele estava grampeado. Mordeu o lábio inferior.

Por fim, virou-se desesperada para o criado-mudo e tocou a campainha para chamar a enfermeira. O relógio marcava 14h35 quando escutou a chave na fechadura. Uma enfermeira de uns cinquenta anos, Agneta, apontou a cabeça.

— Oi. Algum problema?

— O doutor Anders Jonasson está no hospital?

— Você não está se sentindo bem?

— Eu estou bem, mas precisava falar com ele. Se possível.

— Eu vi o doutor Anders não faz muito tempo. Sobre o que seria?

— Preciso falar com ele.

Agneta franziu o cenho. A paciente Lisbeth Salander raramente chamava as enfermeiras, a não ser que estivesse com muita dor de cabeça ou algum outro problema sério. Nunca tinha criado caso e até então nunca havia pedido para falar com determinado médico. No entanto Agneta tinha reparado que Anders Jonasson se demorava com aquela paciente com mandato de prisão, que, aliás, costumava se mostrar fechada com as pessoas. Ele talvez tivesse conseguido estabelecer algum tipo de contato com ela.

— Está bem. Vou ver se ele está disponível — disse Agneta com gentileza, e fechou a porta. A chave. O relógio marcava 14h36, então passou para 14h37.

Lisbeth saiu da cama e se aproximou da janela. De tempo em tempo, dava uma olhada no relógio. 14h39. 14h40.

Às 14h44, ouviu passos no corredor e o tilintar do molho de chaves do vigia da Securitas. Anders Jonasson lançou-lhe um olhar inquisitivo e estacou ao ver o olhar desesperado de Lisbeth.

— Aconteceu alguma coisa?

— Está acontecendo neste exato momento. Você tem um celular?

— O quê?

— Um celular. Preciso fazer uma ligação.

Anders Jonasson deu uma espiada na porta, hesitante.

— Anders... Preciso de um celular. Agora!

Ele percebeu o desespero em sua voz, enfiou a mão no bolso e estendeu seu Motorola para Lisbeth. Ela praticamente o arrancou de suas mãos. Não podia ligar para Mikael Blomkvist, já que ele parecia estar sob escuta do inimigo. O problema é que ele não lhe passara o número do seu Ericsson sigiloso, o T10 azul. Não havia por quê, pois a princípio estava fora de questão ela ligar do isolamento de seu quarto. Lisbeth hesitou um décimo de segundo, então ligou para o celular de Erika Berger. Ouviu o telefone tocar três vezes antes de Erika atender.

Erika Berger estava na sua BMW, a um quilômetro de casa em Saltsjöbaden, quando recebeu uma chamada inesperada. E Lisbeth Salander já a surpreendera um bocado naquela manhã.

— Berger.

— Salander. Não dá tempo de eu explicar. Você teria o número do celular sigiloso do Mikael? O que não está grampeado?

— Tenho.

— Ligue para ele. *Agora!* O Teleborian vai se encontrar com Jonas às três da tarde no poço da estação central, sabe, aquela rótula grande aberta para os três andares.

— O que é...

— Ande logo. Teleborian, Jonas. Poço da estação central. Três horas. Ele só tem quinze minutos.

Lisbeth desligou o celular para que Erika não se visse tentada a desperdiçar segundos preciosos com perguntas inúteis. Olhou para o relógio quando ele estava justamente passando para 14h46.

Erika Berger freou e estacionou à beira da estrada. Inclinou-se para pegar o caderninho de endereços da bolsa e o folheou procurando o número que Mikael lhe passara na noite em que tinham se encontrado no Samirs Gryta.

Mikael Blomkvist escutou o toque do celular. Levantou-se da mesa da cozinha, voltou ao escritório de Lisbeth Salander e pegou o celular em cima da mesa.

— Sim?

— Erika.

— Oi.

— O Teleborian vai se encontrar com o Jonas no poço da estação central às três horas. Você só tem alguns minutos para ir até lá.

— O quê? O quê?

— O Teleborian...

— Eu escutei. Como você sabe disso?

— Pare de discutir e se mande.

Mikael espiou a hora. 14h47.

— Obrigado. Tchau.

Pegou a mochila do laptop e desceu pela escada em vez de esperar pelo elevador. Enquanto corria, teclou o número do T10 de Henry Cortez.

— Cortez.

— Onde você está?

— Na livraria da universidade.

— O Teleborian vai se encontrar com o Jonas no poço da estação central às três horas. Estou voando para lá, mas você está mais perto.

— Puta merda! Estou indo.

Mikael foi correndo até a Götgatan e depois correu ainda mais rápido na direção de Slussen. Olhou para o relógio ao chegar, sem fôlego, a Slussplan. Rosa Figuerola estava certa ao insistir que ele deveria começar a correr. 14h56. Não ia dar tempo. Buscou um táxi com o olhar.

Lisbeth Salander estendeu o celular a Anders Jonasson.

— Obrigada — disse.

— Teleborian? — inquiriu Anders Jonasson. Acabara ouvindo o nome dele.

Ela assentiu com a cabeça e cruzou o olhar com Anders Jonasson.

— O Teleborian é perverso, você nem imagina o quanto.

— Não imagino. Mas vejo que alguma coisa a deixou agitada de um jeito que eu ainda não tinha visto nesse tempo todo em que cuidei de você. Espero que saiba o que está fazendo.

Lisbeth dirigiu um sorrisinho enviesado a Anders Jonasson.

— Logo você vai ter a resposta para essa sua pergunta — disse ela.

Henry Cortez saiu da livraria universitária feito um louco. Na altura da ponte de Mäster Samuelsgatan atravessou a Sveavägen e seguiu reto para a Klara Norra, subindo pela Klaraberg e entrando na Vasagatan. Atravessou a Klarabergsgatan entre um ônibus e dois carros que buzinaram freneticamente e transpôs o portão da estação central às três horas em ponto.

Desceu pela escada rolante até o piso central, saltando de três em três degraus, e chegou correndo à banca de jornal, onde reduziu o passo para não chamar atenção. Examinou atentamente as pessoas que se encontravam nas proximidades do poço.

Não avistou Teleborian nem o homem que Christer Malm fotografara em frente ao Copacabana e que eles julgavam ser Jonas. Consultou o relógio. 15h01. Ele respirava como se acabasse de participar da maratona de Estocolmo.

Tentou a sorte e precipitou-se pelo saguão para sair na Vasagatan. Parou e olhou ao redor, examinando uma por uma as pessoas próximas. Nada de Peter Teleborian. Nada de Jonas.

Deu meia-volta e retornou à estação. 15h03. Estava tudo deserto para os lados do poço.

Então ergueu os olhos e, num relance, vislumbrou o perfil descabelado com cavanhaque de Peter Teleborian no instante em que ele saía da banca de jornal do outro lado do saguão. No momento seguinte, materializava-se ao lado dele o sujeito das fotos de Christer Malm. *Jonas!* Os dois atravessaram o hall e desapareceram na Vasagatan pelo portão norte.

Henry Cortez respirou. Enxugou o suor da testa com a palma da mão e começou a seguir os dois homens.

Às 15h07, Mikael Blomkvist chegou de táxi à estação central de Estocolmo. Entrou imediatamente no saguão central, mas não avistou nem Teleborian nem Jonas. Nem Henry Cortez, por sinal.

Pegou seu T10 e ia ligar para Henry Cortez quando o telefone começou a tocar em sua mão.

— Achei os dois. Estão no pub Les Trois Hanaps, na Vasagatan, perto da descida para a linha de Akalla.

— Legal, Henry. E você, onde está?

— Estou no bar. Tomando uma cerveja. Merecida.

— Certo. Como eles me conhecem, vou ficar do lado de fora. Imagino que você não tem a menor condição de ouvir o que eles estão falando.

— Sem chance. Estou vendo as costas do Jonas, e o safado do Teleborian só está murmurando, nem dá para ver os lábios dele se mexerem.

— Entendo.

— Mas pode surgir um problema.

— Qual?

— O Jonas deixou a carteira e o celular em cima da mesa. E, junto, as chaves de um carro.

— Tudo bem. Eu cuido disso.

O celular de Rosa Figuerola emitiu o toque polifônico da trilha sonora de *Era uma vez no Oeste*. Ela largou o livro sobre os deuses na Antiguidade, que, aparentemente, nunca conseguiria terminar.

— Oi. É o Mikael. O que você está fazendo?

— Estou em casa separando umas fotos de ex-amantes. O último me abandonou covardemente hoje de manhã.

— Me desculpe. O seu carro está nas redondezas?

— Na última vez que eu olhei ele estava lá embaixo, no estacionamento.

— Ótimo. Que tal uma voltinha pelo centro?

— Não me atrai muito. O que aconteceu?

— Neste exato momento, o Peter Teleborian está tomando uma cerveja com o Jonas na Vasagatan. E como eu estou trabalhando em parceria com a Säpo e essa burocracia estilo Stasi, achei que talvez te interessasse vir até aqui...

Rosa já estava de pé apanhando as chaves do carro.

— Você não está de sacanagem comigo?

— Não exatamente. E o Jonas deixou as chaves de um carro em cima da mesa.

— Estou indo.

Malu Eriksson não atendeu o telefone, mas Mikael Blomkvist teve sorte e conseguiu falar com Lottie Karim, que estava na Åhléns comprando um presente de aniversário para o seu marido. Mikael lhe impôs umas horas extras e pediu que ela fosse com a maior urgência até o pub ajudar Henry Cortez. Depois ligou para Cortez.

— O plano é o seguinte. Vou estar com um carro no local daqui a cinco minutos. Vamos estacionar na Järnvägsgatan, embaixo do pub.

— Certo.

— A Lottie Karim está chegando daqui a pouco para te ajudar.

— Ótimo.

— Quando eles saírem do pub, você cuida do Jonas. Vá a pé atrás dele e me diga, por celular, onde vocês estão. Assim que ele se aproximar de um carro, você me avisa. A Lottie vai cuidar do Teleborian. Se a gente não chegar a tempo, anote o número da placa.

— Combinado.

Rosa Figuerola estacionou em frente ao Nordic Light Hotel, próximo ao ônibus do aeroporto de Arlanda. Mikael Blomkvist abriu a porta do motorista um minuto depois.

— Em que pub eles estão?

Mikael indicou.

— Preciso pedir reforços.

— Não se preocupe. Estamos de olho neles. Cozinheiros demais podem azedar o molho.

Rosa Figuerola fitou-o, desconfiada.

— E como você ficou sabendo desse encontro?

— Sinto muito. Fontes protegidas.

— Vocês têm seu próprio maldito serviço de informações na *Millennium* ou o quê? — ela exclamou.

Mikael parecia satisfeito. Era sempre um prazer ganhar da Säpo no próprio terreno deles.

Na verdade, ele não fazia a menor ideia de como tinha sido possível Erika Berger ligar para ele, como um relâmpago riscando o céu azul, para avisar que Teleborian e Jonas iam se encontrar. Ela não tinha acesso ao trabalho da *Millennium* desde 10 de abril. É claro que sabia quem era Teleborian, mas Jonas só entrara em cena em maio e, até onde Mikael sabia, Erika não tinha noção da existência dele, muito menos que ele suscitava suspeitas tanto da *Millennium* como da Säpo.

Precisava ter uma conversa séria com Erika o quanto antes.

Lisbeth Salander deu um estalo com a língua e contemplou a tela do seu computador de mão. Após a ligação feita pelo celular do dr. Anders Jonasson, deixara de pensar na Seção e se concentrara nos problemas de Erika Berger. Depois de muito ponderar, riscou todos os homens do grupo vinte e seis/cinquenta e quatro anos que eram casados. Sabia que trabalhava com um espectro muito amplo e que não havia nenhum motivo racional, estatístico e científico por trás de sua decisão. Pena Podre podia perfeitamente ser um homem casado com cinco filhos e um cachorro. Podia ser um faxineiro. Podia, afinal, ser uma mulher, mesmo que Lisbeth não acreditasse nisso.

Ela queria simplesmente reduzir o número de nomes da lista e, com esta última decisão, sua amostra passara de quarenta e oito para dezoito pessoas. Constatou que ela se compunha em boa parte de repórteres importantes, chefes ou subchefes com mais de trinta e cinco anos de casa. Se não achasse nada de interessante entre eles, poderia facilmente ampliar a lista.

Às quatro da tarde, entrou no site da Hacker Republic e repassou a lista para Praga. Ele deu sinal de vida alguns minutos depois.

[18 nomes. O que é isso?]

[Um projetinho secundário. Considere como um exercício.]

[E?]

[Um dos nomes é de um canalha. Descubra quem é.]

[Quais são os critérios?]

[Tem que ser rápido. Amanhã vão me desconectar. Você precisa descobrir isso antes.]

Ela fez um resumo da história do Pena Podre de Erika Berger.

[Certo. Eu ganho alguma coisa com isso?]

Lisbeth Salander pensou um pouco.

[Ganha. Não vou aparecer em Sundbyberg para tocar fogo na sua casa.]

[Você seria capaz?]

[Eu pago toda vez que te peço para fazer uma coisa para mim. Dessa vez não é para mim. Considere como retenção de impostos.]

[Você está começando a dar sinais de competência social.]

[E então?]

[Combinado.]

Ela lhe mandou os códigos de acesso à redação do *SMP* e saiu do ICQ.

Henry Cortez ligou às 16h20.

— Parece que estão começando a se mexer.

— Certo. Estamos prontos.

Silêncio.

— Estão se despedindo na frente da porta. O Jonas está indo para o norte. A Lottie segue o Teleborian para o sul.

Mikael ergueu um dedo e apontou para Jonas, que ia passando na Vasagatan. Rosa Figuerola fez um sinal com a cabeça. Alguns segundos depois, Mikael também viu Henry Cortez. Rosa Figuerola ligou o carro.

— Atravessou a Vasagatan e está indo para a Kungsgatan — disse Henry Cortez pelo celular.

— Mantenha distância, ele não pode te ver.

— Fica frio, as ruas estão cheias de gente.

Silêncio.

— Ele está subindo a Kungsgatan no sentido norte.

— Kungsgatan, norte — disse Mikael.

Rosa Figuerola engatou a marcha e entrou na Vasagatan. Ficaram um instante parados no sinal vermelho.

— Onde é que vocês estão? — perguntou Mikael, quando eles entraram na Kungsgatan.

— Na altura da loja PUB. Ele está indo depressa. Atenção, está pegando a Drottninggatan no sentido norte.

— Drottninggatan, norte — disse Mikael.

— Certo — disse Rosa Figuerola, que fez um retorno proibido para passar pela Klara Norra e entrar rapidamente na Olof Palmes gata e parar em frente ao prédio da SIF. Jonas estava atravessando a Olof Palmes gata e se dirigia para a Sveavägen. Henry Cortez o seguia do outro lado da rua.

— Ele virou para leste...

— Certo. Estamos vendo vocês dois.

— Está entrando na Holländaregatan... Alô! Está me ouvindo? Carro. Audi vermelho.

— Carro — disse Mikael, e anotou o número da placa que Cortez informou correndo.

— Ele está estacionado em que direção? — perguntou Rosa Figuerola.

— De frente para o sul — relatou Cortez. — Vai aparecer na frente de vocês na Olof Palmes gata... agora.

Rosa Figuerola já estava em movimento e passou a Drottninggatan. Buzinou e fez sinal para que alguns pedestres que tentavam atravessar o semáforo no vermelho recuassem.

— Obrigado, Henry. Daqui para a frente a gente assume.

O Audi vermelho vinha descendo a Sveavägen rumo ao sul. Rosa Figuerola o seguiu enquanto pegava o celular e teclava um número com a mão esquerda.

— Eu queria uma pesquisa sobre o número de uma placa, Audi vermelho — disse ela, e passou o número fornecido por Henry Cortez. — Sim, estou ouvindo. Jonas Sandberg, nascido em 1971. O que você disse?... Helsingörsgatan, em Sollentuna. Obrigada.

Mikael anotou os dados obtidos por Rosa Figuerola.

Seguiram o Audi vermelho pela Hamngatan, pela Strandvägen e em seguida pela Artillerigatan. Jonas Sandberg estacionou a um quarteirão do Museu do Exército. Atravessou a rua e desapareceu pela porta de um prédio estilo 1900.

— Humm — fez Rosa Figuerola, olhando para Mikael com ar entendido.

Ele assentiu com a cabeça. Jonas Sandberg acabava de entrar num edifício situado a apenas poucas ruas do prédio em que o primeiro-ministro emprestara um apartamento para uma reunião privada.

— Bom trabalho — disse Rosa.

Neste exato momento, Lottie Karim ligou contando que o dr. Peter Teleborian subira a Klaragatan pela escada rolante da estação central e fora para o Palácio da Polícia em Kungsholmen.

— Palácio da Polícia. Às cinco da tarde de um sábado? — surpreendeu-se Mikael.

Rosa Figuerola e Mikael Blomkvist se olharam, céticos. Rosa refletiu concentradamente por alguns segundos. Então pegou o celular e ligou para o inspetor Jan Bublanski.

— Olá. É a Rosa, da Segurança. Nós nos vimos na Norr Mälastrand algum tempo atrás.

— O que você quer? — perguntou Bublanski.

— Você tem alguém de plantão neste fim de semana?

— A Sonja Modig — disse Bublanski.

— Eu preciso de um favor. Você sabe se ela está em casa?

— Duvido. Está um dia lindo, e em pleno sábado à tarde...

— Certo. Você poderia tentar contatá-la, ou contatar alguma outra pessoa da investigação que pudesse dar uma olhada no corredor do procurador Richard Ekström? Desconfio que pode estar havendo uma reunião na sala dele agora.

— Uma reunião?

— Não dá tempo de explicar. Eu precisava saber se ele está com alguém neste exato momento. E, se estiver, com quem.

— Você está me pedindo para espionar um procurador, e que é o meu chefe?

Rosa Figuerola fez uma careta. Então deu de ombros.

— Estou — respondeu.

— Está bem — disse ele ao desligar.

Sonja Modig encontrava-se mais perto do Palácio da Polícia do que Bublanski temia. Ela e o marido estavam tomando café na varanda da casa de uma amiga na Vasastan. Fazia uma semana que estavam sem os filhos, que os pais de Sonja tinham levado em uma viagem de férias, e ela e o marido tinham planejado fazer algo bem convencional, como comer alguma coisa num restaurante antes de irem ao cinema.

Bublanski explicou o que queria.

— E que desculpa eu vou dar para aparecer na sala do Ekström?

— Eu tinha prometido entregar para ele ontem, antes de ir embora, uma atualização do caso Niedermann, mas me esqueci. A pasta está na minha sala.

— Certo — disse Sonja Modig.

Ela olhou para o marido e para sua amiga.

— Preciso dar um pulo no *palácio*. Vou pegar o carro e, se eu tiver sorte, estou de volta daqui uma hora.

Seu marido suspirou. Sua amiga suspirou.

— Afinal, estou de plantão — justificou Sonja Modig.

Ela estacionou na Bergsgatan, subiu até a sala de Bublanski e pegou as três folhas A4 que constituíam o parco resultado das investigações para encontrar Ronald Niedermann, o assassino de um policial. *Nada de espetacular*, pensou.

Foi até a escadaria e subiu um andar. Parou na frente da porta de acesso ao corredor. O Palácio da Polícia estava praticamente deserto naquele final de tarde de um lindo dia. Não procurou dissimular nada. Apenas caminhou bem devagar. Deteve-se diante da porta fechada de Ekström. Ouviu o som de vozes e mordeu o lábio.

De repente, a coragem a abandonou e ela se sentiu muito tola. Em uma situação normal, teria batido, aberto a porta e exclamado: *Ah, oi, você ainda está aí*, e teria entrado. Naquele momento, no entanto, parecia impossível agir dessa forma.

Olhou ao redor.

Por que Bublanski tinha ligado para ela? Que reunião era aquela?

Dirigiu-se à salinha de reuniões em frente à sala de Ekström, planejada para umas dez pessoas. Muitas vezes estivera ali para ouvir comunicados.

Entrou na sala e fechou a porta sem fazer barulho. As persianas estavam abaixadas, e as cortinas da janela de vidro que dava para o corredor, fechadas. A sala estava imersa na penumbra. Pegou uma cadeira, sentou-se e afastou uma das cortinas para obter uma fresta pequena que lhe permitisse observar o corredor.

Sentia-se pouco à vontade. Se alguém abrisse a porta, seria muito difícil explicar o que estava fazendo ali. Pegou o celular para ver as horas. Quase seis. Colocou o aparelho no modo silencioso, recostou-se na cadeira e ficou observando a porta fechada da sala de Ekström.

Às sete da noite, Praga chamou Lisbeth Salander.

[Pronto. Já sou o administrador do *SMP*.]

[Onde?]

Ele baixou um endereço http.

[Em 24 horas não vai dar. Mesmo que a gente consiga todos os e-mails dos 18 homens, vai levar dias para piratear os computadores pessoais deles. A maioria provavelmente nem está conectada num sábado à noite.]

[Praga, concentre-se nos computadores pessoais e eu cuido dos computadores do *SMP*.]

[É o que eu tinha pensado. Seu computador de mão é meio limitado. Quer que eu foque alguém em especial?]

[Não. Qualquer um serve.]

[Certo.]

[Praga.]

[Sim.]

[Se a gente não achar nada até amanhã, quero que você continue.]
[Certo.]
[Nesse caso, eu vou pagar.]
[Que nada. Na verdade, estou me divertindo.]

Ela saiu do ICQ e entrou no endereço http em que Praga havia baixado todos os direitos de administração do *SMP*. Para começar, verificou se Peter Fleming estava conectado e se se encontrava na redação. Não estava. Lisbeth então usou seu *login* para entrar no servidor do correio eletrônico do *SMP*. Conseguiu acesso a um longo histórico, inclusive a e-mails deletados desde muito tempo das contas de usuários particulares.

Começou com Ernst Teodor Billing, quarenta e três anos, um dos chefes do *SMP* no turno da noite. Abriu seu e-mail e foi voltando no tempo. Demorou cerca de dois segundos em cada e-mail, só para ter uma ideia do remetente e do assunto. Passados alguns minutos, já apreendera a correspondência de rotina em forma de menus, planejamento e outras coisas sem nenhum interesse. Pulou essa parte.

Conferiu e-mail por e-mail num período de três meses. Em seguida, foi olhando de mês em mês, mas verificando apenas o assunto e só abrindo a mensagem se alguma coisa lhe chamava a atenção. Soube que Ernst Billing relacionava-se com uma certa Sofia, à qual se dirigia num tom desagradável. Constatou que não havia nada de estranho nisso, pois Billing tinha um tom desagradável com a maioria das pessoas com quem se comunicava — jornalistas, designers gráficos e outros. Achou incrível, porém, que um homem pudesse se dirigir sem nenhum constrangimento à sua namorada chamando-a de *balofa*, *sua abobada* ou *estúpida*.

Depois de ver os e-mails de até um ano antes, ela parou. Entrou então no Explorer de Billing e analisou a maneira como ele navegava na internet. Observou que, como a maioria dos homens de sua faixa etária, ele acessava regularmente páginas pornográficas, mas que a maior parte de sua navegação parecia estar relacionada com o trabalho. Constatou também que se interessava por carros e visitava com frequência sites que apresentavam novos modelos.

Depois de quase uma hora de exploração, encerrou a pesquisa sobre

Billing e eliminou-o da lista. Passou para Lars Örjan Wollberg, cinquenta e um anos, jornalista veterano da editoria de Direito.

Torsten Edklinth chegou ao Palácio da Polícia, em Kungsholmen, por volta das sete e meia da noite de sábado. Rosa Figuerola e Mikael Blomkvist o aguardavam. Estavam sentados à mesa de reuniões que Blomkvist já conhecia desde o dia anterior.

Edklinth achava que tinha se aventurado sobre uma camada de gelo muito fina e que algumas regras internas haviam sido infringidas quando autorizara Blomkvist a entrar naquele corredor. Definitivamente, Rosa Figuerola não devia tê-lo convidado. Via de regra, nem mesmo as esposas e os maridos eram autorizados a pisar nos corredores secretos da Säpo — tinham de aguardar lá embaixo, na portaria, quando vinham visitar seus companheiros. E Blomkvist, ainda por cima, era jornalista! No futuro, Blomkvist só receberia permissão para entrar no escritório provisório da Fridhemsplan.

Por outro lado, pessoas não autorizadas também costumavam circular pelos corredores com um convite especial. Colegas estrangeiros, pesquisadores, professores universitários, consultores ocasionais... Ele podia incluir Blomkvist na categoria "consultores ocasionais". Afinal, essa história de classificação de segurança não passava de conversa-fiada. Sempre havia alguém para concluir que outro alguém podia ser considerado "pessoa autorizada". E Edklinth resolvera que, caso houvesse críticas, iria declarar que ele próprio incluíra Blomkvist entre as pessoas autorizadas.

Desde que o caso não enveredasse para o enfrentamento. Edklinth se sentou e fitou Rosa Figuerola.

— Como você soube dessa reunião?

— O Blomkvist me ligou lá pelas quatro da tarde — ela respondeu sorrindo.

— E você, como soube?

— Uma fonte me passou a dica — disse Mikael Blomkvist.

— Devo concluir que você colocou o Teleborian sob algum tipo de vigilância?

Rosa Figuerola negou com a cabeça.

— Foi o que eu também pensei no início — disse ela com voz alegre, como se Mikael Blomkvist não estivesse na sala. — Mas não faz sentido. Mesmo que alguém tivesse seguido o Teleborian a pedido de Blomkvist, esse alguém não tinha como deduzir de antemão que ele ia se encontrar justamente com o Jonas Sandberg.

Edklinth balançou a cabeça devagar.

— Então... o que mais pode ser? Escuta ilegal ou o quê?

— Posso garantir que não pratico escuta ilegal com quem quer que seja, nem sequer ouvi dizer que esse tipo de coisa poderia acontecer — disse Mikael Blomkvist, só para lembrar que estava presente na sala. — Seja um pouco realista. As escutas ilegais são competência do Estado.

Edklinth fez uma expressão melindrada.

— Quer dizer que você não vai me contar como soube desse encontro.

— Vou, sim. Já disse. Uma fonte me passou a dica. A fonte é protegida. E se a gente se concentrasse no resultado dessa dica?

— Não gosto de floreios — disse Edklinth. — Mas tudo bem. O que a gente tem?

— O cara se chama Jonas Sandberg — disse Rosa. — Diploma de mergulhador de combate, cursou a Escola de Polícia no início dos anos 1990. Trabalhou primeiro em Uppsala, depois em Södertälje.

— Você também esteve em Uppsala.

— É, mas nos desencontramos por questão de um ano ou dois. Eu entrei justamente quando ele foi para Södertälje.

— Certo.

— Ele foi recrutado pela contraespionagem da Säpo em 1998. Em 2000, recolocado num posto secreto no exterior. De acordo com a nossa própria documentação, encontra-se oficialmente na embaixada de Madri. Verifiquei na embaixada. Não fazem a menor ideia de quem é Jonas Sandberg.

— A mesma coisa com o Mårtensson. Oficialmente, foi transferido para um lugar onde ele não está.

— Só o secretário-geral da administração tem condições de fazer regularmente esse tipo de coisa e dar um jeito para que funcione.

— Numa situação normal, isso seria explicado como uma confusão na papelada burocrática. Nós só percebemos porque estamos mexendo com isso. Se alguém insistir, eles vão simplesmente alegar *sigilo* ou que o caso tem a ver com terrorismo.

— Ainda temos um bocado de contabilidade para conferir.

— O chefe do orçamento?

— Pode ser.

— Certo. Que mais?

— Jonas Sandberg mora em Sollentuna. Não é casado, mas tem um filho com uma professora de Södertälje. Não há nada que o desabone em lugar nenhum. Licença para porte de duas armas de fogo. Tranquilo, não bebe. A única coisa que pega um pouco é ele ser crente; era seguidor da Palavra de Vida nos anos 1990.

— Como você sabe?

— Falei com o meu antigo chefe de Uppsala. Ele se lembra muito bem de Sandberg.

— Certo. Um mergulhador de combate cristão com duas armas e um filho em Södertälje. Que mais?

— Faz só três horas que o identificamos. Até que a gente trabalhou bem rápido.

— Desculpe. O que se sabe sobre o prédio da Artillerigatan?

— Por enquanto, não muita coisa. O Stefan teve que recorrer a uma pessoa da prefeitura para consultar a planta do imóvel. É um prédio de direito cooperativo construído em 1900. Cinco andares, vinte e dois apartamentos ao todo, mais oito num edifício anexo no pátio. Investiguei os moradores, mas não achei nada muito fora do comum. Dois moradores têm passagem na polícia.

— Quem?

— Um tal de Lindström, do térreo. Sessenta e três anos. Condenado por fraudar o seguro nos anos 1970. E um tal de Wittfelt, do segundo andar. Quarenta e sete anos. Condenado em duas ocasiões por violência contra a ex-mulher.

— Humm.

— As pessoas que moram ali são do tipo classe média bem-comportada. Só um apartamento chama a atenção.

— Qual?

— No último andar. Onze cômodos, tem todo o jeito de um apartamento para eventos. Pertence a uma empresa chamada Bellona S.A.

— Que faz o quê?

— Só Deus sabe. Eles fazem análise de marketing e têm um faturamento anual de mais de trinta milhões de coroas. Todos os donos da Bellona moram no exterior.

— Ahá.

— Como assim, ahá?

— Só isso, ahá. Continue com a Bellona.

Nesse instante, o funcionário que Mikael só conhecia pelo nome de Stefan entrou na sala e dirigiu-se a Torsten Edklinth.

— Olá, chefe. Achei um negócio engraçado. Verifiquei o que há por trás do apartamento da Bellona.

— E então? — perguntou Rosa Figuerola.

— A empresa Bellona foi fundada nos anos 1970 e comprou o apartamento dos herdeiros da antiga proprietária, uma tal de Kristina Cederholm, nascida em 1917.

— E?

— Ela era casada com Hans Wilhelm Francke, o caubói que criava caso com o P. G. Winge quando a Säpo foi fundada.

— Ótimo — disse Torsten Edklinth. — Ótimo. Rosa, quero que o prédio seja vigiado dia e noite. Encontre todos os telefones. Quero saber quem entra e quem sai, que carros que visitam o prédio. Enfim, a rotina.

Edklinth deu uma olhada para Mikael Blomkvist. Pareceu que ia dizer alguma coisa, mas desistiu. Mikael ergueu as sobrancelhas.

— Satisfeito com o volume de informações? — Edklinth acabou perguntando.

— Acho que não falta nada. E você, satisfeito com a contribuição da *Millennium*?

Edklinth balançou a cabeça devagar.

— Você se dá conta de como eu posso me encrencar por causa dessa história toda? — ele perguntou.

— Não por minha causa. Estou tratando toda informação que consigo aqui como protegida. Vou revelar os fatos, mas sem dizer como cheguei a eles. Antes de publicar, vou fazer uma entrevista normal com você. Se você não quiser responder, é só dizer: Sem comentários. Ou então você pode denegrir à vontade a Seção de Análise Especial. Você é quem sabe.

Edklinth fez um gesto de assentimento com a cabeça.

Mikael estava satisfeito. Em poucas horas, a Seção ganhara uma forma concreta. Era um furo e tanto.

Frustrada, Sonja Modig se deu conta de que a reunião na sala do procurador Ekström estava se estendendo demais. Achou uma garrafa de água mineral deixada por alguém na mesa de reuniões. Ligou para o marido duas vezes para avisar que ia se atrasar, e prometeu compensá-lo depois com uma noite bem bacana assim que chegasse. Começava a se impacientar e se sentia como um *voyeur* de plantão.

A reunião só terminou por volta das sete e meia. Sonja foi pega de surpresa quando a porta se abriu e Hans Faste saiu para o corredor. Logo atrás dele vinha o dr. Peter Teleborian. Em seguida, um homem mais velho, grisalho, que Sonja Modig nunca tinha visto. Por fim surgiu o procurador Ekström, vestindo o paletó enquanto apagava a luz. Em seguida fechou a porta a chave.

Sonja Modig ergueu o celular entre a fresta da cortina e tirou duas fotos de baixa resolução do grupo em frente à sala de Ekström. Eles se demoraram alguns segundos antes de saírem pelo corredor.

Ela prendeu a respiração quando eles passaram pela sala onde ela estava escondida. Quando finalmente ouviu a porta da escada se fechando, percebeu que estava molhada de um suor frio. Ao levantar-se, tinha as pernas bambas.

Bublanski ligou para Rosa Figuerola pouco depois das oito da noite.

— Você queria saber se o Ekström estava com alguém.

— Isso — disse Rosa.

— A reunião terminou neste momento. O Ekström estava com o doutor Peter Teleborian, com um antigo colaborador meu, o inspetor Hans Faste, e com um homem mais velho que não conhecemos.

— Espere só um pouco — disse Rosa Figuerola, tapando o fone com a mão e virando-se para os demais: — A gente estava certo. O Teleborian foi direto para a sala do procurador Ekström.

— Alô?

— Desculpe. Você tem uma descrição do desconhecido, do terceiro homem?

— Melhor que isso. Vou lhe mandar uma foto.

— Uma foto! Sensacional. Fico te devendo um favor e tanto.

— Eu faria até melhor se soubesse o que está acontecendo.

— Eu volto a te ligar.

Por um instante, o silêncio tomou conta da sala de reuniões.

— Certo — disse Edklinth por fim. — O Teleborian se encontra com a Seção e depois vai direto falar com o procurador Ekström. Eu pagaria muito caro para saber sobre o que eles conversaram.

— Se quiser, pode perguntar para mim — sugeriu Mikael Blomkvist.

Edklinth e Figuerola olharam para ele.

— Eles se encontraram para acertar os detalhes da estratégia que vai derrubar a Lisbeth Salander no julgamento, daqui a um mês.

Rosa Figuerola o fitou. Então meneou a cabeça devagar.

— Isso não passa de suposição — disse Edklinth. — A menos que você tenha dons paranormais.

— Não é uma suposição — disse Mikael. — Eles se encontraram para revisar os detalhes da avaliação psiquiátrica da Salander. O Teleborian tinha acabado de redigi-la.

— Isso é um absurdo. A Salander ainda nem foi examinada.

Mikael Blomkvist deu de ombros e abriu a sacola de seu computador.

— O Teleborian nunca perdeu tempo com futilidades como essa. Aqui está a última versão da avaliação psiquiátrica dele. Como podem ver, a data é a da semana em que vai ter início o julgamento.

Edklinth e Figuerola olharam para os papéis à sua frente. Então trocaram um olhar e se viraram para Mikael Blomkvist.

— E como você conseguiu pôr as mãos nisso? — perguntou Edklinth.

— Lamento. Eu protejo as minhas fontes — disse Mikael Blomkvist.

— Blomkvist... A gente tem que confiar um no outro. Você está retendo informações. Você tem mais alguma surpresa desse tipo?

— Tenho. É claro que eu tenho os meus segredos. Assim como estou convencido de que você não me deu carta branca para ver tudo o que vocês têm aqui na Säpo. Não é?

— É diferente.

— Não. É exatamente igual. O nosso acerto significa colaboração. Como você disse, a gente tem que confiar um no outro. Não estou omitindo nada que possa ajudar sua investigação a traçar uma imagem da Seção ou detectar os diversos crimes que foram cometidos. Já entreguei um material provando que o Teleborian cometeu crimes com o Björck em 1991 e avisei que ele vai ser chamado a fazer a mesma coisa agora. E aqui está o documento comprovando que é verdade.

— Mas você guarda alguns segredos.

— É evidente. Você pode escolher entre encerrar a nossa colaboração ou se conformar.

Rosa Figuerola ergueu um dedo diplomático.

— Me desculpe, mas por acaso isso significa que o procurador Ekström trabalha para a Seção?

Mikael franziu o cenho.

— Eu não sei. Tenho a impressão de que ele é mais um idiota útil manobrado pela Seção, isso sim. Ele é um carreirista, mas acho que é honesto, e meio tapado. Em compensação, uma fonte me contou que ele engoliu praticamente tudo o que o Teleborian falou sobre a Lisbeth Salander quando ela ainda estava sendo procurada.

— Você quer dizer que ele é fácil de se manipular?

— Exato. E o Hans Faste é um cretino que acha que a Lisbeth Salander é uma lésbica satanista.

Erika Berger estava sozinha em casa, em Saltsjöbaden. Sentia-se paralisada e incapaz de se concentrar em qualquer trabalho sério. Esperava que a qualquer momento alguém ligaria dizendo que havia fotos dela num site qualquer da internet.

Surpreendeu-se várias vezes pensando em Lisbeth Salander e se deu conta de que estava esperando demais dela. Salander estava trancafiada em Sahlgrenska. Não podia receber visitas e nem tinha o direito de ler os jornais. Mas era uma garota de muitos recursos. Apesar de seu isolamento, conseguira entrar em contato com Erika pelo ICQ, e depois por telefone. E, sozinha, fizera ruir o império de Wennerström e salvara a *Millennium* dois anos antes.

Às oito da noite, Susanne Linder bateu à porta. Erika sobressaltou-se como se tivessem disparado um tiro na sala.

— Oi, Erika. Você parece mesmo angustiada, sozinha assim no escuro.

Erika assentiu com a cabeça e acendeu a luz.

— Oi. Vou fazer um café...

— Não. Deixe que eu faço. Alguma novidade?

Ah, claro. Lisbeth Salander deu notícias e assumiu o controle do meu computador. E ligou para dizer que o Teleborian e um sujeito chamado Jonas iam se encontrar hoje à tarde na estação central.

— Não, nada — disse ela. — Mas eu queria trocar uma ideia com você.

— Tudo bem.

— O que você acha da possibilidade de não se tratar de um assediador, e sim de alguém próximo a mim querendo me perturbar?

— Qual é a diferença?

— Um assediador é uma pessoa desconhecida que teria desenvolvido uma fixação por mim. A outra variante é alguém querendo se vingar ou sabotar a minha vida por motivos pessoais.

— É uma ideia interessante. De onde você tirou?

— Eu... eu conversei sobre o assunto hoje com uma pessoa. Não posso te dizer quem é, mas ela veio com a tese de que as ameaças de um autêntico pervertido sexual seriam de outro jeito. E, principalmente, que esse tipo de cara jamais teria escrito aquele e-mail para a Eva Carlsson, da Cultura. É um comportamento completamente fora do contexto.

Susanne Linder meneou a cabeça devagar.

— O que você está dizendo faz sentido. Sabe que eu ainda não li esses e-mails? Você me mostra?

Erika pegou seu laptop e abriu-o sobre a mesa da cozinha.

Ao saírem do Palácio da Polícia por volta das dez da noite, Rosa Figuerola deu carona para Mikael Blomkvist. Pararam no mesmo local do dia anterior, no parque de Kronoberg.

— Aqui estamos nós, no mesmo lugar. Você pretende sumir para trabalhar ou quer ir para a minha casa fazer amor?

— Bem...

— Mikael, não se sinta pressionado. Se você está precisando trabalhar, fique à vontade.

— Caramba, Rosa, você é mesmo viciada.

— E você não quer depender de ninguém. É o que você está querendo dizer?

— Não. Não desse jeito. Mas eu tenho que falar com uma pessoa hoje à noite, e vai levar um tempinho. Ou seja, até eu me liberar você já vai estar dormindo.

Ela balançou a cabeça.

— Até.

Ele beijou-a no rosto e começou a andar até o ponto de ônibus de Fridhemsplan.

— Blomkvist! — ela gritou.

— O que foi?

— Eu não trabalho amanhã também. Se tiver tempo, venha tomar o café da manhã comigo.

21. SÁBADO 4 DE JUNHO — SEGUNDA-FEIRA 6 DE JUNHO

Lisbeth Salander sentiu uma onda de vibrações negativas assim que começou a trabalhar no chefe de Atualidades Lukas Holm. Ele tinha cinquenta e oito anos e estava fora do padrão, mas Lisbeth o incluíra mesmo assim, já que ele e Erika Berger andavam se estranhando. Era um intrigante, do tipo que fica mandando e-mails comentando que Fulano fez um trabalho lamentável.

Lisbeth constatou que Holm não gostava de Erika Berger e que gastava um tempo considerável com comentários sobre *essa mulherzinha* que andou fazendo isso e aquilo. Quanto à internet, ele navegava exclusivamente em sites relacionados com seu trabalho. Se tinha outros interesses, dedicava-se a eles durante seu tempo livre ou usando outro computador.

Ela o manteve como candidato ao papel de Pena Podre, mas isso seria bom demais. Por um momento, Lisbeth se perguntou por que não acreditava realmente que fosse ele e concluiu que Holm era tão cheio de si que não iria querer se esconder atrás de e-mails anônimos. Se quisesse chamar Erika de puta nojenta, ele o faria abertamente. E não parecia ser do tipo que se dá ao trabalho de arrombar a casa de Erika Berger no meio da noite.

Por volta das dez da noite, ela fez uma pausa e entrou em [Tavola-Biruta], só para constatar que Mikael Blomkvist ainda não aparecera. Sentiu uma onda de irritação e se perguntou o que ele andava fazendo, se tinha chegado a tempo ao encontro de Teleborian.

Em seguida, voltou ao servidor do *SMP*.

Pegou o nome seguinte da lista, o assistente de redação da página de Esportes, Claes Lundin, vinte e nove anos. Acabava de abrir a caixa postal dele quando se deteve e mordeu o lábio inferior. Deixou Lundin para lá e abriu a correspondência de Erika Berger.

Foi percorrendo a lista de e-mails, mas ela era relativamente pequena, já que sua conta só fora aberta em 2 de maio. O primeiro e-mail era uma pauta da manhã enviada pelo assistente de redação Peter Fredriksson. Naquele primeiro dia, várias pessoas tinham lhe enviado um e-mail de boas-vindas.

Lisbeth leu com atenção cada um dos e-mails recebidos por Erika Berger. Reparou no tom hostil, desde o primeiro dia, da correspondência com o editor de Atualidades Lukas Holm. Eles pareciam não concordar em nada, e Lisbeth constatou que Holm complicava as coisas mandando dois ou três e-mails por qualquer bobagem.

Ela pulou propagandas, spams e pautas só de notícias. Concentrou-se nas mensagens de tom pessoal. Leu cálculos de orçamentos, resultados das áreas de publicidade e marketing, uma troca de e-mails com o diretor financeiro Christer Sellberg que se estendia por uma semana e quase podia ser classificada como um megadesentendimento sobre cortes de pessoal. Ela recebera e-mails exasperados do editor de Direito sobre um substituto chamado Johannes Frisk, que Erika Berger aparentemente incumbira de uma matéria que não agradava. Com exceção dos primeiros e-mails de boas-vindas, tinha-se a impressão de que nenhum funcionário em cargo de chefia via nada de positivo nos argumentos ou nas propostas de Erika.

Pouco depois, ela voltou ao início da lista e fez um cálculo mental. Constatou que, de todos os executivos de alto nível do *SMP* que rodeavam Erika Berger, apenas quatro não tentavam solapar sua posição: Borgsjö, o presidente do conselho administrativo; Peter Fredriksson, assistente de redação; Gunder Storman, responsável pelo editorial; e Sebastian Strandlund, chefe da seção Cultura.

Será que eles nunca ouviram falar em mulher no SMP*? Os chefes são todos homens.*

A pessoa com quem Erika Berger tinha menos envolvimento era o editor da seção de Cultura. Desde que trabalhava lá, Erika trocara apenas dois e-mails com Sebastian Strandlund. Os e-mails mais cordiais, e manifestamente os mais simpáticos, vinham do redator editorial Storman. Borgsjö era sucinto e áspero. Todos os demais chefes estavam envolvidos numa autêntica guerrilha.

Por que essa merda de grupo de homens foi contratar a Erika Berger, se só o que eles querem é acabar com ela?

A pessoa com quem ela parecia ter mais contato era o assistente de redação Peter Fredriksson. Era sempre ele quem redigia as atas das reuniões. Ele preparava os caminhos, brifava Erika sobre diferentes textos e problemas, fazia girar a engrenagem.

Trocava uns doze e-mails por dia com Erika.

Lisbeth reuniu todos os e-mails de Peter Fredriksson para Erika e os leu um por um. Duas ou três vezes, ele tinha se oposto a uma decisão de Erika. Explicara quais eram seus motivos. Erika Berger parecia confiar nele, pois voltara atrás em suas decisões ou aceitara seus argumentos. Ele nunca fora hostil. Em compensação, não havia nenhum indício de uma relação pessoal com Erika.

Lisbeth fechou a caixa postal de Erika Berger e refletiu por um instante.

Então abriu a conta de Peter Fredriksson.

Praga revirara os computadores pessoais de vários funcionários do *SMP* desde o início da noite, em vão. Conseguira entrar na casa do chefe de Atualidades, Lukas Holm, já que ele tinha uma conexão permanente com sua sala na redação, para poder intervir a qualquer momento do dia ou da noite na coordenação dos trabalhos. O computador pessoal de Holm era um dos mais tediosos que Praga já tinha pirateado. Em compensação, fracassara com os outros dezoito nomes da lista de Lisbeth Salander. Um dos motivos é que nenhum deles estava on-line num sábado à noite. Começava a se cansar um pouco daquela tarefa impossível quando Lisbeth Salander deu sinal, por volta das dez e meia.

[O que foi?]

[Peter Fredriksson.]

[Certo.]

[Deixe os outros para lá. Concentre-se nele.]

[Por quê?]

[Pressentimento.]

[Vai demorar um tempinho.]

[Existe um atalho. O Fredriksson é assistente de redação e trabalha com um programa chamado Integrator para verificar de casa o que acontece no seu computador do *SMP*.]

[Não sei nada sobre o Integrator.]

[É um programinha que foi lançado há alguns anos. Já está ultrapassado. O Integrator tem um bug. Está nos arquivos da Hacker Rep. Teoricamente, você pode inverter o programa e entrar no computador pessoal dele a partir do *SMP*.]

Praga soltou um suspiro profundo. Aquela garota, que tinha sido sua aluna, estava mais por dentro que ele.

[Certo. Vou ver isso.]

[Se encontrar alguma coisa, passe para o Super-Blomkvist caso eu não esteja mais on-line.]

Mikael Blomkvist voltou ao apartamento de Lisbeth Salander, em Mosebacke, pouco antes da meia-noite. Estava cansado, e a primeira coisa que fez foi tomar um banho. Depois ligou a cafeteira e em seguida o computador de Lisbeth Salander. Chamou-a pelo ICQ.

[Até que enfim.]

[Desculpe.]

[Onde você andou nesses últimos dias?]

[Na cama com uma agente secreta. E atrás de Jonas.]

[Você conseguiu ir ao encontro?]

[Sim. Foi você que avisou a Erika?]

[Era o único jeito de contatar você.]

[Garota esperta.]

[Vou ser transferida amanhã para a casa de detenção.]

[Eu sei.]

[O Praga vai te ajudar com a internet.]
[Ótimo.]
[Só falta a grande final.]

Mikael meneou a cabeça para si mesmo.

[Sally... a gente vai fazer o que tem de ser feito.]
[Eu sei. Você é previsível.]
[E você, encantadora como sempre.]
[Há mais uma coisa que eu deva saber?]
[Não.]
[Nesse caso, tenho um bocado de coisas para fazer na internet.]
[Tudo bem. Se cuide.]

O ruído em seu fone de ouvido despertou Susanne Linder num sobressalto. Alguém acionara o detector de movimentos que ela instalara no hall de entrada, no térreo da casa de Erika Berger. Apoiou-se num cotovelo para ver a hora, eram 5h23 de domingo. Saiu da cama sem fazer barulho e enfiou jeans, camiseta e tênis. Colocou a bomba de gás lacrimogêneo no bolso de trás e levou o cassetete telescópico.

Passou silenciosamente pela porta do quarto de Erika Berger, verificou que estava fechada e, portanto, trancada.

Deteve-se no alto da escada para escutar. Ouviu um tinido fraco e um movimento no térreo. Desceu a escada devagar e se deteve no hall de entrada para escutar.

Uma cadeira rangeu na cozinha. Segurando o cassetete com mão firme, dirigiu-se em silêncio para a porta da cozinha, onde viu um homem calvo e não barbeado sentado à mesa com um copo de suco de laranja, lendo o *SMP*. Ele sentiu sua presença e ergueu os olhos.

— Quem é você? — ele perguntou.

Susanne Linder relaxou e se apoiou no batente da porta.

— Imagino que seja Lars Beckman. Eu sou Susanne Linder.

— Ah, sim. Vai me rachar a cabeça com esse cassetete ou aceita um suco de laranja?

— Com prazer — disse Susanne, largando o cassetete. — Quero dizer, o suco de laranja.

Lars Beckman se esticou para apanhar um copo no escorredor de louça e serviu-lhe o suco de uma embalagem de papelão.

— Eu trabalho para a Milton Security — disse Susanne Linder. — Acho que seria melhor se a sua mulher lhe explicasse por que estou aqui.

Lars Beckman se levantou.

— Aconteceu alguma coisa com a Erika?

— A sua mulher está bem. Mas houve uns probleminhas. Tentamos contatá-lo em Paris.

— Em Paris? Mas eu estava em Helsinque, caramba.

— Ah. Desculpe, sua mulher achava que era Paris.

Lars dirigiu-se à porta.

— A porta do quarto está fechada a chave. Precisa de um código para abri-la — disse Susanne Linder.

— Código?

Ela lhe passou os três algarismos que ele teria de teclar para abrir a porta do quarto. Ele galgou os degraus de quatro em quatro. Susanne Linder estendeu o braço e juntou o *SMP* que ele tinha deixado ali.

Às dez horas do domingo, o dr. Anders Jonasson entrou no quarto de Lisbeth Salander.

— Olá, Lisbeth.

— Olá.

— Eu só queria te avisar que a polícia vai chegar lá pelo meio-dia.

— Tudo bem.

— Você não me parece muito preocupada.

— Não estou mesmo.

— Tenho um presente para você.

— Um presente? Por quê?

— Você foi uma das pacientes mais divertidas que eu já tive.

— Ah, é? — disse Lisbeth Salander, desconfiada.

— Pelo que entendi, você é fascinada por DNA e genética.

— Quem disse... aposto que foi a psicóloga.

Anders Jonasson assentiu com a cabeça.

— Se você estiver se chateando na casa de detenção... aqui está a última novidade em matéria de pesquisa sobre o DNA.

Ele entregou-lhe um tijolão intitulado *Spirals — Mysteries of DNA*, escrito por um certo professor Yoshito Takamura, da Universidade de Tóquio. Lisbeth Salander abriu o livro e examinou o sumário.

— Bacana — disse ela.

— Um dia, seria interessante descobrir como é isso de você ler artigos de pesquisadores que nem eu entendo.

Assim que Anders Jonasson saiu do quarto, Lisbeth pegou o computador de mão. A reta final. Verificando no departamento de pessoal do *SMP*, Lisbeth calculou que Peter Fredriksson trabalhava havia seis anos no jornal. Nesses seis anos, estivera em licença médica por dois períodos bastante longos. Os arquivos do departamento pessoal informavam Lisbeth que, nas duas vezes, ele havia surtado. Em certo momento, Morander, o antecessor de Erika Berger, questionara a capacidade de Fredriksson em permanecer como assistente de redação.

Palavras, palavras, palavras. Nada de concreto em que se prender.

Quinze para o meio-dia, Praga chamou-a pelo ICQ.

[O que foi?]

[Você ainda está em Sahlgrenska?]

[Adivinhe.]

[É ele.]

[Tem certeza?]

[Ele entrou no computador de casa para trabalhar faz uma meia hora. Aproveitei para visitar o computador pessoal dele. Tem umas fotos da Erika Berger escaneadas no disco rígido.]

[Obrigada.]

[Ela até que é bonitona.]

[Praga.]

[Eu sei. O que eu tenho que fazer?]

[Ele colocou as fotos na internet?]

[Não que eu tenha visto.]

[Você consegue atacar o computador dele?]

[Isso eu já fiz. Se ele tentar mandar as fotos por e-mail ou colocar algo com mais de 20 kb na internet, o disco rígido bate as botas.]

[Sensacional.]

[Estou querendo dormir. Você agora se vira sozinha?]

[Como sempre.]

Lisbeth saiu do ICQ. Verificou a hora e se deu conta de que já era quase meio-dia. Redigiu rapidamente uma mensagem que endereçou para o grupo Yahoo [Tavola-Biruta].

[Mikael. Importante. Ligue imediatamente para Erika Berger e diga a ela que Peter Fredriksson é o Pena Podre.]

Quando estava enviando a mensagem, ouviu uma movimentação no corredor. Ergueu o Palm Tungsten T3 e deu um beijo na tela. Depois desligou-o e o guardou na cavidade atrás do criado-mudo.

— Oi, Lisbeth — disse, lá da porta, sua advogada Annika Giannini.

— Oi.

— A polícia vem te buscar daqui a pouco. Eu trouxe algumas roupas. Espero que o tamanho esteja certo.

Lisbeth olhou, desconfiada, para uma coleção de calças escuras elegantes e camisas claras.

Duas mulheres com uniforme da polícia de Göteborg é que foram buscar Lisbeth Salander. Sua advogada a acompanhou até a casa de detenção.

Quando saíram do quarto e seguiram pelo corredor, Lisbeth reparou que vários membros da equipe a fitavam, curiosos. Ela acenou gentilmente com a cabeça e um deles abanou a mão em resposta. Anders Jonasson, por acaso, estava na recepção. Eles se olharam e trocaram um cumprimento. Antes que elas virassem no corredor, Lisbeth notou que Anders Jonasson já se dirigia ao quarto dela.

Durante todo o procedimento que a conduzira à casa de detenção, Lisbeth Salander não disse uma palavra sequer aos policiais.

Mikael Blomkvist desligou o iBook e parou de trabalhar às sete da manhã de domingo. Permaneceu por algum tempo à mesa de Lisbeth Salander, olhos fixos no nada à sua frente.

Então foi até o quarto e contemplou a gigantesca cama de casal de Lisbeth. Minutos depois, voltou ao escritório, abriu seu laptop e chamou Rosa Figuerola.

— Oi. É o Mikael.

— Oi, você. Já de pé?

— Parei de trabalhar neste instante e vou me deitar. Só queria dar um alô.

— Homens que ligam só para dar um alô têm algo na cabeça.

Ele riu.

— Blomkvist, pode vir dormir aqui se quiser.

— Não vou ser uma companhia divertida.

— Eu me acostumo.

Ele pegou um táxi para a Pontonjärgatan.

Erika Berger passou o domingo na cama com Lars Beckman, ora conversando, ora cochilando. À tarde, vestiram-se e fizeram um longo passeio até o pontão do barco a vapor e deram uma volta em torno do vilarejo.

— O *SMP* foi um erro — disse Erika Berger quando chegaram em casa.

— Não diga isso. Está difícil agora, mas você sabia que ia ser assim. Quando você pegar o ritmo, as coisas se ajeitam.

— O problema não é o trabalho. Com isso eu lido numa boa. É a atitude.

— Humm.

— Não me sinto bem lá. Mas não posso pedir demissão depois de poucas semanas.

Sentou-se, triste, à mesa da cozinha e ficou olhando para o vazio, sem ânimo. Lars Beckman nunca tinha visto sua mulher tão resignada.

O inspetor Hans Faste encontrou com Lisbeth Salander pela primeira vez ao meio-dia e meia de domingo, quando uma policial de Göteborg a acompanhou até a sala de Marcus Ackerman.

— Foi uma trabalheira danada conseguir te pegar — disse Hans Faste.

Lisbeth Salander examinou-o demoradamente, então concluiu que era um abobado e que não pretendia gastar mais que poucos segundos pensando na existência dele.

— A inspetora Gunilla Wäring vai com vocês até Estocolmo — disse Ackerman.

— Ah, é? — disse Faste. — Bem, então vamos indo. É que tem um bocado de gente querendo falar com você, Salander.

Ackerman disse até-logo a Lisbeth Salander. Ela o ignorou.

Ficara resolvido que seria mais prático realizar a transferência da prisioneira para Estocolmo numa viatura policial. Gunilla Wäring foi dirigindo. No começo, Hans Faste, sentado no banco do passageiro, à frente, foi com a cabeça virada para trás, tentando falar com Lisbeth Salander. À altura de Alingsås, começou a ficar com torcicolo e desistiu.

Lisbeth Salander contemplava a paisagem pela janela. A impressão era de que Faste não existia no seu mundo.

O Teleborian está certo. Essa aí é completamente retardada, pensou Faste. *Em Estocolmo a gente resolve isso.*

De vez em quando ele dava uma espiada em Lisbeth Salander, tentando formar uma opinião sobre a mulher que ele perseguira durante tanto tempo. E o próprio Hans Faste tinha suas dúvidas ao ver a fragilidade daquela garota. Lembrou-se de que ela era lésbica e, portanto, não era uma mulher de verdade.

Em compensação, era possível que a história do satanismo fosse exagero. A garota não parecia ser muito satânica.

Por ironia, dava-se conta de que teria preferido, de longe, prendê-la pelos três assassinatos de que a acusavam no início, mas a realidade se impusera à investigação. Até uma garota magricela pode manejar uma pistola. Atualmente, ela estava detida por golpes e ferimentos agravados contra o supremo dirigente do MC Svavelsjö, e disso ela era culpada sem sombra de dúvida; que também havia provas técnicas caso ela pretendesse negar.

Rosa Figuerola acordou Mikael Blomkvist por volta da uma da tarde. Ela ficara na sacada terminando seu livro sobre os deuses da Antiguidade, enquanto escutava os roncos de Mikael no quarto. Um momento tranquilo.

Quando entrou no quarto e olhou para ele, percebeu que havia muitos anos não se sentia tão atraída por um homem.

Era uma sensação agradável, mas preocupante. Mikael Blomkvist não parecia ser um elemento estável em sua existência.

Depois que ele acordou, desceram até Norr Mälarstrand para tomar um café. Em seguida, ela o arrastou de volta para sua casa e fizeram amor pelo resto da tarde. Ele foi embora lá pelas sete da noite. Ela sentiu sua falta assim que ele deu um beijo em seu rosto e fechou a porta ao sair.

Por volta das oito horas da noite de domingo, Susanne Linder tocou a campainha da casa de Erika Berger. Não ia dormir lá, pois Lars Beckman estava de volta, e a visita, portanto, não tinha nada de profissional. As poucas noites que passara com Erika as aproximaram bastante em suas longas conversas na cozinha. Descobriu que gostava de Erika Berger e a via como uma mulher desesperada que todos os dias ia para o trabalho vestindo uma máscara, como se estivesse tudo bem. Mas a verdade é que Erika era uma pilha de angústia ambulante.

Susanne Linder desconfiava que a angústia não se devia apenas ao Pena Podre. Mas ela não era assistente social, e a vida e os problemas de Erika Berger não lhe diziam respeito. Assim, foi até a casa dos Berger apenas para dar um alô e perguntar se estava tudo bem. Encontrou Erika e o marido na cozinha, imersos numa atmosfera surda e pesada. Pareciam ter passado o domingo conversando sobre coisas sérias.

Lars Beckman fez um café. Não fazia muito tempo que Susanne Linder estava com eles quando o celular de Erika tocou.

Naquele dia, Erika Berger atendera todas as ligações com uma sensação de naufrágio iminente.

— Berger.

— Oi, Ricky.

Mikael Blomkvist. Droga. Ainda não contei para ele que o dossiê Borgsjö sumiu.

— Oi, Micke.

— A Salander foi transferida hoje à tarde para a casa de detenção de Göteborg e deve ser levada para Estocolmo amanhã.

— Sei.

— Ela me passou um... recado para você.

— Ah, é?

— Meio misterioso.

— O que é?

— Ela mandou dizer que o Pena Podre é o Peter Fredriksson.

Erika Berger ficou calada por uns dez segundos, enquanto os pensamentos pipocavam em seu cérebro. *Impossível. O Peter não é assim. A Salander deve ter se enganado.*

— Mais alguma coisa?

— Não. Esse é o recado. Você sabe do que se trata?

— Sei.

— Ricky, afinal, o que você e a Lisbeth andam tramando? Ela ligou para você para dar o toque sobre o Teleborian e...

— Obrigada, Micke. Depois a gente conversa.

Ela desligou o celular e fitou Susanne Linder com olhos apavorados.

— Conta — disse Susanne Linder.

Susanne Linder experimentava sentimentos contraditórios. Erika Berger acabava de receber um recado avisando que seu assistente de redação, Peter Fredriksson, era o Pena Podre. Suas palavras tinham jorrado como um rio quando ela começara a falar. Então, Susanne Linder lhe perguntara *como* ela sabia que Fredriksson era o sujeito que a vinha assediando.

Então, Erika Berger se calara. Susanne observou seus olhos e percebeu que alguma coisa mudara na atitude da redatora-chefe. De repente, Erika Berger parecia incomodada.

— Eu não posso dizer...

— Como assim?

— Susanne, eu sei que o Pena Podre é o Fredriksson. Mas não posso dizer como consegui essa informação. O que eu faço?

— Você tem que me dizer se quiser que eu te ajude.

— Eu... eu não posso. Você não entende.

Erika Berger se levantou e foi até a janela da cozinha, dando as costas para Susanne Linder. Por fim, se virou.

— Vou à casa desse canalha falar com ele.

— Nem pensar. Você não vai a lugar nenhum, muito menos na casa de um sujeito que, tudo leva a crer, sente um ódio violento de você.

Erika Berger pareceu hesitar.

— Sente-se. Me conte o que aconteceu. Era o Mikael Blomkvist no telefone, não era?

Erika meneou a cabeça.

— Eu... hoje eu pedi que um hacker desse uma olhada nos computadores pessoais dos funcionários.

— Ahã. E com essa você provavelmente incorreu num crime de informática agravado. E não quer dizer quem é o hacker.

— Eu prometi não falar... Não são as mesmas pessoas. Um caso em que o Mikael está trabalhando.

— O Blomkvist está sabendo sobre o Pena Podre?

— Não, ele só me repassou o recado.

Susanne Linder inclinou a cabeça e observou Erika Berger. De repente, uma cadeia de associações foi se criando em sua mente.

Erika Berger. Mikael Blomkvist. Millenium. *Policiais suspeitos invadiram o apartamento do Blomkvist e instalaram microfones. Eu vigiei os vigias dele. O Blomkvist está trabalhando como um doido numa matéria sobre a Lisbeth Salander.*

Que a Lisbeth Salander era fera em computação, todo mundo sabia na Milton Security. Ninguém tinha ideia de onde vinham esses conhecimentos, e Susanne nunca ouvira dizer que Salander era uma hacker. Mas Dragan Armanskij mencionara certa vez que Salander entregava relatórios simplesmente espantosos quando fazia investigações sobre pessoas. Uma hacker...

Mas, puta merda, a Salander está isolada em Göteborg!

Não fazia sentido.

— Estamos falando da Salander? — perguntou Susanne Linder.

Foi como se Erika Berger tivesse sido atingida por um raio.

— Não posso contar a origem da informação. Nenhuma palavra sobre isso.

De repente, Susanne Linder começou a rir.

É a Salander. A confirmação da Erika não poderia ser mais clara. Ela está completamente perdida.

Só tem uma impossibilidade séria.

Mas o que está acontecendo, porra?

Durante seu cativeiro, Lisbeth Salander teria se encarregado da tarefa de descobrir quem era Pena Podre. Possibilidade zero.

Susanne Linder refletiu intensamente.

Não fazia nenhuma ideia muito precisa sobre Lisbeth Salander ou sobre o que as pessoas diziam a respeito dela. Tinha cruzado com Lisbeth umas cinco vezes, talvez, durante os anos em que ela trabalhara na Milton Security, e nunca tiveram uma só conversa pessoal. A imagem que tinha de Salander era de uma criadora de casos, uma pessoa tão antissocial e com uma couraça tão dura que nem uma perfuradora seria capaz de romper. Também havia constatado que Dragan Armanskij estendera sobre Lisbeth Salander suas asas protetoras. Como Susanne Linder respeitava Dragan Armanskij, supunha, portanto, que ele tivesse bons motivos para adotar essa atitude em relação àquela moça complicada.

Peter Fredriksson é o Pena Podre.

Será que ela estava certa? Será que havia provas?

Em seguida, Susanne Linder passou uma hora interrogando Erika Berger sobre tudo que ela sabia a respeito de Peter Fredriksson, qual era o papel dele no *SMP* e como era a relação profissional entre os dois. As respostas não levavam a lugar nenhum.

Erika Berger hesitou até se sentir frustrada, oscilando entre o desejo de ir à casa de Fredriksson ouvir suas explicações e a dúvida sobre a veracidade da informação. Por fim, Susanne Linder a convenceu de que não podia correr para Peter Fredriksson com acusações — se ele fosse inocente, Berger faria papel de idiota.

Susanne Linder prometeu cuidar do caso. Uma promessa de que se arrependeu assim que a pronunciou, pois não fazia ideia de como poderia cumpri-la.

Em todo caso, estacionou seu Fiat Strada o mais próximo possível do apartamento de Fredriksson, em Fisksätra. Trancou as portas e olhou ao redor. Não estava muito certa do que faria, mas ponderou que deveria chamá-lo na casa dele e, de alguma maneira, induzi-lo a responder a algumas perguntas. Tinha consciência de que aquilo nada tinha a ver com o trabalho combinado com a Milton Security e de que Dragan Armanskij ficaria furioso se soubesse o que ela estava aprontando.

Não era um bom plano. E, de todo modo, fracassou antes mesmo que ela tivesse tempo de colocá-lo em ação.

Quando estava entrando no pátio e aproximando-se do prédio de Peter Fredriksson, a porta se abriu. Susanne Linder o reconheceu de imediato, lembrando-se da foto do departamento pessoal que vira no computador de Erika Berger. Ela seguiu em frente e os dois se cruzaram. Susanne Linder parou, hesitante, virou-se e o viu desaparecer na direção da garagem. Então constatou que eram quase onze da noite e que Peter Fredriksson estava indo para algum lugar. Perguntou-se para onde ele poderia estar indo e correu até seu próprio carro.

Mikael Blomkvist permaneceu um bom tempo contemplando seu celular depois que Erika Berger interrompeu a ligação. Perguntou-se o que estava acontecendo. Lançou um olhar frustrado ao computador de Lisbeth Salander. Àquela hora ela já teria sido transferida para a casa de detenção de Göteborg e não havia a menor possibilidade de lhe perguntar nada.

Ligou seu T10 azul e telefonou para Idris Ghidi, em Angered.

— Oi. É o Mikael Blomkvist.

— Oi — disse Idris Ghidi.

— Era só para dizer que você pode encerrar o serviço que estava fazendo para mim.

Idris Ghidi assentiu com a cabeça sem falar nada. Já imaginava que Mikael Blomkvist iria ligar, uma vez que Lisbeth Salander tinha sido levada para a casa de detenção.

— Entendo — disse.

— Você pode ficar com o celular, conforme a gente combinou. Te mando seu pagamento durante a semana.

— Obrigado.

— Eu é que agradeço pela ajuda.

Ligou seu iBook e se pôs ao trabalho. Em função dos acontecimentos dos últimos dias, boa parte do original teria de ser alterado, e uma história nova precisaria, sem dúvida, ser incluída.

Ele suspirou.

Às onze e quinze da noite, Peter Fredriksson estacionou o carro a três quarteirões da casa de Erika Berger. Susanne Linder já sabia para onde ele ia e se distanciara para não chamar a atenção. Continuou rodando por mais de dois minutos depois que ele estacionou. Constatou que o carro estava vazio. Passou pela casa de Erika Berger e foi um pouco mais adiante, para estacionar sem ser vista. Suas mãos estavam molhadas de suor.

Pegou uma lata de Catch Dry e pôs na boca um pouco de fumo de mascar.

Então abriu o carro e olhou em redor. Assim que percebera que Fredriksson se dirigia para Saltsjöbaden, compreendeu que a pista oferecida por Salander estava certa. Ignorava como Salander tinha conseguido descobrir, mas não havia mais nenhuma dúvida de que Fredriksson era Pena Podre. Com toda certeza, ele não estava indo à noite para Saltsjöbaden por acaso. Alguma coisa estava sendo tramada.

O que era perfeito para que ela o pegasse em flagrante.

Pegou o cassetete telescópico no compartimento lateral da porta e avaliou seu peso rapidamente. Destravou o cabo, soltando o pesado fio de aço flexível. Cerrou os dentes.

Por isto deixara de trabalhar na patrulha de intervenção de Södermalm.

Certo dia, ficara absolutamente enfurecida quando a patrulha, pela terceira vez em três dias, fora a um endereço em Hägersten depois de uma mulher, sempre a mesma, ter chamado a polícia e gritado por socorro porque o marido a espancava. E, como nas duas primeiras vezes, a situação se acalmara antes de a patrulha chegar.

Por pura rotina, levaram o homem para a escadaria do prédio enquanto interrogavam a mulher. *Não, ela não queria registrar uma queixa. Não, era um engano. Não, ele era bonzinho... na verdade, a culpa era dela. Ela é que tinha provocado...*

Enquanto isso, o safado ficara rindo o tempo todo, encarando Susanne Linder.

Não saberia explicar por que tinha agido daquela maneira. Mas de repente alguma coisa explodiu dentro dela, ela pegou o cassetete e o golpeou na boca. O primeiro golpe teve pouca força. Ele se esquivou e ela só lhe estourou o lábio. Nos dez segundos que se seguiram — até que seus colegas a agarrassem e a levassem para fora à força — deixara as cassetadas choverem nas costas do homem, na lombar, nos quadris e nos ombros.

Não tinha sido indiciada. Pedira demissão naquela mesma tarde e fora para casa, onde passara uma semana chorando. Então se recobrou e foi bater à porta de Dragan Armanskij. Contou-lhe o que tinha feito e por que saíra da polícia. Estava procurando emprego. Armanskij hesitou e lhe pediu um prazo para pensar. Ela já tinha perdido as esperanças quando ele ligara, seis semanas depois, dizendo-se disposto a contratá-la para um período de experiência.

Susanne Linder fez uma careta de ódio e enfiou o cassetete no cinturão, às costas. Verificou se a bomba de gás lacrimogêneo estava mesmo no bolso direito da jaqueta e se os cadarços de seu tênis estavam bem amarrados. Caminhou até a casa de Erika Berger e se esgueirou pelo terreno.

Sabia que o detector de movimentos no pátio dos fundos ainda não estava instalado e avançou sem fazer barulho pelo gramado rente à sebe que contornava o terreno. Não estava vendo o homem. Deu a volta na casa e parou, imóvel. Avistou-o de repente, uma sombra em meio à escuridão, junto ao ateliê de Lars Beckman.

Ele não se dá conta do quanto é estúpido voltar aqui. Não consegue deixar de vir.

Ele estava agachado e tentando espiar, por uma fresta entre as cortinas, dentro de uma saleta contígua à sala de estar. Então subiu ao terraço e espreitou pelos vãos das persianas fechadas, ao lado da janela panorâmica ainda tapada com o compensado.

De repente, Susanne Linder sorriu.

Esgueirou-se pelo pátio até a esquina da casa enquanto ele estava de costas para ela. Escondeu-se atrás de umas groselheiras e esperou. Conseguia vê-lo através dos ramos. De onde estava, Fredriksson devia estar enxergando o hall de entrada e boa parte da cozinha. Ele topara com algo interessante para olhar e dez minutos se passaram antes que se pusesse de novo em movimento. Aproximou-se de Susanne Linder.

Quando ele estava prestes a virar a esquina da casa, passando na frente dela, Susanne Linder se ergueu e falou baixinho:

— Oi, Fredriksson!

Ele estacou e virou-se para ela.

Ela viu seus olhos cintilando no escuro. Não conseguia enxergar seu rosto, mas podia ouvir que o choque o havia feito perder o fôlego.

— Existem duas maneiras de lidar com isso, uma simples e uma complicada — disse ela. — Vamos até o seu carro e...

Ele deu meia-volta e começou a correr.

Susanne Linder ergueu o cassetete telescópico e desfechou um golpe doloroso e arrasador na parte externa de seu joelho esquerdo.

Ele caiu, produzindo um som abafado.

Ela ergueu o cassetete para bater mais uma vez, mas se conteve. Podia sentir os olhos de Dragan Armanskij em sua nuca.

Inclinou-se e o fez ficar de bruços, então enfiou-lhe um joelho na parte inferior das costas. Apanhou a mão direita dele e torceu-lhe o braço por trás, algemando-o. Ele estava fraco e não opôs nenhuma resistência.

Erika Berger apagou a luz da sala e subiu a escada mancando. Não precisava mais das muletas, mas a planta do pé ainda doía quando jogava seu peso em cima. Lars Beckman apagou a luz da cozinha e seguiu os passos da mulher. Nunca tinha visto Erika tão mal. Nada do que ele dizia parecia acalmá-la nem atenuava sua angústia.

Ela se despiu e deitou-se na cama, de costas para ele.

— Não é nada com você, Lars — disse ela, quando o escutou se deitar.

— Você realmente não parece estar bem — disse ele. — Quero que fique alguns dias em casa.

Passou o braço em volta dos ombros dela. Ela não tentou rechaçá-lo, mas estava totalmente passiva. Ele se inclinou, beijou-lhe o pescoço com suavidade e a abraçou.

— Não há nada que você possa dizer ou fazer para melhorar a situação. Eu sei que estou precisando de um tempo. Me sinto como num trem expresso que acabei de perceber que vai sair dos trilhos.

— A gente podia passear de barco por uns dias. Deixar tudo isso para lá e fazer uma parada.

— Não. Eu não quero deixar tudo isso para lá.

Virou-se para ele.

— O pior que eu poderia fazer agora seria fugir, aí é que está. Vou resolver esse problema. E depois a gente faz o passeio.

— Tudo bem — disse Lars. — Só acho que não posso ser de grande ajuda para você.

Ela quase sorriu.

— É verdade. Mas obrigada por estar aqui. Amo você muito, muito, você sabe disso.

Ele fez que sim com a cabeça.

— Não consigo acreditar que é o Peter Fredriksson — disse Erika Berger. — Nunca senti nenhuma hostilidade da parte dele.

Ao ver as luzes do térreo se apagarem, Susanne Linder se perguntou se deveria bater à porta de Erika. Olhou para Peter Fredriksson. Ele não dissera uma só palavra. Estava totalmente passivo. Ela refletiu alguns instantes antes de se decidir.

Inclinou-se, segurou as algemas, puxou-o para que ele ficasse em pé e encostou-o na parede da casa.

— Você consegue ficar de pé? — perguntou.

Ele não respondeu.

— Bem, então vamos simplificar as coisas. Se você esboçar qualquer tipo de resistência, vai receber o mesmo tratamento na perna direita. E, se insistir, eu arrebento seus braços. Está me entendendo?

Percebeu que ele respirava depressa. Medo?

Empurrou-o à sua frente para a rua, até o carro dele, a três quarteirões de distância. Ele mancava. Ela o amparava. Ao chegarem ao carro, cruzaram com um homem que fazia seu passeio noturno com o cachorro. Ele parou e fitou as algemas de Peter Fredriksson.

— Polícia — disse Susanne Linder com voz decidida. — Vá para casa.

Ela o acomodou no banco traseiro e o levou para a casa dele em Fisksätra. Era meia-noite e meia e eles não cruzaram com ninguém na frente do prédio. Susanne Linder apanhou suas chaves e o fez subir a escada até seu apartamento, no segundo andar.

— Você não pode entrar na minha casa — disse Peter Fredriksson.

Eram suas primeiras palavras desde que ela o tinha algemado.

— Você não tem o direito. Precisa de um mandato...

— Eu não sou tira — ela sussurrou.

Ele olhou para ela com ar cético.

Ela o agarrou pela camisa e o empurrou para a sala, onde o deixou cair no sofá. Era um apartamento de três cômodos, limpo e bem-arrumado. O quarto ficava à esquerda, a cozinha do outro lado do hall de entrada, o pequeno escritório junto à sala.

Ela deu uma olhada no escritório e soltou um suspiro de alívio. A arma do crime! Avistou imediatamente fotos do álbum de Erika Berger espalhadas sobre a mesa de trabalho, ao lado do computador. Ele afixara umas trinta fotos na parede. Susanne Linder contemplou a exposição de sobrancelhas erguidas. Erika Berger era superbonita. E a vida sexual dela parecia ser mais divertida que a sua.

Escutou Peter Fredriksson se mexendo e voltou para a sala a fim de pegá-lo. Deu-lhe uma cassetada, puxou-o até o escritório e o fez sentar-se no chão.

— Não se mexa — disse.

Foi até a cozinha e pegou uma sacola de papel da Konsum. A seguir foi retirando as fotos da parede, uma por uma. Achou o álbum de fotos vazio e os diários íntimos de Erika Berger.

— Cadê o vídeo? — perguntou.

Peter Fredriksson não respondeu. Susanne Linder foi até a sala e ligou a tevê. Havia uma fita dentro do aparelho, mas precisou tatear alguns instantes até descobrir o botão no controle remoto.

Ejetou a fita, e então ficou um bom tempo conferindo se ele não tinha feito alguma cópia.

Achou as cartas de amor da adolescência de Erika e o relatório sobre Borgsjö. Notou que ele tinha um escâner Microtek conectado a um computador IBM. Ergueu a tampa do escâner e encontrou uma foto esquecida que mostrava Erika Berger numa festa do Club Xtreme no Ano-Novo de 1986, a julgar por uma bandeirola pendurada numa parede.

Ligou o computador e se deu conta de que ele estava protegido por uma senha.

— Qual é a senha? — ela perguntou.

Peter Fredriksson permaneceu sentado no chão, teimosamente imóvel e recusando-se a falar.

De repente, Susanne Linder sentiu-se muito calma. Sabia que, tecnicamente falando, cometera uma série de infrações no decorrer da noite, incluindo o que se poderia qualificar como constrangimento, ou mesmo sequestro agravado. Não estava nem aí. Pelo contrário, estava até satisfeita.

Passado algum tempo, acabou dando de ombros e pegou no bolso seu canivete suíço. Desligou todos os fios do computador, virou a parte traseira da CPU para a frente e usou a chave cruciforme para abri-lo. Levou breves quinze minutos para desmontar o computador e tirar dali o disco rígido.

Olhou em volta. Tinha pegado tudo, mas por segurança examinou minuciosamente todas as gavetas da mesa, as pilhas de papel e as prateleiras. De súbito, seu olhar bateu num antigo anuário de escola deixado na beirada da janela. Constatou que era o anuário do liceu de Djursholm, 1978. *Erika Berger não pertencera à nata de Djursholm...?* Abriu o anuário e percorreu, uma a uma, todas as turmas do último ano.

Encontrou Erika Berger com dezoito anos, usando o chapéu dos formandos e ostentando um sorriso feliz de belas covinhas. Usava um vestido elegante de algodão branco e segurava um buquê de flores na mão. O autêntico clichê de uma adolescente ingênua com menção honrosa em todas as matérias.

Por pouco Susanne Linder não deixou o elo passar, mas ele estava na página seguinte. Jamais o teria reconhecido na foto, porém a legenda não deixava dúvida. Peter Fredriksson. Estava em outra classe, no mesmo ano que Erika Berger. Viu um garoto magrela e de semblante sério encarando a objetiva por sob a viseira do boné.

Ela ergueu os olhos e eles cruzaram com os de Peter Fredriksson.

— Ela já era uma puta nojenta naquela época.

— Fascinante — disse Susanne Linder.

— Trepava com todos os caras do colégio.

— Acho difícil.

— Ela não passava de uma...

— Não fale. O que aconteceu? Ela não quis dar para você?

— Ela me tratava como se eu fosse vento. Ria de mim pelas costas. E quando entrou no *SMP* nem me reconheceu.

— Certo, certo — disse Susanne Linder, cansada. — Você deve ter tido uma juventude difícil. Vamos falar sério um pouquinho?

— O que você quer?

— Eu não sou tira — disse Susanne Linder. — Pertenço ao time das pessoas que lidam com gente da sua espécie.

Esperou, deixando que a imaginação de Fredriksson fizesse a sua parte.

— Quero saber se você colocou as fotos dela em algum lugar da internet.

Ele negou com a cabeça.

— Verdade verdadeira?

Ele assentiu com a cabeça.

— A Erika Berger é quem vai decidir se quer dar queixa contra você por assédio, ameaças e invasão de domicílio, ou se prefere resolver tudo amigavelmente.

Ele não disse nada.

— Se ela resolver te ignorar — o que, na minha opinião, é o único tipo de atenção que você merece —, quem vai ficar de olho em você sou eu.

Ela mostrou o cassetete telescópico.

— Se por acaso você tentar se aproximar de novo da casa da Erika Berger, ou mandar e-mails, ou perturbar de alguma maneira, eu volto aqui. E vou te quebrar de um jeito que nem sua mãe vai te reconhecer. Está entendendo?

Ele não respondeu.

— Em outras palavras, você tem uma chance de influir no final dessa história. Está interessado?

Ele assentiu lentamente com a cabeça.

— Nesse caso, vou sugerir à Erika Berger que deixe tudo por isso mesmo. Você não precisa mais ir trabalhar. Está sendo demitido desde já.

Ele meneou a cabeça.

— Você some da vida dela e de Estocolmo. Não estou nem aí para o que você vai fazer ou para onde vai. Ache um emprego para os lados de Göteborg ou Malmö. Peça outra licença médica. Faça o que quiser. Mas deixe Erika Berger em paz.

Ele concordou com a cabeça.

— Estamos combinados?

De repente, Peter Fredriksson começou a chorar.

— Eu não queria fazer nenhum mal — disse. — Só queria...

— Queria transformar a vida dela num inferno, e conseguiu. Você me dá a sua palavra?

Ele fez que sim com a cabeça.

Ela se inclinou, virou-o de bruços e abriu as algemas. Saiu levando a sacola da Komsum contendo a vida de Erika Berger e deixando o sujeito estatelado no chão.

Eram duas horas e meia da madrugada de segunda-feira quando Susanne Linder deixou o prédio de Fredriksson. Pensou em esperar o dia nascer para agir, mas se deu conta de que, se fosse com ela, teria gostado de saber logo. Além disso, seu carro continuava estacionado em Saltsjöbaden. Chamou um táxi.

Lars Beckman abriu a porta antes que ela tivesse tempo de apertar a campainha. Estava de calça jeans e não parecia nada sonolento.

— A Erika está acordada? — perguntou Susanne Linder.

Ele assentiu com a cabeça.

— Alguma novidade? — perguntou.

Ela fez um gesto indicando que sim e sorriu.

— Entre. A gente estava conversando na cozinha.

Entraram.

— Olá, Erika — disse Susanne. — Você precisa aprender a dormir de vez em quando.

— O que houve?

Susanne estendeu-lhe a sacola.

— O Peter Fredriksson promete te deixar em paz daqui para a frente. Não sei se dá para confiar nele, mas se ele cumprir com a promessa vai ser menos doloroso do que registrar uma queixa e enfrentar um processo. Você decide.

— Então era ele mesmo?

Susanne Linder meneou a cabeça. Lars Beckman ofereceu café, mas Susanne não aceitou. Já tomara muito café nos últimos dias. Sentou-se e contou o que tinha acontecido em frente à casa deles durante a noite.

Erika Berger permaneceu um bom tempo calada. Depois, foi ao andar de cima e voltou com seu exemplar do anuário do colégio. Contemplou demoradamente o rosto de Peter Fredriksson.

— Eu me lembro dele — disse por fim. — Mas nem de longe iria imaginar que se tratava do mesmo Peter Fredriksson do *SMP*. Eu nem me lembrava do nome dele antes de consultar o anuário.

— Ele diz que você o tratava como vento.

Erika balançou a cabeça.

— E deve ser verdade. Eu não o conhecia, ele não fazia parte do nosso grupinho.

— Ele era algum saco de pancada, ou algo assim?

— Não, imagina! Eu nunca gostei desse tipo de coisa. A gente inclusive fazia campanhas antiperseguição no colégio, e eu era a presidente do conselho de alunos. Não consigo lembrar se ele alguma vez chegou a falar comigo ou se cheguei a trocar alguma palavra com ele.

— Certo — disse Susanne Linder. — Seja como for, ele obviamente tinha um ressentimento contra você. Ele tirou uma licença médica por estresse duas vezes, e por períodos longos. Parecia totalmente arrasado. Pode haver outros motivos que não conhecemos para essas licenças médicas.

Ela se levantou e vestiu a jaqueta de couro.

— Vou ficar com o disco rígido dele. Tecnicamente falando, é um objeto roubado que não pode ser encontrado na sua casa. Não se preocupe, vou destruir assim que chegar em casa.

— Susanne, espere... Como posso te agradecer?

— Bem, você pode me apoiar quando a fúria do Armanskij desabar como um raio sobre mim.

Erika a encarou, séria.

— Você vai se encrencar por causa disso?

— Não sei... realmente não sei.

— A gente poderia te pagar para...

— Isso não. Mas talvez o Armanskij lhe cobre por essa noite. Espero que cobre, assim é uma forma de ele aprovar o que eu fiz e dificilmente vai poder me demitir.

— Vou dar um jeito de ele cobrar.

Erika Berger se levantou e abraçou Susanne Linder demoradamente.

— Obrigada, Susanne. Se um dia precisar de mim, saiba que eu sou sua amiga. Para qualquer coisa.

— Obrigada. Não deixe essas fotos por aí. Ah, a propósito: a Milton Security oferece a instalação de uns armários de segurança muito legais.

Erika Berger sorriu.

22. SEGUNDA-FEIRA 6 DE JUNHO

Erika Berger acordou às seis da manhã na segunda-feira. Embora não tivesse dormido mais que uma hora, sentia-se maravilhosamente repousada. Imaginou que fosse uma espécie de reação física. Pela primeira vez desde vários meses, pôs o tênis de corrida e foi até o pontão da barca a vapor num ritmo puxado. Quer dizer, correu com energia durante uns cem metros, até o seu calcanhar machucado começar a doer e obrigá-la a reduzir o passo e a continuar num ritmo mais calmo. A cada passo, experimentava prazer na dor do calcanhar.

Sentia-se literalmente renascer. Era como se a Foice tivesse passado em frente à sua porta, mudado de ideia no último minuto e entrado na casa vizinha. Não conseguia sequer entender que sorte incrível tinha sido Peter Fredriksson ficar com as fotos durante quatro dias sem fazer nada. Se ele as escaneara, era sinal de que sua mente de fato planejava algo, só que ele ainda não tomara nenhuma atitude.

Seja como for, daria um presente de Natal bem caro e surpreendente para Susanne Linder no fim do ano. Iria procurar alguma coisa realmente original para ela.

Às sete e meia, deixou Lars dormindo, entrou na sua BMW e foi para a redação do *SMP* em Norrtull. Deixou o carro na garagem, pegou o elevador até a redação e se instalou no seu aquário. Sua primeira providência foi chamar um faxineiro.

— O Peter Fredriksson se demitiu do *SMP* — disse ela. — Encontre uma caixa, recolha todos os objetos pessoais da sala dele e cuide para que sejam levados à casa dele agora de manhã.

Contemplou o polo Atualidades. Lukas Holm acabava de chegar. Ele cruzou o olhar com o dela e dirigiu-lhe um aceno de cabeça.

Ela retribuiu.

Holm era um babaca nojento, mas depois da briga de poucas semanas antes ele tinha parado de criar caso. Se continuasse com a mesma atitude positiva, talvez sobrevivesse como chefe de Atualidades. Talvez.

Sentiu que ia conseguir dar uma guinada.

Às 8h45, viu Borgsjö saindo do elevador e desaparecendo na escada interna em direção à sua sala, no andar de cima. *Preciso falar com ele ainda hoje.*

Foi buscar café e então dedicou algum tempo à pauta da manhã. Era uma manhã pobre em notícias. O único texto interessante era uma notinha bem neutra informando que Lisbeth Salander tinha sido transferida para a casa de detenção de Göteborg no domingo. Deu sinal verde para a matéria e enviou para Lucas Holm por e-mail.

Às 8h59, Borgsjö ligou.

— Berger. Venha imediatamente à minha sala.

E desligou.

Magnus Borgsjö estava lívido quando Erika Berger abriu a porta da sala. Estava de pé, virou-se para ela e então jogou uma pilha de papéis em cima da mesa.

— Que porcaria é essa? — berrou.

O coração de Erika Berger se desmanchou dentro do peito. Uma rápida olhada na primeira página foi suficiente para ela entender o que Borgsjö tinha encontrado na correspondência da manhã.

Fredriksson não tivera tempo de cuidar das fotos. Mas tivera tempo de mandar o artigo de Henry Cortez para Borgsjö.

Ela se sentou calmamente diante dele.

— É um texto escrito pelo jornalista Henry Cortez que a revista *Millennium* planejava publicar na edição da semana passada.

Borgsjö parecia desesperado.

— Mas que porra de jeito de agir é esse? Eu te trouxe para o *SMP* e a primeira coisa que você faz é manobrar pelas minhas costas. Quem é você, alguma puta de merda da mídia?

Os olhos de Erika Berger se estreitaram e ela ficou gelada. Estava saturada da palavra "puta".

— Você acha mesmo que alguém vai dar importância a isso? Acha que pode me derrubar inventando besteiras? E por que me mandar isso anonimamente, puta que pariu?

— Não foi assim que as coisas aconteceram, Borgsjö.

— Então como foi?

— Quem te mandou esse texto anonimamente foi o Peter Fredriksson. Eu o despedi ontem do *SMP*.

— O que você está dizendo?

— É uma longa história. Mas faz mais de duas semanas que estou enrolando com esse texto, sem saber como tocar no assunto com você.

— Você é que está por trás desse texto.

— Não, não sou. O Henry Cortez investigou e escreveu isso. Eu não sabia de nada.

— E quer que eu acredite nisso?

— Quando meus colegas da *Millennium* perceberam que você era mencionado no texto, o Mikael Blomkvist freou a publicação. Ele me chamou e me deu uma cópia. Para me poupar. Essa cópia foi roubada e agora apareceu aqui. A *Millennium* fazia questão que eu pudesse conversar com você antes que eles publicassem. Isso vai acontecer na edição de agosto.

— Nunca conheci um jornalista tão sem escrúpulos. Essa você ganhou disparado.

— Bem. Já que você leu a reportagem, talvez também tenha dado uma olhada no índice de referências. A versão do Cortez faz sentido para ser publicada. E você sabe disso.

— Isso significa o quê, exatamente?

— Se você ainda estiver no cargo de presidente do conselho administrativo quando a *Millennium* for para a impressão, vai prejudicar o *SMP*. Eu já quebrei a cabeça tentando achar uma solução, mas não achei.

— O que você quer dizer com isso?

— Você precisa se demitir.

— Está brincando? Não cometi rigorosamente nenhuma infração à lei.

— Magnus, você não está percebendo o alcance dessa revelação. Não me obrigue a convocar o conselho administrativo. Seria doloroso demais.

— Você não vai convocar coisa nenhuma. Seu tempo no *SMP* acabou.

— Sinto muito. Só o conselho administrativo é que pode me mandar embora. Acho que você vai ter que convocar uma reunião extraordinária. Sugiro que seja hoje à tarde.

Borgsjö deu a volta na mesa e se colocou tão próximo de Erika que ela sentiu seu hálito.

— Berger... você ainda tem uma chance de sobrevida por aqui. Você vai falar com os seus malditos colegas da *Millennium* e dar um jeito para esse artigo nunca ser publicado. Se você agir direito, posso considerar a hipótese de esquecer o que você fez.

Erika Berger suspirou.

— Magnus, você não está percebendo que a coisa é séria. Não tenho nenhuma influência no que a *Millennium* publica ou deixa de publicar. Eu posso falar o quanto quiser, essa história vai vir a público. A única coisa que me interessa é saber que consequências isso vai ter para o *SMP*. Por isso é que você precisa se demitir.

Borgsjö pôs as mãos no encosto da cadeira e se inclinou na direção de Erika.

— Os seus amiguinhos da *Millennium* talvez pensem duas vezes se souberem que você vai ser despedida assim que eles tornarem públicas essas asneiras.

Ele se reergueu.

— Estou indo hoje para uma reunião em Norrköping. — Olhou para ela e acrescentou uma palavra, com ênfase: — Svea-Bygg.

— Ah, é?

— Até a minha volta, amanhã, você vai me deixar um relatório contando que o caso está encerrado. Entendido?

Ele vestiu o paletó. Erika Berger ficou observando-o, olhos semicerrados.

— Conduza esse caso direitinho e talvez você sobreviva no *SMP*. E agora saia da minha sala.

Ela se levantou, voltou para o aquário e permaneceu uns vinte minutos totalmente imóvel em sua cadeira. Então pegou o telefone e pediu a Lukas Holm que viesse até sua sala. Ele aprendera a lição de seus erros passados e chegou um minuto depois.

— Sente-se.

Lukas Holm ergueu uma sobrancelha e se sentou.

— Bem, o que foi que eu fiz desta vez? — perguntou, irônico.

— Lukas, hoje é o meu último dia de trabalho no *SMP*. Estou me demitindo neste momento. Vou chamar o vice-presidente e os demais membros do conselho para uma reunião na hora do almoço.

Ele a fitou com genuína surpresa.

— Pretendo indicar você para redator-chefe interino.

— O quê?

— Tudo bem para você?

Lukas Holm se recostou na poltrona e observou Erika Berger.

— Puta merda, mas eu nunca quis ser redator-chefe — disse ele.

— Eu sei. Mas você tem a fibra necessária. E é capaz de passar por cima de muitos cadáveres para conseguir publicar uma boa matéria. Eu só queria que tivesse um pouco mais de bom-senso nessa sua cabeça.

— O que aconteceu?

— Tenho um estilo diferente do seu. Nós dois brigamos o tempo todo sobre a maneira de orientar as matérias e nunca vamos nos entender.

— É, é verdade que a gente nunca vai se entender — disse ele. — Pode ser que o meu estilo é que seja meio ultrapassado.

— Não sei se "ultrapassado" é a palavra certa. Você é fera em Atualidades, mas age como um idiota. Não precisava. O que mais nos dividiu é você ter sustentado o tempo todo que, como editor de Atualidades, não pode deixar que considerações de ordem pessoal influenciem a avaliação das notícias.

De repente, Erika Berger sorriu maldosamente para Lukas Holm. Abriu sua bolsa e pegou o original do artigo sobre Borgsjö.

— Vamos fazer um teste sobre a sua capacidade de avaliar uma notícia. Estou aqui com um artigo que o Henry Cortez me passou, ele é colaborador da revista *Millennium*. Decidi, agora de manhã, que vamos pegar esse texto como a matéria principal do dia.

Jogou a pasta no colo de Holm.

— Você é o chefe de Atualidades. Vai ser interessante ver se você partilha a minha opinião.

Lukas Holm abriu a pasta e começou a ler. Já na introdução, seus olhos se arregalaram. Aprumou-se na cadeira e fitou Erika Berger. Em seguida baixou os olhos e leu o texto inteiro, do começo ao fim. Abriu a parte das "referências" e leu atentamente. Levou uns dez minutos. Então foi largando devagar a pasta na mesa.

— Vai ser um puta de um escândalo.

— Eu sei. Por isso é que hoje é o meu último dia de trabalho aqui. A *Millennium* pretendia publicar a matéria na edição de junho, mas o Mikael Blomkvist deu uma segurada. Ele me passou o texto para que eu pudesse conversar com o Borgsjö antes de ser publicado.

— E?

— O Borgsjö me mandou abafar o caso.

— Entendo. Aí você pensou em publicar no *SMP* por puro despeito.

— Não. Por despeito, não. É a única solução. Se o *SMP* publicar a matéria, temos uma chance de escapar dessa confusão com a dignidade intacta. O Borgsjö precisa sair. Mas isso também significa que eu não posso ficar.

Holm se manteve calado por cerca de dois minutos.

— Puta merda, Berger... Eu não imaginava que você tivesse tanta coragem. Nunca pensei que um dia eu ainda fosse dizer isto, mas se você tem essa audácia toda, francamente, vou lamentar sua saída.

— Você também poderia impedir a publicação do texto, mas se nós dois aprovarmos... Você pretende ir em frente?

— Sim, é claro que vamos publicar. Cedo ou tarde isso vai vir a público.

— Exato.

Lukas Holm se levantou e parou, hesitante, diante da mesa de Erika.

— Vá trabalhar — disse Erika.

Depois que Holm saiu, ela esperou cinco minutos e pegou o telefone para ligar para Malu Eriksson, da *Millennium*.

— Oi, Malu. O Henry Cortez está por aí?

— Está na sala dele.

— Você pode pedir a ele que venha até sua sala e depois ligar o viva-voz? Precisamos conversar.

Henry Cortez apareceu em quinze segundos.

— O que houve?

— Henry, hoje eu fiz uma coisa amoral.

— Ah, é?

— Dei o seu artigo sobre a Vitavara para o Lukas Holm, o editor de Atualidades aqui do *SMP*.

— Sim...

— Mandei ele publicar o artigo no *SMP* de amanhã. Assinado por você. E você vai receber por isso, claro. É só dar o preço.

— Erika... que confusão é essa?

Ela resumiu os acontecimentos das últimas semanas e contou como Peter Fredriksson por pouco não acabara com ela.

— Puta merda! — disse Henry Cortez.

— Eu sei que a matéria é sua, Henry. Mas eu simplesmente não tenho escolha. Você pode nos dar essa força?

Henry Cortez permaneceu calado por alguns segundos.

— Obrigado por ligar, Erika. Tudo bem vocês publicarem a matéria, assinada por mim. Quero dizer, se estiver tudo bem para a Malu.

— Por mim tudo bem — disse Malu.

— Certo — disse Erika. — Vocês poderiam informar o Mikael? Imagino que ele ainda não esteja aí.

— Eu falo com o Mikael — disse Malu Eriksson. — Mas, Erika, isso não significa que a partir de hoje você está desempregada?

Erika começou a rir.

— Resolvi tirar umas férias até o final do ano. Acredite, essas poucas semanas no *SMP* foram mais que suficientes.

— Não é uma boa ideia começar a fazer planos para as férias — disse Malu.

— Por que não?

— Você poderia dar um pulo aqui na *Millennium* hoje à tarde?

— Por quê?

— Preciso de ajuda. Se você quiser ser redatora-chefe, pode começar amanhã de manhã.

— Malu, a redatora-chefe da *Millennium* é você. Nem pensar em mudar isso.

— Tudo bem. Então você poderia começar como assistente de redação — disse Malu, rindo.

— Você está falando sério?

— Porra, Erika, você me faz tanta falta que eu estou desabando. Aceitei esse emprego na *Millennium*, entre outras coisas, para ter a oportunidade de trabalhar com você. E aí você pega e vai para outro veículo.

Erika Berger ficou calada durante um minuto. Nem tinha tido tempo de pensar na possibilidade de voltar para a *Millennium*.

— E eu seria bem-vinda? — ela perguntou, devagar.

— O que você acha? Imagino que para começar a gente faria uma megafesta, organizada por você. E você voltaria exatamente na hora de a gente publicar você sabe o quê.

Erika olhou para o relógio da sua sala. 9h55. Em uma hora, o seu mundo tinha desabado. De repente, sentiu o quanto tinha vontade de voltar a subir a escada da *Millennium*.

— Tenho umas duas, três coisas a fazer aqui no *SMP* nas próximas horas. Tudo bem se eu passar aí lá pelas quatro?

Susanne Linder encarou Dragan Armanskij olho no olho enquanto lhe contava detalhadamente o que acontecera à noite. A única coisa que ela omitiu foi sua súbita convicção de que a invasão do computador de Peter Fredriksson era obra de Lisbeth Salander. Absteve-se por dois motivos. Por um lado, achava muito irreal. Por outro, sabia que Dragan Armanskij estava intimamente ligado ao caso Salander junto com Mikael Blomkvist.

Armanskij escutou atentamente. Uma vez concluído o seu relato, Susanne Linder aguardou em silêncio a reação dele.

— O Lars Beckman ligou uma hora atrás — disse ele.

— Ah, é?

— Ele e a Erika Berger vão passar por aqui durante a semana para assinar alguns contratos. Fazem questão de agradecer a Milton Security pela intervenção, e principalmente a sua.

— Entendo. É legal quando os clientes ficam satisfeitos.

— Ele também quer encomendar um armário de segurança para a casa dele. Vamos fechar o kit de alarmes e instalar durante a semana.

— Que bom.

— Ele insiste que a gente cobre pela sua intervenção desse fim de semana.

— Humm.

— Em outras palavras, vai ser uma conta salgada para eles.

— Ahã.

Armanskij suspirou.

— Susanne, você está ciente de que o Fredriksson pode ir à polícia dar queixa contra você por uma série de coisas.

Ela fez que sim com a cabeça.

— É claro que ele também seria preso, em grande estilo, mas ele pode achar que vale a pena.

— Não acho que ele tenha colhões para ir à polícia.

— Que seja, mas você agiu contra todas as instruções que eu lhe dei.

— Eu sei — disse Susanne Linder.

— E na sua opinião, como eu deveria reagir?

— Isso só você pode decidir.

— Mas como é que você acha que deveria ser a minha reação?

— O que eu acho não interessa. Você pode me mandar embora.

— É difícil. Não posso me permitir perder um colaborador do seu calibre.

— Obrigada.

— Mas se você me aprontar outra dessas de novo, eu vou ficar muito, muito zangado.

Susanne Linder assentiu com a cabeça.

— O que você fez com o disco rígido?

— Destruí. Prendi o disco num torno hoje de manhã. Ficou reduzido a farelos.

— Certo. Então vamos virar a página.

Erika Berger passou a manhã ligando para os membros do conselho administrativo do *SMP*. Localizou o vice-presidente na sua casa de campo em Vaxholm e conseguiu que ele concordasse em pegar o carro e ir o quanto antes para a redação. Depois do almoço, reuniu-se um conselho bastante reduzido. Erika Berger passou uma hora relatando a origem do dossiê Cortez e suas consequências.

Como era previsto, assim que ela acabou de falar surgiram propostas de que eles encontrassem uma solução alternativa. Erika explicou que pretendia publicar a matéria no jornal do dia seguinte. Explicou também que aquele era o seu último dia de trabalho e que sua decisão era irrevogável.

Erika fez com que o conselho administrativo aprovasse e registrasse em ata duas decisões. Primeiro, Magnus Borgsjö seria convidado a deixar vago, imediatamente, seu cargo no conselho e, segundo, Lukas Holm seria nomeado redator-chefe interino. Em seguida, pediu licença para sair da sala e deixou os membros do conselho discutirem a situação entre si.

Às duas da tarde, desceu ao departamento pessoal para firmar um contrato. Depois subiu até a editoria de Cultura e pediu para falar com o chefe, Sebastian Strandlund, e com a jornalista Eva Carlsson.

— Pelo que percebi, a Eva Carlsson é vista como uma jornalista talentosa e competente aqui no Cultura.

— É verdade — disse Strandlund.

— E nas solicitações de verba desses dois últimos anos vocês pediram que a área fosse reforçada com pelo menos mais duas pessoas.

— Sim.

— Eva, levando em conta os e-mails que você recebeu, talvez surjam uns boatos desagradáveis se eu lhe oferecer um cargo fixo. Você está interessada assim mesmo?

— Mas é claro.

— Nesse caso, a minha última decisão aqui no *SMP* vai ser assinar essa contratação.

— Última?

— É uma longa história. Vou embora hoje. Pediria para vocês guardarem sigilo por mais uma horinha.

— O que...

— Tenho uma reunião daqui a um minuto.

Erika Berger assinou o contrato e o passou para Eva Carlsson, do outro lado da mesa.

— Boa sorte — disse ela, sorrindo.

— O homem desconhecido e já de uma certa idade que no sábado participou da reunião na sala do Ekström se chama Georg Nyström. Ele é delegado — disse Rosa Figuerola, dispondo as fotos sobre a mesa diante de Torsten Edklinth.

— Delegado — resmungou Edklinth.

— O Stefan o identificou ontem à noite. Ele chegou de carro ao apartamento da Artillerigatan.

— O que se sabe sobre ele?

— Ele era da polícia comum e trabalha na Säpo desde 1983. Desde 1996, tem um cargo de confiança como investigador. Ele cuida dos controles internos e da avaliação dos casos arquivados da Säpo.

— Muito bem.

— De sábado para cá, um total de seis pessoas com algum interesse passou por aquela porta. Além de Jonas Sandberg e Georg Nyström, Fredrik Clinton está no prédio. De manhã, ele foi para a diálise de ambulância.

— Quem são os outros?

— Um tal de Otto Hallberg. Ele trabalhou na Säpo nos anos 1980, mas na verdade pertence ao estado-maior da Defesa. Atua na Marinha e com informações militares.

— Ahã. Por que será que eu não estou surpreso?

Rosa Figuerola mostrou mais uma foto.

— Este aqui ainda não foi identificado. Ele almoçou com o Hallberg. Vamos tentar identificá-lo quando ele voltar para casa hoje à noite.

— Certo.

— Mas o mais interessante é este cara aqui.

Colocou outra foto sobre a mesa.

— Esse eu reconheço — disse Edklinth.

— Ele se chama Wadensjöö.

— Isso. Há uns quinze anos, ele trabalhava para a Brigada Antiterrorista.

Um general de escritório. Era um dos candidatos ao cargo de chefe supremo aqui da Casa. Não sei que fim levou.

— Ele se demitiu em 1991. Adivinhe com quem ele almoçou uma hora atrás?

Colocou a última foto sobre a mesa.

— O secretário-geral Albert Shenke e o chefe do orçamento, Gustav Atterbom. Quero esses sujeitos vigiados dia e noite. Quero saber exatamente com quem eles se encontram.

— Impossível. Só tenho quatro homens. E alguém precisa trabalhar na documentação.

Edklinth meneou a cabeça e beliscou, pensativo, o lábio inferior. Passados alguns instantes, voltou a olhar para Rosa Figuerola.

— Precisamos de mais gente — disse ele. — Você acha que poderia contatar discretamente o inspetor Jan Bublanski e perguntar se ele aceitaria jantar comigo hoje, depois do expediente? Lá pelas sete horas, digamos.

Edklinth pegou o telefone e discou um número de cabeça.

— Oi, Armanskij. É o Edklinth. Queria retribuir aquele jantar simpático que você me ofereceu outro dia... Não, eu insisto. Lá pelas sete horas está bem para você?

Lisbeth Salander passou a noite na casa de detenção de Kronoberg, numa cela de mais ou menos quatro metros por quatro. A mobília era bastante modesta. Adormeceu cinco minutos depois de trancarem sua porta e, obedecendo ao fisioterapeuta do Sahlgrenska, acordou cedo na segunda-feira para fazer os exercícios de alongamento recomendados. Depois disso, tomou o café da manhã e ficou sentada em silêncio em seu catre, fitando um ponto à frente.

Às nove e meia, foi levada para uma sala de interrogatório na outra extremidade do corredor. O guarda era um homem idoso, baixinho e careca, de rosto redondo e óculos com armação de tartaruga. Tratou-a com correção e complacência.

Annika Giannini cumprimentou-a gentilmente. Lisbeth ignorou Hans Faste. Depois, encontrou-se pela primeira vez com o procurador Richard Ekström, e passou a meia hora seguinte sentada numa cadeira fitando teimosamente um ponto na parede, pouco acima da cabeça de Ekström. Não pronunciou uma palavra sequer e não moveu nenhum músculo.

Às dez horas, Ekström interrompeu o interrogatório fracassado. Estava irritado por não ter conseguido arrancar dela uma resposta sequer. Pela primeira vez, teve alguma dúvida ao observar Lisbeth Salander. Como é que aquela jovem miudinha, com jeito de boneca, tinha sido capaz de derrubar Magge Lundin e Benny Nieminen em Stallarholmen? O tribunal estaria preparado para aceitar essa versão, mesmo que ele apresentasse provas convincentes?

Ao meio-dia, serviram a Lisbeth um almoço leve, e ela gastou a hora seguinte resolvendo umas equações de cabeça. Concentrou-se no capítulo "Astronomia esférica" de um livro que tinha lido dois anos antes.

Às duas e meia, foi novamente levada para a sala de interrogatório. Dessa vez, o guarda era uma mulher bastante jovem. A sala estava vazia. Ela se sentou numa cadeira e continuou matutando sobre uma equação particularmente árdua.

Passados dez minutos, a porta se abriu.

— Bom dia, Lisbeth — cumprimentou-a cordialmente Peter Teleborian.

Ele sorriu. Lisbeth Salander ficou gelada. Os componentes da equação, que ela edificara no ar à sua frente, desabaram no chão. Ela ouviu os números e os signos quicarem e tilintarem como se fossem de fato caquinhos reais.

Peter Teleborian ficou parado, observando-a, por um minuto e então se sentou diante dela. Ela continuou olhando para a parede.

Passado algum tempo, ela moveu os olhos e o encarou.

— Lamento que você esteja passando por essa situação — disse Peter Teleborian. — Vou fazer o possível para tentar te ajudar. Espero que a gente consiga estabelecer uma relação de confiança.

Lisbeth examinava cada centímetro do sujeito sentado diante dela. O cabelo desalinhado. A barba. O pequeno espaço entre os dentes da frente. Os lábios finos. O paletó marrom. A camisa de gola aberta. Escutava sua voz doce e traiçoeiramente amigável.

— Também espero poder ajudar mais do que na última vez que nos encontramos.

Ele colocou um bloco de anotações e uma caneta na mesa à sua frente. Lisbeth baixou os olhos e contemplou a caneta. Um comprido cilindro prateado e pontudo.

Análise das consequências.

Refreou o impulso de estender a mão e se apoderar da caneta.

Seu olhar se voltou para o dedo mínimo da mão esquerda de Teleborian. Percebeu um risco fino e branco no lugar em que, quinze anos antes, ela cravara os dentes e cerrara o maxilar com tanta força que quase cortara o dedo fora. Tinha sido necessário que três enfermeiros se juntassem para segurá-la e abrir à força seu maxilar.

Naquela época, eu era uma menininha apavorada que mal entrara na adolescência. Hoje sou adulta. Posso matar você quando quiser.

Fixou os olhos num ponto da parede atrás de Teleborian, recolheu do chão os números e os símbolos matemáticos que haviam caído e, lentamente, recomeçou a equacioná-los.

O dr. Peter Teleborian contemplou Lisbeth Salander com uma expressão imperturbável. Não teria se tornado um psiquiatra internacionalmente respeitado se lhe faltassem conhecimentos sobre o ser humano. Possuía uma boa capacidade para ler os sentimentos e os estados de ânimo. Sentiu que uma sombra gelada percorria a sala, mas interpretou-a como um sinal de medo e vergonha da paciente por trás daquela fachada impassível. Entendeu-a como uma indicação positiva de que, apesar de tudo, ela reagia à presença dele. Também estava satisfeito de o comportamento dela não haver mudado. *Ela vai sabotar a si mesma no tribunal.*

A última medida tomada por Erika Berger no *SMP* foi sentar-se no aquário e escrever um comunicado dirigido a todos os colaboradores. Estava razoavelmente irritada quando começou e, sem querer, a irritação se transformou em três mil caracteres, através dos quais ela explicava por que se demitira do *SMP* e emitia sua opinião sobre algumas pessoas. Depois, apagou tudo e recomeçou em tom mais neutro.

Não mencionou Peter Fredriksson. Isso poderia atrair muita atenção sobre ele e fazer com que os verdadeiros motivos de Erika desaparecessem debaixo de manchetes sobre um assédio sexual.

Ela apresentou dois motivos. O mais sério deles era que sua proposta de os dirigentes e proprietários do jornal baixarem seus salários e dividendos havia enfrentado uma sólida resistência da direção. Em vista disso, seria obrigada a começar seu trabalho no *SMP* fazendo cortes radicais na equipe, o que para ela não só contrariava as perspectivas com que haviam lhe acenado quando aceitara o emprego, mas também constituía uma medida que inviabilizava quaisquer tentativas de mudança a longo prazo e de fortalecimento do jornal.

O segundo motivo era a revelação a respeito de Borgsjö. Ela explicou que recebera a ordem de abafar a matéria, o que era incompatível com a sua posição. Portanto, ela não tinha escolha e precisava deixar a redação. Concluiu dizendo que o problema do *SMP* não estava na sua equipe, e sim na sua direção.

Releu o comunicado, corrigiu um erro de ortografia e o enviou por e-mail a todos os funcionários do grupo. Mandou com cópia para a *Pressens tidning* e para o órgão sindical Journalisten. Em seguida, guardou o laptop na mochila e foi falar com Lukas Holm.

— Bom, então tchau — disse ela.

— Tchau, Berger. Foi dureza trabalhar com você.

Trocaram um sorriso.

— Tenho um último pedido — disse ela.

— Qual?

— O Johannes Frisk estava trabalhando numa matéria para mim.

— Sim, aliás, ninguém sabe o que ele anda fazendo.

— Dê uma força para ele. O Frisk já avançou bastante e eu vou me manter em contato com ele. Deixe ele terminar essa matéria. Prometo que você vai sair ganhando.

Lukas Holm pareceu hesitar. Então concordou com a cabeça.

Apertaram-se as mãos. Ela deixou a chave da redação na mesa de Holm e desceu até a garagem para pegar sua BMW. Pouco depois das quatro da tarde, estacionou nas proximidades da redação da *Millennium*.

IV. REBOOTING SYSTEM
1º DE JULHO A 7 DE OUTUBRO

Apesar da farta coletânea de lendas sobre as amazonas da Grécia antiga, América do Sul, África e outras regiões, só existe um exemplo histórico comprovado de mulheres guerreiras. Trata-se do exército feminino dos Fons, uma etnia do Daomé, na África ocidental, país hoje rebatizado de Benim.

Essas mulheres guerreiras nunca são mencionadas na história militar oficial, não foi rodado nenhum filme em que elas sejam as heroínas e atualmente elas só existem, quando muito, em notas históricas de rodapé. Uma única obra científica foi escrita sobre essas mulheres, *Amazons of Black Sparta*, do historiador Stanley B. Alpern (Hurst & Co Ltd, Londres, 1998). Era, contudo, um exército capaz de lutar, entre as várias forças que ameaçavam seu país, contra qualquer exército de elite de soldados homens da época.

Não se sabe quando o exército feminino dos Fons foi constituído, mas algumas fontes situam o fato no século XVII. Esse exército surgiu originalmente como uma guarda real, porém foi crescendo até se tornar um efetivo militar de seis mil soldados com status quase divino. Sua função não era nem um pouco decorativa. Durante mais de dois séculos, elas foram a unidade de elite dos Fons contra a invasão dos colonos europeus. Eram temidas pelo exército francês, vencido em diversas batalhas. O exército feminino só foi derrotado em 1892, depois que a França mandou vir por navio o reforço de tropas mais bem equipadas, com artilharia, soldados da Legião Estrangeira e um regimento de infantaria da Marinha e da Cavalaria.

Ignora-se quantas guerreiras caíram nessa batalha. As sobreviventes sustentaram uma guerrilha por vários anos, e até meados dos anos 1940 veteranas desse exército ainda estavam vivas, deixando-se entrevistar e fotografar.

23. SEXTA-FEIRA 1º DE JULHO — DOMINGO 10 DE JULHO

Duas semanas antes do processo de Lisbeth Salander, Christer Malm concluiu a diagramação do livro de 364 páginas, sobriamente intitulado *A Seção*. A capa trazia as cores da Suécia, letras amarelas sobre um fundo azul. Christer Malm colocara sete fotos de primeiros-ministros suecos, do tamanho de um selo postal, na parte inferior. Acima deles, pairava a foto de Zalachenko. Ele usara a foto do passaporte de Zalachenko, aumentando o contraste para que somente as partes mais escuras aparecessem, como uma espécie de sombra sobre toda a capa. Um design não muito sofisticado, mas eficiente. Assinavam o livro Mikael Blomkvist, Henry Cortez e Malu Eriksson.

Eram cinco e meia da manhã, Christer Malm passara a noite trabalhando. Sentia um pouco de náusea e uma enorme necessidade de ir para casa dormir. Malu Eriksson lhe fizera companhia a noite toda, propondo aqui e ali umas últimas correções que Christer aprovara antes de imprimir. Ela caíra no sono no sofá da redação.

Christer Malm reuniu o texto, as fotos e o arquivo de fontes numa pasta. Abriu o programa Toast e gravou dois CDs. Guardou um no armário de segurança da redação. O outro foi levado por um Mikael Blomkvist sonolento, que havia chegado pouco antes das sete da manhã.

— Vá para casa dormir — disse Mikael.

— Estou indo.

Deixaram Malu Eriksson dormindo na redação e ligaram o alarme. Henry Cortez chegaria às oito horas para o seu turno. Apertaram-se as mãos e se despediram na frente do prédio.

Mikael Blomkvist foi a pé até a Lundagatan, onde mais uma vez pegou emprestado o Honda esquecido de Lisbeth Salander. Ele mesmo foi entregar o CD a Jan Köbin, dono da Hallvigs Reklam, uma gráfica instalada num modesto edifício de tijolo aparente, ao lado da linha de trem, em Morgongåva, perto de Sala. Era uma entrega que ele não queria confiar aos correios.

Dirigiu devagar e, chegando ao local, esperou tranquilamente que o impressor conferisse se estava tudo certo com os arquivos. Assegurou-se de que o livro de fato estaria pronto no primeiro dia do julgamento. O problema não era tanto a impressão do miolo, e sim a da capa, que poderia demorar mais. Mas Jan Köbin garantiu que pelo menos quinhentos exemplares, de uma primeira edição de dez mil, em formato bolso grande, seriam entregues na data combinada.

Mikael verificou ainda se estava bem claro para todos os funcionários da gráfica que eles precisavam manter sigilo. Recomendação, decerto, um tanto desnecessária. Dois anos antes, Hallvigs Reklam imprimira o livro de Mikael sobre o financista Hans-Erik Wennerström em circunstâncias semelhantes. Eles sabiam que os livros da pequena editora Millennium eram particularmente promissores.

Em seguida, Mikael voltou com toda a calma para Estocolmo. Estacionou em frente ao seu prédio na Bellmansgatan e deu um pulo ao seu apartamento para pegar uma pequena mala, na qual enfiou uma muda de roupa, um barbeador e uma escova de dentes. Seguiu até o pontão de Stavsnäs, em Värmdö, onde estacionou o carro e pegou a balsa para Sandhamn.

Era a primeira vez, desde o Natal, que ia para a sua cabana. Abriu todas as venezianas para arejar o ambiente e bebeu uma garrafa de água mineral. Como sempre acontecia ao encerrar um trabalho, quando o texto já estava na gráfica e nada mais podia ser alterado, sentia-se vazio.

Passou uma hora varrendo, tirando pó, limpando o chuveiro, ligando a geladeira, conferindo os registros de água e trocando a roupa de cama do mezanino. Deu um pulo na mercearia e comprou o necessário para o fim de semana. Depois, ligou a cafeteira elétrica, foi sentar-se no pontão, lá fora, e fumou um cigarro sem pensar em nada de especial.

Pouco antes das cinco da tarde, desceu até o cais para ir buscar Rosa Figuerola.

— Achei que você não ia conseguir se liberar — disse ele, dando-lhe um beijo.

— Eu também. Mas simplesmente expliquei ao Edklinth em que pé estavam as coisas. Que eu tinha trabalhado cada minuto em que estive acordada nessas últimas semanas e que estava começando a ficar improdutiva. Que precisava de dois dias de folga para recarregar as baterias.

— Em Sandhamm?

— Eu não contei para onde estava indo — disse ela, com um sorriso.

Durante alguns instantes, Rosa vasculhou todos os cantos dos vinte e cinco metros quadrados da cabana de Mikael. Examinou a copa ao fundo, o banheiro e o mezanino, antes de balançar a cabeça, satisfeita. Refrescou-se rapidamente e pôs um vestido leve de verão enquanto Mikael preparava umas costelas de cordeiro ao molho de vinho e arrumava a mesa no pontão. Comeram em silêncio, contemplando os vários veleiros que entravam e saíam da marina de Sandhamm. Dividiram uma garrafa de vinho.

— É maravilhosa a sua cabana. É para cá que você traz todas as suas namoradas? — perguntou, de repente, Rosa Figuerola.

— Nem todas. Só as mais importantes.

— A Erika Berger já veio aqui?

— Várias vezes.

— E a Lisbeth Salander?

— Ela passou umas semanas aqui quando eu estava escrevendo o livro sobre o Wennerström. E há dois anos passamos o Natal, aqui, juntos.

— Conclusão, a Berger e a Salander são importantes na sua vida?

— A Erika é a minha melhor amiga. Somos amigos há mais de vinte e cinco anos. A Lisbeth é outra história. Ela é muito especial, é a pessoa mais antissocial que eu já vi. Mas confesso que ela realmente me impressionou quando a conheci. Gosto dela. É uma amiga.

— Você tem pena dela?

— Não. Ela própria atraiu boa parte da encrenca em que está metida. Mas sinto uma enorme simpatia por ela e a compreendo muito.

— E você não está apaixonado por ela ou pela Berger?

Ele deu de ombros. Rosa Figuerola acompanhou com os olhos um Amigo 23 retornando tardiamente ao porto, luzes acesas, motor roncando.

— Se estar apaixonado significa gostar imensamente de alguém, então imagino que eu esteja apaixonado por várias pessoas — disse ele.

— Inclusive por mim agora?

Mikael assentiu com a cabeça. Rosa Figuerola fez uma careta e observou-o.

— Isso te incomoda? — ele perguntou.

— Que tenha havido várias mulheres na sua vida? Não. Mas me perturba não saber exatamente o que está acontecendo entre a gente. Eu não vou conseguir ter um relacionamento com um cara que fica transando à toa por aí...

— Eu não pretendo me desculpar pela vida que levo.

— Mas eu também penso que, de algum modo, você me atrai exatamente por ser do jeito que é. É fácil fazer amor com você porque você é descomplicado, eu me sinto segura ao seu lado. Mas isso só começou porque cedi a um impulso maluco. Não é coisa que me aconteça com frequência, eu não tinha planejado. E agora estamos no estágio em que eu sou uma das mulheres que foram convidadas para vir aqui.

Mikael ficou um instante calado.

— Você não precisava vir.

— Precisava. Claro que precisava. Puxa, Mikael, que merda...

— Eu sei.

— Estou mal. Eu não queria me apaixonar por você. Vai doer para caramba quando acabar.

— Eu herdei essa cabana depois que meu pai morreu e que minha mãe foi para Norrland. Eu e minha irmã fizemos uma divisão, ela ficou com o apartamento e eu com a cabana. Vai fazer vinte e cinco anos.

— Ahã.

— Com exceção de alguns conhecidos ocasionais no início dos anos 1980, antes de você estiveram aqui exatamente cinco mulheres. A Erika, a Lisbeth, a minha ex, com quem vivi no início dos anos 1980, uma moça com quem namorei firme no final dos anos 1990 e uma mulher alguns anos mais velha que eu, que conheci há dois anos e com a qual me encontro de vez em quando. Uma situação meio especial...

— Ah, sim.

— Eu tenho essa cabana para poder fugir da cidade e ficar em paz. Venho para cá quase sempre sozinho. Leio livros, escrevo, relaxo, e fico no pontão olhando os barcos. Aqui não é nenhum trepódromo secreto de um solteirão.

Ele se levantou e foi pegar a garrafa de vinho que deixara à sombra, ao lado da porta.

— Eu não vou prometer nada — disse ele. — O meu casamento acabou porque eu e a Erika não conseguíamos nos comportar. *Você estava aonde? Fazendo o quê? Que camiseta é essa?*

Ele encheu as taças.

— Há séculos eu não conhecia uma pessoa tão interessante como você. É como se a nossa relação funcionasse com tudo desde o primeiro dia. Acho que eu me entreguei naquele momento em que você estava me esperando na escadaria do meu prédio. Nas poucas vezes em que dormi na minha casa, acordei no meio da noite desejando você. Não sei se quero uma relação estável, mas tenho um medo tremendo de te perder.

Ele olhou para ela.

— Então, o que você acha que a gente faz?

— Precisamos pensar — disse Rosa Figuerola. — Eu também sinto uma atração enorme por você.

— Essa história está ficando séria — disse Mikael.

Ela concordou com a cabeça e, de repente, sentiu uma imensa melancolia. Ficaram um bom tempo calados. Quando começou a anoitecer, tiraram a mesa e entraram na cabana fechando a porta atrás de si.

Na sexta-feira da semana anterior ao julgamento, Mikael parou na banca de jornal de Slussen e deu uma olhada nas manchetes. O diretor e presidente do conselho administrativo do *Svenska Morgon-Posten*, Maguns Borgsjö, cedera e anunciara sua demissão. Ele comprou os jornais e foi a pé até o Java da Hornsgatan para tomar um café da manhã tardio. Borgsjö alegava razões familiares para sua repentina demissão. Não queria comentar os boatos que associavam sua demissão ao fato de Erika Berger ter se sentido obrigada ela própria a se demitir depois de ele ordenar que ela omitisse o envolvimento dele na Vitavara S.A. Contudo, um boxe informava que, no intuito de esclarecer a situação dos profissionais, o presidente da Svenskt Näringsliv decidira criar uma comissão de ética para investigar o comportamento das empresas suecas em relação a empresas do Extremo Oriente que exploravam o trabalho infantil.

De repente, Mikael Blomkvist caiu na risada.

Então voltou a dobrar os jornais matutinos, pegou seu Ericsson T10 e ligou para a Moça da TV4, deixando um pouco de lado seu sanduíche.

— Oi, querida — disse Mikael Blomkvist. — Imagino que você continue não querendo sair comigo uma noite dessas.

— Oi, Mikael — respondeu a Moça da TV4, rindo. — Sinto muito, é que você é mais ou menos o oposto do meu tipo de homem. Mas digamos que você é divertido.

— Mas será que você poderia pelo menos considerar jantar comigo hoje para falarmos de trabalho?

— O que você está aprontando desta vez?

— A Erika Berger fez um acordo com você há dois anos sobre o caso Wennerström. Funcionou legal. Queria fazer um acordo do mesmo tipo.

— Fale.

— Não antes de acertarmos as condições. A gente vai fazer exatamente o que fez no caso Wennerström: publicar um livro junto com uma edição temática da revista. Uma matéria que vai fazer barulho. Minha proposta é te passar todo o material com exclusividade, e em troca você não deixa vazar nada antes da publicação. Nesse caso, a publicação está mais complicada porque deve acontecer numa data determinada.

— Que tipo de barulho essa matéria vai fazer?

— Maior que o do Wennerström — disse Mikael Blomkvist. — Está interessada?

— Sério? Onde a gente se encontra?

— Sabe o Samirs Gryta? A Erika Berger também vai.

— Que história é essa com a Berger? Ela voltou para a *Millennium* depois que foi despedida do *SMP*?

— Ela não foi despedida. Ela se demitiu de uma hora para outra porque divergiu de opinião com o Borgsjö.

— Tenho a impressão que esse cara é um perfeito idiota.

— E é mesmo — disse Mikael Blomkvist.

Fredrik Clinton ouvia Verdi com seus fones de ouvido. A música era a única coisa que lhe restava capaz de levá-lo para longe dos aparelhos de diálise e de uma dor crescente na parte inferior das costas. Ele não cantarolava. Estava de olhos fechados e acompanhava a melodia com uma mão direita que flutuava no ar e que parecia ter vida própria junto a seu corpo em plena deterioração.

A vida é assim. A gente nasce. Vive. Fica velho. Morre. Ele já concluíra o seu ciclo. Só lhe restava a deterioração.

Sentia-se estranhamente satisfeito com a vida.

Tocava para seu amigo Evert Gullberg.

Era sábado, 9 de julho. Faltava menos de uma semana para o julgamento começar e a Seção poder arquivar aquele caso infeliz. Ele tinha sido avisado naquela manhã. Gullberg resistira mais do que muita gente. Quem dispara uma bala de nove milímetros contra a própria cabeça está preparado para morrer. Porém, três meses haviam transcorrido antes que o corpo de Gullberg abandonasse o jogo, o que talvez se devesse mais ao acaso do que ao dr. Anders Jonasson, que, em sua teimosia, negava-se a aceitar a derrota. O câncer, e não a bala, é que acabara pondo fim à situação.

Sua morte, contudo, fora dolorosa, e isso entristecia Clinton. Gullberg ficara sem condições de se comunicar, mas em alguns momentos estivera numa espécie de estado consciente. A equipe médica notou que ele sorria quando alguém lhe acariciava o rosto e resmungava quando parecia sentir algo desagradável. Uma vez ou outra, tentara se comunicar com os enfermeiros proferindo sons que ninguém entendia.

Ele não tinha família, e nenhum amigo foi visitá-lo no hospital. Sua última percepção da vida foi uma enfermeira da noite, nascida na Eritreia, chamada Sara Kitama, que estava à sua cabeceira segurando sua mão quando ele deu o último suspiro.

Fredrik Clinton estava convencido de que logo seguiria seu antigo companheiro de armas. Não nutria nenhuma ilusão quanto a isso. O transplante de rim de que precisava desesperadamente parecia cada dia mais hipotético, e a deterioração de seu corpo prosseguia. A cada exame, seu fígado e intestino mostravam-se mais devastados.

Esperava viver até o Natal.

Mas estava satisfeito. Sentia uma satisfação quase sobrenatural e excitante por ter voltado à ativa nos últimos meses, e de maneira tão inesperada.

Uma bênção que ele nunca teria esperado.

As últimas notas de Verdi se desvaneceram no momento em que Birger Wadensjöö abriu a porta do quartinho de descanso de Clinton no Q. G. da Seção, na Artillerigatan.

Clinton abriu os olhos.

Acabara se dando conta de que Wadensjöö era um fardo. Ele era completamente inadequado para o cargo de chefe da unidade de elite mais importante da Defesa sueca. Não conseguia entender como ele próprio e Hans von Rottinger podiam ter feito, um dia, uma avaliação tão equivocada, considerando Wadensjöö um herdeiro natural.

Wadensjöö era um guerreiro que precisava de ventos que o direcionassem. Em períodos de crise, mostrava-se fraco e incapaz de tomar uma decisão. Um pequeno veleiro. Um peso inerte e assustado que carecia de aço na espinha; se dependesse dele, ficaria paralisado, sem ação, e deixaria a Seção afundar.

Simples assim.

Alguns possuíam o dom. Outros sempre se trairiam na hora decisiva.

— Você queria falar comigo — disse Wadensjöö.

— Sente-se — disse Clinton.

Wadensjöö se sentou.

— Estou numa idade em que não tenho mais tempo para preâmbulos. Vou ser direto. Quando tudo isso acabar, quero que você deixe a direção da Seção.

— Ah, é?

Clinton suavizou o tom.

— Você é um cara legal, Wadensjöö, mas infelizmente não serve de jeito nenhum para assumir a responsabilidade depois do Gullberg. Nunca deveria ter assumido. Foi realmente um erro eu e o Rottinger não termos nos envolvido de maneira mais clara na sucessão depois que eu fiquei doente.

— Você nunca gostou de mim.

— Aí é que você se engana. Você era um excelente administrador quando eu e o Rottinger chefiávamos a Seção. Teríamos ficado perdidos sem você, e também confio demais no seu patriotismo. Não confio é na sua capacidade de tomar decisões.

De repente, Wadensjöö sorriu amargamente.

— Então não sei se quero continuar na Seção.

— Agora que o Gullberg e o Rottinger se foram, eu preciso tomar, sozinho, as decisões finais. Você rejeitou sistematicamente tudo que eu decidi nesses últimos meses.

— Repito: suas decisões são insanas. Isso vai acabar em catástrofe.

— Pode ser. Mas a sua falta de firmeza seria para nós a garantia de um naufrágio. Em todo caso, no momento temos uma chance, e parece estar dando certo. A *Millennium* está sem margem de manobra. Eles talvez desconfiem que a gente exista de algum modo, mas não têm provas e não têm a mínima chance de encontrar uma, ou de nos descobrir. Estamos controlando pesadamente tudo o que eles fazem.

Wadensjöö olhou pela janela. Avistou os telhados de alguns prédios vizinhos.

— O único fio solto é a filha do Zalachenko. Se alguém for levantar a história dela e ouvir o que ela tem a falar, tudo pode acontecer. Mas, enfim, o julgamento começa daqui a uns dias, e então tudo isso acaba. Dessa vez, vamos ter que enterrá-la bem fundo para ela nunca mais nos assombrar.

Wadensjöö balançou a cabeça.

— Não entendo essa sua atitude — disse Clinton.

— Pois é. Compreendo que você não entenda. Você acaba de completar sessenta e oito anos. Está morrendo. Suas decisões não são racionais, mas mesmo assim parece que conseguiu enfeitiçar o Georg Nyström e o Jonas Sandberg. Eles lhe obedecem como se você fosse o Todo-Poderoso.

— Eu *sou* o Todo-Poderoso em tudo o que diz respeito à Seção. Estamos trabalhando de acordo com um plano. A nossa determinação deu uma chance à Seção. E me sinto muito seguro de dizer que a Seção nunca mais vai se ver numa situação de tanta fragilidade. Uma vez terminado esse caso, vamos fazer uma revisão geral da nossa atividade.

— Entendo.

— O Georg Nystrom vai ser o novo chefe. Na verdade, ele está velho demais, mas é o único que pode ser levado em consideração, e ele prometeu ficar pelo menos mais seis anos. O Sandberg é muito jovem, e seu estilo de chefia mostra toda a sua inexperiência. A formação dele já deveria estar concluída.

— Clinton, você não tem noção do que fez. Você assassinou um homem. O Björck trabalhou trinta e cinco anos para a Seção, e você mandou matá-lo. Você não percebe que...

— Você sabe muito bem que era preciso. Ele tinha nos traído e jamais suportaria a pressão quando a polícia começasse a apertá-lo de jeito.

Wadensjöö se levantou.

— Eu ainda não terminei.

— Então fica para mais tarde. Tenho trabalho a fazer, enquanto você fica aí deitado com suas fantasias de onipotência divina.

Wadensjöö se encaminhou para a porta.

— Se você está moralmente tão indignado, por que não vai falar com o Bublanski e confessa seus crimes?

Wadensjöö virou-se para o doente.

— Essa ideia chegou a me passar pela cabeça. Mas, apesar do que você acha, eu defendo a Seção com todas as minhas forças.

Ao abrir a porta, deu de cara com Georg Nyström e Jonas Sandberg.

— Olá, Clinton — disse Nyström. — Temos umas duas, três coisas para conversar.

— Entrem. O Wadensjöö estava mesmo de saída.

Nyström esperou a porta se fechar.

— Fredrik, estou começando a ficar seriamente preocupado — disse Nyström.

— Por quê?

— O Sandberg e eu andamos pensando. Estão acontecendo umas coisas que a gente não está entendendo direito. Hoje de manhã, a advogada da Salander entregou a autobiografia dela para o procurador.

— *O quê!?*

O inspetor criminal Hans Faste contemplava Annika Giannini enquanto o procurador Richard Ekström servia café de uma garrafa térmica. Ekström estava estupefato com o documento que tinham lhe apresentado naquela manhã assim que chegou ao escritório. Lera, junto com Faste, as quarenta páginas que constituíam o relato de Lisbeth Salander. Tinham discutido demoradamente sobre o estranho documento. Por fim, sentira-se no dever de chamar Annika Giannini para uma conversa informal.

Sentaram-se à uma mesinha de reuniões na sala de Ekström.

— Obrigado por ter vindo — começou Ekström. — Eu li esse... humm... relatório que a senhora me encaminhou hoje pela manhã e senti a necessidade de esclarecer alguns pontos...

— Sim? — disse Annika Giannini para ajudá-lo.

— Na verdade não sei como lidar com isso. Para começar, eu talvez deva dizer que tanto eu como o inspetor Faste estamos extremamente desconcertados.

— Ah, é?

— Quero entender qual é a sua intenção.

— Como assim?

— Qual é o objetivo dessa autobiografia, ou seja lá como isso deve ser chamado?

— Para mim, parece bastante óbvio. Minha cliente faz questão de expor sua própria versão de tudo que aconteceu.

Ekström riu com simpatia. Passou a mão no cavanhaque, num gesto familiar que, por algum motivo, havia começado a irritar Annika.

— Sim, mas a sua cliente teve vários meses para se explicar. Ela não disse uma só palavra nos interrogatórios a que foi submetida pelo Faste.

— Pelo que me consta, não existe nenhuma lei que a obrigue a falar quando convém ao inspetor Faste.

— Não, mas quero dizer... O julgamento da Lisbeth Salander começa daqui a dois dias e ela resolve me entregar isso na última hora. Isso me faz sentir uma espécie de responsabilidade que extrapola um pouco o meu papel de procurador.

— Ah, é?

— Não quero, de modo algum, me expressar de uma maneira que possa lhe parecer ofensiva. Não é essa a minha intenção. Temos que respeitar as formas processuais de nosso país. Mas, doutora Giannini, a senhora advoga no direito da mulher e nunca representou um cliente em um processo criminal. Eu não acusei a Lisbeth Salander por ela ser mulher, e sim por ser a autora de violências agravadas. Tenho certeza de que a senhora mesma deve ter percebido que ela está seriamente perturbada em termos psíquicos e que precisa do tratamento e da assistência oferecidos pela sociedade.

— Permita que eu lhe dê uma ajuda — disse gentilmente Annika Giannini. — O senhor tem medo que eu não garanta a Lisbeth Salander uma defesa satisfatória.

— Não estou insinuando nada que a desabone — disse Ekström. — Não estou questionando a sua competência. Só estou observando que lhe falta experiência.

— Entendo. Então deixe-me dizer que estou de pleno acordo. Me falta muita experiência em casos criminais...

— No entanto, rejeitou sistematicamente a ajuda que lhe foi oferecida por advogados muito mais experientes...

— Esse era o desejo da minha cliente. A Lisbeth Salander quer que eu seja sua advogada e pretendo representá-la perante o tribunal daqui a dois dias.

Ela sorriu educadamente.

— Muito bem. Mas posso saber se pretende mesmo apresentar ao tribunal esse relato?

— Mas é claro. Trata-se da história da Lisbeth Salander.

Ekström e Faste consultaram-se com um olhar. Faste ergueu as sobrancelhas. Não compreendia por que Ekström insistia tanto. Se Giannini não percebia que ia prejudicar sua cliente, esse não era exatamente um problema do procurador. Só lhe restava aceitar, agradecer e arquivar o caso.

Ele não tinha a menor dúvida de que Salander era completamente maluca. Mobilizara todos os seus talentos para tentar fazer com que ela ao menos dissesse onde morava. Durante os interrogatórios, porém, aquela maldita garota tinha permanecido muda feito uma porta, olhando para a parede atrás dele. Não se movera um milímetro sequer. Recusara os cigarros que ele tinha oferecido, assim como o café e os sucos. Não reagira nem quando ele suplicara, nem nos momentos de irritação, quando ele erguera o tom de voz.

Tinham sido, provavelmente, os interrogatórios mais frustrantes que o inspetor Hans Faste já conduzira.

Ele suspirou.

— Doutora Giannini — disse Ekström por fim —, considero que sua cliente deveria ser dispensada desse julgamento. Ela é doente. Estou me baseando num exame psiquiátrico altamente qualificado. Ela merece receber, de uma vez por todas, os cuidados psiquiátricos que lhe faltaram nesses anos todos.

— Nesse caso, suponho que o senhor vá comunicar sua opinião ao tribunal.

— Vou fazer isso. Não cabe a mim lhe dizer como conduzir a defesa. Mas se realmente pretende seguir essa linha, a situação é um absurdo completo. Essa autobiografia contém acusações insanas e infundadas contra várias pessoas... e principalmente contra o antigo tutor dela, o doutor Bjurman, e o doutor Peter Teleborian. Espero que a senhora não acredite de fato que o tribunal vai aceitar esses argumentos que, sem nenhuma prova, põem o Teleborian em xeque. Esse documento vai ser o prego final do caixão da sua cliente, com o perdão da expressão.

— Entendo.

— A senhora pode passar o processo inteiro negando que ela é doente e exigir uma avaliação psiquiátrica suplementar, e o caso então pode ser encaminhado à supervisão de Medicina Legal para avaliação. Mas, para ser bem franco, depois desse relato da Salander não resta dúvida que os demais psiquiatras juramentados vão chegar à mesma conclusão que Peter Teleborian. Esse relato só vem reforçar as evidências de que ela sofre de esquizofrenia paranoica.

Annika Giannini sorriu educadamente.

— Mas existe outra possibilidade — disse ela.

— E qual seria? — perguntou Ekström.

— Ora, a de que o relato dela seja verdadeiro e que o tribunal resolva acreditar nele.

O procurador Ekström pareceu surpreso. Então sorriu educadamente e acariciou o cavanhaque.

Fredrik Clinton estava sentado diante da janela de seu quarto. Escutava com atenção o que Georg Nyström e Jonas Sandberg diziam. Seu rosto estava repleto de rugas, mas seus olhos eram atentos e concentrados.

— Desde abril estamos controlando as ligações telefônicas e o correio eletrônico dos principais funcionários da *Millennium* — disse Clinton. — Constatamos que o Mikael Blomkvist, a Malu Eriksson e o tal Cortez praticamente se resignaram. Lemos a sinopse do próximo número da *Millennium*. Parece que o próprio Blomkvist recuou para uma posição em que, afinal, considera a Salander louca. Ele defende a Lisbeth Salander, mas apenas no plano social; argumenta que ela não recebeu o apoio que deveria da sociedade e que, portanto, de certa forma, não é culpa dela se tentou matar o pai... essa opinião, porém, não significa absolutamente nada. Não há uma só palavra sobre a invasão ao apartamento dele, nem sobre a agressão à irmã dele em Göteborg, nem sobre o sumiço dos relatórios. Ele sabe que não pode provar nada.

— Esse é o problema — disse Jonas Sandberg. — O mais lógico é que o Blomkvist soubesse que há algo errado. No entanto ele desconhece a resposta para todos os pontos de interrogação. Me desculpe, mas isso não se parece nada com o estilo da *Millennium*. Além disso, a Erika Berger voltou à redação. Esse número da *Millennium* está tão vazio e sem conteúdo que até parece piada.

— Você quer dizer que... é uma farsa?

Jonas Sandberg assentiu com a cabeça.

— A edição de verão da *Millennium* já deveria ter saído na última semana de junho. Pelo que concluímos dos e-mails da Malu Eriksson para o Mikael Blomkvist, esse número vai ser impresso em uma gráfica de Södertälje. Mas eu verifiquei hoje com a empresa, e eles ainda não receberam nenhuma arte final. Eles só têm lá um pedido de orçamento com data de um mês atrás.

— Humm — disse Fredrik Clinton.

— Onde eles imprimiram das outras vezes?

— Numa gráfica chamada Hallvigs Reklam, em Morgongåva. Eu liguei para lá e perguntei como andava a impressão — fingi que trabalhava na *Millennium*. O chefe da Hallvigs não quis me dizer nada. Pensei em passar por lá hoje à noite para dar uma olhada.

— Entendi. Georg?

— Examinei todas as ligações desta semana — disse Georg Nyström. — É estranho, mas nenhum funcionário da *Millennium* fala sobre nada que diga respeito ao julgamento ou ao caso Zalachenko.

— Nada?

— Nada. Esses assuntos só são mencionados quando um funcionário conversa com pessoas de fora da *Millennium*. Escute isto aqui, por exemplo. É o Mikael Blomkvist recebendo uma ligação de um repórter do *Aftonbladet* que pergunta se ele tem alguma declaração a fazer sobre o julgamento que está para começar.

Ele pegou um gravador.

— *Lamento, mas não tenho nada a dizer.*

— *Você está envolvido nesse caso desde o começo. Foi você que encontrou a Lisbeth Salander em Gosseberga. E ainda não publicou nem uma palavra a respeito. Quando pretende publicar alguma coisa?*

— *No momento oportuno. Desde que eu tenha alguma coisa para publicar.*

— *E é esse o caso?*

— *Bem, acho que você vai ter de comprar a* Millennium *para saber.*

Ele desligou o gravador.

— Verdade que a gente não tinha pensado nisso antes, mas voltei a escutar as gravações meio ao acaso. É o tempo todo assim. Ele quase nunca fala no caso Zalachenko, a não ser de modo bem geral. Nem com a irmã, que é a advogada da Salander.

— Pode ser que ele não tenha nada a dizer.

— Ele se nega sistematicamente a especular sobre o que quer que seja. Parece morar na redação vinte e quatro horas por dia e quase nunca está no seu apartamento da Bellmansgatan. Se está trabalhando assim dia e noite, poderia ter produzido algo melhor do que se vê no próximo número da *Millennium*.

— E continuamos sem nenhuma chance de colocar escutas na redação?

— Não tem como — disse Jonas Sandberg, intervindo na conversa. — Sempre fica alguém lá de plantão, de dia e de noite. Isso também é revelador.

— Humm.

— Desde que entramos no apartamento do Blomkvist, sempre fica alguém na redação. O Blomkvist passa por lá o tempo todo e a luz da sala dele está permanentemente acesa. Quando não é ele, é o Cortez ou a Malu Eriksson, ou aquele veado... hã, o Christer Malm.

Clinton coçou o queixo. Refletiu um instante.

— Certo. Quais suas conclusões?

Georg Nyström hesitou um pouco.

— Bem... a menos que me apresentem outra explicação, acho que eles estão encenando.

Clinton sentiu um arrepio percorrer-lhe a nuca.

— E como é que a gente não percebeu isso antes?

— A gente ficou escutando o que eles diziam, e não o que eles não diziam. Ficamos satisfeitos ao ouvir, ou constatar pelos e-mails, como ficaram perturbados. O Blomkvist percebeu que alguém roubou, dele e da irmã, o relatório Salander de 1991. Mas o que ele poderia fazer, porra?

— Eles não deram queixa?

Nyström fez que não com a cabeça.

— A Giannini participou dos interrogatórios da Salander. Ela é muito educada, mas não disse nada importante. E a Salander não disse nada de nada.

— Isso é uma vantagem para nós. Quanto mais ela ficar de bico calado, melhor. O que diz o Ekström?

— Estive com ele há duas horas. Ele tinha acabado de receber o relato da Salander.

Apontou a cópia que estava no colo de Clinton.

— O Ekström está preocupado. Para um não iniciado, esse relato tem todo jeito de uma teoria da conspiração insana com toques de pornografia. Mas ela de fato atira bem próximo do alvo. Conta exatamente o que aconteceu quando foi internada na Sankt Stefan, sustenta que o Zalachenko trabalhava para a Säpo e coisas do gênero. Ela diz que deve haver uma pequena seita dentro da Säpo, o que significa que ela suspeita da existência de alguma coisa parecida com a Seção. No geral, é uma descrição muito precisa sobre nós. Mas, como eu disse, ninguém vai acreditar. O Ekström está perturbado pelo que parece ser a defesa que a Giannini vai apresentar na audiência.

— Droga! — exclamou Clinton.

Ele inclinou a cabeça para a frente e refletiu intensamente durante vários minutos. Por fim, ergueu a cabeça.

— Jonas, vá até Morgongåva hoje à noite e veja se eles estão produzindo alguma coisa. Se estiverem imprimindo a *Millennium*, quero uma cópia.

— Vou levar o Falun comigo.

— Ótimo. Georg, quero que você sonde o Ekström agora à tarde. Por enquanto tudo estava indo às mil maravilhas, mas de fato não posso ignorar o que vocês acabam de me dizer.

— Não pode.

Clinton ficou mais um instante calado.

— O melhor seria não haver julgamento... — disse afinal.

Ergueu a cabeça e fitou Nyström no olho. Nyström meneou a cabeça. Sandberg meneou a cabeça. Entendiam-se perfeitamente.

— Nyström, verifique quais são as possibilidades.

Jonas Sandberg e o chaveiro Lars Faulsson, mais conhecido como Falun, deixaram o carro um pouco antes da linha de trem e atravessaram Morgongåva a pé. Eram oito e meia da noite. Ainda estava muito claro e era cedo demais para tentarem alguma coisa, mas eles pretendiam fazer o reconhecimento do terreno e ter uma visão geral da área.

— Se tiver alarme eu não me meto — disse Falun.

Sandberg assentiu com a cabeça.

— Então é melhor só dar uma olhada pela janela. Se der para ver alguma coisa, você joga uma pedra, pega o que te interessa e se manda.

— Está certo — disse Sandberg.

— Se você só precisa de um exemplar da revista, a gente pode ver se tem algum carrinho de lixo atrás do prédio. Sempre tem algum papel caído, umas provas, esse tipo de coisa.

A gráfica Hallvigs ficava num prédio baixo de tijolo aparente. Eles se aproximaram vindo do sul, do outro lado da rua. Sandberg estava prestes a atravessar quando Falun segurou seu braço.

— Siga em frente — disse.

— O quê?

— Siga em frente, como se a gente estivesse passeando.

Passaram em frente à gráfica e deram uma volta pelo bairro.

— O que foi? — perguntou Sandberg.

— Você precisa ficar de olhos abertos. Este lugar não está só protegido por um alarme. Tinha um carro estacionado ao lado do prédio.

— E havia alguém lá dentro?

— Era um carro da Milton Security. Puta merda! Essa gráfica está sob vigilância pesada.

* * *

— Milton Security! — exclamou Fredrik Clinton. Ele acusou o golpe bem no estômago.

— Se não fosse o Falun, eu teria caído direitinho na armadilha — disse Jonas Sandberg.

— Eu falei, eles estão tramando alguma coisa não muito católica — disse Georg Nyström. — Não tem sentido uma pequena gráfica de um vilarejo perdido contratar a Milton Security para fazer vigilância permanente.

Clinton meneou a cabeça. Sua boca tinha a forma de um traço rígido. Eram onze da noite e ele precisava descansar.

— Isso significa que a *Millennium* está tramando alguma coisa — disse Sandberg.

— Isso eu já entendi — disse Clinton. — Certo. Vamos examinar a situação. Qual seria o pior cenário? O que eles podem estar sabendo?

Olhou para Nyström, estimulando-o a responder.

— Deve ter alguma ligação com o relatório Salander de 1991 — disse Nyström. — Eles aumentaram a segurança depois que roubamos as cópias. Devem ter desconfiado que estavam sendo vigiados. Na pior das hipóteses, eles tinham mais uma cópia do relatório.

— Mas o Blomkvist parecia desesperado por ter perdido o relatório.

— Eu sei. Mas ele podia estar enrolando a gente. Não dá para desconsiderar essa possibilidade.

Clinton concordou com a cabeça.

— Vamos partir dessa ideia. Sandberg?

— Temos a vantagem de conhecer a defesa da Salander. Ela conta a verdade tal como a viveu. Reli a pretensa autobiografia dela. Na verdade, até facilita para a gente. Contém acusações de estupro e abuso do Poder Judiciário tão grandes que a história toda vai parecer os delírios de uma mitômana.

Nyström fez um gesto de concordância com a cabeça.

— Além disso, ela não pode provar nada do que afirma. O Ekström vai virar o tal relato contra ela. Vai esmagar a credibilidade dela.

— Certo. O novo relatório do Teleborian está excelente. É claro que resta a possibilidade de a Giannini vir com seu próprio especialista afirmando que a Salander não é louca, e aí o caso vai parar na supervisão de Medicina

Legal. Mas repito: a menos que a Salander mude de tática, se ela se negar a falar com eles também, eles vão concluir que o Teleborian tem razão e que ela é maluca. Ela é a pior inimiga de si mesma.

— Mesmo assim, o melhor seria não haver julgamento — disse Clinton.

Nyström balançou a cabeça.

— Isso é praticamente impossível. Ela está trancada na casa de detenção de Kronoberg, sem contato com os outros presos. Tem direito a uma hora de exercícios por dia no pátio do terraço, mas também ali não temos acesso a ela. E não temos nenhum contato entre o pessoal da casa de detenção.

— Entendo.

— Se quiséssemos pegá-la, deveríamos ter feito isso quando ela estava no Sahlgrenska. Agora, só em plena luz do dia. É quase cem por cento certo que o assassino seria apanhado. Onde encontrar um atirador que aceite essas condições? Em tão pouco tempo, é impossível organizar um suicídio ou um acidente.

— Foi o que eu pensei. Sem contar que mortes inesperadas tendem a levantar dúvidas. Certo, vamos ver o que acontece no tribunal. Concretamente, nada mudou. Estivemos o tempo todo preparados para um contra-ataque deles, que aparentemente é essa tal autobiografia.

— O problema é a *Millennium* — disse Jonas Sandberg.

Os três menearam a cabeça.

— A *Millennium* e a Milton Security — disse Clinton, pensativo. — A Salander trabalhou para o Armanskij, e o Blomkvist teve um caso com ela. Devemos concluir que eles abraçaram essa causa?

— É possível, considerando-se que a Milton Security está vigiando a gráfica que está imprimindo a *Millennium*. Não pode ser um acaso.

— Certo. Quando é que eles pretendem lançar a revista? Sandberg, você disse que eles já atrasaram o lançamento em duas semanas, em relação à data normal de circulação. Supondo que a Milton Security esteja vigiando a gráfica para impedir que alguém ponha as mãos na *Millennium* antes da hora, isso por um lado significa que eles pretendem publicar alguma coisa que não querem revelar antes da hora, e, por outro, que a revista já deve estar impressa.

— Junto com o julgamento — disse Jonas Sandberg. — É a única hipótese que faz sentido.

Clinton assentiu com a cabeça.

— O que será que tem nessa revista? Qual seria o pior cenário?

Os três ficaram um bom tempo refletindo. Nyström foi quem quebrou o silêncio.

— Portanto, no pior dos casos, eles têm uma cópia do relatório de 1991.

Clinton e Sandberg menearam a cabeça. Tinham chegado à mesma conclusão.

— O problema é saber o que eles podem fazer com isso — disse Sandberg. — O relatório implica o Björck e o Teleborian. O Björck está morto. Eles vão pressionar o Teleborian, mas ele pode alegar que apenas fez uma avaliação médica absolutamente normal. Vai ser a palavra dele contra a deles, e é claro que ele saberá demonstrar uma perfeita consternação diante das acusações.

— O que a gente faz se eles publicarem o relatório? — perguntou Nyström.

— Acho que temos uma vantagem — disse Clinton. — Se o relatório causar alguma turbulência, quem vai ficar no foco é a Säpo, não a Seção. E quando os jornalistas começarem a fazer perguntas, a Säpo vai tirar o relatório dos arquivos...

— E será outro relatório — disse Sandberg.

— O Shenke colocou nos arquivos uma versão modificada, ou seja, a versão lida pelo procurador Ekström. Ele já deu um número de cadastro para ela. Podemos passar rapidamente a desinformação para a imprensa... Estamos com o original que o Bjurman tinha conseguido e do qual a *Millennium* só tem uma cópia. Podemos inclusive divulgar uma nota sugerindo que o Blomkvist falsificou o relatório original.

— Certo. O que mais o pessoal da *Millennium* pode estar sabendo?

— Eles não têm como saber da Seção. É impossível. Ou seja, eles vão se concentrar na Säpo, dando a impressão de que o Blomkvist está obcecado por conspirações, e a Säpo vai sustentar que ele está completamente pirado.

— Ele é bastante conhecido — disse Clinton devagar. — Depois do caso Wennerström, ele passou a gozar de boa credibilidade.

Nyström concordou com a cabeça.

— Será que existe um jeito de reduzir essa credibilidade? — perguntou Jonas Sandberg.

Nyström e Clinton trocaram um olhar. Então, os dois assentiram. Clinton olhou para Nyström.

— Você acha que poderia conseguir... digamos, cinquenta gramas de coca?

— Talvez, com os iugoslavos.

— Certo. Não custa tentar. Mas é urgente. O julgamento começa daqui a dois dias.

— Não estou entendendo... — disse Jonas Sandberg.

— É um truque tão velho quanto a nossa profissão. Mas continua especialmente eficaz.

— Morgongåva? — perguntou Torsten Edklinth, franzindo o cenho. Ele estava de roupão, sentado no sofá de sua sala relendo pela terceira vez a autobiografia de Salander, quando Rosa Figuerola ligou. Como já passava havia muito da meia-noite, percebeu que algo estranho estava acontecendo.

— Morgongåva — repetiu Rosa Figuerola. — O Sandberg e o Lars Faulsson estiveram lá por volta das sete da noite. O Curt Bolinder e o pessoal do Bublanski seguiram os dois o tempo todo, e ainda com a facilidade de termos uma escuta no carro do Sandberg. Eles estacionaram perto da antiga estação, depois deram uma volta pelo bairro, pegaram o carro e voltaram para Estocolmo.

— Entendo. Eles se encontraram com alguém ou...?

— Não. Isso é que é estranho. Desceram do carro, deram uma volta, subiram no carro e retornaram a Estocolmo.

— Ah. E por que você está me chamando à meia-noite e meia para me contar isso?

— Levamos um tempinho para entender. Eles passaram na frente do prédio onde fica a gráfica Hallvigs Reklam. Conversei com o Mikael Blomkvist. É lá que a *Millennium* está sendo impressa.

— Puta merda! — exclamou Edklinth.

Ele percebeu as implicações imediatamente.

— Se o Falun estava junto, é porque eles pretendiam fazer uma visitinha à gráfica, mas tiveram que interromper a excursão — disse Rosa Figuerola.

— Por quê?

— Porque o Blomkvist pediu que o Dragan Armanskij vigiasse a gráfica até o dia da distribuição da revista. Eles devem ter visto o carro da Milton Security. Achei que você ia gostar de ter essa informação logo.

— Tem razão. Isso significa que eles estão começando a desconfiar que há alguma coisa esquisita nesta história...

— Seja como for, algum alarme deve ter começado a soar na cabeça deles quando viram o carro. O Sandberg deixou o Falun no centro e em seguida voltou ao prédio da Artillerigatan. Sabemos que o Fredrik Clinton está lá. O Georg Nyström chegou quase ao mesmo tempo. O problema é saber o que eles vão fazer.

— O julgamento começa na terça-feira... Ligue para o Blomkvist e diga a ele para reforçar a segurança na *Millennium*. Só por prevenção.

— Eles já estão com uma boa segurança. E o jeito deles de criar cortina de fumaça nos telefones grampeados não fica devendo nada aos profissionais. O Blomkvist está tão paranoico que aperfeiçoou uns métodos para desviar a atenção que podem até nos ser úteis.

— Certo. Mas ligue para ele assim mesmo.

Rosa Figuerola desligou o celular e o colocou sobre o criado-mudo. Ergueu os olhos e fitou Mikael Blomkvist, semideitado, nu, recostado na ponta da cama.

— É para eu te ligar pedindo que você reforce a segurança da *Millennium* — disse ela.

— Obrigado pela sugestão — disse ele, lacônico.

— Falando sério. Se eles começarem a desconfiar de alguma coisa, há o risco de agirem sem pensar. E um assalto é fácil de acontecer.

— O Henry Cortez está dormindo lá esta noite. E temos um alarme anti-invasão diretamente ligado à Milton Security, que fica a três minutos dali.

Ele ficou em silêncio por um instante.

— Ah, paranoia... — resmungou.

24. SEGUNDA-FEIRA 11 DE JULHO

Eram seis horas da manhã de segunda-feira quando Susanne Linder, da Milton Security, ligou para Mikael Blomkvist no seu T10 azul.

— Você não dorme nunca? — perguntou Mikael, mal e mal acordado.

Espiou Rosa Figuerola, já de pé e vestida com uma bermuda esporte, mas ainda sem a camiseta.

— Durmo. Mas fui acordada pelo guarda da noite. O alarme silencioso que instalamos no seu apartamento disparou às três da manhã.

— Ah, é?

— Aí precisei ir até lá ver o que estava acontecendo. Não é coisa simples. Você poderia dar uma chegada na Milton Security agora de manhã? Ou melhor, agora mesmo?

— A coisa está ficando séria — disse Dragan Armanskij.

Passava um pouco das oito horas quando se reuniram diante de uma tela na sala de reuniões da Milton Security. Estavam presentes Armanskij, Mikael Blomkvist e Susanne Linder. Armanskij também mandara chamar Johan Fräklund, de sessenta e dois anos, antigo inspetor criminal da polícia de Solna, que dirigia a unidade de intervenção da Milton, e o ex-inspetor criminal Steve Bohman, de quarenta e oito anos, que acompanhara o caso Salander desde o começo. Todos refletiam sobre o vídeo que Susanne Linder acabava de exibir.

— O que se vê é o Jonas Sandberg abrindo a porta do apartamento de Mikael Blomkvist às 3h17. Ele tem suas próprias chaves... Lembrem que Faulsson, o chaveiro, fez um molde das chaves de Blomkvist há algumas semanas, quando ele e o Göran Mårtensson entraram no apartamento.

Armanskij, semblante sério, meneou a cabeça.

— O Sandberg fica no apartamento pouco mais de oito minutos. Nesse período, ele faz o seguinte: vai até a cozinha, pega um saco plástico e enche esse saco com alguma coisa. Depois, desparafusa a grade de um vão que tem lá na sua sala, Mikael. E coloca o saco lá dentro.

— Humm — disse Mikael Blomkvist.

— O fato de ele pegar um saco na sua cozinha é muito revelador.

— É um saco de minipães do Konsum — disse Mikael. — Eu sempre uso para guardar queijo e coisas desse tipo.

— Eu também faço isso lá em casa. O que é revelador, obviamente, é o saco ter as suas impressões digitais. Em seguida, ele pega um *SMP* velho na lixeira de papéis do hall de entrada. Usa uma página do jornal para enrolar um objeto que ele coloca no alto do armário.

— Humm — fez Mikael novamente.

— Mesma coisa. O jornal tem suas impressões digitais.

— Entendo — disse Mikael Blomkvist.

— Eu entrei no seu apartamento por volta das cinco horas. Encontrei isto aqui. No vão da sua sala há neste momento cento e oitenta gramas de cocaína. Peguei um grama como amostra, aqui está.

Ela colocou um saco plástico para perícia em cima da mesa.

— E dentro do armário, o que tem lá? — perguntou Mikael.

— Cerca de cento e vinte mil coroas em dinheiro.

Armanskij fez sinal para que Susanne Linder parasse o vídeo. Olhou para Fräklund.

— E assim Mikael Blomkvist está envolvido com o tráfico de cocaína — disse Fräklund, afável. — Ao que parece, eles começaram a se preocupar com o que o Blomkvist estaria aprontando.

— É um contra-ataque — disse Mikael Blomkvist.

— Contra-ataque?

— Eles descobriram os guardas da Milton em Morgongåva ontem à noite.

Ele relatou o que Rosa Figuerola lhe contara sobre a excursão de Sandberg a Morgongåva.

— Garoto safado — disse Steve Bohman.

— Mas por que agora?

— Eles devem estar preocupados com o que a *Millennium* poderá provocar quando o julgamento tiver início — disse Fräklund. — Se o Blomkvist for preso por tráfico de drogas, a credibilidade dele diminui consideravelmente.

Susanne Linder meneou a cabeça. Mikael Blomkvist parecia hesitar.

— Bem, como é que a gente vai lidar com isso? — perguntou Armanskij.

— Por enquanto, a gente não faz nada — sugeriu Fräklund. — Temos várias cartas na manga. Temos uma excelente documentação provando que o Sandberg plantou provas no seu apartamento, Mikael. Vamos deixar a armadilha se fechar. A gente vai poder provar sua inocência na hora e, além disso, teremos mais uma prova de uma atitude criminosa da Seção. Eu adoraria ser o procurador quando esses engraçadinhos passarem pelo banco dos réus.

— Não sei — disse Mikael Blomkvist devagar. — O julgamento começa depois de amanhã. A *Millennium* deve sair na sexta-feira, no terceiro dia da audiência. Se eles quiserem me pegar por tráfico de cocaína, vai ter que ser antes... e eu não vou poder me explicar antes de a revista sair. Ou seja, corro o risco de ser preso e perder o começo do julgamento.

— Em outras palavras, você tem bons motivos para sair de circulação esta semana — propôs Armanskij.

— Bem... eu tenho um trabalho para fazer com a TV4, e também estou preparando outras coisas. Realmente, não é uma boa hora...

— Por que bem agora? — Susanne Linder perguntou de repente.

— O que você quer dizer? — perguntou Armanskij.

— Eles tiveram três meses para jogar o Blomkvist na lama. Por que estão agindo bem agora? O que quer que eles façam, não vão conseguir impedir a publicação.

Todos permaneceram em silêncio por um momento.

— Pode ser que eles não estejam entendendo o que você vai publicar, Mikael — disse Armanskij devagar. — Eles sabem que você está tramando alguma coisa... mas talvez achem que você só está com o relatório de Björck de 1991.

Mikael assentiu lentamente com a cabeça.

— Eles não se deram conta de que você pretende denunciar toda a Seção. Sendo só o relatório do Björck, basta criar um clima de desconfiança em torno de você. As suas eventuais revelações vão se perder no meio da sua prisão e indiciamento. Superescândalo. O famoso jornalista Mikael Blomkvist preso por tráfico de drogas. De seis a oito anos de prisão.

— Posso ficar com duas cópias do filme da câmera de vigilância? — perguntou Mikael.

— O que você pretende fazer?

— Uma cópia vai para o Edklinth. E eu devo encontrar o pessoal da TV4 daqui a três horas. Acho que seria legal se a gente estivesse pronto para jogar isso na tevê quando a tempestade desabar.

Rosa Figuerola desligou o leitor de DVD e deixou o controle remoto em cima da mesa. Estavam no escritório provisório da Fridhemsplan.

— Cocaína — disse Edklinth. — Eles estão pegando pesado!

Rosa Figuerola pareceu hesitar. Olhou de esguelha para Mikael.

— Não estou gostando nada disso — falou. — Tem todo o jeito de uma ação impensada. Eles devem saber muito bem que você não vai deixar de se defender se te mandarem para a cadeia por tráfico de drogas.

— Claro — disse Mikael.

— Mesmo que você seja condenado, eles correm um sério risco de as pessoas acreditarem em você. E os seus colegas da *Millennium* não vão ficar quietos.

— Além do quê, isso tudo está saindo caro — disse Edklinth. — Então eles dispõem de um orçamento suficiente para aparecer assim de repente com cento e vinte mil coroas mais o que custou a coca.

— Eu sei — disse Mikael. — Mas o plano deles é muito bom. Eles imaginam que a Lisbeth Salander vai ser mandada para um hospital psiquiátrico e que eu vou desaparecer num turbilhão de acusações. Também devem estar imaginando que todas as atenções vão se concentrar na Säpo, e não na Seção. Como ponto de partida não é nada mal.

— Mas como eles vão convencer a Narcotráficos a fazer uma busca na sua casa? Quero dizer, uma denúncia anônima não basta para arrombarem a porta de um jornalista célebre. E, para a coisa funcionar, você tem que se transformar em um suspeito nesses próximos dias.

— Bem, não conhecemos o cronograma deles — disse Mikael.

Sentia-se cansado e gostaria que tudo já tivesse acabado. Levantou-se.

— Aonde você vai? — perguntou Rosa Figuerola. — Queria saber onde posso te encontrar nos próximos dias.

— Vou passar na TV4 no início da tarde. E às seis vou comer um cordeiro salteado no Samirs Gryta com a Erika Berger. Vamos preparar uns *releases* para a imprensa. Mais tarde, imagino que eu vá estar na redação.

Os olhos de Rosa Figuerola se estreitaram um pouco ao ouvir o nome de Erika Berger.

— Quero que você mantenha contato durante o dia. De preferência, que mantenha um contato direto até o julgamento começar.

— Certo. Quem sabe eu não me mudo para a sua casa por alguns dias — disse Mikael de brincadeira, sorrindo.

O semblante de Rosa Figuerola endureceu. Ela olhou rapidamente para Edklinth.

— A Rosa está certa — disse Edklinth. — O melhor seria você ficar meio escondido até tudo isso acabar. Se a Narcotráficos te pegar, fique calado até o início do julgamento.

— Calma — disse Mikael. — Não pretendo entrar em pânico nem pôr nada a perder. Vocês cuidam da sua parte que eu cuido da minha.

A Moça da TV4 mal conseguia disfarçar a excitação diante do material em vídeo que Mikael Blomkvist lhe entregara. Mikael sorriu ao ver seu deleite. Tinham passado uma semana trabalhando como condenados para editar um material sobre a Seção que fosse compreensível para a televisão. Tanto o produtor para o qual ela trabalhava como o chefe de Atualidades da TV4 tinham percebido o tamanho do furo. O programa fora produzido no maior sigilo, e por apenas alguns profissionais. Tinham aceitado a exigência de Mikael de só levar a matéria ao ar na noite do terceiro dia do julgamento. Decidiram lançá-la numa edição especial do noticiário.

Mikael fornecera uma boa quantidade de imagens fixas para que ela pudesse usar, mas em televisão nada melhor que imagens em movimento. E aquele vídeo absolutamente nítido que mostrava um policial identificado plantando cocaína no apartamento de Mikael Blomkvist a deixara simplesmente alucinada.

— Isso aqui é televisão de primeira — disse ela. — Na vinheta: A Säpo plantando cocaína no apartamento do jornalista.

— A Säpo não... a Seção — corrigiu Mikael. — Não cometa o erro de confundir uma com a outra.

— Mas o Sandberg trabalha na Säpo — ela protestou.

— Sim, só que, concretamente, ele deve ser considerado um agente infiltrado. Você deve deixar essa diferença muito clara.

— Certo. Quem está na berlinda é a Seção. E não a Säpo. Mikael, você poderia me explicar como é que você está sempre envolvido em matérias polêmicas? Você tem razão. Isso aqui vai fazer mais barulho do que o caso Wennerström.

— Acho que eu tenho algumas habilidades. Parece ironia do destino, mas essa história também começa com um caso Wennerström. Quero dizer, com aquele caso de espionagem dos anos 1960.

Às quatro horas, Erika Berger ligou. Estava reunida com a Tidningsutgivarna para comunicar aos dirigentes de imprensa seu ponto de vista sobre as demissões previstas no *SMP*, operação que provocara um conflito sindical sério depois que ela deixara o jornal. Ela avisou que chegaria atrasada ao Samirs Gryta, provavelmente por volta de seis e meia.

Jonas Sandberg ajudou Fredrik Clinton a passar da cadeira de rodas para a cama da sala de repouso que constituía o centro de comando do QG da Seção na Artillerigatan. Clinton estava voltando da diálise, que tinha se prolongado por toda a tarde. Sentia-se com cem anos e esgotado. Mal dormira nos últimos dias e desejava que aquilo tudo acabasse logo. Nem bem tinha se acomodado na cama quando Georg Nyström juntou-se a eles.

Clinton reuniu suas energias.

— Está tudo ajeitado? — perguntou.

Georg Nyström fez um gesto de assentimento com a cabeça.

— Acabo de encontrar com os irmãos Nikoliç — disse. — Vai custar cinquenta mil.

— Podemos pagar — disse Clinton.

Puta merda, se eu ainda fosse jovem.

Ele virou a cabeça e examinou alternadamente Georg Nyström e Jonas Sandberg.

— Sem escrúpulos? — ele perguntou.

Ambos balançaram a cabeça.

— Quando? — perguntou Clinton.

— Nas próximas vinte e quatro horas — disse Nyström. — Está difícil descobrir onde o Blomkvist se meteu, mas na pior das hipóteses eles vão agir na frente da redação.

Clinton aquiesceu.

— Talvez tenhamos uma brecha já no fim da tarde, daqui a umas duas horas — disse Jonas Sandberg.

— Ah, é?

— A Erika Berger ligou há pouco tempo. Eles vão jantar no Samirs Gryta. É um restaurante que fica para os lados da Bellmansgatan.

— Ber-ger... — disse Clinton, escandindo as sílabas.

— Só espero que ela... — disse Georg Nyström.

— Não seria necessariamente ruim — interrompeu Jonas Sandberg.

— Então, resumindo: Blomkvist constitui a maior ameaça para nós e é provável que ele publique alguma coisa no próximo número da *Millennium*. Já que não podemos impedir a publicação, temos que acabar com a credibilidade dele. Se ele for morto no que parece ser um acerto de contas e depois a polícia encontrar droga e dinheiro no apartamento dele, o inquérito vai tirar certas conclusões.

Clinton concordou com a cabeça.

— Acontece que Erika Berger é amante do Blomkvist — disse Sandberg, destacando bem as palavras. — É casada e infiel. Se ela também morrer de forma violenta, isso levará a mais um monte de especulações.

Clinton e Nyström trocaram um olhar. Sandberg era um gênio em criar cortinas de fumaça. Ele aprendia depressa. Mas tanto Clinton como Nyström tiveram um instante de dúvida. Sandberg sempre tinha aquele jeito despreocupado quando se tratava de decidir sobre a vida e a morte. Isso não era bom. O assassinato era uma decisão extrema que não podia ser tomada só porque a oportunidade surgia. Não era uma solução pronta, e sim uma saída a se recorrer apenas quando não houvesse alternativa.

Clinton balançou a cabeça.

Danos colaterais, pensou. De repente, sentiu-se enojado com o encaminhamento de todo aquele caso.

Depois de uma vida inteira a serviço da nação, aqui estamos nós como meros assassinos. Zalachenko fora necessário. Björck fora... lamentável, mas Gullberg estava certo. Björck teria cedido. Blomkvist era... provavelmente necessário. Mas Erika Berger não passava de uma testemunha inocente.

Deu uma olhada de esguelha em Jonas Sandberg. Esperava que o rapaz não evoluísse para a psicopatia.

— E os irmãos Nikoliç, o que eles estão sabendo?

— Nada. Quero dizer, sobre a gente. Eu fui o único que estive com eles, usei outra identidade e eles não têm como chegar até mim. Eles acham que o assassinato está ligado ao tráfico de mulheres.

— E depois do assassinato, o que os irmãos Nikoliç vão fazer?

— Vão deixar a Suécia imediatamente — disse Nyström. — Como aconteceu depois do Björck. Se a investigação da polícia não der em nada, eles vão poder voltar, discretamente, algumas semanas mais tarde.

— E o plano?

— Modelo siciliano. Eles vão simplesmente se aproximar do Blomkvist, descarregar a arma nele e dar no pé.

— Arma?

— Eles têm uma automática. Não sei o tipo.

— Espero que não espirrem sangue pelo restaurante todo...

— Não se preocupe. Eles são do tipo tranquilo e sabem o que têm de fazer. Mas se a Berger estiver sentada na mesma mesa que o Blomkvist...

Danos colaterais.

— Escutem — disse Clinton. — É importante que o Wadensjöö não saiba do nosso envolvimento nisso. Principalmente se a Erika Berger acabar sendo uma das vítimas. Ele já está a ponto de rebentar de tão tenso. Tenho a impressão de que vamos precisar aposentá-lo quando isso tudo acabar.

Nyström assentiu.

— Isso significa que, quando recebermos a notícia da morte do Blomkvist, vamos ter que fazer um jogo de cena. Vamos convocar uma reunião de emergência e fingir que estamos atônitos. Vamos especular sobre quem poderia estar por trás do homicídio, mas sem falar nada sobre a droga etc., até a polícia descobrir as evidências.

Mikael Blomkvist despediu-se da Moça da TV4 pouco antes das cinco horas. Tinham passado a tarde revisando os pontos ainda obscuros do material, e em seguida Mikael havia sido maquiado e concedera uma extensa entrevista.

Tinham-lhe feito uma pergunta que ele tivera dificuldade em responder de forma coerente, e na qual eles haviam insistido várias vezes.

Como funcionários do Estado chegaram a ponto de cometer assassinatos?

Mikael se fizera essa mesma pergunta muito antes da Moça da TV4. A Seção deve ter visto em Zalachenko uma enorme ameaça incrível, mas essa não era uma resposta satisfatória. A resposta que ele acabou dando tampouco era satisfatória.

— A única explicação que me ocorre é que, com o passar do tempo, a Seção foi se transformando em uma seita, no sentido real da palavra. Eles ficaram iguais à seita de Knutsby, ao pastor Jim Jones e a pessoas desse tipo. Eles escrevem suas próprias leis, nas quais a noção de bem e de mal não tem mais importância, e parecem estar completamente afastados da sociedade.

— Como uma espécie de doença mental?

— Essa sua definição não está totalmente errada.

Ele pegou o metrô para Slussen e se deu conta de que era cedo demais para ir ao Samirs Gryta. Demorou-se algum tempo na praça de Södermalm. Estava preocupado, mas, por outro lado, a vida voltara a ter sentido. Só quando Erika Berger reassumira a *Millennium* é que ele se deu conta de como ela lhe fizera falta. De um modo catastrófico. E o fato de o leme estar de novo nas mãos dela não criara nenhum conflito interno, pelo contrário. Malu estava felicíssima por recuperar seu cargo de assistente de redação, sentia-se exultante por a vida (como ela dizia) ter voltado ao seu curso normal.

O retorno de Erika também tornara evidente o déficit de pessoal nos três meses anteriores. Erika tivera de voltar às pressas e, com a ajuda de Malu Eriksson, conseguira dominar boa parte do trabalho de organização que havia se acumulado e sido deixado um pouco para lá. De uma boa reunião de redação saíra a decisão de que a *Millennium* precisava crescer e contratar pelo menos um colaborador, provavelmente dois. Não tinham, porém, a menor ideia de onde buscar recursos para tanto.

Por fim, Mikael comprou os jornais da tarde e entrou no Java da Hornsgatan para tomar um café e fazer hora até se encontrar com Erika.

A procuradora Ragnhild Gustavsson, do Ministério Público, largou seus óculos de leitura sobre a mesa de reuniões e observou os presentes. Tinha cinquenta e oito anos e cabelos grisalhos curtos que emolduravam um rosto rechonchudo e riscado de rugas. Ela havia sido procuradora por vinte e cinco anos e trabalhava no Ministério Público desde o início dos anos 1990.

Apenas três semanas tinham transcorrido desde que ela fora repentinamente chamada ao gabinete oficial do procurador-geral da nação para encontrar-se com Torsten Edklinth. Naquele dia, estava encerrando alguns casos rotineiros e preparando-se para umas férias de seis semanas na sua casa de campo de Husarö. Em vez disso, fora incumbida de conduzir uma investigação sobre um grupo de funcionários de alto nível do Estado, reunidos por enquanto sob o termo "a Seção". Todos os seus planos de férias tinham sido rapidamente abandonados. Descobrira que aquela seria sua principal tarefa por tempo indeterminado e tinham-lhe deixado quase inteiramente livre para organizar ela própria seu trabalho e tomar as decisões necessárias.

— Esse caso vai ser uma das investigações criminais mais espetaculares da história da Suécia — dissera o procurador-geral da nação.

Ela não tinha como não concordar.

Em seguida, fora tendo surpresa atrás de surpresa quando Torsten Edklinth lhe fez um resumo do caso e da investigação que ele realizara por ordem do primeiro-ministro. A investigação não estava concluída, mas ele achava que tinha chegado a um ponto em que precisava apresentar o caso a um procurador.

Primeiro ela quis ter uma visão do conjunto do material que Torsten

Edklinth lhe repassara. Mas à medida que a extensão dos crimes cometidos começou a se definir, percebeu que tudo o que ela estava fazendo e todas as decisões que iria tomar seriam julgados pelos futuros livros de história. A partir daí, passou a dedicar cada minuto do seu dia a tentar formar uma visão coerente daquela lista quase inconcebível de crimes com que estava lidando. Era um caso único na história do direito sueco e, já que se tratava de desenterrar atos criminosos que vinham sendo cometidos havia pelo menos trinta anos, compreendeu a necessidade de uma organização muito estrita do trabalho. Lembrou-se dos agentes italianos que investigaram oficialmente a máfia e de como eles tiveram de trabalhar quase clandestinamente para sobreviver aos anos 1970 e 1980. Entendia que Edklinth tivesse sido obrigado a agir em segredo. Ele não sabia em quem confiar.

A primeira providência de Ragnhild Gustavsson foi chamar três colaboradores do Ministério Público. Escolheu gente que ela conhecia fazia anos. Em seguida, contratou um historiador conhecido do Conselho de Prevenção da Criminalidade para esclarecê-la sobre o surgimento das polícias de segurança ao longo das décadas. Por fim, nomeou Rosa Figuerola para comandar de forma oficial as investigações.

Assim, o inquérito sobre a Seção assumira um caráter constitucional. Já era possível tratá-lo como uma investigação policial qualquer, mesmo tendo sido decretado seu sigilo.

Durante as duas últimas semanas, a procuradora Gustavsson convocara uma considerável quantidade de pessoas para interrogatórios formais, porém muito discretos. Além de Edklinth e Figuerola, ela falara com os inspetores Bublanski, Sonja Modig, Curt Bolinder e Jerker Holmberg. Em seguida, com Mikael Blomkvist, Malu Eriksson, Henry Cortez, Christer Malm, Annika Giannini, Dragan Armanskij, Susanne Linder e Holger Palmgren. Com exceção dos funcionários da *Millennium*, que por princípio não respondiam a perguntas que pudessem comprometer a proteção de suas fontes, todos ofereceram obsequiosamente provas e relatórios detalhados.

Ragnhild Gustavsson não tinha gostado nada, nada quando lhe foi apresentado um cronograma definido pela *Millennium* que indiretamente a obrigava a se decidir pela prisão de determinado número de pessoas numa data determinada. De sua parte, calculava que iria precisar de vários meses até alcançar aquele estágio da investigação. Nesse caso específico, porém, não tivera escolha. Mikael Blomkvist, da revista *Millennium*, mostrara-se irredutível. Não estava subordinado a nenhum decreto ou regulamento oficial e sua intenção era publicar a matéria no terceiro dia do julgamento de Lisbeth Salander. Ragnhild Gustavsson, portanto, fora obrigada a se adaptar e, simultaneamente, a agir para que suspeitos e provas eventuais não tivessem tempo de desaparecer. Blomkvist, diga-se, gozava do surpreendente apoio de Edklinth e Figuerola, e, aos poucos, a procuradora foi percebendo que o modelo blomkvistiano tinha lá suas vantagens. Como procuradora, ela iria poder contar com a bem orquestrada mãozinha da imprensa de que precisaria para conduzir a acusação. Além disso, o processo seria tão rápido que a delicada investigação não teria tempo de vazar pelos corredores da administração e chegar aos ouvidos da Seção.

— Para o Blomkvist, antes de mais nada trata-se de fazer justiça a Lisbeth Salander. Desmascarar a Seção é mera consequência — constatou Rosa Figuerola.

O julgamento de Lisbeth Salander começaria dali a dois dias, na quarta-feira, e a reunião desta segunda tinha por objetivo revisar todo o material disponível e distribuir tarefas.

Treze pessoas participavam da reunião. Do Ministério Público, Ragnhild Gustavsson trouxera seus dois colaboradores mais próximos. Da Proteção à Constituição, estava presente a chefe das investigações, Rosa Figuerola, com seus colegas Stefan Bladh e Niklas Berglund. O diretor da Proteção à Constituição, Torsten Edklinth, participara como observador.

Ragnhild Gustavsson decidira, contudo, que um caso daquela importância não poderia, por uma questão de credibilidade, se limitar à Säpo. Motivo pelo qual chamara o inspetor Jan Bublanski e sua equipe, Sonja Modig, Jerker Holmberg e Curt Bolinder, da polícia comum. Eles vinham trabalhando no caso Salander desde a Páscoa e conheciam perfeitamente a história. Além disso, solicitara a presença da procuradora Agneta Järvas e do inspetor Marcus Ackerman, de Göteborg. A investigação sobre a Seção tinha uma ligação direta com o inquérito sobre o assassinato de Alexander Zalachenko.

Quando Rosa Figuerola mencionou que o ex-primeiro-ministro Thorbjörn Fälldin deveria eventualmente ser chamado para testemunhar, Jerker Holmberg e Sonja Modig se mexeram na cadeira, incomodados.

Durante cinco horas, eles examinaram, um por um, nomes de pessoas identificadas como ativas na Seção, o que os fez concluir que a lei estava sendo infringida e que seria preciso efetuar algumas prisões. Sete pessoas, ao todo, foram identificadas e relacionadas com o apartamento da Artillerigatan. Outras nove pessoas identificadas estariam ligadas à Seção, mas nunca apareciam na Artillerigatan. Trabalhavam sobretudo na Säpo, em Kungsholmen, porém já tinham se encontrado com um ou outro membro ativo da Seção.

— No momento, é impossível dizer até onde se estende essa conspiração. Não sabemos em que circunstâncias essas pessoas se encontram com Wadensjöö ou com outro membro qualquer. Podem ser informantes ou podem ter sido levadas a acreditar que estão trabalhando para investigações internas ou algo assim. Fica, portanto, a dúvida sobre o envolvimento delas, e essa dúvida só será resolvida quando pudermos ouvi-las. São, além disso, pessoas que só notamos durante as semanas de vigilância; pode haver outras pessoas implicadas que ainda não conhecemos.

— Mas o secretário-geral e o chefe do orçamento...

— Não podemos afirmar com segurança que eles trabalham para a Seção.

Eram seis horas da tarde de segunda-feira quando Ragnhild Gustavsson resolveu fazer um intervalo de uma hora para que todos pudessem comer alguma coisa antes de voltarem à reunião.

Quando todos estavam se levantando e começando a se movimentar, Jesper Thoms, o colaborador de Rosa Figuerola na unidade de intervenção da Proteção à Constituição, pediu atenção para comunicar o que surgira de novo nas últimas horas de investigação.

— O Clinton esteve na diálise boa parte do dia e voltou para a Artillerigatan por volta das três horas. O único que fez alguma coisa diferente foi o Georg Nyström, só que não temos bem certeza do que foi.

— Ah, é? — disse Rosa Figuerola.

— Hoje, à uma e meia da tarde, o Nyström foi até a estação central se encontrar com dois sujeitos. Eles foram a pé até o hotel Sheraton e tomaram um café no bar. A conversa durou pouco mais de vinte minutos, e em seguida o Nyström voltou para a Artillerigatan.

— Humm. E quem eram esses sujeitos?

— Não sabemos. São umas caras novas. Dois homens na faixa dos trinta anos, com jeito de quem vem do Leste europeu. Infelizmente, nosso investigador os perdeu de vista quando pegaram o metrô.

— Ah, é? — disse Rosa Figuerola, cansada.

— Tiramos umas fotos deles — disse Jesper Thoms, passando-lhe uma sequência de fotografias.

Ela examinou aqueles rostos, que via pela primeira vez.

— Certo, obrigada — disse, e, deixando as fotos em cima da mesa de reuniões, levantou-se para ir buscar alguma coisa para comer.

Curt Bolinder, que estava a seu lado, baixou os olhos para as fotos.

— Puta merda! — disse ele. — Os irmãos Nikoliç estão metidos nisso?

Rosa Figuerola se deteve.

— Quem?

— Esses dois aqui são uns verdadeiros bandidos — disse Curt Bolinder. — Tomi e Miro Nikoliç.

— Você conhece?

— Conheço. São dois irmãos, eles vêm de Huddinge. Sérvios. Já vigiamos os dois em várias ocasiões, quando eles tinham seus vinte anos, na época eu estava na Brigada Antigangue. O mais perigoso dos dois é o Miro Nikoliç. Aliás, faz um ano que está sendo procurado por violências agravadas. Eu pensei que eles tivessem voltado para a Sérvia e virado políticos ou coisa do gênero.

— Políticos?

— É. Eles estiveram na Iugoslávia na primeira metade dos anos 1990 para dar uma mãozinha na faxina étnica. Trabalhavam para o chefão da máfia, o Arkan, que mantinha uma espécie de milícia fascista particular. Eles tinham a fama de ser *shooters*.

— *Shooters?*

— Matadores de aluguel. Circulavam entre Belgrado e Estocolmo. O tio deles tem um restaurante em Norrmalm, onde eles oficialmente trabalhavam de vez em quando. Tivemos várias indicações de que teriam participado de pelo menos dois assassinatos, ligados a acertos de conta internos, naquela guerra dos cigarros dos iugoslavos, mas nunca conseguimos prendê-los por motivo nenhum.

Rosa Figuerola, calada, olhou para as fotos da investigação. Então ficou lívida. Fitou Torsten Edklinth.

— O Blomkvist! — ela exclamou, em pânico. — Eles não vão se contentar em detonar a reputação dele. Vão matá-lo e deixar que a polícia encontre a cocaína durante o inquérito e tire suas próprias conclusões.

Edklinth encarou-a fixamente.

— Ele ia se encontrar com a Erika Berger no Samirs Gryta — disse Rosa Figuerola. Ela tocou no ombro de Curt Bolinder. — Você está armado?

— Estou...

— Venha comigo.

Rosa Figuerola saiu correndo da sala de reuniões. Sua sala ficava três portas adiante no corredor. Destrancou a porta e pegou sua arma de serviço na gaveta da mesa. Desrespeitando o regulamento, deixou a porta de sua sala escancarada enquanto corria para os elevadores. Curt Bolinder ficou um segundo indeciso.

— Vá — disse Bublanski. — Sonja... vá com eles.

Mikael Blomkvist chegou ao Samirs Gryta às 18h20. Erika Berger acabava de sentar-se a uma mesa vazia ao lado do bar, perto da entrada. Ele beijou-a no rosto. Pediram uma boa cerveja e um salteado de cordeiro cada um, e a cerveja logo foi servida.

— Como estava a Moça da TV4? — perguntou Erika Berger.

— Vistosa como sempre.

Erika Berger riu.

— Se você não se cuidar, ela vai acabar virando uma obsessão. Já pensou, uma mulher resistindo ao charme de Blomkvist?

— Um monte de mulheres resistiu nesses anos todos — disse Mikael Blomkvist. — Como foi seu dia?

— Um desperdício. Mas aceitei participar de um debate sobre o *SMP* no Clube dos Articulistas. Foi minha última contribuição para essa história.

— Maravilha.

— Você não sabe como é sensacional estar de volta à *Millennium* — disse ela.

— E você nem imagina como é maravilhoso ter você de volta. Ainda estou todo emocionado.

— Ir para o trabalho voltou a ser uma coisa legal.

— Humm.

— Estou feliz.

— E eu preciso ir ao banheiro — disse Mikael levantando-se.

Deu alguns passos e por pouco não esbarrou num homem de uns trinta anos que acabava de entrar no restaurante. Mikael notou que ele tinha a aparência de alguém do Leste europeu e que o encarava. Então viu a metralhadora.

Estavam passando por Riddarholmen quando Torsten Edklinth ligou avisando que nem Mikael Blomkvist nem Erika Berger estavam atendendo o celular. Decerto tinham desligado seus aparelhos para jantar em paz.

Rosa Figuerola soltou um palavrão e atravessou a praça de Södermalm a quase oitenta quilômetros por hora, a mão grudada na buzina. Quando fez violentamente a curva da Hornsgatan, Curt Bolinder precisou se segurar na porta. Ele tinha puxado sua arma e conferia se estava carregada. Sonja Modig fazia o mesmo no banco de trás.

— Vamos ter que pedir reforços — disse Curt Bolinder. — Com os irmãos Nikoliç não se brinca.

Rosa Figuerola concordou.

— Vamos fazer o seguinte — disse ela. — Eu e a Sonja vamos entrar direto no Samirs Gryta, na esperança de que estejam lá. Curt, você, que conhece os irmãos, fica do lado de fora de olho bem aberto.

— Certo.

— Se estiver tudo tranquilo, levamos imediatamente o Blomkvist e a Berger para o carro, e para Kungsholmen. Se sentirmos qualquer coisa no ar, ficamos no restaurante e pedimos reforços.

— Certo — disse Sonja Modig.

Rosa Figuerola ainda estava na Hornsgatan quando o rádio do painel começou a chiar.

Todas as unidades. Alerta de tiroteio na Tavastgatan, em Södermalm. Tiroteio no restaurante Samirs Gryta.

De repente, Rosa Figuerola sentiu seu estômago se torcer.

Erika Berger viu Mikael Blomkvist esbarrar num homem de uns trinta anos enquanto ia até o banheiro, que ficava perto da entrada. Ela franziu o cenho sem saber direito por quê. Tinha a impressão de que o desconhecido fitava Mikael com uma expressão surpresa. Perguntou-se se não seria algum conhecido dele.

Então viu o homem dar um passo para trás e largar uma sacola no chão. De início, ela não entendeu o que via. Ficou paralisada quando percebeu que ele apontava uma arma automática para Mikael.

Mikael Blomkvist reagiu sem pensar. Segurou o cano com a mão esquerda e apontou-o para o teto. Por um microssegundo, a boca da arma passou diante de seu rosto.

Naquele lugar minúsculo, o crepitar da pistola-metralhadora foi ensurdecedor. Uma chuva de gesso e vidro do lustre pulverizado desabou sobre Mikael enquanto Miro Nikoliç soltava uma rajada de uma dezena de balas. Por um instante, Mikael Blomkvist olhou nos olhos do homem que queria a sua morte.

Então Miro Nikoliç deu um passo para trás. Arrancou a arma das mãos de Mikael, que, pego de surpresa, soltou o cano. Mikael percebeu de repente que sua vida corria perigo. Sem pensar, jogou-se sobre o agressor em vez de se esconder. Mais tarde, saberia que se tivesse agido de outra forma, se tivesse se abaixado ou recuado, teria sido morto no ato. Mais uma vez, conseguiu segurar o cano da arma. Usou todo o seu peso para encurralar o homem contra a parede. Ainda escutou seis ou sete tiros sendo disparados e pressionou desesperadamente a metralhadora tentando apontar o cano para o chão.

Erika Berger se abaixou instintivamente quando veio a segunda rajada de tiros. Caiu e bateu a cabeça numa cadeira. Então se encolheu no chão, ergueu os olhos e viu os três buracos que as balas tinham deixado na parede, no lugar exato em que ela estava sentada no minuto anterior.

Abalada, virou a cabeça e viu Mikael Blomkvist lutando com o homem perto da entrada. Estava caído de joelhos, segurando a metralhadora com as duas mãos e tentando apoderar-se dela. Viu o agressor lutando para se soltar. Com o punho, batia sem parar no rosto e na têmpora de Mikael.

Rosa Figuerola freou bruscamente em frente ao Samirs Gryta, abriu a porta do carro com violência e correu para o restaurante. Estava com a Sig Sauer na mão quando notou o carro estacionado bem em frente ao restaurante.

Viu Tomi Nikoliç ao volante e apontou a arma para o rosto dele do outro lado do vidro.

— Polícia. Mostre as mãos! — gritou.

Tomi Nikoliç levantou as mãos.

— Saia do carro e deite no chão — ela berrou com a voz cheia de raiva. Virou a cabeça e olhou rapidamente para Curt Bolinder. — O restaurante — disse.

Curt Bolinder e Sonja Modig atravessaram a rua o mais rápido possível.

Sonja Modig pensou em seus filhos. Ia contra todas as normas policiais correr para um prédio de arma na mão sem uma boa retaguarda no local, sem colete à prova de balas e sem uma visão total da situação...

Então ela ouviu o som de um tiro disparado dentro do restaurante.

Mikael Blomkvist conseguira enfiar o dedo médio entre o gatilho e o protetor do gatilho, quando Miro Nikoliç recomeçou a atirar. Ouviu um vidro se quebrando atrás dele. Sentiu uma dor atroz quando o atirador acionou o gatilho várias vezes seguidas, prensando seu dedo; mas enquanto o dedo estivesse ali os tiros não podiam ser disparados. Os socos choviam na lateral de seu rosto e ele de repente se sentiu com quarenta e cinco anos e realmente com um péssimo condicionamento físico.

Eu não vou conseguir. Isto precisa acabar.

Foi seu primeiro pensamento racional desde que vira o homem com a metralhadora.

Cerrou os dentes e enfiou ainda mais o dedo atrás do gatilho.

Então, inclinando-se e pressionando o piso com os pés, jogou o ombro no corpo do matador. Soltou a mão direita da metralhadora e ergueu o cotovelo para se proteger dos golpes. Miro Mikoliç começou a bater em sua axila e nas costelas. Por um segundo, ficaram mais uma vez face a face.

No momento seguinte, Mikael sentiu que afastavam o matador dali. Sentiu uma última dor fulgurante no dedo e avistou a figura imensa de Curt Bolinder. Bolinder levantou Miro Nikoliç literalmente pela pele do pescoço e bateu sua cabeça contra a parede. Miro Nikoliç desabou feito um pacote flácido.

— Deitado — ouviu Sonja Modig gritar. — Polícia. Fique deitado!

Virou a cabeça e a viu de pé, pernas afastadas e segurando a arma com ambas as mãos, enquanto tentava formar uma ideia da caótica situação. Por fim, ergueu a arma para o teto e voltou o olhar para Mikael Blomkvist.

— Você está ferido? — perguntou.

Mikael olhou para ela, destruído. O nariz e as sobrancelhas sangravam.

— Acho que um dedo quebrou — disse ele, e sentou-se no chão.

Rosa Figuerola recebeu ajuda da Brigada de Södermalm menos de um minuto depois de ter feito Tomi Nikoliç se deitar na calçada. Ela se identificou e deixou que os policiais fardados cuidassem do prisioneiro, correndo ela própria para o restaurante. Ao chegar à porta parou, tentando avaliar a situação.

Mikael Blomkvist e Erika Berger estavam sentados no chão. Mikael tinha sangue no rosto e parecia em estado de choque. Rosa soltou um suspiro de alívio. Ele estava vivo. Então franziu a testa quando viu Erika Berger passar o braço pelos ombros dele.

Sonja Modig estava agachada, examinando a mão de Blomkvist. Curt Bolinder punha as algemas em Miro Nikoliç, que parecia ter sido atropelado por um trem expresso. Avistou, no chão, um policial militar do Exército sueco.

Ergueu os olhos e viu os funcionários do restaurante chocados, clientes apavorados e um cenário de louças quebradas, cadeiras e mesas viradas e outros estragos causados pelos inúmeros tiros. Sentiu cheiro de pólvora. Mas não via nenhum morto ou ferido no local. Os policiais da viatura de apoio entraram, empunhando armas. Ela estendeu a mão e tocou no ombro de Curt Bolinder. Ele se levantou.

— Você disse que Miro Nikoliç estava sendo procurado?

— Isso mesmo. Violências agravadas, há cerca de um ano. Uma briga em Hallunda.

— Certo. Nós vamos fazer o seguinte. Eu vou sumir rapidinho com o Blomkvist e a Berger. Você fica. Versão oficial: você e a Sonja Modig vieram jantar aqui juntos, você reconheceu o Nikoliç do tempo que passou na Brigada Antigangue. Tentou interpelá-lo, ele puxou a arma e começou a atirar feito doido. Você o prendeu.

Curt Bolinder pareceu surpreso.

— Não vai colar... há testemunhas.

— As testemunhas vão dizer que umas pessoas brigaram e deram uns tiros. O importante é a minha história colar até saírem os jornais de amanhã à tarde. Portanto, a versão é que os irmãos Nikoliç foram presos por acaso porque você os reconheceu.

Curt Bolinder contemplou o caos ao seu redor. Então concordou rapidamente com a cabeça.

Rosa Figuerola abriu caminho na rua em meio à multidão de policiais e acomodou Mikael Blomkvist e Erika Berger no banco de trás do seu carro. Virou-se para o comandante e falou com ele em voz baixa por uns trinta segundos. Fez um sinal na direção do carro em que estavam Mikael e Erika. O comandante pareceu perturbado, mas acabou assentindo com a cabeça. Ela dirigiu até Zinkensdamm, estacionou e virou-se para trás.

— Você está muito machucado?

— Levei alguns socos. Meus dentes continuam no lugar. Estourei o dedo.

— Vamos para o pronto-socorro de Sankt Göran.

— O que aconteceu? — perguntou Erika Berger. — Quem é você?

— Me desculpem — disse Mikael. — Erika, essa é a Rosa Figuerola. Ela trabalha na Säpo. Rosa, essa é a Erika Berger.

— Eu imaginei — disse Rosa Figuerola com uma voz sem expressão. Ela não encarava Erika Berger.

— Eu e a Rosa nos conhecemos durante as investigações. Ela é o meu contato na Säpo.

— Entendo — disse Erika Berger, que de repente começou a tremer por causa do choque.

Rosa Figuerola observou Erika Berger.

— O que aconteceu? — perguntou Mikael.

— A gente entendeu errado o lance da cocaína — disse Rosa Figuerola. — Achamos que eles tinham preparado uma armadilha para te comprometer. Na verdade, a intenção deles era te matar e deixar a polícia encontrar a cocaína durante o exame técnico do seu apartamento.

— Que cocaína? — perguntou Erika Berger.

Mikael fechou os olhos por um instante.

— Me leve para Sankt Göran — disse.

— Presos? — exclamou Fredrik Clinton. Sentiu um ligeiro aperto no coração.

— Achamos que não há perigo — disse Georg Nyström. — Parece que foi puro acaso.

— Acaso?

— O Miro Nikoliç estava sendo procurado por uma história antiga de golpes e ferimentos. Um tira da Segurança Pública o reconheceu e prendeu quando ele entrou no Samirs Gryta. O Nikoliç entrou em pânico e tentou escapar atirando.

— E o Blomkvist?

— Não se envolveu no incidente. Nem sabemos se ele estava no Samirs Gryta na hora da prisão.

— Porra, eu não acredito — disse Fredrik Clinton. — O que os irmãos Nikoliç sabem?

— Sobre nós? Nada. Eles acham que o Björck e o Blomkvist eram serviços ligados ao tráfico de mulheres.

— Mas eles sabem que o alvo era o Blomkvist?

— Sabem, mas eles não vão sair contando que aceitaram um serviço. Vão ficar bem quietinhos até o julgamento. Vão ser condenados por porte ilegal de armas e, imagino, por agressão a um agente do governo.

— Autênticos amadores — disse Clinton.

— É, eles pisaram mesmo na bola. Só nos resta deixar o Blomkvist à solta por enquanto, mas nada está perdido.

Eram onze da noite quando Susanne Linder e dois saradões da proteção pessoal da Milton Security vieram buscar Mikael Blomkvist e Erika Berger em Kungsholmen.

— Pode-se dizer que você realmente não perde uma — disse Susanne Linder para Erika Berger.

— Pois é... — respondeu Erika com voz neutra.

Só dentro do carro, a caminho do hospital de Sankt Göran, é que Erika se deu conta do que havia acontecido. De repente concluiu que tanto ela como Mikael Blomkvist por pouco não haviam sido mortos.

Mikael ficou uma hora no pronto-socorro, tempo para que cuidassem do seu rosto, tirassem uma radiografia e enfaixassem seu dedo médio esquerdo. Tinha uma contusão grave na ponta do dedo e provavelmente iria perder a unha. O ferimento mais sério, por ironia do destino, ocorrera durante a intervenção de Curt Bolinder, quando ele puxara Miro Nikoliç para trás. O dedo de Mikael ficara preso no protetor do gatilho e se quebrara na hora. Sentia uma dor insuportável, mas sua vida certamente não corria risco.

Mikael só foi sentir o impacto de tudo aquilo quase duas horas depois, quando chegou à Proteção à Constituição da Säpo para fazer um relatório ao inspetor Bublanski e à procuradora Ragnhild Gustavsson. De repente, começou a tremer da cabeça aos pés e se sentiu tão cansado que por pouco não dormiu entre uma pergunta e outra. Discutiram um pouco o assunto.

— Não sabemos o que eles pretendem fazer — disse Rosa Figuerola. — Não sabemos se eles queriam dar um fim apenas no Blomkvist ou se a Berger também seria morta. Não sabemos se eles vão tentar de novo nem se mais alguém da *Millennium* está ameaçado... E por que não matar a Salander, que representa a verdadeira ameaça à Seção?

— Enquanto o Mikael estava sendo atendido, liguei para o pessoal da *Millennium* para contar o que tinha acontecido — disse Erika Berger. — Eles vão sair um pouco de circulação até a revista ser publicada. A redação vai ficar vazia.

A primeira reação de Torsten Edklinth tinha sido pedir de imediato proteção pessoal para Mikael Blomkvist e Erika Berger. Depois, ele e Rosa Figuerola ponderaram que talvez não fosse a melhor coisa chamar a Brigada de Proteção à Pessoa da Säpo.

Erika Berger resolvera o problema declarando que não queria nenhuma proteção policial. Pegou o telefone, ligou para Dragan Armanskij e explicou a situação. Assim, Susanne Linder foi chamada de volta ao trabalho, às pressas, tarde da noite.

Mikael Blomkvist e Erika Berger foram instalados no piso superior de uma *safe house* situada pouco depois de Drottningholm, na estrada do centro de Ekerö. Era uma casa grande dos anos 1930, com vista para o mar, um jardim espetacular, construções anexas e cercada de terras. A propriedade pertencia à Milton Security, mas era ocupada por Martina Sjögren, de sessenta e oito anos, viúva de Hans Sjögren, um antigo e fiel funcionário, morto num acidente quinze anos antes. Durante uma missão, ele caíra sobre o piso apodrecido de uma casa abandonada na região de Sala. Depois do enterro, Dragan Armanskij conversara com Martina Sjögren e a contratara como intendente e administradora da propriedade. Ela morava de graça num anexo do térreo e mantinha o primeiro piso em ordem para ocasiões como aquelas, que ocorriam algumas vezes ao ano, quando a Milton Security precisava abrigar pessoas que, por motivos reais ou imaginários, temiam por sua segurança.

Rosa Figuerola acompanhou-os. Deixou-se cair numa cadeira da cozinha e aceitou o café que Martina Sjögren lhe servia, enquanto Erika Berger e Mikael Blomkvist iam se instalar no andar de cima e Susanne Linder verificava os alarmes e o equipamento eletrônico de vigilância em volta da propriedade.

— Temos escovas de dentes e artigos de higiene pessoal na cômoda em frente ao banheiro — gritou Martina Sjögren na escada.

Susanne Linder e os dois guarda-costas da Milton Security se acomodaram num cômodo do andar térreo.

— Eu ainda não parei desde que me acordaram às quatro da manhã — disse Susanne Linder. — Vocês podem montar um rodízio, mas me deixem dormir pelo menos uma hora.

— Pode dormir a noite toda, a gente cuida disso — disse um dos agentes.

— Obrigada — disse Susanne Linder, e foi se deitar.

Rosa Figuerola escutou, distraída, os guarda-costas ligarem os sensores de movimento no jardim e jogarem no palitinho para ver quem ficaria com o primeiro turno do plantão. O perdedor preparou um sanduíche e se instalou numa sala de televisão ao lado da cozinha. Rosa Figuerola examinou as xícaras de café floridas. Ela também estava de pé desde muito cedo e também se sentia esgotada. Estava pensando em voltar para casa quando Erika Berger desceu e serviu-se de uma xícara de café. Sentou-se do outro lado da mesa.

— O Mikael desabou no sono assim que se deitou.

— Uma reação à adrenalina — disse Rosa Figuerola.

— O que vai acontecer agora?

— Vocês vão ficar bem quietinhos por alguns dias. Daqui a uma semana vai estar tudo acabado, seja qual for o fim da história. Como está se sentindo?

— Ufa. Ainda meio abalada. Não é todo dia que acontece uma coisa assim. Acabo de ligar para o meu marido para explicar por que não vou para casa hoje.

— Humm.

— Eu sou casada com...

— Eu sei com quem você é casada.

Silêncio. Rosa Figuerola esfregou os olhos e bocejou.

— Preciso ir para casa dormir — disse.

— Por favor, pare com essa bobagem e vá se deitar com o Mikael — disse Erika.

Rosa Figuerola olhou para ela.

— Está tão na cara assim? — perguntou.

Erika balançou a cabeça, negando.

— O Mikael falou alguma coisa...

— Não falou nada. Ele costuma ser bastante discreto sobre suas namoradas. Mas às vezes ele é um livro aberto. E você, quando olha para mim, é descaradamente hostil. Vocês estão tentando esconder alguma coisa.

— É por causa do meu chefe — disse Rosa Figuerola.

— O seu chefe?

— O Torsten Edklinth ficaria furioso se soubesse de mim e do Mikael...

— Entendo.

Silêncio.

— Eu não sei o que está havendo entre você e o Mikael, mas eu não sou uma rival — disse Erika.

— Não é?

— O Mikael e eu somos amantes de vez em quando. Mas não sou casada com ele.

— Pelo que entendi, vocês têm um relacionamento especial. Ele falou de você quando estávamos em Sandhamn.

— Ele levou você para Sandhamn? Então é coisa séria.

— Não brinque comigo.

— Rosa... eu espero que você e o Mikael... vou procurar ficar no meu lugar.

— E se você não conseguir?

Erika Berger deu de ombros.

— A ex-mulher dele caiu em depressão quando o Mikael foi infiel comigo. Botou ele para fora. Por culpa minha. Enquanto o Mikael estiver solteiro e disponível, não pretendo ter nenhum escrúpulo. Mas prometi a mim mesma que se ele se envolvesse seriamente com alguém eu me afastaria.

— Não sei se me arrisco a investir nessa relação.

— O Mikael é especial. E você está apaixonada por ele.

— Acho que sim.

— Então não o ponha logo contra a parede. E agora vá se deitar.

Rosa refletiu um pouco. Então subiu ao piso superior, despiu-se e deitou-se na cama junto de Mikael. Ele resmungou alguma coisa e pôs o braço em sua cintura.

Erika Berger ficou um bom tempo a sós na cozinha com seus pensamentos. Sentiu-se, de repente, profundamente infeliz.

25. QUARTA-FEIRA 13 DE JULHO — QUINTA-FEIRA 14 DE JULHO

Mikael Blomkvist sempre se perguntara por que os alto-falantes dos tribunais de instância emitiam um som tão baixo e discreto. Teve dificuldade em distinguir as palavras anunciando que o julgamento de Lisbeth Salander teria início às dez horas da manhã na sala 5. No entanto, chegara cedo e postara-se diante das portas da sala de audiência. Foi um dos primeiros a entrar. Instalou-se na fileira do público, do lado esquerdo da sala, de onde teria a melhor visão da mesa da defesa. Os lugares reservados ao público foram ocupados rapidamente. O interesse da mídia aumentara à medida que o julgamento se aproximava, e na última semana o procurador Richard Ekström concedera entrevistas todos os dias.

Ekström não parara quieto.

Lisbeth Salander era acusada de violência e violência agravada contra Carl-Magnus Lundin; de ameaça, tentativa de assassinato e violência agravada contra o falecido Karl Axel Bodin, aliás Alexander Zalachenko; de dois arrombamentos — da casa de campo do dr. Nils Bjurman e de seu apartamento em Odenplan; de roubo de veículo motorizado — uma Harley Davidson pertencente a um certo Benny Nieminen, membro do MC Svavelsjö; de porte ilegal de três armas — uma bomba de gás lacrimogêneo, um cassetete elétrico e uma pistola Wanad P-83 polonesa, encontrados em Gosseberga; e de roubo e ocultação de provas — formulação vaga, relacionada com a documentação que ela encontrara na casa de campo de Bjurman e com uma série de delitos menores. No total, Lisbeth Salander tinha contra si dezesseis acusações.

Ekström também deixara vazar insinuações sobre o estado mental de Lisbeth Salander, o qual deixaria a desejar. Fundamentava-se, por um lado, na avaliação psiquiátrica médico-legal do dr. Jesper H. Löderman, realizada quando ela atingira a maioridade, e, por outro, numa avaliação feita pelo dr. Peter Teleborian na época de uma audiência preparatória, a pedido do Tribunal de Instâncias. Visto que a doente mental, como era seu costume, recusara-se categoricamente a falar com os psiquiatras, a análise baseara-se em "observações" feitas após sua prisão na casa de detenção de Kronoberg, em Estocolmo, no mês anterior ao julgamento. Teleborian, que tinha vários anos de experiência com a paciente, declarava que Lisbeth Salander sofria de um grave distúrbio psíquico; ele se apoiava em termos como psicopatia, narcisismo patológico e esquizofrenia paranoica.

A imprensa relatara que ela fora interrogada sete vezes pela polícia. Em todas as ocasiões, a acusada se recusara a dar sequer bom-dia às pessoas que estavam ali para interrogá-la. As primeiras sessões foram conduzidas pela polícia de Göteborg e as demais ocorreram no Palácio da Polícia de Estocolmo. Os autos registravam simpáticas tentativas de estabelecer contato, persuasões cuidadosas e repetidas perguntas, sem que se obtivesse uma única resposta.

Nem mesmo uma tossidinha.

Em diversas oportunidades, ouvia-se a voz de Annika Giannini nas gravações, intercedendo quando percebia que sua cliente obviamente não tinha a intenção de responder. Assim, a acusação contra Lisbeth Salander baseava-se apenas em provas técnicas e nas informações que a polícia conseguira levantar.

Em alguns momentos, o silêncio de Lisbeth deixara sua advogada numa situação difícil, já que a obrigava a permanecer quase tão calada quanto sua cliente. O que Annika Giannini e Lisbeth Salander conversavam em particular permanecia, é claro, confidencial.

Ekström não fez nenhum segredo de sua intenção de pedir, em primeiro lugar, o internamento psiquiátrico de Lisbeth Salander e, em segundo, uma respectiva pena de prisão. Em situações normais, esses pedidos eram feitos na ordem inversa, mas ele considerava que no caso de Lisbeth Salander os distúrbios psíquicos eram tão evidentes que o tinham deixado sem escolha. Era mesmo muito raro um tribunal se opor a uma avaliação médico-legal.

Ele considerava, além disso, que a tutela de Salander não devia ser anulada. Numa entrevista, declarara com ar preocupado que na Suécia havia um certo número de sociopatas portadores de distúrbios psíquicos tão graves que constituíam um perigo para si mesmos e para os outros, e que cientificamente ele não tinha outra opção senão manter essas pessoas internadas. Citara o caso de Anette, uma jovem violenta cuja vida, durante os anos 1970, fora tema de novela e que, trinta anos depois, ainda estava sendo tratada numa instituição fechada. A cada tentativa de abrandar as restrições ela atacara violenta e insanamente seus pais e a equipe médica, ou então tentara se automutilar. Segundo Ekström, Lisbeth Salander sofria de uma forma semelhante de distúrbio psíquico.

O interesse da mídia também aumentara porque a advogada de Lisbeth Salander não havia se pronunciado. Recusara sistematicamente as entrevistas que lhe ofereciam a oportunidade de expor os pontos de vista da outra parte. A mídia via-se, portanto, diante de uma situação complicada: a acusação a sufocava com informações, ao passo que a defesa, de modo atípico, não oferecia o menor indício sobre a atitude de Salander ou a estratégia para o caso.

Toda essa situação fora analisada por um especialista jurídico contratado por um jornal vespertino para cobrir o caso. Numa crônica, o articulista observara que Annika Giannini era uma advogada respeitada na área de direitos da mulher, mas que era terrivelmente inexperiente em casos fora da sua alçada, concluindo que ela não tinha cacife para defender Lisbeth Salander. Através de sua irmã, Mikael Blomkvist ficou sabendo que vários advogados famosos tinham entrado em contato com ela para oferecer ajuda. Annika Giannini recusara gentilmente todas as propostas.

Enquanto aguardava o início do julgamento, Mikael observou o público. De repente, avistou Dragan Armanskij num lugar próximo à saída.

Seus olhares se cruzaram por um instante.

Ekström tinha uma pilha considerável de papéis sobre sua mesa. Acenava com a cabeça ao reconhecer alguns jornalistas.

Annika Giannini estava sentada à mesa em frente a Ekström. Separava uns papéis e não olhava para ninguém. Mikael teve a impressão de que sua irmã estava um pouco nervosa. Uma ligeira apreensão, pensou.

Então o presidente do tribunal, o assessor e os jurados entraram na sala. O presidente se chamava Jörgen Iversen, era um homem de cinquenta e sete anos de cabelos brancos, rosto magro e andar atlético. Mikael pesquisara o passado de Iversen e constatara que ele era tido como um juiz muito experiente e correto, e que já presidira vários julgamentos de repercussão na mídia.

Por último, Lisbeth Salander foi trazida para a sala.

Por mais que Mikael já estivesse acostumado com a capacidade que Lisbeth Salander tinha de se vestir de maneira chocante, ficou estupefato ao ver que Annika Giannini permitira que ela se apresentasse na sala do tribunal vestida com uma saia curta de couro preto, bainha desfeita, e uma regata com os dizeres *I am irritated* que mal escondia suas tatuagens. Usava coturnos, um cinto com tachas e meias americanas listradas de preto e lilás. Estava com uma dúzia de piercings nas orelhas e argolas no lábio e nas sobrancelhas. Depois da cirurgia seu cabelo crescera como uma espécie de palha preta desgrenhada. Além disso, estava exageradamente maquiada. Usava um batom cinzento, sobrancelhas acentuadas e uma quantidade inédita de rímel preto. Na época em que os dois conviveram, Lisbeth não se interessava particularmente por maquiagem.

Ela parecia um tanto vulgar. Gótica. Lembrava um vampiro de um filme B dos anos 1960. Mikael reparou que vários jornalistas engasgaram de surpresa e exibiram um sorriso divertido ao vê-la surgir. Quando, enfim, tinham a oportunidade de conhecer aquela garota cercada de escândalos, sobre a qual eles tanto haviam escrito, ela correspondia amplamente a suas expectativas.

Então Mikael se deu conta de que Lisbeth Salander estava fantasiada. Em tempos normais, ela se vestia de qualquer maneira, e obviamente sem nenhum bom gosto. Mikael sempre achara que ela não se vestia daquele jeito para seguir uma moda, e sim para marcar sua identidade. Lisbeth Salander demarcava seu território para que ele parecesse hostil. Ele sempre associara as tachas da jaqueta de couro de Lisbeth aos espinhos de um porco-espinho. Era o mesmo mecanismo de defesa. Era um sinal para os que a cercavam. *Não tente me afagar. Vai doer.*

Mas para sua entrada no tribunal ela acentuara de tal modo o estilo de sua roupa que ele parecia quase paródico de tão exagerado.

Mikael percebeu de repente que não se tratava de acaso, e sim de parte da estratégia de defesa de Annika.

Se Lisbeth Salander chegasse bem penteada, com uma blusa comportada e sapatos sem salto, iria lembrar um bandido querendo vender uma imagem de bonzinho ao tribunal. Era uma questão de credibilidade. Ela estava vindo tal como era, e não como outra pessoa. E num estado ligeiramente exagerado, para deixar as coisas bem claras. Não pretendia ser o que não era. Sua mensagem ao tribunal era que não tinha nenhum motivo para se envergonhar ou fazer de conta. Se para o tribunal sua aparência física era um problema, não era problema de Lisbeth. A sociedade a acusava de uma série de coisas e o procurador a tinha levado a julgamento. Com sua simples aparição, ela já mostrava como o raciocínio do procurador lhe parecia uma bobagem.

Caminhou com segurança e sentou-se no lugar indicado, ao lado de sua advogada. Seu olhar percorreu o público. Não havia a menor curiosidade em seus olhos. Antes de mais nada, eles pareciam captar e registrar, furiosos, as pessoas que já a tinham condenado nas páginas dos jornais.

Era a primeira vez que Mikael a via desde que a encontrara, como uma boneca de pano ensanguentada, no banco da cozinha de Gosseberga, e mais de um ano e meio se passara desde que a vira em circunstâncias normais. Se é que a expressão "circunstâncias normais" era apropriada tratando-se de Lisbeth Salander. Seus olhares se cruzaram por alguns segundos. O dela passou por ele brevemente, sem dar nenhum sinal de reconhecimento. No entanto, ela observou os hematomas que cobriam a face e a têmpora de Mikael, e o curativo cirúrgico sobre seu supercílio direito. Por um instante, Mikael teve a impressão de vislumbrar um esboço de sorriso nos olhos dela. Não soube dizer se ele apenas havia fantasiado aquilo. Então o juiz Iversen bateu o martelo e a sessão começou.

O público permaneceu na sala do tribunal apenas por meia hora. Ouviu o procurador Ekström apresentar os fatos e expor os tópicos da acusação.

Com exceção de Mikael Blomkvist, todos os repórteres tomaram nota assiduamente, mesmo que já estivessem cansados de saber que acusações

Ekström pretendia fazer contra Lisbeth Salander. Quanto a Mikael, ele já escrevera seu artigo e só viera ao tribunal para marcar presença e cruzar o olhar com Lisbeth.

A introdução de Ekström durou vinte e dois minutos. Então chegou a vez de Annika Giannini. Sua réplica durou trinta segundos. Sua voz estava firme.

— A defesa refuta todos os tópicos da acusação, menos um. Minha cliente se reconhece culpada de porte ilegal de armas, no caso uma bomba de gás lacrimogêneo. Quanto aos outros tópicos, minha cliente nega toda e qualquer responsabilidade ou intenção criminosa. Vamos demonstrar que as acusações do procurador são falsas e que Lisbeth Salander foi vítima de abuso agravado do Poder Judiciário. Vou solicitar que minha cliente seja declarada inocente, que sua tutela seja anulada e que ela seja posta em liberdade.

Ouviam-se as canetas riscando os blocos de anotação dos repórteres. A estratégia da dra. Giannini era por fim revelada, e mostrava-se bem diferente daquela que muitos repórteres esperavam. A maioria julgara que Annika Giannini iria apelar para a doença mental de sua cliente e explorá-la a seu favor. Mikael não conseguiu disfarçar um sorriso.

— Humm — disse o juiz Iversen, anotando alguma coisa. Ele olhou para Annika Giannini. — Já concluiu?

— Minha solicitação já está feita.

— O procurador tem algo a acrescentar? — perguntou Iversen.

Foi então que o procurador Ekström pediu que as deliberações se dessem a portas fechadas, alegando que se tratava do estado psíquico e do bem-estar de uma pessoa sofrida, além de haver detalhes que podiam implicar a segurança da nação.

— Imagino que esteja falando do suposto caso Zalachenko? — perguntou Iversen.

— Exato. Alexander Zalachenko chegou à Suécia como refugiado político, tentando escapar de uma terrível ditadura. Alguns aspectos do caso, vínculos entre algumas pessoas e outros elementos desse tipo, ainda se encontram sob sigilo, embora o senhor Zalachenko esteja morto. Por esse motivo, solicito que a audiência se dê a portas fechadas e que seja imposto o sigilo profissional no momento em que as deliberações se mostrarem especialmente delicadas.

— Entendo — disse Iversen, e em sua testa desenharam-se sulcos profundos.

— Além disso, boa parte das deliberações estará relacionada com a tutela da acusada, o que automaticamente remete a questões quase sempre confidenciais. De modo que é por solidariedade à acusada que eu peço a audiência a portas fechadas.

— Qual a posição da doutora Giannini quanto ao pedido do procurador?

— No que nos diz respeito, é indiferente.

O juiz Iversen refletiu por alguns instantes. Consultou seu assessor e em seguida declarou, para grande irritação dos presentes, que iria atender à solicitação do procurador. Assim, Mikael Blomkvist foi obrigado a deixar a sala.

Dragan Armanskij aguardava Mikael Blomkvist embaixo da escadaria do Palácio da Justiça. Fazia um calor terrível naquele dia de julho e Mikael sentiu duas manchas de suor começando a se formar em suas axilas. Seus dois guarda-costas o seguiram lá fora. Cumprimentaram Dragan Armanskij com um gesto de cabeça e passaram a examinar os arredores.

— É esquisito andar com guarda-costas — disse Mikael. — E quanto está custando essa brincadeira?

— Presente da empresa — disse Armanskij. — Tenho um interesse pessoal em manter você vivo. E também faturamos o equivalente a duzentas e cinquenta mil coroas nos últimos meses.

Mikael assentiu com a cabeça.

— Que tal um café? — sugeriu Mikael, apontando para o café italiano da Bergsgatan.

Armanskij concordou. Mikael pediu um *caffè latte*, enquanto Armanskij optou por um expresso duplo com um pingo de leite. Sentaram-se no terraço, à sombra. Os guarda-costas sentaram-se a uma mesa vizinha diante de um copo de Coca-Cola.

— Portas fechadas — observou Armanskij.

— Era de se esperar. E é até bom, assim a gente domina melhor o fluxo de informações.

— É, tudo bem, mas estou gostando cada vez menos desse Richard Ekström.

Mikael concordou. Tomaram o café contemplando o Palácio da Justiça, onde o futuro de Lisbeth Salander iria ser decidido.

— O contra-ataque foi lançado — disse Mikael.

— E está muito bem preparado — disse Armanskij. — Preciso admitir que sua irmã me impressionou. Quando ela começou a apresentar sua estratégia, pensei que ela estivesse brincando, mas quanto mais penso sobre isso mais me parece o certo a fazer.

— Esse processo não vai se resolver lá dentro — disse Mikael.

Fazia vários meses que ele repetia essas palavras como se fosse um mantra.

— Você vai ser chamado para testemunhar — disse Armanskij.

— Eu sei. Estou preparado. Mas isso será só depois de amanhã. Pelo menos é com o que estamos contando.

O procurador Richard Ekström tinha esquecido seus óculos bifocais em casa e teve de erguer os olhos de leitura sobre a testa e estreitar os olhos para conseguir ler suas anotações escritas em letra miúda. Esfregou rapidamente o cavanhaque loiro antes de recolocar os óculos e observar a sala.

Lisbeth Salander estava sentada com as costas eretas e contemplava o procurador com um olhar insondável. Sua fisionomia e olhos estavam imóveis. Não parecia estar totalmente presente. Chegara a hora de o procurador iniciar seu interrogatório.

— Gostaria de lembrar, senhorita Salander, que está sob juramento — disse Ekström por fim.

Lisbeth Salander não reagiu. O procurador Ekström parecia esperar algum tipo de reação e aguardou alguns segundos. Ele ergueu os olhos.

— A senhorita está sob juramento — repetiu.

Lisbeth Salander inclinou levemente a cabeça. Annika Giannini estava ocupada lendo alguma coisa no relatório do inquérito preliminar e não parecia interessada no que o procurador Ekström dizia. Ele juntou seus papéis. Depois de alguns minutos de um silêncio desconfortável, ele pigarreou.

— Muito bem — disse Ekström num tom brando. — Vamos diretamente aos fatos ocorridos na casa de campo do falecido doutor Bjurman em Stallarholmen, em 6 de abril deste ano, fatos que são o ponto de partida da apresentação dos acontecimentos que fiz nesta manhã. Vamos tentar esclarecer os motivos pelos quais a senhorita foi até Stallarholmen e disparou uma bala em Carl-Magnus Lundin.

Ekström exortou Lisbeth Salander com o olhar. Ela continuava não reagindo. De repente, o procurador pareceu exasperado. Afastou as mãos e voltou o olhar para o presidente do tribunal. O juiz Jörgen Iversen parecia hesitar. Deu uma espiada na direção de Annika Giannini, ainda envolvida com um documento, totalmente alheia ao mundo à sua volta.

O juiz Iversen deu uma tossidinha. Olhou para Lisbeth Salander.

— Devemos entender seu silêncio como uma recusa a responder às perguntas? — perguntou.

Lisbeth Salander virou a cabeça e cruzou o olhar com o do juiz Iversen.

— Estou disposta a responder às perguntas — retrucou.

O juiz Iversen meneou a cabeça.

— Então talvez possa responder à pergunta — sugeriu o procurador Ekström.

Lisbeth Salander voltou a olhar para Ekström. Permaneceu calada.

— A senhorita poderia fazer a gentileza de responder à pergunta? — pediu o juiz Iversen.

Lisbeth mais uma vez dirigiu o olhar para o presidente do tribunal e levantou as sobrancelhas. Sua voz era nítida e clara.

— Que pergunta? Por enquanto, esse senhor — ela inclinou a cabeça na direção de Ekström — fez algumas afirmações sem apresentar nenhuma prova. Não ouvi nenhuma pergunta.

Annika Giannini ergueu os olhos. Pôs os cotovelos na mesa e apoiou o queixo na palma da mão com um súbito interesse no olhar.

O procurador Ekström perdeu o fio da meada por alguns segundos.

— Pode repetir a pergunta? — pediu o juiz Iversen.

— Eu perguntei... a senhorita foi até a casa de campo do doutor Bjurman em Stallarholmen com a intenção de atirar em Carl-Magnus Lundin?

— Não, o que o senhor disse foi: "Vamos tentar esclarecer os motivos pelos quais a senhorita foi até Stallarholmen atirar em Carl-Magnus Lundin". Não era uma pergunta. Era uma afirmação antecipando uma resposta. Eu não sou responsável pelas suas afirmações.

— Não seja impertinente. Responda à pergunta.

— Não.

Silêncio.

— Como assim, não?

— Essa é a resposta à pergunta.

O procurador Ekström suspirou. Ia ser um dia longo. Lisbeth Salander o fitou, esperando o resto.

— Talvez seja melhor retomar do início — disse ele. — A senhorita esteve na casa de campo do doutor Bjurman, em Stallarholmen, na tarde de 6 de abril deste ano?

— Sim.

— Como foi até lá?

— Peguei o trem de subúrbio até Södertalje e depois o ônibus para Strängnäs.

— Por que a senhorita foi até Stallarholmen? Tinha marcado algum encontro com Carl-Magnus Lundin e seu amigo Benny Nieminen?

— Não.

— Como se explica eles terem aparecido?

— Isso o senhor tem de perguntar para eles.

— Nesse momento, estou perguntando para a senhorita.

Lisbeth Salander não respondeu.

O juiz Iversen pigarreou.

— Suponho que a senhorita Salander não está respondendo porque, semanticamente, o senhor está outra vez fazendo uma afirmação — disse Iversen cheio de boa vontade.

Annika Giannini não conteve uma risada, alta o bastante para ser ouvida. Silenciou imediatamente e tornou a mergulhar em sua papelada. Ekström lançou-lhe um olhar irritado.

— Na sua opinião, por que Lundin e Nieminen teriam ido à casa de campo de Bjurman?

— Não sei. Imagino que tenha sido para incendiar a casa. O Lundin estava com um litro de gasolina numa garrafa plástica, na sacola da sua Harley Davidson.

Ekström fez um muxoxo.

— Por que a senhorita foi até a casa de campo do doutor Bjurman?

— Eu estava atrás de informações.

— Que tipo de informação?

— As mesmas informações que, imagino, o Lundin e o Nieminen queriam destruir e que, portanto, podiam ajudar a descobrir quem tinha matado aquele outro excremento.

— A senhora considera que o doutor Bjurman era um "excremento"? Eu ouvi bem?

— Sim.

— E qual o motivo dessa sua opinião?

— Esse homem era um porco sádico, um canalha estuprador, portanto não passava de um excremento.

Ela citou, palavra por palavra, a frase tatuada na barriga do falecido dr. Bjurman, reconhecendo assim, indiretamente, que ela era a autora do texto. Essa, porém, não era uma das acusações contra Lisbeth Salander. Bjurman jamais mencionara essa violência à polícia, sendo impossível determinar se ele consentira em se deixar tatuar ou se a tatuagem tinha sido feita à força.

— A afirmação, então, é de que seu tutor teria abusado da senhorita. Poderia nos dizer quando tais abusos ocorreram?

— Na terça-feira 18 de fevereiro de 2003 e, depois, na sexta-feira 7 de março do mesmo ano.

— A senhorita negou-se a responder todas as perguntas dos policiais que tentaram se comunicar consigo durante os interrogatórios. Por quê?

— Eu não tinha nada a dizer para eles.

— Eu li a sua suposta autobiografia, que sua advogada nos apresentou repentinamente alguns dias atrás. Devo dizer que se trata de um documento estranho, voltaremos a ele depois. Mas nele a senhorita afirma que, na primeira vez, o doutor Bjurman a teria obrigado a praticar uma felação e, na segunda vez, a teria estuprado repetidas vezes, torturando-a durante uma noite inteira.

Lisbeth não respondeu.

— É verdade?

— Sim.

— A senhorita denunciou esses estupros à polícia?

— Não.

— Por que não?

— A polícia nunca me escutou nas vezes em que tentei contar alguma coisa. Logo, não fazia nenhum sentido ir denunciar o que quer que fosse.

— A senhorita comentou esses abusos com alguém? Com alguma amiga?

— Não.

— Por que não?

— Porque não dizia respeito a mais ninguém.

— Certo. A senhorita consultou um advogado?

— Não.

— A senhorita foi a algum médico tratar dos ferimentos que lhe teriam sido infligidos?

— Não.

— E não recorreu ao SOS-Mulheres.

— Mais uma vez o senhor está fazendo uma afirmação.

— Me desculpe. A senhorita procurou alguma unidade do SOS-Mulheres?

— Não.

Ekström voltou-se para o presidente do tribunal.

— Eu gostaria de chamar a atenção do tribunal para o fato de que a ré declarou ter sido vítima de dois abusos sexuais, o segundo extremamente grave. Ela afirma que o autor dos estupros era seu tutor, o já falecido doutor Nils Bjurman. Paralelamente, deve-se levar em conta os seguintes fatos...

Ekström remexeu seus papéis.

— A investigação da Brigada Criminal não encontrou, no passado do doutor Bjurman, nada que confirme a veracidade do relato de Lisbeth Salander. Bjurman nunca foi condenado. Jamais foi objeto de uma denúncia ou de uma investigação policial. Já foi tutor ou administrador legal de vários jovens e nenhum deles revela ter sido vítima de qualquer tipo de abuso. Pelo contrário, insistem que Bjurman sempre se comportou correta e gentilmente com eles.

Ekström virou a página.

— Também devo lembrar que Lisbeth Salander foi diagnosticada como esquizofrênica paranoica. Estão aí vários documentos atestando as tendências violentas dessa jovem e que ela teve, desde o início da adolescência, problemas de convívio social. Passou vários anos numa instituição de psiquiatria infantil e está sob tutela desde os dezoito anos. Mesmo que seja lamentável, existem razões para tanto. Minha convicção é de que ela não deve ser presa, e sim tratada.

Ele fez uma pausa eloquente.

— Debater sobre o estado mental de uma jovem é um exercício repugnante. Tantas coisas atingem uma vida, e depois o estado mental da pessoa se transforma em objeto de interpretações. No presente caso, porém, podemos nos basear na confusa imagem de mundo da própria Lisbeth Salander. Uma imagem que se manifesta, de um modo que não poderia ser mais claro, em sua suposta autobiografia. Em nenhum lugar sua falta de contato com a realidade aparece de maneira tão evidente. Não há necessidade de testemunhas ou de interpretações que joguem com as palavras. Temos suas próprias palavras. Podemos avaliar nós mesmos a credibilidade de suas afirmações.

Seus olhos pousaram em Lisbeth Salander. Seus olhares se encontraram. Ela sorriu. Ela tinha um ar de poucos amigos. A testa de Ekström se contraiu.

— Doutora Giannini, não tem nada a dizer? — perguntou o juiz Iversen.

— Não — respondeu Annika Giannini. — A não ser que as conclusões do procurador Ekström são fantasiosas.

À tarde, a audiência começou com o interrogatório de uma testemunha, Ulrika von Liebenstaahl, da Comissão de Tutelas, que Ekström convocara na tentativa de esclarecer se já houvera alguma queixa contra o dr. Bjurman. A ideia foi rejeitada com veemência por Liebenstaahl. Esta julgava tal afirmação ofensiva.

— Existe um controle rigoroso nas questões de tutela. O doutor Bjurman já trabalhava para a Comissão de Tutelas havia quase vinte anos quando foi assassinado de forma tão vergonhosa.

Lançou um olhar maldoso para Lisbeth Salander, embora Lisbeth não fosse acusada desse homicídio e já estivesse definido que Bjurman fora morto por Ronald Niedermann.

— Nesses anos todos, nunca houve uma queixa sequer contra o doutor Bjurman. Ele era um homem consciencioso que muitas vezes revelou um profundo envolvimento com seus clientes.

— Então a senhora não acha provável que ele tenha submetido Lisbeth Salander a uma violência sexual?

— Acho essa afirmação absurda. Temos os relatórios mensais enviados pelo doutor Bjurman e estive pessoalmente com ele em várias ocasiões para conversarmos sobre esse caso.

— A doutora Giannini apresentou uma solicitação para que a tutela de Lisbeth Salander seja anulada imediatamente.

— Ninguém mais do que nós, da Comissão de Tutelas, fica feliz quando uma tutela pode ser anulada. Mas infelizmente é nossa responsabilidade seguir as regras em vigor. A comissão, seguindo os procedimentos normais, estabeleceu a exigência de que uma avaliação psiquiátrica declare Lisbeth Salander curada antes que se cogite a possibilidade de anular sua tutela.

— Entendo.

— Isso significa que ela deve se submeter a exames psiquiátricos. E, como se sabe, ela se recusa.

O interrogatório de Ulrika von Liebenstaahl se estendeu por quarenta minutos, durante os quais foram examinados os relatórios mensais de Bjurman.

Annika Giannini fez apenas uma pergunta, pouco antes de o interrogatório terminar.

— A senhora se encontrava no quarto do doutor Bjurman na noite de 7 para 8 de março de 2003?

— É claro que não.

— Em outras palavras, a senhora ignora por completo se as afirmações de minha cliente são verdadeiras ou falsas?

— Essa acusação contra o doutor Bjurman é um disparate.

— Isso é a sua opinião. A senhora tem como oferecer um álibi ou provar de alguma maneira que ele não abusou da minha cliente?

— Isso é obviamente impossível. Mas a probabilidade...

— Obrigada. Era só isso — interrompeu Annika Giannini.

Mikael Blomkvist encontrou-se com a irmã por volta das sete da noite na sede da Milton Security, perto de Slussen, para fazer o balanço daquele dia.

— Tudo transcorreu mais ou menos como previsto — disse Annika. — O Ekström engoliu a autobiografia da Salander.

— Ótimo. Como ela está se saindo?

Annika começou a rir.

— Às mil maravilhas, parece uma perfeita psicopata. Só está se comportando com naturalidade.

— Humm.

— Hoje o assunto foi principalmente Stallarholmen. Amanhã vai ser Gosseberga, o pessoal da Brigada Técnica vai ser interrogado, coisas assim. O Ekström vai tentar provar que a Salander foi até lá para assassinar o pai.

— Certo.

— Mas a gente talvez tenha um problema técnico. Hoje à tarde, o Ekström convocou uma tal de Ulrika von Liebenstaahl, da Comissão de Tutelas. Ela ficou insistindo que eu não tenho o direito de representar a Lisbeth Salander.

— Como assim?

— Ela diz que como a Lisbeth está sob tutela não tem o direito de escolher seu próprio advogado.

— Ah, é?

— Ou seja, tecnicamente falando, não posso ser a advogada dela se eu não for aprovada pela Comissão de Tutelas.

— E aí?

— O juiz Iversen vai se pronunciar a respeito amanhã de manhã. Falei com ele rapidamente depois das deliberações. Mas acho que ele vai decidir que eu continue a representá-la. Aleguei que a Comissão de Tutelas teve três meses para protestar e que é muita cara de pau apresentar uma solicitação dessas agora que o julgamento já começou.

— O Teleborian vai testemunhar na sexta-feira. E tem que ser interrogado por você.

Depois de passar a quinta-feira estudando mapas e fotografias e ouvindo conclusões técnicas verborrágicas sobre o que se passara em Gosseberga, o procurador Ekström conseguira estabelecer que todas as provas indicavam que Lisbeth Salander fora até a casa do pai com a intenção de matá-lo. O elo mais forte na cadeia de provas era ela ter levado consigo uma arma de fogo, uma Wanad P-83 polonesa.

O fato de Alexander Zalachenko (de acordo com o relato de Lisbeth Salander), ou, a rigor, Ronald Niedermann, que assassinara um policial (de acordo com o depoimento dado por Zalachenko antes de ser assassinado no hospital de Sahlgrenska), ter tentado matar Lisbeth Salander e ela ter sido enterrada num buraco dentro da mata não atenuava em nada o fato de que ela seguira a pista do pai até Gosseberga com a intenção de matá-lo. Aliás, por pouco não conseguira, ao golpeá-lo no rosto com um machado. Ekström exigiu que Lisbeth Salander fosse condenada por tentativa de homicídio, homicídio premeditado e, de qualquer forma, por violências agravadas.

Segundo a versão de Lisbeth Salander, ela fora a Gosseberga para se confrontar com o pai e fazê-lo confessar o assassinato de Dag Svensson e Mia Bergman. Esse dado era de fundamental importância no tocante à premeditação.

Assim que Ekström havia acabado de interrogar a testemunha Melker Hansson, da Brigada Técnica de Göteborg, a dra. Annika Giannini fizera algumas perguntas rápidas.

— Senhor Hansson, existe alguma coisa na sua investigação e em toda a documentação técnica reunida pelo senhor que permita afirmar que Lisbeth Salander está mentindo sobre a premeditação de sua visita a Gosseberga? Tem como provar que ela foi até lá com a intenção de matar o pai?

Melker Hansson refletiu por um instante.

— Não — respondeu afinal.

— A conclusão do procurador Ekström, portanto, embora eloquente e loquaz, não passa de especulação?

— Suponho que sim.

— Existe algum elemento entre as provas técnicas que contradiga Lisbeth Salander quando ela diz ter levado a pistola polonesa, uma Wanad P-83, por acaso, simplesmente porque a arma estava em sua bolsa e ela não sabia o que fazer com ela depois que a tirou de Benny Nieminen em Stallarholmen, no dia anterior?

— Não.

— Obrigada — disse Annika Giannini, tornando a se sentar. Foram suas únicas palavras no interrogatório de Hansson, que se estendera por uma hora.

Por volta das seis da tarde da quinta-feira, Birger Wandensjöö deixou o prédio da Seção da Artillerigatan com a sensação de estar cercado por nuvens ameaçadoras e de estar caminhando para um naufrágio iminente. Havia várias semanas percebera que seu título de diretor, e portanto de chefe, da Seção de Análise Especial não passava de um rótulo sem sentido. Suas opiniões, protestos e súplicas não tinham o menor peso. Fredrik Clinton reassumira o comando. Se a Seção fosse uma instituição aberta e oficial, isso não teria tido importância — ele simplesmente teria se dirigido ao seu superior direto e exposto suas queixas.

Na atual situação, porém, não havia a quem se queixar. Estava sozinho e dependente da boa vontade de um homem que ele considerava um doente mental. E o pior era que a autoridade de Clinton mostrava-se absoluta. Fedelhos do tipo de Jonas Sandberg ou seguidores fiéis como Georg Nyström pareciam entrar de imediato no esquema e obedecer religiosamente ao velho moribundo.

Reconhecia que Clinton era uma autoridade discreta que não trabalhava para enriquecimento próprio. Admitia que Clinton trabalhava apenas tendo em mente o bem da Seção. Mas era como se toda a organização estivesse em queda livre, num estado de sugestão coletiva em que profissionais tarimbados se recusavam a perceber que cada movimento, cada decisão tomada e posta em prática só os aproximava cada vez mais do abismo.

Wadensjöö sentia um peso no peito quando entrou na Linnegatan. Achou um lugar para estacionar, desligou o alarme, pegou as chaves e estava prestes a abrir a porta do carro quando escutou uma movimentação atrás de si. Ele se virou. A contraluz o atrapalhou. Precisou de alguns segundos para reconhecer o homem alto parado na calçada.

— Boa noite, senhor Wadensjöö — disse Torsten Edklinth, diretor da Proteção à Constituição. — Faz anos que eu não ponho os pés em campo, mas hoje senti que minha presença era necessária.

Wadensjöö fitou, perturbado, os dois policiais à paisana que acompanhavam Edklinth. Eram Jan Bublanski e Marcus Ackerman.

De repente se deu conta do que estava para acontecer.

— Tenho o triste dever de lhe comunicar que, por decisão do Ministério Público, você está sendo detido por uma série tão extensa de delitos e infrações que decerto levará semanas para que se defina a relação completa deles.

— O que significa isso? — disse Wadensjöö fora de si.

— Significa que você está preso, acusado, e de maneira bem fundamentada, de cumplicidade num homicídio. Também está sendo acusado de chantagem, corrupção, escuta ilegal, de diversos casos de falsificação de documentos agravada e prevaricação agravada, cumplicidade em arrombamento, abuso de autoridade, espionagem e outras coisinhas mais. No momento, nós dois vamos até Kungsholmen para ter uma conversa tranquila e séria já esta noite.

— Eu não matei ninguém — disse Wadensjöö num sopro.

— Isso quem vai dizer é a investigação.

— Foi o Clinton. Foi o Clinton o tempo todo — disse Wadensjöö.

Torsten Edklinth assentiu com a cabeça, satisfeito.

Qualquer policial sabe perfeitamente que existem duas formas clássicas de conduzir o interrogatório de um suspeito. A do policial malvado e a do policial bonzinho. O policial malvado ameaça, xinga, dá socos na mesa e, de modo geral, se comporta de maneira brutal com o intuito de assustar o acusado, de submetê-lo e induzi-lo a confessar. O policial bonzinho, de preferência um velhinho grisalho, oferece cigarros e café, balança a cabeça com simpatia e adota um tom razoável.

A maioria dos policiais — mas não todos — também sabe que a técnica de interrogatório do policial bonzinho é a mais eficiente. O criminoso veterano, duro na queda, não se impressiona nem um pouco com o policial malvado. E o criminoso amador, inseguro, que se assusta com o policial malvado e acaba confessando, provavelmente acabaria confessando qualquer que fosse a técnica utilizada.

Mikael Blomkvist assistiu ao interrogatório de Birger Wadensjöö de uma sala contígua. Sua presença fora objeto de algumas discussões internas, até Edklinth decidir que talvez pudesse tirar vantagem das observações de Mikael.

Mikael observou que Torsten Edklinth recorria a uma terceira variante de interrogatório, a do policial indiferente, que nesse caso específico parecia funcionar ainda melhor. Edklinth entrou na sala, serviu café em canecas de porcelana, ligou o gravador e recostou-se na poltrona.

— Já temos contra você todas as provas técnicas que se possa imaginar. De modo geral, não temos nenhum interesse em escutar sua versão, a não ser para confirmar o que já sabemos. Mas gostaríamos de ter a resposta a uma pergunta: por quê? Como vocês podem ter sido loucos a ponto de resolverem eliminar pessoas, aqui na Suécia, como se estivessem no Chile do Pinochet? O gravador está ligado. Se quiser dizer alguma coisa, este é o momento. Se não quiser falar, desligo o gravador, tiramos sua gravata e seus cadarços e te hospedamos na casa de detenção enquanto você espera por seu advogado, pelo julgamento e pela sentença.

Edklinth tomou um gole de café e não disse mais nada. Depois que dois minutos se passaram sem que nenhuma palavra fosse dita, ele estendeu a mão e desligou o gravador. Levantou-se.

— Vou pedir que venham buscá-lo daqui a alguns minutos. Boa noite.

— Eu não matei ninguém — disse Wadensjöö, quando Edklinth já havia aberto a porta. Edklinth estacou.

— Não estou interessado em conversar amenidades com você. Se quiser se explicar, eu me sento e ligo o gravador. Todas as autoridades suecas — em especial o primeiro-ministro — estão impacientes para ouvir o que você tem a dizer. Se você falar, posso ir até o primeiro-ministro ainda esta noite e contar a ele a sua versão sobre o que aconteceu. Se não falar, será processado e condenado da mesma forma.

— Sente-se — disse Wadensjöö.

Sua resignação não passou despercebida. Mikael suspirou aliviado. Com ele estavam Rosa Figuerola, a procuradora Ragnhild Gustavsson, Stefan, um colaborador anônimo da Säpo, e mais duas pessoas desconhecidas. Mikael desconfiava que pelo menos uma delas representava o ministro da Justiça.

— Não tenho nada a ver com esses assassinatos — disse Wadensjöö assim que Edklinth tornou a ligar o gravador.

— *Esses* assassinatos — disse Mikael Blomkvist para Rosa Figuerola.

— Shhh — ela respondeu.

— Foram o Clinton e o Gullberg. Eu ignorava totalmente o que eles iam fazer. Juro. Fiquei chocado quando soube que o Gullberg tinha matado o Zalachenko. Custei a acreditar que era verdade... custei a acreditar. E, quando soube o que tinha acontecido com o Björck, por pouco não tive um infarto.

— Me fale sobre o assassinato de Björck — disse Edklinth sem alterar o tom de voz. — Como foi?

— O Clinton contratou uma pessoa. Não sei como foi, mas sei que foram dois iugoslavos. Sérvios, acho. Foi o Georg Nyström quem instruiu e pagou os dois. Quando soube, me dei conta de que estávamos caminhando para a catástrofe.

— Que tal a gente voltar ao início de tudo? — propôs Edklinth. — Quando você começou a trabalhar para a Seção?

Uma vez que Wadensjöö se pôs a falar, foi impossível contê-lo. O interrogatório se estendeu por quase cinco horas.

26. SEXTA-FEIRA 15 DE JULHO

No banco das testemunhas, na sexta-feira à tarde, o dr. Peter Teleborian revelou ser um homem que inspirava confiança. Foi interrogado pelo procurador Ekström por mais de noventa minutos e respondeu com calma e autoridade a todas as perguntas. Em alguns momentos seu semblante assumia um ar preocupado, em outros ele parecia estar se divertindo.

— Ou seja... — disse Ekström, folheando suas anotações — sua impressão, do alto de sua experiência como psiquiatra em todos esses anos, é de que Lisbeth Salander sofre de esquizofrenia paranoica?

— Eu sempre digo que é extremamente difícil fazer uma avaliação precisa do estado dela. A paciente, como sabem, deve ser vista quase como uma autista na sua relação com médicos e autoridades. Calculo que ela sofra de uma doença psíquica grave, mas neste momento não tenho como fornecer um diagnóstico acurado. Também não tenho como definir em que estágio de psicose ela se encontra sem antes proceder a exames mais profundos.

— Seja como for, o senhor considera que ela não goza de boa saúde mental.

— Toda a história de vida dela é uma prova eloquente disso.

— O senhor teve a oportunidade de ler a suposta autobiografia que Lisbeth Salander escreveu para se explicar e que encaminhou a este tribunal. Que comentários o senhor tem a fazer?

Peter Teleborian afastou as mãos e deu de ombros, permanecendo em silêncio.

— Que credibilidade, digamos, o senhor atribui a esse relato?

— Credibilidade nenhuma. Trata-se de uma série de afirmações sobre várias pessoas, uma história mais fantasiosa que a outra. De modo geral, sua explicação por escrito apenas reforça as suspeitas de que ela sofre de esquizofrenia paranoica.

— O senhor poderia citar alguns exemplos?

— O mais flagrante é o relato do estupro de que ela acusa seu tutor Bjurman.

— Poderia falar um pouco mais sobre isso?

— O relato é extremamente detalhado. É um exemplo clássico do tipo de imaginação delirante que crianças podem apresentar. Existe uma grande quantidade de ocorrências similares nos casos de incesto, em que a criança oferece descrições inaceitáveis de tão impossíveis, e com total falta de provas. Trata-se, digamos, de fantasias eróticas que podem se desenvolver mesmo em crianças muito pequenas... É um pouco como se elas assistissem a filmes de terror na televisão.

— Lisbeth Salander não é mais uma criança, é uma mulher adulta — disse Ekström.

— Sim, e sem dúvida ainda será preciso definir com precisão em que nível mental ela se encontra. Mas o senhor está certo. Ela é adulta e provavelmente acredita no próprio relato.

— Na sua opinião, trata-se de mentiras.

— Não, se ela acredita no que diz não se trata de mentira. É uma história que só demonstra que ela não sabe distinguir entre imaginação e realidade.

— Quer dizer que ela não foi estuprada pelo doutor Bjurman?

— Não. Pode-se considerar a verossimilhança inexistente. Lisbeth Salander necessita de tratamento especializado.

— O senhor é citado no relato de Lisbeth Salander...

— Sim, e é um detalhe que não deixa de ser picante. Mais uma vez, porém, quem está falando é a imaginação dela. A julgar por essa pobre moça, eu seria quase um pedófilo...

Ele sorriu e continuou:

— Mas o que ela expressa lá é o que eu não canso de dizer. A biografia de Salander nos revela que ela foi maltratada ao ser mantida imobilizada na maior parte do tempo que passou em Sankt Stefan e que eu ia visitá-la em seu quarto à noite. Eis aí um caso praticamente clássico de incapacidade de interpretação da realidade. Ou, para ser mais preciso, é desse modo que ela interpreta a realidade.

— Obrigado. E agora a defesa, se a doutora Giannini tiver alguma pergunta...

Como nos dois primeiros dias do julgamento Annika Giannini tinha feito poucas perguntas e objeções, todos esperavam que mais uma vez ela apenas colocasse uma ou outra questão por desencargo de consciência e em seguida concluísse o interrogatório. A *atuação da defesa está tão deplorável que começa a ficar constrangedor*, pensou Ekström.

— Tenho, sim — disse Annika Giannini. — Tenho diversas perguntas e pode ser que demore algum tempo. São onze e meia da manhã. Sugiro que façamos um intervalo, para que eu possa interrogar a testemunha depois do almoço, sem interrupção.

O juiz Iversen decidiu que o tribunal iria almoçar.

Curt Bolinder estava acompanhado de dois policiais uniformizados quando, ao meio-dia em ponto, pôs sua mão imensa no ombro do delegado Georg Nyström em frente ao restaurante Mäster Anders na Hantverkargatan. Nyström olhou estupefato para Curt Bolinder, que brandiu suas credenciais diante do nariz do outro.

— Bom dia. Você está preso por cumplicidade em homicídio e tentativa de homicídio. Os itens da acusação lhe serão comunicados ainda esta tarde pelo procurador-geral da nação. Eu o aconselho a me acompanhar de livre e espontânea vontade — disse Curt Bolinder.

Georg Nyström parecia não entender que língua Curt Bolinder estava falando. Mas percebeu que o melhor era seguir aquele homem sem protestar.

O inspetor Jan Bublanski estava acompanhado de Sonja Modig e de sete policiais fardados quando seu colega Stefan Bladh, da Proteção à Constituição, os introduziu, ao meio-dia em ponto, no departamento confidencial que constituía os domínios da Säpo em Kungsholmen. Eles andaram pelos corredores até Stefan se deter e apontar para uma sala. A secretária do secretário-geral pareceu totalmente atônita quando Bublanski mostrou suas credenciais.

— Fique sentada, por favor. É uma intervenção policial.

Ele foi até a porta interna e interrompeu o secretário-geral Albert Shenke em meio a uma conversa telefônica.

— O que é isso? — perguntou Shenke.

— Sou o inspetor Jan Bublanski. O senhor está preso por infringir a Constituição sueca. Os vários itens da acusação lhe serão comunicados hoje à tarde.

— Isso ultrapassa todos os limites — disse Shenke.

— Sim, exatamente — disse Bublanski.

Ele mandou interditar a sala de Shenke e destacou dois policiais para guardar a porta, com ordens de não deixar ninguém entrar. Estavam autorizados a usar o cassetete, e até a arma, caso alguém tentasse entrar à força.

Continuaram a procissão pelos corredores até Stefan apontar para outra porta, e ali repetiram o procedimento com o chefe da contabilidade Gustav Atterbom.

Jerker Holmberg contava com o auxílio da Brigada de Intervenção de Södermalm quando, ao meio-dia em ponto, bateu à porta de um escritório alugado temporariamente no segundo andar de um prédio em frente à redação da revista *Millennium*, na Götgatan.

Como ninguém apareceu para abrir a porta, Jerker Holmberg ordenou que a brigada a arrombasse. Mas a porta se entreabriu antes que o pé de cabra entrasse em ação.

— Polícia — disse Jerker Holmberg. — Deixe as mãos bem à vista.

— Eu sou da polícia — disse o inspetor Göran Mårtensson.

— Eu sei. E você tem porte de armas para uma porção de armas de fogo.

— Sim, mas sou um policial em serviço.

— Conta outra! — disse Jerker Holmberg.

Com a ajuda dos outros, prensou Mårtensson contra a parede e tirou sua arma.

— Você está preso por escuta ilegal, falta profissional grave, diversas violações do domicílio do jornalista Mikael Blomkvist, na Bellmansgatan, e provavelmente vários outros itens de acusação. Ponham as algemas nele.

Jerker Holmberg realizou uma rápida revista no escritório e constatou que havia ali material eletrônico suficiente para montar um estúdio de gravação. Destacou um policial para vigiar o local, com ordens de ficar sentado numa cadeira e não deixar nenhuma impressão digital.

Quando Mårtensson foi levado pela porta do prédio, Henry Cortez ergueu sua Nikon digital e bateu uma sequência de vinte e duas fotos. Com certeza ele não era um fotógrafo profissional, e suas fotos deixavam um bocado a desejar no quesito qualidade. Mas foram vendidas no dia seguinte para um tabloide por uma quantia indecente.

Rosa Figuerola foi a única, entre os agentes que participavam das batidas policiais daquele dia, a enfrentar um incidente. Auxiliada pela Brigada de Intervenção de Norrmalm e mais três colegas da Säpo, ao meio-dia em ponto ela entrou no prédio da Artillerigatan e subiu a escada que levava ao apartamento do último andar, de propriedade da empresa Bellona.

A operação tinha sido montada num espaço muito curto de tempo. Assim que a força de intervenção chegou à porta do apartamento, ela deu o sinal verde. Dois policiais muito fortes e uniformizados da brigada de Norrmalm ergueram um aríete de aço de quarenta quilos e abriram a porta com dois golpes bem dados. A força de intervenção, munida de coletes à prova de balas e armas à altura, ocupou o apartamento nos dez segundos que se seguiram ao arrombamento da porta.

A vigilância montada desde o amanhecer indicava que cinco indivíduos identificados como colaboradores da Seção haviam passado pela porta durante a manhã. Os cinco foram localizados em poucos segundos e algemados.

Rosa Figuerola usava um colete à prova de balas. Percorreu o apartamento que fora o QG da Seção desde os anos 1960 e, uma por uma, foi abrindo brutalmente as portas. Constatou que ia precisar de um arqueólogo para ajudá-la a fazer a triagem da imensa quantidade de pastas que lotavam os cômodos.

Poucos segundos depois de invadir o apartamento, ela abriu a porta de uma salinha mais afastada e descobriu um quarto de dormir. De repente, viu-se frente a frente com Jonas Sandberg. Ele representara um ponto de interrogação quando as tarefas foram divididas de manhã. Na noite anterior, o investigador encarregado de vigiar Sandberg o perdera de vista. Seu carro estava estacionado em Kungsholmen e ele não fora visto em sua casa à noite. De manhã, não sabiam onde ele estava para ir prendê-lo.

Por motivos de segurança eles mantêm uma equipe noturna. É óbvio. E o Sandberg dormiu aqui depois que seu plantão terminou.

Jonas Sandberg estava apenas de cuecas e parecia mal ter acordado. Virou-se para apanhar a arma no criado-mudo. Rosa Figuerola se inclinou para a frente e empurrou a arma pelo chão para longe de Sandberg.

— Jonas Sandberg, você está preso por cumplicidade nos assassinatos de Gunnar Björck e Alexander Zalachenko, e de cumplicidade na tentativa de assassinato de Mikael Blomkvist e Erika Berger. Vista a calça.

Jonas Sandberg levantou o punho na direção de Rosa Figuerola. Ela aparou o golpe por mero reflexo, sem prestar um centésimo de segundo sequer de atenção a Jonas Sandberg.

— Você está brincando? — disse ela. Pegou o braço dele e torceu-lhe o pulso com tanta força que Sandberg caiu de costas no chão. Ela o virou de bruços e enfiou-lhe um joelho na parte inferior das costas. Ela própria o algemou. Era a primeira vez, desde que trabalhava na Säpo, que usava as algemas em serviço.

Deixou Sandberg aos cuidados de um policial e prosseguiu sua busca. Para encerrar, abriu a última porta no fundo do apartamento. De acordo com a planta fornecida pela prefeitura, tratava-se de um pequeno cômodo que dava para um pátio. Deteve-se na soleira da porta e contemplou o espectro mais descarnado que já tinha visto na vida. Percebeu de imediato que se achava diante de um homem que estava morrendo.

— Fredrik Clinton, você está preso por cumplicidade em assassinato, tentativa de homicídio e uma série de outros crimes — disse ela. — Não saia da cama. Vamos chamar uma ambulância para transportá-lo para Kungsholmen.

* * *

Christer Malm estava postado junto à entrada do prédio da Artillerigatan. Ao contrário de Henry Cortez, ele sabia manejar sua Nikon digital. Usou uma pequena teleobjetiva e as fotos saíram muito profissionais.

Mostravam os membros da Seção deixando o prédio, um por um, cercados de policiais e sendo empurrados para as viaturas policiais; e por fim uma ambulância vindo buscar Fredrik Clinton. Seus olhos fitaram a objetiva bem no momento em que Christer clicava o botão. Parecia inquieto e preocupado.

Uma foto que mais tarde seria considerada A Foto do Ano.

27. SEXTA-FEIRA 15 DE JULHO

O juiz Iversen bateu o martelo na mesa às doze e trinta e declarou reaberta a sessão do Tribunal Correcional. Reparou imediatamente numa terceira pessoa sentada à mesa de Annika Giannini. Holger Palmgren, numa cadeira de rodas.

— Boa tarde, Holger — disse o juiz Iversen. — Faz séculos que não o vejo numa sala de audiência.

— Boa tarde, juiz Iversen. Você sabe, alguns casos são tão complexos que os jovens precisam de alguma assistência.

— Pensei que você tivesse encerrado suas atividades profissionais.

— Estive doente. Mas a doutora Giannini recorreu a mim para assessorá-la neste caso.

— Entendo.

Annika Giannini deu uma tossidinha.

— Cabe lembrar, também, que por vários anos Holger Palmgren representou Lisbeth Salander.

— Bem, vamos deixar a conversa de lado — disse o juiz Iversen.

Com um sinal de cabeça, indicou que Annika Giannini podia começar. Ela se levantou. Nunca apreciara o mau hábito sueco de conduzir as audiências num tom informal, todos sentados ao redor de uma mesa intimista, quase como se estivessem num jantar. Sentia-se muito melhor quando podia falar de pé, portanto se levantou.

— Acho que poderíamos começar pelos comentários que encerraram a sessão desta manhã. Senhor Teleborian, por que o senhor desaprova sistematicamente todas as afirmações de Lisbeth Salander?

— Porque está muito claro que elas são falsas — respondeu Peter Teleborian.

Ele estava calmo e relaxado. Annika Giannini meneou a cabeça e se voltou para o juiz Iversen.

— Excelência, Peter Teleborian afirma que Lisbeth Salander está mentindo e fantasiando. A defesa vai demonstrar agora que cada palavra da autobiografia de Lisbeth Salander é verídica. Vamos apresentar provas. Escritas e testemunhais. Nesse estágio do julgamento, o procurador já expôs as linhas gerais de sua argumentação. Nós o ouvimos e agora sabemos no que consistem precisamente as acusações contra Lisbeth Salander.

De repente, Annika Giannini sentiu a boca seca e que sua mão tremia. Respirou fundo e tomou um gole de água mineral. Então segurou com firmeza o encosto da cadeira para que o tremor das mãos não traísse seu nervosismo.

— Da argumentação do procurador, podemos concluir que ele dispõe de uma abundância de opiniões, mas de pouquíssimas provas. Ele acredita que Lisbeth Salander atirou em Carl-Magnus Lundin em Stallarholmen. Ele afirma que ela foi até Gosseberga para matar o pai. Ele supõe que minha cliente sofre de esquizofrenia paranoica e que tem todos os tipos de doenças mentais que se possa imaginar. E ele fundamenta essa suposição nos dados fornecidos por uma única fonte, o doutor Peter Teleborian.

Ela fez uma pausa e acertou sua respiração. Obrigou-se a falar devagar.

— No momento, a situação das provas é tal que a opinião do procurador baseia-se exclusivamente em Peter Teleborian. Se este estiver certo, então está tudo perfeito; nesse caso, seria muito bom que minha cliente pudesse receber a ajuda psiquiátrica adequada conforme o procurador e ele próprio pleiteiam.

Pausa.

— Mas se o doutor Teleborian estiver errado, o caso adquire de imediato outra conotação. Se, além disso, ele estiver mentindo de forma proposital, ficamos numa situação em que minha cliente se vê vítima de abuso do Poder Judiciário, abuso, aliás, que vem ocorrendo há muitos anos.

Ela olhou para Ekström.

— Nesta tarde, vamos demonstrar que sua testemunha está errada e que o senhor, como procurador, foi enganado e induzido a aceitar essas falsas conclusões.

Peter Teleborian exibia um sorriso divertido. Afastou as mãos e fez um sinal de cabeça para Annika Giannini, convidando-a a começar. Ela voltou-se novamente para Iversen.

— Excelência, vou demonstrar que a pretensa avaliação psiquiátrica médico-legal do doutor Peter Teleborian foi pura encenação, do começo ao fim. Vou demonstrar que ele está mentindo de modo consciente a respeito de Lisbeth Salander. Vou demonstrar que minha cliente foi vítima de abuso agravado do Poder Judiciário. E vou demonstrar que ela é tão inteligente e sensata como qualquer um de nós aqui presente.

— Me desculpe, mas... — Ekström começou a dizer.

— Um momento. — Ela ergueu um dedo. — Eu o deixei falar sem nenhuma interrupção durante dois dias. Agora é a minha vez.

Virou-se novamente para o juiz Iversen.

— Eu não pronunciaria acusações tão graves num tribunal se não contasse com provas irrefutáveis.

— Por favor, prossiga — disse Iversen. — Mas não quero ouvir falar em grandes conspirações. Tenha em mente que a senhora pode ser processada por difamação, mesmo que seja por declarações feitas perante um tribunal.

— Obrigada. Não vou me esquecer disso.

Virou-se para Teleborian. Ele ainda parecia achar a situação divertida.

— A defesa solicitou várias vezes a consulta ao dossiê de Lisbeth Salander que datava da época em que, ainda adolescente, ela estava internada na sua clínica de Sankt Stefan. Por que não tivemos acesso a esse dossiê?

— Porque o Tribunal de Instâncias declarou que ele era confidencial. A decisão foi tomada para proteger Lisbeth Salander, mas se um tribunal de cassação revisse esse ponto e voltasse atrás, eu evidentemente lhe passaria o dossiê.

— Obrigada. Durante os dois anos que Lisbeth Salander permaneceu em Sankt Stefan, quantas noites ela ficou imobilizada?

— Não me lembro assim de pronto.

— Ela, por sua vez, sustenta que foram trezentas e oitenta noites, das setecentas e oitenta e seis que ela passou na Sankt Stefan.

— Não saberia dizer quantas foram exatamente, mas esse número é um tanto exagerado. De onde foi tirado?

— Da autobiografia dela.

— A senhora está querendo dizer que ela se lembraria com precisão, hoje, de cada uma das noites que passou imobilizada? Impossível.

— Ah, é? Que número o senhor sugere?

— Lisbeth Salander era uma paciente muito agressiva, com tendências à violência, e foi sem dúvida nenhuma necessário colocá-la numa sala de privação sensorial um certo número de vezes. Talvez eu devesse explicar qual a finalidade dessa sala...

— Obrigada, mas não é preciso. Trata-se de uma sala onde um paciente não recebe nenhum estímulo sensorial supostamente passível de perturbá-lo. Quantos dias e quantas noites Lisbeth Salander passou imobilizada numa sala assim quando tinha treze anos?

— Bem... por alto, cerca de trinta vezes durante o período de sua internação.

— Trinta. Isso é uma fração mínima das trezentas e oitenta vezes que ela menciona.

— Sem dúvida.

— Menos de dez por cento do número que ela apresenta.

— Sim.

— O seu dossiê poderia nos informar de modo mais preciso?

— É possível.

— Excelente — disse Annika Giannini, apanhando em sua pasta um volume pesado de papéis. Eu gostaria então de apresentar ao tribunal uma cópia do dossiê da Sankt Stefan sobre Lisbeth Salander. Contei o número de anotações referentes à imobilização e obtive trezentas e oitenta e uma vezes, uma a mais, portanto, do que afirma minha cliente.

Os olhos de Peter Teleborian se arregalaram.

— Espere... são informações confidenciais. Onde conseguiu isso?

— Um jornalista da revista *Millennium* me passou. Portanto, não é tão confidencial assim se pode andar pelas redações em meio a um monte de outros dossiês. Eu talvez também deva dizer que a revista *Millennium* está publicando hoje excertos desse dossiê. Me parece que este tribunal deva ter a oportunidade de dar uma olhada nele.

— Isso tudo é ilegal...

— Não. Lisbeth Salander concordou com a publicação dos excertos, pois minha cliente não tem nada a esconder.

— Sua cliente é considerada incapaz e não tem o direito de tomar esse tipo de decisão sozinha.

— Daqui a pouco voltaremos à declaração de incapacidade de Lisbeth Salander. Primeiro, vamos examinar o que aconteceu com ela em Sankt Stefan.

O juiz Iversen franziu o cenho e pegou o dossiê que Annika Giannini lhe oferecia.

— Não tirei uma cópia para o procurador Ekström. De qualquer modo, já faz um mês que ele recebeu esses documentos que atentam contra a integridade de minha cliente.

— Como? — perguntou Iversen.

— O procurador Ekström recebeu uma cópia desse dossiê confidencial das mãos do doutor Teleborian no dia 4 de junho deste ano, um sábado, numa reunião realizada em sua sala às dezessete horas.

— Isso é verdade? — perguntou Iversen.

O primeiro impulso de Richard Ekström foi negar. Em seguida se deu conta de que Annika Giannini talvez tivesse provas.

— Pedi para ler partes do dossiê sob sigilo profissional — admitiu Ekström. — Eu precisava conferir se a história da Salander era mesmo como ela declara.

— Obrigada — disse Annika Giannini. — Isso confirma que o doutor Teleborian, além de dizer mentiras, também infringiu a lei entregando um dossiê que ele próprio afirma ser confidencial.

— Registramos o fato — disse Iversen.

O juiz Iversen sentia-se totalmente desperto. De maneira muito inabitual, Annika Giannini acabava de atacar uma testemunha e já reduzira a pó um dado importante de seu depoimento. *E ela ainda afirma poder provar tudo o que está dizendo.* Iversen ajeitou os óculos.

— Doutor Teleborian, de acordo com esse dossiê criado pessoalmente pelo senhor, pode me dizer, agora, quantas noites Lisbeth Salander passou imobilizada?

— Não me lembro que tenham sido tantas, mas se é o que consta no relatório, então só me resta acreditar.

— Trezentas e oitenta e uma noites. Não é um número impressionante?

— De fato, é muita coisa.

— Como o senhor vivenciaria coisas assim se tivesse treze anos e alguém o deixasse por mais de um ano preso com correias na estrutura metálica de sua cama? Como uma tortura?

— É preciso entender que a paciente representava um perigo para si mesma e para os outros...

— Certo. Um perigo para si mesma. Lisbeth Salander alguma vez feriu a si própria? Sim ou não?

— Era de se temer...

— Repito a pergunta: Lisbeth Salander alguma vez feriu a si própria? Sim ou não?

— Nós, psiquiatras, temos de aprender a interpretar a imagem em seu todo. No que diz respeito a Lisbeth Salander, por exemplo, nota-se que há em seu corpo uma quantidade de tatuagens e piercings que também denotam um comportamento autodestrutivo e uma forma de ferir o próprio corpo. Podemos interpretar isso como uma manifestação de ódio contra si mesma.

Annika Giannini virou-se para Lisbeth Salander.

— Essas tatuagens são uma manifestação do ódio que você tem de si mesma?

Holger Palmgren conteve uma risada, conseguindo transformar o riso numa tossidinha.

— Não, não é isso... as tatuagens também podem fazer parte de um ritual social.

— Então o senhor está querendo dizer que Lisbeth Salander não tem nada a ver com esse ritual social?

— A senhora mesma pode constatar que essas tatuagens são grotescas e cobrem partes amplas do corpo dela. Não se trata de um fetichismo estético comum nem de uma ornamentação do corpo.

— Quantos por cento?

— Como?

— A partir de que percentagem uma superfície tatuada do corpo deixa de ser um fetichismo ligado à estética e passa a ser doença mental?

— A senhora está desvirtuando as minhas palavras.

— É mesmo? Como se explica que, no seu entender, esse seja um ritual social perfeitamente aceitável quando se trata de mim ou de outros jovens, mas se torne uma acusação contra minha cliente quando se trata de avaliar o estado psíquico dela?

— Como eu dizia, enquanto psiquiatra cabe-me observar a imagem em seu todo. As tatuagens são apenas um indício, um dos inúmeros indícios que devo levar em conta ao avaliar seu quadro.

Annika Giannini calou-se por alguns segundos e fitou Peter Teleborian. Falou devagar.

— Mas, doutor Teleborian, o senhor começou a atacar a minha cliente quando ela ainda não tinha completado treze anos. E naquela época não havia tatuagem nenhuma, não é?

Peter Teleborian hesitou por alguns segundos. Annika retomou a palavra.

— Suponho que o senhor não a manteve amarrada por prever que algum dia ela viria se tatuar.

— Não, claro que não. Suas tatuagens não têm nada a ver com seu estado em 1991.

— Voltamos então à minha pergunta inicial. Lisbeth Salander alguma vez feriu a si mesma de uma forma que justificasse ela ser mantida durante um ano imobilizada numa cama? Ela, por exemplo, se cortou com uma faca ou uma lâmina de barbear, ou algo do gênero?

Por um instante, Peter Teleborian pareceu inseguro.

— Não, mas tínhamos todos os motivos para acreditar que ela constituía um perigo para si mesma.

— Motivos para acreditar. O senhor quer dizer que a deixou amarrada porque supunha alguma coisa...

— Nós fazemos avaliações.

— Faz cinco minutos que eu estou lhe fazendo a mesma pergunta. O senhor afirma que o comportamento autodestrutivo de minha cliente foi um dos motivos pelos quais a manteve imobilizada por mais de um ano, durante os dois anos em que ela esteve sob seus cuidados. O senhor faria a gentileza de me oferecer, afinal, algum exemplo do comportamento autodestrutivo que ela apresentava com doze anos de idade?

— Essa garota estava, por exemplo, absolutamente subnutrida. Isso porque, entre outras coisas, ela se negava a comer. Chegamos a suspeitar que estivesse anoréxica. Fomos obrigados a alimentá-la à força em várias oportunidades.

— E por que motivo?

— Porque ela se negava a comer, claro.

Annika Giannini virou-se para sua cliente.

— Lisbeth, é verdade que você se negou a comer na Sankt Stefan?

— É.

— Por quê?

— Porque esse crápula misturava psicotrópicos na minha comida.

— Ahá. Quer dizer que o doutor Teleborian queria lhe dar remédios. E por que você não queria tomá-los?

— Eu não gostava daqueles remédios. Eles me deixavam apática. Eu não conseguia mais pensar e ficava entorpecida boa parte do tempo que passava acordada. Era desagradável. E esse crápula se negava a me dizer o que havia naqueles psicotrópicos.

— Então você se negava a tomá-los?

— Sim. Então eles começaram a colocar aquela porcaria na minha comida. Aí eu parei de comer. Cada vez que aparecia alguma coisa na comida, eu me negava a comer por cinco dias.

— Então você ficava com fome.

— Nem sempre. Várias vezes alguns enfermeiros me deram sanduíches às escondidas. Especialmente um, que me levava alguma coisa para comer tarde da noite. Isso aconteceu diversas vezes.

— Você está dizendo que a equipe da Sankt Stefan percebia que você estava passando fome e lhe dava de comer para você não ficar faminta?

— Isso foi na época em que eu briguei com esse crápula por causa dos psicotrópicos.

— Então havia um motivo perfeitamente racional para que você se recusasse a se alimentar?

— Sim.

— E não era porque você simplesmente recusava os alimentos...

— Não. Eu senti fome muitas vezes.

— Está correto afirmar que houve um conflito entre você e o doutor Teleborian?

— Pode-se dizer que sim.

— Você foi internada na Sankt Stefan por ter jogado gasolina no seu pai e ateado fogo.

— É.

— Por que você fez isso?

— Porque ele maltratava a minha mãe.

— Você chegou a contar isso para alguém?

— Sim.

— Para quem?

— Eu contei para os policiais que me interrogaram, para o Serviço Social, para a Comissão para a Infância, para os médicos, para um pastor e para esse crápula.

— Quando diz *esse crápula* você se refere a...?

— A esse sujeito aí.

Ela apontou para o dr. Teleborian.

— Por que você o chama de crápula?

— Quando eu cheguei na Sankt Stefan, tentei explicar para ele o que tinha acontecido.

— E o que o doutor Teleborian disse?

— Ele não quis me ouvir. Dizia que eram fantasias minhas. E que, como castigo, eu iria ficar imobilizada até que parasse de fantasiar. Depois ele tentou me entupir de psicotrópicos.

— Isso tudo é um disparate — disse Peter Teleborian.

— É por isso que você não fala com ele?

— Eu jamais dirigi uma única palavra a ele desde a noite em que completei treze anos. Naquela noite eu também estava amarrada. Não falar mais com ele foi um presente de aniversário que eu mesma me dei.

Annika Giannini virou-se mais uma vez para Teleborian.

— Doutor Teleborian, pelo que parece, o motivo pelo qual minha cliente se recusava a comer era não aceitar que o senhor lhe desse psicotrópicos.

— É possível que ela visse as coisas dessa maneira.

— E como o senhor vê as coisas?

— Eu estava com uma paciente extremamente difícil. Afirmo que seu comportamento já indicava que ela representava um perigo para si mesma, embora esse seja um ponto passível de interpretação. Em compensação, ela era violenta e demonstrava um comportamento psicótico. Não há dúvida de que ela representava um perigo para os outros. Não se esqueça de que ela foi mandada para a Sankt Stefan depois de tentar matar o pai.

— Nós vamos chegar lá. O senhor foi o responsável pelo tratamento dela durante dois anos. Manteve-a imobilizada por trezentas e oitenta e uma noites. É lícito supor que o senhor usava a imobilização como castigo, quando minha cliente não obedecia às suas ordens?

— Isso não faz sentido.

— É mesmo? No entanto, no relatório que o senhor fez para a sua paciente reparei que a maioria das imobilizações ocorreu durante o primeiro ano... trezentas e vinte de um total de trezentas e oitenta e uma. Por que as imobilizações cessaram depois?

— O quadro da paciente evoluiu e ela se tornou mais equilibrada.

— Não seria porque a equipe de enfermagem considerava suas medidas brutais e inúteis?

— O que a senhora quer dizer com isso?

— Não seria porque a equipe se queixou, entre outras coisas, da alimentação forçada de Lisbeth Salander?

— É claro que sempre pode haver divergências na maneira de ver as coisas. Isso não é incomum. Mas alimentá-la à força tinha se tornado um fardo porque, em função da violenta resistência dela...

— Porque ela se recusava a tomar psicotrópicos que a deixavam entorpecida e passiva. Ela não tinha nenhum problema em comer quando não estava sob efeito de medicamentos. Não teria sido um tratamento mais razoável não recorrer imediatamente a medidas coercitivas?

— Com todo o respeito, doutora Giannini, acontece que eu sou médico. Suponho que minha competência médica seja superior à sua. Cabe a mim julgar a adequação dos procedimentos médicos a serem adotados.

— É verdade, eu não sou médica, doutor Teleborian. Em compensação, não sou assim tão destituída de competência. Além de advogada, sou também psicóloga formada pela Universidade de Estocolmo. Trata-se de uma competência indispensável à minha profissão de jurista.

Seria possível escutar uma mosca sobrevoando a sala de audiências. Ekström e Teleborian fitavam Annika Giannini atônitos. Ela prosseguiu, impiedosa.

— Não é verdade que os seus métodos para tratar minha cliente acabaram por criar sérios conflitos entre o senhor e o seu superior, o médico-chefe daquela época, o doutor Johannes Caldin?

— Não... não é verdade.

— O doutor Caldin faleceu há vários anos e não pode nos prestar seu depoimento. Mas nesta sala de audiências, hoje, está presente uma pessoa que conversou diversas vezes com o doutor Caldin. Refiro-me ao meu assessor, Holger Palmgren.

Ela se virou para ele.

— Você poderia nos esclarecer sobre um aspecto?

Holger Palmgren pigarreou. Ainda se ressentia das sequelas de seu derrame cerebral e precisava se concentrar para pronunciar as palavras sem gaguejar.

— Fui nomeado administrador legal da Lisbeth depois que sua mãe, em decorrência dos maus-tratos que seu marido lhe inflingia, e que a deixaram deficiente, tornou-se incapaz de cuidar da filha. Ela tinha muitas lesões cerebrais e sofria de repetidas hemorragias.

— Você está falando de Alexander Zalachenko?

O procurador Ekström pigarreou mais uma vez.

— Eu gostaria de destacar que estamos entrando num assunto considerado segredo de Estado.

— Não pode ser segredo que Alexander Zalachenko maltratou a mãe de Lisbeth Salander durante vários anos.

Peter Teleborian levantou a mão.

— Os fatos não são tão evidentes como a doutora Giannini apresenta.

— Como assim?

— Não resta dúvida de que Lisbeth Salander foi testemunha de uma tragédia familiar, de que algo desencadeou os inacreditáveis maus-tratos em 1991. Mas não há documentação alguma que prove que essa situação se prolongou por vários anos, como afirma a senhora Giannini. Pode-se tratar de um fato isolado ou de uma briga que degenerou. Verdade seja dita: não existe sequer um documento provando que o senhor Zalachenko era quem maltratava a mãe de Lisbeth. Há informações de que ela se prostituía, e pode haver outros culpados.

Annika Giannini fitou Peter Teleborian surpresa. Durante um instante, deu a impressão de estar sem voz. Então seu olhar se tornou penetrante.

— O senhor poderia explicar melhor? — pediu.

— O que eu quero dizer é que, na prática, só temos as afirmações de Lisbeth para nos basear.

— E?

— Em primeiro lugar, eram duas irmãs. Camilla, a irmã de Lisbeth, nunca fez acusações desse tipo. Negou que essas coisas tivessem acontecido. Além disso, é preciso levar em conta que se tivesse mesmo havido maus-tratos durante todo esse período mencionado por sua cliente, eles teriam, obviamente, sido averiguados pelo Serviço Social.

— Existe algum depoimento de Camilla Salander que possamos consultar?

— Depoimento?

— O senhor tem algum documento que prove que perguntaram a Camilla Salander sobre o que se passava na casa delas?

Lisbeth Salander se remexeu na cadeira quando foi pronunciado o nome da irmã. Ela olhou para Annika Giannini.

— Estou pressupondo que o Serviço Social tenha feito alguma investigação...

— O senhor acabou de afirmar que Camilla Salander nunca fez nenhuma acusação contra Alexander Zalachenko e que, pelo contrário, ela negou que ele maltratasse a mãe dela. A sua declaração foi categórica. De onde o senhor tirou essa informação?

Peter Teleborian permaneceu calado por alguns segundos. Annika Giannini viu seu olhar se alterar quando se deu conta de que cometera um erro. Percebeu por onde ela ia enveredar, mas não tinha mais como escapar da pergunta.

— Tenho impressão de que constava na investigação policial — ele disse por fim.

— O senhor tem a impressão... Quanto a mim, procurei por toda parte uma investigação policial sobre os acontecimentos na Lundagatan, quando Alexander Zalachenko foi gravemente queimado. Só encontrei uns poucos relatórios redigidos pelos policiais enviados ao local.

— É possível...

— Então eu gostaria de saber como é possível o senhor ter lido um relatório policial que não estava disponível para a defesa.

— Não saberia responder a essa pergunta — disse Teleborian. — Tive a oportunidade de consultar esse relatório quando, em 1991, efetuei uma avaliação médico-legal de Lisbeth Salander depois que ela tentou matar o pai.

— E o senhor, procurador Ekström, teve oportunidade de ler esse relatório?

Ekström se remexeu na cadeira e acariciou o cavanhaque. Já percebera que havia subestimado Annika Giannini. Por outro lado, não tinha por que mentir.

— Sim, tive.

— Por que a defesa não teve acesso a esse material?

— Não achei que fosse relevante para o processo.

— O senhor pode me dizer como conseguiu ter acesso a esse relatório? Todas as vezes que me dirigi à polícia, me disseram que esse relatório não existia.

— A investigação foi conduzida pela Säpo. É um relatório confidencial.

— Quer dizer então que a Säpo investigou um caso de maus-tratos agravados contra uma mulher e decidiu arquivá-lo como segredo de Estado?

— Devido ao autor... Alexander Zalachenko. Ele era um refugiado político.

— Quem conduziu a investigação?

Silêncio.

— Não ouvi. Qual o nome que constava na primeira página?

— A investigação foi conduzida por Gunnar Björck, da Brigada dos Estrangeiros da Säpo.

— Obrigada. Será o mesmo Gunnar Björck que, segundo afirma minha cliente, colaborou com o doutor Peter Teleborian para falsificar o relatório médico-legal de 1991 sobre ela?

— Imagino que sim.

Annika Giannini dirigiu sua atenção a Peter Teleborian.

— Em 1991, um Tribunal de Instâncias decidiu internar Lisbeth Salander numa clínica de psiquiatria infantil. O tribunal tomou essa decisão por quê?

— O Tribunal de Instâncias fez uma avaliação cuidadosa dos atos e do estado psíquico de sua cliente; afinal ela tinha tentado matar o pai com um coquetel Molotov. Essa não é uma atitude comum nos adolescentes normais, sejam eles tatuados ou não.

Peter Teleborian sorriu educadamente.

— E em que o Tribunal de Instâncias se baseou nessa avaliação? Pelo que entendi, eles tinham um único parecer médico no qual se orientar. Esse parecer foi redigido pelo senhor e por um policial chamado Gunnar Björck.

— Doutora Giannini, agora entramos com tudo nas teorias da conspiração apresentadas pela senhorita Salander. Nesse ponto, devo...

— Me desculpe, não se preocupe, mas eu não vou me perder — disse Annika Giannini dirigindo-se a Holger Palmgren. — Holger, acabamos de dizer que você esteve com o superior do doutor Teleborian, o médico-chefe Caldin.

— Sim. Eu tinha sido nomeado administrador legal de Lisbeth Salander. Eu ainda não havia estado com ela, mas tínhamos nos cruzado. Como todo mundo, eu acreditava que ela estivesse gravemente afetada no plano psíquico. No entanto, como se tratava da minha tarefa, procurei me informar sobre seu estado geral de saúde.

— E o que disse o médico-chefe Caldin?

— Ela era paciente do doutor Teleborian, e o doutor Caldin não prestara muita atenção nela, além da atenção de praxe que lhe dispensava na hora das avaliações. Somente mais de um ano depois é que comecei a conversar sobre alguma forma possível de reintegrá-la à sociedade. Propus uma família adotiva. Não sei exatamente o que se passou entre as quatro paredes da clínica

Sankt Stefan, mas, em dado momento, quando Lisbeth já estava lá havia mais de um ano, o doutor Caldin começou a se interessar por ela.

— De que modo se manifestou esse interesse?

— Tive a sensação de que ele havia feito uma avaliação diferente daquela do doutor Teleborian. Certo dia, ele me disse que decidira fazer algumas mudanças no tratamento. Só mais tarde vim a entender que se tratava da imobilização. O Caldin simplesmente resolveu que ela não seria mais amarrada. Dizia que nada justificava esse procedimento.

— Contrariando a opinião do doutor Teleborian?

— Desculpem, mas tudo isso não passa de falatório — protestou Ekström.

— Não — disse Holger Palmgren. — Não só. Eu solicitei a opinião do doutor Caldin sobre diferentes formas de reintegrar Lisbeth Salander na sociedade. Ele me deu essa opinião por escrito. Ainda está comigo.

Ele estendeu uma folha de papel para Annika Giannini.

— Pode nos dizer o que está escrito?

— Trata-se de uma carta que o doutor Caldin me escreveu. É de outubro de 1992, ou seja, fazia vinte meses que Lisbeth se encontrava em Sankt Stefan. Citando o que escreveu o doutor Caldin: "Minha decisão de que a paciente não fosse mantida imobilizada nem alimentada à força também obteve o notável resultado de que ela está calma. Os psicotrópicos não são necessários. Contudo, a paciente é extremamente fechada e pouco comunicativa, precisa de um acompanhamento regular". Fim da citação.

— Portanto, ele deixa claro que a decisão partiu dele.

— Exato. Foi também o doutor Caldin quem decidiu que Lisbeth seria reinserida na sociedade através de uma família adotiva.

Lisbeth fez um gesto de assentimento com a cabeça. Lembrava-se do dr. Caldin, assim como se lembrava, nos mínimos detalhes, de sua estada na clínica Sankt Stefan. Ela se recusara a falar com o dr. Caldin, ele era um médico de loucos, mais um entre todos aqueles jalecos brancos que iam vasculhar seus sentimentos. Mas ele fora gentil e complacente. Ela o escutara em sua sala, quando ele tinha lhe explicado de que modo a via.

Ele parecera magoado por Lisbeth não querer falar com ele. Por fim, ela olhara dentro de seus olhos e lhe revelara sua decisão. "Nunca vou falar nem com você nem com nenhum outro psiquiatra. Vocês não escutam o que eu digo. Podem me deixar trancada aqui pelo resto da vida. Isso não vai mudar nada. Não vou falar com vocês". Ele a fitara com olhos surpresos. Então meneara a cabeça como se acabasse de entender alguma coisa.

— Doutor Teleborian... Constatei que foi o senhor quem mandou internar a Lisbeth Salander numa clínica de psiquiatria infantil. Foi o senhor quem forneceu ao Tribunal de Instâncias o relatório que veio a ser a única base do julgamento. Correto?

— Sim, está correto, mas eu acho...

— O senhor terá muito tempo para dizer o que acha. Quando Lisbeth Salander chegou à maioridade, o senhor interveio novamente na vida dela e tentou fazer com que ela fosse internada uma segunda vez.

— Dessa vez não fui eu quem fez a avaliação médico-legal...

— Não, ela foi feita por um certo doutor Jesper H. Löderman. Por coincidência, na época ele fazia doutorado sob sua orientação. Logo, também nesse caso foram as suas opiniões que prevaleceram.

— Não há nada de errado ou antiético nessas avaliações. Elas foram realizadas dentro das regras.

— Hoje Lisbeth Salander tem vinte e sete anos e, pela terceira vez, nos vemos numa situação em que o senhor tenta convencer um tribunal de que ela é uma doente mental e que deve ser internada numa instituição.

O dr. Peter Teleborian respirou fundo. Annika Giannini estava bem preparada. Ela o surpreendera com algumas perguntas maliciosas que o tinham obrigado a alterar suas respostas. Ela não era receptiva ao seu charme e ignorava totalmente sua autoridade. Ele era um homem acostumado a que as pessoas concordassem quando ele falava.

O que ela sabe, afinal?

Lançou um olhar para o procurador Ekström, mas percebeu que não podia esperar nenhuma ajuda dele. Teria que se sair dessa sozinho.

Lembrou-se que, apesar de tudo, era uma autoridade muito respeitada.

Não importa o que ela diga. A minha avaliação fala mais alto.

Annika Giannini pegou na mesa o relatório da avaliação psiquiátrica feita por Teleborian.

— Vamos examinar mais de perto sua última avaliação. O senhor se dedica bastante a analisar a vida espiritual de Lisbeth Salander. Boa parte são interpretações que o senhor faz sobre ela, sobre seu comportamento e seus hábitos sexuais.

— Nessa investigação, procurei oferecer uma imagem completa.

— Ótimo. E partindo dessa imagem completa o senhor conclui que Lisbeth Salander sofre de esquizofrenia paranoica.

— Prefiro não me prender a um diagnóstico preciso.

— Mas o senhor não chegou a essa conclusão conversando com Lisbeth Salander, não é?

— A senhora sabe muito bem que sua cliente nega-se sistematicamente a responder às perguntas feitas por mim ou por qualquer outra autoridade. Só esse comportamento já é bem eloquente. Uma possível interpretação é que as tendências paranoides da paciente se manifestam de forma tão forte que ela se vê literalmente incapaz de manter uma conversação com qualquer pessoa que represente uma autoridade. Ela acha que todo mundo está tentando prejudicá-la e sente-se tão ameaçada que se fecha atrás de uma couraça impenetrável, ficando literalmente muda.

— Observo que o senhor se expressa com muita cautela. O senhor disse "uma possível interpretação"...

— De fato. Eu me expresso com cautela. A psiquiatria não é uma ciência exata e é meu dever ser cauteloso nas minhas conclusões. Acontece também que nós, psiquiatras, não apresentamos suposições levianas.

— O senhor toma cuidado para se proteger. Na verdade, o senhor não trocou uma palavra sequer com a minha cliente desde a noite em que ela completou treze anos, já que depois disso ela se negou sistematicamente a falar com o senhor.

— Não só comigo. Ela não tem condições de manter uma conversa com um psiquiatra, seja ele quem for.

— Isso significa que, como escreveu aqui, suas conclusões se baseiam na sua experiência e nas suas observações sobre minha cliente.

— Exato.

— O que é possível descobrir observando uma garota que fica sentada de braços cruzados numa cadeira e se nega a falar?

Peter Teleborian suspirou, querendo mostrar o quanto era cansativo ter de explicar o óbvio. Sorriu.

— Sobre um paciente que não diz uma só palavra, é possível descobrir que ele é um paciente que faz isso muito bem: não dizer uma só palavra. O que em si já representa um comportamento perturbado, mas não foi nisso que baseei minhas conclusões.

— Vou chamar aqui, esta tarde, outro psiquiatra para testemunhar. Seu nome é Svante Brandén, e ele é médico-chefe da supervisão de Medicina Legal e especialista em psiquiatria infantil. O senhor o conhece?

Peter Teleborian sentiu-se mais tranquilo. Sorriu. Ele de fato previra que Giannini ia tirar outro psiquiatra da cartola para tentar questionar suas conclusões. Tinha se preparado para essa situação e saberia enfrentar qualquer objeção, palavra por palavra. Seria mais simples administrar um colega universitário numa discussão amistosa do que uma pessoa como essa Giannini, que não tinha nenhuma ponderação e estava pronta para distorcer suas palavras e ironizá-las.

— Conheço. É um psiquiatra competente e respeitado da área de medicina legal. Mas perceba, doutora Giannini, que uma avaliação desse tipo é um processo acadêmico e científico. A senhora pode discordar das minhas conclusões e outro psiquiatra pode interpretar comportamentos ou algum fato de maneira distinta da minha. Trata-se então de diferentes formas de enxergar as coisas, ou talvez até do conhecimento que o médico tem de seu paciente. O doutor Brandén talvez chegue a uma conclusão muito diferente no caso de Lisbeth Salander. Isso é comum na psiquiatria.

— Não é por isso que o chamei. Ele nunca esteve com Lisbeth Salander nem a examinou, portanto não vai dar nenhuma opinião sobre o estado psíquico dela.

— Ah, é?...

— Eu pedi que ele lesse o seu relatório e toda a documentação redigida pelo senhor sobre Lisbeth Salander, e desse uma olhada no dossiê dos anos que ela passou na clínica Sankt Stefan. Pedi que ele avaliasse não o estado de saúde da minha cliente, mas se existe, de um ponto de vista técnico, uma base sólida para as suas conclusões tal como são apresentadas no seu parecer.

Peter Teleborian deu de ombros.

— Com todo o respeito... acho que eu conheço melhor a Lisbeth Salander do que qualquer psiquiatra deste país. Acompanhei sua evolução desde que ela tinha doze anos e, infelizmente, só constato que o comportamento dela sempre confirmou minhas conclusões.

— Tanto melhor — disse Annika Giannini. — Vamos ver então suas conclusões. Nos seus relatórios, o senhor diz que o tratamento foi interrompido quando ela tinha quinze anos e que em seguida ela foi encaminhada para uma família adotiva.

— Exato. Um grande erro, aliás. Se tivéssemos continuado o tratamento até o fim, talvez não estivéssemos aqui hoje.

— O senhor está querendo dizer que se tivesse tido a possibilidade de mantê-la imobilizada por mais um ano ela talvez fosse mais dócil?

— Esse comentário é um tanto gratuito.

— Queira me desculpar. O senhor cita repetidamente a avaliação realizada por seu aluno Jesper H. Löderman pouco antes da maioridade da Lisbeth Salander. Diz que "seu comportamento autodestrutivo e antissocial é confirmado pelos excessos e pela libertinagem que ela exibe desde que teve alta da Sankt Stefan". A que o senhor se refere?

Peter Teleborian se manteve em silêncio por alguns segundos.

— Bem... preciso voltar um pouco no tempo. Depois que saiu da clínica Sankt Stefan, Lisbeth Salander teve, como eu havia previsto, problemas com excesso de álcool e drogas. Foi detida várias vezes pela polícia. Uma investigação do Serviço Social apontou que ela mantinha relações sexuais compulsivas com homens mais velhos e que provavelmente se entregasse à prostituição.

— Vamos tentar esclarecer esse ponto. O senhor diz que ela se tornou alcoólatra. Com que frequência ela se embriagava?

— Como?

— Ela ficava bêbada todos os dias depois que recebeu alta até completar dezoito anos? Ficava bêbada uma vez por semana?

— Isso eu evidentemente não posso responder.

— Mesmo assim o senhor concluiu que ela abusava do álcool?

— Ela era menor de idade e tinha sido detida várias vezes pela polícia por embriaguez.

— É a segunda vez que o senhor usa a expressão "detida várias vezes". Isso significa com que frequência? Uma vez por semana, uma vez a cada duas semanas...?

— Não, não era tão frequente...

— Lisbeth Salander foi detida por embriaguez na via pública apenas duas vezes, quando tinha dezesseis anos e depois com dezessete anos. Numa dessas ocasiões, estava tão bêbada que foi mandada para o hospital. São essas então as várias vezes de que o senhor fala. Sabe de alguma outra ocasião em que ela tenha estado embriagada?

— Não, mas é de se temer que o comportamento dela...

— Desculpe, será que eu ouvi direito? Então o senhor não sabe se ela se embriagou mais que duas vezes na adolescência, mas teme que tenha sido esse o caso. Ainda assim, declara que Lisbeth Salander embarcou num círculo infernal de álcool e drogas?

— Cabe ao Serviço Social cuidar dessa parte. Não a mim. Tratava-se do estado geral de Lisbeth Salander. Como era esperado, e conforme o prognóstico pessimista oferecido após a interrupção do tratamento, toda a sua vida se transformou num círculo de álcool, intervenções policiais e libertinagem descontrolada.

— O senhor usa a expressão "libertinagem descontrolada".

— Sim... é um termo que significa que ela não tinha controle sobre sua própria vida. Mantinha relações sexuais com homens bem mais velhos.

— Isso não é contra a lei.

— É verdade, mas não é um comportamento normal numa garota de dezesseis anos. Cabe nos perguntar se ela participava disso por livre e espontânea vontade ou se sofria algum tipo de pressão.

— Mas o senhor afirmou que ela se prostituía.

— Talvez como uma decorrência natural de sua formação precária, de sua incapacidade de acompanhar o ensino escolar e concluir seus estudos e do consequente desemprego. Ela talvez enxergasse um pai nos homens mais velhos, com o bônus da compensação financeira por seus serviços sexuais. Seja como for, isso para mim revela um comportamento neurótico.

— O senhor está querendo dizer que uma garota de dezesseis anos que faz amor é uma neurótica?

— A senhora está desvirtuando as minhas palavras.

— Mas o senhor não sabe se alguma vez ela foi remunerada em troca de serviços sexuais?

— Ela nunca foi detida por prostituição.

— O que dificilmente poderia acontecer, já que a prostituição não é proibida por lei.

— Hã, de fato. No caso de Lisbeth Salander, trata-se de um comportamento neurótico compulsivo.

— E com base nesse escasso material o senhor não hesitou em concluir que Lisbeth Salander é uma doente mental. Quando eu tinha dezesseis anos, tomei um porre de rolar no chão com meia garrafa de vodca que eu tinha roubado do meu pai. O senhor diria que eu sou uma doente mental?

— Não, é evidente que não.

— É verdade que o senhor mesmo, quando tinha dezessete anos, participou de uma festa em que se embebedou a ponto de sair com um bando para quebrar vitrines no centro de Uppsala? O senhor foi detido pela polícia e colocado na cela de desembebedamento e ainda ganhou uma multa.

Peter Teleborian pareceu estupefato.

— É verdade?

— Sim... a gente faz tanta bobagem quando tem dezessete anos. Mas...

— Mas isso não o levou a concluir que o senhor sofria de uma grave doença psíquica?

Peter Teleborian estava irritado. Aquela maldita advogada não parava de desvirtuar suas palavras e se concentrava em detalhes específicos. Ela se recusava a ver o todo. E, totalmente fora de propósito, alardeava a quem quisesse ouvir que ele próprio um dia se embebedara... *como ela conseguiu descobrir?*

Ele deu uma tossidinha e ergueu a voz.

— Os relatórios do Serviço Social eram inequívocos e confirmavam, em todos os aspectos essenciais, que Lisbeth Salander levava uma vida dedicada ao álcool, às drogas e à libertinagem. O Serviço Social concluiu ainda que Lisbeth Salander se prostituía.

— Não. O Serviço Social jamais afirmou que ela se prostituía.

— Ela foi presa em...

— Não. Ela não foi presa. Ela foi interpelada no parque de Tantolunden quando tinha dezessete anos e estava acompanhada por um homem muito mais velho. No mesmo ano, ela foi pega embriagada, também na companhia de um homem muito mais velho. O Serviço Social talvez receasse que ela estivesse se prostituindo. Mas nunca houve qualquer prova que confirmasse isso.

— A vida sexual dela era muito intensa e ela mantinha relações com um número grande de pessoas, tanto homens como mulheres.

— No seu relatório, e cito aqui a página 4, o senhor se detém nos hábitos sexuais de Lisbeth Salander. Afirma que o relacionamento com sua amiga Miriam Wu confirma suas suspeitas de uma psicopatia sexual. Poderia explicar isso melhor?

Peter Teleborian calou-se de repente.

— Espero sinceramente que o senhor não tenha a intenção de afirmar que a homossexualidade é uma doença. Declarações desse tipo podem acarretar um processo.

— Não, é claro que não. Quero falar nos toques de sadismo sexual presentes no relacionamento delas.

— O senhor está querendo dizer que ela é sádica?

— Eu...

— Tivemos acesso ao depoimento prestado por Miriam Wu à polícia. Não havia nenhum tipo de violência no relacionamento delas.

— Elas praticavam *bondage*, sadomasoquismo e...

— Prefiro pensar que o senhor leu tabloides demais. Lisbeth Salander e sua amiga Miriam Wu experimentaram vez ou outra jogos eróticos em que Miriam Wu amarrava minha cliente e lhe oferecia satisfação sexual. Isso não chega a ser incomum, e não é proibido. É por esse motivo que o senhor quer internar a minha cliente?

Peter Teleborian abanou a mão para negar.

— Permita-me fazer algumas confidências. Quando eu tinha dezesseis anos, me embriaguei até dizer chega. Me embebedei várias vezes durante meus anos de colégio. Experimentei drogas. Fumei maconha e até experimentei cocaína uma vez há uns vinte anos. Me iniciei sexualmente aos quinze anos com um colega da minha classe, e tinha uns vinte anos quando me relacionei com um garoto que amarrava minhas mãos na cabeceira da cama. Tinha vinte e dois anos quando mantive, por vários meses, um relacionamento com um homem de quarenta e sete anos. Em outras palavras, eu sou uma doente mental?

— Doutora Giannini... a senhora está apelando para a ironia, mas as suas experiências sexuais não têm nada a ver com o presente caso.

— E por que não? Lendo a sua suposta avaliação de Lisbeth Salander, deparo com muitos aspectos que, extraídos do contexto, poderiam ser aplicados a mim mesma. Por que é que eu sou sã de espírito, ao passo que Lisbeth Salander é uma sádica perigosa?

— Não são os detalhes que determinam isso. A senhora não tentou matar seu pai duas vezes...

— Doutor Teleborian, a verdade é que os parceiros sexuais da Lisbeth não dizem respeito a ninguém. O sexo dos parceiros dela não diz respeito ao senhor, nem de que modo ela leva sua vida sexual. No entanto, o senhor vasculha detalhes da vida dela e se serve deles para sustentar a tese de que ela é uma doente mental.

— Desde a escola primária, toda a vida da Lisbeth não passa de uma série de ocorrências registradas nos arquivos médicos e sociais, mostrando violentos acessos de raiva contra professores e colegas.

— Um momento...

A voz de Annika Giannini de repente soou como um raspador de gelo no para-brisa congelado de um carro.

— Olhe para a minha cliente.

Todos olharam para Lisbeth Salander.

— Ela cresceu numa condição familiar execrável, vendo seu pai, por anos e anos, infligir maus-tratos violentos e sistemáticos à sua mãe.

— É...

— Deixe eu terminar. A mãe de Lisbeth Salander tinha um verdadeiro terror por Alexander Zalachenko. Não se atrevia a protestar. Não se atrevia a procurar um médico. Não se atrevia a procurar o SOS-Mulheres. Foi massacrada e, por fim, tão seriamente espancada que ficou com lesões cerebrais permanentes. A pessoa responsável pela família, a única pessoa que tentou assumir a responsabilidade da família antes mesmo de chegar à adolescência, foi Lisbeth Salander. Uma responsabilidade que ela foi obrigada a assumir sozinha porque o espião Zalachenko era mais importante que a mãe de Lisbeth.

— Eu não posso...

— E aqui estamos nós, confrontados com uma situação em que a sociedade abandonou a mãe de Lisbeth e suas filhas. O senhor se surpreende que

Lisbeth tenha tido problemas na escola? Olhe só para ela. Ela é magra e miudinha. Sempre foi a menina mais baixinha da classe. Era fechada e diferente, e não tinha amigas. O senhor sabe como as crianças costumam tratar aquelas que são diferentes do resto da turma?

Peter Teleborian assentiu com a cabeça.

— Eu posso rever os dossiês escolares e anotar, uma por uma, as situações em que Lisbeth se mostrou violenta — disse Annika Giannini. — Sempre havia antes alguma provocação. Reconheço aí, perfeitamente, os sinais da perseguição. Posso lhe dizer uma coisa?

— O quê?

— Eu admiro Lisbeth Salander. Ela tem mais fibra do que eu. Se tivessem me amarrado com correias quando eu tinha treze anos, é provável que eu tivesse desabado completamente. Ela revidou com a única arma de que dispunha. Em outras palavras, com seu desprezo pelo senhor.

A voz de Annika Giannini se inflamou de repente. Há muito seu nervosismo tinha se dissipado. Sentia que estava no controle.

— Um pouco antes, em seu testemunho, o senhor falou muito em fantasias, chegando a afirmar que a descrição do estupro que Lisbeth sofreu do doutor Bjurman era pura invenção.

— Exato.

— Essa conclusão do senhor se baseia em quê?

— Na minha experiência no hábito que ela tem de fantasiar.

— Na sua experiência no hábito que ela tem de fantasiar... Como o senhor pode ter certeza de que ela fantasia? Quando ela contou ter sido imobilizada por trezentas e oitenta noites, o senhor disse que isso era uma fantasia dela, embora seu próprio relatório demonstre que é verdade.

— Trata-se de algo bem diferente. Não existe a menor sombra de prova de que o Bjurman tenha estuprado Lisbeth Salander. Quero dizer, alfinetes espetados no mamilo e violências tão excessivas que ela sem dúvida deveria ter sido levada de ambulância para o hospital... É muito claro que esses fatos não podem ter ocorrido.

Annika Giannini dirigiu-se ao juiz Iversen.

— Eu havia solicitado um videoprojetor para mostrar um DVD...

— Já está disponível — disse Iversen.

— Podemos fechar as cortinas?

Annika Giannini abriu seu PowerBook e conectou os fios. Virou-se para sua cliente.

— Lisbeth. Nós vamos assistir a um filme. Você está preparada para isso?

— Eu já vivi esse filme — respondeu Lisbeth secamente.

— E tenho sua autorização para mostrá-lo?

Lisbeth disse que sim com a cabeça. Manteve o tempo todo o olhar fixo em Peter Teleborian.

— Você poderia nos dizer quando este filme foi feito?

— No dia 7 de março de 2003.

— Quem filmou?

— Eu. Usei uma câmera oculta, que integra o equipamento-padrão da Milton Security.

— Um momento — exclamou o procurador Ekström. — Isso está começando a parecer um verdadeiro circo.

— O que vamos assistir? — perguntou o juiz Iversen com voz cortante.

— Peter Teleborian sustenta que o relato de Lisbeth Salander é pura invenção. Vou lhe provar que é verídico, palavra por palavra. O filme tem noventa minutos, vou mostrar apenas alguns trechos. Devo alertar que contém cenas desagradáveis.

— Trata-se de alguma espécie de armação? — perguntou Ekström.

— Só há uma maneira de saber — disse Annika Giannini, e deu início à projeção.

— *Você não sabe ver as horas?* — cumprimentou Bjurman com raiva. A câmera penetrou no seu apartamento.

Passados nove minutos, o juiz Iversen bateu na mesa com o martelo, no exato instante em que o dr. Bjurman era imortalizado tentando enfiar um pênis artificial no ânus de Lisbeth Salander. Annika Giannini regulara o som num volume mais alto. Os gritos de Lisbeth abafados pela fita adesiva que lhe cobria a boca ressoavam na sala de audiências.

— Pare o filme — disse Iversen com voz forte e determinada.

Annika Giannini apertou o stop. A luz da sala foi acesa. O juiz Iversen estava vermelho. O procurador Ekström, petrificado. Peter Teleborian, lívido.

— Doutora Giannini, quanto tempo a senhora disse que durava esse filme? — perguntou o juiz Iversen.

— Noventa minutos. O estupro propriamente dito se dividiu em várias partes durante cerca de seis horas, mas minha cliente só guarda uma vaga lembrança da violência das últimas horas. — Annika Giannini virou-se então para Teleborian. — Em compensação, vemos a cena em que o Bjurman fura o mamilo da minha cliente com um alfinete, isso que o doutor Teleborian afirma ser uma manifestação da imaginação desenfreada de Lisbeth Salander. Isso se dá aos setenta e dois minutos, e proponho exibir o episódio aqui e agora.

— Obrigado, mas não será necessário — disse Iversen. — Senhorita Salander...

Por um momento, ele perdeu o fio da meada e não soube como prosseguir.

— Senhorita Salander, por que fez esse filme?

— O Bjurman já tinha me violentado uma vez e estava exigindo mais. Na primeira vez, fui forçada a chupar aquele velho nojento. Achei que ele ia repetir a dose e queria ter provas suficientes para poder chantagear o velho e mantê-lo bem longe de mim. Mas eu o subestimei.

— Mas por que não o denunciou por estupro agravado, já que tinha provas... tão contundentes?

— Eu não falo com policiais — disse Lisbeth Salander em tom monocórdio.

Então, de repente, Holger Palmgren se levantou da cadeira de rodas. Apoiou-se na beira da mesa. Sua voz estava muito clara.

— Por princípio, nossa cliente não fala com policiais e com qualquer pessoa investida de alguma autoridade, muito menos com psiquiatras. O motivo é muito simples. Desde criança, ela tentou o tempo todo contar à polícia, aos assistentes sociais e às autoridades que sua mãe era violentamente agredida por Alexandre Zalachenko. Todas as vezes, ela é que foi punida, porque os funcionários do Estado tinham resolvido que Zalachenko era mais importante que Salander.

Ele pigarreou e prosseguiu.

— Quando ela acabou se dando conta de que ninguém lhe daria ouvidos, a única saída foi tentar salvar a mãe sendo violenta com Zalachenko. E aí esse canalha que se diz médico — ele apontou para Teleborian — redigiu um diagnóstico psiquiátrico falsificado, declarando-a doente mental, o que lhe permitiu manter Lisbeth imobilizada na Sankt Stefan por trezentas e oitenta noites. Que merda! É o que eu tenho a dizer.

Palmgren se sentou. Iversen parecia surpreso com a explosão de Palmgren. Dirigiu-se a Lisbeth Salander.

— A senhorita talvez queira fazer uma pausa...

— Por quê? — perguntou Lisbeth.

— Bem, então vamos continuar. Doutora Giannini, esse vídeo vai ser examinado, vou pedir uma avaliação técnica sobre a autenticidade dele. Por enquanto vamos dar seguimento à audiência.

— Naturalmente. Eu também acho isso muito desagradável. Mas a verdade é que minha cliente foi vítima de abusos físicos, psíquicos e judiciários. E a pessoa responsável por essa situação deplorável é Peter Teleborian. Ele traiu seu juramento de médico e traiu sua paciente. Junto com Gunnar Björck, colaborador de um grupo irregular dentro da Polícia de Segurança, ele forjou uma avaliação psiquiátrica com o objetivo de trancafiar uma testemunha incômoda. Acho que deve ser um caso único na história jurídica da Suécia.

— Essas acusações são inacreditáveis — disse Peter Teleborian. — Eu procurei ajudar Lisbeth Salander da melhor maneira possível. Ela tentou matar o pai. Era evidente que havia algo errado...

Annika Giannini o interrompeu.

— Eu agora gostaria de chamar a atenção do tribunal para outras avaliações psiquiátricas médico-legais da minha cliente realizadas pelo doutor Teleborian. A avaliação mencionada hoje, nesta audiência. Afirmo que ela é falsa, tão falsa quanto a de 1991.

— Mas afinal, isso é...

— Excelência, poderia pedir à testemunha que pare de me interromper?

— Senhor Teleborian...

— Eu vou me calar. Mas são acusações inconcebíveis. É natural que eu me insurja...

— Senhor Teleborian, fique calado até que lhe façam uma pergunta. Prossiga, doutora Giannini.

— Aqui está o relatório de psiquiatria legal que o doutor Teleborian apresentou a este tribunal. Baseia-se em supostas observações da minha cliente, que teriam ocorrido após sua transferência para a casa de detenção de Kronoberg, em 6 de junho, e se estendido até o dia 5 de julho.

— Foi o que entendi — disse o juiz Iversen.

— Doutor Teleborian, é verdade que o senhor não teve a oportunidade de realizar testes ou observações com minha cliente antes do dia 6 de junho? Antes disso, sabemos que ela se encontrava isolada num quarto do hospital Sahlgrenska.

— Sim — disse Teleborian.

— Por duas vezes o senhor tentou ter acesso à minha cliente no Sahlgrenska. Nas duas vezes, esse acesso lhe foi negado. Correto?

— Sim.

Annika Giannini abriu novamente sua pasta e dela tirou um documento. Contornou a mesa e o entregou ao juiz Iversen.

— Bem, certo — disse Iversen. — É uma cópia da avaliação do doutor Teleborian. O que isso pretende provar?

— Eu gostaria de chamar duas testemunhas que estão aguardando do lado de fora da sala.

— Quem são elas?

— Mikael Blomkvist, da revista *Millennium*, e o delegado Torsten Edklinth, diretor da Proteção à Constituição da Polícia de Segurança, ou seja, da Säpo.

— E eles estão esperando lá fora?

— Sim.

— Faça-os entrar — disse o juiz Iversen.

— Isso é contra as regras — reclamou o procurador Ekström, que fazia algum tempo estava calado.

Quase em estado de choque, Ekström se deu conta de que Annika Giannini estava reduzindo a pó sua principal testemunha. O filme era arrasador.

Iversen ignorou Ekström e fez sinal ao meirinho para que abrisse a porta. Mikael Blomkvist e Torsten Edklinth entraram.

— Em primeiro lugar, gostaria de chamar Mikael Blomkvist.

— Eu pediria a Peter Teleborian que se retirasse por um instante.

— Já terminou comigo? — perguntou Teleborian.

— Não, longe disso — disse Annika Giannini.

Mikael Blomkvist tomou o lugar de Teleborian no banco das testemunhas. O juiz Iversen passou rapidamente pelas formalidades e Mikael jurou falar apenas a verdade.

Annika Giannini se aproximou de Iversen e pediu emprestado, por um momento, o relatório psiquiátrico médico-legal que acabara de lhe entregar. Estendeu a cópia para Mikael.

— Você já viu este documento?

— Já vi, sim. Tenho três versões dele. Obtive a primeira por volta de 12 de maio, a segunda em 19 de maio e a terceira — esta, portanto — em 3 de junho.

— Poderia nos dizer como essa cópia chegou às suas mãos?

— Eu a obtive, na condição de jornalista, de uma fonte que não pretendo revelar.

Lisbeth Salander tinha os olhos grudados em Peter Teleborian. De repente, ele ficou lívido.

— O que você fez com esse relatório?

— Entreguei a Torsten Edklinth, da Proteção à Constituição.

— Obrigada, Mikael. Vou chamar agora Torsten Edklinth — disse Annika Giannini pegando de volta o relatório. Ela o entregou a Iversen, que o segurou, pensativo.

Repetiu-se a formalidade do juramento.

— Delegado Edklinth, é verdade que o senhor recebeu de Mikael Blomkvist um relatório médico-legal sobre Lisbeth Salander?

— Sim.

— Quando foi isso?

— Está registrado na DGPN/Säpo em 4 de junho.

— E trata-se da mesma avaliação que acabo de entregar ao juiz Iversen?

— Se a minha assinatura está no verso do relatório, trata-se da mesma avaliação.

Iversen virou o documento e constatou que havia a assinatura de Torsten no verso.

— Delegado Edklinth, poderia nos explicar como é possível o senhor ter recebido uma avaliação psiquiátrica médico-legal de uma pessoa que se encontrava isolada no hospital Sahlgrenska?

— Sim.

— Pode falar.

— A avaliação médico-legal de Peter Teleborian é uma falsificação que ele redigiu junto com um tal de Jonas Sandberg, da mesma forma como em 1991 ele produziu uma falsificação similar junto com Gunnar Björck.

— Isso é mentira — disse Teleborian num fio de voz.

— É mentira? — perguntou Annika Giannini.

— Não, de forma alguma. Eu talvez deva mencionar que Jonas Sandberg é uma das cerca de dez pessoas que foram detidas hoje por ordem do procurador-geral da nação. Ele foi preso por cumplicidade no assassinato de Gunnar Björck. Ele integra um grupo irregular que operava no coração da Polícia de Segurança e protegeu Alexander Zalachenko a partir dos anos 1970. Esse mesmo grupo está por trás da decisão de internar Lisbeth Salander em 1991. Temos uma enorme quantidade de provas, assim como a confissão do chefe do grupo.

Um silêncio mortal caiu sobre a sala.

— Doutor Peter Teleborian, o senhor gostaria de fazer algum comentário sobre o que acaba de ser dito? — perguntou o juiz Iversen.

Teleborian balançou a cabeça.

— Nesse caso, aviso-lhe que o senhor pode ser processado por perjúrio e, eventualmente, sofrer outras acusações — disse o juiz Iversen.

— Se me permite... — disse Mikael Blomkvist.

— Sim? — disse Iversen.

— O Peter Teleborian está com problemas muito mais sérios do que esse. Atrás dessa porta há duas policiais que gostariam de vê-lo.

— O senhor quer dizer que eu deveria mandá-las entrar?

— Sem dúvida seria uma boa ideia.

Iversen fez sinal ao meirinho, que deixou entrar a inspetora Sonja Modig e uma mulher que o procurador Ekström reconheceu de imediato. Chamava-se Lisa Collsjö, inspetora da Brigada de Proteção de Menores, a unidade da

Polícia Nacional que tinha por missão, entre outras, investigar abusos sexuais e pedofilia.

— Por que as senhoras estão aqui? — perguntou Iversen.

— Para dar voz de prisão a Peter Teleborian tão logo seja possível, sem que a nossa intervenção perturbe as deliberações deste tribunal.

Iversen olhou para Annika Giannini.

— Eu ainda não terminei com ele, mas, enfim, tudo bem.

— Façam seu trabalho — disse Iversen.

Lisa Collsjö acercou-se de Peter Teleborian.

— O senhor está preso por violação agravada das leis de pornografia infantil.

Peter Teleborian já não respirava. Annika Giannini reparou que a luz parecia ter sumido de seus olhos.

— Mais precisamente pela apreensão de mais de oito mil fotos de pornografia infantil em seu computador.

Ela se inclinou e pegou a maleta de Peter Teleborian, onde estava seu computador.

— O computador está sendo apreendido — disse ela.

Enquanto o levavam para fora do tribunal, o olhar de Lisbeth Salander ardia feito fogo nas costas de Peter Teleborian.

28. SEXTA-FEIRA 15 DE JULHO — SÁBADO 16 DE JULHO

O juiz Iversen bateu com a caneta na beirada da mesa para fazer cessar o burburinho que se irrompera depois da prisão de Peter Teleborian. Então, permaneceu um longo momento calado, claramente inseguro quanto à maneira de dar seguimento aos trabalhos. Dirigiu-se ao procurador Ekström.

— O senhor tem algo a acrescentar aos fatos ocorridos nessa última hora?

Richard Ekström não fazia a menor ideia do que dizer. Levantou-se e olhou para Iversen, depois para Torsten Edklinth, antes de virar a cabeça e encontrar o olhar implacável de Lisbeth Salander. Entendeu que a batalha estava perdida. Voltou o olhar para Mikael Blomkvist e se deu conta, repentinamente apavorado, de que ele próprio estava arriscado a aparecer na revista *Millennium*... O que seria uma catástrofe impensável.

Em compensação, ele, que chegara ao julgamento certo de conhecer todos os diferentes aspectos do caso, não entendia o que se passara.

Ele compreendera o delicado equilíbrio necessário para a segurança da nação após várias conversas francas com o delegado Georg Nyström. Tinham lhe garantido que o relatório Salander de 1991 era forjado. Recebera toda a informação confidencial de que precisava. Fizera perguntas — centenas delas — para as quais obtivera todas as respostas. Mentiras. E agora estava reduzido a nada, a julgar pelo que dizia a dra. Giannini. Ele confiara em Peter Teleborian, que parecia tão... tão competente e sensato. Tão convincente.

Meu Deus. No que é que eu fui me meter?

E em seguida:

Como vou fazer para sair desta encrenca?

Passou a mão pelo cavanhaque. Tossiu de leve. Tirou lentamente os óculos.

— Lamento, mas, ao que parece, fui muito mal informado sobre muitos pontos deste processo.

Perguntou-se se poderia incriminar os investigadores e, de repente, veio-lhe a imagem do inspetor Bublanski. Bublanski jamais o apoiaria. Se ele ultrapassasse o limite, Bublanski convocaria no ato uma coletiva de imprensa. Acabaria com ele.

Ekström cruzou o olhar com Lisbeth Salander. Ela esperava pacientemente, com os olhos repletos de curiosidade e sede de vingança.

Não havia concessão possível.

Ele ainda poderia pegá-la por violências agravadas em Stallarholmen. Provavelmente pudesse pegá-la pela tentativa de assassinato de seu pai em Gosseberga. Isso significava que ele teria de modificar, de improviso, toda a sua estratégia e livrar-se de tudo o que estava ligado a Peter Teleborian. Significava que todas as explicações que a faziam passar por uma psicopata iriam ruir, significava também que a versão de Lisbeth estaria retroativamente fortalecida até 1991. A colocação sob tutela também iria ruir e...

E ela ainda tinha o maldito filme que...

Então uma certeza o invadiu.

Meu Deus. Ela é inocente!

— Excelência... eu não sei o que aconteceu, mas percebo que não posso mais me fiar nos documentos que tenho em mãos.

— De fato, é isso mesmo — disse Iversen com um tom seco.

— Acho que preciso solicitar uma pausa, ou a interrupção do julgamento até que eu consiga esclarecer o que aconteceu exatamente.

— Doutora Giannini? — disse Iversen.

— Peço que minha cliente seja inocentada de todos os crimes de que está sendo acusada e seja imediatamente posta em liberdade. Peço também que o tribunal de instâncias se pronuncie sobre a tutela da senhorita Salander. Considero que ela deva ser indenizada pelas violações de que foi vítima.

Lisbeth Salander voltou os olhos para o juiz Iversen.

Sem concessões.

O juiz Iversen desviou o olhar para a autobiografia de Lisbeth Salander, e depois para o procurador Ekström.

— Eu também acho uma boa ideia esclarecer o que aconteceu. Mas temo que o senhor não seja a pessoa indicada para conduzir essa instrução.

Ele refletiu por um momento.

— Nesses anos todos como juiz e magistrado, jamais vivi algo nem parecido com a situação jurídica deste caso. Devo admitir que me sinto acuado. Jamais tinha ouvido falar numa testemunha principal de um procurador que tivesse sido presa em pleno tribunal, durante as deliberações. Jamais tinha visto provas que pareciam tão convincentes se revelarem falsas. Francamente, não sei se, no atual contexto, resta algum ponto de acusação do procurador.

Holger Palmgren deu uma tossidinha, pedindo a palavra.

— Sim? — perguntou Iversen.

— Como representante da defesa, só me resta partilhar seus sentimentos. Às vezes, somos obrigados a dar um passo atrás e deixar que o bom-senso volte a prevalecer. Gostaria de esclarecer que, enquanto juiz, o senhor só viu o começo de um caso que vai abalar a Suécia até o alto de suas instituições. Cerca de dez policiais da Säpo foram presos hoje. Eles serão indiciados por assassinatos e por mais uma lista tão extensa de crimes que vai levar um bocado de tempo até que a instrução se conclua.

— Suponho que eu deva me decidir por uma pausa no julgamento.

— Com todo o respeito, acho que não seria uma boa decisão.

— Estou ouvindo.

Palmgren claramente estava tendo dificuldade em articular as palavras. Mas, falando devagar, conseguiu não gaguejar.

— A Lisbeth Salander é inocente. Sua autobiografia fantasiosa, como dizia o senhor Ekström com tanto desprezo, é verídica. E isso pode ser provado. Ela foi vítima de um escandaloso abuso do Poder Judiciário. Este tribunal pode ater-se às normas e seguir com o julgamento por mais algum tempo, até a absolvição. Mas também temos outra alternativa óbvia. Deixar que uma nova instrução se encarregue de tudo o que diz respeito a Lisbeth Salander.

Esta investigação já está atolada numa lama que cabe ao procurador-geral da nação limpar.

— Entendo o que o senhor está querendo dizer.

— Na condição de juiz, o senhor pode fazer essa escolha agora. O mais sábio, nesse caso, seria rejeitar o inquérito preliminar do procurador e incitá-lo a refazer o seu texto.

O juiz Iversen fitou Ekström, pensativo.

— Justiça seria pôr imediatamente nossa cliente em liberdade. Ela também mereceria um pedido de desculpas, mas sua reabilitação vai levar tempo e vai depender do restante da investigação.

— Compreendo seus pontos de vista, doutor Palmgren. Mas para poder declarar a inocência de sua cliente tenho que entender toda a história. Isso talvez leve algum tempo...

Ele hesitou e olhou para Annika Giannini.

— Caso eu decida suspender o julgamento até segunda-feira e se eu concordar com sua solicitação e decidir que não há mais motivo para que sua cliente permaneça presa, isso significa que vocês terão razões para esperar que ela não seja condenada a nenhuma pena. Nesse caso, vocês me garantem que ela irá se apresentar para as deliberações quando for chamada?

— Evidentemente — disse Holger Palmgren, rápido.

— Não — disse Lisbeth Salander com voz cortante.

Todos os olhares se voltaram para a personagem central dos acontecimentos.

— O que você quer dizer? — perguntou o juiz Iversen.

— No instante em que o senhor me soltar, eu vou viajar. Não pretendo dedicar mais nem um minuto do meu tempo a esse processo.

O juiz Iversen, estupefato, fitou Lisbeth Salander.

— A senhorita se recusa a se apresentar?

— Exatamente. Se o senhor quiser que eu responda a mais perguntas, terá de me manter na casa de detenção. Assim que me soltar, para mim este caso vira história passada. E isso não inclui ficar à sua disposição, ou à disposição do Ekström e da polícia, por tempo indeterminado.

O juiz Iversen suspirou. Holger Palmgren pareceu abalado.

— Concordo com a minha cliente — disse Annika Giannini. — O Estado e as autoridades é que estão em falta com Lisbeth Salander, e não o contrário. Ela merece sair desta sala levando uma absolvição na bagagem e podendo esquecer essa história toda.

Sem nenhuma concessão.

O juiz Iversen consultou o relógio.

— São quase quinze horas. Isso significa que a senhora está me obrigando a manter sua cliente na detenção.

— Se for essa a sua decisão, nós a acatamos. Como representante de Lisbeth Salander, peço que ela seja absolvida das acusações que o procurador Ekström fez contra ela. Peço que liberte minha cliente desde já. E peço que sua antiga tutela seja anulada e que ela recobre imediatamente seus direitos civis.

— A questão da tutela é processo muitíssimo mais demorado. Vou precisar da opinião de especialistas, que irão examiná-la. Não posso deliberar sobre isso num abrir e fechar de olhos.

— Não — disse Annika Giannini. — Não aceitamos essa proposta.

— Como assim?

— Lisbeth Salander tem os mesmos direitos civis que qualquer sueco. Ela foi vítima de um crime. Sua incapacidade foi declarada tendo como base uma falsificação. Essa falsificação pode ser provada. A decisão de colocá-la sob tutela já não tem, portanto, fundamento jurídico e deve ser anulada incondicionalmente. Não há motivo algum para que minha cliente se submeta a uma avaliação psiquiátrica médico-legal. Ninguém precisa provar que não é louco quando foi vítima de um crime.

O juiz Iversen refletiu por um instante.

— Doutora Giannini — disse ele. — Reconheço que estamos diante de uma situação excepcional. Decreto um intervalo de quinze minutos para que possamos esticar as pernas e nos refazer um pouco. Não tenho o menor desejo que sua cliente passe a noite na casa de detenção se ela for inocente, mas isso significa que esta audiência deverá prosseguir até que tenhamos concluído tudo.

— Para mim parece perfeito — disse Annika Giannini.

Mikael Blomkvist deu um beijo em sua irmã.

— Como foi?

— Mikael, acho que fui brilhante com o Teleborian. Eu literalmente acabei com ele.

— Eu te falei que você ia ser imbatível nesse processo. No fim das contas, o tema principal desta história não são nem os espiões nem os organismos secretos dentro do Estado, e sim a violência de todos os dias cometida contra as mulheres, e os homens que tornam isso possível. Do pouco que eu soube, deu para ver que você foi fantástica. Logo ela vai ser absolvida.

— Sim. Não há mais nenhuma dúvida sobre isso.

Após o intervalo, o juiz Iversen bateu novamente na mesa.

— Posso lhe pedir que me conte esta história desde o começo, para que eu possa formar uma opinião sobre o que de fato aconteceu?

— Naturalmente — disse Annika Giannini. — Vamos começar pela espantosa história de um grupo de policiais da Säpo que se autodenomina "a Seção" e que se encarregou de cuidar de um dissidente russo em meados dos anos 1970. Isso tudo está no livro que a *Millennium* lançou hoje. Aposto como vai ser a principal notícia dos telejornais da noite.

Por volta das seis da tarde, o juiz Iversen decidiu colocar Lisbeth Salander em liberdade e anular sua tutela.

Mas com uma condição. O juiz Jörgen Iversen exigiu que Lisbeth se submetesse a um interrogatório, a fim de depor oficialmente sobre o caso Zalachenko. Lisbeth a princípio se recusou secamente. Seguiu-se um diálogo nervoso, até que o juiz Iversen ergueu o tom de voz. Inclinou-se para a frente e encarou-a com severidade.

— Senhorita Salander, se eu estou anulando a sua tutela isso significa que a senhorita tem exatamente os mesmos direitos que todos os outros cidadãos. Mas significa também que tem os mesmos deveres. É seu dever administrar seu orçamento, pagar impostos, obedecer à lei e auxiliar a polícia nas investigações de crimes graves. Será, portanto, convocada a depor como qualquer cidadão que tem informações a oferecer para um inquérito.

A lógica daquele raciocínio pareceu surtir efeito em Lisbeth Salander. Ela esticou o lábio inferior, pareceu descontente, mas parou de argumentar.

— Depois que a polícia colher seu depoimento, o diretor do inquérito preliminar — nesse caso específico, o procurador-geral da nação — irá avaliar a necessidade de chamá-la para depor num eventual futuro processo. Como qualquer cidadão sueco, a senhorita pode se negar a obedecer à convocação. O que a senhorita vai fazer não me diz respeito, mas haverá uma conta a ser paga. Caso se negue a comparecer, poderá ser condenada, como toda pessoa maior de idade, por obstrução da ação da Justiça e perjúrio. Não há exceções.

Lisbeth Salander ficou ainda mais carrancuda.

— O que a senhorita decide? — perguntou Iversen.

Depois de refletir um minuto, ela assentiu rapidamente com a cabeça.

Tudo bem. Uma pequena concessão.

No início da noite, ao repassar o caso Zalachenko, Annika Giannini bateu forte no procurador Ekström. Aos poucos, Ekström foi admitindo que as coisas tinham se passado mais ou menos como Annika Giannini havia descrito. Ele recebera assistência do delegado Georg Nyström no inquérito preliminar e aceitara informações de Peter Teleborian. No que lhe dizia respeito, não havia conspiração alguma. Se na condição de chefe do inquérito preliminar ele fizera o jogo da Seção, fora na maior boa-fé. Quando percebeu a extensão do que de fato havia ocorrido, resolveu desistir do processo contra Lisbeth Salander. Tal decisão significava que várias formalidades administrativas poderiam ser descartadas. O juiz Iversen pareceu aliviado.

Holger Palmgren estava exausto ao fim de seu primeiro dia num tribunal depois de tantos anos. Foi obrigado a voltar para o seu quarto no centro de reabilitação de Ersta. Um agente uniformizado da Milton Security o levou até lá. Antes de sair, ele pôs a mão no ombro de Lisbeth Salander. Entreolharam-se. Depois de alguns instantes ela balançou a cabeça e sorriu ligeiramente.

Às sete da noite, Annika Giannini teclou rapidamente o número de Mikael Blomkvist para avisar que Lisbeth Salander fora inocentada de todos os crimes de que era acusada, mas que ainda teria de permanecer algumas horas no Palácio da Polícia para prestar depoimento.

O anúncio chegou quando todos os funcionários da *Millennium* se encontravam na redação. O telefone não tinha parado de tocar desde que os primeiros exemplares começaram a ser distribuídos por entrega especial para outras redações de Estocolmo. Durante a tarde, a TV4 levara ao ar os primeiros programas especiais sobre Zalachenko e a Seção. Aquilo estava virando uma verdadeira festa da mídia.

Mikael foi até o meio da sala, pôs os dedos na boca e assobiou forte.

— Acabo de ser informado que a Lisbeth foi totalmente absolvida.

Os aplausos brotaram espontaneamente. Em seguida, cada um continuou falando ao seu telefone como se nada tivesse acontecido.

Mikael ergueu os olhos e observou a tevê ligada no meio da redação. Acabava de começar o *Nyheterna* na TV4. O tema incluía um trecho do filme que mostrava Jonas Sandberg plantando cocaína no apartamento da Bellmansgatan.

— Aqui, um funcionário da Säpo escondendo cocaína na casa do jornalista Mikael Blomkvist da revista *Millennium*.

Em seguida, teve início o telejornal.

— Cerca de dez funcionários da Polícia de Segurança foram presos hoje por crimes agravados, entre eles assassinatos. Bem-vindos ao programa desta noite, uma longa edição especial.

Mikael cortou o som quando a Moça da TV4 apareceu e ele viu a si próprio sentado na poltrona do estúdio. Já sabia o que tinha dito. Seu olhar foi para a mesa que Dag Svensson usara para trabalhar. Os vestígios de sua reportagem sobre o tráfico de mulheres haviam desaparecido e a mesa tinha virado um depósito de jornais e pilhas de papéis desarrumados que ninguém guardava.

Naquela mesa é que o caso Zalachenko começara para Mikael. Gostaria muito que Dag Svensson pudesse assistir ao seu final. Alguns exemplares do livro de Dag sobre o tráfico de mulheres, com a tinta ainda fresca, estavam expostos ali, junto com o livro sobre a Seção.

Você teria gostado, Dag.

Ouviu o telefone tocando em sua sala, mas não encontrou forças para ir atender. Fechou a porta e entrou na sala de Erika Berger, deixando-se cair numa das confortáveis poltronas diante da janela. Erika estava ao telefone. Ele olhou ao redor. Fazia um mês que ela tinha voltado, mas ainda não tivera tempo de encher a sala com todos os objetos pessoais que ela havia levado ao partir, em abril. As prateleiras da estante estavam vazias e não havia quadros nas paredes.

— Qual é a sensação? — ela perguntou depois que desligou.

— Acho que estou feliz — disse ele.

Ela riu.

— A *Seção* vai causar devastações. O pessoal está a mil em tudo que é redação. O que você acha de aparecer na *Aktuellt* agora às nove?

— Não.

— Foi o que eu pensei.

— Vamos ter que falar sobre isso por meses. Não precisamos tirar o pai da forca.

Ela concordou com a cabeça.

— O que você vai fazer hoje à noite?

— Não sei.

Ele mordeu o lábio inferior.

— Erika... eu...

— Rosa — disse Erika Berger, sorrindo.

Ele fez que sim com a cabeça.

— É sério?

— Não sei.

— Ela está superapaixonada.

— Acho que eu também estou apaixonado — disse ele.

— Vou manter distância até você ter certeza.

Ele meneou a cabeça.

— Talvez — disse ela.

Às oito da noite, Dragan Armanskij e Susanne Linder foram até a redação da *Millennium*. Achavam que a ocasião pedia champanhe e chegaram com uma sacola repleta de garrafas. Erika Berger abraçou Susanne Linder e lhe mostrou toda a redação, enquanto Armanskij se sentava na sala de Mikael.

Beberam. Durante algum tempo, nenhum dos dois falou. Armanskij foi quem quebrou o silêncio.

— Sabe o que mais, Blomkvist? Quando a gente se conheceu durante aquele caso em Hedestad, eu francamente te detestava.

— Ah, é?

— Vocês dois apareceram depois que você contratou a Lisbeth para fazer umas pesquisas.

— Lembro.

— Acho que fiquei com ciúmes. Vocês se conheciam havia apenas algumas horas. Ela ria com você. Eu tentei ser amigo da Lisbeth durante anos e nunca consegui que ela relaxasse.

— Bem... eu também não consegui grande coisa.

Permaneceram algum tempo em silêncio.

— Que bom que acabou — disse Armanskij.

— Amém — disse Mikael.

O interrogatório oficial de Lisbeth Salander foi conduzido pelos inspetores Jan Bublanski e Sonja Modig. Eles tinham acabado de estar com suas respectivas famílias depois de um dia de trabalho especialmente longo, e precisaram voltar quase em seguida para o Palácio da Polícia em Kungsholmen.

Salander estava sendo assistida por Annika Giannini, a qual, porém, não teve motivo para muitas intervenções. Lisbeth Salander expressava de modo bem preciso suas respostas a todas as perguntas de Bublanski e Modig.

Coerente com seu jeito de ser, mentiu em dois pontos centrais. Ao descrever o que se passara durante a luta em Stallarholmen, teimou que Benny Nieminen é quem tinha, por engano, atirado no pé de Carl-Magnus "Magge" Lundin no momento em que ela o atingira com o cassetete elétrico. Onde conseguira o cassetete elétrico? Arrancara-o de Magge Lundin, afirmou.

Tanto Bublanski como Modig exibiram uma expressão bastante cética. Mas não havia nenhuma prova ou testemunha para contradizer sua versão. Benny Nieminen, a rigor, poderia protestar, mas ele se negava a comentar o incidente. O fato é que ele ignorava tudo o que acontecera nos segundos que se seguiram ao seu nocaute pelo cassetete elétrico.

Quanto à viagem de Lisbeth para Gosseberga, ela explicou que o objetivo havia sido se encontrar com o pai e convencê-lo a se entregar para a polícia.

Ao dizer isso, Lisbeth Salander exibiu a maior candura.

Ninguém tinha como definir se ela estava ou não dizendo a verdade. Annika Giannini não tinha a menor ideia a respeito.

A única pessoa que sabia que Lisbeth Salander fora até a granja de Gosseberga com a firme intenção de dar um fim definitivo em seu relacionamento com o pai era Mikael Blomkvist. Mas ele fora retirado da sala de audiências pouco após o reinício do julgamento. Ninguém sabia que ele e Lisbeth Salander haviam mantido longas conversas noturnas via internet durante a estada dela em Sahlgrenska.

A imprensa perdeu a libertação de Lisbeth Salander. Se o horário tivesse sido divulgado, teria havido um ajuntamento gigantesco diante do Palácio da Polícia. Mas os repórteres estavam exaustos depois do caos instalado naquele dia com a publicação da *Millennium*, dia em que também alguns policiais da Säpo prenderam outros policiais da Säpo.

A Moça da TV4, como sempre, foi a única jornalista a saber o que estava acontecendo. Sua reportagem de uma hora tornou-se um clássico que, alguns meses depois, receberia o prêmio de Melhor Reportagem Informativa da Televisão.

Sonja Modig tirou Lisbeth Salander do Palácio da Polícia simplesmente levando-a até a garagem com Annika Giannini e de lá para o escritório da advogada em Kungsholms Kyrkoplan. Ao chegar, trocaram de carro e pegaram o de Annika Giannini. Annika esperou Sonja sumir de vista para ligar o motor. Foi pegando a direção de Södermalm. Quando passavam perto do Palácio do Parlamento, ela quebrou o silêncio.

— Para onde vamos? — perguntou.

Lisbeth pensou por alguns segundos.

— Você pode me deixar num ponto qualquer da Lundagatan.

— A Miriam Wu não está lá.

Lisbeth lançou um olhar de esguelha para Annika Giannini.

— Ela foi para a França pouco depois que teve alta do hospital. Está morando com os pais, caso queira entrar em contato com ela.

— Por que você não me contou?

— Você não perguntou.

— Humm.

— Ela precisava de um tempo. O Mikael, hoje cedo, me pediu para te entregar isto aqui. Disse que você provavelmente ia querer de volta.

Estendeu um molho de chaves. Lisbeth o pegou sem dizer uma palavra.

— Obrigada. Então você pode me deixar em algum ponto da Folkungagatan.

— Você não quer dizer onde mora nem para mim?

— Mais tarde. Agora eu quero que me deixem em paz.

— Tudo bem.

Annika tinha ligado o celular ao sair do Palácio da Polícia depois do interrogatório. Quando passaram por Slussen, ele começou a apitar. Ela olhou a tela.

— É o Mikael. Nessas últimas horas ele ligou mais ou menos de dez em dez minutos.

— Eu não quero falar com ele.

— Tudo bem. Posso fazer uma pergunta pessoal?

— Qual?

— O que o Mikael fez para você ter tanto ódio dele? Quero dizer, sem ele você hoje estaria provavelmente sendo internada num hospital psiquiátrico.

— Eu não tenho ódio do Mikael. Ele não me fez nada. Só não quero falar com ele agora.

Annika Giannini observou sua cliente com o canto do olho.

— Não pretendo me meter nas suas histórias, mas você não resistiu aos encantos dele, não foi?

Sem responder, Lisbeth olhou pela janela lateral.

— O meu irmão é totalmente irresponsável quando se trata de relacionamentos. Ele vai transando com as mulheres pela vida, sem perceber que pode machucar aquelas que veem nele mais do que um caso eventual.

Lisbeth a encarou.

— Eu não quero falar sobre o Mikael com você.

— Tudo bem — disse Annika. Estacionou rente à calçada pouco antes da Erstagatan. Aqui está bom para você?

— Está.

Permaneceram em silêncio. Lisbeth não esboçou nenhum gesto para abrir a porta. Passados alguns momentos, Annika desligou o motor.

— O que vai acontecer agora? — perguntou Lisbeth afinal.

— O que vai acontecer é que a partir de hoje você não está mais sob tutela. Pode fazer o que bem entender. Embora a gente tenha sido muito firme hoje no tribunal, ainda resta uma boa papelada para ajeitar. Vai haver inquéritos de responsabilidade dentro da Comissão de Tutelas, questões sobre a indenização e coisas assim. E a instrução vai seguir seu curso.

— Eu não quero indenização. Quero que me deixem em paz.

— Entendo. Mas o que você acha não tem muita importância. Esse processo vai correr apesar de você. Proponho que contrate um advogado para defender seus interesses.

— Você não quer continuar sendo minha advogada?

Annika esfregou os olhos. Depois de passada toda a tensão daquele dia, sentia-se exaurida. Queria voltar para casa, tomar um banho e deixar que seu marido lhe fizesse uma massagem nas costas.

— Não sei. Você não confia em mim. E eu não confio em você. Não quero me ver envolvida num longo processo, em que tudo que vou receber vai ser um silêncio frustrante quando eu fizer uma sugestão ou quiser discutir alguma coisa.

Lisbeth ficou um bom tempo calada.

— Eu... eu não sou muito boa para me relacionar. Mas confio em você.

Pareceu quase uma desculpa.

— Pode ser. Mas não é problema meu se você é um zero à esquerda em relacionamentos. Só que isso se torna um problema se eu for te representar.

Silêncio.

— Você quer que eu continue sendo sua advogada?

Lisbeth assentiu com a cabeça. Annika suspirou.

— Eu moro na Fiskargatan, número 9. Em frente à praça de Mosebacke. Você pode me levar até lá?

Annika olhou sua cliente com o rabo dos olhos. Por fim, ligou o motor. Deixou que Lisbeth a guiasse até o endereço. Pararam a pouca distância do prédio.

— Bem — disse Annika. — Vamos fazer um teste. Minhas condições são as seguintes. Vou te representar. Quando eu quiser entrar em contato com você, quero que você atenda. Quando quiser saber como você quer que eu atue, vou querer respostas claras. Se eu ligar pedindo que você fale com algum policial, ou procurador, ou seja lá quem for, relacionado à investigação, é porque acho necessário. E exijo que você compareça ao local na hora marcada, sem criar caso. Você pode viver com isso?

— Está certo.

— E se você começar a criar caso, eu deixo de ser sua advogada. Entendeu?

Lisbeth fez que sim com a cabeça.

— Outra coisa. Não quero me ver no meio dessa história entre você e o meu irmão. Se tiver algum problema com ele, resolva com ele. Mas o fato é que ele não é seu inimigo.

— Eu sei. Vou dar um jeito nisso. Mas preciso de um tempo.

— O que você pretende fazer agora?

— Não sei. Você pode entrar em contato comigo por e-mail. Prometo responder o mais rápido possível, mas eu talvez não verifique a caixa postal todo dia...

— Você não vira uma escrava só porque tem uma advogada. Por enquanto é isso. E agora desça do carro. Estou exausta e quero ir para casa dormir.

Lisbeth abriu a porta e desceu do carro. Quando ia fechar a porta, parou. Parecia querer dizer alguma coisa, mas não encontrar as palavras. Por um momento, Annika a percebeu com um jeitinho quase vulnerável.

— Está bem — disse Annika. — Vá dormir. E não se meta em nenhuma encrenca nas próximas semanas.

Lisbeth Salander ficou parada na calçada olhando para Annika Giannini até os faróis traseiros do carro sumirem ao longe.

— Obrigada — disse ela afinal.

29. SÁBADO 16 DE JULHO — SEXTA-FEIRA 7 DE OUTUBRO

Deparou com seu Palm no móvel do hall de entrada. Também estavam ali as chaves do seu carro e a bolsa que ela tinha perdido na noite em que Magge Lundin a agredira em frente ao prédio da Lundagatan. Havia cartas abertas e outras fechadas, que alguém fora pegar na caixa postal da Hornsgatan. *Mikael Blomkvist.*

Lentamente, deu uma volta pela parte mobiliada do apartamento. Havia vestígios dele por todos os lados. Ele dormira em sua cama e trabalhara em seu escritório. Usara sua impressora, e no cesto de papéis ela achou os rascunhos do texto dele sobre a Seção, anotações e rabiscos que ele depois jogou fora.

Ele comprou e deixou na geladeira um litro de leite, pão, queijo, pasta de peixe e dez pacotes de Billys Pan Pizza.

Na mesa da cozinha, ela encontrou um pequeno envelope branco com seu nome. Era um bilhete dele. A mensagem era sucinta. O número do seu celular. Mais nada.

Lisbeth Salander percebeu de repente que a bola estava com ela. Ele não pretendia procurá-la. Ele tinha concluído a matéria, devolvera as chaves dela e não estava pensando em dar notícias. *Que cara mais teimoso, porra!*

Ligou a cafeteira, preparou quatro torradas e em seguida se acomodou no recanto da janela, contemplando o parque de Djurgården. Acendeu um cigarro e se pôs a refletir.

Tudo tinha acabado, no entanto sua vida lhe parecia mais travada do que nunca.

Miriam Wu tinha ido para a França. A *culpa é minha se você quase morreu*. Ela receara o momento de rever Miriam Wu, e tinha decidido que, assim que fosse libertada, esta seria sua primeira visita. *E a Miriam não está em casa, está na França. Droga!*

De repente sentiu-se em dívida com um monte de gente.

Holger Palmgren. Dragan Armanskij. Teria de procurá-los para agradecer. Paolo Roberto. E Praga, e Trinity. Se quisesse ser bem objetiva, até aqueles malditos tiras, Bublanski e Modig, tinham ficado do seu lado. E ela não gostava de dever nada para ninguém. Sentia-se como um peão num jogo sobre o qual não tinha o menor controle.

Maldito Super-Blomkvist. E talvez também Maldita Erika Berger, com suas lindas covinhas, belas roupas e autoconfiança.

Acabou, dissera Annika Giannini quando elas estavam deixando o Palácio da Polícia. Sim. O julgamento tinha acabado. Acabado para Annika Giannini. E acabado para Mikael Blomkvist, que publicara a sua matéria, ia aparecer na tevê e, de quebra, com certeza ainda ia ganhar um ou outro maldito prêmio.

Mas não tinha acabado para Lisbeth Salander. Aquele era só o primeiro dia do resto de sua vida.

Às quatro da manhã, parou de refletir. Jogou sua roupa de punk no chão do quarto e foi até o banheiro tomar um banho. Limpou toda a maquiagem que usara na audiência e vestiu uma calça leve de linho escuro, uma camiseta regata branca e uma jaqueta fina. Preparou uma maleta de mão com alguma roupa de baixo e camisetas, e escolheu sapatos baixos simples.

Pegou seu Palm e em seguida chamou um táxi. Foi para o aeroporto de Arlanda, onde chegou um pouco antes das seis da manhã. Olhou o painel de embarques e comprou uma passagem para o primeiro destino que viu indicado. Usou seu passaporte com o próprio nome. Ficou surpresa que ninguém no balcão de reservas ou no check-in demonstrasse reconhecê-la ou reagisse ao ver seu nome.

Encontrara um lugar num voo matutino para Málaga, onde aterrissou por volta do meio-dia sob um sol escaldante. Permaneceu algum tempo no terminal, hesitante. Então resolveu consultar um mapa, perguntando-se o que iria fazer na Espanha. Minutos depois, já tomara sua decisão. Não estava com a menor vontade de ficar pensando em ônibus ou em qualquer outro meio de transporte. Comprou óculos de sol numa loja do aeroporto, saiu do terminal e se acomodou no banco traseiro do primeiro táxi vazio que apareceu.

— Gibraltar. Vou pagar com cartão de crédito.

O trajeto durou três horas pela nova autoestrada ao longo da costa sul. O táxi a deixou no posto de fronteira do território britânico e ela seguiu a pé até a Europa Road e o Rock Hotel, situado na subida do rochedo de quatrocentos e vinte e cinco metros, onde perguntou se tinham um quarto disponível. Tinham um quarto duplo. Fez a reserva por duas semanas e apresentou seu cartão de crédito.

Tomou um banho e se sentou na sacada, enrolada numa toalha de banho, contemplando o estreito de Gibraltar. Avistou uns cargueiros e alguns veleiros. Distinguiu vagamente o Marrocos do lado de lá do estreito. Uma paisagem serena.

Passado algum tempo, voltou para o quarto, deitou-se e dormiu.

Na manhã seguinte, Lisbeth Salander acordou às cinco e meia. Levantou-se, passou rapidamente pelo chuveiro e foi tomar café da manhã no térreo, no restaurante do hotel. Às sete horas, deixou o hotel e foi comprar mangas e maçãs, depois pegou um táxi para o The Peak e foi ver os macacos. Chegou cedo, havia pouquíssimos turistas, portanto se viu quase sozinha com os animais.

Ela gostava de Gibraltar. Era a terceira vez que visitava aquele estranho rochedo que dava para o Mediterrâneo, com sua cidade inglesa de uma densidade populacional absurda. Gibraltar não se parecia com nenhum outro lugar. A cidade permanecera isolada durante décadas, uma colônia que se negava persistentemente a ser anexada à Espanha. Os espanhóis protestavam, é claro, contra a ocupação. Mas Lisbeth achava que era melhor eles calarem a boca enquanto estivessem ocupando o enclave de Ceuta em território marroquino, do outro lado do estreito. Era um lugar curioso, afastado do resto do mundo, uma cidade de pouco mais de dois quilômetros quadrados constituída de um rochedo singular e um aeroporto que avançava sobre o mar. Era uma povoação tão pequena que cada centímetro quadrado era aproveitado, e a expansão se dava necessariamente em direção ao mar. Para entrar na cidade, os visitantes eram obrigados a atravessar a pista de pouso do aeroporto.

Gibraltar era um exemplo notável do conceito de *compact living*.

Lisbeth viu um macaco macho, grande, trepar numa mureta próxima à trilha de passeio. Olhava para ela com o rabo dos olhos. Um *Barbary ape*. Ela sabia que não dava para tentar acariciar aqueles bichos.

— E aí, cara? — disse ela. — Sou eu, voltei.

Antes de sua primeira estada em Gibraltar, ela nunca tinha ouvido falar nesses macacos. Subira no alto do Rochedo apenas para admirar a vista e fora pega totalmente de surpresa, quando acompanhava um grupo de turistas, ao se ver no meio de um bando de macacos trepando por tudo, de um lado a outro do caminho.

Tinha sido uma sensação esquisita estar caminhando por uma trilha e topar de repente com mais de vinte macacos. Olhou para eles bem desconfiada. Não eram perigosos nem agressivos. Em compensação, eram fortes o bastante para morder seriamente se estivessem nervosos ou se sentissem ameaçados.

Ela localizou um dos guardas, mostrou sua sacola e perguntou se podia dar frutas aos animais. O homem não fez nenhuma objeção.

Pegou uma manga e colocou-a na mureta, a alguma distância do macho.

— Café da manhã — disse, apoiando-se na mureta para comer uma maçã.

O macaco olhou para ela, arreganhou os dentes e então pegou a manga, feliz da vida.

Cinco dias depois, por volta das quatro da tarde, Lisbeth Salander caiu de um banco do Harry's Bar, numa rua lateral da Main Street, a dois quarteirões de seu hotel. Tinha estado regularmente bêbada desde que deixara a montanha dos macacos, e a maior parte de sua bebedeira acontecera no bar de Harry O'Connell, o proprietário do bar que tinha um sotaque irlandês adquirido a grande custo, já que nunca na vida pusera os pés na Irlanda. Ele a observava com ar preocupado.

Quando ela pediu o primeiro copo, quatro tardes antes, ele quis ver seu passaporte, julgando estar diante de uma menina. Sabia que seu nome era Lisbeth e a chamava de Liz. Ela em geral chegava na hora do almoço, sentava-se num banco do fundo do bar e se encostava na parede. Em seguida, dedicava seu tempo a enxugar um número considerável de cervejas ou uísques.

Quando tomava cerveja, não ligava para a marca; aceitava o que ele servisse. Quando pedia uísque, sempre escolhia o Tullamore Dew, com exceção de uma vez em que examinara as garrafas atrás do balcão e pedira para experimentar o Lagavulin. Ela havia cheirado o copo, erguido as sobrancelhas e então tomara um gole bem pequeno. Descansara o copo na mesa e continuara olhando para ele durante um minuto, com uma expressão que dava a entender que considerava seu conteúdo um inimigo perigoso.

Acabara empurrando o copo de lado e pedindo que Harry lhe desse alguma coisa não destinada à calafetagem de barcos. Ele voltara a lhe servir Tullamore Dew e ela recomeçou a bebedeira. Nos últimos quatro dias, esvaziara uma garrafa sozinha. Ele não tinha contado as cervejas. Harry estava muito surpreso que uma moça com aquela modesta massa corpórea conseguisse absorver tantas, mas ponderava que se ela estava pretendendo beber, iria beber, fosse no seu bar ou em qualquer outro lugar.

Ela bebia devagar, não falava com ninguém e não criava caso. Sua única ocupação, fora o consumo de álcool, parecia ser brincar com um computador de mão que, de vez em quando, ela conectava ao celular. Ele tinha tentado várias vezes iniciar uma conversa, mas fora recebido por um silêncio obstinado. Ela parecia evitar qualquer companhia. Algumas vezes, quando havia gente demais no bar, ela tinha fugido para o terraço, e em outras ocasiões fora comer num restaurante italiano duas portas adiante. Depois voltara ao Harry's para pedir mais um Tullamore Dew. Em geral, deixava o bar por volta das nove da noite e seguia na direção norte.

Naquele dia em particular, bebera mais e mais depressa que nos outros, e Harry começou a vigiá-la. Ela já havia entornado sete copos de Tullamore Dew em duas horas, quando ele decidiu que se recusaria a lhe servir mais um. Não teve tempo de pôr em prática sua decisão, pois um estrondo anunciou que ela tinha caído do banco.

Ele largou o copo que estava enxugando, foi para o outro lado do balcão e levantou-a. Ela fez um ar ofendido.

— Acho que você já preencheu sua cota de hoje — disse ele.

Ela o fitou com olhos turvos.

— Acho que você tem razão — respondeu, com voz surpreendentemente clara.

Agarrou-se ao balcão com uma das mãos, tirou algumas cédulas do bolso superior da jaqueta e então foi cambaleando em direção à porta. Ele segurou seu ombro com suavidade.

— Espere um pouco. Queria que você fosse até o banheiro vomitar os últimos copos e depois ficasse mais um tempo no bar. Não posso te deixar sair nesse estado.

Ela não reclamou quando ele a acompanhou até o banheiro. Ela enfiou os dedos na garganta e fez o que ele tinha mandado. Quando voltou para o bar, ele lhe serviu um copo grande de água mineral. Ela o tomou inteiro e arrotou. Ele lhe serviu mais um.

— Amanhã, você vai estar com uma ressaca daquelas — disse Harry.

Ela concordou com a cabeça.

— Não tenho nada a ver com isso, mas no seu lugar eu passaria a seco por alguns dias.

Ela fez que sim com a cabeça. Em seguida foi vomitar no banheiro outra vez.

Lisbeth Salander permaneceu no Harry's Bar por mais uma hora, até que seu olhar estivesse focado o bastante para que Harry se atrevesse a deixá-la ir embora. Ela saiu de pernas bambas, foi caminhando na direção do aeroporto e em seguida beirando o mar e a marina. Ficou passeando até as oito e meia da noite, hora em que o sol parava de se balançar. Só então voltou ao hotel. Foi direto para o quarto, escovou os dentes, lavou o rosto, trocou de roupa e se encaminhou ao bar do hotel, onde pediu uma xícara de café preto e uma garrafa de água mineral.

Permaneceu sentada em silêncio e sem chamar atenção junto a uma coluna, observando os clientes do bar. Avistou um casal na faixa dos trinta anos conversando em voz baixa. A mulher estava com um vestido claro de verão. O homem segurava a mão dela embaixo da mesa. Duas mesas adiante, havia uma família africana, o homem com as têmporas grisalhas, a mulher com um lindo vestido estampado de amarelo, preto e vermelho. Tinham dois filhos pré-adolescentes. Examinou um grupo de homens de negócios, de camisa branca e gravata, o paletó no encosto da cadeira. Tomavam cerveja. Viu um grupo de aposentados, turistas americanos sem sombra de dúvida. Os homens usavam boné de beisebol, camisa polo e calças descontraídas. E as mulheres, jeans de marca, tops vermelhos e óculos de sol com um cordãozinho. Viu um homem de paletó de linho claro, camisa cinza e gravata escura entrando na recepção para pegar as chaves antes de se dirigir ao bar e pedir uma cerveja. Estava sentada a três metros dele e seu olhar ficou atento quando ele pegou o celular e começou a falar em alemão.

— *Oi, sou eu... tudo bem?... está tudo certo, a próxima reunião é amanhã à tarde... não, acho que vai dar... fico aqui mais uns cinco, seis dias pelo menos, depois vou para Madri... não, só volto no fim da semana que vem... eu também... te amo... claro... eu te ligo durante a semana... beijo.*

Ele media um metro e oitenta e cinco, tinha uns cinquenta, cinquenta e cinco anos, cabelos grisalhos bem curtos, um queixo para dentro e uns bons quilos a mais na cintura. Ainda assim, era relativamente bem conservado. Estava lendo o *Financial Times*. Quando terminou a cerveja e dirigiu-se ao elevador, Lisbeth Salander se levantou e o seguiu.

Ele apertou o botão do quinto andar. Lisbeth se postou a seu lado e recostou a cabeça na parede do fundo do elevador.

— Estou bêbada — disse.

Ele olhou para ela.

— Ah, é?

— É. Esta semana eu não parei. Deixe eu adivinhar. Você é assim uma espécie de executivo, de Hanover ou de algum outro lugar do norte da Alemanha. É casado. Ama a sua mulher. E tem que ficar mais alguns dias aqui em Gibraltar. Foi o que entendi ao escutar seu telefonema lá no bar.

Ele a fitou, estupefato. Ela prosseguiu:

— Eu sou da Suécia. Estou com uma vontade irresistível de transar com alguém. Não estou nem aí se você é casado e não quero o número do seu telefone.

Ele ergueu as sobrancelhas.

— Estou no quarto 711, dois andares acima do seu. Vou para o meu quarto, tirar a roupa, tomar um banho e me deitar. Se quiser me fazer companhia, pode bater na porta daqui uma meia hora. Depois disso vou pegar no sono.

— Isso por acaso é alguma pegadinha? — ele perguntou, quando o elevador parou.

— Não. Estou com preguiça de sair para caçar pelos bares. Ou você vem bater na minha porta, ou então azar o seu.

Vinte e cinco minutos depois, bateram na porta do quarto de Lisbeth. Ela foi abrir, enrolada numa toalha.

— Entre — disse.

Ele entrou e lançou um olhar desconfiado pelo quarto.

— Estou sozinha — disse ela.

— A propósito, qual é a sua idade?

Ela estendeu a mão para pegar o passaporte que estava em cima de uma cômoda, e mostrou a ele.

— Você parece mais jovem.

— Eu sei — disse ela, então tirou a toalha e jogou-a em cima da cadeira. Voltou para a cama e dobrou a colcha.

Ele fitou as tatuagens. Ela olhou para ele por cima do ombro.

— Não é nenhuma armadilha. Eu sou mulher, solteira, e vou passar uns dias aqui. Faz meses que não transo.

— E por que você me escolheu?

— Porque você era o único no bar que não parecia estar acompanhado.

— Eu sou casado...

— Eu não quero saber quem é ela nem quem é você. E não quero discutir sociologia. Eu quero trepar. Tire a roupa, ou então volte para o seu quarto.

— Assim, direto?

— E por que não? Eu já sou bem adulta e você sabe o que precisa fazer.

Ele pensou por uns trinta segundos. Parecia prestes a ir embora. Ela se sentou na beira da cama e esperou. Ele mordeu o lábio inferior. Então tirou a calça e a camisa, e ficou de cueca, hesitante.

— Tudo — disse Lisbeth Salander. — Não pretendo trepar com um cara de cueca. E você tem que usar camisinha. Eu sei o que eu fiz, mas não sei o que você andou fazendo.

Ele tirou a cueca, aproximou-se dela e pôs a mão em seu ombro. Lisbeth fechou os olhos quando ele se inclinou para beijá-la. Ele tinha um gosto bom. Ela deixou que ele a deitasse na cama. Era pesado em cima dela.

O advogado Jeremy Stuart MacMillan sentiu seu cabelo se eriçar na cabeça no instante em que abriu a porta de seu escritório da Buchanan House, no Queensway Quay, sobre a marina. Sentiu um cheiro de cigarro e ouviu o rangido de uma cadeira. Era um pouco antes das sete da manhã, e a primeira coisa que pensou foi que surpreendera um assaltante.

Em seguida sentiu um cheiro de café vindo da copa. Depois de alguns segundos, foi entrando cautelosamente, cruzou o hall e olhou para a sua sala, ampla e elegante. Lisbeth Salander estava sentada na poltrona dele, de costas, os saltos apoiados no peitoril da janela. O computador estava ligado e ela aparentemente não tivera dificuldade para descobrir sua senha. Também não tivera dificuldade para abrir seu armário de segurança. No colo dela havia uma pasta aberta contendo sua correspondência particular e sua contabilidade.

— Bom dia, senhorita Salander — disse ele por fim.

— Humm — ela respondeu. — Tem café quentinho e uns croissants na copa.

— Obrigado — disse ele, com um suspiro resignado.

Ele havia, sem dúvida, comprado aquele escritório com o dinheiro de Lisbeth Salander, e a pedido dela, mas não esperava que ela fosse aparecer sem avisar. Além disso, ela encontrara, e obviamente folheara, uma revista pornográfica que ele guardava numa gaveta da escrivaninha.

Realmente constrangedor.

Ou talvez não.

Ele tinha a impressão de que Lisbeth Salander era a pessoa mais rígida que ele conhecia no que dizia respeito a pessoas que a irritavam, mas em compensação ela nem sequer erguia a sobrancelha diante das fraquezas pessoais dos outros. Ela sabia que ele era oficialmente heterossexual mas que secretamente sentia-se atraído por homens e que, desde que se divorciara, havia quinze anos, começara a realizar suas fantasias mais íntimas.

Estranho. Me sinto seguro com ela.

* * *

Já que estava mesmo em Gibraltar, Lisbeth tinha resolvido fazer uma visita ao dr. Jeremy MacMillan, que cuidava de suas finanças. Não tinha tido contato com ele desde o Ano-Novo e queria saber se ele aproveitara a oportunidade para arruiná-la durante sua ausência.

Mas não era coisa urgente, e não era esse o motivo de ela ter ido direto a Gibraltar depois de sua libertação. Fora até lá porque sentia uma imperiosa necessidade de mudar de ares, e Gibraltar era perfeito para isso. Passara quase uma semana em estado de embriaguez e mais uns dias fazendo amor com o executivo alemão que acabara dizendo que se chamava Dieter. Duvidava que aquele fosse seu nome verdadeiro, mas não quisera saber mais. Ele passava os dias em reuniões e as noites jantando com ela antes de se recolherem, no seu quarto ou no de Lisbeth.

Ele não era ruim de cama, constatou Lisbeth. Sem muito treino, talvez, e às vezes desnecessariamente brutal.

Dieter de fato parecera surpreso que ela, apenas por impulso, tivesse dado em cima de um executivo alemão com excesso de peso e que nem sequer estava buscando uma aventura. Era casado e não costumava ser infiel ou procurar companhia feminina durante suas viagens de negócios. Mas quando a possibilidade se apresentou na forma de uma garota frágil e tatuada, não resistira à tentação. Foi o que ele disse.

A Lisbeth Salander importava muito pouco o que ele dizia. Seu único objetivo eram alguns bons momentos de sexo, mas surpreendera-se ao ver que ele realmente se esforçava por satisfazê-la. Na quarta noite, a última que passaram juntos, ele tivera de repente um angustiado acesso de pânico e começara a se perguntar o que diria a sua mulher. Lisbeth Salander achava que ele devia ficar de boca fechada e não contar nada para a mulher.

Mas ela não disse o que pensava.

Ele já era bem crescidinho e poderia ter recusado sua oferta. Ela não estava nem aí com os ataques de culpa dele ou se ele iria confessar tudo para a mulher. Ela deu-lhe as costas e o escutou por uns quinze minutos, até que, irritada, ergueu os olhos para o céu, virou-se e sentou escarranchada em cima dele.

— Será que você podia dar um tempo para a sua angústia e me dar prazer mais uma vez? — perguntou.

Já Jeremy MacMillan era outra história. Lisbeth Salander não se sentia nem um pouco atraída por ele. Era um tratante. Estranhamente, lembrava um pouco Dieter. Tinha quarenta e oito anos, algum charme, também uns quilos a mais, cabelos grisalhos penteados para trás. Usava óculos finos com aro de metal dourado.

No passado, fora advogado de empresas, com diploma de Oxbridge e baseado em Londres. Tinha um futuro promissor, era sócio num escritório de advocacia que prestava consultoria para grandes empresas e yuppies cheios da grana que brincavam com questões imobiliárias e fiscais. Passara os alegres anos 1980 frequentando novos-ricos que brincavam de celebridades. Tinha bebido um bocado e cheirado coca com gente que ele na verdade preferia não encontrar na sua cama ao acordar no dia seguinte. Nunca tinha sido indiciado, mas perdera a mulher e os dois filhos, e depois fora despedido por má gestão e por ter se apresentado embriagado numa audiência de conciliação.

Passada a ressaca, sem parar muito para pensar, fugira de Londres um tanto envergonhado. Não sabia por que tinha escolhido justamente Gibraltar, mas em 1991 associara-se a um advogado local e abrira um modesto escritório de segunda categoria que oficialmente cuidava de sucessões e testamentos não muito glamorosos. De maneira nem tão oficial, o escritório MacMillan & Marks também abria empresas-fantasma e servia de testa de ferro para europeus que optavam por permanecer na sombra. A atividade se mantinha aos trancos e barrancos, até que Lisbeth Salander escolheu Jeremy MacMillan para administrar os 2,4 bilhões de dólares que ela surrupiara do império falido do financista Hans-Erik Wennerström.

MacMillan era inegavelmente um vigarista. Mas Lisbeth o considerava o *seu* vigarista, e ele próprio se surpreendera ao manter com ela um relacionamento de uma honestidade irretocável. Na primeira vez, ela o contratara para uma tarefa simples. Por uma modesta quantia, ele abrira algumas empresas-fantasma que ela poderia usar e nas quais investira um milhão de dólares. Ela o contatara por telefone e não passara de uma voz longínqua. Ele nunca havia lhe perguntado de onde vinha aquele dinheiro. Contentara-se em agir conforme as instruções dela, separando cinco por cento do negócio para si mesmo. Pouco depois, ela injetara uma quantia maior, que ele deveria usar para abrir uma empresa, a Wasp Enterprises, com a finalidade de comprar um apartamento em Estocolmo. Assim, a relação com Lisbeth Salander se tornara lucrativa, mesmo que para ele se tratasse de pequenas quantias.

Dois meses depois, ela fora visitá-lo repentinamente em Gibraltar. Ligara para ele e propusera que ele fosse jantar com ela no seu quarto do Rock, que era, se não o maior, o hotel mais refinado do Rochedo. Ele não sabia bem o que esperar, mas certamente não uma cliente com jeito de boneca, uma garota que aparentava não ter mais que quinze anos. Por um momento, pensou que fosse alguma brincadeira.

Logo mudou de opinião. A garota estranha falava, despreocupada, sem nunca sorrir ou se mostrar calorosa. Aliás, nem distante. Ele ficara paralisado quando, em poucos minutos, ela pusera abaixo a fachada profissional de respeitabilidade mundana que ele fazia questão de exibir.

— O que você quer? — ele perguntou.

— Eu roubei uma quantia de dinheiro — ela respondeu muito séria. — Preciso de um vigarista para administrá-la.

Ele se perguntara se ela batia bem da cabeça, mas entrara educadamente no jogo. Ela era um alvo potencial para uma trapaça passível de render pequenos lucros. Depois, ficara como que fulminado quando ela lhe explicara de quem tinha roubado o dinheiro, como tinha sido e qual o total da pilhagem. O caso Wennerström vinha sendo o assunto mais discutido no mundo das finanças internacionais.

— Entendi.

Vieram-lhe à cabeça inúmeras possibilidades.

— Você é um bom advogado empresarial e um bom investidor. Se fosse algum idiota, não teria obtido os contratos que obteve nos anos 1980. Agora, você se comportou como um idiota, a ponto de ter sido mandado embora.

Ele ergueu as sobrancelhas.

— Daqui para a frente, eu vou ser sua única cliente.

Ela o fitara com os olhos mais inocentes que ele já tinha visto.

— Tenho duas exigências. A primeira é que você nunca deve cometer nenhum crime ou se envolver com qualquer coisa que possa nos criar problemas e chamar a atenção das autoridades para as minhas empresas e as minhas contas bancárias. A outra é que você jamais deve mentir para mim. Jamais, está entendendo? Nem uma vez. E por motivo nenhum. Se você mentir, nosso contrato fica imediatamente anulado e, caso eu me aborreça de fato, arruíno você.

Ela lhe serviu uma taça de vinho.

— Não há motivo nenhum para mentir para mim. Já sei tudo o que há para saber sobre sua vida. Sei quanto você ganha nos meses das vacas gordas e nos meses das vacas magras. Sei quanto você gasta. Sei que frequentemente você fica sem dinheiro. Sei que tem uma dívida de cento e vinte mil libras, a ser quitada a curto e médio prazo, e se arrisca e trapaceia o tempo todo para saldar essa dívida. Você se safa com elegância e tenta manter as aparências, mas está afundando e faz meses que não compra um paletó novo. Em compensação, há duas semanas mandou consertar o forro de um paletó velho. Antigamente, você colecionava livros raros, mas aos poucos foi vendendo todos. No mês passado, vendeu uma antiga edição de *Oliver Twist* por setecentas e sessenta libras.

Ela se calou e olhou para ele. Ele engoliu em seco.

— Mesmo assim, na semana passada, você tirou a sorte grande. Uma fraude esperta contra a viúva que você representa. Você passou a mão em seis mil libras que decerto não vão fazer muita falta para ela.

— Droga, como você sabe disso?

— Eu sei que você foi casado, que tem na Inglaterra dois filhos que não querem te ver e que depois do divórcio você deu seu grande salto, mantendo hoje em dia basicamente relações homossexuais. Talvez sinta vergonha, já que foge de boates gays, evita ser visto na cidade com um de seus namorados e sempre atravessa a fronteira espanhola para se encontrar com outros homens.

Com o choque, Jeremy MacMillan tinha ficado mudo. De repente, ficou apavorado. Ignorava como ela descobrira tudo aquilo, mas o fato é que ela tinha informações suficientes para acabar com ele.

— E eu vou falar uma vez só: não me interessa nem um pouco com quem você trepa. Não tenho nada com isso. Quero saber quem você é, mas jamais iria tirar vantagem do que sei. Não tenho a intenção de te ameaçar nem de te chantagear.

MacMillan não era nenhum idiota. Percebeu, obviamente, que o que ela sabia a seu respeito representava uma ameaça. Ela estava no controle. Por um instante, considerou a possibilidade de erguê-la e jogá-la sacada abaixo, mas controlou-se. Nunca na vida havia sentido tanto medo.

— O que você quer? — conseguiu articular.

— Uma associação com você. Você vai encerrar todos os seus outros casos em andamento e trabalhar para mim com exclusividade. Vai ganhar mais dinheiro do que jamais sonhou.

Ela explicou o que queria que ele fizesse e como imaginava as linhas gerais do caso.

— Quero permanecer invisível — ela explicou. — Você administra meus negócios. Tudo na mais perfeita legalidade. O que eu aprontar do meu lado nunca irá te atingir e nunca vai ter relação com os nossos negócios.

— Entendo.

— Então eu vou ser sua única cliente. Você tem uma semana para encerrar com os seus outros clientes e com todas as suas tramoiazinhas.

Ele também percebeu que acabava de receber uma proposta que nunca se repetiria. Refletiu por um minuto, e então aceitou. Tinha apenas uma pergunta a fazer.

— Como você sabe que eu não vou te sacanear?

— Faça isso, e você vai se arrepender pelo resto da sua vidinha miserável.

Não havia motivo nenhum para trapacear. Lisbeth Salander lhe propunha um trabalho que era potencialmente tão vantajoso que seria um absurdo colocá-lo em risco por uma ninharia. Enquanto ele não tivesse grandes pretensões e não fizesse besteira, seu futuro estava garantido.

Não tinha a intenção de sacanear Lisbeth Salander.

Portanto tinha se tornado honesto, ou pelo menos tão honesto quanto pode ser um advogado suspeito que administra uma pilhagem de proporções astronômicas.

Lisbeth não estava nem um pouco interessada em administrar suas finanças. A tarefa de MacMillan era aplicar o dinheiro dela e cuidar para que houvesse saldo suficiente nos cartões bancários que ela utilizava. Conversaram por algumas horas. Ela explicou como queria que suas finanças funcionassem. O trabalho dele consistia em cuidar desse funcionamento.

Boa parte da quantia roubada fora aplicada em fundos estáveis, o que a tornava financeiramente independente pelo resto da vida, mesmo que ela resolvesse gastar a rodo e levar uma existência perdulária. Esses fundos serviriam para abastecer o saldo de seus cartões de crédito.

Quanto ao restante do dinheiro, ele podia brincar de investir à vontade, contanto que não investisse em nada que criasse problemas com a polícia. Ele estava proibido de cometer pequenos furtos ridículos e fraudes insignificantes, que — se o azar resolvesse dar as caras — acarretariam investigações que, por sua vez, poderiam chamar a atenção para ela.

Restava definir o quanto ele ganharia com o serviço.

— Os honorários iniciais são de quinhentas mil libras. Você vai poder pagar suas dívidas e ainda ficar com uma bela quantiazinha. Depois disso, você vai ganhar seu próprio dinheiro. Vai abrir uma empresa, tendo a mim como sócia. Vinte por cento dos lucros são seus. Quero que você seja suficientemente rico para não ficar tentado a fazer besteira, mas não rico o bastante para se acomodar.

Ele deu início a seu novo trabalho em 1º de fevereiro. No final de março, já tinha quitado todas as suas dívidas pessoais e equilibrado seu orçamento. Lisbeth insistira para que ele priorizasse a organização de suas finanças e saísse do vermelho. Em maio, ele encerrou a sociedade com seu colega alcoólatra George Marks, a outra metade da MacMillan & Marks. Sentiu uma pontinha de culpa em relação a seu antigo parceiro, mas estava fora de cogitação envolver Marks nos negócios de Lisbeth Salander.

Ele conversou sobre o assunto com Lisbeth quando, no início de julho, ela o visitou um dia em Gibraltar e descobriu que MacMillan estava trabalhando em seu apartamento e não no pequeno escritório numa rua afastada que lhe coubera até então.

— O meu sócio é alcoólatra e seria difícil para ele se virar nos nossos assuntos. Pelo contrário, ele representaria um grande fator de risco. Mas quando eu cheguei a Gibraltar, há quinze anos, ele me salvou a vida ao me aceitar como sócio.

Ela refletiu por uns dois minutos, observando MacMillan.

— Entendo. Você é um patife leal. Essa é, sem dúvida, uma qualidade admirável. Sugiro que você abra uma pequena conta para que ele se divirta à vontade. Cuide para que ele ganhe todo mês algumas notas de mil, o suficiente para viver.

— Você me dá sinal verde?

Ela fez que sim com a cabeça e olhou para o apartamento de solteirão dele. MacMillan morava numa quitinete numa das vielas próximas ao hospital. A única coisa agradável era a vista. Embora fosse difícil escapar daquela vista em Gibraltar.

— Você precisa de um escritório e de outro apartamento — disse ela.

— Não deu tempo — ele respondeu.

— Tudo bem — disse ela.

E então ela o levou às compras e conseguiu um escritório de cento e trinta metros quadrados com uma pequena sacada com vista para o mar, no Buchanan House, em Queensway Quay, o que em Gibraltar era o suprassumo. Contratou um arquiteto de interiores para repaginar e mobiliar o local.

MacMillan recordou que, enquanto ele se ocupava da papelada, Lisbeth acompanhara pessoalmente a instalação do sistema de alarme, do equipamento de informática e do armário de segurança, esse mesmo que ela havia vasculhado antes de ele chegar ao escritório naquela manhã.

— Caí em desgraça? — ele perguntou.

Ela largou a pasta de correspondência que estava examinando.

— Não, Jeremy. Você não caiu em desgraça.

— Que bom — disse ele, e foi buscar um café. — Você realmente tem o dom de aparecer quando a gente menos espera.

— Andei ocupada nos últimos tempos. Eu só queria me atualizar sobre as últimas notícias.

— Se entendi bem a história toda, você esteve sendo procurada por triplo assassinato, levou uma bala na cabeça e foi acusada de mais um monte de crimes. Teve uma hora em que fiquei realmente preocupado. Achei que você ainda estivesse atrás das grades. Você fugiu?

— Não. Fui absolvida de todas as acusações e me puseram em liberdade. Você ouviu dizer o quê, exatamente?

Ele hesitou um segundo.

— Certo. Não vou mentir. Quando percebi que você estava na pior, contratei uma agência de tradução, que foi me dissecando todos os jornais suecos e me informando do desenrolar da história. Estou relativamente bem informado.

— Se você se baseou no que saiu nos jornais, não pode estar bem informado. Mas imagino que tenha descoberto alguns segredos sobre mim.

Ele fez que sim com a cabeça.

— E agora, o que vai acontecer? — perguntou MacMillan.

Ela olhou para ele, surpresa.

— Nada. Vai continuar tudo igual. A nossa relação não tem nada a ver com os meus problemas na Suécia. Me conte o que aconteceu durante a minha ausência. Como é que você se virou?

— Eu não bebo — disse ele. — Se é o que você quer dizer.

— Não. A sua vida pessoal não é assunto meu, desde que não interfira nos meus negócios. O que eu quero dizer é: estou mais ou menos rica do que um ano atrás?

Ele puxou a cadeira das visitas e se sentou. Não via o menor problema em Lisbeth Salander estar sentada no lugar dele. Não havia motivo para entrar numa luta de poder com ela.

— Você me entregou dois bilhões e quatrocentos milhões de dólares. Investimos duzentos milhões em fundos para você. O resto você me deu para brincar.

— Isso.

— Os seus fundos pessoais só variaram nos juros. Posso aumentar seus rendimentos se...

— Não estou interessada em aumentar meus rendimentos.

— Certo. Você só gastou uma quantia ridícula. As maiores despesas foram o apartamento que comprei para você e o fundo beneficente para aquele advogado, o Palmgren. No mais, você teve um consumo normal, pequeno até. Os juros foram vantajosos. Você está mais ou menos com o que tinha no início.

— Ótimo.

— O resto eu investi. No ano passado não conseguimos grande coisa. Eu estava meio enferrujado e levei algum tempo até reaprender como o mercado funciona. Tivemos despesas. Este ano é que vamos começar a ter lucro. Enquanto você esteve presa, tivemos uma entrada de pouco mais de sete milhões. De dólares, quero dizer.

— Dos quais vinte por cento são para você.

— Dos quais vinte por cento são para mim.

— Está satisfeito?

— Ganhei mais de um milhão de dólares em seis meses. Sim. Estou satisfeito.

— Olha... não seja guloso demais. Você pode se afastar quando estiver satisfeito. Mas continue administrando meus negócios algumas horas, aqui e ali.

— Dez milhões de dólares — disse ele.

— Como?

— Depois que eu juntar dez milhões de dólares, eu paro. Foi bom você ter vindo. Temos umas coisas para conversar.

— Diga.

Ele afastou as mãos.

— Essa coisa toda representa tanto dinheiro que entro meio em pânico. Não sei como lidar com isso. Não sei qual o objetivo das operações, fora ganhar mais e mais. Para que vai servir esse dinheiro todo?

— Não sei.

— Nem eu. Mas o objetivo do dinheiro pode acabar virando o próprio dinheiro. E isso não é bom. Por isso, resolvi parar depois que juntar dez milhões. Não quero mais essa responsabilidade.

— Certo.

— Antes de eu me afastar, queria que você decidisse como quer que sua fortuna seja administrada no futuro. Precisa haver um objetivo, diretrizes e uma organização que assuma a responsabilidade.

— Humm.

— É impossível uma pessoa só aplicar tanto dinheiro assim em múltiplas aplicações. Eu dividi a quantia, de um lado em investimentos fixos a longo prazo: imóveis, títulos, esse tipo de coisa. Tenho uma lista completa no computador.

— Eu li.

— A outra parte eu uso para especular, mas é tanto dinheiro para administrar que não estou dando conta. Por isso, abri uma empresa de investimentos em Jersey. Por enquanto, você tem seis funcionários em Londres. Dois jovens investidores competentes mais um pessoal de escritório.

— A Yellow Ballroom Ltd.? Eu estava mesmo me perguntando o que era isso.

— É a nossa empresa. Aqui, em Gibraltar, eu contratei uma secretária e um jovem e promissor advogado... aliás, eles devem chegar daqui a uma meia hora.

— Ahã. Molly Flint, quarenta e um anos, e Brian Delaney, vinte e seis anos.

— Você quer conhecer os dois?

— Não. O Brian é seu amante?

— O quê? Não!

Ele pareceu chocado.

— Eu não misturo...

— Muito bem.

— Aliás... carinhas jovens não me interessam... quero dizer, os caras sem experiência.

— Eu sei, você tem atração por uns caras com uma aparência mais sarada do que um garotão pode oferecer. Continua não sendo assunto meu. Mas, Jeremy...

— Sim?

— Tome cuidado.

Lisbeth não tinha programado ficar em Gibraltar mais do que duas semanas para reorientar a sua vida. A certa altura, porém, descobriu que não tinha a menor ideia do que ia fazer nem de que rumo tomar. Ficou doze semanas. Verificava seu correio eletrônico uma vez por dia e respondia com docilidade aos e-mails de Annika Giannini nas raras vezes em que mandava notícias. Não dizia onde estava. Não respondia aos outros e-mails.

Continuava frequentando o Harry's Bar, mas agora só aparecia no final da tarde para tomar uma cerveja. Passava a maior parte do dia no Rock, ou no terraço, ou na cama. Teve mais um relacionamento casual, com um oficial trintão da Marinha britânica, mas foi apenas um caso de uma noite e, em suma, uma experiência desinteressante.

Ela percebeu que estava se entediando.

No início de outubro, jantou com Jeremy MacMillan. Os dois tinham se visto poucas vezes durante sua estada. Já anoitecera, e eles bebiam um vinho branco frutado e discutiam a melhor maneira de empregar os bilhões de Lisbeth. De repente, ele a surpreendeu perguntando-lhe o que a estava perturbando.

Ela olhou para ele enquanto refletia. Então, de forma também surpreendente, falou na sua relação com Miriam Wu, de como ela fora espancada e quase morta por Ronald Niedermann. Por sua culpa. A não ser por um alô transmitido por Annika Giannini, Lisbeth não tivera mais notícia de Miriam Wu, que agora estava morando na França.

Jeremy MacMillan ficou algum tempo sem falar nada.

— Você está apaixonada por ela? — perguntou de repente.

Lisbeth Salander pensou antes de responder. Por fim, balançou a cabeça.

— Não. Não acho que eu seja do tipo que se apaixona. Ela era uma amiga. E transava muito bem.

— Ninguém pode evitar de se apaixonar — disse ele. — A gente talvez queira negar, mas a amizade é sem dúvida a forma mais comum de amor.

Ela olhou para ele, estupefata.

— Você vai ficar chateada se eu disser uma coisa pessoal?

— Não.

— Se manda pra Paris, caramba.

Ela aterrissou no aeroporto Charles de Gaulle às duas e meia da tarde, pegou o ônibus para o Arco do Triunfo e passou duas horas percorrendo as redondezas em busca de um quarto de hotel. Foi na direção do sul e do Sena, e só muito tempo depois encontrou por fim um quarto no pequeno Hotel Victor-Hugo, na rue Copernic.

Tomou um banho e ligou para Miriam Wu. Elas se encontraram por volta das nove da noite num bar perto de Notre-Dame. Miriam Wu usava uma camisa branca e um blazer. Estava sublime. Lisbeth sentiu-se imediatamente desconfortável. Trocaram beijos.

— Desculpe eu não ter te dado notícias nem ter aparecido no julgamento — disse Miriam Wu.

— Tudo bem. O julgamento acabou sendo a portas fechadas.

— Passei três semanas no hospital e, quando voltei para a Lundagatan, estava tudo um caos. Eu não conseguia dormir. Tinha pesadelos com esse canalha do Niedermann. Liguei para a minha mãe dizendo que queria vir morar com eles.

Lisbeth meneou a cabeça.

— Me desculpe — disse Miriam Wu.

— Não seja boba. Eu é que vim te pedir desculpas.

— Por quê?

— Eu fui muito burra. Em nenhum momento me ocorreu que eu estivesse colocando sua vida em perigo quando deixei o apartamento para você mas continuei oficialmente morando nele. Se você quase morreu, é culpa minha. Entendo que você me odeie.

Miriam pareceu estupefata.

— Isso nem me passou pela cabeça. Quem tentou me matar foi o Ronald Niedermann. Não você.

Permaneceram algum tempo em silêncio.

— Está bem — disse Lisbeth afinal.

— Certo — disse Miriam Wu.

— Eu não vim atrás de você porque estou apaixonada — disse Lisbeth.

Miriam fez um gesto de assentimento com a cabeça.

— Você é superboa de cama, mas eu não estou apaixonada por você — enfatizou Lisbeth.

— Lisbeth... eu acho...

— O que eu queria dizer é que eu espero que... droga.

— O quê?

— Eu não tenho muitos amigos...

Miriam Wu assentiu com a cabeça.

— Vou ficar em Paris por um tempo. Meu curso na Suécia não deu certo e acabei me matriculando na universidade daqui. Vou ficar no mínimo um ano.

Lisbeth fez que sim com a cabeça.

— Depois, não sei. Mas vou voltar para Estocolmo. Vou pagar as taxas do apartamento da Lundagatan, eu queria ficar com ele. Se você topar.

— O apartamento é seu. Você faz o que quiser com ele.

— Lisbeth, você é mesmo especial — disse ela. — Eu quero continuar sendo sua amiga.

Conversaram por cerca de duas horas. Lisbeth não tinha nenhum motivo para esconder seu passado de Miriam Wu. Qualquer pessoa que tivesse tido acesso aos jornais suecos conhecia o caso Zalachenko, e Miriam o acompanhara com interesse. Ela contou com detalhes o que acontecera em Nykvarn na noite em que Paolo Roberto salvara sua vida.

Depois, foram até o quarto de estudante de Miriam Wu, perto da universidade.

EPÍLOGO: INVENTÁRIO DE SUCESSÃO

SEXTA-FEIRA 2 DE DEZEMBRO — DOMINGO 18 DE DEZEMBRO

Annika Giannini encontrou-se com Lisbeth no bar do Södra Teatern por volta das nove da noite. Lisbeth terminava seu segundo copo de cerveja.

— Desculpe o atraso — disse Annika, dando uma olhada no relógio. — Tive um pepino com outro cliente.

— Ah, é? — disse Lisbeth.

— O que você está comemorando?

— Nada. Apenas me deu vontade de encher a cara.

Annika observou-a com ceticismo e se sentou.

— Você tem sempre essa vontade?

— Eu tomei o maior porre quando me soltaram, mas não tenho tendência ao alcoolismo, se é isso que te preocupa. Apenas tive consciência de que, pela primeira vez na vida, desde que sou maior de idade, estou legalmente autorizada a me embebedar aqui na Suécia.

Annika pediu um Campari.

— Bem — disse ela. — Você quer beber sozinha ou quer companhia?

— De preferência, sozinha. Mas se você não falar muito, pode ficar comigo. Imagino que não queira ir até a minha casa dar uma trepada?

— Hein? — disse Annika Giannini.

— Não, foi o que eu pensei. Você é dessas héteros convictas.

De repente, Annika Giannini pareceu achar graça.

— É a primeira vez que um cliente me propõe uma trepada.

— Está interessada?

— Nem um pouco, sinto muito. Mas obrigada pelo convite.

— Então, o que você queria comigo, senhora advogada?

— Duas coisas. Ou você começa a atender os meus telefonemas, ou eu renuncio a ser sua advogada aqui e agora. Já conversamos sobre isso quando você foi solta.

Lisbeth fitou Annika Giannini.

— Faz uma semana que estou tentando falar com você. Liguei, escrevi, mandei e-mails.

— Eu estava viajando.

— Você esteve incomunicável quase o outono todo. Não dá para ser desse jeito. Aceitei ser sua representante jurídica em tudo o que diz respeito aos seus problemas com o Estado. Isso implica formalidades e documentos. Papéis para assinar. Perguntas que devem ser respondidas. Preciso ter como te encontrar, e não acho a menor graça em ficar feito uma boba, sem saber onde você se meteu.

— Entendo. Passei duas semanas no exterior. Cheguei ontem e liguei assim que percebi que você estava tentando falar comigo.

— Não basta. Você precisa me manter informada sobre onde você está e me dar notícias pelo menos uma vez por semana até que todas as pendências de indenização e coisas desse tipo estejam resolvidas.

— Estou me lixando para a indenização. Só quero que o Estado me deixe em paz.

— Mas o Estado não vai te deixar em paz, isso não depende de você. A sua absolvição, no julgamento, trouxe uma cadeia de consequências. Você não é a única envolvida. O Peter Teleborian vai ser processado pelo que fez com você. Isso significa que você vai ter que testemunhar. O procurador Ekström está sendo investigado por erro profissional, e também pode acabar sendo indiciado se ficar provado que ele, em sã consciência, negligenciou seu dever como funcionário a pedido da Seção.

Lisbeth ergueu as sobrancelhas. Por um segundo, pareceu quase interessada.

— Não acredito que haja indiciamento. Ele se deixou enganar e, na verdade, não tem nada a ver com a Seção. Mas, ainda na semana passada, um procurador abriu um inquérito preliminar sobre a Comissão de Tutelas. O ombudsman recebeu várias reclamações e o mediador, uma.

— Eu não dei queixa contra ninguém.

— Não. Mas é óbvio que erros profissionais graves foram cometidos, e tudo isso terá que ser investigado. Você não é a única pessoa sob responsabilidade da comissão.

Lisbeth deu de ombros.

— Eu não me sinto envolvida. Mas prometo manter um contato mais regular com você. As duas últimas semanas foram uma exceção. Eu estava trabalhando.

Annika Giannini olhou desconfiada para sua cliente.

— Trabalhando no quê?

— Serviço de consultoria.

— Está bem — ela disse afinal. — O outro assunto é que o inventário da sucessão foi concluído.

— Que inventário?

— O inventário dos bens do seu pai. O advogado do Estado me procurou, já que ninguém sabia onde te achar. Você e sua irmã são as únicas herdeiras.

Lisbeth Salander contemplou Annika sem esboçar nenhuma reação. Depois, capturou o olhar da garçonete e apontou para o seu copo.

— Eu não quero nenhuma herança do meu pai. Pode fazer o que quiser com ela.

— Errado. *Você* pode fazer o que quiser com essa herança. O meu trabalho é cuidar para que você possa fazer isso.

— Eu não quero um só *öre* daquele porco.

— Certo. Doe o dinheiro para o Greenpeace, ou para quem você quiser.

— Estou pouco me lixando para as baleias.

De repente, a voz de Annika tornou-se autoritária.

— Lisbeth, se você quer ser maior de idade, já está na hora de se comportar como tal. Não estou nem aí para o que você faz com o seu dinheiro. Só assine aqui dizendo que recebeu e depois pode ficar bebendo à vontade.

Lisbeth olhou de esguelha para Annika, depois para a mesa. Annika supôs que aquilo fosse uma espécie de gesto arrependido, ao qual, quem sabe, se seguiria um pedido de desculpas no limitado repertório de mímicas de Lisbeth Salander.

— Certo. Qual é a quantia?

— É bastante razoável. Seu pai tinha pouco mais de trezentas mil coroas em títulos. A propriedade de Gosseberga, que inclui alguns hectares de floresta, está avaliada em cerca de um milhão e meio de coroas. Além disso, seu pai era proprietário de mais três bens imóveis.

— Bens imóveis?

— Sim. Parece que ele investiu algum dinheiro. Não são propriedades de um valor extraordinário. Ele era dono de um pequeno prédio em Uddevalla, com seis apartamentos, o que gera alguma renda de aluguéis. Mas o prédio está em mau estado, falta manutenção. O fato de ser um imóvel velho até foi mencionado na Comissão de Locações. Isso não vai te deixar rica, mas a venda vai render uma quantia razoável. Ele também tinha uma casa de campo em Småland, avaliada em duzentas e cinquenta mil coroas.

— Ah, é?

— E também um prédio industrial deteriorado próximo a Norrtälje.

— Por que ele juntou essa porcaria toda?

— Não faço a menor ideia. De modo geral, depois de vender tudo e descontando impostos e coisas assim, a herança poderia chegar a quatro milhões e pouco, mas...

— Sim?

— Depois, ela tem que ser dividida igualmente entre você e sua irmã. O problema é que ninguém sabe onde ela se encontra.

Lisbeth fitou Annika Giannini com um silêncio inexpressivo.

— E então?

— Então o quê?

— Onde está sua irmã?

— Não faço ideia. Faz dez anos que eu não sei dela.

— Ela detém informações protegidas como segredo de segurança nacional, mas tiveram a gentileza de me informar que nos cadastros do país ela não consta como residente.

— Ah, é? — disse Lisbeth com um interesse controlado.

Annika suspirou, resignada.

— Tudo bem. Então eu sugiro que a gente liquide todos os ativos e deposite a metade do dinheiro no banco até sua irmã ser localizada. Posso dar entrada em todos os papéis, se você me autorizar.

Lisbeth deu de ombros.

— Eu não quero o dinheiro dele.

— Dá para entender. Mas, seja como for, temos que apresentar um balanço. Faz parte das suas responsabilidades como maior de idade.

— Então venda essa porcaria toda. Deposite a metade do dinheiro no banco e o resto você doa para quem quiser.

Annika Giannini ergueu uma sobrancelha. Já percebera que Lisbeth Salander tinha dinheiro guardado, mas não havia se dado conta de que sua cliente era rica o suficiente para se permitir desprezar uma herança de quase dois milhões de coroas, talvez mais. Não fazia a menor ideia de como Lisbeth tinha tanto dinheiro, nem de quanto era exatamente. No entanto, gostaria de encerrar todos aqueles trâmites administrativos.

— Por favor, Lisbeth... Leia o inventário da sucessão e me dê sinal verde para pormos um ponto final nesse assunto.

Lisbeth resmungou um pouco, mas acabou cedendo e enfiou a pasta na bolsa. Prometeu que iria ler o inventário e dar instruções para que Annika Giannini pudesse agir em seu nome. A seguir, concentrou-se em sua cerveja. Annika lhe fez companhia por mais uma hora, atendo-se à água mineral.

Somente muitos dias depois, quando Annika Giannini ligou e insistiu no assunto do inventário, é que Lisbeth Salander tirou da bolsa os papéis amassados e os ajeitou. Sentou-se à mesa da cozinha de seu apartamento da Fiskargatan e leu os documentos.

O inventário da sucessão era composto por várias páginas e continha informações das mais variadas — o aparelho de jantar que havia no armário da cozinha de Gosseberga, roupas, o valor de câmeras fotográficas e de outros objetos pessoais. Alexander Zalachenko não deixara muita coisa valiosa, e nenhum daqueles objetos tinha qualquer significado afetivo para Lisbeth Salander. Ela pensou um pouco e concluiu que sua atitude não mudara desde que se encontrara com Annika no bar. *Venda essa porcaria toda e queime o dinheiro*. Algo do gênero. Estava absolutamente segura de que não queria um único *öre* de seu pai, mas também tinha bons motivos para desconfiar que as verdadeiras posses de Zalachenko estavam enterradas em algum lugar onde oficial de justiça nenhum teria ido procurar.

Em seguida, abriu o descritivo do prédio industrial de Norrtälje.

Tratava-se de uma propriedade de vinte mil metros quadrados, dividida em três construções, situada nas proximidades de Skederid entre Norrtälje e Rimbo.

O oficial de justiça incumbido do inventário fizera uma rápida visita ao local só para constatar que se tratava de uma antiga olaria, mais ou menos abandonada desde que encerrara as atividades nos anos 1970. Ele observara que o local estava em *péssimo estado* e que não poderia ser reformado para que abrigasse outra atividade. Com péssimo estado ele queria dizer, entre outras coisas, que o chamado "edifício norte" tinha sido devastado pelo fogo e desabara. Alguns consertos, no entanto, haviam sido feitos no "edifício principal".

O que intrigou Lisbeth Salander foi o histórico. Alexander Zalachenko tinha adquirido esse bem imóvel por uma ninharia em 12 de março de 1984, mas Agneta Sofia Salander é que aparecia como compradora.

A mãe de Lisbeth Salander tinha, portanto, sido a proprietária do imóvel. Sua participação, contudo, cessara em 1987. Zalachenko comprara os prédios por duas mil coroas. A partir daí, eles tinham aparentemente ficado abandonados por mais de quinze anos. O inventário da sucessão registrava que, em 17 de setembro de 2004, a empresa KAB contratara a empresa de engenharia NorrBygg S. A. para realizar uma reforma que incluía reparo de pisos e telhado, além de melhorias nas redes de água e energia elétrica. As obras tinham se estendido por quase dois meses, até 30 de novembro de 2004, quando foram interrompidas. NorrBygg enviara uma fatura, que havia sido paga.

Essa propriedade deixada por seu pai era intrigante. Lisbeth Salander franziu o cenho. Seria compreensível seu pai possuir um prédio industrial para ele mostrar que sua empresa legal, a KAB, tinha uma atividade qualquer ou alguns bens. Era compreensível ele ter usado a mãe de Lisbeth Salander como laranja, ou nome de fachada, na ocasião da compra, para em seguida se apoderar do contrato de compra e venda.

Mas por que diabos ele gastara, em 2004, quase 440 mil coroas para reformar um prédio caindo aos pedaços que, de acordo com o inventariante, continuava sem ser usado em 2005?

Lisbeth Salander estava desconcertada mas não muito interessada. Fechou a pasta e ligou para Annika Giannini.

— Eu li o inventário. Minha decisão permanece igual. Venda essa porcaria toda e faça o que quiser com o dinheiro. Não quero ficar com nada que era dele.

— Certo. Vou cuidar para que metade do valor seja depositada em uma conta para sua irmã. Depois, vou sugerir a você algumas possibilidades de doação.

— Ahã — disse Lisbeth, e desligou sem dizer mais nada.

Sentou-se no recanto da janela, acendeu um cigarro e ficou contemplando a bacia de Saltsjön.

Lisbeth Salander passou a semana seguinte dando assistência a Dragan Armanskij num caso urgente. Tratava-se de seguir a pista e identificar uma pessoa suspeita de ter sido contratada para sequestrar uma criança cuja guarda era motivo de conflito no divórcio de uma sueca e um cidadão libanês. A contribuição de Lisbeth Salander se limitava a controlar os e-mails da pessoa suspeita de ser o mandante. O serviço terminou quando as duas partes, reconciliadas, aceitaram um acordo diante do juiz.

Dia 18 de dezembro era o domingo anterior ao Natal. Lisbeth acordou às seis e meia e pensou que deveria comprar um presente de Natal para Holger Palmgren. Refletiu por um instante na possibilidade de comprar outros presentes — quem sabe para Annika Giannini. Sem pressa, levantou-se, tomou banho e desfrutou calmamente seu café da manhã, composto por café, torradas com queijo e geleia de laranja.

Não tinha nenhum plano específico para aquele dia e passou algum tempo tirando um monte de papéis e jornais de seu escritório. Nisso, seu olhar bateu na pasta do inventário. Abriu-o e releu a página com a descrição do prédio industrial de Norrtälje. Por fim, deu um suspiro. *Tudo bem. Preciso descobrir o que ele estava aprontando.*

Vestiu uma roupa quente e botas de cano alto. Eram oito e meia quando saiu com seu Honda cor de vinho da garagem do subsolo do prédio da Fiskargatan, nº 9. Fazia um frio intenso, mas o dia estava ensolarado e o céu, azul-pastel. Passou por Slussen e pela perimetral da Klaraberg e ziguezagueou pela E18 em direção a Norrtälje. Não tinha pressa. Eram quase dez horas quando parou num posto de gasolina a poucos quilômetros de Skederid para perguntar o caminho da antiga olaria. Quando estava estacionando, percebeu que não seria necessário perguntar.

Encontrava-se num morro que dava para um pequeno vale do outro lado da estrada. À esquerda, na estrada de Norrtälje, havia uma indústria de tintas e material de construção e um terreno de estacionamento para maquinário de terraplanagem. À direita, beirando a zona industrial, a cerca de quatrocentos metros da estrada principal, erguia-se um prédio sombrio de tijolo aparente com uma chaminé em ruínas. A fábrica tinha o aspecto de uma última sentinela da zona industrial, meio isolada por uma estrada e pequeno riacho. Ela contemplou o prédio, pensativa, e se perguntou o que a levara a reservar o dia para fazer uma visita à cidade de Norrtälje.

Virou a cabeça e olhou na direção do posto de gasolina, aonde acabava de chegar um caminhão peso pesado ostentando placas TIR.* De súbito, deu-se conta de que estava na artéria principal do porto mercante de Kapellskär, por onde passava boa parte das mercadorias que transitavam entre a Suécia e os Estados bálticos.

Voltou a ligar o carro e retomou a estrada, virando logo em seguida na entrada para a olaria abandonada. Estacionou no meio do pátio e desceu do carro. A temperatura estava abaixo de zero, ela enfiou um boné preto e luvas de couro pretas.

O prédio principal tinha dois andares. No térreo, as janelas estavam todas condenadas, cobertas com chapas de compensado. No andar de cima, ela notou um bom número de vidros quebrados. A olaria era muito maior do que ela imaginara, e parecia tremendamente deteriorada. Lisbeth não conseguia distinguir um vestígio sequer de reforma. Não viu nenhum sinal de vida, mas reparou numa camisinha usada jogada no meio do pátio e que parte da fachada tinha sido alvo de artistas grafiteiros.

Por que o Zalachenko fazia tanta questão de ser dono desse prédio?

Contornou a olaria e, nos fundos, deparou com a ala demolida. Consta-

* Placas que identificam os veículos participantes do sistema TIR — Transit International Routier [Trânsito Rodoviário Internacional], que visa facilitar o transporte de mercadorias, agilizando os trâmites aduaneiros. (N. T.)

tou que todas as portas do prédio principal estavam fechadas com correntes e cadeados. Por fim, examinou, frustrada, uma porta lateral. Em todas as outras, os cadeados estavam fixados com parafusos firmes e placas antirroubo. O cadeado da porta lateral parecia mais frágil e estava preso apenas por um prego grande. *Ora, dane-se, afinal eu sou a proprietária*. Deu uma olhada ao redor, encontrou um cano de metal em cima de um monte de tralha e o usou como alavanca para quebrar a presilha do cadeado.

Entrou numa escada que se abria para o céu. Com as janelas tapadas, reinava uma escuridão quase total, exceção feita a algumas esparsas estrias de luz que se esgueiravam pela beirada das placas de aglomerado. Ela ficou parada por alguns minutos, até seus olhos se habituarem à escuridão. Aos poucos foi distinguindo um amontoado de velharias, banquinhos abandonados, peças usadas de maquinaria e madeira de construção, numa sala que devia medir uns quarenta e cinco metros de comprimento por vinte de largura, com o teto sustentado por pilares maciços. Os antigos fornos da olaria tinham virado tanques cheios de água e havia bolor e poças enormes no piso. Daquela bagunça se desprendia um cheiro de mofo e podridão. Ela franziu as narinas.

Lisbeth deu meia-volta e subiu a escada. O andar de cima estava seco e compunha-se de duas salas, uma seguida à outra, de pouco mais de vinte metros por vinte, com pelo menos oito metros de pé-direito. Janelas altas junto ao telhado eram inacessíveis. Não permitiam, portanto, que se visse o lado de fora, mas traziam uma luz agradável. Ali também reinava a mais incrível miscelânea. Ela passou em frente a dúzias de caixotes de embalagem de um metro de altura empilhadas. Tentou erguer um deles. O caixote nem se moveu. Leu *Máquina partes* 0-A77 escrito na madeira. Abaixo, o mesmo texto em russo. Ela reparou num monta-cargas a meio caminho da primeira sala.

Uma espécie de depósito de máquinas que não poderiam gerar fortuna alguma enquanto ficassem enferrujando naquela antiga olaria.

Ela foi até a sala dos fundos e percebeu que era ali que a reforma tinha sido feita. A sala estava repleta de velharias, caixotes e móveis de escritório organizados de uma forma labiríntica. Uma parte do piso fora desocupada e recebera um laminado novo. Lisbeth observou que a reforma parecia ter sido interrompida de forma abrupta. As ferramentas, uma serra circular e uma serra de fita, uma pregadora automática, um pé de cabra, uma barra de ferro, assim como caixas de ferramentas, continuavam ali. Ela fez uma careta. *Mesmo que as obras tenham sido interrompidas, a empresa responsável deveria ter levado o material.* Mas também essa pergunta foi respondida quando ela pegou uma chave de fenda e constatou que a inscrição no cabo estava em russo. Zalachenko tinha importado as ferramentas e também, quem sabe, os operários.

Ela se aproximou da serra circular e girou o botão. Uma lâmpada verde se acendeu. Havia energia elétrica. Desligou a máquina.

No fundo da sala, havia três portas que davam para peças menores, talvez os antigos escritórios. Ela experimentou a maçaneta da porta que ficava mais ao norte. Trancada. Olhou em torno e foi até onde estavam as ferramentas para pegar um pé de cabra. Levou algum tempo para conseguir abrir a porta.

A peça estava na mais completa escuridão e cheirava a mofo. Tateou com a mão e achou um interruptor que acendeu uma lâmpada simples no teto. Lisbeth ficou estarrecida.

A mobília consistia em três camas com colchões sujos e outros três colchões colocados no chão. Lençóis sujos por toda parte. À direita, uma chapa elétrica e algumas panelas ao lado de uma torneira enferrujada. A um canto, um balde de metal e um rolo de papel higiênico.

Alguém havia morado ali. Várias pessoas.

Então, reparou que a porta não tinha maçaneta do lado de dentro do quarto. Um arrepio gelado percorreu suas costas.

No fundo da peça, havia um guarda-roupa grande. Abriu-o e deparou com duas malas. Pegou a que estava em cima. Havia roupas dentro. Vasculhou a mala e tirou de lá uma saia cuja etiqueta estava escrita em russo. Achou uma bolsa e esvaziou seu conteúdo no chão. Dentre a maquiagem e outras miudezas, achou um passaporte emitido para uma mulher morena de mais ou menos vinte anos. O texto estava em russo. Ela decifrou o nome: Valentina.

Lisbeth Salander saiu lentamente da peça com uma sensação de *déjà-vu*. Examinara um cenário de crime muito similar num porão de Hedestad, dois anos e meio antes. Roupas de mulher. Uma prisão. Ficou um bom tempo parada, refletindo. Preocupava-a que o passaporte e as roupas ainda estivessem ali. Um mau presságio.

Então voltou até onde estavam as ferramentas e revirou tudo ali até encontrar uma lanterna potente. Verificou as pilhas e em seguida voltou ao térreo e entrou na sala grande. A água das poças penetrou em suas botas.

Quanto mais ela avançava pela sala, mais o cheiro de putrefação se tornava insuportável. O fedor parecia atingir seu ponto máximo no meio do cômodo. Deteve-se diante da base de um dos antigos fornos para tijolos. Estava com água quase até a borda. Iluminou a água escura com a lanterna, mas não conseguiu ver nada. A superfície estava parcialmente coberta de algas que formavam um magma verde. Olhou em volta e encontrou uma barra de concreto armado de três metros de comprimento. Enfiou-a dentro do tanque e mexeu. A profundidade da água era de apenas uns cinquenta centímetros. Quase de imediato, deparou com uma resistência. Fez força durante alguns segundos até que o corpo subisse à superfície, a começar pelo rosto, uma máscara contorcida de morte e decomposição. Respirou pela boca, contemplou o rosto à luz da lanterna e constatou que se tratava de uma mulher, talvez a mulher do passaporte do piso superior. Não entendia sobre a velocidade de decomposição em água fria e estagnada, mas o corpo parecia estar naquele tanque fazia algum tempo.

De repente, viu algo se mexendo na superfície da água. Algum tipo de larva.

Deixou o corpo voltar para o fundo da água e continuou procurando com a barra. Na borda do tanque, encostou no que parecia ser outro corpo. Recolheu a barra da água, deixou-a no chão e ficou parada em frente ao tanque, mergulhada em pensamentos.

Lisbeth Salander retornou ao andar de cima. Usou o pé de cabra para abrir a porta do meio. O cômodo estava vazio e não parecia ter sido usado.

Aproximou-se da última porta e posicionou o pé de cabra, mas, antes mesmo que começasse a forçá-la, a porta se entreabriu. Não estava trancada. Abriu-a de par em par empurrando com o pé de cabra e olhou em torno.

A sala tinha uns trinta metros quadrados. As janelas ficavam a uma altura normal e davam para o pátio em frente à olaria. Avistou o posto de gasolina no morro acima da estrada. Havia ali uma cama, uma mesa e uma bancada com louça em cima. Então viu uma sacola aberta no chão. Cédulas de dinheiro. Perplexa, deu dois passos à frente antes de perceber que fazia calor ali dentro. Seu olhar foi atraído por uma estufa elétrica no meio da sala. Avistou uma cafeteira elétrica. A luz vermelha estava acesa.

Tem alguém morando aqui. Não estou sozinha.

Deteve-se e logo em seguida saiu correndo. Passou pela sala do fundo, pelas portas intermediárias e se precipitou para a saída na primeira sala. Freou a cinco passos da escada, ao ver que a porta tinha sido fechada com um cadeado. Estava presa. Virou-se lentamente e olhou em volta. Não viu nada.

— Oi, mana — disse uma voz clara, vindo da lateral.

Virou a cabeça e deu com a estatura imensa de Ronald Niedermann se materializando junto a uns caixotes.

Ele tinha uma baioneta na mão.

— Eu tinha esperança de voltar a te ver — disse Niedermann. — Na primeira vez foi tudo muito rápido.

Lisbeth olhou em volta.

— Não adianta — disse Niedermann. — Só estamos nós dois aqui, e a única saída é essa porta trancada atrás de você.

Lisbeth voltou o olhar para seu meio-irmão.

— Como está a sua mão? — perguntou.

Niedermann continuava sorrindo para ela. Ergueu a mão direita para lhe mostrar. Estava sem o dedo mínimo.

— Infeccionou. Fui obrigado a amputar.

Ronald Niedermann sofria de analgesia congênita e era incapaz de sentir qualquer tipo de dor. Lisbeth acertara a mão dele com uma pazada, em Gosseberga, poucos segundos antes de Zalachenko disparar uma bala na cabeça dela.

— Eu deveria ter mirado na sua cabeça — disse Lisbeth Salander com uma voz sem expressão. — O que você está fazendo aqui? Achei que tinha se mandado há meses para o exterior.

Ele sorriu para ela.

Mesmo que quisesse, não poderia responder à pergunta de Lisbeth Salander. Nem ele próprio sabia o que estava fazendo naquela olaria abandonada.

Ele deixara Gosseberga para trás com um sentimento de libertação. Achava que Zalachenko estava morto e que ele iria assumir a empresa. Sabia que era um excelente organizador.

Trocara de carro em Alingsås, enfiara no porta-malas Anita Kaspersson, a assistente de odontologia apavorada, e rumara para Borås. Ele não tinha um plano, ia improvisando. Não dedicara um só pensamento à sorte de Anita Kaspersson. Para ele tanto fazia ela viver ou morrer, e achava que precisaria se livrar de uma testemunha incômoda. Em algum lugar nos arredores de Borås, percebeu de repente que poderia usá-la de outra maneira. Continuara em direção ao sul e descobrira uma área florestal isolada perto de Seglora. Amarrara a mulher numa granja e a abandonara lá. Calculava que em algumas horas ela conseguiria se soltar e então direcionaria as buscas policiais para o sul. E se ela não conseguisse se soltar e morresse ali de fome ou de frio, não era problema dele.

Na verdade, ele voltara a Borås e seguira em direção ao leste e a Estocolmo. Fora direto ao MC Svavelsjö, embora tomando o cuidado de evitar as instalações do clube. Era uma chateação Magge Lundin estar na cadeia. Então fora procurar o *sergeant at arms* do clube, Hans-Åke Waltari, na casa dele. Pedira ajuda e um lugar para se esconder, e Waltari então o mandou procurar o tesoureiro e responsável pela área financeira do clube, Viktor Göransson. No entanto, ficara com ele apenas por algumas horas.

Teoricamente, Ronald Niedermann não tinha por que se preocupar com dinheiro. Sem dúvida, fora obrigado a deixar em Gosseberga quase duzentas mil coroas em dinheiro, mas possuía quantias muito maiores aplicadas no exterior. Seu problema era que lhe faltava dinheiro vivo. Göransson administrava as finanças do MC Svavelsjö, e Niedermann percebeu que havia ali uma bela oportunidade. Fora brincadeira de criança convencer Göransson a lhe mostrar onde ficava o cofre-forte, na granja, e se abastecer de oitocentas mil coroas em dinheiro.

Niedermann lembrava vagamente de que havia também uma mulher na casa, mas não tinha muita certeza do que havia feito com ela.

Göransson também tinha um carro, que ainda não estava sendo procurado pela polícia. Niedermann rumou para o norte. Planejava pegar uma das balsas para Tallinn que saíam de Kapellskär.

Ao chegar a Kapellskär, parara num estacionamento. Desligara o motor e ficara trinta minutos observando os arredores. Estava fervilhando de tiras.

Tornara a ligar o carro e continuou rodando ao acaso. Precisava de um esconderijo onde pudesse se entocar por algum tempo. Passando nas proximidades de Norrtälje, lembrara da antiga olaria. Fazia mais de um ano que não pensava nela, desde a reforma. Os irmãos Harry e Atho Ranta usavam o local como depósito intermediário de mercadorias provenientes ou destinadas aos países bálticos, mas eles estavam no exterior havia várias semanas, desde que o jornalista Dag Svensson, da *Millennium*, começara a bisbilhotar o comércio das putas. A olaria estava vazia.

Escondera o Saab de Göransson num hangar atrás da fábrica e entrara. Tinha sido obrigado a arrombar uma porta do térreo, e uma de suas primeiras iniciativas, depois, fora providenciar uma saída de emergência, uma chapa de compensado removível na lateral menor do térreo. Mais tarde, substituíra o cadeado quebrado. Então se acomodara no quartinho confortável do piso superior.

Uma tarde inteira se passou antes de ele ouvir o ruído nas paredes. No começo pensou que fossem seus fantasmas habituais. Ficou escutando por uma hora, extremamente tenso, e então se levantou e foi escutar na sala grande. Não ouviu nada, mas esperou, até perceber o som de algo raspando.

Encontrou a chave na bancada.

Raramente Ronald Niedermann tinha ficado tão surpreso quanto ficou ao abrir a porta e deparar com as duas putas russas. Até onde entendeu, elas estavam descarnadas daquele jeito por falta de comida, depois que o último pacote de arroz acabou. Tinham sobrevivido à base de chá e água.

Uma das putas estava tão esgotada que não teve energia para se erguer na cama. A outra estava em melhores condições. Só falava russo, mas ele conhecia suficientemente o idioma para entender que ela agradecia a Deus e a ele por salvá-las. Ele a rechaçara, estupefato, recuara e trancara a porta.

Não sabia o que fazer com elas. Preparou uma sopa com os enlatados encontrados na cozinha e serviu a elas enquanto refletia. A mulher mais esgotada que estava de cama parecia recobrar as forças. Ele passara a noite interrogando as duas. Levou algum tempo para entender que elas não eram putas, e sim estudantes que haviam pago aos irmãos Ranta para que as fizessem entrar na Suécia. Eles tinham lhes prometido visto de permanência e um trabalho. Chegaram a Kapellskär em fevereiro e foram levadas diretamente para aquele depósito, onde foram trancafiadas.

Niedermann se aborrecera. Então aqueles malditos irmãos Ranta tinham mantido uma atividade paralela sem que Zalachenko soubesse. Depois, haviam simplesmente esquecido as mulheres, ou talvez as tivessem abandonado de propósito à própria sorte quando deixaram a Suécia às pressas.

A questão era o que fazer com elas. Ele não tinha motivo algum para lhes fazer mal. Mas também não podia se dar ao luxo de libertá-las, pois elas muito provavelmente conduziriam a polícia até a olaria. Simples assim. Não podia mandá-las de volta para a Rússia, pois nesse caso teria de ir com elas até Kapellskär. Parecia arriscado demais. A morena, que se chamava Valentina, oferecera seu corpo em troca de ajuda. Ele não tinha a menor vontade de transar com ela, nem com a outra, mas a proposta transformara a garota em puta. Todas as mulheres eram putas. Simples assim.

Ao fim de três dias, cansara-se de suas súplicas incessantes, apelos e golpes na parede. Não via outra saída. De sua parte, tudo que mais desejava era tranquilidade. De modo que abrira a porta pela última vez e, rapidamente, dera um fim ao problema. Pedira perdão a Valentina antes de estender as mãos e, num só gesto, quebrar-lhe o pescoço entre a segunda e a terceira vértebra. Depois cuidara da loira, deitada na cama, cujo nome ignorava. Ela ficara deitada, passiva e sem resistir. Levara os corpos para o térreo e os escondera num tanque cheio de água. Finalmente pudera experimentar uma espécie de paz.

Não tinha a intenção de permanecer na olaria. Só pretendia esperar até grande parte da mobilização policial diminuir. Raspou a cabeça e deixou a barba crescer um centímetro. Isso mudou sua fisionomia. Encontrou um macacão que pertencera a um dos operários da NorrBygg e que era quase do seu tamanho. Vestiu o macacão, pôs um boné esquecido da Beckers Färg, enfiou uma trena de marceneiro no bolso e foi fazer compras no posto de gasolina no morro do outro lado da estrada. Tinha bastante dinheiro vivo, roubado do MC Svavelsjö. Foi no final do dia. Parecia um operário comum parando ali antes de voltar para casa. Ninguém pareceu reparar nele. Habituou-se a fazer compras uma ou duas vezes por semana. No posto de gasolina, o reconheciam logo e o cumprimentavam cordialmente.

Desde o início, dedicara um bom tempo protegendo-se dos seres que povoavam o local. Entocavam-se nas paredes e saíam durante a noite. Ele os ouvia andando pela sala.

Entrincheirou-se no quarto. Depois de alguns dias, se cansou daquilo. Armou-se de uma baioneta encontrada numa gaveta da cozinha e saiu para enfrentar seus monstros. Chegara a hora de acertar as contas com eles.

De repente, percebeu que as criaturas recuavam. Pela primeira vez na vida, a presença delas dependia da vontade dele. Elas fugiam quando ele se aproximava. Podia ver suas caudas e seus corpos deformados atrás dos caixotes e armários. Berrou com elas. Elas fugiram.

Atônito, voltou ao seu quartinho confortável e passou a noite toda acordado, esperando os monstros voltarem. Eles repetiram o ataque ao amanhecer, e mais uma vez foi preciso enfrentá-los. E eles fugiram novamente.

Ele oscilava entre o pânico e a euforia.

A vida inteira tinha sido perseguido por essas criaturas das trevas e, pela primeira vez, sentia que dominava a situação. Não fazia nada. Comia. Dormia. Pensava. Uma vida tranquila.

Os dias se transformaram em semanas, o verão chegou. Pelo rádio e pelos jornais vespertinos, acompanhou o declínio da caçada a Ronald Niedermann. Observou com interesse os relatos do assassinato de Alexander Zalachenko. *Chega a ser engraçado! Um maluco vai e põe um ponto final na vida do Zalachenko.* Em julho, seu interesse se reavivou com o julgamento de Lisbeth Salander. Ficou atônito ao ver que ela tinha sido absolvida. Alguma coisa estava errada. Ela estava livre, enquanto ele era obrigado a se esconder.

Comprou a *Millennium* no posto de gasolina e leu a edição sobre Lisbeth Salander, Alexander Zalachenko e Ronald Niedermann. Um jornalista chamado Mikael Blomkvist descrevia Ronald Niedermann como um assassino e doente mental, um psicopata. Niedermann fez uma careta.

De repente, chegou o outono e ele ainda não tinha ido embora. Quando veio o frio, comprou uma estufa elétrica no posto de gasolina. Não sabia explicar a si mesmo por que não deixava a fábrica.

Às vezes apareciam alguns jovens de carro, eles estacionavam no pátio em frente à olaria, mas ninguém nunca fora perturbá-lo nem tentara entrar no prédio. Em setembro, um carro estacionara no pátio e um homem de parca azul mexera na maçaneta das portas e dera uma volta pelo terreno, olhando tudo por ali. Niedermann o observara da janela do andar de cima.

De tempos em tempos, o homem tomava notas num caderninho. Ficara uns vinte minutos, então dera uma última olhada em volta, entrara no carro e deixara o local. Niedermann respirou aliviado. Não tinha ideia de quem era aquele homem nem do que ele procurava, mas ele parecera estar fazendo uma espécie de avaliação dos prédios. Niedermann não relacionou a morte de Zalachenko com o consequente inventário de sucessão.

Ele pensava muito em Lisbeth Salander. Não esperava, nunca mais, cruzar com ela, porém ela o fascinava e o assustava. Ronald Niedermann não tinha medo dos vivos. Mas sua irmã — sua meia-irmã — causara-lhe uma impressão extraordinária. Ninguém o tinha vencido como ela vencera. Ela havia ressurgido apesar de ele a ter enterrado. Ela havia ressurgido e o perseguira. Sonhava com ela todas as noites. Acordava encharcado de um suor frio e percebia que ela substituíra seus fantasmas habituais.

Em outubro, tomou uma decisão. Não deixaria a Suécia antes de encontrar sua irmã e acabar com ela. Não tinha nenhum plano, mas sua vida ganhara um objetivo. Não sabia onde ela estava nem como poderia seguir seu rastro. Ficava sentado na sala do andar de cima da olaria, olhando pela janela, dia após dia, mês após mês.

Até que o Honda cor de vinho estacionou um dia em frente ao prédio e, para sua imensa surpresa, ele viu Lisbeth Salander descer do carro. *Deus é misericordioso*, pensou. Lisbeth Salander ia ter o mesmo destino que as duas mulheres ali no térreo, cujos nomes esquecera. Sua espera chegara ao fim e agora ele finalmente poderia seguir sua vida.

Lisbeth Salander avaliou a situação e achou que ela estava longe de estar sob controle. Seu cérebro trabalhava sob pressão. *Clique, clique, clique*. Ainda tinha o pé de cabra na mão, mas percebeu que era uma arma demasiado frágil contra um homem que não sentia dor alguma. Estava trancada numa área de aproximadamente mil metros quadrados junto com um robô assassino saído direto do inferno.

Quando Niedermann de repente se moveu em sua direção, ela jogou o pé de cabra em cima dele. Ele se esquivou com tranquilidade. Lisbeth Salander pôs o pé num banquinho, tomou impulso e se ergueu sobre um caixote de embalagem, continuando a escalar feito uma aranha os dois caixotes seguintes. Deteve-se e olhou para Niedermann, a pouco mais de quatro metros abaixo.

— Desça — disse ele com calma. — Você não tem como fugir. O fim é inevitável.

Ela se perguntou se ele tinha uma arma de fogo. Isso, sem dúvida, seria um problema.

Ele se inclinou à frente, levantou uma cadeira e jogou-a em cima dela. Ela se abaixou.

De repente, Niedermann pareceu irritado. Pôs o pé no banquinho e começou a subir em sua direção. Ela esperou ele chegar quase no alto antes de tomar impulso em duas passadas rápidas, pular por cima do vão central e aterrissar sobre um caixote alguns metros adiante. Desceu até o chão para pegar o pé de cabra.

Niedermann não era desajeitado, mas sabia que não podia saltar sobre os caixotes, arriscando-se a torcer o pé. Teria de descer devagarinho, até tocar o pé no chão. Era obrigado a se mexer lenta e metodicamente; passara a vida inteira dominando seu corpo. Já estava quase lá embaixo quando ouviu passos atrás de si e mal teve tempo de virar o corpo para aparar o golpe de pé de cabra com o ombro. Perdeu a baioneta.

Lisbeth largou o pé de cabra no instante em que desfechou o golpe. Não teve tempo de pegar a baioneta, mas empurrou-a com o pé para perto dos banquinhos. Em seguida, desviou-se de um tapa da mão imensa de Niedermann e escapou para cima dos caixotes do outro lado do vão central. Com o rabo do olho, viu Niedermann se esticar para agarrá-la. Rápida como um raio, levantou as pernas. Os caixotes de embalagem formavam duas fileiras, empilhados em três níveis de um lado a outro do vão central e em dois níveis do lado externo. Desceu ao segundo nível e, arqueando as costas, usou toda a força das pernas. O caixote devia pesar pelo menos duzentos quilos. Sentiu que ele se moveu, e então caiu no vão central.

Niedermann viu o caixote caindo e mal teve tempo de se jogar para o lado. Um canto do caixote bateu em seu peito, porém ele se safou sem grandes danos. Deteve-se. *Mas não é que ela está mesmo resistindo!* Subiu na direção de Lisbeth. A cabeça dele estava alcançando a altura do terceiro nível quando ela desfechou-lhe um pontapé. Sua bota pesada atingiu a testa de Niedermann. Ele resmungou e se ergueu para cima dos caixotes. Lisbeth

Salander fugiu saltando mais uma vez sobre os caixotes do outro lado do vão central. Deixou-se cair atrás deles e sumiu de vista. Ele escutou seus passos e viu quando ela passou pela porta da sala do fundo.

Lisbeth Salander lançou um olhar avaliador à sua volta. *Clique. Clique.* Sabia que não tinha nenhuma chance. Podia sobreviver enquanto conseguisse se desviar das patas enormes de Niedermann e mantê-lo à distância, mas assim que cometesse um erro — o que aconteceria cedo ou tarde —, seria a morte. Tinha de evitá-lo a qualquer custo. Se ele encostasse a mão nela, seria uma vez só e o combate estaria terminado.

Precisava de uma arma.

Uma pistola. Uma metralhadora. Um obus perfurador e explosivo. Uma mina antipessoal.

Qualquer arma de merda, droga!

Mas não havia armas ali.

Olhou ao redor.

Nenhuma arma.

Só ferramentas. *Clique, clique.* Seu olhar bateu numa serra de fita, mas teria de ser muito persuasiva para fazê-lo se deitar na bancada. *Clique.* Avistou uma barra de ferro que poderia servir de lança, mas era pesada demais para ser manejada de forma eficaz. *Clique.* Deu uma olhada para a porta e viu que Niedermann descera dos caixotes, a uns quinze metros dali. Vinha novamente em sua direção. Ela começou a se afastar da porta. Restavam-lhe uns cinco segundos, talvez, antes que Niedermann a alcançasse. Deu uma última olhada nas ferramentas.

Uma arma... ou um esconderijo. Ela estacou de repente.

Niedermann não tinha pressa. Sabia que não havia saída e que, mais cedo ou mais tarde, pegaria sua irmã. Mas não havia como negar que ela era perigosa. Afinal, era filha de Zalachenko. E ele não queria sair ferido. Era melhor deixar que ela esgotasse suas forças.

Ele parou junto à porta que dava para a sala dos fundos e examinou o monte de ferramentas, lâminas de assoalho semi-instaladas e móveis. Ela não estava visível.

— Sei que você está aí. Vou te encontrar.

Ronald Niedermann parou de se mexer e escutou. A única coisa que ouviu foi a própria respiração. Ela tinha se escondido. Ele sorriu. Ela o desafiava. Sua visita se transformara, de repente, num jogo entre irmãos.

Nisso, ouviu um farfalhar descuidado em algum lugar no meio da sala. Virou a cabeça, sem conseguir identificar de onde vinha o ruído. Então sorriu outra vez. No meio da sala, meio distante do resto de toda aquela tralha, havia uma bancada de trabalho de cinco metros de comprimento, de madeira, com uma fileira de gavetas e portas corrediças na parte inferior.

Aproximou-se do móvel pela lateral e olhou atrás dele para ter certeza de que ela não estava tentando enganá-lo. Nada.

Ela está escondida dentro do móvel. Que imbecilidade.

Arrancou a primeira porta da parte esquerda do armário.

Ouviu imediatamente o barulho de alguém se movimentando dentro do móvel. O ruído vinha da parte central. Deu dois passos rápidos e abriu a porta com ar triunfante.

Nada.

Então ouviu uma série de detonações secas parecidas com tiros de pistola. O som chegou tão rápido que de início custou a entender de onde vinha. Virou a cabeça. Em seguida sentiu uma pressão esquisita no pé esquerdo. Não sentiu nenhuma dor. Olhou para baixo, a tempo de ver a mão de Lisbeth Salander deslocar a pregadora para o seu pé direito.

Ela está embaixo do armário!

Ficou paralisado durante os segundos de que Lisbeth precisava para mirar a ponta do seu sapato e disparar mais cinco pregos de construção em seu pé.

Ele tentou se mover.

Levou preciosos segundos para entender que seus pés estavam pregados no piso recém-reformado. A mão de Lisbeth Salander deslocou a pregadora para o pé esquerdo. Parecia uma arma automática cuspindo projéteis um atrás do outro. Ela ainda teve tempo de disparar mais quatro pregos de construção antes que ele tivesse presença de espírito para reagir.

Ele começou a se inclinar para a frente com a intenção de segurar a mão de Lisbeth Salander, mas logo perdeu o equilíbrio. Conseguiu se estabilizar apoiando-se no armário, enquanto escutava a pregadora cuspindo pregos, *cla--blam, cla-blam, cla-blam*. Ela voltara ao pé direito. Viu que ela disparava os pregos de viés, pelo calcanhar, para dentro do assoalho.

Ronald Niedermann urrou, repentinamente louco de raiva. Esticou-se uma vez mais em direção à mão de Lisbeth Salander.

De onde estava, embaixo do móvel, Lisbeth Salander viu a perna de sua calça subir, indicando que ele estava se inclinando para a frente. Largou a pregadora. Ronald Niedermann viu sua mão sumir debaixo do armário com a rapidez de um réptil antes que ele pudesse alcançá-la.

Ele avançou a mão para pegar a pregadora, mas, assim que a tocou com a ponta do dedo, Lisbeth Salander puxou-a pelo fio para baixo do móvel.

O espaço entre o chão e o móvel era de pouco mais de vinte centímetros. Ele derrubou o armário, usando toda a força de que era capaz. Lisbeth Salander fitou-o com olhos arregalados e uma expressão ofendida. Deu um giro na máquina e descarregou-a a uma distância de cinquenta centímetros. O prego se cravou no meio da tíbia.

No instante seguinte, ela largou a pregadora e, rolando, se afastou rapidamente, tornando a se levantar fora do alcance dele. Recuou dois metros e parou.

Ronald Niedermann tentava se mover, perdeu novamente o equilíbrio, balançava para a frente e para trás, os braços se agitando em círculos amplos. Recuperou o equilíbrio e se inclinou para a frente, louco de raiva.

Dessa vez, conseguiu apanhar a pregadora. Ergueu-a e apontou-a para Lisbeth Salander. Pressionou o botão.

Mas nada aconteceu. Confuso, olhou para o aparelho. Depois ergueu os olhos para Lisbeth Salander. Com expressão vaga, ela indicou a tomada. Ele, com raiva, jogou a pregadora em cima dela. Ela se esquivou rapidamente.

Então ela reconectou o plugue e puxou a pregadora para si.

O olhar dele cruzou com o olhar inexpressivo de Lisbeth Salander e de repente ele se sentiu surpreso. Já sabia que ela havia vencido. *Ela é sobrenatural*. Tentou instintivamente soltar o pé do chão. *Ela é um monstro*. Teve força suficiente para levantá-lo alguns milímetros, até ele ser travado pela cabeça dos pregos. Estes tinham se cravado em diferentes ângulos e, para se soltar, Niedermann seria literalmente obrigado a estraçalhar os pés. Nem mesmo mobilizando sua força quase sobre-humana conseguiu soltar-se do chão. Ficou alguns segundos cambaleando como se estivesse prestes a desmaiar. Continuava pregado. Viu uma poça de sangue se formando devagar entre seus sapatos.

Lisbeth Salander sentou-se diante dele numa cadeira sem encosto, tentando captar sinais de que ele teria força para arrancar os pés do chão. Como ele não sentia dor, passar a cabeça dos pregos pelos pés era só uma questão de força. Permaneceu parada, sem mover um músculo, por dez minutos, contemplando a luta dele. O tempo todo, seus olhos se mantiveram totalmente inexpressivos.

Acabou se levantando e se posicionando atrás dele, e então apontou a pregadora para sua coluna vertebral, logo abaixo da nuca.

Lisbeth Salander refletiu muito. Aquele homem diante dela tinha importado, drogado, maltratado e vendido mulheres no atacado e no varejo. Matara pelo menos oito pessoas, inclusive um policial de Gosseberga e um membro do MC Svavelsjö. Não fazia ideia de quantas outras mortes seu meio-irmão tinha na consciência, mas, por causa dele, ela própria fora caçada por todo o país como um cão raivoso, acusada de três homicídios cometidos por ele.

Seu dedo pesava sobre o botão.

Ele matara Dag Svensson e Mia Bergman.

Com Zalachenko, também matara a *ela*, Lisbeth, e a enterrara, em Gosseberga. E agora, de novo, quisera matá-la.

Motivos para se irritar não faltavam.

Não via razão alguma para deixá-lo viver. Ele a odiava com uma intensidade que ela não entendia. O que aconteceria se ela o entregasse à polícia? Um processo? Prisão perpétua? Quando poderia sair? Quando iria fugir? E agora que finalmente já não havia seu pai, por quantos anos ela ainda teria que ficar olhando atrás de si, à espera do dia que seu irmão ressurgisse? Sentiu o peso da pregadora. Podia dar um fim definitivo àquilo tudo.

Análise das consequências.

Mordeu o lábio inferior.

Lisbeth Salander não tinha medo nem dos seres humanos nem de coisa nenhuma. Sabia que carecia da imaginação necessária para tanto — mais uma prova de que seu cérebro era absolutamente normal.

Ronald Niedermann a odiava e ela retribuía com um ódio também desmedido. Ele era daqueles homens do tipo Magge Lundin, Martin Vanger, Alexander Zalachenko e dezenas de outros canalhas que, a seu ver, não tinham por que permanecer entre os vivos. Se pudesse juntar todos numa ilha deserta e jogar uma bomba nuclear em cima deles, ficaria satisfeita.

Mas um assassinato? Será que valia a pena? O que aconteceria com ela se o matasse? Quais eram as chances de ela não ser pega? O que ela estaria pronta a sacrificar em troca da satisfação de acionar a pregadora uma última vez?

Ela poderia alegar legítima defesa... não muito, com os pés dele pregados no chão.

Lembrou-se de repente de Harriet Vanger, que também havia sido assediada pelo pai e pelo irmão. Lembrou-se da discussão que tivera com Mikael Blomkvist, quando ela condenara Harriet Vanger com palavras duras. Era culpa de Harriet Vanger se seu irmão Martin continuara a matar por anos a fio.

— *O que você faria?* — Mikael tinha perguntado.

— *Eu acabaria com aquele traste* — ela respondera com uma convicção vinda do mais fundo da sua alma gelada.

E não é que agora ali estava ela exatamente na mesma situação de Harriet Vanger? Quantas mulheres Ronald Niedermann ainda não iria matar se ela o deixasse livre? Ela era maior de idade e socialmente responsável por seus atos. Quantos anos de sua vida estaria pronta a sacrificar? Quantos anos Harriet Vanger aceitara sacrificar?

Então a pregadora foi ficando muito pesada para que ela conseguisse mantê-la apontada para a nuca, mesmo com ambas as mãos.

Abaixou a arma e teve a impressão de estar retornando à realidade. Viu que Ronald Niedermann resmungava palavras incoerentes em alemão. Falava sobre um diabo que tinha vindo buscá-lo.

Percebeu, de repente, que ele não falava com ela. Niedermann parecia enxergar alguém do outro lado da sala. Virou a cabeça e acompanhou seu olhar. Não havia nada. Sentiu o cabelo se arrepiar.

Deu meia-volta, pegou a barra de ferro e foi até a sala da frente onde estava sua bolsa. Ao se abaixar para pegá-la, viu a baioneta no chão. Ainda estava usando as luvas, e agarrou a arma.

Hesitou por um instante, e então colocou-a bem à vista no vão central, entre os caixotes. Usando a barra de ferro, trabalhou uns três minutos no cadeado que trancava a saída.

Ficou um bom tempo dentro do carro, refletindo. Por fim, pegou o celular. Levou dois minutos para achar o número de telefone da sede do MC Svavelsjö.

— Sim — disse uma voz do outro lado da linha.

— Nieminen — pediu ela.

— Um momento.

Aguardou três minutos até que Benny Nieminen, presidente em exercício do MC Svavelsjö, atendesse.

— Quem está falando?

— Não interessa — disse Lisbeth, com uma voz tão baixa que ele mal conseguiu distinguir as palavras. Não saberia sequer dizer se quem estava ligando era um homem ou uma mulher.

— Ahã. E o que você quer?

— Acho que você gostaria de ter uma pista do Ronald Niedermann.

— Ah, é?

— Larga de besteira. Você quer ou não saber onde ele está?

— Estou ouvindo.

Lisbeth descreveu o caminho para chegar à olaria abandonada perto de Norrtälje. Informou que Niedermann estaria ali tempo suficiente para Nieminen ir até lá, desde que fosse logo.

Desligou o celular, ligou o carro e foi até o posto de gasolina do outro lado da estrada. Estacionou de modo a poder ver a olaria bem na sua frente.

Esperou mais de duas horas. Já passava da uma e meia quando avistou uma caminhonete rodando devagar mais abaixo na estrada. O veículo parou num estacionamento. Ficou ali por cinco minutos, depois deu meia-volta e entrou na estrada de acesso à olaria. Já começava a escurecer. O céu cinzento de dezembro não ajudava a melhorar os dias.

Ela abriu o porta-luvas, pegou um binóculo Minolta 2 × 8 e viu a caminhonete estacionando. Viu Benny Nieminen, Hans-Åke Waltari e mais três pessoas que ela não conhecia. *Reestruturação. Eles estão tendo que substituir o pessoal.*

Assim que Benny Nieminen e seus ajudantes encontraram a entrada lateral do prédio, ela pegou de novo o celular. Escreveu uma mensagem e a enviou por e-mail para o centro de operações da polícia de Norrtälje.

> [R. NIEDERMANN, QUE ASSASSINOU UM POLICIAL, SE ENCONTRA NA ANTIGA OLARIA PRÓXIMA AO POSTO DE GASOLINA DE SKEDERID. NO MOMENTO, ESTÁ SENDO MORTO POR B. NIEMINEN & MEMBROS DO MC SVAVELSJÖ. MULHER MORTA NO TANQUE DO TÉRREO.]

Não viu nenhum movimento na direção da fábrica.

Aguardou pacientemente.

Enquanto esperava, pegou o cartão SIM do telefone e o destruiu, cortando-o em pedaços com uma tesourinha de unhas. Abriu o vidro e jogou os pedaços fora. Depois tirou um cartão SIM novinho da carteira e o inseriu no celular. Ela usava cartões recarregáveis Comviq, praticamente impossíveis de localizar. Ligou para a Comviq e carregou quinhentas coroas no novo cartão.

Onze minutos haviam se passado quando um camburão da polícia, sem sirene mas com a luz giratória ligada, chegou à olaria vindo de Norrtälje. O camburão estacionou na estrada de acesso, seguido, um minuto depois, por duas viaturas. Os policiais trocaram algumas palavras e em seguida avançaram em grupo até a olaria, estacionando ao lado da caminhonete de Nieminen. Ela ergueu o binóculo. Viu um dos policiais falando em um radiofone enquanto olhava para a placa da caminhonete. Os policiais olharam em volta, mas não se moveram. Dois minutos depois, ela avistou mais um camburão aproximando-se em alta velocidade.

Compreendeu, então, que estava tudo acabado.

A história que começara no dia em que ela nasceu acabava de chegar ao fim dentro daquela olaria.

Ela estava livre.

Quando os policiais retiraram um arsenal respeitável de dentro do camburão, vestiram coletes à prova de balas e começaram a se posicionar em volta da olaria, Lisbeth Salander entrou no posto de gasolina e comprou um café para viagem e um sanduíche. Comeu em pé diante de uma mesa alta da loja.

Já estava escuro quando voltou para o carro. Ao abrir a porta, ouviu dois disparos distantes, na certa tiros de pistola, do outro lado da estrada. Avistou vultos escuros, policiais à espreita bem junto à fachada, perto da entrada lateral. Escutou as sirenes de mais um carro de intervenção da polícia chegando de Uppsala como reforço. Alguns carros particulares estavam parados à beira da estrada tentando ver o que estava acontecendo.

Ela deu partida no Honda cor de vinho, entrou na E18 e voltou para casa, em Estocolmo.

Eram sete da noite quando Lisbeth Salander, irritadíssima, ouviu a campainha tocando. Estava na banheira, numa água ainda fumegante. Pensando bem, só uma pessoa teria motivo para vir bater à sua porta.

De início, pensou em ignorar a campainha, mas, ao terceiro toque, suspirou, se enrolou numa toalha e foi respingando gotas d'água no chão do hall de entrada.

— Oi — disse Mikael Blomkvist, quando ela abriu a porta.

Ela não respondeu.

— Você viu o noticiário?

Ela fez que não com a cabeça.

— Achei que você talvez gostasse de saber que o Ronald Niedermann está morto. Foi assassinado hoje por um pessoal do MC Svavelsjö em Norrtälje.

— Olha só... — disse Lisbeth Salander com voz controlada.

— Falei com um policial de plantão em Norrtälje. Parece ter sido um acerto de contas. Ao que consta, o Niedermann foi torturado e retalhado com uma baioneta. Encontraram no local uma sacola com várias centenas de milhares de coras.

— Ah, é?

— A gangue de Svavelsjö foi pega em flagrante. E eles ainda resistiram. Houve um tiroteio e a polícia teve de pedir reforço para a polícia nacional de Estocolmo. Svavelsjö se rendeu por volta das seis da tarde.

— Ahá.

— O seu velho amigo Benny Nieminen, de Stallarholmen, já era. Ele se apavorou, ficou atirando feito um louco para se safar.

— Que bom.

Mikael Blomkvist ficou em silêncio por alguns segundos. Os dois se olharam através da porta entreaberta.

— Estou incomodando? — ele perguntou.

Ela deu de ombros.

— Eu estava no banho.

— Estou vendo. Quer companhia?

Ela lançou-lhe um olhar penetrante.

— Eu não quis dizer na banheira. Eu trouxe uns bagels — disse ele, mostrando um pacote. — Também comprei café para fazer um expresso. Considerando-se que você tem uma Jura Impressa X7 na sua cozinha, devia pelo menos aprender a usá-la.

Ela ergueu as sobrancelhas. Não sabia se ficava decepcionada ou aliviada.

— Só companhia? — ela perguntou.

— Só companhia — ele confirmou. — Sou um bom amigo visitando uma boa amiga. Quer dizer, isso se eu for bem-vindo.

Ela hesitou por alguns segundos. Durante dois anos, mantivera-se o mais longe possível de Mikael Blomkvist. No entanto, ele parecia sempre acabar grudado na sua vida feito chiclete na sola do sapato, tanto na internet como na vida real. Na internet, até podia ser. Ali ele não passava de elétrons e letras. Na vida real, em frente à sua porta, continuava sendo aquele puta homem atraente. E ele conhecia todos os seus segredos, assim como ela conhecia os dele.

Ela observou-o e constatou que não sentia mais nada por ele. Ou pelo menos não aquele tipo de sentimento.

Ele havia de fato sido seu amigo ao longo de todo aquele ano.

Confiava nele. Talvez. Era chato que uma das raras pessoas em quem ela confiava fosse um homem que ela passava o tempo todo evitando.

Ela de repente se decidiu. Bobagem fazer de conta que ele não existia. Vê-lo já não doía mais.

Abriu a porta e tornou a acolhê-lo em sua vida.

1ª EDIÇÃO [2009] 4 reimpressões
2ª EDIÇÃO [2010] 4 reimpressões
3ª EDIÇÃO [2011]
4ª EDIÇÃO [2011] 11 reimpressões
5ª EDIÇÃO [2015]

ESTA OBRA FOI COMPOSTA POR 2 ESTÚDIO GRÁFICO EM ELECTRA E
IMPRESSA PELA GEOGRÁFICA EM OFSETE SOBRE PAPEL PÓLEN
SOFT DA SUZANO PAPEL E CELULOSE PARA A
EDITORA SCHWARCZ EM JUNHO DE 2015